W0250050

Dunkle Nächte des Verlangens

CONSTANCE HALL

Dunkle Nächte des Verlangens

ROMAN

Aus dem Amerikanischen
von Britta Evert

Weltbild

Die amerikanische Originalausgabe erschien 1998
unter dem Titel *My Darling Duke*.

Besuchen Sie uns im Internet:
www.weltbild.de

Genehmigte Lizenzausgabe für Verlagsgruppe Weltbild GmbH,
Steinerne Furt, 86167 Augsburg
Copyright der Originalausgabe © 1998 by Connie Koslow
Copyright der deutschen Ausgabe © 2003 by Verlagsgruppe
Lübbe GmbH & Co. KG, Bergisch Gladbach
Übersetzung: Britta Evert
Umschlaggestaltung: Atelier Seidel, Neuötting
Umschlagmotiv: Franco Accornero via Agentur Schlück, Garbsen
Gesamtherstellung: Oldenbourg Taschenbuch GmbH,
Hürderstraße 4, 85551 Kirchheim
ISBN 3-8289-7866-5

2008 2007 2006 2005
Die letzte Jahreszahl gibt die aktuelle Lizenzausgabe an.

Für Norman, Daniel und David,
die Lieben meines Lebens.

1

Jarrow, England, 1823

Kelsey Vallarreal pustete eine lange dunkle Haarsträhne, die sich aus dem Band in ihrem Nacken gelöst hatte, aus ihrem Gesicht. Sie biss sich auf die Lippen, als sie einen Kohlenkübel hoch wuchtete, und öffnete die Schlafzimmertür. Die Scharniere quietschten laut in den rostigen Angeln. Kelsey kümmerte sich nicht darum, ob das Geräusch ihren Vater störte, sondern ging direkt zum Kamin, wo sie ihre schwere Last mit einem kräftigen Scheppern abstellte.

Ihr Vater stöhnte.

Der Laut zauberte ein grimmiges Lächeln auf ihr Gesicht. Energisch schaufelte sie eine Ladung Kohlen aus dem Eimer und warf sie auf den Kaminrost. Das laute Klappern von Kohlestücken auf Metall rief ein weiteres Stöhnen hervor. Kelseys Lächeln vertiefte sich. Sie wischte sich die Hände an der Vorderseite ihres alten, farbverschmierten Kittels ab, richtete sich auf und ging zum Fenster, um die verschlissenen Vorhänge mit einem Ruck zurückzuziehen.

Das Sonnenlicht traf Maurice Vallarreal mitten ins Gesicht, und die dünnen Fältchen um seine Augenwinkel vertieften sich, als er gequält das Gesicht verzog. Er schirmte seine Augen mit einer Hand ab und stöhnte: »Geh weg!«

»Zeit zum Aufstehen, Papa. Es ist beinahe Mittag, und du

hast eine Sitzung.« Kelsey langte nach der leeren Rumflasche, die neben ihrem Vater lag, und stellte sie auf den Nachttisch.

Er zuckte zusammen und hielt sich die Schläfen. »Oh, *ma chère*, ich kann nicht! Ich sterbe!« Er rollte sich auf die Seite und vergrub seinen Kopf in den Kissen.

»Mrs. Watson wird jeden Moment hier sein.« Kelsey konnte die Verzweiflung in ihrer Stimme nicht unterdrücken. »Ich habe deine Palette angemischt und alles im Atelier vorbereitet.«

»*Mon Dieu!* Die Frau hat ein Gesicht wie eine Krähe! Diesen Anblick ertrage ich so früh am Morgen nicht. Sag ihr, ich wäre tot.«

»Ich werde nichts dergleichen tun.« Kelsey verschränkte die Arme vor der Brust und musterte ihn, als wäre er ein trotziges Kleinkind, aber ihr strenger Blick blieb ohne Wirkung.

»Beende du das Porträt, *ma chère*. Du malst genauso gut wie ich – vielleicht sogar besser.«

»Das meiste davon habe ich ohnehin gemacht, aber sie ist nicht hergekommen, um sich von deiner Assistentin malen zu lassen, und das weißt du ganz genau, Papa. Sie will dich. Du bist der berühmte französische Maler Vallarreal, nicht ich. Alles, was du zu tun hast, ist, ein paar letzte Striche auf die Leinwand zu tupfen und deinen Namen darunter zu setzen.«

»Sag ihr, dass ein Künstler nur arbeiten kann, wenn seine Kreativität in vollen Strömen fließt. Sag ihr, dass meine Ströme versiegen, wenn ich sie anschaue. Sag ihr . . .«

»Bei dir fließt etwas ganz anderes in Strömen – leider. Los, steh schon auf.« Kelsey zog ihrem Vater das Kissen vom Kopf und gab ihm einen leichten Klaps auf den Rücken, dann sicherheitshalber noch einen.

Als er sich nicht rührte, versuchte sie es mit einer anderen Strategie. »Das waren unsere letzten Kohlen, Papa. Und unsere Speisekammer ist bis auf ein paar Steckrüben und zwei Eier leer. Wir brauchen ein neues Dach. Und wenn du jetzt nicht aufstehst und dieses Bild zu Ende malst, verhungern wir, und du« – sie pikte ihn mit dem Zeigefinger in die Rippen und hatte die Genugtuung, ihn in die Höhe schießen zu sehen – »hast kein Geld mehr für deinen Rum, denn im Schrank steht keine einzige Flasche mehr. Du wirst außerdem auf deine« – Kelsey verschluckte das Wort Dirnen, das ihr auf der Zunge lag, und benutzte statt dessen den Ausdruck ihres Vaters für derartige weibliche Wesen – »Damenbekanntschaften verzichten müssen. Und du weißt, dass von dem monatlichen Zuschuss, den du von Onkel Bellamy bekommst, nichts mehr übrig ist. Du hast alles innerhalb einer Woche ausgegeben.«

Bei Erwähnung der Tatsache, dass er sich mit seinen Zerstreuungen würde einschränken müssen, hoben sich seine verschwollenen Lider, und ein Paar rotgeränderter Augen blinzelte sie an. Der jahrelange Missbrauch, den Maurice mit seinem Körper getrieben hatte, hatte sein Äußeres nicht beeinträchtigt. Für einen Mann von fünfzig sah er immer noch gut aus. Seine dichten, dunklen Locken waren leicht mit Grau gesprenkelt und seine markanten, gut geschnittenen Züge entlockten der Damenwelt immer noch ein Lächeln, sobald er einen Raum betrat, doch heute morgen würde er niemanden damit betören. Nein, er würde aufstehen!

»Starr mich nicht so an, *ma chère*. Es bringt mich zum

Weinen. Ich weiß, wie geschlagen du mit mir bist.« Er machte ein zerknirschtes Gesicht.

»Oh, Papa, ich bin nicht böse auf dich.« Der herbe Ausdruck wich von ihrem Gesicht, und sie beugte sich vor, um ihm einen Kuss auf die Wange zu geben. Der säuerliche Geruch von Rum wehte ihr entgegen, und sie rümpfte leicht die Nase, bevor sie sich wieder aufrichtete und die Hände in die Hüften stemmte. »Ich will nur, dass du aufstehst. Bitte!«

»Es gibt keinen Grund aufzustehen.« Schließlich war immer noch er es, der die Entscheidungen traf. »Ich habe einen weit lukrativeren Auftrag.«

Kelsey, die ihn am Arm gepackt hatte, um ihn aus dem Bett zu ziehen, hielt inne. »Was sagst du da?«

»Ich sagte, ich hätte einen lukrativeren Auftrag ... in Höhe von dreitausend Pfund.« Er lächelte sie voller Stolz an, und das Strahlen, das sein Gesicht erhellte, ließ ihn zehn Jahre jünger wirken.

»Dreitausend Pfund?« Sie starrte ihn ungläubig aus schmalen Augen an.

»So ist es, *ma chère*. Der Herzog von Salford will ein Fresko in seinem Ballsaal restaurieren lassen.«

»Der Herzog von Salford!« Sie schrie den Namen so laut heraus, dass Maurice zusammenzuckte und sich den Kopf hielt.

»Ein bisschen mehr Rücksicht, wenn ich bitten darf. Mein armer Kopf ...«

»Wie konntest du nur, Papa!« Sie trat vom Bett zurück und drehte sich zum Fenster um, unfähig, den Anblick von Maurice länger zu ertragen.

Sie klammerte sich an das Fensterbrett. Ihre Hände zitterten leicht, so fest bohrten sich ihre Finger in den Holzrahmen. Schloss Stillmore, der prachtvolle Wohnsitz des Herzogs, erhob sich hinter dem Dorf auf dem Kamm eines Hügels. Der ursprüngliche Bergfried sobald die vier flankierenden Türme waren bei der Renovierung unangetastet geblieben, aber Burggraben, Zugbrücke und Wehrmauern waren seit langem verschwunden. Dadurch hätte das Äußere des Schlosses freundlicher wirken müssen, aber so war es nicht. Wie eine uneinnehmbare mittelalterliche Festung strahlte es weder Wärme noch Willkommen aus. Die krenelierten Zinnen wirkten wie gebleckte Zähne, die aus jedem Blickwinkel höhnisch auf die armen Dorfbewohner hinabzugrinsen schienen, heute mehr denn je.

Maurice starrte die zierliche Gestalt seiner Tochter an, die so ernst am Fenster stand. Er betrachtete sie lange und eingehend, als sähe er sie zum ersten Mal, und verspürte leichte Gewissensbisse. Ihre langen, dichten dunklen Locken waren im Nacken zusammengebunden und fielen in wilden Wogen über ihren Rücken. Falls sie ihr Haar heute morgen gekämmt hatte, war nichts davon zu bemerken. Die Tasche an ihrem farbverschmierten Kittel war an den Säumen eingerissen und hing lose hinunter. Sie trug ein Paar seiner alten Hosen, die sie sich angeeignet hatte. Eines seiner alten weißen Hemden, das zu einem trüben Gelb verblasst war, schlabberte um ihre Schenkel. Sie war schmächtig wie ein Junge, was das Rührende ihrer Erscheinung noch mehr unterstrich.

Wo waren die Jahre geblieben? Als Vater hatte er kläglich versagt. Tränen brannten in seinen Augen. Er blinzelte sie verstohlen weg und zwang sich dann, die Beine über die Bettkante zu schwingen. Das Zimmer schien sich zu drehen, als er sich bewegte.

»Davon können wir recht behaglich leben, *oui*.« Er versuchte, zuversichtlich zu klingen, während er aufstand und darauf wartete, dass der Raum aufhörte, hin und her zu schwanken. Dann ging er zu Kelsey, löste ihre kleinen Hände vom Fensterrahmen und nahm sie in seine. Ihr Kopf reichte ihm kaum bis zu den Schultern, und er musste sich vorbeugen, um in ihre großen grünen Augen zu schauen. Er strich mit dem Daumen über ihren Handrücken.

»Sei nicht böse, *ma chère*. Ich will doch dein Bestes.« Als sie den Mund öffnete, um zu protestieren, legte er einen Finger an ihre Lippen. »Schau dir deine Hände an, ganz rot und rissig von der Hausarbeit. Die Hände deiner Mutter haben genauso ausgesehen, und der Anblick hat mich krank gemacht. Ich würde meine Seele dem Teufel verkaufen, nur um deine Hände nicht so sehen zu müssen.«

Ihre dunklen Augenbrauen zogen sich zusammen, und sie entriss ihm ihre Hände. »Wenn du einen Auftrag von Salford angenommen hast, Papa, dann hast du deine Seele tatsächlich dem Teufel verkauft.«

»Das ist mir gleich. Ich möchte dir eine neue Garderobe kaufen und dich so ausstatten, wie es dir zusteht. Ich will meine Tochter nicht in Lumpen herumlaufen sehen.« Er zeigte auf sie. »Sieh dich doch an. Du bist jetzt zwanzig, ein hübsches junges Mädchen ... eine zarte Frühlingsknospe, die darauf wartet, von einem ehrenhaften Mann gepflückt zu werden. Ich will, dass du aussiehst und dich kleidest wie die schöne Frau, die du bist.«

»Ich bin nicht schön, Papa. Griffin sagt, ich hätte eine Figur wie eine Regenrinne und Kalbsaugen.«

»Was versteht Griffin schon davon? Er ist wie ein Bruder

für dich. Dich zur Frau zu bekommen, wäre für jeden Mann eine Ehre.«

Sie hob trotzig das Kinn. »Wenn ich mich schön anziehen muss, um die Aufmerksamkeit eines Mannes zu wecken, werde ich lieber eine alte Jungfer. Und ich würde freudig den Rest meines Lebens in Lumpen gehen, statt mit anzusehen, wie du dich erniedrigst und für Salford arbeitest.«

»Ich weiß, aber von unserem Stolz können wir nicht leben, *ma chère*, und dich auch nicht so versorgen, wie ich es mir wünsche.« Maurice sah tief in die großen grünen Augen seiner Tochter und streckte eine Hand aus, um sie auf ihre Schulter zu legen, aber sie wich ihm aus.

»Deine Absichten sind immer gut, aber wir wissen doch beide, dass du das Geld nur zum Trinken verschwenden wirst und für –«

Er hob eine Hand, und Kelsey verstummte. »Ich weiß, was du mir sagen willst – nichts, was du mir nicht schon oft gepredigt hättest. Ich kenne meine Fehler, *ma chère*, aber ich bin nun mal Franzose.« Er betonte das Wort Franzose, als wäre es eine Rechtfertigung für all seine Untugenden.

Er beobachtete ihr Profil. Wie er erwartet hatte, verzogen sich ihre Lippen verächtlich. Er ignorierte es, drehte sich zu seinem Waschtisch um und goss etwas Wasser aus dem Krug in die Waschschüssel. Dann spülte er sein Gesicht ab und tastete nach einem Handtuch. Kelsey beeilte sich, es ihm zu reichen, und er lächelte in sich hinein.

Als er sein Gesicht abgetrocknet hatte, legte er einen Arm um ihre Schulter und betrachtete stirnrunzelnd sein Spiegelbild. Er klopfte auf das schlaffe Fleisch unter seinem kantigen Kinn und schnitt eine Grimasse. »Ach ja, zehn Jahre können furchtbare Dinge mit einem Gesicht anrichten, *oui* … und sehr viel aus unserer Erinnerung streichen.«

»Salford ist verantwortlich für Clarice' Tod. Kannst du das so leicht vergessen?«

Er antwortete Kelseys Spiegelbild. »Ich werde es nie vergessen, aber es zehrt an einem Mann, Groll im Herzen zu tragen.« Seine nächsten Worte klangen wie eine Klage. »Irgendwie habe ich immer gespürt, dass Clarice' Leben tragisch enden würde. Sie war ganz anders als deine Mutter.«

»Warum hast du sie dann geheiratet, Papa? Warum hast du sie mehr geliebt als Mama? Das verstehe ich nicht.«

Kelseys unverblümte Frage überraschte ihn nicht. Er hatte sie zu einem offenen Menschen erzogen. Zu einem Freigeist. Er wusste nie, was als Nächstes aus ihrem Mund kommen würde, aber dieses delikate Thema hatten sie noch nie berührt. Er wählte seine Worte sorgfältig, um sie nicht zu verletzen. »Deine Mutter war schön, anmutig … eine echte Dame. Auf meine Weise habe ich sie geliebt.« Er lächelte traurig, schluckte die Trockenheit in seiner Kehle hinunter und fuhr versonnen fort: »Es war eine angenehme und bequeme Liebe. Deine Mutter zu lieben, war, wie in ein Paar alte Hausschuhe zu schlüpfen. Ich konnte immer davon ausgehen, sie dort vorzufinden, wo ich sie gelassen hatte … bis sie starb.«

Er schwieg einen Moment. Dann schüttelte er seine Anwandlung von Trauer und Wehmut ab, und seine Augen funkelten, als er an seine zweite Frau dachte. »Dann traf ich Clarice. Sie war wild und ungezähmt. Für mich war sie Himmel und Hölle zugleich. Sie liebte mit einer solchen Inbrunst der Seele. Und ich wusste, dass ich von diesem

Feuer verzehrt wurde, aber ...« Seine Stimme wurde weich vor Bewegung. »Gott steh mir bei, ich werde es nie bereuen. Ich hoffe, du wirst diese Art Feuer auch kennen lernen, wenn du dich eines Tages verliebst und heiratest.«

Kelsey schwieg eine Weile und sah ihn im Spiegel aus ihren ausdrucksvollen großen Augen unverwandt an. Falls er sie verletzt hatte, war es den klaren grünen Tiefen ihrer Augen nicht anzumerken. Er war dankbar, dass sie ihn verstanden hatte. Vielleicht verstand sie zu viel. Er runzelte die Stirn, als ihn dieser Gedanke streifte.

»Du magst vielleicht imstande sein, ihm zu verzeihen, ich kann es nicht.« Ihre Worte enthielten keine Anklage, sondern wurden in ihrer üblichen direkten Art ausgesprochen.

Er schob eine unordentliche Locke zurück, die ihr ins Gesicht gefallen war, und sah wieder in ihre langbewimperten grünen Augen. »Wenn ich ihm vergeben kann, *ma chère*, kannst du es auch.«

Sie schien noch etwas sagen zu wollen, aber das Geräusch einer heranrollenden Kutsche lenkte ihren Blick zum Fenster. »Oh, Mrs. Wilson kommt!«

»Begleite die Krähe« – er sah Kelseys Stirnrunzeln und verbesserte sich – »die Dame ins Atelier und setze sie in Position. Ich bin gleich da.«

Sie eilte zur Tür, blieb aber mit der Hand auf der Klinke stehen. »Nimm den Auftrag nicht an, Papa. Du magst ihm verziehen haben, aber ich bin sicher, dass einem Mann wie ihm nicht das Geringste daran liegt. Ich bezweifle, dass er überhaupt ein Gewissen hat. Vermutlich hat er irgendeinen abartigen Grund, dich zu engagieren – vielleicht um dir ins Gesicht zu lachen.« Als sie seine niedergeschlagene Miene sah, fügte sie hinzu: »Es tut mir Leid, Papa. Ich hatte kein Recht, das zu sagen, aber ich kann die Vorstellung, dass du für ihn arbeitest, nicht ertragen.« Sie öffnete die Tür und wollte sie gerade wieder schließen, als die Stimme ihres Vaters sie zurückhielt.

»Er hat nicht nach mir verlangt, sondern nach dir.«

»Wie bitte?« Kelsey blieb der Mund offen stehen und alle Farbe wich aus ihrem Gesicht.

»Offenbar wollte er uns beiden die Peinlichkeit einer Begegnung ersparen. Er hat darum gebeten, dass du sein Fresko überarbeitest. Sein Wagen wird dich morgen früh abholen kommen.«

»Ich muss schon sagen, dreitausend Pfund sind ein geringer Preis für deine Verzeihung –« Sie wollte noch mehr sagen, aber in diesem Moment klopfte es an die Tür. Sie warf ihrem Vater einen so verächtlichen Blick zu, dass er einen Schritt zurückwich und an den Waschtisch stieß. Er zuckte zusammen, als sie ihm die Tür vor der Nase zuknallte.

Ein breites Lächeln trat auf sein Gesicht. Er kannte seine Tochter. Niemals würde sie eine solche Summe ausschlagen, wenn sie so dringend Geld brauchten. Sie würde zum Herzog gehen.

Am nächsten Morgen stieß der Butler auf Stillmore die schwere Mahagonitür, die in ihren eisernen Scharnieren quietschte, zu. Die Tür fiel ins Schloss und ließ einen kalten Luftzug an Kelseys Gesicht vorbeiwehen. Der modrige Geruch alter Steinmauern stieg ihr in die Nase, und nicht ein Strahl der hellen Vormittagssonne drang in die dunklen Tiefen der großen Eingangshalle. Als sie sich umsah, hatte sie das Gefühl, von der Außenwelt abgeschnitten zu sein, verschluckt von der mittelalterlichen Atmosphäre, die das Schloss beherrschte.

Das einzige Licht kam von der Kerze, die der Butler hielt. Es brach sich in den Breitschwertern, Lanzen und Streitäxten, die an den düsteren Mauern hingen. Zwölf Ritterrüstungen, deren schimmernde Silberteile mit den undurchdringlichen Schatten des Raums verschmolzen, hielten zu beiden Seiten der Halle Wacht. Sie sahen aus, als könnten sie jeden Moment zum Leben erwachen, eine der Waffen von den Wänden reißen und das Schloss gegen Eindringlinge der Gegenwart verteidigen. Kelsey fühlte sich wie ein Eindringling.

Der Butler räusperte sich.

Solchermaßen erinnert, dass sie nicht allein war, drehte sie sich zu ihm um. Er war groß und hager und sein Kopf war fast völlig kahl. Sein Mund war so verkniffen, als hätte er in eine Zitrone gebissen, und sein Gesichtsausdruck wurde noch missbilligender, als er Kelseys Hosen und ihren Malerkittel beäugte.

Ihr Vater hatte sie gebeten, eines der beiden Kleider anzuziehen, die sie besaß, und die verwaschen und zerschlissen und reif für den Lumpensammler und ihrer Meinung nach nicht präsentabler als ihre Arbeitskleidung waren, aber ihre rebellische Natur hatte sich durchgesetzt. Sie trug das, was sie wollte. Warum sollte sie ein Kleid anziehen oder ihr Aussehen verändern, um einem so verabscheuungswürdigen Menschen wie Salford zu gefallen? Das hatte sie auch ihrem Vater gesagt, und der schneidende Ton, in dem sie es sagte, hatte ihn veranlasst, eilends das Haus zu verlassen. Und auch von Salfords hochnäsigem

Butler würde sie sich nicht einschüchtern lassen. Das zeigte sie ihm, indem sie ihn mit einem messerscharfen Lächeln und einem offenen Blick fixierte. Als ließe sich damit ihr Erscheinungsbild erklären, sagte sie: »Ich bin Miss Vallarreal. Lord Salford erwartet mich.«

Der Butler, der keine Miene verzogen hatte, erwiderte nichts. Abwesend starrte er auf ihren Mund, mit einem so leeren Gesichtsausdruck, als hätte er kein Wort von dem gehört, was sie gesagt hatte.

Jetzt rief sie, wobei sie jedes Wort einzeln betonte: »Ich-bin-Miss-Vallarreal! Die Malerin! Der-Herzog-erwartet-mich!«

»Kein Grund, so laut zu werden, Miss. Ich kann Sie klar und deutlich hören. Ich bin sicher, selbst die Toten in der Familiengruft haben Sie gehört.«

Kelsey lächelte über seine Bemerkung, um gleich darauf zu erröten, als ihr auffiel, wie schwer die Stille auf dem Inneren des Gebäudes lastete, so schwer, dass sie ihre eigenen Atemzüge hören konnte. Bestimmt hatte Salford ihr Gebrüll gehört.

»Tut mir Leid«, wisperte sie. »Ich dachte, Sie wären schwerhörig.«

»Ich habe lediglich Ihre Zähne bewundert«, erwiderte er in einem schwachen Flüsterton, der ihrem gleichkam. »Sie sind bemerkenswert weiß und gerade.«

»Mein Vater hat gute Zähne und meine Mutter hatte sie auch. Es scheint in der Familie zu liegen.« Sein säuerlicher Gesichtsausdruck kommt offenbar daher, dass er schlechte Zähne hat, dachte sie, nicht, weil er von Natur aus griesgrämig ist.

Die strengen Falten um seinen Mund entspannten sich

ein wenig. »Sie sind glücklich zu schätzen, Miss.« Er nahm ihr den Koffer ab, der ihre Pinsel und Farben enthielt, und stellte ihn ab. »Seine Gnaden erwartet Sie.«

Kelsey folgte dem Butler. Ihre Schritte hallten an den Steinmauern der Halle wie Kanonenschüsse wider. Die klamme Düsterkeit und die drückende Stille ließen die Luft erstickend wirken. Kelsey atmete tief ein und rieb sich die Arme, um das unheimliche Gefühl zu verscheuchen.

Sie folgte dem Butler einen langen dunklen Gang hinunter. Die zahllosen Hirschgeweihe, die zu beiden Seiten an den Wänden hingen, ragten wie Klauen aus den Steinen. Kelsey hob stirnrunzelnd den Blick und beobachtete sie scharf, als könnte eines von ihnen nach ihr greifen und sie packen.

Ein Geräusch wie von Fingernägeln, die über Schiefer kratzen, ließ sie herumfahren. Das Ende des Gangs war in vollständige Dunkelheit getaucht. Das gruselige Geräusch kam aus einem der düsteren Schatten. Sie schluckte schwer und beschleunigte ihre Schritte, bis sie neben dem Butler ging.

»Haben Sie das gehört?«

»Nein, Miss.«

»Ich habe etwas gehört.«

»Auf Stillmore ist viel Ächzen und Knarren zu hören. Sie werden sich daran gewöhnen.«

Gewöhnen? Mit zusammengezogenen Augenbrauen musterte sie die unbewegte Miene des Butlers, außerstande, das Gefühl abzuschütteln, dass irgendjemand oder etwas hinter ihr war und sich an ihrer Furcht weidete. Kratz-quietsch. Schon wieder! Sie spähte zum Butler. Seltsamerweise verzog er keine Miene, zuckte nicht einmal mit der Wimper, also gab Kelsey vor, es ebenfalls nicht bemerkt zu haben, obwohl sie spürte, wie es ihr kalt über den Rücken lief. Sie rückte etwas näher an den Butler heran.

Die Tatsache, dass sie so dicht neben ihm war, dass ihr Arm beim Gehen seinen Ärmel streifte, schien ihn nicht zu stören – oder aber es war unter seiner Würde, es sich anmerken zu lassen.

»Stimmt es, was ich gehört habe, dass der Fünfte Herzog seine Frau und ihren Liebhaber in ihrem eigenen Bett geköpft hat?«, fragte sie im Flüsterton und sah verstohlen hinter sich, als befürchtete sie, er könnte irgendwo in den Schatten lauern.

»Das war vor hundert Jahren, Miss. Über derartige Vorkommnisse ist mir nichts bekannt.«

»Na schön, und was ist mit dem Zweiten Herzog? Ich habe gehört, dass einige seiner Gäste nie mehr aus dem Schloss herausfanden und hier elend umkamen.«

»Ich fürchte, Sie geben zu viel auf den Dorfklatsch, Miss.«

»Denken Sie bitte nicht, ich würde solchen Unsinn glauben«, sagte Kelsey, wobei sie sich bemühte, rechtschaffen entrüstet zu klingen. »Ich habe einfach so viele Schauermärchen über Stillmore gehört, dass ich mich fragte, ob einige von ihnen auf Tatsachen basieren. Das ist der einzige Grund, warum ich gefragt habe.« Sie kam sich wie ein Dummkopf vor und schwor, sich nie wieder Griffins Geistergeschichten anzuhören. Das Geräusch, das sie hörte, musste ein Produkt ihrer Fantasie sein.

Der Butler sah sie an, blieb dann vor einer Tür stehen und öffnete sie. »Miss Vallarreal, Euer Gnaden«, verkündete er.

Kelsey wischte sich ihre feuchten Handflächen an ihrem Kittel ab und versuchte, das wilde Klopfen ihres Herzens zu beruhigen, bevor sie den Raum betrat …

Die Tür fiel krachend hinter ihr ins Schloss.

Sie machte einen Satz, merkte aber sofort, dass der Butler die Tür keineswegs zugeknallt hatte; es hatte in diesem Ödland der Stille, die überall zu herrschen schien, nur so geklungen.

Sie sah sich in dem langen, beeindruckenden Raum um. Schmale Lichtstreifen fielen durch zwei kleine Fenster knapp unter der Decke, wo zwischen schweren Eichenbohlen feine Staubwölkchen tanzten. Jahrhunderte von Rauch und Ruß hatten die Balken schwarz gefärbt und ließen sie genauso versteinert erscheinen wie den Rest des Gebäudes. Die Fenster spendeten sehr wenig Licht für einen so großen Raum, aber es reichte aus, um zu erkennen, dass endlose Bücherreihen die Wände säumten. Die Leihbücherei in South Shields war nicht einmal ein Viertel so groß. Ein Teil des Dorfs hätte bequem in diesem einen Raum Platz gefunden.

»Stehen Sie nicht so herum, Miss Vallarreal. Sie können sich setzen.«

Sie zuckte beim Klang der tiefen, herrischen Stimme zusammen, die zu ihr herüberwehte und über jeden Nerv an ihrem Körper zu streichen schien. Sie drehte sich um und musterte den Raum von oben bis unten. Obwohl es Mitte Juni war, brannte ein Feuer im Kamin, dessen Flammen über einem Rost züngelten, der groß genug war, um ein Wildschwein darauf zu grillen. Der Raum, der genauso düster und beklemmend wie der Rest des Gebäudes wirkte, brauchte diese Wärmequelle.

Als sie über die Gänsehaut auf ihren Armen rieb, sah sie zwei Sessel vor dem Kamin stehen. Von einem der beiden Sessel streckte sich ein langes Beinpaar dem Feuer entgegen. Kleine Lichter tanzten auf den glänzenden schwarzen Stulpenstiefeln. Lange Arme ruhten auf den Lehnen des Sessels, und zwei große Hände hielten ein Buch. Das Gesicht wurde von der Lehne verdeckt. Kelsey konnte eine fast greifbare Gegenwart spüren, die so beherrschend war, dass der Raum auf einmal schrecklich klein erschien.

»Sie können näher treten«, sagte er mit gelangweilter Höflichkeit. »Ich beiße nicht, Miss Vallarreal.«

»Ich habe guten Grund, etwas anderes zu glauben.«

»Wenn Sie Angst vor mir haben, wundert es mich, dass Sie hier sind.«

»Ich habe keine Angst vor Ihnen. Mein Vater hat diesen Auftrag angenommen, ohne meinen Rat einzuholen«, sagte sie in ruhigem Tonfall, der in krassem Gegensatz zu dem Flattern in ihrem Magen stand.

Als er nichts erwiderte, ging sie zaghaft auf den Ohrensessel zu, der seinem gegenüberstand, aber seine Stimme hielt sie auf.

»Das ist weit genug. Sie können sich in den Sessel hinter mich setzen.«

Kelsey sah zu dem hartlehnigen Stuhl, der in einem diskreten Winkel hinter seinem stand, als wäre er absichtlich dort hingestellt worden. Sie fühlte sich wie ein unartiges Kind, das zur Strafe in der Ecke sitzen muss. Trotzig verschränkte sie die Arme vor der Brust und schnitt der Sessellehne eine Grimasse.

Das Rascheln von Papier brach die Stille im Raum. Es klang wie ferner Donner. Kelseys Blick fiel auf die langen, schlanken Finger, die gerade eine Seite im Buch umblätterten. Unruhig rutschte sie auf ihrem Stuhl hin und her und sah zu, wie er weiterlas, als wäre sie überhaupt nicht vorhanden. Es war ein Fehler gewesen, zu kommen. Das wusste sie jetzt. Dreitausend Pfund waren keine ausreichende Entschädigung für eine derartige Demütigung. Sie stand auf, um zu gehen, aber wieder hielt seine Stimme sie zurück.

»Setzen Sie sich, Miss Vallarreal.«

Sie versteifte sich. »Erwarten Sie von mir, dass ich den Rest des Tages hier sitze und warte, bis Sie sich herablassen, mit mir zu sprechen? Ich habe Besseres zu tun, Euer Gnaden.«

»Setzen Sie sich.« Obwohl der Befehl mit leiser Stimme gegeben wurde, war die Drohung hinter den Worten nicht zu überhören.

Sie starrte die großen, starken Hände an, die immer noch das Buch umklammert hielten, und wusste, dass er ihr körperlich weit überlegen war. Sie setzte sich, ohne den Blick von ihm zu wenden, bereit, sofort die Flucht zu ergreifen, falls er auf sie losgehen sollte. Er rührte sich nicht und die Muskeln in seinen Schenkeln entspannten sich. Kelsey ließ den Atem heraus, den sie angehalten hatte.

»Da Sie einige Zeit hier bleiben werden, schlage ich vor, dass Sie Ihre unbedachte Zunge zügeln, Miss Vallarreal.«

»Tut mir Leid, dass meine offene Sprache Sie in Ihren Gefühlen verletzt«, sagte sie. Ihre nervöse Anspannung wich Zorn. »Es bleibt zu hoffen, dass unsere Begegnungen selten und von kurzer Dauer sein werden – wenn überhaupt.«

»Ich denke, das wäre für uns beide am angenehmsten.«

Seine langen Finger verharrten über dem Rand einer Seite.

»Ja, wäre es, und wenn wir schon frank und frei sprechen, sollten wir vielleicht gleich einiges klarstellen. Wenn die Summe, die Sie bieten, nicht so hoch wäre, wäre ich nicht hier – aber ich habe den Eindruck, das wissen Sie bereits. Es gibt noch etwas, das Sie wissen sollten. Fresken zu restaurieren, ist nicht leicht. Falls die Schäden tiefgreifend sind, werde ich möglicherweise vorschlagen, das Fresko zu entfernen und ein neues malen zu lassen. Sollte ich feststellen, dass es mir widerstrebt, das vorhandene Werk nachzumalen, lege ich die Arbeit nieder und überlasse es Ihnen, einen anderen Maler zu finden. Ich kann nicht malen, was ich nicht nachvollziehen oder von vollem Herzen bejahen kann.«

»Sie glauben also, das vorhandene Werk könnte so unerfreulich und abartig sein, dass es abstoßend auf Sie wirken wird.«

Sie zog die Augenbrauen hoch, als ihr der zynische Unterton in seiner Stimme auffiel. »Menschen umgeben sich mit Kunstwerken, die ihr Inneres widerspiegeln. Ich bezweifle, dass Sie mich in dieser Hinsicht überraschen werden.«

»Ihre Meinung von mir muss in der Tat sehr gering sein.«

»Wie könnte es anders sein? Ihr Verhalten in der Vergangenheit und die Kränkung, die Sie meinem Vater zugefügt haben, indem Sie ihn praktisch nötigten, mich hierher zu schicken, ist Beweis genug für mich, um Ihren Charakter einschätzen zu können. Sie müssen gewusst haben, dass er die Summe, die Sie geboten haben, nicht ablehnen konnte.«

Als er keine Antwort gab, wurde die Atmosphäre im Raum so angespannt, dass man es förmlich mit den Fingern greifen konnte. Kelsey beschloss, das Thema zu wechseln. »Übrigens, woher wussten Sie, dass ich male?«

Er zögerte einen Moment, bevor er sagte: »Es ist kein Geheimnis, dass Ihr Vater ... sagen wir einmal ... nicht sehr verlässlich ist. Ich weiß, dass Sie seine Assistentin sind und einen Großteil seiner Arbeiten ausführen, ohne den Ruhm dafür in Anspruch zu nehmen, und dass Sie ihm den Haushalt führen. Ich weiß, dass Sie und Ihr Vater in sehr bescheidenen Verhältnissen leben und dass er behauptet, ein großer französischer Künstler zu sein, in Wahrheit aber in Frankreich nie besonders bekannt war. Tatsächlich wanderte er nach der Schlacht von Waterloo nach England aus, weil er die wenigen Klienten, die er hatte, verloren hatte und sich nicht mehr erhalten konnte. Unglücklicherweise hat der Adel auch hier sein Talent nie allzu sehr zu schätzen gewusst, so dass seine einzigen Klienten Neureiche sind, die ihr Vermögen im Handel gemacht haben. Mir ist außerdem bekannt, dass ihr Vater eine monatliche Unterstützung von einem entfernten Verwandten in Frankreich erhält, die er regelmäßig vergeudet.«

Woher wusste er von Onkel Bellamys Zuschuss? Alles Übrige war allgemein bekannt, bis auf die Tatsache, dass sie die Bilder für ihren Vater malte, und das mochte er erraten haben. »Sie wissen ja ungeheuer viel über mich«, sagte sie unfreundlich.

»Ich habe ein gewisses Interesse an Ihnen.«

»Und warum, wenn ich fragen darf? Könnte es vielleicht sein, dass Sie es bereuen, meinen Vater zum betrogenen Ehemann und zum Gespött der Dorfbewohner gemacht haben und für Clarice' Tod verantwortlich sind?« Kelsey wartete mit geballten Fäusten auf seine Antwort.

Er sagte nichts.

Sein Schweigen war wie ein Schlag ins Gesicht. Sie konnte es nicht länger ertragen. Unfähig, die Bitterkeit in ihrer Stimme zu unterdrücken, sagte sie: »Ich kann Ihnen versichern, dass Clarice' Tod kein Verlust für mich war, denn sie war nicht unbedingt ein liebevoller Mensch« – sie brach ab und starrte die Rückenlehne seines Sessels finster an – »das heißt, wenigstens nicht mir gegenüber. Aber mein Vater hat sie geliebt. Die skandalösen Umstände ihres Todes haben ihn zugrunde gerichtet – Sie haben ihn zugrunde gerichtet. Und das werde ich Ihnen nie verzeihen. Verzichten Sie also bitte darauf, Interesse an mir zu haben. Ich brauche Ihr Mitleid nicht – falls Sie einer solchen Regung überhaupt fähig sind.«

Sie blinzelte die Tränen weg, die ihr aus den Augen zu kullern drohten, und setzte sich auf ihre Hände, um das starke Zittern in ihnen zu unterdrücken. Ihre Arme hingen steif an ihren Seiten herab, während sie sich bemühte, ihre Fassung wiederzugewinnen.

Er antwortete nicht sofort; offensichtlich musste er darum ringen, nicht die Beherrschung zu verlieren. Kelsey spähte zu ihm Er hatte sich nicht bewegt, und seine Arme und Beine waren so starr, dass sie aus Marmor hätten sein können. Ein durchschnittlicher Beobachter hätte die kaum sichtbare Anspannung der kleinen Muskeln in seinen Händen, die sich um das Buch krampften, vielleicht gar nicht bemerkt. Aber ihr fiel es auf. Und sie wusste, welche Willenskraft es ihn kosten musste, nach außen hin ruhig zu scheinen. Ein Abbild vollständiger Selbstbeherrschung.

Ein wahrer Turm aus Eis und Stein. Als seine frostige Stimme das Schweigen brach, fuhr sie erschrocken zusammen.

»Sobald Sie das Fresko besichtigt und entschieden haben, ob Sie es überarbeiten werden, verlasse ich mich in dieser Angelegenheit ganz Ihrer Diskretion. Solange Sie sich hier aufhalten, müssen Sie sich an die geltenden Regeln dieses Hauses halten. Ich schätze mein zurückgezogenes Leben und will darin nicht gestört werden. In der Nähe des Ballsaals ist ein Zimmer für Sie vorbereitet worden. Dort werden Sie Ihre Mahlzeiten einnehmen und schlafen. Sie brauchen jenen Teil des Hauses nicht zu verlassen. Ich erwarte von Ihnen, dass Sie sich nicht von dort entfernen. Sollten Sie den Wunsch haben, im Garten spazieren zu gehen, können Sie das zwischen acht und zehn Uhr morgens tun. Besucher sind während Ihres Aufenthalts hier nicht gestattet, aber Sie können so viele Briefe schreiben, wie Sie wollen. Sie dürfen die Bibliothek benutzen, sie aber nur zwischen zwölf und zwei Uhr nachmittags betreten. Falls Sie Klavier spielen, können Sie das Instrument im Musiksalon benutzen, aber nur zwischen drei und vier Uhr nachmittags. Haben Sie sich diese Regeln gemerkt?«

»Allerdings.« Sie verdrehte die Augen und stand auf. »Ich nehme die Mahlzeiten in meinem Zimmer ein. Der Garten von acht bis zehn, die Bibliothek von zwölf bis zwei. Wenn ich musizieren möchte, darf ich von drei bis vier auf dem Klavier spielen. Kein Herumlungern. Kein Atmen.« Sie hatte es gesagt, um ihn zu ärgern, aber als sie sein ansteckendes, tiefes Lachen hörte, musste sie unwillkürlich grinsen.

Sie reckte den Kopf und starrte auf die langen, anmutigen Linien seiner Finger. Herrliche Exemplare. Zu ihrer Überraschung verspürte sie den Wunsch, sie zu zeichnen. Verärgert über sich selbst sagte sie: »Gibt es sonst noch Regeln, die ich beachten muss?«

»Ja. Ich werde von Zeit zu Zeit kommen, um Ihre Fortschritte zu begutachten, aber wenn ich das mache, verlassen Sie den Raum.« Frostige Reserviertheit hatte die Heiterkeit in seiner Stimme ersetzt. »Ich werde Sie durch Watkins rechtzeitig über meine Besuche in Kenntnis setzen lassen.«

Die Trauer und die Einsamkeit, die kaum merklich hinter der aristokratischen Fassade seiner Stimme lagen, brachten in Kelsey eine mitleidige Saite zum Klingen, von der sie nicht geglaubt hätte, dass sie existierte. Das Lächeln auf ihren Lippen verblasste und sie fragte leise: »Sagen Sie, stellen Sie diese Regeln auf, um meine Empfindsamkeit zu schonen oder Ihre Eitelkeit?«

»Darauf werde ich Ihnen nicht antworten.« Seine Stimme wurde ablehnend. »Solange Sie sich unter meinem Dach befinden, werden Sie meine Regeln einhalten und keine Fragen stellen. Ist das klar?«

»Absolut.« Kelsey wollte eigentlich nichts mehr sagen, konnte sich aber nicht verkneifen hinzuzufügen: »Lassen Sie sich bitte versichern, dass es, wenn das alles meinetwegen geschieht, nicht nötig ist. Mein Vater hat dafür gesorgt, dass ich in jeder Kunstform eine gründlich Ausbildung erhalten habe. Ich habe Dinge gesehen, die Dantes Inferno wie das Paradies erscheinen lassen würden. Die meisten empfindsamen jungen Damen wären auf der Stelle in Ohnmacht gefallen, wenn sie gesehen hätten, was ich gesehen habe. Ich kann aufrichtig behaupten, dass ich noch nie in meinem Leben ohnmächtig geworden bin – nicht einmal, als mein Vater entschied, dass ich die menschliche Anatomie von Grund auf kennen lernen müsse, und mich nach London schleppte, um einer Autopsie beizuwohnen.«

Kelsey runzelte bei der Erinnerung die Stirn und fuhr fort: »Ich habe meinen gesamten Mageninhalt auf sein Hemd entleert, aber ... ich bin nicht in Ohnmacht gefallen. Es ist allgemein bekannt, dass Sie verunstaltet wurden, als Clarice ums Leben kam. Ich bin überzeugt, dass das der Grund für all diese Vorschriften ist, aber Sie brauchen Ihr Äußeres nicht vor mir zu verbergen. Ihr Anblick wird meine Meinung über Sie nicht im Mindesten beeinflussen oder mir auch nur ein entsetztes Keuchen entlocken.«

Er klappte das Buch zu und zog seine langen Beine zurück. Kelsey glaubte, dass er aufstehen und sich zu ihr umdrehen würde, aber er sagte: »Sie können gehen. Watkins wird Sie auf Ihr Zimmer begleiten.«

Kelsey starrte stirnrunzelnd auf die Rückenlehne des Sessels, drehte sich um und ging zur Tür. Ob er wütend auf sie war oder sich über sie lustig machte, hätte sie nicht sagen können, aber ein Anflug von Gefühl schwang in seiner Stimme mit, eine Regung, die ihr bis jetzt nicht an ihm aufgefallen war. Sie war sich nicht sicher, ob ihr das oder das neu entdeckte Mitgefühl, das sie für ihn empfand, angenehm war. Vielleicht wäre sie jetzt zumindest imstande, höflich mit ihm zu reden, wenn sie gezwungenermaßen in einem Raum waren. Vielleicht.

2

Als Kelsey die Tür schloss, wartete Watkins schon auf sie. Er wirkte ein wenig verlegen, als hätte er an der Tür gelauscht.

»Zu Ihrem Zimmer geht es hier entlang, Miss.« Er drehte sich um und ging den Korridor hinunter, steif wie eine Drahtbürste. »Ich vermute, Sie sind über die Regeln im Bilde?«

Sie folgte ihm und antwortete in ihrer üblichen unbefangenen Art: »Da Ihr Gehör ausgezeichnet ist, müssten Sie wissen, dass man mich darauf hingewiesen hat.«

Ein wenig von der Sprödigkeit in Watkins Stimme schwand, als er sagte: »Wenn wir schon so offen miteinander reden, Miss ...«

»... hoffe ich, dass Sie das ›Miss‹ fallen lassen und mich Kelsey nennen.«

»Äh ... gern, Miss Kelsey.« Er sprach ihren Namen aus, als täte es ihm weh, dann fuhr er fort: »Erlauben Sie mir die Freiheit, Ihnen mitzuteilen, dass ich Seine Gnaden seit Jahren nicht mehr lachen gehört habe. Ich möchte Ihnen dafür danken.«

»Danken Sie mir nicht. Ich wollte ihn wütend machen, wie Sie sehr wohl wissen. Und ich bin sicher, Sie wissen, wie sehr ich ihn für all den Kummer, den er meinem Vater bereitet hat, verabscheue.«

»Vergeben ist besser als strafen; das eine zeugt von einem sanften, das andere von einem unbeherrschten Wesen.«

»Nicht zu fassen! Diesen Satz hat meine Mutter auch immer gepredigt – und dazu unzählige Zitate aus der Bibel. Epiktet und Salomon haben mich durch meine ganze Kindheit verfolgt, bis ich beschloss, dass ich genug hatte, und« – sie lächelte – »meine Mutter mich dabei ertappte, wie ich meine Bibel und eine Zitatensammlung von Epiktet vergrub.«

»Was tat sie daraufhin?« Leichte Belustigung schwang in seiner Stimme mit.

»Nicht viel, als mein Vater meiner Tat Beifall spendete. Das Ganze war bei uns zu Hause häufig Anlass für Streitigkeiten. Wissen Sie, mein Vater und meine Mutter waren sich immer uneins, was meine Erziehung anging. Er lehnte ihr puritanisches Denken ab und sie konnte nichts mit seiner Logik des Künstlers anfangen. Aber sie ließ sich nicht aufhalten. Nach dem Vorfall des Bücherbegrabens fing sie an, aus Popes Aufsätzen über die Moral und dem Buch der Psalmen zu zitieren.«

»Ihre Mutter muss eine sehr feine Dame gewesen sein.«

»O ja.« Ihre Stimme wurde ernst. »Der Vater meiner Mutter war der dritte Sohn Lord Brittlewoods und er entschied sich für die geistliche Laufbahn. Der Vater meiner Großmutter war ein Gutsherr. Ich habe meine Großeltern nie kennen gelernt. Sie hielten nichts von meinem Vater und enterbten meine Mutter, als sie mit ihm durchbrannte und ihn heiratete.«

»Oh ...« Er verstummte und verfiel in ein nachdenkliches Schweigen.

Watkins bog abrupt in einen anderen Korridor ein. Hier waren die Wände mit Holzvertäfelungen und Tapeten verkleidet, ein Hinweis darauf, dass sie zu einem der neueren Flügel von Stillmore gehörten. Kelsey rümpfte die Nase über die leuchtend gelbe Tapete mit tiefrotem Paisley-Muster. Es war grauenhaft, aber sie war froh, dass sie den Schatten und dem Ächzen und Stöhnen im älteren Teil des Schlosses entkommen waren.

Der Butler bog wieder ab, und sie betraten eine Gemäldegalerie. Betroffen von der Schönheit des Raums, verlangsamte Kelsey ihre Schritte. Helles Sonnenlicht fiel durch zehn hohe Fenster, die eine Seite des Zimmers säumten. Unter jedem der Fenster stand eine Sitzbank. Ein goldbrauner Teppich erstreckte sich über die gesamte Länge des weitläufigen Raums, dessen Farben zu den goldgelben Vorhängen vor den Fenstern und den Kissen auf den Bänken passten. An der gegenüberliegenden Wand hingen in kunstvoll geschnitzten, vergoldeten Rahmen Porträts der Vorfahren des Herzogs.

Langsam ging sie an den feierlichen, gepuderten Gesichtern von Salfords Familienmitgliedern vorbei, wobei ihr Bilder von Gainsborough, Rubens, Lely und Van Dyck auffielen. Da sie kaum je Gelegenheit hatte, so hervorragende Kunstwerke zu betrachten, blieb sie vor einem Gemälde von Sir Henry Raeburn stehen, ein Künstler, der an seinen satten Farben und weiten, kraftvollen Pinselstrichen leicht zu erkennen war.

Der Mann auf dem Bild stand unter einer Eiche und hielt die Zügel seines Pferds. Sein dunkelbraunes Haar war kurz geschnitten. Er hatte ebenmäßige, aristokratische Züge mit hohen Backenknochen, die seinem Aussehen etwas leicht

Adlerhaftes verliehen. Das markante Kinn unterstrich die Arroganz, die seine gesamte Haltung prägte. Die angeborene Lebhaftigkeit und Verwegenheit, die in seinen tiefschwarzen Augen funkelten, waren von Raeburn mit meisterhaftem Scharfblick erkannt und aufs Bild gebannt worden.

Neben dem Gentleman hing das Porträt einer sehr schönen Frau im Abendkleid, ebenfalls ein Raeburn. Das Leid in den Augen der Frau zog Kelsey magisch an, und sie trat vor das Bild, um die hoch gewachsene, schöne Frau näher zu betrachten. Sie war sehr jung, vermutlich in Kelseys Alter, aber die Einsamkeit und Melancholie in ihren Augen, die Raeburn eingefangen hatte, ließen sie viel älter erscheinen. Goldene Locken umrahmten ihr Gesicht. Durch die leicht herabhängenden Schultern und das züchtig gesenkte Gesicht wirkte sie zurückhaltend und unnahbar und so, als verabscheute sie jeden Moment, den sie für den Maler Modell sitzen musste. Eine zukünftige Märtyrerin.

»Wie ich sehe, haben Sie die Porträts des Herrn und der verstorbenen Herzogin entdeckt.«

Kelsey zuckte zusammen, als sie Watkins' Stimme so nah bei sich hörte. Sie legte eine Hand an ihren Hals und sagte: »Sie haben mich erschreckt.«

»Das tut mir Leid, Miss Kelsey.«

Seine ausdruckslose Stimme klang nicht im geringsten zerknirscht. Sie lächelte ihn an und musterte dann wieder das Porträt des schmalhüftigen, breitschultrigen Gentleman. »Das ist also Lord Salford?«

»Ja, kurz nachdem er den Titel geerbt hatte«, sagte Watkins mit unüberhörbarem Stolz in der Stimme.

»Ich hätte ihn erkennen müssen.« Sie runzelte nachdenklich die Stirn, als die Erinnerungen zurückkehrten. »Ich habe ihn früher oft mit halsbrecherischer Geschwindigkeit und einer hübschen jungen Dame an seiner Seite in seinem Wagen durchs Dorf jagen sehen. Aber das ist lange her …« Bevor es zu dem Skandal kam, bevor sie ihn hasste.

Sie wandte rasch den Blick von Salfords Porträt ab und betrachtete seine Frau. Sie berührte den unteren Rand des vergoldeten Rahmens und strich mit der Fingerspitze über die glatte Kante. »Sie sieht sehr traurig aus«, bemerkte sie, um das Thema zu wechseln.

»Es wurde an ihrem Hochzeitstag gemalt.«

»Kein sehr freudiges Ereignis, wie mir scheint.« Als sie das Elend auf dem Gesicht der jungen Frau studierte, empfand sie tiefes Mitgefühl mit ihr. Gezwungen zu sein, Salford zu heiraten, musste schlimmer gewesen sein als lebenslängliche Haft im Tower von London.

»Es war eine arrangierte Ehe.«

»Ist das eine höfliche Art zu sagen, dass es keine Liebe zwischen Lord Salford und seiner Frau gab?« Sie drehte sich zu ihm um.

Er nickte. »Leider war es so.«

Ihre Mutter hatte ihr eingeschärft, dass Damen nicht mit den Dienstboten tratschten, aber da Kelsey sich nicht als Dame sah – Damen waren reiche, privilegierte, verwöhnte Wesen, nicht Töchter armer Künstler –, zögerte sie nicht zu fragen: »Hat sich die Herzogin nach dem Skandal tatsächlich umgebracht, Watkins?«

»Dazu kann ich nichts sagen, Miss Kelsey.« Watkins richtete sich kerzengerade auf und sagte nichts mehr. Offenbar war er Lord Salford zu treu ergeben, um seine Meinung zu äußern.

»Ihr Selbstmord muss dem Klatsch und Tratsch um Clarice' Tod neue Nahrung gegeben haben«, tastete sie sich weiter vor.

»Vermutlich, aber es steht mir nicht zu, über solche Dinge Überlegungen anzustellen.«

»Ach so.« Anscheinend wollte Watkins ihr damit zu verstehen geben, dass das Thema für ihn abgeschlossen war. Der Tod der Herzogin interessierte Kelsey nach wie vor, aber ihr war klar, dass Watkins keine weiteren Informationen preisgeben würde. Im Dorf war allgemein bekannt, dass Salfords Frau Selbstmord begangen hatte, aber niemand wusste Näheres darüber. Kelsey entschied, dass es möglicherweise ganz gut war, nicht mehr zu erfahren; manche Dinge blieben besser im Dunkeln.

Plötzlich stand das Bild von Salford und Clarice vor ihrem Auge, zwei Menschen, die sich hinter dem Kohlenschuppen in den Armen lagen. Sie glaubten, niemand könnte sie sehen, aber Kelseys Zimmer befand sich im Dachboden, und sie konnte die beiden von ihrem Fenster aus klar und deutlich erkennen. Clarice küsste ihn und rieb dabei ihre Hüften an ihm, mit wilden, animalischen Bewegungen ...

Kelsey kniff die Augen zusammen, um das unerwünschte Bild zu verscheuchen. Sie hatte die beiden nur dieses eine Mal gesehen, aber der Anblick hatte sie jahrelang bis in ihre tiefsten, dunkelsten Träume verfolgt. Immer war sie es, die in ihren Träumen von Salford geküsst wurde. Und wenn sie aufwachte, war sie schweißgebadet und zitterte von Kopf bis Fuß, erfüllt von einer schmerzlichen Leere, die schnell Verachtung für sich selbst wich, weil sie es zuließ, im Traum von einem Mann liebkost zu werden, den sie verabscheute. Watkins' Stimme holte sie in die Gegenwart zurück.

»Sie sehen blass aus. Ist Ihnen nicht wohl, Miss Kelsey?«

»Doch, es geht mir gut. Nur eine unerfreuliche Erinnerung«, sagte sie. Als sie ihre Hände aneinander rieb, spürte sie den Schweiß auf ihren Handflächen. Der Butler musterte sie besorgt, und sie fügte hinzu: »Wirklich, es ist vorbei. Mir geht es gut.«

»Wenn Sie mir dann bitte folgen würden.«

Kelsey schenkte der Frau auf dem Bild einen letzten mitfühlenden Blick und beeilte sich dann, Watkins einzuholen. Sie wanderten durch ein wahres Labyrinth von Fluren, bis er schließlich vor zwei großen Türen stehen blieb. »Das ist der Ballsaal.«

Der Butler beugte sich vor, um die Tür zu öffnen, aber ein Geräusch von drinnen ließ ihn innehalten. Die blaugeäderte Hand auf der Klinke, murmelte er: »Brutus.«

»Brutus?« Kelsey schob sich hinter Watkins' Rücken, in der festen Überzeugung, dass Brutus ein irischer Wolfshund sein musste, der alles verschlang, was ihm über den Weg lief – insbesondere Menschen.

»Sie brauchen keine Angst zu haben. Er wird nur unangenehm, wenn man versucht, ihn anzufassen.« Watkins stieß die Tür auf.

Kelsey spähte an seiner Schulter vorbei. Der größte rotgetigerte Kater, den sie je gesehen hatte, fauchte gerade einen Spaniel an und schlug mit der Pfote nach ihm. Der Hund duckte sich und knurrte und wich dann in eine Ecke zurück. Blut strömte aus den Kratzern auf seiner Schnauze.

»Brutus ist unser Haustyrann und Rattenfänger«, bemerkte Watkins beiläufig. Er ging zu dem Kater und wedelte mit seinen dünnen Armen. »Weg mit dir! Lass Trusty in Ruhe.«

Brutus fauchte Watkins an und huschte dann auf leisen Pfoten aus dem Raum. Sein Schwanz peitschte durch die Luft, und seine geschmeidigen Muskeln bewegten sich mit der arroganten Anmut eines königlichen Herrschers.

Der Hund, der seine Chance auf Entkommen sah, flitzte los und schoss dicht an Kelseys Beinen vorbei, als er aus dem Saal flüchtete.

Sie lachte und schob den Kopf vor, um zu beobachten, wie Trusty mit eingekniffenem Schwanz den Flur hinunter jagte. »Mir scheint, Brutus mag Hunde genauso wenig wie Ratten.«

»Wir haben keine Ratten. Ich bin sicher, es kommt der Tag, an dem ich aufwache und Trusty nicht mehr vorfinde.« Kelsey, die etwas überrascht über Watkins unerwarteten trockenen Humor war, lächelte. Seine Stimme wurde wieder ernst, als er weitersprach. »Brutus ist sehr ungesellig. Wenn Sie ihm begegnen, gehen Sie ihm lieber aus dem Weg.«

»Ich werde daran denken«, sagte sie und trat in den Ballsaal.

Er war gewaltig in seinen Ausmaßen und musste einmal prachtvoll ausgestattet gewesen sein, aber jetzt war der Saal leer, der Kronleuchter verhängt, die Atmosphäre trostlos. An den Wänden wirbelten und kreisten Paare in Kostümen des siebzehnten Jahrhunderts. Musiker, Diener und Tische mit Speisen füllten die leeren Stellen. Es waren nicht die anzüglichen Fresken, die sie in Salfords Ballsaal erwartet hatte. Die Harmlosigkeit des Themas überraschte sie. Nachdem sie gesehen hatte, wie er Clarice küsste, hatte sie sich detaillierte Liebesszenen von griechischen Göttern und Göttinnen vorgestellt, zwischen denen sich nackte Nymphen tummelten.

»Dort unten ist die Stelle, die Seine Gnaden von Ihnen ausbessern lassen will.« Watkins zeigte auf die Wand am unteren Ende des Raums.

Als sie über den Marmor gingen, hallten ihre Schritte in dem leeren Saal hohl wider. In der Nähe der Wand war ein Gerüst aufgestellt worden, vermutlich für Kelseys Arbeit.

Watkins blieb neben einem der metallenen Träger stehen, verschränkte die Hände auf dem Rücken und straffte die Schultern, bis sein Rücken genauso steif war wie der Stützbalken, neben dem er stand. Den Kopf in ihre Richtung geneigt, beobachtete er sie unverwandt, offenbar, weil er auf eine Reaktion wartete.

Kelsey warf ihm einen verstohlenen Blick zu, bevor sie sich unter die Metallstützen schob. Ein langer, tiefer Riss zog sich vom Boden bis zur Decke. Als sie mit dem Finger über die Innenseite des daumendicken Spalts strich, um die Tiefe zu ertasten, lösten sich ein paar lose Stücke Putz von der Wand. Sie zuckte zurück und sah zu Watkins. Seine Lippen waren so fest zusammengepresst, dass sie kaum noch zu sehen waren, und er schien völlig fasziniert von dem Muster des Marmorbodens unter seinen Füßen.

»Ich kann das Fresko nicht restaurieren. Der Riss ist zu breit und zu tief. Wie konnte das passieren?« Sie klopfte den Staub von ihren Händen und kam wieder unter dem Gerüst hervor.

Er sah sie nicht an, als er antwortete. »Das ... das kann ich nicht sagen. Er scheint noch nicht lange dort zu sein.

Seine Gnaden meint, es käme von der Senkung des Gebäudes.«

»Senkung?« Kelsey zog die Augenbrauen hoch und verschränkte die Arme vor der Brust. »Ich dachte, der Umbau der alten Burg hätte gegen Ende der Regentschaft von Königin Elizabeth der Ersten stattgefunden.«

Watkins, der seine Antwort sorgfältig abzuwägen schien, zögerte kurz, bevor er sagte: »Ich glaube, das trifft zu, Miss Kelsey.«

»Hm. Das würde bedeuten, dass dieser Anbau ungefähr zweihundert Jahre alt ist. Scheint es nicht etwas seltsam, dass sich ein so alter Gebäudeteil senken soll?«

»Das kann ich nicht sagen.«

»Haben Sie auch woanders Risse entdeckt?«

»Nur diesen einen.«

»Ich würde empfehlen, Lord Salford mitzuteilen, dass er eventuell einen Architekten zuziehen und den Riss untersuchen lassen sollte. Möglicherweise bricht dieser Anbau eines Tages in sich zusammen. Ich hoffe, er benutzt den Raum nicht sehr oft.« Ein Lachen schwang in Kelseys Stimme mit.

»Er ist seit Jahren nicht benutzt worden, Miss Kelsey. Die Mutter Seiner Gnaden machte von ihm Gebrauch, als sie noch lebte, aber sie ist jetzt seit über siebzehn Jahren tot.«

»Mich wundert, dass Lord Salford sich überhaupt die Mühe machen will, die Wand reparieren zu lassen. Scheint mir eine schrecklich große Ausgabe für einen unbenutzten Raum zu sein.«

»Oh, er ist sehr genau, wenn es darum geht, das Schloss in einwandfreiem Zustand zu erhalten.«

»Verstehe.« Als ihr auffiel, wie schuldbewusst und unbehaglich Watkins wirkte, sagte sie nichts mehr. Selbst wenn sie nachbohrte, würde er ihr nicht verraten, was wirklich mit der Wand passiert war.

Er schien erleichtert und ließ einen Atemzug heraus, der seine verkniffenen Lippen wieder zum Vorschein brachte, und ging dann auf eine Tür am Ende des Gerüsts zu. »Zu Ihrem Zimmer geht es hier entlang. Wenn Sie mir bitte folgen wollen, zeige ich es Ihnen.«

Kelsey stieß einen tiefen Seufzer aus und beobachtete Watkins' steifen Rücken, als er auf die Tür zuging. Anscheinend hatte jemand die Wand absichtlich beschädigt. Aber aus welchem Grund? Im Grunde konnte es ihr egal sein, solange sie dreitausend Pfund dafür bekam, sie wiederherzustellen.

Sie würde Salfords Wand bemalen und jeden Pfennig von dem Geld behalten. Sie würde nie wieder zulassen, dass ihr Vater eine ihrer Arbeiten mit seinem Namen signierte – nicht nach der hinterhältigen Art und Weise, in der er diesen Auftrag angenommen hatte, ohne auch nur mit ihr darüber zu sprechen. Männer mochten die Welt der bildenden Künste beherrschen, aber sie hatte vor, mit dem kleinen Vermögen, das ihr dieser Auftrag einbrachte, im Atelier ein angenehmes Leben zu führen, ihrem Vater gelegentlich, wenn sie es für angebracht hielt, ein bisschen Geld geben und sich selbst einen Namen machen. Sie könnte in London annoncieren. Sich vielleicht in die besseren Kreise vorwagen und Bekanntschaften schließen. Im Geist sah sie schon die feinen Herren und Damen vor sich, die darum bettelten, von ihr gemalt zu werden. Aber welchen Preis musste sie für ihre Träume zahlen? War er zu hoch?

Eine Tür am hinteren Ende des Ballsaals öffnete sich. Kelsey blickte von ihrem Skizzenblock auf. Ein junges Mädchen drückte mit der Hüfte die Tür auf und balancierte ein Tablett in den Saal. Sie war so dünn, dass ihre Tracht lose um ihre Gestalt hing. Auf ihrem hellroten Haar saß ein Zofenhäubchen. Als sie einen langen, müden Seufzer ausstieß und das Tablett ein wenig höher hob, flatterten die Bänder des Häubchens um ihr Gesicht. Sie bemerkte Kelsey nicht, die es sich am gegenüberliegenden Ende des Raums auf dem Fenstersitz bequem gemacht hatte, und ging auf die Tür zu, die in Kelseys Schlafzimmer führte.

Kelsey starrte auf die Hände, die sie gezeichnet hatte, und runzelte die Stirn. Eigentlich hatte sie Motive für die Wandmalerei entwerfen wollen. Das alte Vorbild war zu unscheinbar, zu triste; sie wollte etwas Neues und Aufsehenerregendes schaffen, etwas, das sich unverkennbar als ihr eigener Beitrag abhob, aber das Bild von Salfords schönen, aristokratischen Händen war ihr nicht aus dem Kopf gegangen. Wie eine Idiotin hatte sie ihre Zeit damit verschwendet, sie zu zeichnen. Sie klappte das Skizzenbuch zu und stand auf.

Das Mädchen wirbelte herum und starrte Kelsey mit weit aufgerissenen Augen an, als wäre sie ein Geist. Die rosige Farbe wich aus ihren Wangen; dann ließ sie das Tablett fallen und schrie.

Kelsey lief zu ihr. Das hysterische Kreischen des Mädchens hörte nicht auf, sondern verstärkte sich, als Kelsey näher kam. Sie nahm das Mädchen bei den Schultern und schüttelte es. »Schon gut, ich tue dir nichts. Ich bin Kelsey Vallarreal – die Malerin. Ich darf mich hier aufhalten. Ich bin heute Nachmittag gekommen.«

Das Mädchen hörte auf zu schreien und starrte Kelsey an, erst mit leerem Blick, dann mit einem Aufflackern von Begreifen in ihren Augen. Sie legte eine Hand an ihr Herz. »Herrje, Miss, haben Sie mich aber erschreckt, also wirklich! Ich hab nicht erwartet, dass Sie hier drin sind.«

»Tut mir Leid, dass ich dir Angst gemacht habe.« Kelsey bückte sich, um das Tablett aufzuheben.

Das Essen war zum Teil unter das Tablett gerollt und ließ es am Fußboden kleben. Kelsey hob es auf und hörte ein schmatzendes Geräusch, als sich das Tablett vom Boden löste. Der kleine Ruck warf sie nach hinten. Sie fiel hintenüber, landete mit dem Po in einem Stück Mandelkuchen und schlitterte ein Stück über den Boden, bevor sie endlich zum Stehen kam.

»Oh, Miss, haben Sie sich wehgetan?« Das Mädchen nahm Kelsey am Arm und half ihr auf, bevor sie mit dem Handrücken den Kuchen von ihrem Hinterteil fegte. »Sie hätten das Aufräumen mir überlassen sollen. Es tut mir ja so Leid! Sind Sie verletzt?«

»Nur mein Stolz.« Kelsey lächelte sie an.

»Ach Gott, Miss, bin ich aber froh, dass Sie darüber lachen können. Andere könnten das nicht, wissen Sie. Ach du meine Güte, das war doch Ihr Abendessen. Bestimmt sind Sie am Verhungern und trotzdem so freundlich.« Tränen glänzten in den Augen des Mädchens, als es sich bückte und mit einer Serviette den Boden wischte.

Kelsey kauerte sich neben sie. »Ein kleines Missgeschick, mehr nicht. Kein Grund zum Weinen.« Sie hob eine Scheibe Kalbsbraten auf, die neben ihrem Fuß lag, und warf sie mit einer geschickten Drehung des Handgelenks auf das Tablett. Als das Fleisch mit einem satten Flop landete, schluchzte und kicherte das Mädchen zugleich. »Wie heißt du?«, fragte Kelsey, die selbst grinsen musste.

»Mary ... Mary Simpson.«

»Na schön, Mary Simpson«, sagte sie, wobei sie den breiten schottischen Akzent des Mädchens nachmachte. »Ich bin Kelsey Vallarreal.«

»Ich bin sehr erfreut, Ihre Bekanntschaft zu machen.« Mary lächelte sie scheu an und benutzte dann den Zipfel ihrer Schürze, um sich die Augen abzutupfen und die Nase zu wischen. »Ich weiß gar nicht, was in mich gefahren ist ... es ... es ist dieser Saal. Hier kriege ich eine Gänsehaut.«

Das Lächeln auf Kelseys Gesicht verblasste. Sie griff nach einem Löffel, lud ein großes Stück Brotpudding darauf und beförderte es auf das Tablett. »Was stimmt nicht mit dem Saal?«

»Oh, ich sollte Ihnen das nicht erzählen, wo Ihr Zimmer doch ganz in der Nähe ist ...« Sie zeigte auf die Tür, die in Kelseys Schlafzimmer führte, und senkte die Stimme zu einem verschwörerischen Wispern. »Aber Sie haben ein Recht, es zu erfahren, finde ich. Sie sollten es wissen. Ich finde es nicht fair, dass man es Ihnen nicht gesagt hat.«

Als Mary verstummte, hätte Kelsey sie am liebsten geschüttelt, aber sie sagte nur: »Was gesagt?«

»Dass sich hier die verstorbene Herzogin erhängt hat.« Sie deutete auf den Kronleuchter. »Als man sie fand, hing sie da dran ...«

Kelsey starrte auf den verhängten Kronleuchter und sah das Bild vor sich. Die unglückliche junge Frau aus der Ahnengalerie, die von der Decke baumelte, die goldenen Locken um ihr blasses Gesicht wallend ...

Einer der vielen Kristalltropfen des Leuchters fing

unvermittelt zu klingen an, ganz leise nur, aber es reichte aus, dass Kelsey der Atem stockte. Ihr Herz hämmerte, und ihre Kehle war wie zugeschnürt. Mary, die es auch gehört hatte, wurde kreidebleich.

»Was hat das zu bedeuten?« Die Stimme echote durch den Ballsaal.

Kelsey fuhr zusammen und presste eine Hand auf ihr Herz. Dann fiel ihr Blick auf Watkins, der in der Tür stand, und sie atmete erleichtert auf. Offenbar hatte der leichte Luftzug, als Watkins die Tür öffnete, den Leuchter zum Schwingen gebracht. Mühsam schluckte sie den Kloß, der ihr in die Kehle gestiegen war.

»Was hast du angestellt, Simpson?«, fragte Watkins, während er auf sie zukam, wobei er sich mit mehr Schwung bewegte, als man von einem Mann seines Alters erwartet hätte.

»Schimpfen Sie Mary nicht«, warf Kelsey rasch ein. »Ich habe das Tablett umgestoßen.«

»Oh.« Ein wenig von dem Groll in Watkins' Stimme schwand. »Simpson, du holst unverzüglich ein anderes Tablett. Die Sauerei kannst du später aufräumen.«

»J-ja, Sir.« Mary hob das Tablett auf und machte erst vor Watkins, dann vor Kelsey einen Knicks, bevor sie praktisch aus dem Raum rannte.

Kelsey sah Watkins ins Gesicht. Der wissende Ausdruck in seinen Augen verriet, dass er die Wahrheit erraten hatte. Sie stand auf und sagte: »Seien Sie nicht zu streng mit ihr.«

»Das werde ich nicht, solange Sie nicht den Unsinn über diesen Raum glauben, den sie Ihnen in den Kopf gesetzt hat.«

»Wie gesagt, ich glaube nicht an Gespenster«, sagte sie, wobei ihr auffiel, dass sie viel zu viel Nachdruck auf ihre Worte legte. »Tun Sie es, Watkins?«

»Nein. Nur die Lebenden suchen Stillmore Castle heim.«

Kelsey sah noch einmal zu dem Kronleuchter. Einer der Tropfen schien sich zu bewegen, aber dann wiederum ... sie hatte eine lebhafte Fantasie. Unter den Auswirkungen dieser Fantasie hatte sie bereits gelitten, als sie im Schloss eingetroffen war und die seltsamen Geräusche im Gang gehört hatte. Watkins hatte sicher Recht. Das Einzige, was auf Stillmore lastete, war der gegenwärtige Herzog selbst.

Sie sah in die Augen des Jungen, sah das Lächeln in ihnen und kroch auf seinen Schoß. Es war ein schönes Gefühl, als er die Arme um sie schlang und sie an sich drückte. Er liebte sie. Und sie liebte ihn mehr als irgendjemanden sonst auf der Welt.

»Heiratest du mich, wenn ich groß bin?« Sie strich mit den Fingern über das weiche Fell des Kaninchens.

Ein Lächeln erhellte sein Gesicht. »Bist du sicher, dass du stattdessen nicht dieses Kaninchen heiraten willst?«

»Nein, nur dich. Kaninchen schaut zu, wenn wir in einer schönen Kapelle getraut werden.« Sie lachte und schwenkte Kaninchen spielerisch durch die Luft. »Nicht wahr, Kaninchen?«

Jemand kam ins Zimmer. Gleich darauf wurde sie grob aus den Armen des Jungen gerissen. Sie schrie und trat um sich und streckte die Arme nach ihm aus, aber er war in einem gespenstischen grauen Nebel verschwunden ...

Kelsey schrak aus dem Albtraum hoch, der sie seit ihrer

frühen Kindheit verfolgte und immer wiederkehrte. Es war nicht einer der sinnlichen Träume, in denen Salford die Hauptrolle spielte; nach diesem Traum fühlte sie sich immer, als wäre ihr das Herz aus der Brust gerissen worden. Als sie eine Hand an ihre Brust legte, fühlte sie die unruhigen Schläge unter der Innenfläche, und zwang sich, tief durchzuatmen. Dann wischte sie sich mit dem Handrücken die Tränen aus den Augen.

In diesem Moment spürte sie, dass sie nicht allein im Zimmer war.

Das Gefühl, dass irgendetwas oder -jemand in den Schatten gelauert hatte, als sie an diesem Nachmittag im Schloss eintraf, befiel sie erneut. Sie schlug die Augen auf. Zwei funkelnde grüne Scheiben, die über dem Bett schwebten, starrten sie an. Kelsey öffnete den Mund, um einen Schrei auszustoßen, aber sie brachte keinen Laut über die Lippen, zitterte nur unkontrolliert. Sie fühlte die Gänsehaut, die sie überlief, fühlte den Schweißtropfen, der ihr von der Stirn tropfte, fühlte ihre Zunge, die über ihre Zähne glitt, aber sie konnte nicht schreien.

Sie hatte die Bettvorhänge nicht zugezogen. Das Mondlicht war nicht besonders hell, reichte aber aus, um die geduckte Silhouette einer kleinen, katzenhaften Gestalt zu beleuchten, die am Fußende des Betts stand.

»Brutus?«, wisperte sie, während sie spürte, wie die Erstarrung in ihren Gliedmaßen nachließ und ihr Puls langsamer ging. »Du hast mich zu Tode erschreckt. Wie bist du hier hereingekommen?« Sie streckte eine Hand nach ihm aus. »Komm ruhig näher, Katerchen. Ich bin genauso einsam wie du.«

Sie dachte, dass er vielleicht bleiben würde, aber er

sprang vom Bett und verschwand im Schatten. Die ihr zugewiesene Schlafkammer war ein Vorraum zum Ballsaal und offensichtlich vor ihrer Ankunft hastig eingerichtet worden. Die schlichten Möbel – Bett, Schrank und Kommode aus Tannenholz – standen in krassem Gegensatz zu der goldenen französischen Tapete, den vergoldeten Spiegeln und dem zierlichen, mit goldfarbener Seide bezogenen Sofa, das unter einem der Fenster stand. Kelsey störte die bunt gewürfelte Einrichtung nicht; es war immer noch viel schöner als ihr Schlafzimmer zu Hause. Und zum Glück war der Raum nicht so groß, dass Brutus sich leicht vor ihr verstecken konnte.

Sie schlug die Bettdecke zurück, kauerte sich auf den Boden, hob die Decke und spähte in die Dunkelheit unter dem Bett. »Hier, Brutus! Miez, Miez, komm her.«

Knarrende Bodenbretter über ihrem Kopf antworteten ihr.

Abgelenkt von dem Geräusch, ließ sie die Decke fallen, hockte sich auf die Fersen und starrte nach oben. Es klang, als würde jemand im Stockwerk über ihr auf und ab gehen. Ihr Zimmer befand sich im Ostflügel, einem Teil des Schlosses, der nicht benutzt wurde, wie sie vermutete. Wer also mochte in dem Zimmer über ihrem sein? Und wer war so unhöflich, mitten in der Nacht hin und her zu marschieren? Sicher nicht der Geist der Herzogin.

Wieder einmal rief sie sich und ihrer überreizten Fantasie in Erinnerung, dass es keine Gespenster gab. Das Geräusch eines Wagens, der die Einfahrt hinaufrollte, verscheuchte jeden Gedanken an Geister aus ihrem Kopf.

Sie trat an das Fenster, das sich in der Vorderfront des Schlosses befand, und zog einen der goldgelben Brokatvorhänge zurück. Der Mond, der hinter düsteren Wolken hervorlugte, gab ihr volle Sicht auf eine Barutsche, auf deren schimmerndem schwarzen Wagenschlag sich deutlich das herzogliche Wappen abhob. Ein Paar lebhafter Grauschimmel zog den Wagen. Die dunkle Gestalt des Lenkers saß vornüber gebeugt auf dem Kutschbock, und die Peitsche in seiner Hand, die spielerisch über die Rücken der Pferde tänzelte, sah im Mondlicht wie eine Angelrute aus.

Wer stattete Stillmore Castle mitten in der Nacht einen Besuch ab? Sie beobachtete, wie der Wagen über die halbkreisförmige Einfahrt jagte, die zum Schloss führte. Plötzlich schwenkte der Wagen nach rechts ab, um dem Weg zu folgen, der zum hinteren Teil des Gebäudes führte, zum Dienstboteneingang. Als Kelsey vom Fenster zurücktrat, fiel ihr auf, dass die Schritte von oben nicht mehr zu hören waren.

Gegen ihr besseres Wissen, gegen die strikten »Regeln«, die sie einhalten sollte, zündete sie eine Kerze an und huschte leise zur Tür hinaus.

Der Ballsaal war in tiefe Schatten getaucht. Kelsey hielt den Blick bewusst vom Kronleuchter abgewandt, als sie über den Marmorboden lief, dessen Kälte sie unter ihren nackten Fußsohlen spüren konnte. Sie ging zu der Tür, durch die Mary gekommen war, in der Überzeugung, auf diesem Weg zur Küche und zum Dienstboteneingang zu kommen.

Am Ende des langen Korridors hörte sie aus einem der Seitengänge Schritte näher kommen. Hastig blies sie die Kerze aus, stellte den Leuchter ab und presste sich an die Wand. Die Schnitzereien der Holzvertäfelung bohrten sich durch ihr dünnes Nachthemd, und sie zog den Atem ein. Kerzenlicht warf tanzende Schatten an die Wände, als der unbekannter Besucher näher kam.

Watkins erschien und blieb vor einer Tür stehen. Er schien von Kelseys Nähe nichts zu ahnen. Eine Drehung seines Kopfes, und sie wäre entdeckt. Sie kniff die Augen zusammen und hörte, wie die Tür geöffnet wurde und Watkins sagte: »Seine Gnaden erwartet Sie.«

Kelsey machte die Augen wieder auf und sah, wie er eine Frau hereinließ.

Die Frau tätschelte Watkins Wange und sagte mit rauchiger Stimme: »Sicher tut er das, Schätzchen.«

Kelsey erhaschte einen flüchtigen Blick auf ein unanständig tiefes Dekolleté und auf dralle Brüste, die daraus hervorzuquellen drohten. Das Kleid, dessen dünner roter Satin nichts der Fantasie überließ, schmiegte sich eng an die üppigen Kurven der Frau. Dichte blonde Locken türmten sich auf ihrem Kopf, und eine lange Strähne hing ihr verführerisch auf die Schulter. Auf ihren Lippen und Wangen war so viel Rouge, dass es lächerlich gewirkt hätte, wenn sie nicht so schön gewesen wäre. Kelsey musste unwillkürlich an Clarice denken. Das war die Art Kleid, die Clarice gern getragen hatte. Auch Clarice war blond gewesen. Und schön. Diese Frau sah Clarice sehr ähnlich; sie beide glichen blonden Sirenen. Das also war Clarice' Ersatz.

Kelsey starrte finster zum Ende des mittlerweile leeren Flurs. Eigentlich sollte sie jetzt auf ihr Zimmer zurückgehen, aber hatte sie je getan, was sie tun sollte? Es irritierte sie, dass Salford diesem schamlosen Weibsstück erlaubte, sein Gesicht zu sehen, und ihr nicht. Sie wartete, bis die Schritte verklungen waren, und schlich ihnen dann auf Zehenspitzen nach, wobei sie sich hinter Möbelstücken versteckte und sich immer im Schatten hielt. Eine Stiege hinauf. Einen Korridor entlang. Die durchdringenden Augen von

Salfords Vorfahren beobachteten aus ihren vergoldeten Rahmen jeden ihrer Schritte, aber Kelsey schenkte ihnen weder Beachtung noch ließ sie sich von ihnen aufhalten.

Watkins und die Frau blieben vor einer Tür stehen. Kelsey erstarrte und presste den Rücken an eine Wand. Ihr fiel auf, dass sie immer noch im Ostflügel waren. Nach ihren Berechnungen befand sich das Schlafzimmer des Herzogs direkt über ihrem Zimmer. Salford war derjenige, der auf und ab gegangen war. Jetzt wusste sie, warum.

»Ihr Besuch ist eingetroffen, Euer Gnaden.«

Die Frau fegte mit schwingenden Hüften und wogendem Busen an Watkins vorbei. »Danke, mein Süßer«, sagte sie und warf Watkins eine Kusshand zu.

Kelsey biss sich auf die Lippe, um über Watkins' Gesichtsausdruck nicht in Lachen auszubrechen. Er sah aus, als wäre ihm gerade der leichte Geruch von Küchenabfällen in die Nase gestiegen. Mit mehr Nachdruck, als erforderlich war, schloss er die Tür und marschierte den Gang hinunter.

Allein im Dunkeln, als einzige Lichtquelle der schwache Schein, der unter Salfords Schlafzimmertür drang, schob Kelsey sich näher. Die samtige Tiefe von Salfords gedämpfter Stimme klang durch die Tür zu ihr, gefolgt von dem sinnlichen Lachen der Frau. Kelsey kauerte sich auf alle viere und versuchte, durch das Schlüsselloch zu spähen. Sie konnte nichts sehen. Sie rutschte mit den Knien näher an die Türkante und hielt ihr Ohr an die Füllung.

Alles ging so schnell, dass sie selbst nicht genau wusste, wie es dazu kommen konnte. Eben noch lehnte sie an der Tür, dann ging die Tür plötzlich auf und Kelsey purzelte in das Zimmer.

3

Kelsey starrte auf das Blumenmuster des türkischen Teppichs, zu gedemütigt und fassungslos, um sich zu rühren. Zum Glück war ihr das Haar ins Gesicht gefallen und verbarg die Röte, die bis in ihre Haarwurzeln glühte.

Schallendes Gelächter ertönte und Kelsey stellte fest, dass die Prostituierte sie auslachte. Sie kniff die Augen zusammen und wünschte, sie könnte zusammenschrumpfen und sterben. Zumindest wäre sie dann von ihrem Elend befreit.

»Das ist nicht lustig«, sagte Salford mit bedrohlich leiser Stimme, um dann erheblich lauter hinzuzufügen: »Raus!«

Kelsey erkannte an dem Nachdruck in seiner Stimme, dass der Befehl ihr galt. Sein Tonfall brachte sie in Bewegung. Hastig rappelte sie sich hoch und floh aus dem Zimmer, ohne einen Blick zurückzuwerfen. Als sie den Flur hinunterrannte, gellte das Gelächter der Prostituierten in ihren Ohren. Die dunklen Schatten im Gang verschwammen vor den dicken Tränen in ihren Augen.

In seinem Schlafzimmer versuchte Edward James Huntington Noble, Achter Herzog von Salford, Samantha beiseite zu schieben, aber sie schlang ihre Arme um seine Taille. »Lass die dumme Gans laufen«, gurrte sie in sein Ohr, während sie eine Hand unter seinen Morgenmantel schob und ihre Finger um seine Erektion schloss. »Sie war bloß neugierig. Kann dem kleinen Fräulein nicht schaden, etwas über männliche Begierden zu lernen. Ich wette, sie weiß schon darüber Bescheid. Ihr Vater besucht ständig meine Mädchen, und jetzt musste sie es eben mal mit eigenen Augen sehen.« Samantha lächelte und zeigte dabei die kleine Lücke zwischen ihren Zähnen.

»Ich muss ihr nachgehen. Sie hält mich jetzt schon für den Teufel in Person. Wer weiß, was sie jetzt denkt.« Edward stieß ihre Hand weg und rollte sich vom Bett.

»Wen interessiert es schon, was die kleine Miss denkt?«

Edward setzte sich auf und zog seine Hosen an. »Wenn ich es nicht besser wüsste, würde ich glauben, du wärst eifersüchtig«, bemerkte er beiläufig.

»Ich mag es einfach nicht, wenn ich in Stimmung und bereit bin und dann der Mann aus dem Bett springt, um einer anderen Frau nachzulaufen. Noch dazu einer wie ihr. Sie ist schmächtig wie ein Kind.« Samantha machte einen Schmollmund und warf ihr seidiges blondes Haar über die Schulter, um den Blick auf ihre volle Brust freizugeben.

»Ich bin gleich wieder da.« Edward lächelte sie trocken an und schlüpfte in sein Hemd. Dann beugte er sich vor und küsste die Wölbung ihrer Brust.

»Na los, geh schon.« Samantha klang verstimmt. Sie richtete sich auf und stützte sich auf ihre Ellbogen. »Falls du dir einbildest, bei dieser kleinen Pissnelke wäre etwas zu holen, irrst du dich. Ein Blick auf deine hübsche Visage und sie ist auf und davon.« Sie starrte ihn unverwandt an, offensichtlich gespannt auf seine Reaktion.

Er ignorierte sie und fuhr fort, sein Hemd zuzuknöpfen.

»Ich kenne den Typ«, fuhr sie unbeirrt fort. »Das kannst du mir glauben. Wenn du glaubst, bei ihr wäre ein kleines Abenteuer drin, hast du dich geschnitten.«

»Du kennst sie überhaupt nicht.« Edward dachte an die Sache mit der Autopsie, die Kelsey ihm erzählt hatte, und musste trotz Samanthas gehässiger Bemerkung über sein Gesicht in sich hineingrinsen. Kelsey konnte vermutlich einem Zyklopen ins Auge schauen und dabei lachen.

»Und ob ich das tue! Glaub bloß nicht, dass ich hier bleibe und auf dich warte. Und mach dir nicht die Mühe, mich noch einmal herzuzitieren, weil ich heute Nacht nämlich nicht mehr kommen werde, Euer Hochwohlgeboren.«

Edward drehte sich zu ihr um und durchbohrte sie mit einem so unerbittlich harten Blick, dass sie den Mund zuklappte. »Du kommst, wenn ich dich rufe, mein Schatz. Ich zahle eine horrende Summe, damit du jederzeit zu meiner Verfügung stehst.« Er hatte das zweifelhafte Vergnügen, Samantha unwirsch knurren zu hören, als er nach seinen Stiefeln griff und zur Tür ging.

Kelsey hörte nicht auf zu laufen, bis sie vor Seitenstechen hinfiel. Jeder Atemzug bohrte sich wie ein Messerstich in ihre Rippen. Sie hielt sich die Seiten. Ein dumpfer Schmerz pochte in ihren Schläfen, und sie hatte ein flaues Gefühl im Magen.

Als sie wieder zu Atem gekommen war, stand sie auf, strich die Haare zurück, die an ihrer schweißnassen Stirn klebten, und wischte sich mit dem Handrücken die Tränen vom Gesicht. Der schwere Geruch von gepflügter Erde stieg ihr in die Nase. Jetzt erst fiel ihr auf, dass sie mitten in einem Weizenfeld stand. Ringsum wogten goldene Ähren im Mondlicht. Ein schmaler Lichtstreifen kam von einem weiß getünchten Bauernhaus am Ende des Felds. Das spitze Strohdach, der breite steinerne Schornstein und die kleinen Beete mit Margeriten zu beiden Seiten des Hauses waren ihr vertraut. Dort hatte sie vor der Wärme des Kaminfeuers manche Stunde verbracht. Sie war beinahe drei Meilen gelaufen, bis zu Griffins Haus.

Sie schob sich durch die Reihen von Getreide, um dann den Rest des Weges zur Haustür zu laufen. Die McGregors schliefen bestimmt und der Gedanke, sie zu wecken, ließ sie innehalten. Sie könnte einen Stein an Griffins Fensterscheibe werfen, aber er schlief wie ein Murmeltier. Wahrscheinlich würde er es nicht einmal hören, wenn sie die Scheibe einwarf. Nach kurzem Zögern klopfte sie an die Tür.

Sie musste etliche Minuten warten und noch einmal anklopfen, bevor die Tür geöffnet wurde. Alroy McGregor, Griffins Vater, stand auf der Schwelle. Er war ein riesiger, kräftig gebauter Mann, stark wie eine Eiche. Sein Nachthemd bauschte sich um den Bund seiner hastig angelegten Hosen, was ihn noch gewaltiger erscheinen ließ. Seine Nachtmütze war verrutscht und sein dichtes rotes Haar stand strubbelig in alle Richtungen. Er schob die Mütze zurück und hielt eine Lampe hoch.

Er sah verärgert und ungehalten aus, aber als er sie erkannte, weiteten sich seine Augen vor Überraschung. »Bei Gott, Kelsey, Mädchen, was machst du denn um diese Zeit draußen, noch dazu mit nichts als deinem Nachthemd am Leib?«

Erst jetzt erinnerte sie sich, dass sie nur ihr Nachthemd anhatte. Bevor sie rot werden konnte, legte er eine kräftige Hand um ihren Arm und zog sie ins Haus. Dort stellte er die

Lampe auf den Kaminsims und sah sich unsicher in dem kleinen Wohnzimmer um. Dann nahm er eine alte Decke von der Bank am Kamin und legte sie ihr um die Schultern.

»So.« Jetzt wirkte er etwas entspannter, aber die Sorgenfalten wichen nicht von seiner breiten Stirn, als er zum Kamin ging und in der Asche stocherte. »Setz dich doch, Kind.« Seine Stimme hatte wieder ihren üblichen freundlichen, ruhigen Tonfall.

Sie setzte sich auf die Bank, hielt die Hände ans Feuer und starrte in die Flammen, unfähig, ihm ins Gesicht zu sehen. Alroy McGregor war wie ein zweiter Vater für sie. Sie kannte ihn ihr Leben lang. Trotzdem konnte sie ihm nicht erklären, warum sie mitten in der Nacht, barfuß und im Nachthemd, vor seiner Tür stand, ohne vor Scham zu sterben. Aber irgendeine Erklärung war sie ihm wohl schuldig, fürchtete sie.

Sie spähte zu ihm, als er sich ans Feuer setzte. »Es ... es tut mir wirklich Leid, dass ich Sie geweckt habe. Ich ... ich hätte Sie nicht stören –«

»So ein Unsinn. Wo sonst solltest du hingehen, wenn nicht zu uns? Du weißt, dass du zur Familie gehörst.« Er stand auf, musterte sie und sagte: »Ich hole meine Frau, damit sie uns eine Kanne Tee macht.«

»O nein«, bat sie und senkte die Stimme. »Bitte, wecken Sie Edith nicht auf!« Sie wusste, wenn Edith McGregor aufstand, würde sie vermutlich das ganze Haus wecken. Edith hatte das beste Herz der Welt, aber sie war forsch und lebhaft, nicht der Typ, der auf Zehenspitzen durchs Haus huschte. Da Kelsey im Moment nicht den Wunsch hatte, Griffins sieben Geschwister zu sehen, fügte sie flehend hinzu: »Ich möchte niemandem zur Last fallen, aber wenn . . .«

»Ich weiß, wen du sehen willst.« Alroys Augen blitzten wissend auf, als er seine buschigen roten Augenbrauen bis zum Haaransatz hochzog. »Hätte ich mir gleich denken können, dass du nur mit meinem Sohn sprechen willst, so dick befreundet, wie ihr zwei euer Leben lang seid. Bevor ich ihn wecke, noch eins: Falls ich irgendetwas für dich tun kann, brauchst du es mir nur zu sagen.« Ein warmes Lächeln lag auf seinen Lippen, als er eine Hand ausstreckte und sie beruhigend auf ihre legte.

»Ja, das weiß ich. Ich danke Ihnen . . .« Kelsey, deren Kehle wie zugeschnürt war, drückte ihm die Hand.

Mr. McGregor, dem angesichts ihrer Rührung nicht wohl in seiner Haut zu sein schien, ließ ihre Hand rasch los und sagte sachlich: »Na schön, dann geh ich jetzt mal und hole Griffin aus dem Bett. Aber«, fügte er scherzend hinzu, »du musst ihm vielleicht einen Kübel Wasser ins Gesicht schütten, damit er ganz wach wird. Du weißt ja, wie fest er schläft, sobald er einmal in den Federn ist.«

Kelsey nickte und beobachtete, wie er die Lampe nahm und zu der Stiege am hinteren Ende des Raums ging. Sie führte zum Dachboden, den Griffin gemeinsam mit seinen Brüdern und Schwestern bewohnte.

Während sie Mr. McGregors schweren Schritten auf der Treppe lauschte, rückte sie näher ans Feuer und rieb sich die Arme. Sie sah sich in dem kleinen Raum um. Ein langer Esstisch und Stühle standen in der Nähe des Kamins und der Bank. Dunkle Flecken und Ringe schimmerten durch viele Schichten Bienenwachs, Zeugnis von langem Gebrauch und hastig gegessenen Mahlzeiten. Vor jedem Stuhl waren Initialen in die Tischplatte geritzt, um den Platz eines jeden Kindes zu kennzeichnen. Sie lächelte über das G.M. vor dem Stuhl, der direkt zur Rechten von Alroy McGregors Platz stand. Ein Ehrenplatz für seinen ältesten Sohn, für Griffin.

Ihr Blick wanderte zu der Sitzecke am gegenüberliegenden Ende des Raums. Ein runder Flickenteppich bedeckte die schweren Bodenbretter, und zwei hartlehnige Sessel und ein Schaukelstuhl standen vor einem mit verblichenem Damast bezogenem Sofa – dem einzigen Möbelstück, das Griffins Mutter ihren Kindern verweigerte. »Nur für Besuch«, pflegte Edith McGregor zu sagen. Nicht einmal Kelsey genoss das Privileg, darauf zu sitzen, was sie sehr glücklich machte, da es sie in dem Gefühl bestärkte, zur Familie zu gehören.

Neben dem Schaukelstuhl stand ein handgearbeiteter Tisch, auf dem eine kleine Zinnkiste mit Ediths Nähzeug schimmerte. Ein kleines Mustertuch, auf das mit Kreuzstich die Namen und Geburtsdaten der Kinder gestickt waren, hing über dem Schaukelstuhl. Stillleben, Geschenke von Kelsey, schmückten die restlichen Wände, zusammen mit einem Porträt von Griffin, das sie zu seinem sechzehnten Geburtstag gemalt hatte. Das Zimmer war schlicht, ohne jeden kostspieligen Schnickschnack, wirkte aber dennoch warm und anheimelnd. Nicht, dass Griffins Mutter etwas gegen Nippes gehabt hätte, ganz im Gegenteil, aber wie viele von Salfords Pächtern zahlten auch die McGregors eine sehr hohe Pacht. Das war ein weiterer Punkt, der in Kelseys Augen gegen Salford sprach.

Bei dem Gedanken an Salford überlief sie ein Schauer. Sie kuschelte sich tiefer in die Decke und ließ sich wie fast immer, wenn sie innerlich aufgewühlt war, von der Wärme und Behaglichkeit des kleinen Hauses einlullen. Dieses Haus und die warmherzige Familie, die darin lebte, waren wie Balsam für die Wunden gewesen, die ihr das Leben zugefügt hatte: die endlosen Auseinandersetzungen ihrer Eltern, der Tod ihrer Mutter, Clarice' Bosheit ... Clarice hatte sie nicht gemocht und nie verabsäumt, sie zu schikanieren, wenn ihr Vater nicht in der Nähe war.

Clarice hatte ihr auch gedroht. Wenn ihr Vater fort war, um zu arbeiten, hatte sich Clarice immer wieder Liebhaber aus dem Dorf ins Haus geholt. Sie hatte Kelsey eingeschärft, nur nie ein Wort darüber zu verlieren. Ihr Vater musste von Clarice Indiskretionen gewusst haben, aber er ignorierte sie stets, was Kelseys Furcht und Bitterkeit gegenüber Clarice nur verstärkte. Damals hatte sie nur noch den Wunsch, davonzulaufen. Kelsey lief immer zu Griffin, um ganze Tage dort zu bleiben, bis ihr Vater kam und sie wieder nach Hause holte.

Nach Clarice' Tod wurde Kelseys Leben noch schlimmer. Ihr Vater fing an zu trinken und ließ sich oft tagelang nicht blicken. Manchmal drohte die Einsamkeit sie zu verschlingen. Ihr Vater hatte immer schon getrunken und sich mit leichten Mädchen herumgetrieben, selbst als ihre Mutter noch lebte, aber nach Clarice' Tod wurde es zu einer Besessenheit. Der Skandal war als Sensation durch alle Londoner Zeitungen gegangen, und nachdem Salfords Frau kurz darauf Selbstmord beging, wurde kaum über etwas anderes geredet oder geschrieben.

Ihr Vater hatte sich im Haus verkrochen und seinen Kummer in Rum ertränkt, während Kelsey, die damals erst zwölf war, sich um ihn kümmerte, wenn er anfing zu weinen und zu toben und dann wieder zu weinen. Ihr Vater war danach nie mehr wie zuvor, und Kelsey war in den wenigen Monaten um eine ganze Lebenszeit gealtert. Hätte sie nicht Griffin zum Freund gehabt, wäre sie damals vielleicht von zu Hause weggelaufen, um mit Zigeunern durchs Land zu ziehen – eine Drohung, die sie als Kind oft ausgestoßen hatte. Bei ihrer Mutter hatte es nie gewirkt. »Na gut, mein Liebes, aber sieh zu, dass sie dich vor dem Abendessen nach Hause bringen«, pflegte sie zu sagen.

Das Knarren der Treppe riss Kelsey aus ihren Überlegungen. Alroy McGregor kam als Erster, und hinter ihm konnte sie den Umriss von Griffins Kopf erkennen. Erstaunlicherweise war Griffin noch größer als sein Vater und genauso kräftig gebaut.

Alroy blieb stehen und wartete, dass Griffin an ihm vorbeiging, bevor er ihm die Lampe reichte. »Hier, Junge, die wirst du brauchen.« Er lächelte Kelsey an. »Und falls du sie überreden kannst zu bleiben, hat deine Mutter bestimmt nichts dagegen, wenn sie auf dem Sofa schläft.«

Kelsey lächelte über diese barmherzige Lüge. Nach einem besorgten Blick auf die beiden jungen Leute verschwand Alroy durch die Tür, die in sein und Ediths Schlafzimmer führte.

Griffin warf einen Blick auf sie und fuhr sich mit einer Hand durch seinen dichten, flachsblonden Schopf, wodurch die zerstrubbelten Haare noch mehr in die Höhe standen. Kelsey hätte lächeln müssen, wenn sie nicht ein schlechtes Gewissen gehabt hätte, weil sie ihn aus dem Bett geholt hatte.

»Tut mir Leid, Griffin«, sagte sie leise, während sie sich an die Bank lehnte und die Augen schloss.

»Komm, tu nicht so, als würde es dir Leid tun, das nehme ich dir sowieso nicht ab«, gab er in seinem üblichen scherzhaften Ton zurück.

Irgendetwas in ihr zerbrach. Sie konnte die Tränen nicht länger zurückhalten und vergrub das Gesicht in den Händen.

»He, Kell, tut mir Leid. Was ist los?« Er stellte schnell die Lampe auf den Boden, setzte sich neben sie und nahm sie in seine starken Arme.

»Es ist furchtbar, ganz furchtbar.« Kelsey schluchzte in sein Hemd. »Ich weine nie, oder? Ich fühle mich wie ein Idiot – ich mache dein Hemd ganz nass.« Kelsey stieß sich von ihm ab und rieb sich mit einem Zipfel der Decke die Augen trocken.

»Willst du mir nicht erzählen, was los ist und warum du dir die Augen ausheulst?« Plötzlich klang er müde. Er verschränkte die Hände hinter dem Kopf, streckte die langen Beine aus und überkreuzte sie an den Knöcheln.

Kelsey starrte seine nackten Füße an und stellte fest, dass er sich weder die Mühe gemacht hatte, sein Hemd ganz zuzuknöpfen noch es in seine Hosen zu stecken. Sie fixierte den Hemdzipfel, der um seine sehnigen Oberschenkel hing. »Ich komme gerade von Stillmore.«

»Stillmore?« Griffin setzte sich kerzengerade auf und starrte sie aus seinen tiefblauen Augen ungläubig an.

»Ja. Ich hatte noch keine Gelegenheit, es dir zu erzählen, aber Papa hat den Auftrag angenommen, dort im Ballsaal ein Fresko zu restaurieren.«

»Und was hast du dort zu suchen?«

»Salford wollte nicht Papa, er wollte mich.«

»Dich?« Griffins goldblonde Augenbrauen fuhren in die Höhe.

»Du brauchst gar nicht so überrascht zu schauen. Ich kann genauso gut malen wie mein Vater –«

»Du weißt, dass ich nicht daran gedacht habe. Es kommt mir nur komisch vor, dass Seine Hochwohlgeboren aus heiterem Himmel nach dir verlangt. Nachdem er und Clarice durchbrennen wollten und sie bei diesem schrecklichen Unfall mit der Kutsche ums Leben gekommen ist, hätte ich nicht gedacht, dass er die Nerven haben würde, einfach zu deinem Pa zu gehen und so …« Griffins Kiefermuskeln spannten sich an, und er schob die Unterlippe vor. Sein seit langem schwelender Hass auf Salford leuchtete ihm förmlich aus dem Gesicht.

Griffins Loyalität ihr gegenüber war zum Teil der Grund, warum er Salford so sehr verabscheute, aber er hasste ihn auch wegen des unmenschlich hohen Pachtzinses und der Tatsache, wie sehr seine Familie sich abplagen musste, um ihn zu bezahlen. Griffin würde keinen Vorwand brauchen, um einen Streit mit Salford vom Zaun zu brechen. Aber sie würde nicht zulassen, dass er es ihretwegen tat, deshalb erzählte sie ihm nichts von dem merkwürdigen Riss in der Wand oder ihrem Verdacht, dass Salford die Wand aus einem bisher unbekannten Grund selbst beschädigt hätte. Sie wickelte eine lange Haarsträhne um ihren Finger und starrte auf die glosenden Holzscheite. Eine Weile herrschte Schweigen. Griffin brach es schließlich.

Sein Blick ruhte auf ihrer Hand, als sie eine dunkle Locke um ihren Finger schlang. »Was ist los? Du sagst ja gar nichts. Und das machst du immer« – er nahm ihre Hand und hielt sie fest – »wenn du mir irgendwas verheimlichen willst. Erzähl mir, was es ist.«

Kelsey holte tief Luft und gab sich große Mühe, sich in

ihrer Stimme nichts von der Lüge anmerken zu lassen. »Eigentlich gar nichts, nur dass ich wahrscheinlich gar nichts dagegen hätte, die Wand zu bemalen, wenn mein Vater den Auftrag nicht angenommen hätte, ohne mich zu fragen. Und ... na ja, ich konnte nicht gut ablehnen, als ich erfuhr, dass er bereit ist, dafür dreitausend Pfund zu zahlen.«

Er stieß einen leisen Pfiff aus und ließ ihre Hand los. »Dreitausend Pfund? Verdammt, das ist ein Vermögen!«

»Ich weiß, und Papa wird es nicht in die Finger bekommen. Ich habe vor, jeden Penny davon zu behalten.« Ein verschmitztes Lächeln funkelte in ihren Augen. »Deshalb bin ich auch hingegangen, aber du würdest nicht glauben, an wie viele Regeln ich mich halten muss.«

»Regeln?« Er sah verdutzt und verärgert zugleich aus.

Sie verdrehte die Augen. »Haufenweise. Du weißt ja, wie sehr er sich nach dem Unfall zurückgezogen hat. Die Gerüchte, dass er dabei entstellt wurde, müssen stimmen. Er zeigt niemandem sein Gesicht. Er hat all diese Regeln aufgestellt, damit wir einander nicht zufällig über den Weg laufen. Er denkt wahrscheinlich, ich würde beim Anblick seines grauenhaften Gesichts in Ohnmacht fallen.« Sie lächelte leicht in sich hinein »Ich habe versucht, ihm zu erklären, dass ich nie ohnmächtig werde, aber er wollte mir sein Gesicht trotzdem nicht zeigen, und deshalb ...« Sie verstummte, und ihre Wangen röteten sich, als sie daran dachte, was sie getan hatte.

»Also, was hast du angestellt? Ich weiß, dass du irgendeinen Blödsinn gemacht hast, Kell. Es sieht dir nicht ähnlich, Regeln einzuhalten.« Ein Grinsen spielte um seine Mundwinkel.

»Was ich gemacht habe, ist so dumm und so peinlich, Griffin, dass ich es dir am liebsten gar nicht erzählen würde. Mir wird schlecht, wenn ich nur daran denke.« Sie kniff die Augen zu.

»Komm schon, erzähl's mir. So schlimm wird es schon nicht sein.«

»Schlimm genug.« Sie machte eine Pause und erzählte ihm dann, was passiert war – wie sie in Salfords Schlafzimmer gepoltert und aus dem Haus gerannt war. Dass die Prostituierte sie ausgelacht hatte, verschwieg sie. Als sie fertig war, wartete sie auf eine seiner schlagfertigen Bemerkungen, und als nicht sofort eine kam, wandte sie sich zu ihm um.

Er rutschte unbehaglich auf der Bank hin und her und sah sie an. Sein Gesicht war verzerrt, als täte ihm etwas weh, aber in seinen Augen lag ein Lächeln und tiefes Gelächter rumorte in seiner Brust, bis es ihm schallend über die Lippen kam.

Kelsey boxte ihn in seinen stämmigen Arm. »Ein schöner Freund bist du, Griffin McGregor! Ich schütte dir mein Herz aus, und du lachst mir ins Gesicht!«

»Ich kann nichts dafür«, sagte er und versuchte, wieder zu Atem zu kommen. »Ich sehe direkt vor mir, wie du in das Zimmer plumpst – gib zu, das ist besser, als die verrückte alte Aggie aus dem Dorf mit ihrem Schwein an der Leine spazieren gehen zu sehen.«

Jetzt kochte Kelsey vor Wut. Sie schlang die Decke um sich und stand auf. »Schön, amüsiere dich ruhig auf meine Kosten«, sagte sie und setzte im Flüsterton hinzu: »Ich gehe lieber, bevor du das ganze Haus aufweckst. Es hätte mir gerade noch gefehlt, von deinen Geschwistern ausgelacht zu werden.«

Griffin packte sie an der Hand und zog sie mühelos auf die Bank zurück. Er rieb sich die Tränen aus den Augen. »Aber Kell, seit wann bist du so empfindlich? Du weißt doch, dass ich Spaß mache. Setz dich. Du gehst nirgendwo hin.«

»Ich muss zurück.« Kelsey runzelte bei der Vorstellung die Stirn. Nach allem, was passiert war, wäre sie lieber dem Teufel begegnet als Salford.

»Du brauchst nicht zurückzugehen.« Das Lächeln auf seinem Gesicht verschwand, und er wirkte auf einmal nachdenklich, als wäre ihm gerade eine Idee gekommen, an die er sich erst gewöhnen musste.

»Ich muss. Dreitausend Pfund sind zu viel Geld – das heißt, falls er immer noch will, dass ich seine Wand bemale, nachdem ich gegen die Regeln verstoßen habe.«

»Du brauchst das Geld nicht, Kell. Du kannst hier bleiben.«

»Deine Eltern wären sicher begeistert, wenn sie noch ein hungriges Maul füttern müssten. Und wo soll ich schlafen, im Kuhstall?« Obwohl ihr davor graute, Salford gegenüberzutreten, grinste Kelsey. Nun da sie es Griffin erzählt und gehört hatte, wie er darüber lachen musste, war ihr klar, wie absurd und lächerlich das Ganze schien. Sie konnte Salford gegenübertreten. Jederzeit.

Er nahm ihre Hand und drückte sie. Griffin hatte ihre Hand schon unzählige Male gehalten, aber irgendetwas an der durchdringenden Wärme seiner breiten Handfläche und dem besitzergreifenden Druck seiner Finger im Verein mit dem seltsamen Leuchten in seinen Augen beunruhigte sie. Sie versuchte ihm ihre Hand zu entziehen, aber er hielt sie fest umklammert.

»Du könntest bei mir schlafen, Kell.«

»Bei dir ...« Sie brachte es nicht über die Lippen. Sie saß einfach da und starrte ihren Freund mit offenem Mund an. Ein Mensch, den sie besser als sich selbst kannte – oder zu kennen geglaubt hatte.

»Du kannst den Mund wieder zumachen, Kell.« Er berührte ihr Kinn und stieß ihren Unterkiefer sanft nach oben. »Ich habe nichts Unrechtes im Sinn«, sagte er, wobei sich seine Wangen röteten. Er zögerte einen Moment, als wäre er unschlüssig, und dann, als würden ihm die Worte aus dem Mund gezogen, strich er über die blonden Bartstoppeln auf seinem Kinn und sagte: »Ich will dich heiraten.«

Kelsey starrte ihn einen Moment an, dann grinste sie. »Ich verstehe. Das ist einer deiner Witze, stimmt's?« Als sie sah, wie das Strahlen in seinen blauen Augen erlosch und ein verletzter Ausdruck auf sein Gesicht trat, verblasste ihr Lächeln. »Du meinst es ernst?«

»So ernst wie ein Galgen.« Er lächelte nicht über den Vergleich. Als sie etwas sagen wollte, fiel er ihr ins Wort: »Nicht! Lass es mich erklären. Ich will dich heiraten. Ich weiß, ich bin nur der Sohn eines Bauern und du bist aus guter Familie und so, wenn auch nur mütterlicherseits. Du hast dich ohnehin nie darum geschert und ich auch nicht. Die Leute werden vielleicht sagen, dass ich zu hoch hinaus will, aber so ist es nicht – wir sind beide arm wie die Kesselflicker, deshalb hat es wohl nichts zu sagen. Und ich glaube, Ma und Pa haben immer erwartet, dass wir irgendwann heiraten. Ich kann an das Haus anbauen und du kannst nach Herzenslust malen. Wir könnten glücklich miteinander werden, Kell, und du brauchst Salford nie wieder zu sehen.«

»Aber wir lieben uns nicht auf diese Art.« Kelsey seufzte und zog sanft ihre Hand aus seinem Griff.

»Vielleicht werden wir es eines Tages tun.« Griffin stützte seine Ellbogen auf seine Knie und verschränkte die Hände zwischen den Beinen. Dann sah er sie hoffnungsvoll an.

»Du weißt nicht, was du sagst. Was ist mit Laura? Vor vierzehn Tagen hast du mir erzählt, du wärst in sie verliebt. Und vorher war es Veronica und davor Sharon und –«

»Du kannst gern aufhören.«

»Warum sollte ich?« Kelsey warf ihm ein verschmitztes Lächeln zu.

»Weil sie mir nichts bedeutet haben, und das weißt du auch. Ich habe keiner von ihnen einen Heiratsantrag gemacht.«

»Gib's zu, bei Veronica warst du nah dran, ihr einen Antrag zu machen.«

»Das ist nicht alles, wo ich bei ihr nah dran war.« Ein Lächeln erhellte sein Gesicht und in seinen Augen lag ein vielsagender Ausdruck, den Kelsey gut kannte.

Sie brauchte nicht nachzufragen, was er meinte. Vor einem Jahr, als die Affäre lief, hatte sie sämtliche Details ihrer körperlichen Vereinigung aus ihm herausgequetscht. Veronica war die Tochter des Pfarrers. Ihr Vater hatte zwar ein scharfes Auge auf sie, aber offenbar war es nicht scharf genug. Veronicas Ruf stand dem von Clarice um nichts nach.

»Ein Glück, dass der Pfarrer diesen Seemann gefunden hat«, sagte sie, »sonst hättest du in der Falle gesessen.«

»Ich war nicht der Vater des Kindes.«

»Ich weiß, aber wie ich dich kenne, hättest du sie trotzdem geheiratet.«

»So dumm bin ich nicht, Kell.«

»Nicht?« Ein Lächeln huschte über ihr Gesicht. »Wie würdest du denn einen Menschen nennen, der Laura zu lieben glaubte, als ihre Mutter starb? Und als du angefangen hast, Veronica den Hof zu machen, war gerade ihr kleiner Bruder gestorben und ... mal sehen.. ich glaube, Sharons Hund war gestorben –«

»Was willst du damit sagen?«

Kelsey berührte seine Hand und spürte, wie er sich versteifte. Sie sagte behutsam: »Damit will ich sagen, dass deine unschätzbare Ritterlichkeit ein bisschen zu weit geht, wenn Frauen im Spiel sind. Und ich werde dich nicht heiraten, weil ich weiß, dass du mich nur aus Mitleid gefragt hast. Du weißt selbst, dass du mich eigentlich gar nicht heiraten willst. Wir sind Freunde, wahre Freunde, und etwas anderes werden wir nie sein. Außerdem würden wir nie miteinander auskommen, das weißt du. Irgendwann würden wir uns gegenseitig umbringen.«

Griffin starrte sie einen Moment lang an, dann grinste er und fragte sie mit dem üblichen neckenden Unterton: »Du hast wohl Angst, du könntest dein Herz an mich verlieren?«

Kelsey schüttelte so energisch den Kopf, dass ihre langen dunklen Locken über ihre Schultern wogten. »Wenn das möglich wäre, Sir Galahad, wäre es schon längst passiert. Und wenn es passiert wäre, wäre ich nicht all die Jahre dein bester Freund geblieben. Übrigens, wenn ich mich recht entsinne, existiert irgendwo die Regel, dass beste Freunde und Liebe nicht zusammenpassen.«

»Na ja, richtige Liebe war es zwischen uns ja wohl nie.«

»Wie Recht du hast. Erinnerst du dich noch an den Tag,

als wir uns zum ersten Mal begegnet sind? Ich war gerade dabei, den Lattenzaun um unser Haus anzustreichen, und du hast mit einem Apfel nach mir geworfen. Ich schleuderte den Pinsel nach dir und traf dich im Gesicht.« Kelsey strahlte ihn voller Stolz an.

»Stimmt.« Ein tiefes Lachen gluckste in Griffins Kehle, als er ihr einen leichten Klaps auf die Wange gab. »Aber ich warf den Eimer Terpentin nach dir und konnte als Letzter lachen.«

»Ich habe danach wochenlang nach Terpentin gestunken. Meine Mutter schrubbte mir den Kopf, bis ich dachte, sie würde mir die Haare wegschrubben. Das habe ich ihr nie verziehen.«

»Du hast es mir heimgezahlt.«

»Stimmt, das hab ich.« Kelsey dachte an den Stein, den sie Griffin geschenkt hatte. Sie hatte ihn so bemalt, dass er wie ein Stück Toffee aussah.

»Das sieht man meinem Zahn immer noch an.« Griffin lachte bei der Erinnerung und berührte seinen abgesplitterten Vorderzahn.

Kelsey wurde ernst. »Danke, Griffin, dass du mich zum Lachen gebracht hast. Nach unserem Gespräch fühle ich mich viel besser. Was würde ich ohne dich bloß machen?« Kelsey beugte sich vor und hauchte einen keuschen Kuss auf seine Wange.

Griffin hatte den Anstand zu erröten, bevor ein selbstgefälliges Grinsen seine Mundwinkel verzog. Sie wusste, dass er für sie dasselbe empfand, es aber nie laut aussprechen würde. Das Geräusch von näher kommenden Hufen ließ sie zurückweichen.

Jemand klopfte an die Tür.

»Wer kann das um diese Zeit noch sein?« Er runzelte die Stirn und sah sie fragend an, bevor er aufstand, um zur Tür zu gehen.

Kelsey spähte über die Rückenlehne der Bank zur Tür, konnte aber nicht an Griffins breiten Schultern vorbeischauen.

»Ich habe Licht gesehen, Sir«, sagte ein Mann entschuldigend. »Haben Sie vielleicht eine junge Dame namens Kelsey Vallarreal gesehen?«

Kelsey versteifte sich, als ihr Name fiel.

»Warum fragst du?«, sagte Griffin und straffte seine mächtigen Schultern.

»Mein Herr durchkämmt die ganze Gegend nach ihr.«

»Schön, dann sag deinem Herrn, dass sie hier bei mir und in Sicherheit ist und dass ich sie zurückbringe, wenn sie dazu bereit ist.«

»Das kann ich nicht machen, Junge. Komm, bring sie her, damit ich sie sicher zurückbringen kann.«

Kelsey sah, wie sich Griffins Hand am Türrahmen verkrampfte und sich die Muskeln unter seinem Hemd anspannten. Er würde jeden Moment auf den Mann losgehen. Sie sprang auf und lief zur Tür.

»Lass ihn rein, Griffin. Ich gehe mit ihm«, sagte sie energisch. Aber ihre Hände zitterten, als sie die Decke enger um sich schlang.

Edward wartete in der Auffahrt, die zu dem Haus der McGregors führte. Er saß auf seinem schwarzen Hengst Dagger und klopfte mit der Reitgerte in seine Hand. Das Pferd, das seine Ungeduld spürte, scharrte mit den Hufen im Boden und senkte den Kopf.

Er tätschelte den schlanken Nacken des Pferds und konnte dabei das Spiel der Muskeln unter seinen Fingern spüren. Der Wind nahm zu und wehte Daggers lange schwarze Mähne über Edwards Hand. Plötzlich verschwand das Mondlicht, und die Nacht war in tiefes Schwarz gehüllt. Der Ledersattel knarrte, als er sich aufrichtete und in den Himmel starrte. Nicht ein Stern schien, und der schwache bläuliche Schimmer des Mondes war hinter einer Unheil verkündenden Wolke nur noch zu erahnen. Ein Regentropfen fiel auf seine Schulter, und er sah wieder zum Haus. Seine Finger schlossen sich unbewusst fester um die Gerte, als wollte er sie erwürgen.

Der Wind trug vereinzelte Stimmen zu ihm; dann sah er, wie die Tür aufging und ein Streifen Licht durch die Öffnung fiel. Grayson, einer seiner Reitknechte, kam als Erster heraus, gefolgt von einem anderen Mann. Edward fragte sich, wer der junge Mann sein mochte. Seit dem Unfall hatte Edward seine Pächter nicht mehr besucht. Das überließ er Morely, seinem Verwalter. Aber er wusste, dass McGregor und seine Familie immer noch in dieser Kate lebten. Der Mann musste einer von McGregors Söhnen sein. Im Geist machte er sich eine Notiz, sich bei der nächsten Gelegenheit bei Morley nach McGregors Söhnen zu erkundigen.

McGregors Sohn trat beiseite und Kelsey erschien. Edward zog bei ihrem Anblick scharf den Atem ein. Das magere kleine Ding, an das er sich erinnerte, hatte sich eindeutig verändert. Als sie noch ein Kind war, hatte er sie gelegentlich kurz zu sehen bekommen, aber nie ein Anzeichen von Schönheit an ihr entdecken können, abgesehen von den riesigen grünen Augen, die einem Mann direkt ins

Herz zu sehen und es gefangen zu nehmen schienen. Als sie in sein Schlafzimmer stolperte, hatte er nicht mehr als einen flüchtigen Blick auf sie erhaschen können, aber jetzt sah er sie ganz. Sie hatte sich tatsächlich gewandelt – zum Besseren. Sehr zum Besseren. Zu einer Schönheit, um genau zu sein.

Dichte, dunkle Locken wogten wie ein schwerer Umhang um ihre Taille. Ihr fadenscheiniges altes Nachthemd wurde nur zum Teil von der Decke verhüllt, die bis zu ihren Hüften hinabhing, und die Konturen ihrer gut geformten Beine zeichneten sich im Licht deutlich ab. Die Furchen auf seiner Stirn vertieften sich.

Sie drehte sich zu dem jungen McGregor um, beugte sich vor und sagte etwas zu ihm. Dann gingen sie Hand in Hand auf das Pferd zu. Der junge McGregor half ihr, vor Grayson aufzusitzen, wobei er Edward freie Sicht auf sein Gesicht gab. Er sah verdammt gut aus – fast schon eine Art blonder Adonis.

McGregor berührte Kelseys Fessel und gab ihr dann einen spielerischen Klaps auf die Fußsohle. Es war eine vertrauliche Geste, etwas, das ein Liebender tun würde. Edward fluchte und ließ die Gerte auf seinen Stiefelschaft sausen, während er gegen den überwältigenden Drang kämpfte, vom Pferd zu springen und dem jungen McGregor eine Lektion zu erteilen, die er nicht vergessen würde.

Als hätte McGregor seine Gedanken gelesen, ging er ins Haus zurück und schloss die Tür. Grayson lenkte seine Stute in die Auffahrt zurück. Edward zog hastig die Kapuze vor sein Gesicht. Seine Hände hielten krampfhaft die Zügel umklammert, während er auf sie wartete. Als er sah, dass

Grayson einen Arm um Kelseys Taille gelegt hatte, während der Saum ihres Nachthemds seine Hosenbeine streifte, riss er unwillkürlich die Zügel zurück. Dagger schüttelte den Kopf und schnaubte über den unerwarteten Ruck.

Als Grayson neben ihm stehen blieb, stieß Edward hervor: »Sie reitet mit mir zurück.«

Edwards Ton ließ Grayson zusammenzucken. »Sehr wohl, Euer Gnaden.« Er neigte kurz den Kopf, bevor er beide Hände um Kelseys Taille legte, um sie auf Edwards Pferd zu setzen. »Hier, Miss. Ich helfe Ihnen hinüber.«

»Ich würde lieber mit Ihnen reiten.« Sie schüttelte Graysons Hände ab.

Edward verlor die Geduld und riss an den Zügeln. Dagger bäumte sich auf. Kelsey schrie auf, als Edward sie um die Taille fasste und vor sich in den Sattel fallen ließ. Daggers Hufe traten in die Luft und senkten sich wieder, wobei sie um Haaresbreite die Flanke von Graysons Stute erwischt hätten. Die Stute brach nervös zur Seite aus. Grayson musste sich anstrengen, das Tier wieder zu beruhigen. Als erfahrener Reiter hatte Edward Dagger bereits wieder im Griff, aber sein eigenes Temperament brodelte noch immer.

»Du kannst vorausreiten. Wir kommen schon zurecht«, sagte er zu Grayson.

Nach einem mitfühlenden Blick auf Kelsey trieb Grayson die Stute zum Galopp an und ritt auf das Schloss zu, ohne noch einmal zurückzuschauen.

»Sie sind ja wahnsinnig«, zischte Kelsey den Herzog an. »Sie hätten den Mann umbringen können.«

»Sein Leben war nie in Gefahr«, sagte er mit bedrohlich

ruhiger Stimme, »aber für Ihres hätte ich nicht garantieren können, wenn Sie sich mir widersetzt hätten.«

Als Kelsey versuchte, sich umzudrehen und ihm ins Gesicht zu schauen, trieb er den Hengst zum Galopp an. Sie sackte an seine Brust und klammerte sich an seinen Arm, der immer noch um ihre Taille lag.

»Bringen Sie mich nach Hause«, rief sie ihm über das Donnern der Hufe hinweg zu. »Ich male Ihre verdammte Wand nicht an!«

Er beugte sich vor, bis seine Lippen beinahe ihr Ohr berührten. »Wir haben eine Abmachung.« Er fühlte, wie sie erschauerte, bevor sie schroff den Kopf abwandte. Er lächelte unbarmherzig. »Ich habe den Vertrag, den Ihr Vater unterzeichnet hat. Sie kommen mit mir – es sei denn, es wäre Ihnen lieber, dass Ihr Vater wegen Vertragsbruchs eine Weile im Gefängnis sitzt.«

»Ich hasse Sie!«

»Glauben Sie, mir liegt etwas daran?« Er lachte. Das Lachen klang selbst in seinen eigenen Ohren bitter.

»Warum sind Sie mir nachgeritten? Sie hätten bei Ihrer Hure bleiben sollen.«

»Wenn Sie die Regeln befolgt hätten, wäre nichts von alledem passiert.« Als sie nichts erwiderte, fuhr er unerbittlich fort: »Da Sie es nicht getan haben und da Sie in meinem Haus beschäftigt sind, trage ich die Verantwortung für Sie. Wenn ich gewusst hätte, dass Sie zu Ihrem Liebhaber gelaufen sind, hätte ich kaum mein Bett verlassen und Stunden damit verbracht, die ganze verdammte Gegend nach Ihnen abzusuchen.«

»Ich sehe nicht ein, was es Sie angeht, wohin ich gehe oder was ich tue.« Sie erstarrte in seinen Armen, als sich seine Fingerspitzen in das weiche Fleisch an ihren Seiten gruben. Sie schlug ihm auf den Arm. »Müssen Sie mich so fest halten?«

Rachsüchtig ließ er abrupt seinen Arm sinken. Sie schnappte nach Luft, als sie das Gleichgewicht verlor. Er packte sie, bevor sie fiel, und zog sie an sich, wobei er mehr Kraft aufwendete, als nötig war, und ihren Rücken grob an seine Brust prallen ließ.

Sie versteifte sich und versuchte, ein Stück von ihm abzurücken, als plötzlich ein Blitz über den Himmel zuckte und sie erstarren ließ. Donner grollte, und dicke Regentropfen verwandelten sich in einen undurchdringliche Wasserwand.

Sein Zorn verrauchte ein wenig, als er spürte, wie sie sich an seine Brust schmiegte. Auf einer Seite war die Decke von ihren Schultern gerutscht. Er beugte sich vor, packte sie und wickelte sie fest um Kelsey. Ihr Rückgrat entspannte sich, als sie sich an ihn kuschelte. Peitschender Regen fegte an seiner Kapuze vorbei und prasselte ihm ins Gesicht und auf die Schultern, aber nicht einmal das konnte ihn von ihrer Nähe ablenken. Er war sich eindringlich der Wärme ihrer geschmeidigen Schenkel bewusst, die dicht an seinen lagen, ihrer schlanken Hüften, die sich aufreizend an seine Lenden pressten, ihrer weichen Haare, die den Anflug von Bartstoppeln an seinem Kinn kitzelten. Sein Körper reagierte auf ihre weiblichen Formen. Er schob sie ein wenig zur Seite, damit ihr Kopf nicht direkt unter seinem Kinn ruhte, aber an der Haltung ihres Körpers konnte er kaum etwas verändern.

Als sie die Stallungen von Stillmore erreichten, war der Wolkenbruch zu einem feinen Nieseln abgeflaut, aber

Edward litt unter einem heftigen Ansturm unverfälschter Lust. Die Anspannung in seine Lenden schmerzte, als er vom Pferd stieg und die Zügel Grayson zuwarf, der unruhig auf seine Ankunft gewartet hatte.

»Sieh zu, dass Dagger anständig trocken gerieben wird«, sagte Edward scharf.

»Sehr wohl, Euer Gnaden.« Grayson verbeugte sich und tippte an seine Kappe.

Normalerweise wäre Edward stehen geblieben und hätte sich mit seinem Reitknecht unterhalten. Er mochte den jungen Mann. Aber heute hielt er sich nicht länger auf, sondern hob Kelsey in seine Arme und ging, ohne ihr überraschtes Keuchen zu beachten, zielstrebig zum Dienstboteneingang.

»Ich kann gehen«, sagte sie aufgebracht.

»Das bezweifle ich nicht, aber da Sie keine Schuhe tragen, könnten Sie etwas gegen den Schlamm zwischen ihren Zehen haben.«

Das brachte sie zum Verstummen. Mit einem leisen Schnauben verschränkte sie die Arme vor der Brust und wandte hochmütig das Gesicht ab. Anscheinend war sie gewillt, sich den Rest des Wegs von ihm tragen zu lassen.

Sie wog kaum mehr als ein Kind, aber nichts sonst an ihr war kindlich. Die sanfte Rundung ihrer Hüften presste sich an eine sensible Stelle an seinem Unterleib, und das samtweiche Fleisch ihrer Schenkel ruhte auf seinem Arm. Die Wärme ihres Körpers drang durch ihr dünnes, feuchtes Nachthemd und brannte sich durch die Ärmel seines nassen Hemds in seine Haut.

»Danke, Sie können mich jetzt runterlassen.« Ihre Stimme war nicht mehr abweisend, sondern leise und sanft.

»Gewiss«, sagte er, als er feststellte, dass er im Ballsaal war und vor ihrer Tür stand.

Als er sie losließ, konnte er der Versuchung, ihren Körper an seinem hinuntergleiten zu lassen, nicht widerstehen. Diese Regung war gefährlich, aber wie gefährlich sie war, wusste er erst, als ihre Hüftknochen über seinen Unterleib rutschten. Seine Muskelstränge verkrampften sich zu harten Knoten. Ein leichter Druck, als ihre Finger über seinen Körper strichen, dann trafen ihre Hüften auf seine, pressten sich an seine Erektion und glitten der Länge nach an ihm hinab. Er stöhnte leise.

»Entschuldigung. Habe ich Ihnen wehgetan?«, fragte sie.

Er fühlte, wie sie zitterte, und grinste in der Dunkelheit. Dann legte er seine Lippen an ihre Stirn und murmelte: »Nur wenn Vergnügen einen Mann umbringen kann.« Er ließ sie los, um diese Folter zu beenden – aber nicht ganz; er brachte es einfach nicht über sich, seine Hände von ihrer Taille zu nehmen.

»Vergnügen? Was meinen Sie?« Sie versuchte einen Schritt zurückzutreten, aber er verstärkte seinen Griff um ihre Taille, eine Taille, die so schmal war, dass er sie mit seinen Fingern umspannen konnte.

Er zog sie enger an sich. »Komm schon, meine Süße, du klingst ja wie eine Jungfrau.«

»Meine Unschuld oder mein Mangel daran, ist kein Thema, das ich mit Ihnen zu diskutieren wünsche«, sagte sie mit atemloser Stimme.

Nur wenig Licht drang durch die Fenster des Ballsaals und der Schutz der Dunkelheit machte ihn kühn. Er beugte sich vor, bis er ihren warmen Atem auf seinen Lippen spüren konnte. »Wir brauchen überhaupt nichts zu diskutieren, Kelsey. Ich weiß, dass du mich genauso sehr willst wie ich dich. Ich kann fühlen, wie du in meinen Armen zitterst.«

Er strich mit seinen Fingern leicht über ihre vollen Lippen und spürte, wie sie ein Schauer überlief. »Siehst du, du kannst uns dieses Vergnügen nicht versagen. Es würde uns beide elend machen.« Er grinste anzüglich in die dunklen Konturen ihres Gesichts, während er die nasse Decke von ihren Schultern schob.

Sie schnappte nach Luft. »Sie können nicht leugnen, dass auch das Elend seine Verdienste hat.«

Er lachte sie an, während er achtlos seinen Umhang von den Schultern streifte und auf den Boden fallen ließ. »Auf dem Schlachtfeld vielleicht, aber nicht zwischen einem Mann und einer Frau.«

Sie wollte etwas sagen, aber er vergrub seine Finger in der feuchten Fülle ihrer Haare und zog ihr Gesicht an seines. Als sich ihre Lippen begegneten, erstarrte sie in seinen Armen. Er nahm kaum wahr, dass sie mit den Händen an seine Brust stieß. Ohne den Kuss zu unterbrechen, drängte er sie zur Tür, bis sie mit dem Rücken daran lehnte.

Er presste ihre Handgelenke über ihrem Kopf an die Tür und fragte sich, ob dieser Versuch, ihn zu necken, ein Spielchen war, das sie gern mit dem jungen McGregor trieb. Er hatte nicht mit ihr schlafen wollen, aber zu dem Zeitpunkt hatte er geglaubt, sie wäre noch Jungfrau. Jetzt reizte ihn die Vorstellung, sie zu besitzen, zu sehen, wie lange sie ihrer eigenen Leidenschaft standhalten könnte, so unwiderstehlich wie nie zuvor.

Er vertiefte den Kuss, indem er seine Lippen über ihre

streichen ließ, bis er spürte, wie ihr Mund weich wurde und ihr Körper sich entspannte. Er strich mit seiner Zunge über ihre Lippen, wagte sich dann etwas weiter vor, bis zur Barriere ihrer makellosen Zähne, umschmeichelte ihren Mund, sich für ihn zu öffnen. Ihre Lippen teilten sich. Er tauchte tief in die feuchte Höhle ihres Mundes, kostete seine warme, berauschende Süße.

Langsam ließ er seine Handflächen an den Innenseiten ihrer Arme hinuntergleiten und spürte, wie die samtige Glätte ihrer Haut seine gespreizten Finger versengte. Als er ihre Hände erreichte, schlang er seine Finger in ihre, während er mit seinem Knie ihre Schenkel spreizte und seine Hüfte an ihre presste. Er rieb seine pulsierende Erektion an ihrem weichen Fleisch und brannte vor Verlangen, in sie einzudringen. Aber es war zu früh. Ihr Atem ging stoßweise, als kämpfte sie immer noch darum, ihm standzuhalten.

Er hauchte Küsse auf ihre Kinnpartie. Dann etwas tiefer. Über ihren schlanken Hals. »Du wehrst dich, Kelsey«, murmelte er, als er den zarten Puls an ihrer Halsbeuge unter seine Lippen fühlte. »Tu das nicht. Ich will alles von dir.«

»Nein ...« Mit einem schwachen Stöhnen ließ sie ihren Kopf an die Tür sinken.

»Doch ...« Er ließ seine Zunge über ihren Nacken wandern. Ihre Haut schmeckte heiß und zart und köstlich. Der züchtige Stehkragen ihres Nachthemds strich über sein Kinn, als er sich weiter nach unten wagte.

Er liebkoste mit der Zunge ihre Halsbeuge. Kleine Schauer durchliefen sie. Dann senkte er den Kopf, um seine Lippen um eine Brustspitze zu schließen und die harte kleine Knospe sanft zwischen seine Zähne zu nehmen. Der dünne, feuchte Stoff ihres Nachthemds strich über seine Zunge. Als er anfing zu saugen, bog sie mit einem leisen Wimmern den Rücken durch und schlang ihre zitternden Finger, die nicht länger wie erstarrt waren, in seine. Sie drückte seine Hand genauso fest, wie er ihre drückte.

Ihre Hingabe war das Erotischste, was er je erlebt hatte, denn es war nicht nur ihr Körper, der nachgab, sondern ihr Wille. Noch nie hatte er eine Frau so bewusst wahrgenommen oder so heftig begehrt.

»Gott, wie schön du bist«, murmelte er an ihre bebende Brust. Er fühlte, wie sich die feuchte Hitze zwischen ihren Handflächen ausbreitete, bis sie seinen ganzen Körper versengte.

Er fand zu ihren Lippen zurück, stieß immer wieder seine Zunge in ihren Mund, im selben Rhythmus wie das hungrige Kreisen seiner Hüften. Die Feuchtigkeit ihrer Kleidung erhöhte die Hitze ihrer Körper, bis er nur noch den Wunsch verspürte, zusammen mit ihr darin zu ertrinken. Ihre Hüften fingen an, sich an seinen zu reiben, und sie stöhnte in seinen Mund. Damit war es um ihn geschehen. Er packte den Kragen ihres Nachthemds und zerriss es von oben bis unten, unfähig, die Barriere auch nur eines Kleidungsstücks zu ertragen.

Kelsey erstarrte. Etwas Hartes traf sein Gesicht. Einen Moment lang war er fassungslos, bis er das Brennen auf seiner Wange spürte und erkannte, dass sie ihm eine Ohrfeige gegeben hatte.

»Ich lasse mich von Ihnen nicht benutzen wie Clarice oder diese Hure, die bei Ihnen war!« Ein Schluchzen erstickte ihre Stimme. »Ich habe immer gewusst, was Sie sind, ein Schurke, ein Bösewicht, ein Teufel –«

»Sie haben mehr als genug gesagt, Madam. Ich dachte, Sie wollten das hier ebenso, wie ich es wollte. Wir haben uns beide geirrt.« Er wich zurück, als hätte er sich verbrannt. »Sie brauchen nicht zu befürchten, dass ich Ihnen noch einmal zu nahe treten werde. Machen Sie einfach Ihre verdammte Arbeit und halten Sie sich an die Regeln.« Er drehte sich um, hob sein Cape auf und ging. Ihr Weinen hallte laut in seinen Ohr wider, als er den Ballsaal verließ.

4

Tränen standen in Kelseys Augen, als sie im Dunkeln blind nach der Türklinke tastete und die Tür aufstieß. Sie taumelte in ihr Zimmer und sank an die harte Holzfüllung. Ihr Puls raste, und ihr Atem ging keuchend und stoßweise.

An den Stellen, wo er sie berührt hatte, vibrierten die Nerven unter ihrer Haut. Sie rieb sich gerade die Tränen aus den Augen, als ihr die kalte Luft im Zimmer auffiel, die auf ihre feuchte Haut traf. Sie schaute an sich herunter, auf ihren nackten Körper, den das zerrissene Nachthemd preisgab.

»O Gott!« Sie packte die Enden des feuchten Nachthemds und hielt es vor den verhassten Anblick ihrer Nacktheit. Mit einem leisen Stöhnen schlug sie ihren Kopf leicht an die Tür. »Wie konnte ich mich nur so von ihm benutzen lassen, wie er Clarice und seine Mätresse benutzt hat? Wie konnte ich nur so dumm sein?«

Sie fühlte die harte Holzplatte unter ihrem Rücken. Sofort stürmten Erinnerungen auf sie ein. Wie er vor ihr gestanden hatte, ein dunkler, gesichtsloser Schatten, der Liebhaber aus ihren Träumen. Und es war wie im Traum gewesen, als er ihre Hände an die Tür drückte, um ihren Willen mit seinen Lippen und seinem Körper zu brechen und in ihr den Wunsch zu erwecken, von ihm liebkost zu werden, bis sie es nicht mehr aushielt.

Dann hatte er ihr Nachthemd zerrissen, und plötzlich sah sie wieder vor sich, wie er Clarice küsste. Sie hatte ihn geohrfeigt, mehr aus Hass auf ihre eigene idiotische Schwäche als auf ihn. Er kannte offenbar keine Skrupel, wenn es um die Befriedigung seiner niederen Instinkte ging. Jede Frau in seiner Umgebung war Freiwild für ihn. Er würde nie wieder eine Chance haben – zumindest nicht bei ihr.

Ihre Hand schmerzte immer noch von dem kräftigen Schlag. Sie starrte auf die glühend rote Handfläche, dann auf ihre Finger, die sich krampfhaft um das feuchte Nachthemd schlossen und den feuchten Stoff zusammenquetschten, bis er sich in ihrer Faust ballte. Die Feuchtigkeit linderte das Brennen auf ihrer Haut. Hoffentlich brannte sein Gesicht genauso wie ihre Handfläche. Es war weit weniger, als er verdiente.

Und ausgerechnet er hatte ihre Unschuld in Frage gestellt! Er musste sie mit Griffin gesehen und daraus gefolgert haben, dass er ihr Liebhaber war. Eine absurde Vorstellung, natürlich, aber sollte er doch denken, was er wollte. Vielleicht würde er wirklich wie versprochen nie wieder in ihre Nähe kommen.

Du weißt, dass du ihn willst.

Nein! Ich hasse ihn!

Ein leises Rascheln lenkte Kelsey von ihrem Gewissenskonflikt ab. Sie sah sich in dem Zimmer um. Jemand hatte eine brennende Kerze stehen gelassen, und in dem trüben, flackernden Licht bemerkte sie Brutus, der über den Zeichentisch schlich, der unter einem der Fenster stand.

»Wo bist du gewesen?« Kelsey ging auf ihn zu, wobei sie ihr Nachthemd mit beiden Händen zusammenhielt. Als sie näher kam, fauchte er sie an und entblößte seine nadelspitzen Zähne, bevor er hinuntersprang und unter dem Bett verschwand. »Ich möchte wissen, warum du ständig herkommst, wenn du mich doch nur anfauchen willst.«

Fest entschlossen, Freundschaft mit dem Tier zu schließen, wollte sie ihm gerade nachgehen, als ihr etwas Dunkles ins Auge stach. Sie blieb stehen und sah zum Zeichentisch. Die Flasche mit schwarzer Tinte, die sie für ihre Skizzen benutzte, lag auf der Seite. Ein großer schwarzer Klecks zierte den Tisch. Ihre Zeichenfedern waren entzwei gebrochen und die Blätter in ihrem Skizzenblock in winzige Fetzen zerrissen und wie Konfetti über den Tisch geworfen worden. Wer konnte das getan haben? Sie dachte an Brutus, schüttelte dann aber den Kopf. Zu viel Zerstörung, selbst für Brutus.

Kelsey bückte sich und hob einige der Papierfetzen auf. Sie legte sie in ihre Hand und studierte die ausgefransten Kanten. Ihr erster Gedanke galt dem Geist der Herzogin. Aber würde ein Gespenst so kleinlich sein? Sie bezweifelte es. Eine vernünftigere Erklärung schien, dass Salford sie in ihrem Zimmer gesucht hatte, nachdem sie bei ihm zur Tür hereingeplatzt war. Und als er sie nicht vorfand, hatte er seine Wut an ihrer Arbeit ausgelassen. Sie biss so fest die Zähne zusammen, dass ihr die Kiefermuskeln wehtaten.

Ein Klopfen an die Tür ließ sie zusammenfahren.

»Ja?«, rief sie, während sie die Papierschnitzel fallen ließ und ihr zerrissenes Nachthemd zusammenhielt. Bei dem Gedanken, dass es möglicherweise Salford war, wich sie einen Schritt zurück und stieß an den Zeichentisch.

»Ich bin's, Miss.«

Kelsey atmete erleichtert auf, als sie Marys Stimme erkannte. Sie ging zur Tür und steckte ihren Kopf durch den Spalt, sorgsam darauf bedacht, ihr nasses, zerrissenes Nachthemd nicht sehen zu lassen. »Ja, Mary?«

»Verzeihen Sie bitte, Miss.« Mary machte einen Knicks.

Als sie sich wieder aufrichtete, stellte Kelsey fest, dass sie ihre Schürze nicht trug und ihr Häubchen schief saß. Rote Haarsträhnen fielen ihr ins Gesicht, als hätte sie das Häubchen in aller Eile aufgesetzt. Ihre Wangen waren rot gefleckt und sie klang außer Atem, als wäre sie den ganzen Weg bis zu Kelseys Zimmer gelaufen.

Beunruhigt fragte Kelsey: »Mein Gott, Mary, was ist denn?«

»Der Herr hat mir gesagt, ich soll Ihnen das hier geben ...« Mary hielt Kelsey durch den Türspalt ein Nachthemd mit Négligé hin und fuhr überstürzt fort: »Es hat der Herzogin gehört, Miss, und es ist sehr schön ... nie getragen. Ich habe es auf dem Dachboden aus einer Truhe ausgegraben. Ein Jammer, dass so feine Sachen da oben herumliegen, wenn andere sie brauchen könnten. Ich bin froh, dass Sie es haben dürfen. Ich soll auch noch fragen, ob Sie ein heißes Bad wünschen, Miss.«

Kelsey starrte das teuer wirkende Nachtgewand an. Ihre Finger krampften sich um ihr eigenes kaputtes Hemd. Bestimmt wusste das ganze Haus, dass sie im Nachthemd weggelaufen war und Salford sie zurückgebracht und darin gesehen hatte. Wussten die anderen auch, was er mit ihr gemacht hatte? Kelsey starrte Mary an. Sie spürte, wie ihr Gesicht heiß erglühte. Wie konnte er Mary mitten in der Nacht aus dem Bett holen und sie mit diesen Sachen zu ihr schicken, um damit noch weitere Aufmerksamkeit auf das zu lenken, was geschehen war? Sie hätte ihn erwürgen können.

Kelsey versuchte den Ärger in ihrer Stimme zu unterdrücken, als sie Marys Hand mitsamt den Kleidungsstücken aus der Tür drängte. »Ich brauche es nicht und ich will auch nicht, dass du dir mitten in der Nacht die Mühe machst, mir ein Bad zu richten. Geh wieder zu Bett, Mary. Ich kann nicht fassen, dass Lord Salford dich wegen einer solchen Nichtigkeit geweckt hat. Gute Nacht.« Als Kelsey die Tür schloss, schob Mary ihre Hand durch die Öffnung und drückte ihr Nachthemd und Négligé in die Hand.

»Bitte nehmen Sie es, Miss.« Mary klang verzweifelt. »Er wird zornig sein, wenn Sie es nicht tun, und ich soll mich noch mal bei ihm melden. Wenn ihm meine Antwort nicht gefällt, dann ... na ja, ich hab Angst, dass er mir die Schuld gibt, wenn Sie es nicht nehmen. Er hat gekocht wie ein Teekessel, als er den Befehl gab.«

Kelsey nahm die Sachen an, wenn auch nur, um der armen Mary einen Gefallen zu tun. »Na schön, ich nehme es ...« Kelsey verstummte und machte ein nachdenkliches Gesicht. »Sag mal, Mary, du hast doch gesagt, dass Salford dir den Befehl gegeben hat. Lässt er dich sein Gesicht sehen?«

»O nein, Miss. Nie. Wenn ich mit ihm spreche, dann nur durch geschlossene Türen. Meistens überbringt Watkins die Botschaften. Er hat mir auch gesagt, dass ich schnell auf den Dachboden gehen und etwas von der Herzogin suchen soll, worin Sie schlafen können.« Mary ahmte Watkins' förmlichen Tonfall nach. »Auf Anordnung Seiner Gnaden. Und melde dich umgehend bei ihm zurück.« Sie grinste, und ihre blauen Augen funkelten übermütig. Als Kelsey gluckste, fuhr Mary fort.

»Ich wusste, dass ich mit Ihnen offen reden kann, Miss.

Sie sind nicht so steif wie manch anderer. Das hab ich gleich gewusst, als Sie versucht haben, die Schuld für das umgekippte Tablett auf sich zu nehmen, obwohl Sie doch wussten, dass ich es war. Ich danke Ihnen, Miss. War dumm von mir, das Tablett fallen zu lassen. Und Watkins hätte mir eins hinter die Ohren gegeben, das können Sie mir glauben. Ich hab ja nichts gegen Watkins, aber er ist steif wie ein ausgestopfter Truthahn und genauso widerborstig. Die Köchin sagt, das kommt daher, weil ihm die Zähne so wehtun. Und ich kann's keinem verdenken, wenn er Zahnschmerzen hat, das habe ich selber oft genug erlebt, aber ich finde, er sollte seine Leiden nicht an anderen auslassen. Und uns Dienstmädchen behandelt er wie Stiefkinder.«

»Wie viele Dienstmädchen gibt es hier?« Kelsey versuchte ein paar Worte einzuflechten.

»Nur zwei. Können Sie sich das vorstellen, nur zwei für dieses riesige Gemäuer?« Mary zuckte die Achseln und fügte stolz hinzu: »Ich bin das einzige Stubenmädchen. Es ist harte Arbeit, und ich schufte mir die Finger wund, aber die Bezahlung ist gut. Und ich verstehe, warum so wenig Dienerschaft hier ist, weil der Herr doch so empfindlich wegen seinem Gesicht ist und so. Watkins sagt, er mag es nicht, wenn Frauen ihn angaffen. Nicht dass ich irgendjemand angaffen würde. Ich mache meine Arbeit und das ist alles. Wenn ich ganz ehrlich sein soll, ich bin froh, wenn ich sein Gesicht nicht sehen muss. Die Köchin sagt, das letzte Mädchen, das vor mir hier war, war in diesem Saal, um sauber zu machen, als sie nicht hier sein sollte, und er war auch drin und ... na ja, sie fiel glatt in Ohnmacht, wirklich. Am nächsten Tag wurde sie gefeuert. Das Mädchen hat mir immer Leid getan. War doch nicht ihre Schuld, dass sie in Ohnmacht gefallen ist. Sogar wenn ich hier sauber mache und er ist nicht da, fang ich immer an zu schwitzen und zu schlottern – aber ich glaube, mehr aus Angst, er könnte reinkommen und ich werde gefeuert, weil ich ihn gesehen habe. Ich weiß nicht recht, ob ein Gesicht wirklich so schlimm sein kann. Auf dem Jahrmarkt habe ich mal einen Mann gesehen, der zwei Köpfe hatte. Können Sie sich so was vorstellen? Und dann war da mal ein Wesen, das war halb Mann und halb Frau –«

»Ja, ja, furchtbar«, unterbrach Kelsey das Mädchen. Sie wollte nicht ungeduldig klingen, aber sie fror in ihrem nassen Nachthemd und fing an, mit den Zähnen zu klappern. »Das ist sehr interessant, aber ich –«

»Tut mir Leid, Miss.« Marys Gesicht rötete sich. »Meine Ma sagt immer, wenn ich erst mal anfange, rattere ich ärger dahin als ein Mühlrad.« Sie senkte den Kopf, und ein paar rote Haarsträhnen schlüpften aus ihrem Häubchen. »Kann ich sonst noch etwas für Sie tun, Miss? Soll ich noch Kohlen für das Feuer bringen?«

»Nein, nein, Mary.« Kelsey machte eine Pause und sagte dann: »Eins noch. Ich werde von jetzt an meine Mahlzeiten mit dem übrigen Personal in der Küche einnehmen.«

Mary machte große Augen. »Ich weiß nicht recht, Miss. Der Herr ist sehr eigen, was seine Anordnungen angeht, und er hat gesagt, Sie sollen auf Ihrem Zimmer essen.«

»Da dein Herr nie die Küche betritt, wird er es wohl kaum je erfahren, wenn wir es ihm nicht erzählen. Ich rede mit Watkins darüber.« Mehr an sich selbst als an Mary gewandt, sagte Kelsey: »Lord Salford kann nicht nachgedacht haben, als er diese besonders unerfreuliche Regel aufstellte. Er kann nicht von mir erwarten, dass ich wochenlang allein in diesem Flügel eingepfercht bleibe. Ich bin kein Einzelgänger. Ich brauche Gesellschaft, und wenn ich meine Mahlzeiten in der Küche einnehme, musst du dir nicht so viele Umstände machen.« Mary öffnete den Mund, um zu protestieren, aber Kelsey sagte taktvoll: »Gute Nacht, Mary. Wir sehen uns morgen früh.« Sie schloss die Tür.

Kelsey lauschte auf Marys leiser werdende Schritte. Mit Mary in der Nähe konnte sich niemand über Mangel an Unterhaltung beklagen. Und genau das brauchte sie, um ihre Gedanken von Salford abzulenken.

Dann fiel ihr Blick auf das weiße Nachtgewand in ihrer Hand und sie fragte sich, ob es überhaupt möglich wäre, Salford zu vergessen, solange sie unter seinem Dach lebte. Alles schien zu ihm zu führen. Selbst dieses Nachthemd, das seiner verstorbenen Frau gehört hatte. Es war sehr züchtig, mit einem schmalen Spitzenbesatz um den Stehkragen, und aus feinstem Batist. Noch nie hatte sie einen so teuren Stoff auf ihrer Haut gehabt. Vielleicht hatte er nur aufmerksam sein wollen, als er Mary bat, ihr das Hemd zu geben. Sie hoffte, dass er nicht versuchte, sie mit galanten Gesten zu beeindrucken. Es war viel leichter, selbstherrliche Lüstlinge zu verabscheuen, bei deren Anblick Dienstmädchen sofort in Ohnmacht fielen.

Stirnrunzelnd zog sie ihr nasses Nachthemd aus und streifte das neue über den Kopf, fuhr dann mit einem Kamm durch ihr verfilztes Haar, flocht es und schlüpfte ins Bett. Jetzt machte sich ihre Erschöpfung bemerkbar. Sie blies die Kerze aus und kuschelte sich unter die Decken.

Da fing es wieder an. Kriek kriek kriek.

Sie setzte sich im Bett auf und verdrehte die Augen. Wenn sie irgendetwas griffbereit gehabt hätte, hätte sie es an die Decke geschleudert. Warum lief er hin und her? Offensichtlich war die Schlampe nicht mehr bei ihm. Mit einer heftigen Bewegung legte sie sich wieder hin und zog sich das Kissen über den Kopf.

»Gott steh mir bei!«

Der Aufschrei ließ Kelsey senkrecht in die Höhe schießen. Sie rieb sich die Augen und sah Mary auf den schwarzen Tintenklecks auf dem Zeichentisch starren. Die Morgensonne, die durch ein Fenster fiel, tauchte Marys schmale Gestalt in einen hellen Schein.

»Was ist denn da passiert, Miss? So etwas! Watkins reißt mir bestimmt den Kopf ab, wenn ich das nicht sauber bekomme. Ich weiß nicht, was –«

»Sag ihm einfach, dass es Salford war, das sollte ihn besänftigen«, sagte Kelsey kurz angebunden. Sie war morgens nie bester Laune und heute schon gar nicht, nachdem sie die halbe Nacht von Salfords unablässigem Auf- und Abmarschieren wachgehalten worden war und die zweite Hälfte damit verbracht hatte, davon zu träumen, von ihm geküsst und liebkost und in jedem Zimmer im Schloss geliebt zu werden.

»Das kann ich nicht machen, Miss.« Mary bückte sich und hob die kleinen Papierfetzen auf, die rings um den Tisch lagen.

»Dann sag ihm, es war der Geist. Das ist die einzige andere Erklärung, die mir einfällt. Brutus war zwar hier drinnen, aber ich bin sicher, dass er meine Skizzen nicht in kleine

Fetzen reißen kann. Er mag sehr wild sein, aber manche Dinge gehen einfach über seine Kräfte.«

»Dieser blöde alte Kater. So was macht der nicht. Er hat einmal in der Bibliothek einen Vorhang zerrissen, als er hinter einer Maus her war, aber das hier kann er nicht gewesen sein.«

»Ich weiß. So sah es hier aus, als ich gestern Abend zurückkam« – Kelsey machte eine Pause und wählte ihre Worte sorgfältig – »von einem Besuch bei Freunden.«

»Schon gut, Miss«, sagte Mary zerstreut und stand auf. Sie schob ihre Unterlippe vor und stopfte die Papierfetzen nervös in ihre Schürzentasche. »Ist sowieso nur ein alter Schreibtisch aus dem Schulzimmer. Denken Sie nicht mehr dran.« Sie ging zur Kommode, goss Wasser in eine Schüssel und legte ein Handtuch daneben. »Die Köchin hat ein schönes Frühstück für Sie bereit stehen. Sie hätte mir fast eins hinter die Ohren gegeben, als ich ihr sagte, dass Sie in der Küche essen wollen. Sie sagt, Gäste auf Stillmore essen nie in der Küche.«

»Ich bin kein Gast. Ich bin eine Angestellte wie ihr.« Kelsey schlug die Decke zurück und kroch aus dem Bett.

»Trotzdem, Miss, ich hab deshalb einiges zu hören bekommen.«

»Keine Sorge, ich informiere sie über das neue Arrangement.«

»Tun Sie das, Miss. Ich gehe der Köchin sagen, dass Sie gleich kommen.« Mary lief erleichtert zur Tür, knickste und eilte davon.

Mary schien aus irgendeinem Grund nervös zu sein. Kelsey starrte die Tür an und fragte sich, was das alles zu bedeuten hatte. Dann fiel ihr auf einmal die gesegnete Stille in ihrem Zimmer auf. Sie hob den Blick zur Decke und lauschte auf ein Lebenszeichen aus den oberen Regionen.

Es war so ruhig, dass sie fast ihr Herz hören konnte, das vor Schlafmangel laut klopfte. Wieder starrte sie die Decke lange an und rieb sich die Schläfen. Dann breitete sich ein durchtriebenes Grinsen auf ihrem Gesicht aus. Mit entschossener Miene schwang sie sich vom Bett und holte sich den Schürhaken und den leeren Kohleneimer vom Kamin.

Beim ersten Dröhnen zuckte sie noch zusammen, aber je länger sie schlug, desto mehr gewöhnte sie sich an den Lärm. Sie schrie sogar aus voller Kehle. Es war ein sehr befreiendes Gefühl, deshalb hörte sie nicht auf, sondern machte weiter, bis ihr die Ohren klangen und ihre Stimme heiser und sie selbst überzeugt war, dass Salford entweder wach oder taub sein musste. Das Schweigen lastete schwer auf dem Raum, als sie ihre Malersachen anzog, mit dem Kamm durch ihr Haar fuhr und dann aus dem Zimmer ging. Sie knallte die Tür zu, nicht einmal, sondern dreimal. So laut sie konnte.

»Was zum Teufel war das?« Edward setzte sich abrupt auf und riss an dem Klingelzug neben seinem Bett. Die Arme vor der Brust verschränkt, wartete er – mit mehr Geduld, als er nach dieser unruhigen Nacht empfand. Die meiste Zeit hatten ihn Träume gequält, in denen er Kelsey die Kleider vom Leib gerissen, sie geküsst und mit ihr geschlafen hatte. Die schmerzende Wölbung unter der Bettdecke und das Ziehen in seinen Lenden waren der Beweis für seine Qualen.

Watkins betrat den Raum und neigte den Kopf. »Ja, Euer Gnaden?«

»Kann ich nicht einmal in meinem eigenen Heim einen Augenblick Ruhe und Frieden finden?«

Der ungewohnt scharfe Ton ließ Watkins einen Schritt zurückweichen. »Ich weiß nicht, was Sie meinen, Euer Gnaden.«

»Den Lärm, Mann. Den Lärm!«

»Lärm, Euer Gnaden?«

»Ein Höllenlärm!« Ohne daran zu denken, dass er nackt war, schlug Edward die Decke zurück und stieg aus dem Bett.

Watkins hob mit gesenktem Blick einen Morgenmantel auf und half Edward hinein. Seine Lippen schienen völlig in seinem verkniffenen Mund zu verschwinden, als er sagte: »Ich ... ich habe nichts gehört.«

»Dann sind Sie taub.«

»Sehr wohl, Euer Gnaden«, stimmte Watkins bereitwillig zu.

Edward drehte sich um und starrte Watkins durchbohrend an. »Sie wissen, dass Sie nicht taub sind.«

»Sehr wohl, Euer Gnaden.«

»Wollen Sie mich mit dem ewigen ›Sehr wohl, Euer Gnaden‹ ins Grab bringen?«

»Ich hoffe nicht, Euer Gnaden.«

Edward starrte auf Watkins' Rücken, aber sein Blick drang nicht durch die dicke Haut des Dieners, der gerade den Schrank öffnete und seinen Kopf hineinsteckte.

»Wenn Sie damit fertig sind, meine Sachen zu durchwühlen, wünsche ich zu erfahren, wer diesen infernalischen

Lärm gemacht hat. Es hörte sich an, als käme es aus dem Ballsaal.«

»Sehr wohl, Euer Gnaden.«

Nach einem scharfen Blick in Watkins' Richtung, der völlig wirkungslos an dem Butler abprallte, drehte Edward sich um und ging ins Badezimmer. Er goss Wasser in die Schüssel, spülte sein Gesicht ab und langte nach dem Handtuch. »Wer es auch gewesen ist, hat mit Sicherheit Miss Vallarreal geweckt. Ich dulde nicht, dass Gäste in meinem Haus belästigt werden. Feuern Sie die betreffenden Leute unverzüglich, Watkins, aber schicken Sie sie erst zu mir – ja, schicken Sie sie zu mir. Ich habe ein Wörtchen mit ihnen zu reden.« Edward trocknete sich das Gesicht ab, während er ins Schlafzimmer zurückging.

»Ich kümmere mich darum, Euer Gnaden.«

Edward hatte das Handtuch immer noch in der Hand. Er schleuderte es auf das Bett und sagte: »Ist alles für den Besuch meines Cousins bereit?«

»Ich habe für Lord Lovejoy das blaue Zimmer vorbereiten lassen, Euer Gnaden.«

»Sehr schön. Und wie steht es mit Lady Shellborns Besuch? Sind wir bereit für sie?«

»Wenn sie nächste Woche kommt, werden wir bereit sein. Ich habe einen Brief an ihre Haushälterin geschrieben, um in Erfahrung zu bringen, welche Gerichte die Dame bevorzugt. Sie wird im rosa Zimmer untergebracht, Euer Gnaden.«

»Wie sieht es mit Blumen aus? Haben wir genug in den Glashäusern?«

»Genug, um jeden Raum im Schloss zu schmücken, Euer Gnaden.«

»Sehr schön.« Edward trat ans Fenster und zog die Vorhänge zurück. Er lehnte sich an den Sims, strich über die dunklen Stoppeln auf seinem Kinn und starrte gedankenverloren nach draußen.

»Sie reiten heute Morgen aus, Euer Gnaden?«

»Ja, ja.« Edward machte eine entlassende Handbewegung.

Watkins drehte sich um und legte eine schwarze Reitjacke, ein weißes Hemd und Reithosen aus braunem Rehleder aufs Bett. Methodisch strich er mit einer Hand etwaige Fältchen glatt.

Edward sah wieder zum Fenster hinaus und suchte die Umgebung nach einem Anzeichen auf den Schopf prachtvoller dunkler Haare ab, in dem er letzte Nacht seine Finger vergraben hatte. »Watkins, hat Miss Vallarreal sich schon ihr Frühstück bringen lassen?«

»Ich weiß es nicht, Euer Gnaden. Soll ich mich danach erkundigen?«

»Nein, nein.« Als Edward sich vom Fenster abwandte, sah er Watkins beim Bett stehen, die Lippen so streng geschürzt, dass sich die Haut straff über seinen knochigen Wangen spannte. Die Adern traten unter seiner dünnen Haut vor, als er unruhig die Hände verkrampfte und wieder löste. In einem geduldigeren Ton, als er ihn bisher für den alten Diener, der vor ihm schon seinem Vater gedient hatte, gefunden hatte, fragte er: »Was ist los, Watkins? Sie wollen mir etwas sagen, sind aber unschlüssig. Bis jetzt haben Sie sich doch noch nie von vornehmer Zurückhaltung behindern lassen.«

»Nun, Euer Gnaden, mir wurde soeben mitgeteilt, dass Miss Vallarreal ihre Mahlzeiten mit der Dienerschaft einzunehmen wünscht.«

»Mit der Dienerschaft?« Edward zog seine dunklen Augenbrauen hoch.

»Wie es scheint, zieht sie es vor, in Gesellschaft zu speisen.«

»Schauen Sie mich nicht so an, Watkins. Sie wissen, dass ich sie nicht an meinen Tisch lassen werde.«

»Ich darf darauf hinweisen, dass Sie allein speisen, Euer Gnaden.«

»Ich weiß, dass ich allein speise. Ich mag es so.« Edward warf Watkins einen durchbohrenden Blick zu, der darauf abzielte, ihn in den Knie zu zwingen, aber da der gewitzte alte Mann in eine andere Richtung sah, schoss er direkt an ihm vorbei durch die Fensterscheiben, auf denen noch Tautropfen glitzerten, und landete irgendwo auf den Bäumen auf der südlichen Seite des Anwesens.

»Ich dachte, ein wenig Gesellschaft würde Ihnen gut tun, Euer Gnaden«, beharrte Watkins mit jener taktvollen Impertinenz, die typisch für ihn war. »Erlauben Sie mir die Bemerkung, dass Miss Vallarreal eine wirklich faszinierende junge Dame ist.«

»Sie hat Sie also auch schon eingewickelt, wie?« Edward starrte Watkins unter zusammengezogenen dunklen Augenbrauen hervor an. Das Bild des jungen McGregor stieg vor ihm auf, und er versuchte, die unerwartete Anwandlung von Eifersucht zu unterdrücken, die ihn plötzlich befiel.

»Ich denke, das könnte man sagen.«

»Ich weiß, was Sie im Schilde führen, Watkins. Die Rolle des Kupplers passt nicht zu Ihnen. Abgesehen davon ist Miss Vallarreal bereits in jemand anders verliebt, und sie hasst mich. Das hat sie letzte Nacht unmissverständlich klar gemacht.« Edward rieb sich die Wange, die sie geohrfeigt hatte.

»'Sie ist eine Frau, daher mag sie umworben sein; sie ist eine Frau, daher mag sie gewonnen sein'«, verkündete Watkins mit weiser Miene.

»Guter Gott! Jetzt zitieren Sie schon Shakespeare, Watkins? Wie das? Sind Ihnen Ihre üblichen Plattitüden ausgegangen?« Edward konnte sich ein leichtes Grinsen nicht verkneifen.

»Es scheint so, Euer Gnaden.«

»Hoffentlich nicht. Lieber höre ich Ihre Binsenwahrheiten als kitschige Liebesverse von Shakespeare.« Edward wurde wieder ernst und schlug den Ton an, auf den er immer zurückgriff, wenn sich Watkins von einem treuen und geschätzten Diener in eine Art Landplage verwandelte. »In Zukunft beschränken Sie sich darauf, mein Schloss in Ordnung zu halten, und überlassen die Sorge um mein verdammtes Leben mir.«

Watkins' Lippen wurden noch schmaler, der einzige Hinweis darauf, dass er verstimmt war. Er wandte sich zur Tür, sagte mit viel zu ehrerbietiger Stimme: »Sehr wohl, Euer Gnaden« und verließ das Zimmer.

Edward sah ihm kopfschüttelnd nach und fragte sich, wie viele andere anmaßende Butler es wohl auf der Welt gab und ob sie das Leben anderer Adeliger ebenso erschwerten wie Watkins es bei seinem tat.

Er drehte sich abrupt um, ging zum Fenster, dann zur Tür, dann wieder zum Fenster. Dort blieb er stehen und lehnte sich an den Sims. Er hatte den Blick aus seinem Schlafzimmer schon immer gemocht. Die Fenster gingen nach Westen und boten eine herrliche Aussicht auf die

Gärten, den See und die dichten Wälder hinter dem Dorf. Sein Ururgroßvater hatte diese Zimmerflucht einrichten lassen, als das Schloss neu gestaltet worden war. Jahrelang hatte Edward durch dieses Fenster auf seinen Besitz geschaut und der Anblick hatte ihm immer ein Gefühl von Frieden gegeben, von Zugehörigkeit, das Gefühl, hier alleiniger Herrscher zu sein. Aber seit einiger Zeit empfand er nur noch das nagende Verlangen nach einer Veränderung der Szenerie, nach irgendetwas, um die selbstauferlegte Monotonie zu durchbrechen, in der er seit zehn Jahren lebte.

Manchmal hatte er das Gefühl, von dieser Ruhelosigkeit aufgerieben zu werden – ganz besonders in der vergangenen Nacht, als Kelsey ihn zurückwies. Er bereute diesen Moment der Schwäche zutiefst. Und jetzt versuchte Watkins, sie beide zusammenzuspannen. Lieber Gott! Er musste weg von hier.

Edward fuhr nervös über die dunklen Bartstoppeln auf seinem Kinn, bevor er sich umdrehte und wieder auf und ab ging. Nie wieder würde er eine Frau in sein Leben lassen. Er berührte die Stelle über seinem linken Auge und wusste, dass er nie eine Frau bitten würde, sein Leben mit ihm zu teilen. Das konnte er nicht verlangen. Die Ehefrau eines Monsters zu sein. Einer grotesk entstellten Fratze. Sie dem unverhohlenen Gaffen anderer auszusetzen, dem allmählichen Entsetzen, das unweigerlich folgte, und schließlich dem Mitleid. Gott, das Mitleid hasste er von allem am meisten. Niemals!

Edward nahm eine orientalische Skulptur vom Kaminsims und schleuderte sie in den Spiegel an der Wand. Er beobachtete, wie das verzerrte Bild seines Gesichts Sprünge bekam und sich dann mit den Glasstücken, die aus dem vergoldeten Rahmen brachen, auflöste.

Kelsey pfiff vor sich hin, als sie die Schwingtür zur Küche aufstieß. Eine junge Frau, die so breit wie Kelsey hoch war, ließ das Nudelholz fallen, das sie in der Hand hielt, und schnappte nach Luft. Es fiel auf die Arbeitsplatte und rollte zur Kante. Eine andere Frau, so schmal, wie die andere breit war, hatte gerade eine Pastete aus dem Ofen genommen. Sie starrte Kelsey an und ließ die Pastete los.

Kelsey, die jahrelang ihrer Mutter in der Küche geholfen und dann für ihren Vater gekocht hatte, reagierte aus reiner Gewohnheit. Sie packte den Saum ihres Kittels und fing die Pastete auf, indem sie den Stoff als Topflappen benutzte. Sie lächelte die beiden an, als wäre nichts geschehen, und stellte die dampfende Pastete auf die hölzerne Arbeitsfläche zu den anderen acht Stück, die dort abkühlten.

»Irgendetwas duftet hier ganz köstlich«, sagte sie lächelnd.

Die beiden Frauen sahen einander an, dann Kelsey, dann wieder einander. Die Dicke kam als Erste wieder zur Besinnung. Sie hob das Nudelholz auf und sagte: »Miss, als dieses Schnattermaul Mary behauptete, Sie würden bei uns in der Küche essen, dachte ich, jetzt hat sie endgültig den Verstand verloren Das hab ich ihr auch gesagt.« Sie wartete Kelseys Antwort nicht ab, sondern wandte sich der schmächtigen Frau neben ihr zu, deren schmales Gesicht jetzt mit hektischen roten Flecken übersät war. »Agnes, du hirnloser Tollpatsch! Du hast es schon wieder gemacht!

Wenn du die Pastete fallen gelassen hättest, hätte ich dir eine Ohrfeige gegeben! Du kannst von Glück sagen, dass die Miss so flink bei der Hand war!«

Agnes, die nicht im Geringsten beeindruckt wirkte, straffte den Rücken und warf den Topflappen beiseite. Er landete mitten im Teig auf der Arbeitsfläche. »Und dann hätte ich dir die Augen ausgekratzt! So, Miss Oberschlau!«

»Dann wäre aber was gefällig!« Die massige Frau schwenkte drohend das Nudelholz vor Agnes' Nase. »Oho, dann wäre aber was gefällig!«

»Du wirst es schon noch erleben, du wirst es schon noch erleben.«

»Nicht solange ich meine fünf Sinne noch beisammen habe.« Die massige Frau griff sich den Topflappen und schleuderte ihn quer durch die Küche.

Kelsey duckte sich, als er über ihren Kopf segelte.

»Ich hab's satt, Alice. Du bildest dir ein, bloß weil du meine große Schwester bist und als Köchin über mir stehst, kannst du mich herumkommandieren. Na, so ist es aber nicht!« Agnes tauchte eine Hand in die Mehldose und warf es Alice ins Gesicht.

Alice, die mit dieser Attacke offensichtlich nicht gerechnet hatte, blieb der Mund offen stehen. Ihre gewaltigen Brüste schwollen über ihrem dicken Bauch an, als sie den Atem einzog und ihre kleinen blauen Augen, die aus den weißen Mehlspuren auf ihrem runden Gesicht hervorblitzten, drohend zusammenkniff. Sie sah sich nach etwas um, das sie nach ihrer Schwester werfen könnte, entdeckte den Teig auf der Anrichte, hob ihn auf und drückte ihn Agnes ins Gesicht. »Nimm das, du nutzlose magere Bohnenstange!«

Zu Kelseys Staunen wich und wankte Agnes nicht, sondern blieb unerschütterlich wie eine Statue stehen. Seelenruhig klaubte sie den Teig aus ihren Augen und ließ ihn von ihren Fingern tropfen. »Lieber mager als ein Walross wie du!«

»Du bist doch bloß eifersüchtig, weil Charlie mich geheiratet hat und du ihn gern für dich gehabt hättest. Er erkennt jedenfalls eine Frau, wenn er sie vor sich hat. Glaubst du etwa, er hätte eine« – Alice' Augen streiften geringschätzig Agnes' schmale Gestalt – »hinterhältige, boshafte Person mit einer Figur wie ein Aal geheiratet?«

Agnes sah eine der Pasteten auf der Anrichte an und streckte die Hand nach ihr aus.

Kelsey atmete erleichtert auf, als in diesem Moment die Tür in den Angeln quietschte und Watkins die Küche betrat. Agnes' Hand verharrte in der Luft. Beide Frauen drehten sich um und starrten Watkins an. Ein Blick von ihm, und beide drehten sich hastig um, um sich ihren Pflichten zuzuwenden, als wäre nichts geschehen, ein absurder Versuch, fand Kelsey, da Alice' Gesicht mit Mehl bedeckt war und an Agnes' Kinn kleine Teigklumpen hingen. Kelsey konnte das Lachen nicht zurückhalten, das ihr glucksend in die Kehle stieg, und platzte laut heraus.

Alle drei durchbohrten sie mit Blicken.

Kelsey zuckte die Achseln und schluckte krampfhaft, um ihr Lachen zu unterdrücken. Als sie sich wieder ein wenig beruhigt hatte, sagte sie: »Entschuldigen Sie bitte, dass ich gelacht habe.«

Watkins, der endlich seine Stimme wiedergefunden hatte, wandte sich an Alice. »Was geht hier vor?«

»Nichts, Sir, gar nichts.«

Kelsey, die das Gefühl hatte, dass die Auseinandersetzung zum Teil ihre Schuld war, weil sie den Wunsch geäußert hatte, in der Küche zu essen, sprang schnell in die Bresche. »Die beiden wollten mir gerade ein neues Rezept für Pastetenteig zeigen. Nicht wahr?« Sie zwinkerte den Frauen heimlich zu.

Der Ärger auf ihren Gesichtern zerfloss zu einem unsicheren Lächeln. »Ja, genau, Miss«, antwortete Agnes für beide.

Watkins starrte erst die Frauen, dann Kelsey mit missbilligend geschürzten Lippen an. Unüberhörbare Skepsis lag in seiner Stimme, als er sagte: »Wie es scheint, sind Sie vom Pech verfolgt, wenn Sie mit dem Personal zusammenkommen.«

»Ja, sieht ganz so aus, nicht?« Kelsey legte die Hände auf den Rücken und starrte die Töpfe an, die über der langen Anrichte hingen, um dem scharfen Blick seiner blassen Augen auszuweichen.

»Ich denke, so sehr Sie auch daran interessiert sein mögen, diese neue Technik zu lernen, werde ich die Köchin bitten, beim nächsten Mal zu warten, bis ich anwesend sein kann, um den Vorgang mit Ihnen zu verfolgen. Was halten Sie davon, Miss Kelsey?«

Kelsey, die den angstvollen Ausdruck auf Alice' und Agnes' Gesichtern sah, sagte: »Ich denke, es kann warten, da ich eine ganze Weile nicht kochen werde, aber ich bezweifle, dass Alice und Agnes Ihre Anwesenheit wünschen. Es geht um ein streng gehütetes Küchengeheimnis. Sie und Agnes sind ganz zufällig darauf gekommen.« Kelsey warf den beiden einen Blick zu. »Die Kruste soll so zart sein, dass sie auf der Zunge zergeht. Ich habe sie bestochen, um an das Rezept zu kommen. Ich habe ihnen versprochen, sie zu porträtieren, wenn sie mir erlauben, beim Backen zuzuschauen.«

»Porträtieren?« Watkins zog seine buschigen grauen Augenbrauen hoch und starrte Kelsey an. Seine Lippen verschwanden fast völlig, als er sich bemühte, eine unbewegte Miene zu bewahren, und ein Ausdruck, der an Erheiterung grenzte, huschte durch seine scharfen Augen »Nun denn, ich bin sicher, sie fühlen sich geschmeichelt«, sagte er, »auch wenn es Bestechung ist.« Er sah zu Alice und Agnes und seine Stimme wurde barsch. »Da diese Kochstunde nicht stattfinden wird, schlage ich vor, ihr macht die Küche sauber.« Er drohte ihnen mit dem Finger. »Und eure Gesichter. Muss ich euch etwa daran erinnern, dass Seine Gnaden heute Abend einen Gast zum Dinner erwartet? Ich hoffe, ihr habt alles im Griff.«

Alice nickte so eifrig, dass ihre drei Doppelkinne wackelten. »Ja, Sir. Wir haben beinahe alles vorbereitet. Ich habe einen schönen Schmorbraten und Lord Lovejoys Lieblings-«

Watkins schnitt ihr mit einer kurzen Handbewegung das Wort ab. »Sehr schön. Habt ihr euch um Miss Vallarreals Frühstück gekümmert?«

»Kommt sofort.« Alice wischte sich hastig das Gesicht mit dem Schürzenzipfel ab, lief zum Backofen und holte eine schwere Gusseisenpfanne hervor. Dann lud sie eine Scheibe Schinken, Rührei und Mehlküchlein auf einen Teller.

Agnes zupfte die Teigfäden von ihrem Kinn, holte mehrere Scheiben Brot aus dem Ofen und bestrich sie mit frisch geschlagener Butter.

»Ich hoffe, es stört Sie nicht, dass ich meine Mahlzeiten

hier einnehme, Watkins.« Als sie den tadelnden Ausdruck auf seinem Gesicht sah, fügte sie hinzu: »So macht es weniger Umstände. Und ich habe gern Gesellschaft.«

Watkins, der einen Moment lang über diese radikale Ansicht nachzudenken schien, schürzte die Lippen. Er öffnete den Mund, um etwas zu sagen, änderte dann aber anscheinend seine Meinung und schloss ihn wieder. Mit einer eleganten Geste deutete er auf den langen Tisch, der mitten in der Küche stand. »Wenn das so ist, nehmen Sie doch bitte Platz, Miss Kelsey.«

»Danke.« Kelsey beobachtete, wie er zu einem der vier gewaltigen Geschirrschränke ging, die die Wände säumten. Drei von ihnen enthielten goldgerändertes Porzellangeschirr – genug, um eine Armee zu bewirten Auf den Regalen des anderen Schranks funkelte ein Vermögen an silbernem Tafelgeschirr. Hier blieb Watkins stehen und zog eine der Schubladen auf. Kelsey konnte die Silberbestecke in der Lade schimmern sehen.

Unfähig, ihre Neugier in Bezug auf den erwarteten Gast zu bezähmen, setzte sie sich auf und erkundigte sich beiläufig: »Wer ist Lord Lovejoy?«

»Oh, er ist der Cousin Seiner Gnaden«, sagte Alice, während sie den Teller und ein Glas Milch vor sie stellte. »Ein reizender Mensch, das ist er. Immer freundlich, immer gut gelaunt. Und kein bisschen hochnäsig. Er kommt jedes Mal hierher und macht mir Komplimente über meine Kochkünste. Er ist –«

Watkins drehte sich um und brachte sie mit einem seiner strengen Blicke zum Schweigen. Alice klappte den Mund zu und verzog sich eilig wieder an die Anrichte, wo sie nach einem Messer langte und Agnes half, Äpfel zu schälen.

Watkins kam zu Kelsey zurück. Bevor er das Silberbesteck, das er in der Hand hielt, vorlegte, begutachtete er es gründlich. Seine Lippen verzogen sich, als er den Griff des Löffels untersuchte. Offenbar hatte er einen Fleck entdeckt, denn er hauchte auf das Silber und polierte es mit seinem Ärmel.

»Bitte sehr, Miss Kelsey.«

»Eine so fürstliche Behandlung verdiene ich nicht«, sagte sie und griff mit einem Grinsen nach dem Löffel.

Er beugte sich vor und raunte ihr ins Ohr: »Ich finde doch, Miss Kelsey. Jeder, der solche Lügen fabrizieren kann wie Sie, verdient mehr als eine fürstliche Behandlung, aber Sie müssen lernen, es nicht ganz so offenkundig zu tun.«

Sie grinste ihn schamlos an. »Ich fand, dass ich ganz gut war.« Sie lud sich etwas Rührei auf den Löffel und aß es.

»In der Kunst der Verstellung müssen Sie sich noch ein wenig üben.« Er richtete sich auf und machte eine Pause. Dann schien ihm etwas einzufallen. »Sind Sie heute Morgen von Lärm geweckt worden?«

Kelsey, die den Mund voller Rührei hatte, hätte sich beinahe verschluckt. »Nein. Warum fragen Sie?«

»Seine Gnaden beschwerte sich, davon aufgewacht zu sein. Er war überzeugt, es müsste auch Sie gestört haben.«

»Mich? Ich habe nichts gehört«, antwortete sie, den Blick unverwandt auf den Teller gerichtet, und beschäftigte sich angelegentlich damit, ihren Schinken aufzuschneiden.

»Hm! Wie ich es mir gedacht hatte.« Watkins warf ihr einen wissenden Blick zu. »Nun, wenn Sie mich jetzt entschuldigen würden, es warten noch weitere Pflichten auf mich.«

»Ja, natürlich.« Sie beobachtete, wie er mit steifen Schritten zur Tür ging. Er rieb sich den Kiefer, als ob er ihm weh täte, und eine Wange wirkte geschwollen.

Alice und Agnes stießen beide einen lauten Seufzer aus, als sich die Tür hinter ihm schloss. Agnes sprach als erste. »Herrje, der alte Watkins ist heute sauer wie eine Zitrone.«

»Ich fand ihn eigentlich ganz umgänglich«, bemerkte Kelsey. Sie machte ein nachdenkliches Gesicht. »Ich glaube, er hat Zahnschmerzen.«

»Da haben Sie Recht, Miss«, sagte Alice. »Seine Backe hat ein bisschen geschwollen ausgesehen. Bestimmt machen ihm seine Zähne wieder zu schaffen.«

Kelsey machte sich im Geist eine Notiz, sich um Watkins' Zahnschmerzen zu kümmern, sobald sie Griffin gesehen hatte. Er hatte ihr gestern Nacht das Versprechen abgenommen, ihn an diesem Morgen am Vordertor von Stillmore zu treffen. Da er sehr besorgt gewirkt hatte, hatte Kelsey ihm versprochen, gegen zehn Uhr zu kommen. Es musste bald so weit sein. Hastig schlang sie ihr Essen hinunter.

Als Agnes ihr einen Teller mit kleinen Kuchen brachte, drehte sie sich um und fragte: »Glauben Sie, ich könnte ein paar davon für einen Freund haben? Seine Eltern, die McGregors, sind Pächter von Lord Salford.«

»Sicher, Miss. Mehr als einmal hab ich zu Alice gesagt, es ist eine Schande, dass keine Frau im Haus ist, die seine Pächter besucht und nachsieht, wie es ihnen geht. Der Herr geht nie hin – ein Jammer ist das. Und keine Lady, die sich ab und zu ein bisschen um die Leute kümmert, wie es sich für gute Nachbarn gehört. Und hie und da ein Besuch vom Schloss sorgt für gute Beziehungen. Kommen Sie,

Miss, da haben Sie noch eine Pastete.« Agnes holte einen Korb und packte die Kuchen hinein.

»Nehmen Sie auch das Stück Käse mit«, sagte Alice und legte den Käse und die Pastete dazu.

Als die beiden fertig waren, konnte Kelsey den Korb kaum noch tragen. Langsam ging sie die Auffahrt hinunter. Es war ein langer, gewundener Weg, der von einer Reihe uralter Ulmen gesäumt wurde. Die Sonne sickerte durch das Laubdach über ihrem Kopf und warf große Lichtflecken auf den Boden. Die Luft war nach dem Unwetter der Nacht schwer vom Geruch feuchter Erde.

Ein Eichhörnchen blieb mitten auf dem Weg stehen, schnatterte aufgeregt, weil sie in sein Territorium eingedrungen war, und huschte dann den Stamm einer Ulme hinauf. Kelsey, die durch das Tierchen abgelenkt war, entging das Donnern von Hufen, bis es direkt über ihr war.

5

Alles, was Kelsey sehen konnte, waren achthundert Pfund Pferd, die durch die Ulmen brachen. Wie an den Boden festgeklebt, presste sie den Korb an ihre Brust, kreidebleich vor Angst und leicht schwindlig. Das Pferd galoppierte so dicht an ihr vorbei, dass das Donnern der Hufe in ihrer Brust vibrierte. Wusch! Ein Luftzug fegte über ihr Gesicht.

Erleichtert, mit dem Leben davongekommen zu sein, ließ sie den Atem heraus, den sie angehalten hatte, und sackte an den dicken Stamm einer Ulme. Ihre Knie waren immer noch weich, und ihr Herz klopfte so stark, dass es in ihren Ohren dröhnte. Jetzt fiel ihr auf, dass das Pferd nicht so knapp bei ihr gewesen war, wie es gewirkt hatte. Gute vier Fuß Abstand hatten sie davor bewahrt, zertrampelt zu werden. Wenn der Reiter sein Pferd nicht so meisterhaft beherrscht hätte, wäre sie getötet worden, das war ihr klar. Der Reiter hatte sie anscheinend erst im letzten Moment gesehen und dann die Zügel herumgerissen. Sie starrte auf den Rücken des Reiters, der allmählich in der Ferne entschwand.

In diesem Moment rief der Mann über die Schulter zurück: »Sie verstoßen schon wieder gegen die verdammten Regeln, Miss Vallarreal!«

Der Klang von Salfords Stimme kratzte an ihren Nerven.

Sie fand ihre Fassung schnell wieder und schrie so laut sie konnte: »Ich wusste nicht, dass es verboten ist, einen Spaziergang zu machen!«

Salford, der offenbar nicht daran dachte, stehen zu bleiben, preschte über die Wiese, wobei sein gewaltiger Hengst mit den Hufen Klumpen von grünem Gras in die Luft schleuderte. Kelsey, die ihn zum ersten Mal bei hellem Tageslicht sah, konnte den Blick nicht von ihm wenden. Er trug denselben Umhang wie in der letzten Nacht. Er verdeckte sein Gesicht und seinen Körper, konnte aber weder seine breiten Schultern noch seinen steifen, geraden Rücken verbergen. Der schwarze Umhang flatterte um seine Reitstiefel und verschmolz mit dem schimmernden Schwarz seines Pferds, wodurch die beiden wie eine dunkle, bedrohliche Einheit erschienen, die immer kleiner wurde. Kelsey beobachtete, wie sie hinter einem Hügel verschwanden.

Sie starrte auf die Anhöhe. Ihr Herz klopfte immer noch laut. Was, wenn er wiederkam? Sie wartete. Als er nicht erschien, stellte sie fest, dass sie den Korb an ihre Brust presste.

Sie setzte die Last neben ihren Füßen ab und seufzte, unschlüssig, ob sie erleichtert oder enttäuscht war. Ein Teil von ihr verspürte eine geradezu krankhafte Neugier, sein Gesicht zu sehen; ein anderer Teil wollte dem anrüchigen Verführer, dem gesichtslosen Phantom, von dem sie geträumt hatte, nicht einmal in die Nähe kommen. Er hatte sie an Stellen berührt, wo noch niemand sie berührt hatte, und in ihrem Körper ein schmerzhaftes Verlangen nach dieser Berührung geweckt. Sie dachte daran, wie er seinen harten Körper an ihren gepresst hatte, an das Gefühl, seine langen, muskulösen Schenkel zwischen ihren Beinen zu spüren, wo sie sich an jenem geheimen Ort rieben, bis sie glaubte, es nicht mehr aushalten zu können. Allein bei der Erinnerung an diesen sinnlichen Augenblick wurde ihr heiß.

Tiefe Röte stieg ihr in die Wangen. Sie holte tief Luft und wischte sich die schweißnassen Handflächen an ihrem Malerkittel ab. Ihre Hände zitterten, als sie sich bückte und den Korb wieder aufhob. Sie musste vergessen, was letzte Nacht vorgefallen war. Er hatte sie benutzt, wie er alle Frauen benutzte. Sie musste immer daran denken, dass sie ihn hasste.

Lügnerin! Er könnte dich mit Haut und Haar verschlingen, ohne dass du dich wehren würdest!

Ruhe!

»Alles in Ordnung, Kell?«

Sie fuhr zusammen, als sie Griffins Stimme hörte, und als sie den Kopf wandte, sah sie, dass er auf sie zugelaufen kam. »Ich hab beim Tor auf dich gewartet, und als ich gehört habe, dass du irgendjemand anschreist, bin ich losgerannt.«

»Es ist nichts passiert. Salford wollte ausreiten und hatte nicht damit gerechnet, mich auf dem Weg zu treffen. Wir wären beinahe zusammengekracht. Wenn er nicht ein so guter Reiter wäre, wäre ich jetzt Hackfleisch.«

»Hat der verdammte Mistkerl nicht mal nachgeschaut, ob dir auch nichts passiert ist?« Griffin reckte sich zu seiner vollen Größe und ballte die Fäuste.

»Nein. Ich nehme an, wenn er mich erwischt hätte, wäre er vielleicht stehen geblieben.«

»In welche Richtung ist er geritten? Ich werde den Kerl

windelweich prügeln, jawohl! Wird Zeit, dass ihm jemand Manieren beibringt.«

Vielleicht aber würde es Griffin sein, der eine Lektion erhielt, dachte Kelsey, als sie sich daran erinnerte, wie breit Salfords Schultern gewirkt hatten, als er vor ihr aufragte, an die kaum gezügelte Kraft seines Körpers. Sie sagte nervös: »Nein, nein, der Vorfall war meine Schuld. Ich habe wieder einmal gegen die Regeln verstoßen, weißt du. Ich glaube, ich darf mich nur zwischen acht und zehn im Park aufhalten.«

»Bist du sicher, dass dir nichts fehlt? Du siehst ein bisschen erhitzt aus.«

»Mir geht's gut.« Kelsey wuchtete den Korb hoch und hielt ihn Griffin hin. »Da. Von den Frauen, die in der Küche arbeiten. Sag deiner Mutter, ich hätte ihn gern selbst gebracht, aber ich sollte jetzt lieber wieder ins Schloss gehen. Ich will meine Arbeit hinter mich bringen und so schnell wie möglich weg von hier.«

»Das kann ich verstehen. Es gefällt mir gar nicht, dass du hier bist. War gestern Nacht alles in Ordnung? Er hat dich nicht angefasst?«

»Nein, nein.« Kelsey unterdrückte den Impuls, den Blick abzuwenden. Griffin würde sofort wissen, dass sie schwindelte, wenn sie das tat. Die Kunst der Verstellung. Watkins hatte gemeint, dass sie daran arbeiten müsse, und genau das tat sie jetzt. Ohne die Miene zu verziehen, richtete sie die Augen unbefangen auf Griffins lange blonde Wimpern. »Er hat mich zurückgebracht und sich wie ein Gentleman benommen. Hat mich eigentlich überrascht.«

»Mich auch, ehrlich gesagt.« Griffin starrte sie unter zusammengezogenen Augenbrauen hervor an. »Hat er nicht geschimpft, weil du einfach auf und davon bist? Ich wette, es hat Seiner Hochwohlgeboren gar nicht gepasst, seine Schnepfe allein zu lassen und sich auf die Suche nach dir zu machen.«

»Na ja, geschimpft hat er schon. Mir klingen immer noch die Ohren.«

»Er war nicht grob mit dir?« Seine Stirn glättete sich, ein untrügliches Anzeichen, dass ihre Antwort ihn besänftigt hatte.

»Nein, nein, nichts dergleichen. Er hat mir nur klargemacht, dass ich mich an die Regeln halten muss.«

»Oh.« Griffin schwieg einen Moment lang nachdenklich. »Gibt es eine Regel, die dagegen spricht, dass wir uns morgen wieder treffen können?«, sagte er dann. »Sagen wir, bei der Eiche am Bach. Nach dem Abendessen, so gegen sieben.«

»Ich sollte eigentlich arbeiten.«

»Du kannst nicht ununterbrochen arbeiten, und ich will wissen, wie die Dinge hier stehen.« Er zeigte mit dem Kopf auf das Schloss. »Nicht zu fassen, dass dein Pa dich ohne Begleitung gehen ließ. Und dann noch all diese Regeln und dass du keinen Besuch haben darfst und so, das klingt ganz so, als würde Salford irgendwas im Schilde führen.«

Sie schürzte die Lippen und stemmte die Hände in ihre schmalen Hüften, eine Haltung, die sie häufig einnahm, wenn sie sich über ihn ärgerte. »Hör mal, Griffin McGregor, du weißt ganz genau, dass ich keinen Aufpasser brauche. Mein Vater vertraut mir – was mehr ist, als ich von meinem besten Freund behaupten kann.« Sie ging einen Schritt auf ihn zu.

Er wich zurück. »So hab ich's nicht gemeint, Kell, und das

weißt du auch. Es ist Salford, dem ich nicht über den Weg traue.«

»Ich kann selbst auf mich aufpassen. Das solltest du besser als jeder andere wissen, Griffin McGregor.«

»Ich –« Er sollte den Satz nicht beenden. Er blieb mit der Ferse an einer Baumwurzel hängen, verlor das Gleichgewicht und kippte nach hinten.

Kelsey streckte eine Hand nach ihm aus, um ihn zu halten, aber es war zu spät. Da er mit beiden Händen tapfer den Korb über seinen Kopf hielt, damit der Inhalt nicht herausfiel, landete er unsanft auf dem Hosenboden. Sein Gesicht verzog sich vor Schmerz.

Kelseys Zorn war verraucht. »Alles in Ordnung mit dir?«, fragte sie, während sie sich über ihn beugte, um ihm den Korb abzunehmen und ihm auf die Beine zu helfen.

»Ist mir nie besser gegangen.« Eine leise Röte färbte seine Wangen, als er sich die Kehrseite rieb.

»Lass es dir eine Lehre sein.« Ihre Worte waren tadelnd, aber ihr Ton war liebevoll besorgt. Scherzend sagte sie: »Pass nächstes Mal besser auf, wo du hintrittst.« Sie gab ihm den Korb zurück.

»Hätte ich ja, wenn du nicht so auf mich losgegangen wärst! Mein Gott, falls Salford irgendwelche Dummheiten versucht, kann er einem direkt Leid tun – mir jedenfalls.« Griffin grinste sie an und auf seinen Wangen erschienen Grübchen. »Ich werde ihm sagen, er soll sich vor lockenhaarigen Kobolden hüten, die Körbe mit Lebensmitteln verschenken – obwohl ich gern sein Gesicht sehen würde, wenn's ihn erwischt, ehrlich.«

Sie mussten beide lachen. Dann wurde Kelsey wieder ernst. »Ich muss gehen. Wir sehen uns morgen Abend, aber bei eurem Haus. Ich gehe erst auf einen Sprung zu Papa und komme dann vorbei. Und kein Wort zu mir über Salford.«

»Kein Wort.« Griffin schüttelte so energisch den Kopf, dass ihm eine lange blonde Locke in die Stirn fiel. Er wirkte in diesem Augenblick sehr jungenhaft und unreif, nicht wie ein junger Mann von zwanzig.

»Dann also bis morgen.« Kelsey, die das Gefühl hatte, sich ganz gut geschlagen zu haben, wandte sich zum Gehen. Griffin konnte unmöglich ahnen, was gestern Nacht vorgefallen war oder dass Salford durch ihre erotischen Träume geisterte. Als sie Griffins Blick spürte, drehte sie sich zu ihm um und stellte fest, dass er sie mit vor der Brust verschränkten Armen forschend anstarrte.

Der nachdenkliche Ausdruck auf seinem Gesicht verschwand, als er ihr zuwinkte, sich dann umdrehte und den Weg hinunterschlenderte. Sie fragte sich, ob er irgendwie ihre Gedanken gelesen hatte. Schließlich waren sie eng befreundet. Manchmal wusste sie, was er dachte, nur, indem sie ihn anschaute. Konnte er wissen, dass sie ihn belogen hatte? Lieber Gott, hoffentlich nicht.

Kelsey, die durch den Ballsaal schlenderte, blieb abrupt stehen und starrte auf den Boden. Winzige Stofffetzen bildeten eine schmale Spur, die bis zu ihrer Schlafzimmertür führte, als wollte jemand, dass sie ihr folgte. Sie bückte sich, um eines der zerrissenen Stückchen aufzuheben. Als sie den feinen Batist in den Fingern hin und her drehte, fühlte sie, wie zart der Stoff war. Es war das Nachthemd, das Mary ihr letzte Nacht gegeben hatte.

Sie folgte dem Pfad aus zerrissenem Stoff bis zu ihrem

Zimmer, voller Angst, was sie hinter der Tür vorfinden mochte. Ihre Hände zitterten, als sie zögernd den Raum betrat. Sie blieb auf der Schwelle stehen, schaute zum Bett und riss ungläubig die Augen auf.

Als sie sich von ihrem Schock erholt hatte, konnte sie ihre Beine wieder bewegen. Sie rannte zum Bett, vergrub beide Hände in dem Berg Stofffetzen, die in der Mitte lagen, und ließ die winzigen Stücke durch ihre Finger gleiten. Ihre Sachen! Jedes einzelne Stück davon in Fetzen – sogar ihre Unterwäsche.

»So etwas von mies, gemein, boshaft, rachsüchtig … Oooh! Wie konnte er nur?« Tränen stiegen ihr in die Augen und nahmen ihr die Sicht. Ihre Finger schlossen sich krampfhaft um die Stoffstücke, die in ihrer Hand geblieben waren. Dann machte sie auf dem Absatz kehrt und rannte aus dem Zimmer.

Sie nahm nicht die Hintertreppe zur Küche, sondern stürmte durch den vorderen Gang, die Bildergalerie, den Korridor mit der hässlichen Paisley-Tapete. In der schwach erleuchteten Eingangshalle blieb sie schwer atmend stehen, die Hände auf die Hüften gestützt. Mary und ein anderes junges Mädchen rutschten auf Händen und Knien über den Boden und schrubbten ihn. Beide hoben gleichzeitig den Kopf.

»Wo ist Lord Salford?« Kelseys Stimme hallte durch die lähmende Stille.

»Ich … ich weiß nicht, Miss.« Mary warf ihre Scheuerbürste in den Wassereimer, setzte sich auf und wischte sich die Hände an ihrer Schürze ab. »Was in aller Welt ist denn los?«

»Was los ist?« Kelsey bebte vor Zorn.

Das Mädchen, das neben Mary kniete, ein molliges Persönchen mit einem runden, rotwangigen Gesicht, starrte Kelsey an, als hätte sie den Verstand verloren. Kelsey vermutete, das es das zweite Dienstmädchen im Haus war. Es war ihr völlig egal, wie sie im Moment wirkte. Sie wollte toben und um sich schlagen – sie wollte Gerechtigkeit!

Watkins erschien mit einem Staubtuch in der Halle. Er musterte Kelseys blasses Gesicht und fragte mit seiner gewohnten unerschütterlichen Ruhe: »Was gibt es, Miss Kelsey?«

»Wo ist Lord Salford? Ich verlange, dass Sie mich auf der Stelle zu ihm bringen.«

»Er nimmt im Speisezimmer sein Frühstück ein, Miss Kelsey.« Watkins zog seine buschigen grauen Augenbrauen so hoch, dass sie die Mitte seiner Stirn erreichten. »Ist etwas nicht in Ordnung?«

»Das könnte man sagen. Ich muss mit ihm sprechen. Er wird sich leider stören lassen müssen. Bringen Sie mich bitte zu ihm.«

»Er wünscht nicht gestört zu werden.« Watkins senkte die Stimme und raunte ihr vertraulich zu: »Die Regeln … Sie wissen schon.«

»Wenn er Angst hat, ich könnte ihm ins Gesicht sehen, gehe ich eben rückwärts, aber ich werde mit ihm sprechen. Sofort!«

Watkins zögerte einen Moment und schien unschlüssig, was er tun sollte, stopfte aber dann das Tuch in seine Jackentasche , griff nach einer Kerze und sagte: »Folgen Sie mir.«

Watkins schien nicht geneigt, etwas zu sagen. Kelsey blieb nichts anderes übrig als die Zähne zusammenzubeißen und sich auszumalen, was sie Salford antun könnte. Seine Sachen zerfetzen zum Beispiel. Besser noch, sie verbrennen. Schweigend gingen sie den schlichten Korridor entlang, der zur Bibliothek führte. Statt vor der Tür zur Bibliothek Halt zu machen, blieb er vor der nächsten Tür stehen. Zornige Stimmen drangen zu ihnen.

»Du tust, was ich sage, oder ich schicke dich wieder weg.«

»Wo willst du mich hinschicken? Keiner will mich haben.«

Während Kelsey der Frauenstimme lauschte, sah sie wieder das Gesicht seiner Mätresse vor sich. Die Vorstellung, sie und Salford wieder zusammen zu sehen, nahm ihr einiges von ihren Rachegelüsten. Hastig griff sie hastig nach Watkins' Hand, als er gerade an die Tür klopfen wollte.

»Stören Sie sie nicht«, wisperte sie.

»Sind Sie sicher?«, wisperte Watkins zurück, wobei er sich fast anhörte, als wäre es ihm ganz recht, wenn Kelsey die beiden stören würde.

»Ja, ja. Könnten Sie Lord Salford eine Nachricht überbringen?«

»Selbstverständlich.« Watkins nickte.

»Hier.« Kelsey hob Watkins' schmale Hand und ließ die Überreste ihrer Kleidung in seine Handfläche fallen. »Das ist alles, was von meinen Sachen geblieben ist – nein, stimmt nicht, es ist noch mehr davon da. Auf meinem Bett liegt ein ganzer Haufen Fetzen.«

»Fetzen?«, fragte Watkins fassungslos.

»Ich fand sie, als ich von einem Treffen mit einem Freund zurückkam. Dass er gestern Abend meine Skizzen zerrissen hat, macht mir nicht besonders viel aus, aber meine Sachen – also, da hört der Spaß auf. Ich bin doch nur die Auffahrt hinuntergegangen. Er war es, der mich praktisch niedergemäht hat. Ich weiß, ich hätte im Garten bleiben sollen, aber wenn er mir eine Standpauke halten wollte, hätte er es wie ein normaler Mensch machen können, statt meine Sachen in kleine Stücke zu reißen. Das war abscheulich, etwas, das nur ein gemeingefährlicher Irrer machen würde. Finden Sie nicht?«

»O ja, ganz abscheulich, aber sind Sie sicher, dass es Seine Gnaden war?«

»Natürlich war er es. Ich frage mich langsam, ob er noch bei Verstand ist.«

»Ich kann für seine geistige Gesundheit bürgen, Miss Kelsey«, sagte Watkins im Brustton der Überzeugung und einem Anflug von Erheiterung in seinen Augen.

»Nun, ich kann es nicht. Aus eben diesem Grund und einigen anderen – auf die ich im Moment nicht näher eingehen möchte. Teilen Sie ihm bitte mit, dass ich eine eigene Regel aufgestellt habe. Da ich durch seine Regeln auf den Ballsaal und mein Schlafzimmer beschränkt bin, betrachte ich diese Räume als mein Territorium. Ab sofort wird er weder den Ballsaal noch mein Zimmer wieder betreten, zu keiner Zeit, und ich werde sämtliche Türen absperren. Noch etwas: Der Preis für das Fresko ist um fünfhundert Pfund gestiegen. Und sollte er wieder einmal einen Wutanfall bekommen und irgendetwas zerstören, das mir gehört, steigt der Preis ständig weiter. Vielleicht lernt er ein wenig Selbstbeherrschung, wenn es um seine Finanzen geht. Falls er mit mir wie ein vernünftiger Mensch über diese neue Regel sprechen will, ich bin im Ballsaal und arbeite.

Ich bin bereit, ihn nach vorheriger Anmeldung zu sehen. Danke, Watkins.« Kelsey tätschelte Watkins' Arm, um ihm zu verstehen zu geben, dass sie auf ihn nicht böse war, drehte sich dann schwungvoll um und tänzelte den Flur hinunter.

Watkins sah ihr kopfschüttelnd nach. Die Stimme seines Herrn hob sich zu einem zornigen Brüllen. Watkins sah zur Tür des Speisezimmers. Ein boshaftes Lächeln spielte um seine Mundwinkel.

Einige Stunden später saß Edward an seinem Schreibtisch. Er war damit beschäftigt, seine Korrespondenz durchzugehen, hatte aber große Mühe, sich darauf zu konzentrieren. Immer wieder schweiften seine Gedanken zu Kelseys sinnlichem Körper ab. Stirnrunzelnd betrachtete er den Brief seines Verwalters, den er in der Hand hielt, außerstande, sich daran zu erinnern, was er gerade gelesen hatte.

Es klopfte an die Tür,

»Herein.« Edward machte sich nicht die Mühe, den Blick zu heben. An der dezenten Art des Klopfens erkannte er, dass es Watkins war.

Die Tür wurde geschlossen und Watkins räusperte sich.

»Ja, Watkins?«

»Ich bin dem morgendlichen Lärm nachgegangen, Euer Gnaden.«

Edward legte den Briefbogen auf den Schreibtisch, lehnte sich in seinen Sessel zurück, bis das Leder knarrte, und blickte auf. »Nun, wo ist der Schuldige?«

Watkins zögerte und zog die Unterlippe straff über die Oberlippe. »Bei der Arbeit, Euer Gnaden.«

»Ich dachte, ich hätte angeordnet, den Betreffenden zu mir zu bringen, damit ich ihn entlassen kann.«

»Ja, Euer Gnaden.« Watkins zog ein Staubtuch aus seiner Jackentasche und fing an, die Kante des Schreibtischs abzustauben.

»Wenn Sie nicht sofort mit diesem infernalischen Staubwischen aufhören, Watkins, und mir sagen, was zum Teufel Sie verheimlichen, könnte es sein, dass ich einfach meine Hände um Ihren Hals lege und Sie erwürge.«

Watkins schien diese Drohung nicht im Geringsten zu erschüttern; ungerührt ging er zur Hausbar weiter und staubte die Kristallkaraffen ab, während er sprach. »Sehr wohl, Euer Gnaden. Sie zwingen mich, die Information preiszugeben. Ich habe Grund zu der Annahme, dass es Miss Vallarreal war, die den Lärm veranstaltet hat. Ich glaube nicht, dass Sie die junge Dame entlassen wollen.«

Edward verspürte einen jähen Schmerz im Nacken. Er massierte mit einer Hand die fragliche Stelle und bemerkte stirnrunzelnd: »Die kleine Xanthippe war es also.«

»Ja, Euer Gnaden.«

»Hat sie Ihnen gesagt, warum sie das gemacht hat?«

»Sie war in diesem Punkt nicht unbedingt offen, Euer Gnaden.«

»Sie hat also gelogen.« Ein leichtes Grinsen spielte um Edwards Mundwinkel.

»Man könnte sagen, dass sie es geleugnet hat, Euer Gnaden.«

»Woher wollen Sie wissen, dass es gelogen war?«

»Sie kann nicht besonders gut lügen, Euer Gnaden.«

»Aha! Ich nehme an, das spricht zu ihren Gunsten.«

Edward fühlte, dass der Schmerz nachließ, und ließ seine Hand sinken.

»Ja, Euer Gnaden, obwohl ...« Eine Karaffe hatte sich während des Abstaubens ein wenig verschoben. Watkins beugte sich schweigend vor und konzentrierte sich darauf, sie in eine Reihe mit den anderen zu stellen, bevor er fortfuhr: »Ich möchte nicht, dass Sie den Eindruck gewinnen, dies wäre eine Gewohnheitssünde bei ihr. Ich habe festgestellt, dass Miss Vallarreal nur dann lügt, wenn sie andere schützen will.«

»Und wen wollte sie schützen?« Er griff zerstreut nach dem Brieföffner und fuhr mit einem Finger über die Klinge.

»Nur die Dienstboten, Euer Gnaden. Als ein Tablett zu Boden fiel, nahm sie die Schuld auf sich. Dann gab es ein wenig Ärger in der Küche. Auch dafür übernahm sie die Verantwortung.«

»Oh.« Edward konnte die Erleichterung in seiner Stimme nicht unterdrücken.

»Es gibt noch etwas zu besprechen, das Miss Vallarreal betrifft.«

»Ja?« Edward fragte sich, was er als nächstes hören würde. Immer wieder stach er ungeduldig mit dem Brieföffner in einen Stapel Briefe, während er Watkins' Rücken beobachtete und darauf wartete, dass der Butler weitersprach.

»Nun, sie hat eine eigene Regel aufgestellt, Euer Gnaden. Sie bat mich, Sie darüber zu informieren.«

»Regel?«, wiederholte Edward, wobei er interessiert und verärgert zugleich klang. Er ließ den Brieföffner fallen und trommelte mit den Fingern auf die Tischplatte. »Ich wage kaum zu fragen, worum es sich dabei handelt.«

»Sie teilte mir mit, dass Sie ohne vorherige Anmeldung weder den Ballsaal noch ihr Zimmer betreten dürfen. Sie sagte außerdem, sie werde in Zukunft sämtliche Türen in jenem Teil des Schlosses absperren.«

Edwards Miene verdüsterte sich. Er brauchte nicht zu fragen, was der Grund für diese Regel war. Sie musste heute Morgen, als er sie beinahe niedergeritten hatte, sein Gesicht gesehen haben. Und jetzt konnte sie vermutlich den Gedanken, dass er sie in der letzten Nacht berührt hatte, nicht mehr ertragen.

Er schlug mit der Faust hart auf den Tisch. »Wie kommt sie dazu, in meinem Haus Regeln aufzustellen?«

Watkins hob zwei der Papiere auf, die vom Tisch gesegelt waren. »Weiter soll ich Ihnen mitteilen, dass der Preis für das Fresko um fünfhundert Pfund gestiegen ist.«

»Was für eine Unverschämtheit von dieser halben Portion!« Wieder krachte Edwards Faust auf die Tischplatte.

Watkins hielt die Papiere fest, bevor sie davon flatterten. »Und sie sagte, der Preis würde weiter steigen, wenn Sie gegen ihre Regel verstoßen.«

»Was Sie nicht sagen!« Edward sprang auf. Er merkte nicht, dass hinter ihm der Sessel umkippte. »Sagen Sie ihr, das ich sie in der Bibliothek sehen will, Watkins. Sofort!«

»Sehr wohl, Euer Gnaden.« Watkins eilte hinaus. Er schob eine Hand in seine Jackentasche und tastete nach den zerrissenen Stoffstückchen, die Kelsey ihm gegeben hatte. Ein selbstgefälliges Lächeln trat auf sein Gesicht.

»Sagen Sie ihm, wenn er mich sehen will, muss er herkommen. Ich arbeite.« Kelsey drosch den Hammer kräftig auf den Meißel. Ein großes Stück Putz sprang und löste sich aus der Wand. Sie packte es und warf es auf den abgedeckten Boden, wobei sie Watkins' Fuß nur um Haaresbreite verfehlte.

Er wich einen Schritt zurück und starrte zum Gerüst hinauf. »Ich denke, Sie sollten zu ihm gehen, Miss Kelsey. Er war sehr aufgebracht, als ich ihm von Ihrer neuen Regel und der zusätzlichen Ausgabe von fünfhundert Pfund berichtete.«

»Tut mir Leid, das zu hören.« Mit noch mehr Energie als zuvor schlug Kelsey auf den Meißel. Putzstücke flogen quer durch den Raum.

Watkins duckte sich, um den Geschossen auszuweichen. »Bitte, Miss Kelsey, Sie sollten wirklich mitkommen.«

»Nein, ich glaube, dieses Mal nicht. Wenn er mich sehen will, kann er zu mir kommen.« Kelsey packte mit beiden Händen den losen Verputz, um einen großen Brocken aus dem Metallrahmen an der Wand zu reißen. Sie ließ ihn vom Gerüst auf den Boden plumpsen.

»Ich kann Sie nicht überreden, Miss?«

»Nein, wie ich bereits sagte, ich habe hier sehr viel zu tun. Ich muss den alten Putz von der Wand schlagen, damit ich eine neue Schicht auftragen kann. Falls er Angst hat, ich könnte sein Gesicht angaffen, sagen Sie ihm, ich hätte nicht die Absicht, ihn je wieder anzuschauen.«

Watkins gab diese Botschaft wörtlich an Edward weiter, der in der Bibliothek hin und her lief. Als er das hörte, rannte er aus dem Raum.

Edward stürmte in den Ballsaal. Er entdeckte sie oben auf dem Gerüst. Sie stand mit dem Rücken zu ihm, ihr langes dunkles Haar zu einem Zopf geflochten. Ein alter Schal, dessen Enden zu beiden Seiten ihres dicken Zopfs hervorlugten, war um ihren Kopf geschlungen. Ein schäbiger Kittel und verwaschene Hosen verbargen die schlanken Rundungen ihres Körpers, dessen Formen ihm nur allzu vertraut waren.

Lebhafte Erinnerungen wurden in ihm wach und lösten sofort eine körperliche Reaktion bei ihm aus. Er verlagerte sein Gewicht, um die plötzliche Anspannung in seinen Lenden zu lockern, und ließ seinen Blick zu ihren behandschuhten Händen wandern. Sie drosch auf den alten Putz ein, als wollte sie ihn umbringen. Er ging auf sie zu. Sie schien ihn gehört zu haben, denn sie brach ihre Tätigkeit ab.

»Tun Sie uns beiden einen Gefallen, Miss Vallarreal, und drehen Sie sich nicht um.«

»Ich hatte nicht die Absicht, das zu tun. Je weniger ich von Ihnen sehe, desto besser.« Bäng! Wieder stieß sie den Meißel in die Wand. Gips flog durch die Luft.

Viele Frauen konnten seinen Anblick nicht ertragen, aber keine von ihnen hatte ihre Abneigung so unverhohlen gezeigt oder ihn so offen damit konfrontiert, als hätte er keine Gefühle. Edwards Hände ballten sich zu Fäusten. Er wollte gerade seiner Empörung Luft machen, als ein großes Stück Putz über Kelseys Schulter flog und direkt in seine Richtung segelte.

Er duckte sich und machte einen Satz zur Seite. Das Putzstück krachte keinen halben Meter von ihm entfernt auf den Boden. Er starrte den Gipsstaub auf seinen Stiefelspitzen an und kämpfte gegen das Verlangen an, auf das Gerüst zu klettern und der kleinen Range eine Lektion zu erteilen, die sie nicht so bald vergessen würde.

»Habe ich vergessen, Ihnen zu sagen, dass Sie da unten

aufpassen müssen? Geben Sie Acht, hier drinnen kann es gefährlich werden. Vielleicht können wir unser Gespräch später führen.«

»Wir reden jetzt, solange ich noch am Leben bin.« Wieder starrte er auf den Gips, dann auf ihren Nacken. »Solange Sie in meinem Haus sind, bestimmen nicht Sie die Regeln, ist das klar, Miss Vallarreal? Nur ich stelle Regeln auf – die Sie übrigens bei jeder Gelegenheit missachten.«

»Sie scheinen vergessen zu haben, dass das Leben außerhalb dieser Schlossmauern und der Einengung durch Ihren kleinen Satz Vorschriften weitergeht.« Wieder schwang sie den Meißel. »In Zukunft werde ich versuchen, mein Leben an diese Regeln anzupassen, und mich nur dort aufhalten, wo es mir erlaubt ist, aber nur, wenn Sie mir auch entgegenkommen. Im Gegensatz zu den vielen Regeln, die Sie mir aufgezwungen haben und durch die Sie jede Sekunde des Tages wissen, wo ich mich gerade aufhalte, gebe ich Ihnen nur eine einzige Regel vor.«

»Das hier ist mein Haus und ich halte mich an keine Regeln.« Edward fühlte seine Halsadern pochen, als er die Worte zwischen zusammengebissenen Zähnen hervorstieß.

»Oh, da irren Sie sich aber. Die Regeln, die Sie aufgestellt haben, bestimmen jede Ihrer Bewegungen. Sie sind genauso ein Gefangener Ihrer Regeln wie die Menschen in Ihrer Umgebung. Und ich sehe nicht ein, warum eine einzige kleine Regel meinerseits eine Belastung darstellen soll. Alles was ich verlange, ist ein wenig Privatsphäre und Schutz vor Ihren Tobsuchtsanfällen.«

»Tobsuchtsanfälle?!« Als er sah, wie sie zusammenzuckte, wurde ihm bewusst, dass er gebrüllt hatte. Er erhob nie seine Stimme. Er war stolz auf seine eiserne Selbstbeherrschung. Was stellte sie nur mit ihm an?

»Ja, Tobsuchtsanfälle! Sie scheinen kurz vor dem nächsten zu stehen«, bemerkte sie beiläufig und legte Hammer und Meißel beiseite. Sie zerrte an einem schweren Stück Putz, während sie weitersprach. »Was mir nur recht ist. Es ist mir lieber, von Ihnen angebrüllt zu werden, als unter Ihren anderen heimtückischen Racheakten zu leiden.«

»Welche Racheakte soll ich, bitte sehr, begangen haben?« Er spreizte die Beine, verschränkte die Arme vor der Brust und starrte wütend ihren Rücken an.

»Daran werden Sie sich doch wohl noch erinnern. Gestern Nacht, na schön« – sie zuckte die Achseln – »das mit der Tinte war zwar eine ziemliche Sauerei, aber ich kann meine Skizzen neu anfertigen. Ich habe es Ihnen nachgesehen, weil ich zugebe, dass es falsch von mir war, Sie und Ihre ... Mätresse zu stören. Und ich kann Ihren Zorn verstehen. Aber was Sie heute morgen getan haben, ist unverzeihlich. Wenn Sie schon unbedingt –«

»Einen Moment, bitte! Ich tappe völlig im Dunkeln, was ich gestern Nacht angestellt haben soll.«

»Das müssen Sie doch wissen. Oder verlieren Sie bei Ihren Anfällen das Gedächtnis?« Sie schüttelte den Kopf, als täte er ihr Leid.

»Mit meinem Gedächtnis ist alles in Ordnung, Miss Vallarreal. Ich erinnere mich genau, wie sich Ihre Brüste angefühlt haben, an den Geschmack Ihrer Lippen und an den leisen Seufzer, den Sie ausgestoßen haben, als ich Sie berührte.« Zu seiner Genugtuung sah er, wie ihr Rücken steif wurde.

»Sie sind also noch nicht senil, sondern nur das Opfer von

Wutanfällen, an die Sie sich später nicht erinnern können.« Edward fiel auf, dass ihre Hände zitterten, als sie wieder nach dem Hammer griff und auf die Wand eindrosch.

Er musste trotz seines Zorns grinsen. »Der einzige, der gestern einen Wutanfall hatte, waren Sie, Madam.«

»Ich nehme an, Sie meinen die Ohrfeige. Geben Sie zu, dass Sie sie verdient hatten.«

»Zugegeben«, sagte er und unterdrückte ein Lächeln. Er spürte, wie angesichts ihrer unerwarteten Offenheit ein wenig von seinem Groll wich.

Sie legte den Hammer weg und brach ein Stück Putz aus der Wand. Es war genauso groß wie sie. Sie wuchtete es hoch und ließ es vom Gerüst fallen, dieses Mal allerdings auf der anderen Seite. Es landete laut krachend auf dem Boden, ein gutes Stück von der Stelle entfernt, wo er stand. So schmächtig sie war, sie hatte die Kraft eines Mannes, der doppelt so viel wog wie sie. Er fragte sich, ob sie beim Liebesakt dieselbe Inbrunst aufbrachte. Der Gedanke brachte ihn zum Grinsen, bis ihm ihr Liebhaber, der junge McGregor, einfiel. Seine Lippen wurden schmal und das Grinsen verschwand.

»Nun, ich bin froh, dass Sie zumindest einige Ihrer Fehler eingestehen«, sagte sie, als sie sich wieder der Wand zuwandte.

»Ich kenne meine Schwächen nur zu gut, Miss Vallarreal. Kennen Sie die Ihren?«

»Allerdings.« Ihre Stimme wurde ein wenig milder. Sie bückte sich, um Hammer und Meißel aufzuheben »Ich könnte Sie eingehend darüber unterrichten, aber ich kann mir nicht vorstellen, dass Sie daran interessiert sind.«

»Es würde Sie überraschen, was mich interessiert.« Er

starrte auf die sanften Kurven ihres hübschen kleinen Pos, als sie sich vorbeugte. Gott, er begehrte sie so sehr! Es war eine wahre Folter, in einem Raum mit ihr zu sein. Er zwang sich, seinen Blick auf die schweren Arbeitsstiefel an ihren Füßen zu senken.

»Ich bin sicher, ich wäre nicht im Geringsten überrascht.« Leiser Tadel schwang in ihren Worten mit.

»Ich weiß, was Sie von mir halten, Miss Vallarreal. Sie haben es mir gestern Nacht klar und deutlich gesagt.« Der Waffenstillstand zwischen ihnen schien beendet zu sein. Er starrte stirnrunzelnd auf ihren Rücken und sagte: »Wir sind vom Thema abgekommen. Was genau habe ich letzte Nacht während dieses Tobsuchtsanfalls gemacht?«

»Da Sie sich offenbar nicht daran erinnern, werde ich es Ihnen sagen. Sie haben meine Skizzen zerrissen und meine Tinte verschüttet.«

Edward sagte nichts, sondern zog nur nachdenklich die Augenbrauen hoch.

»Und das von heute Morgen haben Sie wohl auch vergessen.«

»Ich fürchte, so ist es.«

Sie schnalzte mit der Zunge und schlug mit dem Hammer auf den Meißel. »Sie sollten wegen Ihrer Gedächtnislücken wirklich mit einem Arzt sprechen. Ich dachte, da es erst heute Morgen war, müssten Sie es noch wissen, aber ich sage es Ihnen trotzdem. Sie haben alle meine Kleidungsstücke in kleine Fetzen gerissen. Und dann haben Sie, offenbar unter dem Einfluss einer Inspiration, aus den Fetzen einen Pfad gebildet, der zu meiner Schlafzimmertür führte – wie eine Art Wegweiser, dem ich folgen sollte. Als ich in mein Zimmer ging, fand ich auf meinem Bett einen Berg kleiner Stofffetzen.«

»Auf dem Bett?« Sein Stirnrunzeln vertiefte sich.

»Ja. Ich war sehr wütend auf Sie, als ich das sah, aber das war, bevor ich von Ihrer geistigen Verfassung wusste. Ich glaube, ich kann Ihnen verzeihen, meine Sachen zerstört zu haben, da Sie nicht die kleinste Erinnerung daran haben, aber sicher werden Sie jetzt die Notwendigkeit meiner Regel einsehen. Ich muss meine Tür verschlossen halten für den Fall, dass Sie einen weiteren Anfall haben und versuchen, statt meiner Sachen mich selbst in kleine Stücke zu zerschneiden. Was die zusätzlichen fünfhundert Pfund angeht, machen wir fünfzig Pfund daraus, da sich meine Sachen mit dieser Summe leicht ersetzen lassen. Vermutlich werden Sie Ihr Geld ohnehin für einen guten Arzt brauchen.«

»Sehr anständig von Ihnen«, bemerkte er geistesabwesend und drehte sich auf dem Absatz um. Während er den Ballsaal durchquerte, rief er über die Schulter zurück: »Watkins wird dafür sorgen, dass Ihre Kleidung ersetzt wird. Ich verlasse Sie jetzt. Ich muss mich um eine dringliche Angelegenheit kümmern. Noch etwas, Sie hören sofort mit der Arbeit an dieser elenden Wand auf, bevor Sie sich verletzen. Ich werde ein paar Männer damit beauftragen, den Putz abzuschlagen. Über Ihre Regel unterhalten wir uns später. Guten Tag, Miss Vallarreal.«

In diesem Moment drehte Kelsey sich um. Sie erhaschte einen flüchtigen Blick auf sein Profil, als er zur Tür hinausging. Es war dasselbe anziehende Gesicht wie auf dem Porträt, soweit sie es beurteilen konnte. Sein Haar war länger und zu einem Zopf gebunden, aber das Gesicht war unverändert. Sie blinzelte und fragte sich, ob es überhaupt entstellt war. Vielleicht hatte der Unfall seine Geisteskrankheit ausgelöst und er lebte aus diesem Grund wie ein Einsiedler. Sie hatte das Gefühl, ihm beinahe alles verzeihen zu können – nur nicht, dass er sich daran erinnerte, sie in der vergangenen Nacht verführt zu haben. Das konnte sie ihm nicht verzeihen. Sie seufzte, schüttelte den Kopf und drehte sich wieder um. Trotz seines Befehls, nicht mehr an der Wand zu arbeiten, hob sie den Hammer und schlug auf den Meißel.

6

Ganz in Gedanken schlenderte Edward in die Bibliothek. Die zwei Stubenmädchen, die gerade die Regale abstaubten, blickten von ihrer Arbeit auf. Eine von ihnen, eine dünne Rothaarige, sperrte den Mund auf und starrte ihn an. Die andere, ein molliges, robust wirkendes Mädchen, das gerade auf einer Leiter stand, warf nur einen Blick auf ihn, bevor alle Farbe aus ihrem Gesicht wich und ihre Augen sich nach hinten verdrehten.

»Verdammt!« Edward stürzte zur Leiter, um das ohnmächtige Mädchen aufzufangen. Als ihm einfiel, dass es ein Uhr war und er nicht in diesem Raum, sondern im Wintergarten sein sollte, fluchte er laut.

Er ging zum Sofa und legte seine Last ab. Das andere Mädchen schien zur Salzsäule erstarrt zu sein. »Steh nicht so herum, läute die Glocke! Los, schnell!« Er schoss dem Mädchen einen Blick zu, bei dem sich ihr die Haare sträubten.

»J-ja, Euer G-gnaden.« Sie flitzte durch das Zimmer, um gleich darauf wieder stehen zu bleiben, als hätte sie Angst, ihm zu nahe zu kommen. Händeringend starrte sie auf den Boden.

Watkins erschien wie üblich im richtigen Moment. Falls es ihn erstaunte, seinen Herrn in der Bibliothek dabei vorzufinden, wie er sich über ein bewusstloses Dienstmädchen beugte, ließ er sich davon weder in seiner Miene noch in seiner Haltung etwas anmerken. Mit gewohnter Ruhe und Gelassenheit trat der Butler an Edwards Seite und übernahm es, der jungen Frau Luft zuzufächeln. »Ich kümmere mich um sie, Euer Gnaden.«

Edward stand auf und stellte fest, dass das andere Mädchen auf sein Gesicht starrte. Er deutete mit einer Kopfbewegung zur Tür und knurrte: »Geh jetzt und mach die Tür hinter dir zu.«

Sie knickste, wobei sie beinahe über ihre eigenen Füße stolperte, und flog dann förmlich aus dem Zimmer. Er ging zur Hausbar, schenkte sich drei Fingerbreit Whisky ein und stürzte ihn hinunter. Der scharfe Alkohol brannte in seiner Kehle.

»Sie hätten mir sagen sollen, dass Sie sich hier aufzuhalten wünschen, Euer Gnaden, dann hätte ich dafür gesorgt, dass niemand im Raum ist.«

»Ich bin es leid, mich heimlich durch mein eigenes Haus zu schleichen.« Edward goss noch einen Whisky ein und füllte sein eigenes Glas nach, um dann zu Watkins zu gehen und ihm das andere zu reichen. »Hier ... sehen Sie zu, dass Sie ihr ein wenig davon einflößen.«

»Wollen Sie die Regeln wieder ändern, Euer Gnaden? Ich wüsste gern Bescheid, damit ich das Personal instruieren kann.«

»Ja, vielleicht, wenn mir danach ist.« Er kippte seinen Drink hinunter. »Ich werde Sie rechtzeitig informieren.«

»Sehr gut, Euer Gnaden.« Watkins klang erfreut. Er hob den Kopf des Mädchens und zwang ein wenig Whisky über ihre Lippen.

Sie würgte und hustete und blinzelte dann. »Ohhh ...« Stöhnend legte sie eine Hand an ihre Stirn.

»Alles in Ordnung, Dorkins?«

»Ja, Sir ...« In diesem Moment fiel ihr Blick auf Edward und ihr Unterkiefer klappte wieder herunter.

Die entstellte Hälfte seines Gesichts war ihr zugewandt. Er wollte sich hastig abwenden, aber es war zu spät ... ihre Augen rollten wieder nach hinten. »Hölle und Teufel!«, knurrte Edward.

»Vielleicht sollten Sie lieber gehen, Euer Gnaden, bevor wir wieder versuchen, sie zu beleben.«

»Sie haben vermutlich Recht, aber bevor ich gehe, wüsste ich gern, ob Ihnen bekannt ist, dass Lizzy Miss Vallarreal ein paar ihrer üblen Streiche gespielt hat.« Edward zog mit einem Finger den Rand seines leeren Glases nach.

»Ja, Euer Gnaden, das weiß ich.« Watkins fuhr fort, dem Mädchen Luft zuzufächeln.

»Warum haben Sie es unterlassen, mich zu informieren?«

»Ich dachte, Sie würden es bei Ihrem Gespräch mit Miss Vallarreal selbst herausfinden. Sie ist sehr direkt, Euer Gnaden.«

»Da haben Sie Recht, Watkins.« Er lachte bitter. »Sie hält mich für verrückt. Sie glaubt, ich wäre es, der ihr das antut.«

»Ich hoffe, Sie haben diesen Irrtum aufgeklärt, Euer Gnaden.«

»Nein, ich werde es ihr überlassen, zu diesem Schluss zu kommen.« Er rieb sich mit leiser Schadenfreude das Kinn.

»Dann haben Sie vor, sich ihrer Gesellschaft zu erfreuen, Euer Gnaden?«

»Sparen Sie sich diesen selbstgefälligen Ton, Watkins.«

Er starrte den Rücken des Butlers finster an. »Trotz Ihrer Bemühungen als Kuppler habe ich nicht die Absicht, mehr Zeit als unbedingt erforderlich mit Miss Vallarreal zu verbringen. Was ist, wissen Sie, wo Lizzy ist?«

»Ich habe sie seit heute Morgen nicht mehr gesehen, Euer Gnaden. Sie wissen ja, wie sie ist, wenn sie nicht gefunden werden will.«

»Ja, das weiß ich. Sollten Sie die kleine Pest finden, greifen Sie sie sich und schicken Sie sie zu mir.«

»Sehr wohl, Euer Gnaden.«

Das Mädchen fing wieder an zu stöhnen. Edward wich hastig einen Schritt zurück und flüchtete aus der Bibliothek.

Kelsey spähte zu einem der Fenster im Ballsaal hinüber. Draußen war es dunkel geworden. Das Kerzenlicht brach sich in flackernden Wellenbewegungen im Glas und verzerrte ihr Spiegelbild zu einer geisterhaften Fratze. Aber nicht einmal die Verzerrung konnte die müden Schatten unter ihren Augen verbergen. Sie kletterte langsam vom Gerüst, kaum noch imstande, ihre Füße zu heben. Es war ein langer Tag gewesen. Eine dicke Schicht Gipsstaub klebte auf ihrer Haut. Sie hatte sogar den Geschmack von Gips im Mund.

Als ihre Füße den Boden berührten, legte sie eine Hand auf ihren schmerzenden Rücken und bückte sich, um ihn zu strecken. Sie war völlig erschöpft, aber es war eine angenehme Erschöpfung. Heute Nacht würde sie gut schlafen. Keine Träume von Salford würden sie verfolgen.

Zunächst hörte sie das gespenstische Stöhnen nicht, erst als sie aufstand. Sie verharrte, legte die Hände an ihre Hüften und sagte laut: »Na schön, Euer Gnaden, falls Sie das sind, kommen Sie gefälligst sofort zum Vorschein. Ich bin zu müde für Ihre albernen Scherze.«

Wieder das Stöhnen.

»Wenn Sie glauben, Sie können mich einschüchtern, vergessen Sie's. Und jetzt gehen Sie bitte. Sie verstoßen gegen meine Regel. Das ist ziemlich unfair von Ihnen.« Kelsey legte eine Hand auf die Klinke ihrer Schlafzimmertür, um sie zu öffnen.

Die gewaltigen Türen zum Ballsaal fielen krachend zu.

Ein kalter Luftzug wehte an ihr vorbei. Die Kerzen, die sie beim Gerüst brennen lassen hatte, erloschen. Dunkelheit senkte sich über den Raum.

Wieder hallte der gespenstische Klagelaut durch den Saal.

»Können Sie nicht eine andere Art Zerstreuung finden?«, fragte sie erzürnt. Sie war mit ihrer Geduld am Ende.

Sie hörte die Kristallprismen des Kronleuchters klirren. Das Stöhnen wurde zu einem erstickten Schluchzen, das den ganzen Saal zu erfüllen schien. Ihr fiel auf, dass der weibliche Laut viel zu hoch war, um von Salford stammen zu können. Ihre Nackenhaare sträubten sich. Konnte es die Herzogin sein? *Es gibt keine Geister!*

Sie schluckte den dicken Kloß hinunter, der ihr die Kehle zuschnürte, und spürte, wie ihr Herz so fest an ihre Brust hämmerte, dass jeder Atemzug wehtat. Sie konnte sich nicht überwinden, einen Blick auf den Kronleuchter zu werfen.

Das unheimliche Stöhnen ging in einen schrillen Klageschrei über.

Es gibt keine Geister!

Aber lieber Gott, irgendetwas erzeugte dieses Geräusch. Geist oder nicht, sie würde nicht hier bleiben, um es herauszufinden. Sie jagte quer durch den Ballsaal und rannte zur Tür hinaus, verfolgt von dem tiefen, kehligen Lachen einer Frau.

Nur wenige der Kerzen in den Wandhaltern brannten noch in diesem Teil des Gebäudes, fiel ihr auf, als sie durch die Dunkelheit hetzte und versuchte, eine davon zu finden. Zweimal stolperte sie im Dunkeln über etwas, fiel auf die Knie, rappelte sich hastig wieder hoch und rannte weiter.

Bumm!

Sie krachte an etwas Hartes, so fest, dass es ihr den Atem verschlug. Es fühlte sich wie eine Ziegelmauer an. Arme tauchten aus der Dunkelheit auf und schlangen sich um sie. Kelsey schrie auf. Dann passierte, was ihr noch nie im Leben passiert war: Sie fiel in Ohnmacht.

Edward trug Kelseys schlaffen Körper in den Salon. Einer ihrer Arme baumelte herunter und schwang beim Gehen hin und her.

Watkins, der gerade einen Drink einschenkte, blickte auf. Seine Miene war wie üblich undurchdringlich und säuerlich. »Probleme, Euer Gnaden?«

Jeremy Lovejoy, Edwards Cousin, sprang von seinem Sessel auf. »Guter Gott, nicht noch eine Bewusstlose!«

»Ich fürchte, doch.« Edward klang nicht im Geringsten zerknirscht. Behutsam bettete er Kelsey auf das Sofa. Die Wärme ihres Körpers blieb an seinen Händen haften, als er sie losließ. Eine dicke schwarze Locke war aus dem Tuch geschlüpft, das sie um ihren Kopf gebunden hatte. Ohne zu überlegen, beugte er sich vor und strich sie ihr sanft aus der

Stirn. Die dunkle Strähne ringelte sich um seinen Finger, als er sagte: »Ich bin auf dem Weg ins Speisezimmer über sie gestolpert.«

Jeremys grünbraune Augen leuchteten auf, als er sich neben Edward stellte und Kelsey musterte, die Schmutzflecken auf ihrem Gesicht, die dreckigen Sachen, die an den Knien zerrissenen Hosen. »So wie sie aussieht, bist du mehr als nur gestolpert. Bist du sicher, dass du nicht auf ihr herumgetrampelt bist?«

»Deine witzigen Bemerkungen kannst du dir sparen. Sie hat den alten Putz abgeschlagen, obwohl ich es ihr ausdrücklich verboten hatte.« Edward fiel auf, wie Watkins ihn ansah, und rückte hastig ein Stück von Kelsey ab, als ihm bewusst wurde, wie es gewirkt haben musste, als er sie eben so zärtlich berührte. Er fing an, auf und ab zu marschieren. »Sie war hysterisch, als ich sie fand. Ich denke, wir wissen alle, wer dahintersteckt. Und wenn ich Lizzy in die Finger bekomme, wird sie eine Woche lang nicht sitzen können.«

»Viel Glück bei der Suche nach dem kleinen Goldstück«, bemerkte Jeremy, während er Kelseys Hand nahm und sie leicht tätschelte. »Ich dachte, sie würde sich zumindest blicken lassen, um mich zu begrüßen, aber ich habe sie nicht gesehen.« Er erhob die Stimme für den Fall, dass Lizzy lauschte. »Ich denke, ich könnte sie herauslocken, aber leider habe ich nicht die Toffees bekommen, die sie so gern mag, sondern nur Schokolade.«

»Und wenn ich dieses Gebäude Stein für Stein abtragen muss, ich werde sie finden.« Nach einem letzten nachdenklichen Blick auf Kelsey verließ Edward mit steifen, zielstrebigen Schritten den Raum.

Watkins drängte Jeremy sanft beiseite, sorgsam darauf bedacht, nichts von dem Drink in seiner Hand zu verschütten. »Mal sehen, ob wir ihr etwas davon einflößen können.«

Jeremy hob Kelseys Kopf, während Watkins ihr das Glas an die Lippen drückte.

Kelsey spürte, wie irgendetwas schrecklich in ihrer Kehle brannte. Sie hustete, griff sich an den Hals und schlug die Augen auf. Watkins stand über sie gebeugt, an seiner Seite ein anderer Mann. Ein Fremder. Er war um die Dreißig und sehr hübsch, das kastanienbraune Haar nach der neuesten Mode geschnitten. Die arrogante Kinnpartie wirkte vertraut. Dasselbe Kinn hatte sie auf dem Porträt von Salford gesehen.

Der Fremde zog ihre Hand an seine Lippen. »Hallo! Ich bin Lord Lovejoy, Eddies Cousin. Schlimm, dass wir uns unter diesen Umständen kennen lernen müssen, aber ich freue mich dennoch.« Er lächelte sie an. Es war ein gewinnendes Lächeln, das sein ganzes Gesicht erhellte.

»Ich bin Kelsey Vallarreal«, antwortete sie mit einem Lächeln, das seinem an Charme um nichts nachstand.

»Ich muss Ihnen sagen, Kelsey – ich hoffe, es macht Ihnen nichts aus, wenn ich Sie einfach mit dem Vornamen anspreche, aber ich finde, diese Freiheit steht mir bei jeder Frau zu, die in meiner Nähe in Ohnmacht fällt.« Er zwinkerte ihr zu. »Sie haben unglaubliche Augen.«

Sie starrte in die von langen Wimpern gesäumten Tiefen seiner Augen und fand, dass sie viel unglaublicher waren als ihre eigenen. Sie vergaß, was sie eigentlich hatte sagen wollen, aber dann fiel es ihr wieder ein. »Meine Mutter hatte auch sehr große Augen, aber ihre waren blau.«

»Bei Jupiter! Ich hätte um –« Er brach ab und sagte stattdessen: »Gewiss doch.«

Kelsey fragte sich, was er ursprünglich sagen wollte, und wollte ihn schon danach fragen, als Watkins sich betont räusperte und sich zwischen Jeremy und sie drängte. »Wenn es Ihnen nichts ausmacht, Mylord, ich sollte wirklich darauf schauen, dass sie noch ein wenig mehr hiervon trinkt.«

»Unbedingt, Watkins. Hier ... ich werde sie stützen.«

Kelsey hätte sich auch ohne Hilfe aufsetzen können, aber sie genoss die liebevolle Fürsorge Lord Lovejoys, mit der er einen Arm hinter ihren Rücken schob. Seine Berührung war beinahe so tröstlich wie die ihres Vaters und er strahlte Wärme aus wie Sonnenschein. Seine unbefangene Art gab ihr das Gefühl, ihn ihr Leben lang zu kennen. Jetzt wusste sie, warum Agnes und Alice Lord Lovejoy so sehr schätzten.

Watkins räusperte sich und lenkte damit die Aufmerksamkeit der beiden wieder auf sich. »Ich denke, Sie sollten das Glas austrinken, Miss Kelsey.« Er ließ sie noch einen Schluck machen.

Kelsey hustete wieder und verzog das Gesicht. »Was ist das?«

»Sherry, Miss Kelsey.«

»Ich habe schon Terpentin gekostet, der besser schmeckt.«

Jeremy brach in Gelächter aus. »Ein zartbesaitetes, anmutiges Wesen mit Charme und Witz. Was für eine erfreuliche Abwechslung!«

»Eine Abwechslung mag ich sein, Sir, aber was Charme und Witz angeht, werden Sie anders denken, wenn Sie mich besser kennen. Schämen Sie sich, Sir, Sie lachen! Sie glauben mir nicht. Nun, Sie werden früh genug dahinterkommen, dass ich kein zartbesaitetes Geschöpf bin.« Um ihre Behauptung zu beweisen, schob Kelsey das Glas weg, das Watkins ihr hinhielt, schwang die Füße auf den Boden und stand auf. Im nächsten Moment fing das Zimmer an, vor ihren Augen zu schwanken.

Jeremy packte sie am Arm und hielt sie fest. »Ich glaube, in diesem Fall müssen Sie Ihre Schwäche eingestehen und mir die Rolle des galanten Ritters überlassen. Ich bekomme selten genug Gelegenheit dazu.« Er grinste sie an.

»Wenn das kein Süßholzgeraspel ist«, gab Kelsey zurück, indem sie einen von Griffins Ausdrücken verwendete.

»O je, Sie haben mich durchschaut!«

»Das dürfte nicht allzu schwer sein, Lord Lovejoy.« Sie zwinkerte ihm verschmitzt zu. »Ich bin überzeugt, in Ihrer Nähe fallen die Damen reihenweise in Ohnmacht.«

Er gluckste. »Nicht so viele wie bei meinem Cousin, denke ich.«

Das übermütige Lächeln auf Kelseys Gesicht verblasste, als sie sich an die stählernen Arme erinnerte, die sich um sie geschlossen hatten. Sie stöhnte laut und schüttelte den Kopf. »Es war also Lord Salford, mit dem ich im Dunkeln zusammengestoßen bin?« Sie hatte es mehr zu sich selbst gesagt und war überrascht, als Jeremy ihr antwortete.

»Ich fürchte, ja. Ich habe schon immer gesagt, dass er Augen wie eine Katze hat. Läuft ständig im Dunkeln herum und hat mich dabei schon mehr als einmal zu Tode erschreckt. Ich bin genau das Gegenteil – nachtblind. Ohne Kerze sehe ich nachts gar nichts.«

Wieder räusperte sich Watkins. »Ich denke, Miss Kelsey sollte sich jetzt zurückziehen.«

Sie bekam Herzklopfen bei der Vorstellung, wieder in die Nähe des Ballsaals zu gehen. Vielleicht würde sie es am Morgen, bei hellem Tageslicht, schaffen. Sie biss sich auf die Lippe und zerbrach sich verzweifelt den Kopf nach einer Ausrede, die sie nicht so verrückt erscheinen lassen würde wie Salford es war. Auf keinen Fall konnte sie den anderen sagen, dass sie einen Geist gehört hatte.

Watkins musterte sie einen Moment lang nachdenklich und dann, als hätte er ihre Gedanken gelesen, sagte er: »Das gelbe Zimmer ist frei, Miss Kelsey, falls Sie heute Nacht lieber dort schlafen würden. Ich zeige Ihnen den Weg.«

Sie starrte ihn an und fragte sich, ob er tatsächlich ihre Gedanken erraten hätte. »Danke, Watkins«, sagte sie mit unüberhörbarer Erleichterung in der Stimme.

»Ich werde Sie begleiten«, bot Lord Lovejoy an.

»Machen Sie sich meinetwegen keine Umstände«, sagte sie hastig und wand ihren Arm aus Lord Lovejoys Griff. »Ich bin durchaus imstande, Watkins zu folgen.«

»Sind Sie sicher?« Er machte ein besorgtes Gesicht.

»Völlig«, versicherte Kelsey ihm. »Wie sonst kann ich Sie davon überzeugen, dass ich kein zartbesaitetes Geschöpf bin, wenn ich es nicht jetzt beweise?« Ihr Ton wurde ernster. »Danke, dass Sie so freundlich waren. Es war mir ein Vergnügen, Sie kennen zu lernen, Lord Lovejoy.«

»Das Vergnügen war ganz auf meiner Seite«, erwiderte er. »Und nennen Sie mich Jeremy, ja?«

Sie nickte, drehte sich dann um und folgte Watkins aus dem Zimmer und eine Treppe hinauf. Das Paisley-

Muster der Tapete im Flur wirkte vertraut. Porträts von Salfords Ahnen hingen an der Wand; es waren dieselben, an denen sie in der vergangenen Nacht auf dem Weg zu Salfords Schlafzimmer vorbeigegangen war. Sie fragte hoffnungsvoll: »Gehen wir nicht in die falsche Richtung, Watkins?«

»Nein, Miss Kelsey.« Die Tür, vor der er stehen blieb, lag, wie sie wusste, direkt neben Salfords Schlafzimmer.

Sie wich einen Schritt zurück und hob die Hände, als müsste sie etwas Unangenehmes abwehren. »Hier kann ich nicht schlafen. Haben Sie kein anderes Zimmer für mich?«

»Nein, Miss Kelsey.«

»Aber dieses Zimmer ist genau neben dem von Lord Salford.«

»Ja, aber es ist das einzige verfügbare Gästezimmer. Alle anderen Räume sind nicht mehr in Gebrauch und das schon seit Jahren.«

»Aber das hier muss das Zimmer der Herzogin gewesen sein.« Ein Schauer lief ihr über den Rücken, als sie sich vorstellte, im Schlafzimmer der verstorbenen Herzogin zu übernachten. Es war nicht die Angst, ihr Geist könnte in diesem Zimmer spuken, die Kelsey Herzklopfen bereitete, sondern der Umstand, dass Salford in diesem Bett mit seiner Frau geschlafen hatte.

»Lady Margaret hat dieses Zimmer nie benutzt. Ihre Gemächer befanden sich in einem anderen Flügel des Schlosses.«

»In einem anderen Flügel?« Kelsey zog hinter Watkins' Rücken ungläubig die Augenbrauen hoch.

»Ja.« Er gab keine weiteren Erklärungen ab, sondern öffnete lediglich die Tür und wartete mit geduldiger Miene darauf, dass sie eintrat.

Sie zögerte einen Moment, bevor sie an ihm vorbeiging. Es war ein elegantes Zimmer und viel größer als ihr eigenes. Blassgelb gestreifte Tapeten bedeckten die Wände und drei große Fenster nahmen fast die gesamte Breite einer Wand ein. Die Mitte des Raums beanspruchte ein Himmelbett mit einer goldgelben Überdecke. An einer Wand stand ein weiß lackierter Schreibtisch, gleich daneben ein dazu passender Frisiertisch. Über dem Kamin hing ein Spiegel mit vergoldetem Rahmen, der mit Weiß und Gold verziert war; den Sims schmückten Porzellanfigurinen in Weiß und Gold. Gelbe Kanarienvögel waren in den weißen Hintergrund des dicken Teppichs gewebt, der den Boden bedeckte.

»Wie schön«, sagte Kelsey beeindruckt.

»Seine Gnaden hat das Zimmer vor seiner Heirat neu gestalten lassen, aber bedauerlicherweise wurde es von der Herzogin nie benutzt.« Watkins ging zu einer Tür und tippte daran. »Das ist der Wandschrank. Ich habe mir die Freiheit genommen, eine Anzahl von Kleidungsstücken für Sie hineinzuhängen, nachdem Sie mir mitgeteilt hatten, was mit Ihren Sachen geschehen war. Ich habe Grayson nach London geschickt, um vorgefertigte Kleider zu kaufen. Ich hoffe, sie gefallen Ihnen.«

»Ganz bestimmt.« Kelsey machte ein erstauntes Gesicht. »Woher wussten Sie, dass ich hier schlafen würde?«

»Ich wusste es nicht, aber es ist ein komfortableres Zimmer als das, in dem Sie vorübergehend während Ihrer Arbeit im Ballsaal untergebracht wurden. Ich hatte gehofft, Sie würden dieses Zimmer vorziehen, wenn Sie es sehen.«

»Ich würde es vorziehen, überhaupt nicht im Schloss zu schlafen.

»Ich verstehe, Miss Kelsey«, sagte er, »aber da es die Umstände erfordern, dass Sie hier schlafen, sollten Sie es zumindest angenehm haben.«

Angenehm. Salford in ihrer Nähe zu wissen, würde ihr nie angenehm sein, das wusste sie. Sie spähte auf Watkins' Rücken, als der Butler quer durch das Zimmer zu einer Tür am gegenüberliegenden Ende ging.

Er blieb mit der Hand auf dem Türgriff stehen. »Hier geht es zum Waschraum und von dort führt eine Tür in die Gemächer seiner Gnaden.« Er berührte den Schlüssel, der im Schloss steckte. »Die Schlösser funktionieren, falls Sie sich an Ihre Regeln zu halten wünschen, Miss Kelsey. Ich lasse Ihnen ein heißes Bad und Ihr Abendessen nach oben schicken.« Watkins ging mit noch säuerlicherer Miene als sonst zur Tür.

»Danke«, rief Kelsey ihm zu. Als ihr auffiel, wie er eine Hand an seine Wange legte und das Gesicht verzog, erinnerte sie sich daran, dass sie ihm eine Medizin hatte machen wollen. »Watkins!«

»Ja, Miss Kelsey?« Er drehte sich mit schmerzverzerrtem Gesicht um.

»Tut Ihnen etwas weh?«

Er nickte, wobei sich seine schmalen Wangen vor Verlegenheit röteten.

»Kommen Sie, Watkins, wir kennen einander gut genug. Es ist schließlich keine Schande, Zahnschmerzen zu haben.«

»Nein, Miss Kelsey.«

»Gut, dann kann ich Ihnen ja sagen, dass ich Ihnen

eigentlich eine Medizin bereiten wollte, aber einfach nicht dazu gekommen bin. Ich gebe Ihnen das Rezept und Sie bereiten es selber zu, bevor Sie zu Bett gehen. Nehmen Sie eine Tasse Wasser und geben Sie eine kräftige Prise Salz hinein. Dann erwärmen Sie es und behalten es so lange im Mund, wie Sie können.«

»Salz und Wasser, Miss Kelsey?«

»Ja. Ein altes Hausmittel, das meine Mutter mir immer aufgenötigt hat, wenn ich Halsschmerzen hatte. Meine Mutter wuchs in South Shields auf. Sie kannte das Geheimnis von der Zofe meiner Großmutter. Sie benutzte Meerwasser, aber meine Mutter stellte fest, dass in Wasser aufgelöstes Salz genauso gut wirkt. Es heilt tatsächlich alle Arten von Erkrankungen im Mundbereich. Es hilft sehr gut bei Halsschmerzen – und bei Zahnschmerzen.«

»Danke, Miss Kelsey, ich werde es probieren.«

»Gut. Sagen Sie mir Bescheid, ob es geholfen hat.« Sie beobachtete, wie er sich mit einer Verbeugung zurückzog. Sobald er draußen war, flitzte sie los und schloss die Verbindungstür zu Salfords Zimmer ab. Aber das reichte ihr nicht. Sie sperrte auch die Tür zum Flur ab.

Jeremy saß bereits am Tisch, als Edward das Speisezimmer betrat. Der weitläufige Raum befand sich im älteren Teil des Schlosses, und an beiden Enden flackerte ein gewaltiges Kaminfeuer. Ein schwerer Kandelaber aus Holz und Gusseisen hing an einer dicken Kette von der Decke. Mittelalterliche Waffen und bunte Fahnen, auf denen farbenprächtige Wappen zu sehen waren, schmückten die nackten Steinmauern. Im Mittelalter war es Tradition, dass jeder Ritter, der als Gast an die Tafel von Stillmore geladen war, dem jeweiligen Herzog sein Banner überließ. Eine Geste der Höflichkeit. Die Banner waren an Stangen befestigt und hingen auf einer Höhe dicht unter der hohen Decke. Edward hatte den Raum immer schon gemocht. Aber heute Abend wirkte er leer, abgeschieden und trostlos.

Jeremy schien Edwards Stiefel auf dem Steinboden gehört zu haben, denn er sah den langen Tisch hinunter und grinste ihn an. »Du kommst spät. Das Essen ist mittlerweile bestimmt kalt geworden.

»Dann esse ich es eben kalt«, gab Edward gereizt zurück.

»Kein Glück gehabt?«

»Kein bisschen.« Edward trat ans Kopfende der Tafel und setzte sich zu Jeremy.

»Ich habe dir ja gesagt, dass du deine Zeit verschwendest. Lizzy wird schon wieder zum Vorschein kommen, aber wahrscheinlich wartet sie, bis du dich ein wenig beruhigt hast.«

»Vielleicht tut sie gut daran. Im Moment könnte ich sie erwürgen.« Edward, der schon seit langem keine herumscharwenzelnden Diener mehr in seinem Speisezimmer duldete, fand nichts dabei, selber den Deckel von einer der dampfenden Platten zu nehmen und eine Scheibe Roastbeef auf seinen Teller zu packen.

»Du solltest wirklich etwas mit ihr machen.«

»Was schlägst du vor?« Edward lud einen Berg gekochter Kartoffeln neben das Fleisch.

»Lass sie eine Reise auf den Kontinent machen.«

»Und wer soll sie begleiten? Du?« Edward sah voller Genugtuung, wie sein Cousin zusammenfuhr, als hätte er ihn geschlagen.

»O nein, ich nicht!« Jeremy nahm einen großen Schluck Wein.

»Das habe ich mir gedacht.«

»Kannst du sie nicht noch ein Jahr in den Konvent geben? Vielleicht wird sie mit der Zeit ein wenig reifer und gesetzter.«

»Die Schule nimmt sie nicht mehr auf. Die Ehrwürdige Mutter Oberin hat sie eine Ausgeburt des Teufels genannt. Sie will von Lizzy nichts mehr wissen, seit sie bei ihrem letzten Streich das Stift beinahe zerstört hätte und dann ausriss.« Edward griff nach einem Brötchen, drückte hinein, um zu testen, ob es frisch war, und legte es auf seinen Butterteller.

»Beinahe zerstört, sagst du?« Jeremy schnitt kopfschüttelnd ein Stück von seinem Fleisch ab und schob es in seinen Mund.

»Eine ihrer Mitschülerinnen behauptete, sie würde es nicht wagen, um ein Uhr morgens die Glocken der Kathedrale zu läuten. Sie tat es natürlich. Sie wurde erwischt und zur Strafe in ihr Zimmer gesperrt. Aber anscheinend war es ihr gelungen, auf irgendeine Weise Schießpulver in das Zimmer zu schmuggeln. Sie sprengte sich den Weg frei und machte sich auf den Weg nach Hause.«

»Gütiger Himmel!«

»Genau meine Worte, als ich davon erfuhr«, sagte Edward und musterte finster das Stück Roastbeef auf seinem Teller. »Natürlich musste ich für den Schaden am Wohnheim aufkommen. Sie hatte die Hälfte einer Wand weggepustet.«

»Wie ist sie an das Schießpulver gekommen?«

»Ich war nicht imstande, das aus ihr herauszukriegen,

habe aber den Verdacht, dass sie es von einem Regiment hatte, das in der Nähe von Cherbourg stationiert war.«

Jeremy wirkte erschüttert. Dann gewann sein Sinn für Humor die Oberhand und er grinste. »Vielleicht solltest du sie in die Armee einkaufen. Wie ich höre, sucht man dort gute Artilleristen.«

Edward quittierte Jeremys witzige Bemerkung mit einem Stirnrunzeln und nahm den Deckel einer anderen heißen Platte ab. Er legte kandierte Karotten auf seinen Teller. »Mir schwebt etwas anderes für Lizzy vor.«

»Und zwar?«

»Heirat.«

Jeremy verschluckte sich beinahe an seinem Wein. Er hustete und würgte mehrmals, bevor er herausbrachte: »Guter Gott! Du kannst sie doch nicht irgendeinem ahnungslosen Trottel aufhalsen!«

»Genau das habe ich vor. Wenn sie ein Kind erwartet, wird sie vielleicht ruhiger. Sie ist jetzt achtzehn. Höchste Zeit, dass sie einen Ehemann findet. Ich habe Lady Shellborn gebeten herzukommen.«

»Den Dragoner vom Almack?«

»Genau. Sie war eine enge Freundin meiner Mutter. Sie kann nicht gut ablehnen, Lizzy in die Gesellschaft einzuführen.«

Jeremy wirkte skeptisch. »Hast du schon mit Lizzy darüber gesprochen?«

»Allerdings. Ich habe ihr die Wahl gelassen. Entweder sie macht auf Lady Shellborn mit höflichem Betragen und liebenswerter Bescheidenheit einen guten Eindruck oder ich sperre sie im Turm ein, bis sie alt und grau ist.«

»War sie einverstanden?«

»Nein. Sie sagte, ich würde sie schon einsperren müssen.«

Jeremy lachte in sich hinein, bis Edward ihm einen Blick zuwarf. Jeremy wurde sofort ernst. Er spießte eine Karotte auf seine Gabel und aß sie mit nachdenklicher Miene. »Weißt du, vielleicht solltest lieber du Lizzy nach London bringen. Ich bezweifle sogar, ob der Dragoner mit ihr fertig wird. Es ist zehn Jahre her, seit du von hier weggekommen bist. Die Abwechslung würde dir unglaublich gut tun.«

»Ich kann mich in London nicht mehr sehen lassen. Hast du vergessen, was beim letzten Mal passiert ist?« Edwards Faust krampfte sich um den Griff seines Messers.

»Ich habe es keineswegs vergessen, aber du hast der Gesellschaft keine Zeit gelassen, sich an dich zu gewöhnen. Es ist wie beim Reiten. Wenn du abgeworfen wirst, musst du sofort wieder in den Sattel steigen.«

»Verdammt, Jeremy, ich will mich nicht demütigen lassen!« Er stieß die Kante des Messergriffs auf den Tisch. »Falls du nicht bereit bist, Lizzy in die Gesellschaft einzuführen, kannst du deine hilfreichen Vorschläge für dich behalten.«

Edward wusste, dass er zu schroff gewesen war, als er sah, dass Jeremy bedrückt auf seinen Teller starrte. Jeremy war sein einziger Freund, und Edward wusste, dass Jeremys Äußerungen nur seiner Freundschaft zu ihm entsprangen. Ein besseres oder liebevolleres Herz gab es in ganz England nicht. Aber er war weder in Stimmung für überflüssige Ratschläge noch für Jeremys wohlmeinende Freundlichkeit, also trug er nichts dazu bei, die Spannung zwischen ihnen zu lockern, sondern starrte finster auf seinen eigenen Teller.

Längeres Schweigen folgte. Er aß das lauwarme Roastbeef. Es schmeckte wie altbackenes Brot. Er kaute darauf herum und beobachtete, wie Jeremy seine verletzten Gefühle beschwichtigte, indem er sein Weinglas leerte und erneut füllte.

Jeremy brach als Erster das Schweigen. »Ich nehme an, dein Leben hat sich stark verändert, seit Miss Vallarreal hier ist.«

»Ja, sie neigt dazu, Veränderungen hervorzurufen.«

»Scheint ein nettes Mädchen zu sein.«

»Du hast sie noch nicht wütend erlebt.« Edward rieb sich gedankenverloren die Wange, die sie geschlagen hatte. Als er sah, dass Jeremy ihn forschend ansah, verblasste sein Lächeln und er versuchte, eine unbewegte Miene aufzusetzen.

»Kein Wunder, alter Junge«, meinte Jeremy, während er eine Scheibe Brot mit Butter bestrich. »Du behandelst sie wie einen Dienstboten. Ich habe mich vor dem Essen mit der Köchin unterhalten. Sie hat mir erzählt, dass dein Gast die Mahlzeiten in der Küche einnimmt.«

»Du verbrüderst dich wieder mal mit dem Personal?«

»Ich lege nur ein gutes Wort für dich ein, Cousin, nur ein gutes Wort.« Jeremy grinste und fügte hinzu: »«Aber du wärst überrascht, wie viel Klatsch man bei der Dienerschaft aufschnappen kann.« Edward bedachte Jeremy mit einem tadelnden Blick, aber Jeremy tat ihn mit einem Achselzucken ab. »Na ja, du erzählst mir ja nie etwas. Wie sonst soll ich erfahren, was hier vorgeht?«

»Du weißt eine ganze Menge, wie es scheint.«

»Aber nicht von dir. Ich hätte nie erfahren, dass Miss Vallarreal in der Küche speist, wenn ich nicht zufällig die

Köchin mit ihrer Schwester darüber reden gehört hätte. Bestehst du wirklich darauf, dass sie in der Küche isst?«, fragte Jeremy ungläubig.

»Jawohl«, sagte er nachdrücklich und schob ein Stück kaltes Fleisch in seinen Mund.

»Dann wirst du auf meine Gesellschaft verzichten müssen, fürchte ich, denn ich habe vor, mit ihr zu speisen.«

»Halt dich von ihr fern, Jeremy.« Seine Hand schloss sich um den Griff seines Messers und er spürte, wie sich das Silber unter seinen Fingern verbog.

»Warum? Hast du selbst ein Auge auf sie geworfen?«

»Nein.« Edwards Hand zitterte leicht unter dem Druck, den sie auf das Messer ausübte. »Sie liebt einen anderen.«

»Tatsächlich?« Jeremy schob seinen Teller beiseite und zündete sich einen Stumpen an. Seine haselnussbraunen Augen funkelten durchtrieben.

»Ich dulde nicht, dass du mit ihren Gefühlen spielst.«

»Du verletzt mich, Eddie. Wie du weißt, gehört es nicht zu meinen Gewohnheiten, *unschuldige* Mädchen zu verführen.« Edward machte bei dem Wort unschuldige ein zweifelndes Gesicht, aber Jeremy fuhr unbeirrt fort: »Apropos, hast du Kelsey schon gesagt, warum du sie hierher geholt hast?« Jeremy zog an seiner Zigarre und blies einen Rauchring aus seinem Mund.

»Nein, aber ich werde es tun, wenn die Zeit reif ist.« Edward hob seine Gabel, um noch ein Stück Fleisch aufzuspießen, sah es dann aber an und legte es auf den Teller zurück. Wenn Kelsey von ihrer Vergangenheit erfuhr, würde sie am Boden zerstört sein, und diesen Schmerz wollte er ihr so lange wie möglich ersparen. Dann war da noch das

Geld. Damit konnte sie von hier fortgehen und ein neues Leben anfangen. Noch war er nicht bereit, sie gehen zu lassen. Sie hier im Schloss zu haben, machte sein Leben irgendwie freundlicher.

»Den richtigen Zeitpunkt gibt es meiner Meinung nach nicht«, brach Jeremy das Schweigen.

»Ich sage es ihr, wenn sie es erfahren muss.«

»Mach es lieber, bevor sie volljährig ist und die Anwälte an ihre Tür klopfen, um ihr mitzuteilen, dass sie eine Erbin ist.«

Edward musterte finster das kalte Essen auf seinem Teller. Ihm war der Appetit vergangen.

7

Kelsey beobachtete die Lippen des Jungen, während er sprach. Es waren weiche, glatte Lippen, und wundervolle Worte kamen von ihnen, Worte, die immer gut und freundlich waren. Sie sehnte sich nach guten Worten. Nach seinen Worten.

Er hörte auf zu lesen und sah zu ihr hinunter. »Du passt nicht auf.«

»Doch, ich schaue auf deine Lippen.«

»Auf meine Lippen zu schauen, heißt nicht aufzupassen. Du sollst dir die Geschichte anhören.«

»Ich schaue lieber zu, wie sich deine Lippen bewegen.«

»Sei bloß vorsichtig, sonst bewegen sie sich in deine Richtung.«

Der Junge entblößte mit einem Knurren seine Zähne und tat, als wollte er sie in den Nacken beißen. Es war ein Spiel, das wusste sie, und sie lief kichernd und jauchzend davon. Als sie sich nach ihm umdrehte, war er verschwunden. Sie rief nach ihm, schrie laut nach ihm. Aber er war nicht mehr da …

Erregte Stimmen rissen Kelsey aus ihrem Traum. Die Dunkelheit verwirrte sie einen Moment lang. Sie lag im Bett und versuchte sich zu erinnern, wo sie war. Dann fiel es ihr wieder ein. Mit gerunzelter Stirn starrte sie in die tintenschwarzen Schatten und legte eine bebende Hand an ihre Stirn, um sich den dünnen Schweißfilm abzuwischen.

Die Stimmen wurden lauter. Salfords Schlafzimmerwände dämpften den Lärm, so dass sie nicht verstehen konnte, was gesprochen wurde, aber sie konnte die kehlige Stimme einer Frau hören. Anscheinend hatte er Streit mit seiner »Nachtpflanze«, wie Griffin derartige Damen nannte. Ein boshaftes Lächeln trat auf ihr Gesicht. Sie zündete eine Kerze an, stieg aus dem Bett und spähte zu der Uhr auf dem Kaminsims. Zwei Uhr morgens. Auf Zehenspitzen huschte sie zur Verbindungstür und presste ihr Ohr daran ...

Wie um sie zu ärgern, brach das Gebrüll jäh ab. Sie schnitt eine Grimasse und verwünschte ihr Pech. Eine Tür wurde so laut zugeknallt, dass sie zusammenzuckte, jemand stampfte den Flur hinunter, dann wurde wieder eine Tür zugeschlagen.

Kopfschüttelnd pustete sie die Kerze aus, kroch wieder ins Bett und kuschelte sich unter die Decken.

Kurz darauf ließen sie die ersten dröhnenden Akkorde von Mozarts Türkischem Marsch abrupt in die Höhe fahren. Mozart hätte sich im Grab umgedreht, wenn er gehört hätte, wie jemand seine Musik massakrierte, indem er sie mit solcher Vehemenz spielte, dass es an ein Wunder grenzte, dass die Tasten nicht heraussprangen.

Sie starrte auf die Verbindungstür. »Salford«, stieß sie zwischen den Zähnen hervor. War das wieder einer seiner Wutanfälle? Vielleicht hatte die Auseinandersetzung mit seiner Mätresse ihn ausgelöst. Sie legte sich wieder hin und zog sich das Kissen über den Kopf, wobei sie sich fragte, ob das Klavier noch intakt sein würde, nachdem er seine Wut daran ausgelassen hatte. Die Daunenfüllung des Kissens konnte den Krach nicht dämpfen. Sie presste es enger an ihre Ohren.

Das Stück war zu Ende.

Bestimmt würde er jetzt aufhören. Sie zog das Kissen vom Kopf…

Bäng! Bäng! Bäng! Dieses Mal sollte Beethoven geopfert werden. Er schlug die Noten der Mondscheinsonate an, als wollte er entweder den Mondschein umbringen oder sich die Finger brechen.

Da sie wusste, dass sie keinen Schlaf mehr finden würde, wenn sie ihn nicht sofort darauf hinwies, wie ungehörig es war, mitten in der Nacht wie ein Besessener Klavier zu spielen, zündete sie die Kerze wieder an, schlug die Decke zurück und hüpfte aus dem Bett. Unter den Sachen im Wandschrank, die Watkins für sie besorgt hatte, fand sie einen Morgenmantel. Sie zog ihn an, bevor sie nach der Kerze griff und die Verbindungstür aufsperrte. Sie huschte durch den kleinen Raum, in dem sie früher am Abend ihr Bad genommen hatte, ging zur gegenüberliegenden Tür und langte nach der Klinke. Es war nicht abgesperrt.

Sie riss die Tür auf und hielt nach Salford Ausschau. Das Zimmer war leer. Es war zweifellos sein Schlafzimmer. Ein gewaltiges Mahagonibett stand mitten im Zimmer auf einem Podest und auf einem Tisch neben dem Bett brannten Kerzen in einem Leuchter. Schwere alte Möbel aus geschnitztem Holz standen im Raum verteilt, alle in dunklen, tristen Tönen gehalten, ebenso wie die Pfosten und die Kopflehne des Betts. Dunkelrote Vorhänge und eine Tapete in derselben Farbe ließen alles noch düsterer erscheinen.

Bäng, bäng, bäng.

Das Hämmern der Musik kam von einer Tür auf der anderen Seite des Raums. Sicher führte sie zu einer Art Salon. Dort würde sie ihren Quälgeist finden. Sie holte tief Luft und straffte die Schultern, bevor sie durch das Zimmer marschierte und die Tür öffnete. Sie ging hinein und schlug ohne zu überlegen die Tür hinter sich zu.

Schweigen.

Die plötzliche Stille und der flüchtige Blick, den sie auf die Gestalt hinter dem Klavier erhaschte, ließen sie erschrocken zusammenfahren. Die Kerze fiel ihr aus der Hand und landete auf dem Boden. Die Flamme erlosch.

Die undurchdringliche Dunkelheit und das Schweigen lähmten jeden Nerv in ihrem Körper. Plötzlich bereute sie, in seine Höhle gestürmt zu sein. Denn genauso wirkte der Raum auf sie, wie eine Höhle der Dunkelheit. Sein Versteck. Sie spähte zu der Stelle, wo sie ihn gesehen hatte, bevor sie die Kerze fallen ließ. Seine grimmige Gegenwart lastete auf der rechten Seite des Raums wie dichter Dampf, der aus einem Kessel mit kochendem Wasser strömt. Sie erinnerte sich lebhaft daran, was beim letzten Mal, als sie mit ihm im Dunkeln gewesen war, passiert war.

»Was zum Teufel machen Sie in meinen Privaträumen?« Er sprach leise, aber Kelsey machte trotzdem einen Satz.

Sie taumelte nach hinten und prallte mit dem Rückgrat auf etwas Hartes. Als sie mit den Händen durch die Dunkelheit tastete, traf sie auf eine glatte Oberfläche. Sie griff danach, um sich festzuhalten. Als sie weichen Stoff unter ihren Fingerspitzen spürte, wurde ihr klar, dass sie an ein

Sofa oder einen Sessel gestoßen war. Der Schmerz brachte sie in Fahrt, und sie platzte mit dem Erstbesten heraus, was ihr durch den Kopf ging. »Sitzen Sie immer so dämlich im Dunkeln herum?«

»Was ich tue, geht Sie nichts an. Und jetzt gehen Sie.«

»Es geht mich sehr wohl etwas an. Sie nehmen überhaupt keine Rücksicht auf andere. Wie soll ich schlafen, wenn ich mir anhören muss, wie Sie Mozart und Beethoven malträtieren?«

»Wollen Sie damit sagen, dass mein Klavierspiel Ihren Schlaf stört?«

»Allerdings.«

»Abgesehen von Ihren anderen Talenten müssen Sie über ein erstaunliches Gehör verfügen, wenn Sie mich unten hören können.«

»Selbst wenn ich unten wäre, würde ich Sie wahrscheinlich immer noch hören – die Böden in diesem alten Gemäuer sind lange nicht so massiv, wie man meinen sollte –, aber das tut nichts zur Sache, da ich nicht unten bin, sondern versuche, in dem Zimmer neben Ihrem Schlaf zu finden.«

»Neben meinem.« Diese Worte wurden geknurrt.

Kelsey Fingernägel bohrten sich vor Angst davon, wozu er während einem seiner Anfälle imstande sein mochte, in die Kante des Möbelstücks, gegen das sie gefallen war. Jetzt sah sie ein, dass sie diese Möglichkeit in Betracht hätte ziehen müssen, bevor sie sein Zimmer betrat. Im Moment fühlte sie sich wie ein Löwenbändiger ohne Peitsche – schlimmer noch, ohne Hose! Sie versuchte, die Nervosität in ihrer Stimme zu unterdrücken. »Ja. Watkins hat mir das Zimmer vorübergehend überlassen, aber wenn es Sie stört, kann ich wieder umziehen. Wahrscheinlich ist es ohnehin besser so. Ich gehe gleich …« Kelsey tastete im Dunkeln nach dem Türgriff.

»Warten Sie!«

»Wozu? Damit Sie mich im Dunkeln anknurren können? Ich bin für all das wirklich zu müde, und Sie regt es nur noch mehr auf.« Kelsey suchte weiter nach dem Türgriff. Schließlich fand sie ihn. Sie wollte gerade die Tür aufmachen, als seine Stimme sie erstarren ließ.

»Sollten Sie dieses Zimmer verlassen, Miss Vallarreal, werden Sie es mit Sicherheit bereuen. Ich wäre dann nämlich gezwungen, Ihnen nachzugehen.« Seine Stimme war jetzt leiser und beherrschter, aber eine unverkennbare Warnung schwang in ihr mit. Er fing wieder an zu spielen, dieses Mal ganz leise, kaum hörbar. Sehr schön, um genau zu sein, denn das Stück, das er gewählt hatte, Beethovens »Für Elise«, musste mit genau dieser zarten Zurückhaltung gespielt werden.

Kelsey schluckte schwer. Sie fühlte sich wie gebannt von den hypnotischen Klängen des Liedes und dem Mann, der es spielte. Wenn sie ging, würde er seine Drohung bestimmt wahrmachen. Wenn ihr Instinkt sie nicht trog, würde er ihr nicht wehtun, aber sie zweifelte nicht daran, dass er wieder versuchen würde, sie zu verführen. Das durfte sie nicht zulassen.

Sie hatte noch nie mit einem Geistesgestörten zu tun gehabt, aber sie dachte, ihm zu schmeicheln, könnte ein guter Ansatz sein, um unversehrt aus dem Zimmer zu kommen. »Das klingt sehr schön. Sie spielen recht gut.«

»Sind Sie sicher, dass ich das Stück nicht malträtiere?«, fragte er von oben herab.

»Nein, ich finde, wenn Sie sich beruhigt haben, spielen Sie sehr gut. Sie sollten wirklich versuchen, nicht die Nerven zu verlieren. Vielleicht würden die Anfälle dann nicht so häufig auftreten.«

Er lachte, ein tiefes, kehliges Lachen, das durch die Dunkelheit hallte, spielte aber unbeirrt weiter.

»Sie mögen Ihr Leiden ja amüsant finden, ich aber nicht.«

»Ach? Das hätte ich nicht gedacht.«

»Wie kommen Sie darauf? Glauben Sie, ich wäre so gemein, Sie wegen Ihrer Krankheit auszulachen?«

»Ich hatte den Eindruck, dass Sie mich hassen und sich deshalb an meinen Mängeln weiden.«

»Sie kennen mich wirklich überhaupt nicht. Es bereitet mir kein Vergnügen, an anderen Schwächen festzustellen. Ich suche sie nicht einmal.«

»Nur bei mir.«

»Das ist nicht wahr.« Kelsey fiel auf, dass sie etwas von der Zurückhaltung in ihrer Stimme verloren hatte. Sie holte tief Luft und sagte dann mit so viel Gelassenheit, wie sie unter den Umständen aufbringen konnte: »Ich finde es gar nicht schön, dass Sie das sagen.«

»Aber Sie müssen zugeben, dass Sie mich hassen.«

»Ich hasse Sie nicht.« Ihr Geständnis überraschte sie selbst, und sie fügte hinzu: »Hass ist nicht das richtige Wort, um das zu beschreiben, was ich für Sie empfinde. Ich würde es eher Abneigung nennen.«

»Das ist eine höfliche Umschreibung für Hass.«

»Na schön, dann hasse ich Sie eben. Sind Sie jetzt zufrieden?« Kelsey, deren dünner Geduldsfaden gerissen war, stampfte mit dem Fuß auf und stieß mit der Zehe an etwas.

Ein jäher Schmerz schoss durch ihren Knöchel, und sie stöhnte auf.

»Haben Sie sich wehgetan?« Das Klavierspiel brach ab. Schritte kamen auf sie zu.

Sie wich humpelnd zurück und hob abwehrend eine Hand. »Kommen Sie mir nicht in die Nähe! Mir ist nichts passiert.«

Zu spät. Seine Arme schlossen sich um sie, und sie wurde in die Höhe gehoben. »Was machen Sie denn?«, fragte sie und wand sich in seinen Armen. »Lassen Sie mich los.«

»Keine Sorge, ich weiß, dass Ihnen meine Berührung zuwider ist, Sie brauchen also nicht zu befürchten, dass ich mich Ihnen wieder aufdrängen werde.« Er setzte sie behutsam in einen Sessel.

Sie zuckte zusammen, als sie seine Hände auf ihrem schmerzenden Fuß spürte, und fragte: »Woher wissen Sie, welchen Fuß ich mir angestoßen habe?«

»Weil ich es gesehen habe.«

»Das verstehe ich nicht. Hier drinnen ist es so dunkel, dass ich kaum die Hand vor Augen sehen kann.«

»Ich bin an die Dunkelheit gewöhnt.«

»Sie müssen ein Maulwurf sein, wenn Sie hier sehen können. Andererseits weiß jeder, dass Maulwürfe blind sind.« Sie hörte ihn leise lachen und wusste, dass sie dummes Zeug redete, aber sie musste irgendetwas tun, um nicht daran zu denken, dass er sie berührte. Das Bild seiner schönen Hände stieg vor ihr auf. Sie sah vor sich, wie sie ihr Bein berührten, als seine raue Handfläche über ihren Knöchel und ihren Fuß glitt. Als seine Finger über ihre Zehen strichen, jagte ein Prickeln an ihrem Bein hinauf und vermischte sich mit der Wärme, die sich in ihrem Bauch auszubreiten begann.

Unruhig rutschte sie auf dem Sessel hin und her. Ihrer Stimme fehlte jegliche Überzeugungskraft, als sie sagte: »Wirklich, es ist schon gut. Es war nur meine Zehe und jetzt ist alles wieder in Ordnung – tut nur noch ein bisschen weh, mehr nicht.« Sie versuchte ihren Fuß wegzuziehen, aber er ließ nicht los.

»Halten Sie still, ich will sehen, ob etwas gebrochen ist. Welche war es denn?«

»Die kleine, aber sie ist nicht gebrochen. Ich weiß, wie es sich anfühlt, wenn man sich eine Zehe bricht. Ich habe mir mal die große gebrochen, als ich vom Dach gesprungen bin. Den Schmerz werde ich nie vergessen.« Jetzt, als seine Finger über ihre kleine Zehe strichen und sie sanft massierten, tat ihr nichts weh. Der Schmerz war verschwunden, untergegangen in der Berührung seiner Hände und den heißen Funken, die an ihrem Bein hinauf zuckten, durch ihren Bauch und bis zu ihren Brüsten.

»Scheint nichts gebrochen zu sein.« Die Folter war zu Ende. Sie hörte, wie er aufstand. Dann senkte sich das Kissen neben ihr unter seinem Gewicht, als er sich setzte. Er war so nah bei ihr, dass sich die Hitze seines Arms durch ihren Morgenmantel und das Nachthemd brannte.

Sie konnte die Wärme seiner Hände immer noch auf ihrem Fuß spüren. Nichts von ihm berührte sie jetzt, aber seine Nähe war so intensiv, dass es sich anfühlte, als würde er auf ihr liegen. Sie sprang auf. »Ich sollte jetzt wirklich in mein Zimmer gehen.«

»Ich habe Sie nie für einen Feigling gehalten, Madam, aber im Augenblick haben Sie diese Rolle übernommen.«

»Was meinen Sie damit, bitte sehr?« Kelsey drehte sich zu ihm um.

»Genau das, was ich gesagt habe. Sie sind ein Feigling.«

»Das bin ich nicht!«

»Dann beweisen Sie es. Setzen Sie sich zu mir, damit wir ein wenig plaudern können.«

Die Einsamkeit in seiner Stimme ließ sie nicht ungerührt. Sie zögerte, unfähig, die dunkle Vorahnung zu ignorieren, dass sie später bereuen würde, was sie jetzt tat, setzte sich aber trotzdem. Sie legte den Kopf an die Rückenlehne, starrte in die Dunkelheit und lauschte seinen Atemzügen, teilte die vollständige Stille mit ihm, weil sie spürte, dass er jemanden in seiner Nähe brauchte. Sie fühlte sich ihm sehr nahe, näher als in der Nacht, als sie einander geküsst hatten. Frei von körperlichen Empfindungen, fühlte sie den Schmerz und die Verzweiflung, die er ausstrahlte. Sie hob die Hand, um sie nach ihm auszustrecken, änderte dann aber im letzten Moment ihre Meinung und ließ sie wieder in den Schoß fallen.

»Haben Sie Angst, mich zu berühren?«

Kelsey zuckte beim Klang seiner Stimme zusammen. Sie hatte nicht daran gedacht, dass er sie sehen konnte, und der Gedanke, dass er sie im Dunkeln beobachtet hatte, irritierte sie. Sie versuchte ihre Nervosität zu überspielen, indem sie ihn aufzog. »Sie sind mir gegenüber im Vorteil. Sie können mich sehen, aber ich kann Sie nicht sehen.«

»Sie weichen meiner Frage aus.« Seine Stimme klang angespannt. »Haben Sie Angst davor, mich zu berühren? Ich will eine Antwort.«

»Ja ... nein ... ich weiß es selber nicht.« Kelsey wand sich vor Unbehagen.

»Wovor haben Sie Angst?« Ungeduld schwang in seiner Stimme mit.

»Vor gar nichts.«

»Sie lügen!« Er packte sie bei den Schultern und schüttelte sie.

»Na gut, na gut! Ich habe Angst vor Ihnen!« Sie stieß seine Hände weg und stand, von Kopf bis Fuß bebend, auf.

»Ich weiß nicht, warum. Sie können mein Gesicht nicht sehen«, sagte er bitter.

»Sie verstehen gar nichts. Glauben Sie, ich hätte Angst vor Ihrem Gesicht? Damit hat es nicht das Geringste zu tun. Es ist hier.« Kelsey klopfte auf die Stelle über ihrem Herzen. »Was in Ihrem Herzen ist, macht mir Angst, Ihre Rücksichtslosigkeit, Ihre Gefühllosigkeit gegenüber anderen.«

»Wenn Sie mich für ein solches Monster halten, sollten Sie vielleicht das ganze Bild kennen.« Seine Finger schlossen sich um ihre Handgelenke.

»Nein! Lassen Sie mich los!« Kelsey wehrte sich, aber er zerrte sie durch das Zimmer. Sie bohrte ihre Fersen in den Teppich. Es war nutzlos. Er war zehnmal so stark wie sie und zog sie wie eine Stoffpuppe hinter sich her.

Er öffnete die Tür und zog sie in sein Zimmer, zu dem Leuchter, in dem die Kerzen immer noch brannten. Sie sah nur seinen Rücken, das lange dunkle Haar, das über seine Schultern hing. Er trug ein weißes Hemd und schwarze Hosen.

Er fuhr herum und hielt sein Gesicht vor ihres. »Jetzt können Sie sich das Monster genau anschauen!«

Starr vor Angst, was er tun könnte, wenn sie den Blick abwandte, sah sie ihn an. Sie hatte Angst zu atmen, Angst, ein falscher Laut oder die kleinste Bewegung könnten den Schock und das Grauen verraten, das sie verzweifelt zu verbergen versuchte. Sie hätte sich gern abgewandt. Aber genau das wollte er von ihr. Dass sie sich von ihm abwandte. Dass sich die ganze Welt von ihm abwandte. Sie unterdrückte den Impuls und starrte ihn unverwandt an.

Sein mahagonibraunes Haar fiel offen um sein Gesicht und seine Schultern. Eine Gesichtshälfte war vollkommen unversehrt bis auf den rasenden Zorn und die Bitterkeit, die es verzerrten, erinnerte aber trotzdem noch an das hübsche Gesicht, von dem sie geträumt hatte. Aber die andere Hälfte war grauenhaft entstellt.

Sie blinzelte, schluckte mühsam und sah genauer hin. Eine lange Narbe zog sich von der Mitte seiner Stirn quer über seine rechte Augenhöhle, verschwand dort unter einer schwarzen Klappe und verlief bis zu seinem hohen Backenknochen. Eine zweite wulstige Narbe fing an seinem Ohr an und bildete einen Bogen, der fast bis zu seinem Mundwinkel reichte. Kleinere Narben, die wie ein Geflecht unter der zweiten Narbe wucherten, verwandelten diese Gesichtshälfte in ein feines Netz aus dünnem weißen Narbengewebe.

Sie atmete ein und zwang die Luft in ihre Lungen. Es tat weh, als der Atem aus ihrem Mund entwich. Das leise Keuchen schien in der Stille laut widerzuhallen. Sie spürte seinen heißen Atem auf ihren Lippen, als er sie aus seinem einen dunklen Auge anstarrte und ihre Reaktion beobachtete. Sie wartete darauf, dass er etwas sagte. Was sie jetzt auch sagte, es würde ihn um den Rest seiner Beherrschung bringen, das wusste sie.

Als er nichts sagte, sondern sie weiter unverwandt mit seinem einen Auge anstarrte, hielt sie es nicht mehr aus. »Es tut mir Leid ... ich hatte ja keine Ahnung ...« Instinktiv streckte sie eine Hand aus, um sie an die entstellte Hälfte seines Gesichts zu legen.

»Ich brauche Ihr gottverdammtes Mitleid nicht! Da ist mir Ihr Hass noch lieber!« Er stieß sie beiseite.

Kelsey taumelte an das Bett und klammerte sich an einen der Pfosten, um nicht zu fallen. Ihr Haar war ihr ins Gesicht gefallen und sie warf es zurück. »Nun, meinen Hass haben Sie, aber das hat nichts mit Ihrem Gesicht zu tun«, sagte sie schwer atmend. »Und noch etwas, Sie tun mir kein bisschen Leid! Sie haben verdient, was Sie bekommen haben, weil Sie mit Clarice durchbrennen wollten und meinem Vater so wehgetan haben! Ich werde nie Mitleid mit Ihnen haben! Niemals!« Sie drehte sich um und rannte zur Verbindungstür.

»Verstoßen Sie nie wieder gegen die Regeln oder es wird Ihnen Leid tun«, schrie er

Sie flüchtete in ihr Zimmer und knallte die Tür zu. Seine Worte klangen ihr in den Ohren. Keuchend und mit klopfendem Herzen sank sie an die Tür. Tränen liefen ihr über die Wangen. Sie tastete in der Dunkelheit nach dem Schlüssel und sperrte ab, wobei ihre Hände so heftig zitterten, dass sie den Schlüssel kaum halten konnten. Dann riss sie ihn aus dem Schloss, lief zum Bett und vergrub ihr Gesicht in den Kissen, damit er ihr Schluchzen nicht hören konnte.

Einige Zeit später hörte Kelsey ein Maunzen vor ihrer Tür. Sie hatte versucht zu schlafen, aber es war sinnlos gewesen. Sie hatte gehört, wie Salford, der offenbar wieder an einer Art Anfall litt, in seinem Zimmer alles mögliche kaputt schlug. Endlich beruhigte er sich. Dann war es still, beinahe zu still. Wieder war das Maunzen zu hören.

Sie kroch aus dem Bett und öffnete vorsichtig die Tür zum Gang. Sie hörte ein leises Fauchen, sah nach unten und entdeckte Brutus. Als er sah, dass sie die Tür aufgemacht hatte, kam er hereingehuscht, wobei sein rot geringelter Schwanz hin und her peitschte.

»Na, du?« Sie beobachtete, wie er auf das Bett sprang. Wieder maunzte er und rieb seinen Rücken an einem der Pfosten.

»Du hast wohl die Milch gerochen, was?« Watkins hatte ihr vor dem Schlafengehen eine Tasse warmer Milch gebracht, aber da sie warme Milch verabscheute, hatte sie sie neben dem Bett stehen lassen. Sie leerte die Milch in die Untertasse und stellte sie auf die Bettkante.

»Da. Und wenn du mich anfauchst, nehme ich sie wieder weg.« Sie legte sich hin und beobachtete, wie Brutus sich auf die Milch stürzte. Als er fertig war, wetzte er seine Krallen ein paar Mal am Fußstück des Betts und rollte sich dann auf dem Ende der Matratze ein. Seine grünen Augen fixierten sie ebenso, wie es Salford getan hatte. Sie wusste, wenn sie versuchte, ihn zu berühren, würde er nach ihr schlagen, genau wie sein Herr. Die beiden waren sich in vieler Hinsicht ähnlich. Während sie beobachtete, wie sich Brutus' Schwanz ein und aus ringelte, fielen ihr die Augen zu.

»Guten Morgen, Miss.«

Kelsey zog sich ihr Kissen über den Kopf. »Geh weg, Mary«, murmelte sie.

»Oh, Miss, es ist schon nach drei Uhr nachmittags! Lord Lovejoy hat mich gebeten, Sie zu wecken. Er wartet schon den ganzen Tag darauf, mit Ihnen zu reden.«

Kelsey nahm das Kissen von ihrem Kopf. »Weißt du, was er will?«

»Keine Ahnung, aber ich glaube, es könnte um den Herrn gehen.« Mary trat vor den Wandschrank und spähte hinein. »Und im Schlafzimmer des Herrn muss ganz schön was los gewesen sein. So ein Durcheinander habe ich noch nie gesehen. Lauter Porzellanfiguren sind zu Bruch gegangen. Er muss gestern Nacht da drinnen einen richtigen Tobsuchtsanfall bekommen haben. Sieht ihm gar nicht ähnlich. Ach Gott, ich hab aber wirklich Glück, weil ich nach gestern noch meine Arbeit habe, wirklich. Die arme Dorkins ist gefeuert worden. Sie ist glatt umgekippt, nachdem sie das Gesicht des Herrn gesehen hatte. Er kam gestern einfach in die Bibliothek spaziert, mit einem so bitterbösen Gesicht wie der Teufel persönlich. War das ein Aufstand!« Sie kam mit einem blauen Musselinkleid heraus. »Er musste die arme Dorkins auffangen. Sie war auf der Leiter und fest am Arbeiten, als er reinkam. Sie wurde sofort ohnmächtig. Hab ich noch nie bei ihr erlebt. Ich hab sein Gesicht gesehen, aber ich bin nicht in Ohnmacht gefallen. War sicher wegen ihrer Ohnmacht, dass er so getobt hat. Sonst merkt man nicht mal, dass er in einem Zimmer gewesen ist.«

Mary holte Luft und Kelsey warf hastig ein: »Wo ist er jetzt?«

»War den ganzen Tag am See. Da unten ist ein Bootshaus, wo er manchmal hingeht. Watkins scheint sich Sorgen um ihn zu machen, aber er hat zu keinem ein Wort gesagt, guckt nur immer wieder durchs Fenster zum See. Lord Lovejoy war unten, aber er ist mit finsterer Miene zurückgekommen. Irgendwas ist faul, darauf können Sie wetten.«

Kelsey, die sich mehr als ein bisschen verantwortlich für Salfords Zustand fühlte, biss sich auf die Lippe. Sie hätte heute Nacht niemals in sein Zimmer gehen dürfen. Oder war es vielleicht ganz gut so? Jetzt sah sie ihn, wie er wirklich war, nicht den Schurken, der mit Clarice durchbrennen wollte und das Glück ihres Vaters zerstört hatte, nicht den Phantom-Liebhaber, der jahrelang durch ihre Träume gegeistert war, sondern einen entstellten Wahnsinnigen, der in Selbstmitleid, Zweifeln, Einsamkeit und Verbitterung ertrank. Er war ein Mann, der Mitgefühl verdiente.

Sie bereute, dass sie ihm in der vergangenen Nacht all diese schrecklichen Dinge an den Kopf geworfen hatte, aber sie hatte sich von ihrem Zorn hinreißen lassen. Vermutlich gefiel ihm das, denn er musste gewusst haben, dass er sie dazu herausforderte. Er hatte sie von sich stoßen wollen, und sie hatte es zugelassen. Aber damit war jetzt Schluss. Die perverse Seite in ihr beschloss, sich nie wieder von ihm provozieren zu lassen. Das ungestüme Verlangen, das er in ihr weckte, musste beherrscht werden. Von nun an würde sie ihm mit vollendetem Gleichmut begegnen. Marys Stimme holte sie aus ihren Überlegungen.

»Sie hören ja gar nicht zu, Miss! Ich habe gefragt, ob das nicht das hübscheste Kleid ist, das Sie je gesehen haben.« Mary hielt ein leichtes himmelblaues Vormittagskleid mit dunkelblauen Samtärmeln hoch. Ohne Kelseys Antwort abzuwarten, plapperte sie munter weiter. »All die Sachen sind gestern Abend geliefert worden. Watkins hat mir gesagt, dass ich sie hier einräumen soll. Alles ist ganz neu und es ist sogar elegante Seidenunterwäsche dabei. Und wenn Sie wollen, richte ich Ihnen Ihr Haar. Ich bin recht geschickt mit Kamm und Bürste – das würde man kaum glauben, wenn man meine Haare anschaut, aber Sie haben Locken und es könnte sehr hübsch werden.«

Kelsey betrachtete voller Bewunderung für Watkins' Tüchtigkeit das Kleid. »Darin kann ich nicht arbeiten. Ich würde es ruinieren.«

»Glauben Sie bloß nicht, dass Sie heute noch viel zum Arbeiten kommen werden, Miss. Der Tag ist fast vorbei. Außerdem sind gerade zwei Männer im Ballsaal, um den Rest vom Putz abzuschlagen und sauber zu machen. Watkins hat sie gestern eingestellt und heute in der Früh waren sie da. Bis die weg sind, können Sie kaum was machen. Und Lord Lovejoy erwartet Sie im Salon.«

»Oh, dann sollte ich mich lieber beeilen.« Kelsey hörte Mary zu, die unaufhörlich über dies und jenes schwatzte, während sie ihr dabei half, ein maulbeerfarbenes Kleid aus glänzender Seide anzuziehen, sie dann vor den Frisiertisch setzte und sich daran machte, ihr Haar zu frisieren.

Als Mary fertig war, starrte Kelsey ihr Spiegelbild an. Die satte Farbe des Kleids, das sich wie angegossen an ihre schlanke Gestalt schmiegte, hob das Grün ihrer Augen hervor. Es betonte ihre vollen Brüste und die schmale Taille und ließ sie größer erscheinen. Dann starrte sie ihr Gesicht an, das einer Fremden zu gehören schien. Die üppigen roten Lippen, die grünen Augen, das schmale, ovale Gesicht waren immer noch dieselben, aber ihr dichtes schwarzes Haar, das sie gewöhnlich achtlos zusammenfasste, wie es ihr gerade einfiel – meistens als Zopf –, war jetzt zu einem hohen Knoten geschlungen. Viele vereinzelte Löckchen waren herausgezupft, um sich verspielt um Schläfen, Stirn und Nacken zu ringeln und ihr Gesicht einzurahmen.

Sie lächelte Mary im Spiegel an. »Nun, Mary, du hast eine Dreiviertelstunde gebraucht, damit ich so aussehe, als wäre ich vom Wind zerzaust.«

»Ach, Miss, Sie sehen toll aus, wirklich. Wie eine echte Lady, ehrlich. Sie sind bildhübsch. Wenn Lord Lovejoy Sie zu sehen bekommt, wird er Augen machen.«

»Meinst du?«, fragte Kelsey, die dabei allerdings nicht an Lord Lovejoys gute Meinung, sondern an die eines gewissen finsteren Wahnsinnigen dachte.

Sie war in Gedanken immer noch bei Salford, als sie die Bibliothek betrat. Jeremy lief ungeduldig vor dem Kamin hin und her. Er trug eine gut geschnittene gelbbraune Weste und salbeigrüne Hosen zu einem langschößigen Rock mit braunem Paisley-Muster. In seinem Halstuch blitzte eine rubinbesetzte Nadel. Kelsey stellte fest, dass er sehr groß war, fast so groß wie Salford, wenn auch nicht so breitschultrig. Er schlug mit einem Paar Handschuhe an seine Oberschenkel, als er kehrtmachte, um in die andere Richtung zu gehen. Dann sah er sie und blieb unvermittelt stehen.

»Miss Vallarreal, ich freue mich, Sie zu sehen. Erlauben Sie mir die Bemerkung, dass Sie heute Nachmittag wunderschön aussehen.« Er schenkte ihr ein warmes Lächeln, das der Sorge in seinen Augen widersprach.

»Danke.« Kelsey errötete leicht. »Was höre ich da von Salford?«

Jeremys Lächeln verblasste. »Er ist in einer traurigen Verfassung. So habe ich Edward noch nie erlebt. Selbst nach dem Unfall stand es nicht so schlimm um ihn. Ich belaste Sie nur ungern damit, aber ich hatte gehofft, vielleicht könnten Sie versuchen, mit ihm zu reden. Als

Watkins mir sagte, dass er die ganze Nacht dort unten gewesen wäre, ging ich zu ihm, um mit ihm zu reden, aber ich konnte ihn nicht überreden, mit mir ins Haus zurückzugehen. Watkins meinte, Sie hätten möglicherweise etwas Einfluss auf ihn. Sie sind meine letzte Hoffnung. Ich bin mir bewusst, dass meine Bitte eine unerhörte Zumutung ist.«

»Watkins hat viel zu viel Vertrauen in mich. Ich weiß nicht, ob ich Einfluss auf ihn habe, aber ich spreche natürlich gern mit ihm«, sagte Kelsey, die sich allmählich Sorgen machte.

»Ich werde Sie natürlich begleiten.«

»Nicht nötig. Ich denke, allein komme ich besser mit ihm zurecht.«

»Ich dachte, vielleicht sollte ich lieber bei Ihnen sein, falls Sie zufällig sein Gesicht sehen sollten.«

»Ich habe es gesehen.« Kelsey unterdrückte die Regung, das Gesicht zu verziehen.

»Oh . . .« Jeremy starrte stirnrunzelnd auf die Handschuhe in seinen Händen und schüttelte den Kopf. »Eine schlimme Sache. Vor dem Unfall war er ganz anders. Es ist wirklich ein Jammer.«

»Ja, aber sparen Sie sich Ihr Mitleid, er bemitleidet sich schon selbst viel zu sehr. Er ist viel zu sehr verwöhnt worden, glaube ich. Was er braucht, ist ein anständiger Tritt in den Hintern. Und wenn Sie mich jetzt entschuldigen würden, sorge ich dafür, dass er ihn bekommt.«

Jeremy beobachtete, wie sie aus dem Zimmer tänzelte. Sein Gesichtsausdruck wechselte von Besorgnis zu Erheiterung, dann wieder zu Besorgnis.

Der See war romantisch. Das Sonnenlicht zauberte tausende blauer Diamanten auf die Oberfläche. Trauerweiden neigten sich über das Ufer und streiften mit ihren schlanken Ästen das Wasser. Schmetterlinge flatterten über dicht beieinander stehende Narzissen, die den See säumten. Mitten im Wasser lag eine kleine Insel mit einem Pavillon. Üppige Rosen rankten sich um die weißen Säulen und überschütteten den Pavillon mit leuchtend roten Farbtupfern. Die Bänke im Pavillon waren leer.

Kelsey spähte zum anderen Ufer. Inmitten von grünem Gras und noch mehr Narzissen stand ein kleines weißes Gebäude, das wie ein Bootshaus aussah. Vermutlich hatte sich Salford hinter diese schützenden Mauern zurückgezogen, um sich ungestört seinem Kummer hinzugeben. Nachdem sie sein Gesicht gesehen hatte, konnte sie verstehen, welche Qualen er litt. Sie konnte ihn sogar bedauern, aber solange er das Selbstmitleid und den Zorn nicht hinter sich ließ, würde er nie die Selbstachtung wiederfinden, die er verloren hatte. Er würde ein elendes Leben führen und sich vor der Welt in einem Gefängnis verstecken, das er sich selbst geschaffen hatte. Nicht einmal ihr schlimmster Feind – falls sie einen hatte – verdiente ein solches Schicksal. Sie beschloss, den Versuch zu machen, ihm zu helfen. Irgendjemand musste es tun.

Mit diesem festen Vorsatz wanderte sie um den See herum in Richtung Bootshaus, bis ihr nicht weit vom Ufer ein kleines Ruderboot ins Auge stach. Es sah ausgesprochen einladend aus. Da sie ihre neuen Sachen nicht schmutzig machen wollte, zog sie ihre Schuhe und Seidenstrümpfe aus und klemmte ihr Kleid und den Unterrock zwischen ihre Beine. Dann schlang sie beides mit der

Schärpe ihres Kleids um ihre Hüften und machte so eine Art weiter Hose daraus, ein Trick, den sie gelernt hatte, als sie noch klein war und ihre Mutter sie nur in Kleidern herumlaufen ließ. Der Schlamm des Seegrunds bohrte sich zwischen ihren Zehen, als sie das Boot ins Wasser schob und hineinkletterte.

Das Wasser kräuselte sich leicht hinter ihr, als sie über den See ruderte. Die wenigen Wolken über ihrem Kopf bestrichen den blauen Himmel mit dünnen, beinahe durchsichtigen weißen Streifen, als hätte ein Künstler sie mit weißer Wasserfarbe dort hingehaucht. Der erdige Geruch des Wassers und das sanfte Plätschern der Ruder begleiteten sie bis zum anderen Ufer.

Als sie sich dem Bootshaus näherte, ruderte sie an Land. Sie schob die Ruder in die Dollen, ließ das Boot ans Ufer gleiten und sprang hinaus. Das Gras fühlte sich unter ihren Fußsohlen wie Samt an, als sie in Richtung Bootshaus ging. Als sie vor dem Eingang stand, öffnete sie die Tür und schaute hinein. Es war ganz schlicht eingerichtet, mit Holzbänken auf einer Seite. Der hintere Teil ging auf den See hinaus. Ein Ruderboot war am Steg befestigt und dümpelte plätschernd auf dem Wasser. Auf den hölzernen Dachsparren über ihr gurrten leise ein paar Tauben.

Da sie glaubte, Salford wäre nicht hier, drehte sie sich um, hörte dann aber vom Ruderboot einen dumpfen Laut und unterdrücktes Fluchen. Sie machte wieder kehrt, ging an den Bänken vorbei zum Steg und starrte in das Boot.

Salford war dort, in einer Hand eine Flasche Whisky, die andere um das Ruder an seiner Seite geschlungen. Er lag auf der linken Seite. Sein Kopf lehnte am Steuerbordsitz, und sein Haar fiel ihm lose über die unversehrte Hälfte seines Gesichts. Er trug dieselben Sachen wie in der Nacht, weißes Hemd und schwarze Hosen, und war so ruhig, dass sie glaubte, er schliefe, aber dann hob er die beinahe leere Flasche an seinen Mund und nahm einen Schluck.

»Sie scheinen es nicht sehr bequem zu haben«, sagte sie und verschränkte die Arme vor der Brust.

Er zuckte nicht zusammen, schaute sie nicht einmal an, sondern stellte nur die Flasche wieder auf seine Hüfte, wobei er etwas von dem Inhalt auf den Boden des Boots verschüttete. »Verschwinden Sie, verdammt noch mal.«

»Wenn Sie sich selbst bemitleiden wollen«, sagte sie, ohne seinen Befehl zu beachten, »sollten Sie es an einem angenehmeren Ort tun, vielleicht im Bett mit Ihrer Hure. Ich weiß, dass mein Vater dort am liebsten jammert und sich betrinkt.«

»Die Sachen, die aus Ihrem Mund kommen, erstaunen mich immer wieder.«

»Ich wüsste nicht, was daran falsch sein soll, ehrlich zu sein.«

»Unverblümt wäre das treffendere Wort.« Er stieß das Ruder, an dem er sich festhielt, beiseite, als wäre es ihm lästig.

»Na schön, dann eben unverblümt. Lassen Sie mich noch unverblümter sein. Wenn Sie sich schon zum Narren machen müssen, dann wäre es weniger aufreibend für Ihren Cousin, wenn Sie ins Haus kommen und zu Bett gehen würden – obwohl ich nicht weiß, warum er sich nach Ihrem abscheulichen Verhalten auch nur einen Deut um Sie scheren sollte. Ich bin bereit, den Versuch zu machen, Ihrer Mätresse gut zuzureden. Vielleicht leistet sie Ihnen ja Gesellschaft.«

»Sie würden meine Hure für mich holen und dafür sorgen, dass mein Bett gut gewärmt wird? Ihre Fürsorge ist grenzenlos.«

»Sie können sich Ihre abfälligen Bemerkungen sparen. Ich wollte Ihnen nur einen Gefallen tun. Mit ihr zusammen zu sein, muntert Sie vielleicht ein bisschen auf – bei meinem Vater ist es jedenfalls immer so. Und da ich gehört habe, wie Sie sie letzte Nacht angebrüllt haben, dachte ich, ich könnte vielleicht ein gutes Wort für Sie einlegen. Aber wenn Sie es vorziehen, sich wie ein betrunkener Fisch auf dem Boden eines Boots zu wälzen, steht es Ihnen natürlich frei, genau das zu tun.« Kelsey drehte sich um und ging den Steg hinunter.

»Warten Sie.«

»Auf was?« Sie blieb vor der Tür stehen, die nach draußen führte.

»Auf mich. Helfen Sie mir, dann komme ich mit Ihnen.«

Kelsey drehte sich zu ihm um und starrte ihn überrascht an. Er setzte sich so abrupt auf, dass das Boot hin und her schwankte, packte es an den Seiten und wartete, bis es wieder still auf dem Wasser lag. Dann strich er die langen Haare zurück, die ihm in die Stirn hingen, und gab den Blick auf den tiefen, spitzen Haaransatz in der Mitte seiner Stirn frei, der seinem ohnehin entstellten Gesicht eine zusätzliche düstere Note verlieh, die ihr am Vorabend entgangen war.

Er hob den Kopf. Ihre Blicke begegneten sich.

Er starrte sie an, als würde er sie zum ersten Mal sehen. Sein Blick wanderte langsam von ihrer neuen Frisur bis zu ihren nackten Zehen. »Mit dem Kleid zwischen den Beinen sehen Sie bezaubernd aus. Es überrascht mich, dass Ihre kurzen kleinen Beine so wohlgeformt sind. Tragen Sie das Kleid auf diese Art, um mich zu reizen und aus dem Bootshaus zu locken?« Er zog sarkastisch eine dunkle Augenbraue hoch. »Ich warne Sie. Angesichts solcher weiblicher Schliche neige ich dazu zu vergessen, dass ich ein Gentleman bin.«

Sie hatte nicht mehr daran gedacht, dass sie ihr Kleid zwischen die Beine gezogen hatte. Mit glühenden Wangen riss sie den Saum abrupt nach unten und schlug die Falten glatt. Insgeheim wünschte sie, es wäre sein Gesicht. Seine Bemerkung über ihre kurzen Beine nagte immer noch an ihr, als sie ihn finster anstarrte und sagte: »Sie wissen sehr gut, dass ich es nur so getragen habe, damit es nicht nass wird.«

»Wie schade. Ich hatte gehofft, es gäbe einen anderen Grund.« Jetzt verharrte sein Blick auf ihren Brüsten und in seinen Augen glitzerte ein sinnlicher Hunger, der sich direkt durch ihre Kleidung zu fressen schien.

Kelsey verschränkte die Arme vor der Brust, als sie spürte, dass ihr treuloser Körper auf seinen Blick reagierte wie auf eine Berührung. Sie starrte auf seinen Mund, den sie am liebsten geschlagen hätte, obwohl sie sich gleichzeitig fragte, was für ein Gefühl es sein müsste, sich wieder von ihm küssen zu lassen.

Seine Lippen verzogen sich zu einem anzüglichen Grinsen, als wüsste er, was sie gerade dachte, und Kelsey spürte, wie sie bis an die Haarwurzeln errötete.

Sein Grinsen verblasste schnell und wich der üblichen ausdruckslosen Maske, als er eine Hand ausstreckte. »Na? Wollen Sie den ganzen Tag da herumstehen oder helfen Sie mir?«

Sie betrachtete einen Moment lang seine ausgestreckte Hand, die langen schlanken Finger, die breite Handfläche. Er würde sofort wissen, dass er sie aus der Fassung brachte, wenn sie sich weigerte, ihn zu berühren. Wenn sie versuchen wollte, ihm dabei zu helfen, seine Selbstachtung wiederzufinden, musste sie irgendwie die körperliche Anziehungskraft ignorieren, die er auf sie ausübte, sonst würde er eine Möglichkeit finden, sie zu seinem Vorteil einzusetzen. Mit einem Schutzschild gespielter Gleichgültigkeit gewappnet, ging sie auf ihn zu.

Sie legte ihre Hand in seine. Seine Finger schlossen sich um ihre, und sie musste an eine andere Gelegenheit denken, als sich ihre Finger ineinander verschlungen hatten. Er hatte ihre Arme an die Schlafzimmertür gedrückt, während er ihre Brüste geküsst und sie auf unglaubliche Weise liebkost hatte. Sie kämpfte gegen den Impuls an, ihre Hand abrupt zurückzuziehen.

Er klammerte sich an ihre Hand, während er aufstand, ohne den Blick von ihrem Gesicht zu wenden. Sie musste sich anstrengen, sein Gewicht zu halten, als sich seine Finger um ihre krampften und sie seine raue Haut auf ihrer verschwitzten Handfläche spürte.

»Sie müssen fester ziehen.« Er machte einen Schritt, um aus dem Boot zu steigen.

Sie packte mit beiden Händen seine Hand und zog an.

Das Boot schwankte. Sie stemmte sich mit den Fersen in die Holzplanken des Stegs, aber es war zu spät. Salford ließ ihre Hand nicht los. Sie erhaschte einen kurzen Blick auf das boshafte Grinsen auf seinem Gesicht, als er nach hinten kippte und Kelsey mit sich zog.

8

Das Wasser reichte ihr nur bis zur Taille, stellte Kelsey fest, als sie unter den Stützbalken des Bootshauses hindurchschwamm und dann auftauchte. Salford, der ihre Hand immer noch festhielt, kam zusammen mit ihr an die Oberfläche.

Sie versuchte ihre Hand loszureißen, schaffte es aber nicht, und als sie ihm sagen wollte, er solle gefälligst loslassen, gelang es ihr nur, das Wasser zu schlucken, das sie im Mund hatte. Mit ihrer freien Hand schob sie das Haar beiseite, das ihr ins Gesicht hing, und starrte ihn wütend an.

»Das haben Sie mit Absicht getan!«, platzte sie heraus. »Von allen gemeinen, aggressiven, unerträglichen –«

Er schnitt ihre Hasstirade ab, indem er sie packte und küsste und dabei ihre Lippen hart an ihre Zähne presste. Sie schlug ihm auf die Brust, tat sich dabei aber nur an den Händen weh. Er zog sie enger an sich, bis sie kaum noch atmen konnte. Kelsey hörte auf, sich gegen ihn zu wehren. Es war sinnlos.

Seine Lippen wurden weicher. Alles, woran sie denken konnte, waren die Wärme seines Munds und seiner Zunge, die über ihre Lippen strich, die feuchte Wärme seines Gesichts, die mit der Feuchtigkeit ihrer eigenen Haut verschmolz. Ihre Lippen teilten sich und seine Zunge tauchte hinein. Sie spürte den bittersüßen Geschmack von Whisky in seinem Mund. Ihre Hände schlangen sich um seinen Nacken und sie packte eine Hand voll von seinem Haar, um sein Gesicht näher an ihres zu ziehen, ihn zu drängen, weiter zu machen. Alle ihre Sinne erwachten zum Leben und schrien nach seiner Berührung.

Seine Hände glitten an ihrem Rücken auf und ab, schlossen sich dann um ihre Hüften und zogen sie näher. Seine Finger streichelten ihr weiches Fleisch, während sein Kuss fordernder wurde. Sie konnte durch ihre nassen Kleider seine Erektion spüren, den dicken, harten Schaft, der sich an ihren Bauch presste. Jetzt wanderte er weiter nach unten ... quälend langsam ... schob sich zwischen ihre Schenkel ...

Ihre Bauchmuskeln spannten sich an, als der ziehende Schmerz zwischen ihren Schenkeln unerträglich wurde. Das pochende Verlangen, das er tief in ihrem Inneren geweckt hatte, schien ein Eigenleben zu entwickeln, stellte sie fest, als sie spürte, wie sich ihre Hüften an seiner Erektion rieben.

Ein tiefes Stöhnen drang aus seiner Kehle, dann erstarrte er plötzlich, als hätte er seine Leidenschaften wieder unter Kontrolle. Er wich zurück und starrte sie an. Die Wassertropfen, die über sein Kinn liefen, und die schwarze Augenklappe ließen ihn wie einen mordlustigen Piraten aussehen.

»Ich habe Sie davor gewarnt, wieder gegen die Regeln zu verstoßen, und jetzt haben. Sie den Beweis Ich brauche Ihre Einmischung in mein Leben nicht, schon gar nicht, was mein Bett angeht – es sei denn, Sie wollen es mit Ihrem eigenen Körper wärmen. Nicht, dass viel davon vorhanden wäre ...« Sein Blick glitt träge über ihre zierliche Gestalt.

»Außerdem sind Sie nicht mein Typ. Wie Sie wissen, bevorzuge ich Blondinen.«

»Ich wusste nicht, dass Sie bestimmte Vorlieben haben. Ich dachte, alles, was zwei Beine hat und Röcke trägt, würde Ihnen reichen«, gab sie in einem Ton zurück, der genauso verächtlich war wie seiner.

»Da könnten Sie Recht haben.« Wieder musterte er sie von oben bis unten und verzog geringschätzig das Gesicht, bevor er sich an ihr vorbei drängte und ans Ufer watete. Über die Schulter rief er zurück: »Und lassen Sie Ihr verdammtes Kleid über den Knöcheln, wo es hingehört – es sei denn, versteht sich, Sie wollen es ausziehen, aber ich nehme an, das tun Sie nur für Ihren Liebhaber.«

»Für Sie würde ich es ganz bestimmt nicht tun!«, rief sie und schwenkte drohend die Faust.

Ohne auf sie zu achten, ging er das Ufer hinauf. Eine Wasserspur und Fußabdrücke blieben auf dem schlammigen Boden zurück.

»Oooh! So ein Mistkerl!« Sie hieb mit beiden Händen auf die Wasseroberfläche und schnitt eine Grimasse, als ihre Handflächen brannten.

Sie rieb sich mit den Daumen die brennende Haut und beobachtete, wie er fortging. Sie wollte den Blick abwenden, aber die raubtierhafte Anmut seiner Bewegungen hielt sie in ihrem Bann. Er marschierte mitten durch die Narzissen. Sein nasses Hemd schmiegte sich an seinen steifen Rücken und an die breiten Schultern und an die Verengung seiner Taille. Seine dunklen Hosen klebten an seinen schmalen Hüften und das Spiel der Muskeln an seinen kräftigen Schenkeln war deutlich zu sehen. Irgendetwas Weiches streifte ihren Knöchel und erinnerte sie daran, dass sie immer noch im Wasser stand und ihn wie ein Idiot angaffte.

Als sie ans Ufer trottete, klangen ihr wieder seine Worte in den Ohren. ». . . Es sei denn, Sie wollen es mit Ihrem eigenen Körper wärmen. Nicht, dass viel davon vorhanden wäre . . . Wie Sie wissen, bevorzuge ich Blondinen.« Sie wusste, dass sie nicht unbeteiligt geblieben war. Wie sollte sie einem Menschen, dem sie am liebsten einen Tritt in den Hintern gegeben hätte, mit kühler Gleichgültigkeit begegnen?

Sie dachte nicht daran, dass sie ein Kleid trug, und versuchte, die Böschung hinaufzuklettern, ohne ihren Rocksaum zu heben, worauf sie prompt stolperte und vornüber in den Matsch fiel. Als sie sich den Dreck aus den Augen rieb, stellte sie fest, dass sie mit dem Gesicht direkt in dem Abdruck von Salfords Stiefel gelandet war. Sie schmeckte den sandigen Schlamm in ihrem Mund, als sie mit den Zähnen knirschte, und trommelte mit den Fäusten auf den Boden.

Als Edward den Weg heraufkam, sah er Jeremy. Sein Cousin, der an einem Baumstamm lehnte und an einem Stumpen paffte, schien auf jemanden zu warten.

Jeremy blickte auf, als er Edward kommen hörte. Nachlässig warf er den Stumpen weg und zertrat ihn mit dem Absatz, bevor er Edwards triefnasse Kleidung in Augenschein nahm. Die Sorge auf seinem Gesicht wich sofort einem breiten Grinsen.

Edward blieb vor ihm stehen. »Hast du nicht irgendeinen Weiberkittel zu jagen?«, fragte er.

»Ich bin gerade dabei.« Ein entschlossenes Funkeln trat in Jeremys Augen. »Ich habe auf Miss Vallarreal gewartet für den Fall, dass sie mich braucht, aber wie ich sehe, bist du es, der Hilfe braucht.«

»Lass sie in Ruhe.« Edwards Hände ballten sich zu Fäusten.

»Ich dachte, du hättest keine Absichten, was sie betrifft.«

»Habe ich auch nicht.«

»Dann kann es dir doch gleich sein, ob ich ihr den Hof mache.«

»Aber es ist mir nicht gleich!« Bevor Edward wusste, was er tat, holte er aus und ließ seine Faust in Jeremys Gesicht krachen. Er bereute es sofort. Es war ein harter Schlag und Jeremy hatte ihn nicht erwartet.

Jeremy taumelte einen Schritt zurück. Verwirrt hielt er sich die blutende Nase. »Das war nicht sehr sportlich von dir, Eddie.«

»Mir ist nicht danach, sportlich oder nachsichtig zu sein. Lass sie in Ruhe!« Edward ging an ihm vorbei in Richtung Schloss.

»Du kannst das nicht einfach sagen und weitergehen.« Jeremy packte Edward am Arm, riss ihn herum und schlug ihm die Faust in die Rippen.

Edward stemmte die Füße in den Boden, um den Schlag abzufangen, und starrte Jeremy an, als wäre er nicht getroffen worden. »Schön, den hatte ich verdient. Jetzt sind wir quitt. Belassen wir es dabei.«

»Wie ich sehe, hast du immer noch eine eiserne Schale«, bemerkte Jeremy, dessen Augen angriffslustig blitzten. Er schüttelte seine Hand aus, winkelte die Arme an und ging in Kampfstellung. »Ich würde sie dir gern ein bisschen weich klopfen.«

»Ich will nicht mit dir kämpfen.«

»Dann hättest du auf den ersten Schlag verzichten müssen, alter Freund. Und da du das Kriegsbeil ausgegraben hast und ich keine Lust habe, dich bei Morgengrauen zu treffen, sollten wir es lieber gleich hier austragen.« Jeremy ging mit einer schnellen Rechten auf ihn los.

Edward duckte sich.

Jeremy tänzelte behände hin und her. »Du wirst langsam. Früher, als wir noch jünger waren, warst du viel flinker. Hat dich dein ewiges einsames Brüten allmählich einrosten lassen?«

»Nicht so sehr, wie du glaubst.« Edward täuschte eine Linke vor, um dann blitzschnell seine Rechte folgen zu lassen und Jeremy am Kinn zu treffen, wenn auch nicht mit voller Wucht.

Jeremy taumelte mit einem überraschten Ausdruck in den Augen zurück, wich dann nach rechts aus und konterte mit einem rechten Haken.

Edward, der die Faust kommen sah, duckte sich.

»Was macht ihr zwei denn da? Hört sofort auf!«

Als Edward Kelseys Stimme hörte, wandte er unwillkürlich den Kopf. Flüchtig erhaschte er einen Blick auf ihr schlammverschmiertes Gesicht und ihre funkelnden grünen Augen, bevor ihn Jeremys Faust ins Auge traf. Edward schwankte unsicher auf den Beinen hin und her, blinzelte und wartete darauf, wieder etwas sehen zu können.

Jeremy stürzte sich auf ihn.

Sie gingen beide zu Boden. Edward blockte eine Rechte ab und boxte Jeremy in die Rippen. Er konnte sie unter seinen Knöcheln krachen hören. Jeremy krümmte sich stöhnend zusammen und rollte sich von Edward herunter. Edward ließ sich auf den Boden zurücksinken und schloss die Augen, um wieder zu Atem zu kommen.

Zu seiner Überraschung kniete sich Kelsey neben ihn. Sie beugte sich über ihn und legte ihre Hand an seine entstellte Wange. »Alles in Ordnung?«

Er war so überrascht von ihrer Reaktion, dass er zunächst kein Wort herausbekam. Nicht einmal Samantha hatte je seine Narben berührt. Jeden anderen Körperteil, aber vor seinen Narben schreckte sie zurück. Kelsey schien es nichts auszumachen. Er genoss das Gefühl, ihre warme, weiche Haut auf seinem zernarbten Fleisch zu spüren.

»O Gott! Atmen Sie noch?« Sie beugte sich weiter vor und legte ihr Ohr an seine Brust, um nach seinem Herzschlag zu horchen.

Er fühlte ihre Brüste an seinem Arm, fühlte ihr Gesicht und ihre Lippen ganz nah bei seinem Herzen. Seine Muskeln verkrampften sich und sein Atem wurde flach und abgehackt. Im Geist sah er sie nackt vor sich, ihre schönen weißen Beine um seine Hüften geschlungen, und war sofort erregt. Die Vision verblasste, als er spürte, wie sie sich aufrichtete. Er wollte schon die Hand nach ihr ausstrecken, als neben ihm Jeremy wie ein erlegter Bär stöhnte. Edward, der nur zu gern mit Kelsey allein gewesen wäre, fluchte im Stillen.

Er machte die Augen auf. Mit den Schmutzflecken auf ihrem Gesicht und dem kohlschwarzen Haar, das in nassen Strähnen über ihre Schultern fiel, sah sie unwiderstehlich aus. Sie starrte ihn hinter langen dunklen Wimpern hervor an. Ihre großen Augen glänzten hinter einer dicken Schicht Tränen wie flüssige Smaragde. Der Anblick dieser Tränen war es, der ihn nach ihrer Hand greifen ließ.

»Hatten Sie Angst um mich?«, fragte er, außerstande, sein Grinsen zu unterdrücken.

»Natürlich nicht! So wie Sie sich benehmen, wer sollte sich da schon um Sie sorgen?« Kelsey riss ihre Hand zurück, als hätte sie sich verbrannt.

»Ich muss schon sagen, ich fühle mich vernachlässigt«, sagte Jeremy mit einem Anflug von Eifersucht in der Stimme. »Ich bin genauso verwundet wie mein Cousin.«

Jeremys Stimme zu hören, schien sie zu überraschen, fast als hätte sie vergessen, dass er auch noch da war. Sie sah über die Schulter zu Jeremy, der der Länge nach im Gras lag. Blut strömte aus seiner Nase und ein Auge war verschwollen und bläulich verfärbt. Flehend streckte er eine Hand nach Kelsey aus.

»Ihr könnt eure Wunden selber lecken – alle beide!« Sie gab Jeremys Hand einen Klaps und sprang auf. »Das nächste Mal werde ich seelenruhig zuschauen, wie ihr euch gegenseitig umbringt! Euch beiden gehört kräftig der Hintern versohlt, wirklich!« Sie drehte sich um und lief den Weg hinunter zum Schloss. Grashalme klebten am Saum ihres nassen Kleids.

Edward musste unwillkürlich grinsen. Er setzte sich auf und beobachtete ihre sinnlich schwingenden Hüften. Ihre Figur war nicht so üppig, wie er es bei Frauen gern hatte, aber ihr Körper hatte genug reizvolle Kurven, um einen Mann in Versuchung zu führen. Einschließlich ihres Liebhabers. Sein Grinsen verschwand.

»Ich würde sagen, die Dame ist erzürnt«, bemerkte Jeremy.

»Ehrlich gesagt, ich fand sie wie immer«, bemerkte Edward.

»Gott sei Dank ist sie in meiner Gegenwart nicht so. Es muss an dir liegen, Eddie, aber bei dir zeigen sich Frauen ja immer von ihrer besten Seite.« Jeremy grinste, bis er sich auf die Seite rollte und sich stöhnend den Brustkorb hielt. »Bei Jupiter, du hast mir meine verdammte Rippe gebrochen!«

»Nicht mehr, als du verdient hast.« Edward stand auf und half Jeremy auf die Beine.

»Ist nicht meine Schuld, dass du zu ihr geschaut hast, als ich zum Schlag ausholte.« Jeremy lächelte unschuldig, schnitt aber gleich darauf eine Grimasse, als er versuchte, einen Schritt zu machen. »Jetzt sind wir quitt.«

»Ja, wir sind quitt.« Edward grinste. Er schmeckte Blut in seinem Mund und zuckte zusammen, als er mit dem Handrücken ein dünnes rotes Rinnsal von seiner Lippe wischte.

»Ich glaube, wir sollten Miss Vallarreal suchen.« Jeremy, der sich immer noch die Rippen hielt, wagte einen unsicheren Schritt.

Edward musterte ihn stirnrunzelnd und legte einen Arm um Jeremys Taille, um ihn zu stützen. »Ich glaube, du solltest dich lieber an mich lehnen und fürs Erste darauf verzichten, Miss Vallarreal nachzulaufen.«

»Da könntest du Recht haben.« Jeremy schwieg einen Moment lang und schien sich nur darauf zu konzentrieren, einen Fuß vor den anderen zu setzen. Dann sagte er: »Was ist eben bloß in uns gefahren? Verdammt, ich bin ebenso für eine Runde Boxen zu haben wie jeder andere, aber wir können das unmöglich jedes Mal machen, wenn ich ihren Namen erwähne. Das wäre unsinnig. Wir müssen die Sache hier und jetzt klären, ein für alle Mal. Es ist mir ernst, wenn ich sage, dass ich die Absicht habe, in allen Ehren um sie zu werben. Ich gebe dir mein Ehrenwort, dass ich nicht vorhabe, sie zu verführen. Verdammt, Eddie, ich muss jetzt wissen, wie du zu ihr stehst.«

»Wenn es dir so ernst ist, wie du dich anhörst« – Edward machte eine Pause, bevor er mit Mühe die nächsten Worte über seine Lippen zwang – »dann nimm sie, aber wenn du ihr wehtust –«

»Das werde ich nicht. Diesmal ist es anders. Noch nie habe ich so für eine Frau empfunden.«

Edward sah auf sein Hemd hinunter. Der schmutzige Abdruck von Kelseys Wange war immer noch dort, über seinem Herzen, wo sie gehorcht hatte, ob er noch am Leben war. Stirnrunzelnd starrte er auf die Stelle. Wieder sah er die Tränen in ihren Augen vor sich, hörte er Jeremys Worte in seinen Ohren klingen: *Noch nie habe ich so für eine Frau empfunden* …

Die Erinnerung an Salfords selbstgefälliges, spöttisches Grinsen stand lebhaft vor Kelseys Augen, als sie den Weg hinauflief. Wie ein Klotz war er dagelegen, um sie in dem Glauben zu lassen, er wäre verletzt. Nicht zu fassen, dass sie seinetwegen beinahe Tränen vergossen hätte, obwohl er sie absichtlich in den See geschubst hatte! Ach ja, und außerdem hatte er sie mit seiner Bemerkung über ihre unzulängliche Figur beleidigt. Sie hätte ihm einen Tritt geben sollen. Wie konnte sie ihm je wieder gegenübertreten?

Zu ihrer Empörung gesellte sich Unbehagen, als sie bemerkte, dass ihre nasse Seidenwäsche und ihr Unterrock an ihrem Hinterteil klebten. Der Schlamm auf ihrem Gesicht war eingetrocknet und fing an zu jucken. Sie stürmte den Weg hinauf, der an den Gärten und Stallungen vorbeiführte und sie in weiterer Folge zum Dienstboteneingang auf der Rückseite des Gebäudes führen würde.

Der Pfad verengte sich leicht, als sie sich einer Reihe alter Buchsbäumchen näherte, die den Garten säumten. Sie hatte die vorbildlich gepflegten Anlagen vom Fenster ihres neuen Schlafzimmers aus gesehen. Typisch für England, gab es hier einen verschlungenen Irrgarten aus sorgfältig gestutzten Hecken, an dessen beiden Enden sich zwei Springbrunnen, um die herum bunte Blumenbeete angelegt waren, befanden.

Gellendes weibliches Gelächter scholl über die hohe Hecke, das allmählich in Hysterie umschlug, als könnte die Person ihre Erheiterung nicht mehr beherrschen. Salfords blonde Mätresse schien sie wieder einmal auszulachen. Kelsey fand, dass sie sich von dieser Frau genug hatte bieten lassen. Sie straffte die Schulter und ballte die Fäuste, bevor sie mit festen Schritten dem Klang des Gelächters folgte. Am liebsten hätte sie der Person die Augen ausgekratzt, aber sie würde sich damit begnügen, ihr gehörig die Meinung zu sagen.

Es dauerte nicht lang, eine Öffnung in der Hecke zu finden. Kelsey schob sich geduckt in das grüne Labyrinth und lauschte angestrengt auf das kehlige Lachen. Sie bog einmal ab, dann noch einmal, wobei sie von Minute zu Minute wütender wurde. Jetzt musste die andere ganz nah sein. Kelsey fing an zu laufen, einen langen, geraden Heckenweg hinunter …

Das Gelächter brach abrupt ab. Die Frau schien Kelseys näher kommende Schritte gehört zu haben.

Kelsey gab die Idee eines Überraschungsangriffs auf und

rief: »Ich weiß, dass Sie da sind, Sie können also ruhig hervorkommen und sich zeigen.« Kelsey versuchte, durch die Hecke zu spähen, aber sie war so dicht, dass sie nichts erkennen konnte. »Wir sollten uns einmal über Ihren Sinn für Humor unterhalten.«

Keine Antwort.

»Warum auf einmal so schüchtern? Dafür ist es ein bisschen spät, finden Sie nicht?« Kelsey lief ans Ende der Hecke.

Die Schritte der Frau entfernten sich. Sie musste ganz nah sein, wenn auch nicht so nah, wie Kelsey geglaubt hatte. Sie blieb stehen und lauschte. Das Geräusch wurde schwächer ... und schwächer ... bis vollständige Stille herrschte.

Sie starrte zu den hohen Hecken hinauf, die zu beiden Seiten wie Mauern aufragten, und stellte fest, dass diese blonde Hexe sie wieder einmal hereingelegt hatte.

Sie hatte keine Ahnung, wie man aus dem Irrgarten herauskam.

Sechs Stunden später saßen Edward und Jeremy im Speisesaal und starrten in ihre Portweingläser. Keiner von ihnen sprach ein Wort, was zumindest für Jeremy ungewöhnlich war. Edward hatte seinen Cousin nur ein einziges Mal schweigsam erlebt. Damals war er zwanzig Jahre alt gewesen und hatte sich eingebildet, in eine Witwe verliebt zu sein, die zehn Jahre älter als er war. Die Liebe war rasch verflogen, als er eines Tages unangemeldet ihr Londoner Stadthaus betrat und sie mit einem anderen Mann erwischte. Jeremys Schweigen konnte nur bedeuten, dass er wegen einer Frau litt. Kelsey.

Bei dem Gedanken leerte Edward hastig sein Glas und

setzte den leeren Kelch so energisch ab, dass der Stiel brach. Er starrte auf den zerbrochenen Stiel in seiner Hand und dann auf das dünne Blutrinnsal, das über seine Handfläche lief.

Jeremy warf einen Blick darauf und zog nachlässig ein Taschentuch hervor. »Hier, das solltest du lieber versorgen ...« Er warf Edward das Taschentuch zu, wobei er so aussah, als wäre er in Gedanken bei Kelsey, nicht bei Edwards Schnittwunde.

Edward wickelte das Leinentuch um seine Hand und verknotete es. »Überschlag dich nur nicht vor Sorge.«

»Tut mir Leid.« Jetzt erst schenkte Jeremy seinem Cousin seine volle Aufmerksamkeit.

Als Jeremy fortfuhr, ihn unverwandt anzustarren, ohne ein Wort zu sagen, brach Edward das Schweigen. »Hast du vor, das Blut wegzustarren?«

»Ich frage mich bloß, warum du so griesgrämig bist.«

»Ich bin nicht griesgrämig.«

»Wie würdest du es denn nennen, fröhlich?« Jeremy grinste und warf einen Blick auf Edwards Hand. »Noch mehr Frohsinn von dir und du hättest dir einen Finger abgeschnitten.«

»Lieber verblute ich als mit ansehen zu müssen, wie du dich nach Miss Vallarreal verzehrst.«

»Das ist es also.« Jeremy nahm einen Schluck Portwein und beäugte Edward über den Rand seines Glases hinweg. »Du willst sie nicht, aber dass ich sie bekomme, willst du auch nicht. Tja, beides auf einmal geht nicht, alter Freund. Du kannst nicht Käse horten, ohne damit rechnen zu müssen, Mäuse anzulocken.« Jeremy ließ bei einem breiten Lächeln seine weißen Zähne aufblitzen.

Edward kannte Jeremy lange genug, um zu merken, dass er geschickt aus der Reserve gelockt werden sollte. Nachlässig lehnte er sich in seinen Sessel zurück, streckte seine langen Beine aus und verschränkte die Hände hinter dem Kopf. »Wie gesagt, ich will sie nicht. Versuch ruhig dein Glück bei ihr«, bemerkte er beiläufig.

»Bist du sicher?« Jeremy wirkte skeptisch und leicht belustigt, als er mit dem Zeigefinger an den Rand seines Glases klopfte. »Ich bin nicht blind. Ich muss ständig daran denken, wie sie heute Nachmittag reagiert hat. Obwohl sie nicht wissen konnte, ob ich noch am Leben war.«

»Sie war völlig durcheinander.« Edward sah unwillkürlich auf die Stelle über seinem Herzen, wo sie ihre Wange hingelegt hatte. Er spürte, wie sich seine Brust zusammenschnürte.

»Den Eindruck hatte ich nicht.« Jeremy zog seine goldbraunen Augenbrauen hoch.

»Nun, so war es aber.« Edward merkte, dass er unnötig viel Nachdruck in seine Worte gelegt hatte.

»Du brauchst nur ein Wort zu sagen und ich trete zurück.«

Edward sah ihn kritisch an. »Bist du nicht ein wenig voreilig? Du redest, als wäre sie bereits verliebt in dich.«

»Ich weiß, du hast gesagt, dass sie einen anderen liebt, aber ich bin sicher, dass ich sie dazu bringen kann, ihn zu vergessen.«

»Da sie im Moment nicht einmal mit dir spricht, finde ich das äußerst amüsant.«

»Sie sitzt bloß in ihrem Zimmer und schmollt. Ich kann es ihr nicht verdenken. Wir hätten uns wirklich nicht so kindisch aufführen sollen. Sie wird schneller darüber hinweg sein als wir.« Jeremy schaute stirnrunzelnd auf seine Rippen hinunter. »Außerdem fühle ich mich gar nicht so missachtet. Ich bin nicht der Einzige, den sie nicht sehen will. Auch Watkins hat sie nicht die Tür aufgemacht. Er hat versucht, ihr ein Teetablett zu bringen, aber sie wollte nichts davon wissen.«

Edward erinnerte sich, dass er den ganzen Nachmittag in seinem Zimmer auf ein Geräusch aus dem Nebenraum gelauscht, aber keinen Laut gehört hatte. Leise Unruhe stieg in ihm auf und er sagte: »Ich werde Watkins sagen, dass er die Tür öffnen soll.« Er stand auf, um an dem Glockenzug zu ziehen. Seine Hand verharrte über der Kordel, als er draußen in der Halle Watkins' Stimme hörte.

»Sie können dort nicht hineingehen. Seine Gnaden diniert soeben.«

»Ich gehe verdammt noch mal hin, wo ich will! Also, wo steckt er?« Edward erkannte den Mann, der auf die Türschwelle trat. Es war Kelseys Liebhaber, McGregors Sohn. Der junge Mann stand schwer atmend, mit geballten Fäusten und angriffslustig vorgeschobenem Kinn da. Als sein Blick auf Edward fiel, klappte sein Unterkiefer herunter. Sein Gesichtsausdruck war erst ungläubig, dann betroffen und schließlich perplex.

Watkins, dessen Mund noch verkniffener wirkte als sonst, tauchte hinter McGregor auf. »Verzeihung, Euer Gnaden, ich habe versucht, diesem Herrn zu erklären, dass Sie beim Essen sind, aber er bestand darauf, Sie zu sehen . . .«

»Schon gut, Watkins«, sagte Edward, ohne den Blick von Kelseys Liebhaber zu wenden. Am liebsten hätte er dem jungen Burschen beide Hände um den Hals gelegt, nicht wegen seines unverhohlenen Abscheus vor Edwards entstelltem Gesicht, sondern weil er Kelseys Körper besessen und sie es zugelassen hatte. McGregor hatte vermutlich nie eine Ohrfeige von ihr bekommen. Seine Hände bebten, als er sich zwang, sie an seinen Seiten zu lassen.

»Ich stehe vor Ihnen, Mann. Was wollen Sie?«, fragte er.

McGregor presste die Kiefer zusammen, schob die Unterlippe vor und marschierte ins Zimmer. »Wo ist Kelsey? Was haben Sie mit ihr gemacht? Sie wollte zu uns kommen, aber sie hat sich nicht blicken lassen. Sie hält immer Wort.«

»Wer sind Sie?«, fragte Jeremy, bevor Edward etwas sagen konnte. Er stand auf, hielt sich die Rippen und ging auf McGregor zu, bis sie Nase an Nase standen.

»Griffin McGregor, Kelseys Freund, der bin ich. Und wer sind Sie?« McGregor wich nicht von der Stelle.

»Ich bin Lord Lovejoy«, antwortete Jeremy, »und ebenfalls Miss Vallarreals Freund.«

Wenn er nicht in Sorge um Kelsey gewesen wäre, hätte es Edward möglicherweise amüsiert, diese beiden liebeskranken Tölpel zu beobachten, die drauf und dran waren, sich ihretwegen an die Gurgel zu fahren. »Nun, McGregor«, sagte er in seinem arrogantesten Ton, »ich wollte gerade Watkins anweisen, nach Miss Vallarreal zu sehen. Sie war den ganzen Nachmittag auf ihrem Zimmer und ist nicht zur Tür gegangen.«

»Klingt gar nicht nach ihr«, sagte McGregor. »Kelsey ist keine, die lange schmollt. Sie brüllt einen an, wenn sie sauer ist, und vergisst es dann wieder.«

»Ich werde nach ihr sehen, Euer Gnaden.«

»Nein, Watkins, ich gehe.« Edward wusste, dass er schneller bei ihrem Zimmer sein würde als Watkins. »Jeremy, sei so nett, McGregor in die Bibliothek zu begleiten und dort auf mich zu warten.«

Ohne eine Antwort abzuwarten, eilte Edward zu Kelseys Zimmer. Er versuchte es an der Tür, in der Erwartung, sie verschlossen vorzufinden, aber zu seiner Überraschung drehte sich der Knopf in seiner Hand. Er stieß die Tür auf und spähte hinein. Der schwache Lichtstrahl, den die Wandleuchter vom Gang spendeten, fiel auf das dunkle Innere des Zimmers. Es war hell genug, dass Edward das leere Bett sehen konnte. Es war noch nicht aufgeschlagen und nicht eine Falte war auf der Überdecke zu sehen, als hätte sie nicht einmal darauf gesessen.

Er schlug die Tür zu und rannte zur Bibliothek, wo er außer Atem ankam. Jeremy und McGregor, die sich vor dem Kamin gegenüberstanden, waren in eine hitzige Auseinandersetzung vertieft.

»So wie Ihr Gesicht und die dicke Lippe von Seiner Hochwohlgeboren aussieht, würde ich sagen, Sie haben ihr etwas getan und sie musste sich schützen!«

»Ich sagte Ihnen doch, dass wir am Nachmittag eine Runde geboxt haben!«

»Sieht mir aber nicht danach aus. Wenn ihr etwas passiert ist, zahlt ihr mir mit eurem Blut dafür, das schwöre ich, Gentlemen hin oder her!«

»Woher sollen wir wissen, ob nicht Sie ihr etwas getan haben? Sie hatten genauso viel Gelegenheit dazu«, gab Jeremy unbeherrscht zurück.

»Sie ist nicht da.« Edward betrat das Zimmer und stellte sich zwischen die beiden.

»Mein Gott, wo kann sie nur sein?« Jeremy fing an, hin und her zu laufen.

»Ich schlage vor, wir machen uns auf die Suche. McGregor, Sie schauen im Dorf nach, im Haus Ihres Vaters. Vielleicht ist sie dort hingegangen.«

»Gut, mach ich.« McGregor senkte zustimmend den Kopf.

»Wenn Sie sie finden, geben Sie uns Bescheid.«

»Wird gemacht.« Nach einem letzten feindseligen Blick auf Jeremy und dann auf Edward verließ McGregor das Zimmer.

Edward wandte sich an Jeremy. »Komm mit. Du kannst auf der Ostseite des Anwesens suchen. Ich übernehme die Westseite.«

»Euer Gnaden.« Watkins erschien in der Tür. Seine sonst so hoheitsvolle Miene wirkte leicht verzerrt.

»Ja, Watkins?«

»Ich habe mit einem der Dienstmädchen gesprochen, Euer Gnaden. Sie sagt, Miss Kelsey wäre heute Nachmittag nicht ins Schloss zurückgekommen, nachdem sie am See war. Sie sagt, sie hätte in ihrem Zimmer auf sie gewartet, falls sie gebraucht würde, aber Miss Kelsey wäre überhaupt nicht gekommen.«

»Sie muss irgendwo zwischen dem See und dem Schloss verschwunden sein. Ich habe sie den Weg hinaufgehen sehen«, überlegte Edward laut.

»Noch etwas, Euer Gnaden.«

»Ja?«, fragte Edward ungeduldig.

»Ich habe mit dem Hilfsgärtner gesprochen. Er sagt, er hätte am Nachmittag Miss Lizzy aus dem Irrgarten kommen sehen.« Er machte eine Pause. »Und sie hat gelächelt, Euer Gnaden.«

Edward fühlte, wie sich sein Magen zusammenschnürte, als er sich an Jeremy wandte. »Schau nach, ob Lizzy auf ihrem Zimmer ist. Wenn ich sie finde, übernehme ich für das, was ich mit ihr mache, nicht mehr die Verantwortung.«

»Na schön, ich gehe sie suchen«, sagte Jeremy, der nicht sonderlich begeistert klang. »Wenn ich sie finde, darf ich ihr dann mit deiner Erlaubnis den Hintern versohlen?«

»Unbedingt. Ich suche inzwischen im Garten.«

»Viel Glück, Euer Gnaden – und auch Ihnen, Lord Lovejoy.« Watkins runzelte die Stirn, als die beiden Männer davoneilten, und sah ihnen sorgenvoll nach.

Kelsey hatte einen Albtraum. Salford kam darin vor, ebenso seine blonde Geliebte. Sie hatten sie im Ballsaal gefesselt, um sie dort vom Geist der Herzogin quälen zu lassen. Das Gespenst saß auf dem Kronleuchter, pflückte lachend die Kristallprismen ab und warf sie auf Kelsey. Der einzige Teil ihres Körpers, der nicht von Kristallen bedeckt war, war ihr Gesicht. Sie konnte sich nicht rühren, konnte kaum atmen unter dem Gewicht der Kristalltropfen. Salfords Gelächter und das seiner Geliebten vermischten sich mit dem des Geists, wurde lauter und lauter ...

»Kelsey!«

Als sie ihren Namen hörte, machte sie die Augen auf. Verwirrt starrte sie in den sternenklaren Himmel, dann in die dunklen Schatten ringsum. Hohe, lauernde Schatten. Sie sah auf die schmiedeeiserne Bank, auf der sie lag, stellte fest, dass sie keineswegs unter Kristallen begraben lag, und erinnerte sich dann wieder daran, dass sie sich im Irrgarten verlaufen hatte.

»Kelsey!« Wieder dieser verzweifelte Ruf.

»Lord Salford?«, rief Kelsey und setzte sich auf.

»Reden Sie weiter, damit ich Sie finden kann. Und mein Name ist Edward.«

»Na schön, Edward.« Kelsey hasste es, diesen Namen auszusprechen. »Ich bin bei einem der Brunnen. Welcher es ist, kann ich nicht sagen. Ich habe mich hier drinnen verlaufen. Als ich weder den Weg fand noch hinausklettern konnte, bin ich eingeschlafen. Es war nicht sehr bequem.« Kelsey rieb sich die schmerzenden Schultern. »Eines muss ich Ihnen sagen, Lord –« Sie korrigierte sich hastig. »Edward. Sollte ich Ihre Mätresse je in die Finger kriegen, kann sie etwas erleben. Sie hat mich absichtlich hierher gelockt. Wenn –« Ihr Mund stand noch offen, als sie spürte, wie er sie in seine starken Arme riss.

Er küsste sie ausgiebig. Kelsey fiel auf, dass seine Schultern zuckten, als würde er sie auslachen. Sie stemmte ihre Hände gegen seine Brust, schubste ihn weg und holte aus, um ihm eine Ohrfeige zu geben, aber er fing ihre Hand ab.

»Diesmal nicht«, sagte er und hielt ihre Finger fest umschlossen, als sie versuchte, sich aus seinem Griff zu befreien.

Der Mond stand hinter ihm und verwandelte seine hochgewachsene Gestalt in belebte Schatten und harte Ebenen. Obwohl sie sein Gesicht nicht sehen konnte, wusste sie, dass er lächelte.

»Wie können Sie es wagen, mich auszulachen!« Wieder versuchte sie sich aus seiner Umklammerung zu befreien, aber er legte seinen Arm nur noch fester um sie.

»Ich lache nicht über dich, sondern über das, was du über

meine Mätresse gesagt hast«, sagte er, wobei er sich Mühe gab, nicht laut herauszuplatzen.

»Sie mögen es ja sehr komisch finden, aber wenn Sie den ganzen Nachmittag hier festgesessen hätten, wäre Ihnen nicht mehr nach Lachen zumute.«

»Es war nicht meine Mätresse, die dich in die Falle gelockt hat.«

»Nicht?« Kelseys Arme sanken herab.

»Nein. Sie ist seit der Nacht, als du in mein Schlafzimmer gefallen bist, nicht mehr hier.«

»Wer war dann die Frau, die ich hier drinnen lachen gehört habe?«

»Das war Lizzy.«

»Lizzy?«

»Ja. Sie ist meine jüngere Schwester.«

»Ach«, sagte Kelsey, deren Zorn ein wenig verraucht war. »Warum habe ich sie noch nicht kennen gelernt?«

»Ich kann das kleine Rabenaas nie finden, wenn ich euch miteinander bekannt machen will – was vermutlich ganz gut so ist. Lizzy ist einigermaßen gewöhnungsbedürftig.«

Ich verstehe.« Kelsey schwieg einen Moment, bevor sie fragte: »War sie es, die meine Zeichnungen und Kleider zerrissen hat?«

»Ja.«

»Sie sind also gar nicht geistesgestört?« Heiße Röte stieg ihr in die Wangen, als ihr einfiel, was sie über seinen Geisteszustand gesagt hatte.

»Hast du das wirklich geglaubt?« Sanft strich er ihr das Haar aus dem Gesicht und hob ihr Kinn, so dass sie gezwungen war, ihn anzuschauen.

Die raue Haut seiner warmen Handflächen auf ihren

Wangen jagte ihr einen heißen Schauer über den Rücken. Mit unsicherer Stimme fragte sie: »Wollen Sie meine ehrliche Meinung hören?«

»Ich hätte nicht gedacht, dass dir deine Skrupel etwas anderes als Ehrlichkeit erlauben«, sagte er leise. Sein Mund war nur wenige Zentimeter von ihrem entfernt.

»Da haben Sie natürlich Recht.« Sie lächelte zittrig, als sie spürte, wie sein heißer Atem über ihren Mund wehte und sein Daumen über ihr Kinn strich. »Ich dachte, Sie wären verrückt.«

»Und du, Kelsey, bist du ganz normal?«

»Davon war ich überzeugt, bis ich hier in dieses Haus kam.«

Er warf den Kopf zurück und lachte. Es klang so unbeschwert und befreiend, dass Kelsey warm ums Herz wurde.

»Sag«, fuhr er fort und wurde wieder ernst, »war der Auftritt heute Nachmittag, als du meinen Cousin und mich bei einem kleinen Boxkampf erwischt hast, Teil deines neu entdeckten Wahns?«

»Sie meinen, als ich so dumm war, zu Ihnen zu stürzen und Ihretwegen Tränen zu vergießen?«

»Ja.« Er neigte den Kopf und murmelte an ihre Lippen: »Aber ich würde es nicht dumm nennen.«

»Nicht? Vielleicht haben Sie Recht. Es ist nicht dümmer als die Tatsache, dass Sie mich jedes Mal küssen, wenn Sie in meine Nähe kommen.« Ihre Brüste bebten an seinem breiten Brustkorb und ihre Stimme war leise und aufgewühlt, als sie sagte: »Könnte man nicht sagen, dass wir beide sehr dumm sind ... oder sehr verrückt?«

Er beugte sich vor, um sie zu küssen, wandte sich aber im

letzten Moment ab, um sie eng an sich zu ziehen und zu umarmen. Sie fühlte, wie er seine Hände in den Locken vergrub, die offen über ihren Rücken fielen. Seine starken Arme umfingen sie auf eine besitzergreifende Art, die sie noch nie erlebt hatte; selbst seine Küsse wirkten daneben beinahe zahm. Sie spürte, dass er am ganzen Leib zitterte, als müsste er mit aller Gewalt gegen seine Gefühle für sie ankämpfen.

Voller Angst, diese Nähe könnte enden, erwiderte sie seine Umarmung, indem sie sich an ihn klammerte und ihr Gesicht in dem feinen Leinen seines Hemds vergrub. Er legte seine Lippen an ihre Stirn, als sie auf ihren Beinen schwankten. Keiner von ihnen sprach ein Wort. Es fühlte sich so gut und so natürlich an, in seinen Armen zu liegen. So vertraut. Als würde sie dort hingehören. Als wollte sie Kelseys Geschick besiegeln, fing irgendwo im Garten eine Nachtigall zu singen an und ihr Gefährte antwortete ihr.

Völlig versunken in die nächtlichen Geräusche und die Wärme seiner Gegenwart bemerkte Kelsey nicht, dass sich Schritte näherten.

9

»Störe ich?« Jeremys Stimme klang ungewohnt gereizt. »Ich konnte Lizzy nirgendwo finden und wollte schauen, ob du mehr Glück hattest. Wie es scheint, warst du erfolgreicher als ich.«

Edward ließ sofort die Arme sinken und trat einen Schritt von Kelsey zurück. Sie vermisste das Gefühl seiner Nähe und spähte zu Jeremy hinüber. Wie bei Edward lag auch sein Gesicht im Schatten. Sie konnte seinen Gesichtsausdruck nicht erkennen, aber sie spürte die plötzliche Spannung, die zwischen den beiden Männern knisternd in der Luft lag.

Keiner von ihnen sprach ein Wort, und Kelsey brach das Schweigen, indem sie versuchte, die Atmosphäre zu lockern. »Sie stören überhaupt nicht, Jeremy. Ich weiß nicht, was in mich gefahren ist. Ich war eingeschlafen, und als Edward mich fand, war ich einen Moment lang ganz benommen und er lieh mir seinen Arm.«

Edward wandte sich zu ihr um und starrte sie an. Sein Gesicht war jetzt im Mondlicht und »Das ist eine faustdicke Lüge!« stand unmissverständlich darauf geschrieben. Ein zynisches Lächeln kräuselte seine Lippen.

Sie senkte hastig den Blick und fragte sich, ob sie für all die Lügen, die sie erzählt hatte, seit sie auf Stillmore war, wohl in die Hölle kommen würde.

»Ich überlasse es dir, sie ins Haus zurück zu begleiten«, sagte Edward mit frostiger Zurückhaltung, bevor er sich umdrehte und eine Buchsbaumallee hinunter schlenderte.

»Warten Sie!«, rief Kelsey ihm nach.

Er drehte sich um. »Was ist denn?«

Ja, was? Sie konnte ihm unmöglich sagen, dass sie sich danach sehnte, zu ihm zu laufen, sich an ihn zu klammern, wieder in seinen Armen zu liegen. Statt dessen fragte sie: »Sie gehen nicht mit uns?«

»Nein.« Das Wort stand in der Luft, kühl und reserviert, wie ein Wall von Ablehnung.

Was hatte diese plötzliche Barriere an Kälte in ihm verursacht? Verwirrt beobachtete sie, wie er sich umdrehte, und verfolgte mit ihren Blicken das kraftvolle Schwingen seiner Schultern im Mondlicht, als er im Schatten der Hecken verschwand.

»Ich kann Sie mit Leichtigkeit durch den Irrgarten führen«, sagte Jeremy mit leicht gekränkter Stimme. »Ich habe hier schon als Junge gespielt und kenne ihn genauso gut wie Edward.«

»Davon bin ich überzeugt.« Kelsey, die sich bemühte, nicht enttäuscht zu klingen, legte ihre Hand auf Jeremys Arm.

Einen Moment lang sagte keiner von ihnen etwas. Kelsey lauschte dem nächtlichen Gesang der Grillen, die in den Hecken zirpten, ein verlorenes, wehmütiges Trillern, das genau ihrer momentanen Stimmung entsprach.

Jeremy brach das Schweigen. »Darf ich Sie etwas Persönliches fragen, Kelsey?«

»Natürlich.«

»Dieser Griffin McGregor ... was bedeutet er Ihnen?«

»Griffin … o nein!« Sie schlug sich mit der Hand an die Stirn. »Er wird sich Sorgen machen! Ich habe ganz vergessen, dass ich ihn besuchen wollte.«

»Er war hier, um nach Ihnen zu suchen.«

»Er war wohl beunruhigt?«

»Ja.«

Sie verdrehte die Augen und schüttelte den Kopf. »Seine ganze Familie wird in Sorge sein. Ich muss sofort zu ihnen und ihnen sagen, dass mir nichts zugestoßen ist.«

»Ich habe einen der Diener geschickt, um sie zu beruhigen.«

»Oh.« Sie konnte die Enttäuschung in ihrer Stimme nicht verbergen. Sie sehnte sich nach einem Ort, an dem sie sich völlig sicher und geborgen fühlen konnte – weit weg von Edward –, um ihre Gefühle für ihn einer eingehenden Prüfung zu unterziehen.

»Sind Sie und Mr. McGregor« – Jeremy räusperte sich – »Freunde?«

»Wollen Sie wissen, ob ich ihn liebe?« Sie konnte ein Lächeln nicht unterdrücken.

»Äh … ja.« Er führte sie aus dem Irrgarten und ging mit ihr über den Rasen auf das Schloss zu.

»Das dachte ich mir. Und um Ihre Frage zu beantworten, ja, ich liebe ihn.« Sie spürte, wie sich die Muskeln in seinen Armen anspannten, und fügte schnell hinzu: »Ich liebe ihn wie einen Bruder. Wir waren immer gute Freunde. Mehr nicht.«

»Verstehe.« Er klang erleichtert.

»Jetzt muss ich Ihnen etwas Persönliches sagen.«

»Sie können mir sagen, was immer Sie wollen.«

»Ich hoffe, Sie haben nicht nach Griffin und mir gefragt,

weil Sie tiefere Gefühle für mich hegen. Ich bin ganz ehrlich mit Ihnen, wenn ich Ihnen sage, dass ich nicht an einer Herzensbindung interessiert bin. Ich habe beschlossen, niemals zu heiraten.«

»Ich hoffe, Sie geben nicht gleich allen Männern den Laufpass«, sagte er mit leicht belustigter Stimme. Er legte seine Hand auf ihre und drückte ihre Finger an seinen Unterarm. »Ich möchte Sie bitten, nicht uns alle nach Edward zu beurteilen.«

Der Mangel an Empfindung, den Jeremys Berührung bei ihr hervorrief, erstaunte sie. Wie anders war es doch, wenn Edward sie berührte! »Glauben Sie mir, diese Entscheidung habe ich getroffen, lange bevor ich herkam und Edward kennen lernte.«

»Dann liegt es bei mir, Ihre Meinung zu ändern.« Er klang nicht im Geringsten entmutigt.

»Ich möchte Sie bitten, es nicht zu versuchen.«

»Würde Sie ein solcher Versuch aus der Fassung bringen?«

»Sie sind der liebenswerteste Mann, den ich je kennen gelernt habe, aber ich möchte Sie nicht ermutigen.«

»Zu spät. Ich war ermutigt, als ich Sie zum ersten Mal sah.« Er drückte sanft ihre Finger.

Der Ernst in seiner Stimme machte sie betroffen, und sie war froh, als sie die Terrasse auf der Rückseite des Schlosses erreichten. »Danke, dass Sie mich begleitet haben.« Sanft entzog sie ihm ihre Hand. »Jetzt finde ich mich allein zurecht.«

»Gute Nacht«, sagte er, während er an das Geländer der Veranda schlenderte und sich auf die Brüstung setzte. »Ich denke, ich bleibe noch eine Weile hier draußen.«

»Na schön. Gute Nacht.« Sie beobachtete, wie er eine Zigarre aus seiner Brusttasche zog, wandte sich dann um und spähte durch die Glasscheiben, um nach Edward Ausschau zu halten. Er war nirgends zu entdecken. Sie musste ihn unbedingt sehen.

Das Kerzenlicht flackerte auf Kelseys Hand, als sie ihre Feder mit schnellen, präzisen Strichen über das Papier führte, um die Umrisse ihrer Zeichnung zu schattieren. Sie starrte auf die Skizze von Edward, wie sie ihn unten am See, im Boot liegend, vorgefunden hatte. Mit einem kritischen Stirnrunzeln legte sie die Feder auf den Nachttisch neben dem Bett und blätterte in ihrem Skizzenbuch: Edward, wie er sie küsste, Edward, wie er durchs Wasser watete, eine vergrößerte Darstellung seines Mundes, von einem sardonischen Lächeln verzogen, von seinem schönen Profil, den langen, gebogenen dunklen Wimpern und der markanten Kinnpartie. Auf der anderen Seite des Blatts seine verunstaltete Gesichtshälfte mit der schwarzen Augenklappe. Zu guter Letzt ein zorniger Edward, die dichten dunklen Augenbrauen zusammengezogen, die Kiefer verspannt, die Lippen zu einer schmalen Linie zusammengepresst.

Kelsey stieß einen tiefen Seufzer aus und legte den Skizzenblock beiseite. Sie hatte versucht, einen Entwurf für die Wand des Ballsaals zu gestalten, aber die unzähligen Skizzen von Edward waren das einzige Produkt stundenlanger Arbeit. Zum hundertsten Mal an diesem Abend spähte sie zur Verbindungstür und lauschte mit angehaltenem Atem auf irgendeinen Laut.

Es war so still wie in einem Mausoleum.

Sie warf einen Blick auf die Kaminuhr. Kurz vor elf. Sie

fragte sich, ob er sich für die Nacht zurückgezogen hatte. Jeremy hatte früher am Abend bei ihr angeklopft und sie gebeten, eine Partie Whist mit ihm zu spielen, aber ihr war nicht danach zumute gewesen, Karten zu spielen – schon gar nicht mit ihm. Wenn Edward sie gefragt hätte, hätte sie gespielt, aber er ignorierte sie und zog sich hinter dieselbe Mauer eisiger Reserviertheit zurück, die er bei ihrer ersten Begegnung errichtet hatte. Sie wusste, dass er versuchte, sie zurückzuweisen, weil er genau wie sie gespürt hatte, dass irgendetwas mit ihnen im Irrgarten passiert war, in jenem verzauberten Moment, in dem sie einander umarmten.

Die Vorstellung, dem, was geschehen war, einen Namen zu geben, machte ihr Angst. Nicht in ihren wildesten Fantasien hätte sie sich je träumen lassen, dass sie Zuneigung zu einem Mann fassen könnte, den sie seit Jahren hasste. Aber genau das war passiert. Gott steh ihr bei, es war passiert! Es zu leugnen, wäre absurd. Vielleicht war es seine Einsamkeit, die an ihr Herz rührte. Was es auch war, es war nicht Mitleid, wie sie zuerst geglaubt hatte. Nein, es war etwas, das viel tiefer ging. Etwas, das sie nach Möglichkeit vergessen sollte.

Sie hörte auf, ihre Haare um einen Finger zu wickeln, und stieg vom Bett, um die Schlösser zu kontrollieren, bevor sie die Kerze ausblies. Nun, da sie wusste, dass es Lizzy war, der sie die boshaften Streiche verdankte, wollte sie sichergehen, dass ihr keine nächtlichen Besuche mehr drohten. Sie kroch wieder ins Bett, zog die Decke über den Kopf und hoffte inständig, dass Edward nicht durch ihre Träume geistern würde.

Bevor sie endgültig einschlief, ließ etwas Schlimmeres sie

hochschrecken. Das gedämpfte Knarren der Bodenbretter unter dem Teppich brachte sie schlagartig zu sich und machte ihr unmissverständlich bewusst, dass sie nicht allein im Zimmer war.

Sie riss die Augen auf. Eine Gestalt lauerte am Bettende, ein weißes Phantom, das in der Dunkelheit leuchtete. Ein unheimliches gelbes Licht strahlte aus der Mitte des weißen, zerschlissenen Gewands. Es hatte kein Gesicht, keine Arme, keine Beine. Es war eine gruselige, wabernde, schimmernde Masse.

»Verlass … dieses … Schloss.« Das Gespenst wedelte mit den Armen.

Kelsey, die Lizzys Stimme vom Ballsaal erkannte, runzelte die Stirn und verschränkte die Arme über der Brust.

»Hööööörst duuuuu?«

Kelsey konnte sich ein Grinsen nicht verkneifen.

»Antworte miiiiir!« Lizzy trat näher ans Bettende und stieß mit dem Fuß an den Bettpfosten. »Verdammt!«, rief sie. Einen Moment lang sah es so aus, als würde sie das Gleichgewicht verlieren, dann erwischte sie den Bettrand und hüpfte auf und ab.

Kelsey lachte. »Nette Idee, die Laterne, Lizzy«, sagte sie, »aber wenn Sie ein Laken tragen, sollten Sie Löcher hineinschneiden, um zu sehen, wo Sie hingehen.«

»Zum Teufel mit Ihnen! Das werden Sie mir büßen, mich einfach auszulachen!« Lizzy ließ die Laterne fallen, die sie in der Hand hielt, warf sich quer über das Bett und landete auf Kelsey.

»Ich hasse Sie!« Lizzy packte Kelsey an der Kehle.

Kelsey versuchte, ihr die Hand von ihrem Hals zu ziehen, aber Lizzys Finger drückten auf ihre Luftröhre. Lizzy war zu stark. Kelsey musste husten, aber nur ein erstickter Laut kam über ihre Lippen. Das Laken hing immer noch über Lizzys Kopf. Kelsey griff danach und zog an den Enden.

Lizzy ließ ihren Hals los und riss das Laken aus Kelseys Händen und von ihrem Kopf. »Na warte!«, stieß sie zwischen den Zähnen vor, während sie eine Hand voll von Kelseys Haaren packte und kräftig daran riss.

Kelsey, die sich fühlte, als würde ihr das Haar aus der Kopfhaut gerissen, stieß einen Schrei aus. Sie packte Lizzy bei den Armen und gab ihr einen Schubs. Lizzy, die am Rand der Matratze lag, plumpste hinunter. Im Fallen klammerte sie sich an Kelseys Arm und zog sie mit sich. Beide Mädchen purzelten auf den Boden. Ein Tisch fiel laut krachend um.

Kelsey landete auf Lizzys Rücken. Sie stieß ihre Arme auf den Boden und nagelte sie mit ihren Knien fest – ein Griff, den sie von Griffin gelernt hatte. Lizzy war größer als Kelsey, vielleicht auch stärker, aber Kelsey hatte jetzt das Verlangen nach Rache auf ihrer Seite. Lizzy wand sich und zappelte, aber Kelsey hielt sie mit eiserner Willenskraft fest.

Ihr fiel auf, dass jemand laut an die Verbindungstür trommelte ... dann war ein lautes Krachen zu hören, als wäre die Tür mit Gewalt aufgebrochen worden.

»Was zum Teufel ist hier los?« Edwards wütende Stimme hallte durch den Raum.

Kelsey, die vor Anstrengung außer Atem war, brachte keuchend heraus: »Ach, eigentlich gar nichts. Ich habe nur gerade ein Gespenst gefangen.«

Lizzy knurrte böse und kämpfte weiter wie eine Wilde darum, ihre Arme frei zu bekommen.

Kelsey verstärkte den Druck auf Lizzys Handgelenke, indem sie ihre Knie tiefer in die Oberarme der anderen bohrte. Sie wusste, dass es schmerzhaft war, weil Griffin dasselbe oft genug bei ihr gemacht hatte, aber sie war darüber hinaus, sich Gedanken zu machen, ob sie Lizzy wehtat. Das Mädchen brauchte dringend eine Lektion.

Edward zündete eine Kerze an und hielt sie hoch.

»Sieh mal an, die schwer fassbare Lizzy. Freut mich, Sie endlich kennen zu lernen«, sagte Kelsey, ohne ihren Griff zu lockern.

»Ja, du blöde Kuh! Und jetzt runter von mir!«

»Gern, wenn Sie mir sagen, wie Sie hereingekommen sind. Ich hatte die Tür abgesperrt.«

»Türen können mich nicht aufhalten. Runter!«

Kelsey war stark in Versuchung, dem Mädchen ihre Ellbogen in den Rücken zu rammen, verzichtete aber darauf. Sie hatte ihren Standpunkt klargemacht. Sie rollte sich von Lizzys Rücken. Edward bückte sich und half ihr auf die Beine.

Kelsey sah zu ihm und stellte fest, dass sein Haar offen auf seine Schultern fiel. Er trug einen Morgenmantel, der den Blick auf ein tiefes V nackter Haut mit dichten dunklen Härchen auf seiner Brust freigab. Leichte Röte stieg ihr in die Wangen und sie starrte wieder auf ihre Angreiferin.

Lizzy stand auf und rieb sich die Arme. »Sie sind verrückt. Sie hätten mir die Arme brechen können!«

»Glück für Sie, dass ich es nicht getan habe.« Kelseys grüne Augen begegneten Lizzys funkelndem goldbraunen Blick.

Lizzy schien ungefähr achtzehn zu sein. Ihr hochgewachsene, schlanke Figur verbarg sich unter einem schlecht sitzenden einfachen schwarzen Kleid, das sich nicht wesentlich von Kelseys alten Sachen unterschied. Ihr glattes mattbraunes Haar war zu einem Zopf geflochten. Ihr eckiges Kinn, das dem ihres Bruders ähnelte, war hochmütig gereckt. Bis auf die Feindseligkeit auf ihrem Gesicht hätte man sie schön nennen können.

»Die Gelegenheit werden Sie nicht wieder bekommen.« Lizzys goldbraune Augen bohrten sich in Kelseys Gesicht.

»Ich gehe davon aus, das bedeutet, dass Sie mein Zimmer nicht mehr betreten werden.«

»Das hier ist mein Zuhause. Ich gehe, wohin ich will.« Lizzy stemmte die Fäuste in die Hüften.

Edward packte Lizzy grob am Arm. Sie wand sich, als er sagte: »Du entschuldigst dich augenblicklich, Lizzy.«

»Nein.« Lizzy schob das Kinn vor und verschränkte die Arme über der Brust. »Dazu kannst du mich nicht zwingen.«

»Ach nein?« Edward zerrte sie zur Tür.

»Lass mich in Ruhe, du Biest! Ich hasse dich! Ich hasse dich!«

»Warten Sie! Ich will keine Entschuldigung«, platzte Kelsey heraus. Sie wollte nicht, dass Lizzy ihretwegen bestraft wurde. Das Mädchen hatte seine Strafe erhalten, als sie von Kelsey auf den Boden gedrückt worden war.

Edward drehte sich um und durchbohrte Kelsey mit einem eisigen Blick. »Halten Sie sich da heraus, Miss Vallarreal. Es wird höchste Zeit, dass Lizzy ein paar Manieren lernt. Ich dulde nicht, dass sie unsere Gäste auf diese empörende Weise behandelt.«

Er stieß eine wild um sich schlagende Lizzy zur Tür hinaus und knallte sie hinter sich zu.

»Lass mich in Ruhe! Ich entschuldige mich nicht! Du kannst mich einsperren, aber ich tue es nicht! Nie im Leben …«

Kelsey, die Lizzys schwächer werdenden Protesten lauschte, schnitt eine Grimasse. Bestimmt würde das Mädchen Kelsey die Schuld geben, wenn sie bestraft wurde – keine besonders gute Grundlage für eine Bekanntschaft. Sie war Lizzy wegen ihrer harmlosen Eskapaden nicht böse. Als sie noch jünger war, war sie genauso boshaft gewesen, und bevor sie Freundschaft mit Griffin schloss, hatte es zu ihren größten Vergnügungen gehört, ihm Streiche zu spielen. Außerdem hatte Lizzy beachtlichen Mumm.

Kelsey wollte es irgendwie schaffen, ihre Freundin zu werden. In gewisser Weise tat ihr das Mädchen Leid. Ganz allein in dieses riesige Haus eingesperrt und ohne Gesellschaft bis auf Edward – und er schien nicht besonders gesellig. Mit einem schweren Seufzer ging sie zur Tür. Sie wollte sie gerade schließen, als ein orangerot getigerter Blitz an ihr vorbei jagte und etwas Pelziges ihre Füße streifte. Kelsey fuhr erschrocken zurück und sah zu, wie Brutus langsamer wurde und zum Fußende des Betts schlich.

»Du bist ein bisschen spät dran, um von Nutzen zu sein. Für einen Feigling hatte ich dich eigentlich nicht gehalten.«

Brutus blieb stehen, schnüffelte an der zerbrochenen Tasse und Untertasse, die neben dem Bett auf dem Boden lagen, und beugte sich dann vor, bis er mit seiner winzigen rosa Nase an die vergossene Milch auf dem Teppich stieß. Mit hin und her zuckendem Schwanz blickte er zu ihr auf, als wäre es ihre Schuld, dass die Milch verschüttet war.

»Tut mir Leid. Geister zu fangen, ist kein Kinderspiel. Ich

fürchte, du musst heute Abend ohne deine Leckerei auskommen.« Sie bückte sich, um die Porzellanscherben aufzuheben.

Brutus, der vor ihrer abrupten Bewegung zurückschrak, fauchte sie an und verkroch sich unter das Bett.

»Kein Grund, gleich auf mich loszugehen. Ich habe nicht die Absicht, dich zu streicheln, ehe du nicht von selbst zu mir kommst.« Instinktiv warf sie einen Blick auf die Verbindungstür zwischen ihrem und Edwards Zimmer. Das Holz rund um das Schloss war zersplittert, und die Tür hing schief in den Angeln. Es bekümmerte Kelsey nicht weiter, dass das Schloss nutzlos geworden war. Sie hatte das Gefühl, dass Edward niemals unaufgefordert in ihr Zimmer kommen würde.

Plötzlich sah sie ihn wieder in seinem Morgenmantel vor sich, die kaum verhüllte Kraft seines muskulösen Körpers, das Dreieck dunkler Haare auf seiner breiten Brust …

Etwas Scharfes bohrte sich in ihre Hand. Als sie hinunterschaute, sah sie ein dünnes Blutrinnsal auf ihrem Zeigefinger. Sie stellte das zerbrochene Porzellan ab und saugte an ihrem Finger, wobei sie sich dafür schalt, nicht darauf geachtet zu haben, was sie tat. Aber wie sollte sie sich konzentrieren, wenn ihr so viele erregende Gedanken durch den Kopf gingen? Sie bezweifelte, dass sie je wieder sie selbst sein würde, nicht nach der Art und Weise, wie sie einander im Irrgarten umarmt hatten. Bei dem Gedanken runzelte sie die Stirn und sog fester an ihrem Finger.

Um vier Uhr morgens beschloss Kelsey aufzustehen. Sie hatte den größten Teil der Nacht keinen Schlaf gefunden. Es war die Grabesstille, die aus Edwards Zimmer kam, das

Wissen, dass er dort drüben war, nur durch eine Tür von ihr getrennt, das sie wach gehalten hatte. Da sie sich nicht mehr davor fürchtete, dass der Geist der Herzogin im Ballsaal spuken könnte, nahm sie sich vor, Watkins zu bitten, wieder ihr altes Zimmer beziehen zu dürfen. Vielleicht würde sie dort schlafen können, wenn sie wusste, dass zumindest ein ganzes Stockwerk zwischen ihr und Edward lag.

Der Gedanke trieb sie zur Eile an, und sie schlüpfte hastig in eines ihrer neuen Kleider, ein Modell aus hellgrünem Musselin mit Puffärmeln und tiefem Ausschnitt. Nachdem sie vergeblich versucht hatte, ihr Haar so zu frisieren, wie Mary es gemacht hatte, gab sie schließlich auf und flocht es zu einem dicken Zopf, den sie im Nacken zu einem Dutt schlang. Leise huschte sie aus ihrem Zimmer und schloss die Tür so geräuschlos wie möglich.

Der Ballsaal war leer, als sie ihn betrat. Es war zu früh für die Arbeiter, die Edward eingestellt hatte. Eben erst lugten die ersten Sonnenstrahlen über den Horizont. Ein weicher Lichtstreifen sickerte durch die hohen Fenster und warf einen rosigen Schimmer auf den Marmorboden. Kelseys Schritte hallten laut durch den Saal, als sie zur Wand ging und davor stehen blieb. Bis auf ein paar gezackte Überreste an den Ecken und Kanten hatten die Männer den alten Verputz bis auf die Metallspanten abgeschlagen.

Kelsey verschränkte die Hände auf den Armen und starrte die nackte Wand mit gespitzten Lippen an. Indem sie den Kopf erst in die eine, dann die andere Richtung drehte, studierte sie über zehn Minuten die kahle Stelle, bis sich ihr Mund zu einem breiten Grinsen verzog, als eine Idee Gestalt und Form annahm. Sie würde ein Spiegelbild des

Raums malen und so den Eindruck erwecken, als würde sich der Ballsaal endlos ausdehnen.

Freudig erregt machte sie sich auf die Suche nach einem Frühstück. Sie rechnete nicht damit, so früh am Morgen jemanden in der Küche vorzufinden, und schrak zurück, als sie die Tür aufmachte und beinahe in Agnes hineingelaufen wäre. Sie stand auf den Zehenspitzen und wuchtete einen schweren Topf von einem Eisengestell. Sie sah über die Schulter zu Kelsey. »Morgen, Miss.«

»Sie stehen ja mit den Hähnen auf«, bemerkte Alice, während sie von dem Porridge aufsah, das sie gerade rührte.

»Scheint so.« Kelsey ging weiter in die Küche, in der schon reges Leben und Treiben herrschte, und entdeckte zu ihrer Überraschung auch Watkins dort.

Er trug ein Silbertablett und sprach sie an, als er an ihr vorbei zur Tür ging. »Guten Morgen, Miss Kelsey. Haben Sie gut geschlafen?

»Leider nicht sehr gut.«

»Es tut mir Leid, das zu hören, Miss Kelsey«, sagte er mit seiner üblichen tonlosen Höflichkeit. »Wenn Sie mich entschuldigen wollen, ich muss das hier sofort Seiner Gnaden bringen.«

»Ja, natürlich.« Kelsey sah Watkins nach, als er die Küche verließ.

»Tja, damit wären es zwei, die nicht gut geschlafen haben, Miss.« Agnes, die gerade Kartoffeln schälte, hielt inne, um Kelsey einen verschmitzten Blick zuzuwerfen.

»Ach ja?« Kelsey versuchte, desinteressiert zu klingen, während sie beobachtete, wie Agnes die Kartoffeln in den Topf schnitt, wobei sich ihre Hände so schnell bewegten, dass man sie kaum sehen konnte.

»Ja, Miss. Man hätte gedacht, nach all dem Spektakel gestern am See und Sie im Irrgarten und Lady Elizabeth mit einem ihrer Wutanfälle würde Seine Gnaden besser schlafen. Sonst steht er nie so früh auf, aber heute hat er gleich bei Sonnenaufgang geklingelt. Ich habe Watkins noch nie so schnell auf den Beinen gesehen.« Ihr Grinsen strafte ihre nächsten Worte Lügen. »Er tut mir direkt Leid, der Ärmste, weil er mit Seiner Gnaden fertig werden muss.«

Gab es irgendetwas, das die Dienstboten nicht wussten? Wussten sie, dass Edward sie im See geküsst hatte? Heiße Röte stieg ihr in die Wangen.

»Halt dein loses Mundwerk, Agnes, bevor ich dir diesen Löffel in die Kehle ramme«, sagte Alice und schwenkte drohend den Kochlöffel vor dem hageren Gesicht ihrer Schwester.

»Mach das und du brauchst ein neues fettes Gesicht.« Agnes fuchtelte mit dem Messer vor Alice' Kinn herum.

»Schon gut, schon gut«, sagte Kelsey, während sie sich insgeheim fragte, ob die beiden einander eines Tages umbringen würden. Sie wechselte rasch das Thema. »Sagen Sie, Alice, wo ist Lady Elizabeth?«

»In ihr Zimmer eingesperrt, Miss. Ich hab ihr gestern Abend ein Tablett mit Essen gebracht. Sie wollte es mir an den Kopf werfen. Bösartig bis in die Knochen, das ist sie.«

»Nach allem, was die alte Köchin mir erzählt hat, gibt es gute Gründe, warum sie ist, wie sie ist«, sagte Alice.

»Was war denn mit ihr?«, wollte Kelsey wissen.

»Na ja, Miss, als die Eltern des Herrn starben, war er erst ein Junge von vierzehn, glaube ich, und sein Vormund, ein alter Anwalt, brachte Lady Elizabeth bei einer Tante und einem Onkel unter, als sie noch ein kleines Kind war. Manche Leute sind nicht dazu geschaffen, Eltern zu sein, wenn Sie wissen, was ich meine.« Alice legte den Kopf schief und stemmte eine Faust in ihre ausladenden Hüften. »Ich weiß nicht genau, was da los war, aber das arme Ding wurde ins Pensionat geschickt, als sie noch ganz klein war. Als der Herr volljährig wurde, ließ er sie nach Hause kommen, aber mittlerweile war sie schon ein solcher Satansbraten, dass er auch nicht mehr mit ihr fertig wurde. Nach dem Unfall schickte er sie in eine Klosterschule, weil er hoffte, dort könnte man was mit ihr anfangen.«

»Tja, es hat nicht geklappt. Sie brannte durch und kam nach Hause. Sie war schon einen Monat hier, bevor einer von uns wusste, dass sie heimgekommen war, schlich heimlich herum und mopste Essen aus der Küche. Aber Watkins erwischte sie eines Tages dabei, wie sie ums Schloss herumlungerte. Seine Gnaden lässt eine feine Lady aus London kommen, die Lady Lizzy in die Gesellschaft einführen soll. Ich schätze, er hofft, dass er einen Ehemann für sie findet und sie sich dann besser benimmt, aber wie ich sie kenne, glaube ich, nicht einmal ein Ehemann wird sie zur Vernunft bringen.«

Kelseys dunkle Augenbrauen zogen sich zusammen, als sie auf den Tisch starrte und sich Lizzys Leben vorstellte – aufgezogen von gleichgültigen Kindermädchen, vermutlich, ohne je Liebe zu erfahren, nicht einmal von ihrer Tante und ihrem Onkel. Und jetzt wollte Edward ihr einen Ehemann aufzwingen, weil er sich nicht länger mit ihr belasten mochte. Sie schüttelte den Kopf und sagte mehr zu sich selbst. »Was für eine Schande.«

»Ja, Miss.« Alice hörte auf zu rühren und sah Kelsey an. »Was hätten Sie denn gern zum Frühstück?«

»Das Porridge riecht gut.«

»Sie sollten was anderes essen, etwas Kräftigeres, damit Sie ein bisschen Fleisch auf die Rippen kriegen.«

»Porridge reicht, danke. Ich muss mich wirklich mit dem Essen beeilen. Ich will heute Morgen meinen Vater besuchen und dann die McGregors. Glauben Sie, Sie könnten mir ein bisschen von dem Frühstück für meinen Vater abgeben?« Kelsey vermutete, dass er nichts mehr gegessen hatte, seit sie von zu Hause fortgegangen war.

»Na klar, Miss.«

Kelsey schmeckte kaum etwas von dem, was sie aß, so sehr war sie in Gedanken bei Lizzy. Sie machte sich im Geist eine Notiz, so bald wie möglich mit Edward darüber zu sprechen.

Edward war bereits angekleidet, als Watkins mit dem Tablett sein Zimmer betrat. Der Butler wirkte überrascht, verbarg es aber rasch hinter einer undurchdringlichen Miene, nickte und sagte: »Guten Morgen, Euer Gnaden.«

»Ich weiß, was Sie jetzt denken, Watkins, aber ich bin imstande, mich allein anzuziehen. Wie Sie sehr wohl wissen, verzichte ich aus diesem Grund schon längere Zeit auf einen Kammerdiener.«

»Ja, Euer Gnaden.« Watkins stellte das Tablett auf die Bettkante.

»Ich gehe jetzt reiten.« Edward hob seine Reitgerte auf. »Den morgendlichen Kaffee lasse ich ausfallen.«

»Sehr wohl, Euer Gnaden, aber ist es nicht ein wenig früh? Sie reiten nie vor neun Uhr aus.«

»Dann verstoße ich eben gegen eine Regel, Watkins. Das hier ist mein Haus, und ich genieße das Privileg, meine eigenen verdammten Regeln umzustoßen.« Edward schlug mit der Gerte an seinen Oberschenkel.

»Gewiss, Euer Gnaden. Ich werde das Personal informieren.«

»Tun Sie das.« Edward wandte sich zur Tür, blieb dann aber stehen. »Noch etwas. Ich habe gehört, dass Miss Vallarreal aufgestanden ist. Wo ist sie?«

»In der Küche, Euer Gnaden. Ich denke, sie dürfte gerade frühstücken.« Watkins hob Edwards Morgenmantel auf, der auf dem Fußboden lag.

»Verstehe. Und haben Sie heute morgen schon nach Lady Elizabeth gesehen?«

»Sie hat noch nicht geläutet, Euer Gnaden. Ich glaube nicht, dass sie schon wach ist.« Watkins hängte den Morgenmantel in den Schrank.

»Ich schaue bei ihr vorbei, bevor ich gehe.«

»Sehr vernünftig, Euer Gnaden.« Watkins drehte sich zu ihm um. »Sie war gestern Abend nicht gerade bester Laune.«

»Gelinde gesagt«, bemerkte Edward trocken, während er die Tür hinter sich schloss.

Er dachte daran, wie er in der vergangenen Nacht eine tobende Lizzy bis zu ihrem Schlafzimmer geschleppt hatte. Die Drohung, die sie ausgestoßen hatte, klang ihm immer noch in den Ohren. »Du wirst mich nicht dazu bringen, mich bei dieser kleinen Schlange zu entschuldigen! Ich tus nicht! Ich tus nicht! Ich will sie nicht hier haben. Du hast sie nur geholt, um sie zu verführen, genau wie ihre Stiefmutter!«

»Sprich nie wieder so mit mir, Lizzy!«

»Die Wahrheit tut weh, was?«

Ihm riss die Geduld, und er machte etwas, was er noch nie getan hatte. Er packte sie, warf sie quer übers Bett und versohlte ihr den Hintern, bis ihm die Handfläche glühte. Als er fertig war, ließ er sie schwer atmend vor Zorn los.

Sie stand auf und starrte ihn hasserfüllt an. »Ich bin schon so oft verhauen worden, dass ich Schwielen auf meinem Hintern habe. Los, schlag mich, es wird mich doch nicht ändern.« Sie verschränkte die Arme vor der Brust und reckte trotzig ihr Kinn. »Und ich will sie nicht hier haben. Schaff sie weg, Eddie, sonst wird es ihr Leid tun.«

Da Edward wusste, dass er imstande wäre, beide Hände um ihren rebellischen kleinen Hals zu legen und sie zu erwürgen, wenn er im Zimmer blieb, ging er hinaus und sperrte hinter sich die Tür ab. Er schämte sich, weil eben sein Temperament mit ihm durchgegangen war, aber seit Kelsey auf Stillmore lebte, war es um seine sorgfältig erworbene Selbstbeherrschung geschehen. Jedes vernünftige Denken war ihm abhanden gekommen, seit er die ersten Regungen von Verlangen nach Kelsey in sich gespürt hatte.

Er konnte immer noch nicht verstehen, warum seine Schwester Kelsey so sehr hasste. Vermutlich war Lizzy in ihrem Stolz verletzt worden, als Kelsey sie auf den Boden warf. Und sie war immer noch wütend auf ihn, weil er ihr gesellschaftliches Debüt erzwingen wollte. Bei Gott, er würde einen Ehemann für sie finden und sich den kleinen Satansbraten vom Hals schaffen!

Er musste unwillkürlich grinsen, als er daran dachte, wie erschrocken er gewesen war, als er den Lärm von nebenan gehört hatte, und wie erleichtert, als er sah, dass die zierliche kleine Kelsey seine Schwester gekonnt auf den Boden drückte. Noch immer sah er ihre schlanken nackten Knöchel, die unter dem Saum ihres Nachthemds hervorlugten, vor sich, ihr dichtes dunkles Haar, das in wilden Wogen bis zur Taille über ihren Rücken fiel. Dieses Bild hatte ihn die ganze Nacht nicht losgelassen und er konnte immer noch die Wirkung fühlen, die es auf ihn ausgeübt hatte. Er schnitt eine Grimasse und starrte auf die pochende Ausbuchtung in seiner Hose.

Der Schmerz war immer noch da, als er Lizzys Schlafzimmertür aufsperrte. Er ging leise hinein, in der Annahme, sie schlafend vorzufinden, aber das Bett war leer; die Decken und Kissen auf den Boden geschleudert, als hätte Lizzy einen Wutanfall gehabt. Ihre Worte fielen ihm wieder ein.

»*Schaff sie weg, Eddie, oder es wird ihr Leid tun ...*«

Edward machte auf dem Absatz kehrt und rannte aus dem Zimmer. Völlig außer Atem kam er in der Küche gekeucht. Eine massige Frau schnappte nach Luft, als sie ihn sah. Die magere Frau neben ihr hielt sich eine Hand vor den Mund, als wollte sie einen Schrei unterdrücken.

Watkins saß am Tisch und aß. Als er Edward in der Tür stehen sah, stand er sofort auf und schluckte den Bissen, den er im Mund hatte. »Euer Gnaden?«

»Wo ist Miss Vallarreal?«, fragte Edward, wobei sich seine Finger so fest um die Reitgerte schlossen, dass die Knöchel weiß hervortraten.

»Sie ist fortgegangen, Euer Gnaden.«

»Fort? Wohin?«

»Sie wollte ins Dorf, um ihren Vater zu besuchen, glaube ich.«

»Zu Fuß?«

»Ja, Euer Gnaden.« Watkins zog seine Augenbrauen zusammen. »Stimmt etwas nicht?«

»Lizzy ist wieder einmal aus ihrem Zimmer entwischt. Ich glaube, sie will Miss Vallarreal etwas antun.« Edward, der sich verwünschte, weil er Lizzy nicht in einen der Türme eingesperrt hatte, rannte zur Tür hinaus.

Watkins sah ihm nach und machte einen Satz nach vorn, um Agnes aufzufangen, die eben in Ohnmacht fiel.

Es war ein ungewöhnlich schöner Tag, sonnig und wolkenlos. Kelsey betrachtete durch das Blätterdach über ihrem Kopf bewundernd den klaren blauen Himmel, der sich krass von den satten Grüntönen des Laubs abhob. Statt die Einfahrt zu nehmen, die ihren Weg um eine halbe Meile verlängert hätte, hatte sie sich für eine Abkürzung durch den Wald entschieden. Sie würde sie an die Ostseite des Dorfs führen, nicht weit von ihrem Zuhause.

Sie und Griffin benutzten die Abkürzung regelmäßig, wenn in der Nähe des Steinbruchs die Brombeeren reif wurden. »Geklaute Brombeeren schmecken viel besser«, hörte sie Alroy McGregor jedes Mal sagen, wenn er ein Stück vom Kuchen seiner Frau verzehrte. Sein Ausspruch brachte immer alle im Haushalt der McGregors zum Lachen, einschließlich Kelsey. Sie war ganz seiner Meinung. Grinsend dachte sie daran, dass es bald wieder an der Zeit wäre, die Brombeersträucher zu plündern.

Der kräftige Geruch von verrottendem Laub und schwerer, feuchter Erde stieg ihr in die Nase. Sie liebte den herben, unverfälschten Duft des Waldes und sog ihn mit tiefen Zügen ein. Bald erreichte sie eine Lichtung, wo die Bäume einem steilen, felsigen Hügel wichen. Ihre Beinmuskeln spannten sich an, als sie den gewundenen Pfad erklomm, und sie war außer Atem, als sie den Gipfel der Anhöhe erreichte.

Sie blieb stehen, um wieder zu Atem zu kommen, und warf einen Blick in den Steinbruch. Blaues Wasser glitzerte auf dem Grund der massiven kegelförmigen Aushöhlung. Der Steinbruch wurde seit dreißig Jahren nicht mehr bearbeitet und die Natur hatte begonnen, das Land dort, wo es die Arbeiter kahl geschlagen hatten, wieder für sich zu erobern. Eine dichte Baumgruppe stand auf der östlichen Seite, während im Westen hartnäckig eine Reihe von Brombeersträuchern wuchs, die den hundert Fuß tiefen Abgrund verbarg.

Kelsey bekam Herzklopfen, als sie sich an den Büschen vorbeischob. Jedes Mal, wenn sie oberhalb des Steinbruchs ging, musste sie ihre quälende Angst vor einem Absturz überwinden. Griffin zog sie immer wegen dieser Angst auf, wenn sie die reifen Früchte pflückten. Gewöhnlich endete es damit, dass sie ihn zur Strafe mit Beeren bewarf und er mit schwarzen Flecken auf dem Hemd nach Hause gehen musste. Meistens bekam sie auch ein paar ab. Lächelnd dachte sie an ein etwas heftigeres Gefecht zurück, das seine Haare für einen Monat schwarz gefleckt hatte. Ein lautes Summen riss sie aus ihren Erinnerungen.

Der Himmel verfärbte sich plötzlich schwarz. Dunkle Flecken schwärmten summend durch die Luft. Kelsey erhaschte einen kurzen Blick auf ein spitzes Hornissennest, das mitten im Weg lag, als hätte es jemand dort hingeworfen und die Hornissen kurz vor Kelseys Eintreffen aufgescheucht.

Die Hornissen entdeckten sie schnell. Eine stach sie in

die Hand, eine andere in den Nacken. Kelsey stieß einen Schrei aus, ließ den Korb mit Essen fallen, den sie ihrem Vater mitbringen wollte, und rannte blindlings in die Brombeeren, wobei sie versuchte, ihre Augen mit dem Unterarm abzuschirmen. Sie spürte, wie die Dornen an ihren Knöcheln kratzten und sich in ihrem Kleid verfingen. Wie die Hornissen sie stachen. Und dann …

Der Boden unter ihren Füßen verschwand. Sie stolperte ins Nichts und kollerte über die zackigen Felsvorsprünge nach unten.

10

Lizzy, die am Rand des Steinbruchs stand, beugte sich vor und starrte beunruhigt nach unten. Als Kelseys Körper auf dem Boden der Grube ins Wasser fiel, wartete sie mit angehaltenem Atem darauf, dass die andere wieder auftauchte. Aber sie tat es nicht.

»Du sollst doch nicht sterben, du dumme Trine«, murmelte sie halblaut vor sich hin, als sie den steilen Pfad hinuntereilte, wobei sie mit einer Hand den Saum ihres schwarzen Kleids raffte und sich mit der anderen an den scharfkantigen Felsvorsprüngen festhielt. Das Wasser war so klar, dass sie den Kopf der Frau unter der Wasseroberfläche deutlich sehen konnte.

Als sie das Ufer erreichte, sprang sie hinein. Es rauschte in ihren Ohren, als sie durch die Grube zu dem leblosen Körper im Wasser schwamm. Sie war immer groß und kräftig gewesen, geschmeidig und zäh wie ein Schilfrohr, und es kostete sie kaum Mühe, Kelsey unter den Achselhöhlen zu packen und ihr totes Gewicht über die Wasseroberfläche zu heben.

Sie hielt Kelseys Kopf über Wasser, als sie sie zum Ufer zurückschleppte. Das Ufer war knapp drei Meter entfernt, stellte Lizzy fest, als sie ihre Last auf die Böschung zog. Kelseys Haar hatte sich gelöst und fiel ihr lose ins Gesicht. Lizzy schob den dunklen Zopf beiseite und presste ihr Ohr an Kelseys Brust.

Nichts.

Lizzy, die allmählich in Panik geriet, schob sie in eine sitzende Position. Kelseys Kopf fiel schlaff nach vorn. Lizzy stieß ihn wieder hoch und fing an, Kelsey leichte Schläge auf die Wangen zu geben. »Aufwachen! Los, aufwachen!«

Kelsey zuckte zurück, spuckte Wasser, hustete dann krampfhaft und stieß Lizzys Hände weg.

»Wieder zu den Lebenden zurückgekehrt?«, fragte Lizzy sarkastisch.

Kelsey hörte auf zu husten und schlug die Augen auf. Ihr Blick klärte sich, als sie die Augen aufriss, und sie platzte heraus: »Sie! Sie haben das Hornissennest auf den Pfad gelegt! Ich drehe Ihnen den Hals um!« Sie streckte beide Arme nach Lizzy aus.

Lizzy sprang auf, bevor Kelsey sie angreifen konnte, stemmte die Hände in die Hüften und starrte Kelsey an. »Redet man etwa so mit jemandem, der einem gerade das Leben gerettet hat?«

»Mein Leben gerettet?« Sie wollte Lizzy bei den Beinen packen, hielt aber unvermittelt inne. Mit schmerzverzerrtem Gesicht hielt sie sich den Arm. »Sie hätten mich beinahe umgebracht.«

»Ich wollte Sie nicht umbringen, sondern Ihnen nur Angst einjagen, damit Sie verschwinden.« Mit hoffnungsvoller Stimme fragte Lizzy: »Werden Sie verschwinden?«

»Warum wollen Sie, dass ich gehe? Habe ich Ihnen irgendetwas getan, Lizzy?«

»Ich mag Sie nicht.«

»Warum?«

»Ihretwegen habe ich schon eine Tracht Prügel bekommen.«

»Sind Sie sicher, dass es meinetwegen war? Sie waren letzte Nacht nicht besonders gut aufgelegt. Könnte es sein, dass Sie Ihren Bruder ein bisschen zu sehr gereizt haben?«

»Sie sind die Einzige, die ihn reizt.« Lizzy hob einen flachen Kieselstein auf, drehte ihn zwischen ihren Fingern und ließ ihn dann über die Wasseroberfläche hüpfen. »Das sehe ich an der Art, wie er Sie anschaut und küsst.«

»Sie haben uns nachspioniert?«

»Na klar.« Sie drehte sich um und bedachte Kelsey mit einem boshaften Grinsen. »Womit soll ich mir hier denn sonst die Zeit vertreiben?« Sie hob noch einen Stein auf.

»Sie könnten versuchen, Ihrem Bruder von Nutzen zu sein.« Kelsey, die ihre Füße unter ihr nasses Kleid gezogen und ihre Ellbogen auf ihre Knie gestützt hatte und jetzt zu Lizzy schaute, machte den Eindruck, als hätte sie nichts dagegen, den Rest des Tages auf dem felsigen Uferstreifen zu sitzen und zu reden.

Lizzy runzelte die Stirn. Warum war die Person so gelassen? Sie sollte aus voller Kehle schreien und wütend auf sie, Lizzy, sein, weil sie versucht hatte, sie umzubringen, aber nein, sie saß ganz freundlich da und versuchte, ihr gute Ratschläge zu geben. Warum konnten sich diese blöden Künstler nie so benehmen, wie man es von ihnen erwartete?

In dem schnippischen Ton, der nie verfehlte, Edwards Zorn zu erregen, sagte sie: »Warum sollte ich mir die Mühe machen, meinem Bruder von Nutzen zu sein? Er hat nie etwas für mich übrig gehabt.« Sie ließ den Stein über das Wasser tanzen. »Und jetzt will er mich zwingen, irgendeinen langweiligen Trottel mit einem Titel zu heiraten.«

»Ich bin sicher, Sie irren sich. Das würde er nicht tun.«

»Also wirklich, Sie sind der naivste Mensch, der mir je begegnet ist – nicht einmal diese Himmelsbräute im Konvent waren so arglos wie Sie.«

»Ich kann es nicht naiv finden, das Beste von anderen zu glauben«, sagte Kelsey abwehrend.

Lizzy musterte Kelseys Gesicht. Sie sah nicht erzürnt aus, nur verletzt. »Vielleicht haben Sie Recht«, sagte sie, wobei sie selber nicht wusste, warum ihr Ton auf einmal so versöhnlich war. »Hängt nur davon ab, wie man es sieht.«

»Haben Sie den ›Trottel‹, den Edward Ihnen als Ehemann präsentieren will, schon kennen gelernt?« Kelsey zog eine Augenbraue hoch und sah Lizzy belustigt an.

»Eigentlich nicht.« Lizzy hob einen weiteren Stein hoch und schleuderte ihn so kraftvoll über das Wasser, dass der Stein bis auf die andere Seite hüpfte, bevor er auf den Boden fiel. »Wissen Sie, Edward droht damit, mich mit Lady Shellborn für die Saison nach London zu schicken, und sie wird mich den potenziellen Heiratskandidaten der besseren Gesellschaft vorführen wie eine Zuchtstute. Wahrscheinlich glaubt er, dass mich irgendeiner nehmen wird, aber wenn er mich zwingt, nach London zu gehen, laufe ich weg. Ich hasse es, zur Schau gestellt zu werden, ganz besonders, wenn von mir erwartet wird, ständig geziert zu lächeln und zu säuseln und mich wie eine hohlköpfige Debütantin aufzuführen.«

»Klingt schrecklich«, meinte Kelsey und schüttelte sich mit einem gespielten Schauder. »Ich war noch nie auf einem Ball, aber meine Mutter hat mir immer von den Gesellschaften erzählt, die sie als Debütantin besucht hat. Es klang furchtbar. Ich glaube, sie hat sehr viel gelächelt und gesäuselt, aber sie hat mich nie in das Geheimnis eingeweiht, wie man sich als hohlköpfige Debütantin benimmt. Ich nehme an, Lächeln und Säuseln haben viel damit zu tun.«

»Nur zu, machen Sie sich ruhig lustig über mich. Sie sollten froh sein, dass Sie noch nie auf einem Ball waren. Das ist noch öder als einer von Edwards langatmigen Strafpredigten zuzuhören. Ich wollte nur hier bleiben und meine Ruhe haben. Ich habe keine Lust, in die Gesellschaft eingeführt zu werden, und ich werde mir in London ganz bestimmt nicht einen blöden Ehemann angeln, schon gar nicht einen, den ich heiraten soll, weil er Geld und einen Titel hat. Wenn und falls ich heirate, werde ich den Mann nicht wegen seiner gesellschaftlichen Stellung nehmen, sondern weil ich ihn liebe.«

»Ich hätte Sie nicht für so romantisch gehalten, Lizzy. Sie überraschen mich.«

Lizzy, die spürte, dass sie rot wurde, stieß mit der Stiefelspitze einen Stein ins Wasser und starrte angestrengt auf das verschwommene Abbild des Quarzbodens unter der Wasseroberfläche, um Kelsey nicht anschauen zu müssen. Alles an der anderen irritierte sie. Sie konnte kämpfen wie ein Mann, hatte Edward und Watkins um den Finger gewickelt und verfügte über eine geradezu unheimliche Selbstbeherrschung. Und sie brachte sie, Lizzy, dazu, Dinge auszusprechen, die sie noch keinem anderen Menschen anvertraut hatte. Lizzy wünschte, die lästige Person würde endlich ins Dorf zurückgehen, wo sie hingehörte.

»Es tut mir Leid, dass ich Sie in Verlegenheit gebracht habe. Das wollte ich nicht.« Der aufrichtige Tonfall in Kelseys Stimme bewirkte, dass Lizzy zu ihr sah. »Wenn Sie ein wenig liebenswürdiger im Umgang wären, könnten Sie Edward vielleicht umstimmen und ihn dazu bringen, seine Meinung zu ändern. Vielleicht schickt er Sie dann erst nächstes Jahr nach London.«

Lizzy, die über diese Möglichkeit nachzudenken schien, starrte wieder brütend auf das Wasser.

Kelsey fuhr heiter fort: »Wenn Sie es dank Ihrer Gerissenheit schaffen, mich praktisch umzubringen, fällt Ihnen ganz bestimmt auch etwas ein, um Ihren Bruder umzustimmen. Ich habe volles Vertrauen zu Ihnen. Wirklich, wenn wir wieder im Krieg gegen die Franzosen wären, wäre ich froh, Sie auf unserer Seite zu haben. Sie würden Bonaparte ganz sicher verscheuchen – natürlich nur, falls er sich entschließt, aus seinem Grab aufzuerstehen und zu den Waffen zu rufen.«

Lizzy sah Kelsey an. Sie hätte die Person gern mit einem vernichtenden Blick durchbohrt und irgendetwas Gehässiges gesagt, aber statt dessen ertappte sie sich dabei, zu grinsen und eine Hand auszustrecken. »Können Sie aufstehen?«

»Ich denke schon.«

Kelsey nahm Lizzys Hand und stöhnte auf, als Lizzy sie hochzog. Da sie noch etwas wackelig auf den Beinen war, packte Lizzy sie am Ellbogen. »Ist mit Ihnen wirklich alles in Ordnung?«

»Ja, ich habe nur ein paar Stiche und kleinere Schrammen abbekommen. Zu der Idee mit den Hornissen kann ich Ihnen nur gratulieren. Wirklich genial. Und äußerst wirkungsvoll. Wie haben Sie das gemacht?«

»Die Nonnen hatten Bienenstöcke im Kloster und ich wusste, dass Rauch die Tiere beruhigt. Ich bin auf den Baum geklettert, habe ein Stück Holz angezündet und dann den Bau vom Ast gepflückt. War ganz leicht.«

»Sie müssen es ja wissen.« Kelseys grüne Augen tanzten vor Lachen. »Wenn Sie so etwas je wieder versuchen, zahle ich es Ihnen doppelt und dreifach heim.«

»Ich schätze, das ist nur fair«, sagte Lizzy und betrachtete Kelsey mit mehr Respekt als je zuvor.

»Kelsey!«

Beide blickten auf, als sie Edwards aufgeregte Stimme hörten. Er stand am Rand des Steinbruchs und starrte mit wutverzerrter Miene auf ihre nassen Sachen. »Was hat das zu bedeuten? Was hast du angestellt, Lizzy?«

»Jetzt bringt er mich um«, murmelte Lizzy halblaut. Ihre Hände wanderten unwillkürlich zu ihrer schmerzenden Kehrseite und sie schnitt eine Grimasse. Sie war nicht unbedingt erpicht auf eine weitere Tracht Prügel, auch wenn sie letzte Nacht große Töne gespuckt und ihm etwas anderes erzählt hatte. Es war aber auch möglich, dass ihm eine schlimmere Strafe einfiel. Für gewöhnlich wusste sie, wie weit sie bei ihm gehen konnte, aber in letzter Zeit schien er schneller die Beherrschung zu verlieren.

»Sie könnten sich bei mir beliebt machen«, bemerkte Kelsey leichthin, während sie Edward zuwinkte. Mit erhobener Stimme rief sie ihm zu: »Alles in Ordnung – nein, nein, kommen Sie nicht runter! Wir kommen rauf.«

»Na schön, mach ich. Ich bin Ihre Sklavin, einen Monat – nein, zwei Monate lang, wenn Sie ihm nichts sagen.«

Kelsey nahm Lizzys Hand, als wären sie schon immer gute Freundinnen gewesen. Lizzy hätte am liebsten ihre Hand zurückgezogen, als sie nach oben kletterten, tat es aber nicht. Sie ließ sich nie von anderen Menschen berühren, aber sie fing an, Kelsey zu mögen, obwohl sie sie viel lieber gehasst hätte. Deshalb machte es ihr im Grunde nichts aus, Kelseys Hand zu halten und ihr über die rutschigen Felsen zu helfen. Kelsey hatte ihr nicht geantwortet – sicher nur, um sich an ihrem Unbehagen zu weiden, wie Lizzy glaubte.

Kelsey wartete, bis sie fast oben waren, bevor sie etwas sagte. Da Edward ganz in der Nähe war, senkte sie die Stimme. »Meine Sklavin für zwei Monate? Klingt fair, aber da wäre noch etwas.«

»Alles, was Sie wollen.«

»Sie müssen mir versprechen, in dieser Zeit auch ein bisschen netter zu sein.«

»Na gut, aber eins müssen Sie wissen – das wird mich umbringen.«

»Davon bin ich überzeugt«, sagte Kelsey grinsend und fügte hinzu: »Und kein Nachspionieren mehr.«

»Gut.«

Als sie den Rand erreichten, half Edward ihnen hinauf. Er starrte erst Lizzy, dann wieder Kelsey an. Sein Blick erfasste ihre zerrissene Kleidung und die blauen Flecken und Kratzer auf ihren Armen, und er legte beide Hände auf ihre Schultern. »Alles in Ordnung?«

»Natürlich. Ich verdanke Lizzy mein Leben.« Kelsey warf Lizzy einen bedeutungsvollen Blick zu, als Edward gerade nicht hinsah. »Nur keine falsche Bescheidenheit, Lizzy. Erzählen Sie es ihm.«

Lizzy zögerte einen Moment, bevor sie sagte: »Es stimmt, ich habe gesehen, wie sie ins Wasser stürzte, und bin hinterhergesprungen, um sie zu retten.« Als sie den skeptischen Blick ihres Bruders bemerkte, kreuzte sie die

Finger über ihrem Herzen und fügte hinzu: »Ich schwöre!«

»Es ist wahr. Eine Hornisse war hinter mir her. Ich war außer mir und stürzte in die Grube. Jetzt kann ich aber ins Dorf weitergehen.«

Edward, der alles andere als überzeugt wirkte, hob sie in seine Arme und marschierte zu seinem Pferd. »Sie kommen mit mir nach Hause. Ich lasse den Doktor holen.«

»Nein, wirklich, das ist völlig unnötig. Mir fehlt nichts. Ich habe nur ein paar blaue Flecken und ein, zwei Stiche.« Kelsey nagte an ihrer Unterlippe.

»Ich erlaube nicht, dass Sie ins Dorf gehen. Mein Wagen wird Sie hinbringen, wenn Sie wieder gehen können.«

»Miss Vallarreal kann jetzt schon gehen. Sie macht dich ganz nass«, bemerkte Lizzy, die neben Edward herging.

Edward musterte sie finster. »Fang keinen Streit mit mir an, Lizzy. Ich weiß, dass du etwas mit dieser Sache zu tun hast, und wenn ich herausfinde, was du angestellt hast –«

»Du meine Güte!« Kelsey presste eine Hand an ihren Kopf und stieß ein Stöhnen aus, das weit besser als alles war, was Lizzy in ihrer Rolle als Geist der verstorbenen Herzogin zum Besten gegeben hatte. »Müssen Sie unbedingt so brüllen?«

»Was ist los?«, fragte Edward, der sofort von seinem Zorn abgelenkt war.

»Mein Kopf. Ich glaube, ich sollte mich eine Weile hinlegen. Vielleicht habe mich doch verletzt. Bringen Sie mich lieber schnell auf mein Zimmer.« Kelsey warf einen verstohlenen Blick auf Lizzy und sah sie vielsagend an. »Denken Sie an Ihr Versprechen.«

Lizzy runzelte die Stirn und verdrehte die Augen.

Edward trug Kelsey zu seinem Pferd und schwang sich mühelos mit ihr in den Armen in den Sattel. Sein Gesicht war verzerrt vor Sorge und seine Narben traten schärfer hervor, als Lizzy es je erlebt hatte. Noch nie hatte sie ihren Bruder so beunruhigt gesehen. Er warf Lizzy einen Blick zu, der darauf abzielte, sie zu Staub und Asche zerfallen zu lassen, und gab dann Dagger die Sporen.

Lizzy starrte finster auf den Rücken ihres Bruders, als er davonritt, hin und her gerissen zwischen Hass und schwesterlicher Zuneigung. So war es schon immer zwischen ihnen gewesen. Ein mutwilliges Lächeln breitete sich auf ihrem Gesicht aus, als sie ihm nachsah und dabei leise sagte: »Wenn du mich zwingst, nach London zu fahren, hoffe ich, sie bricht dir das Herz. Vielleicht lernst du endlich, dass du nicht das Leben deiner Mitmenschen bestimmen kannst – und dein eigenes auch nicht.«

Als würde Edward ihr auf perverse Art und Weise antworten, fing eine Hornisse an, um ihren Kopf zu schwirren, gefolgt von weiteren. Lizzy hatte geglaubt, sie würden nicht mehr ausschwärmen, aber als sie sich von einer Wolke von Hornissen umzingelt sah, musste sie feststellen, dass sie sich geirrt hatte. Nach den hartnäckigen Insekten ausschlagend, rannte sie den steilen Abhang wieder hinunter und tauchte ins Wasser, wobei sie von ganzem Herzen ihr Pech und ihren Bruder verwünschte.

»Edward«, sagte Kelsey, die gegen den Drang ankämpfte, sich an seine Brust zu schmiegen. Obwohl ihm seine Wut auf Lizzy aus jeder Pore zu dampfen schien, fühlte sie sich in seinen Armen herrlich wohl.

»Ja?«

»Darf ich etwas zu Lizzy sagen?«

»Meine Schwester steht nicht zur Diskussion. Ich dachte, das hätte ich gestern Abend unmissverständlich klargemacht.« Seine Kiefermuskeln spannten sich an, und die Adern an seinem muskulösen Hals traten hervor.

»Mag sein, aber es tut mir weh, wenn ich mit ansehen muss, wie schlecht Sie mit ihr auskommen.«

»Wie ich bereits sagte, ich wünsche nicht darüber zu sprechen.«

»Ich schon. Ich würde Lizzy gern verstehen. Ich weiß, dass sie nach dem Tod Ihrer Eltern bei einer Tante und einem Onkel aufwuchs, die keine Zuneigung für sie empfanden, aber ich begreife nicht, warum Sie Ihre Schwester so roh und lieblos behandeln.«

»Ich bin nicht lieblos zu ihr.«

»Natürlich sind Sie das. Sie will nicht nach London und Sie sollten sie nicht dazu zwingen. Das wird den Bruch zwischen Ihnen und Lizzy nur noch mehr vertiefen.«

»Sie hat mit Ihnen geredet, stimmt's?« Er schnaubte. »Sie versteht sich gut darauf, andere zu manipulieren. Glauben Sie mir, ich tue nur, was am besten für sie ist. Lizzy braucht eine feste Hand, sonst wird sie sich den Rest ihres Lebens wie eine Wilde aufführen. Ich habe versucht sie zu ändern, aber ich scheine nicht an sie heranzukommen. Ich denke, wenn sie es zulässt, könnte ein Ehemann mehr bei ihr ausrichten.«

Ein wenig von dem Zorn in seiner Stimme verschwand, als er fortfuhr: »Sie wissen nicht, wie es war, sie aufzuziehen. Meine Tante Augusta war ein wahrer Drachen und hat Lizzy zu dem gemacht, was sie heute ist. Sie hat sie ständig schikaniert und sie dann, als sie anfing zu rebellieren, weggeschickt. Ich schrieb ihr sogar, als ich wusste, dass sie alt genug war, um lesen zu können, aber meine Tante gab ihr die Briefe nie. Sie wollte mir nicht einmal sagen, auf welche Schule Lizzy ging – allerdings blieb sie nie länger als sechs Monate auf einer. Sie hatte ein ausgesprochenes Talent dafür, sich hinauswerfen zu lassen. Lizzy wusste nicht einmal, dass ich existierte, bis ich in den Besitz des Titels kam und ihr Vormund wurde.«

»Wie furchtbar! Warum war Ihre Tante so hässlich zu ihr?«

»Sie war die Halbschwester meiner Mutter aus einer vorangegangenen Ehe und hatte meine Mutter immer verabscheut, weil sie der Liebling ihres Vaters war. Diesen Hass ließ sie an Lizzy aus. Als ich volljährig wurde und davon erfuhr, ging ich sofort zu dem Anwalt, der als unser gesetzlicher Vormund agiert hatte, um ihm den Hals umzudrehen.« Sein Mund verzog sich zu einem schiefen Grinsen. »Ich machte ihn darauf aufmerksam, dass er Lizzy niemals unserer Tante hätte anvertrauen dürfen, aber als ich meine Finger schon um seinen dünnen Hals hatte, überzeugte er mich davon, dass er sich lange mit Tante Augusta unterhalten hätte. Sie hatte sich ganz liebevoll gegeben und ihm vorgetäuscht, es wäre ihr sehnlichster Wunsch, Lizzy die Mutter zu ersetzen, so dass er mit gutem Grund annehmen konnte, meine Schwester in gute Hände zu geben.«

»Lebt Ihre Tante noch?«

»Nein, sie starb vor drei Jahren.« Er schwieg einen Moment. Seine Hände krampften sich um die Zügel und dann, als müsste er sich etwas von der Seele reden, sagte er: »Ich hatte mir alles ganz anders vorgestellt, als ich Lizzy hierher zu mir holte.« Seine Stimme war rau. »Aber ich hatte eine zehnjährige Xanthippe am Hals, die sich mir mit allen Kräften widersetzte, als ich versuchte, ihr etwas Disziplin beizubringen. Nachdem sie fünf Gouvernanten verschlissen hatte, war ich gezwungen, sie in eine Klosterschule in Frankreich zu geben – hier in England wollte sie kein Pensionat mehr aufnehmen.« Er verstummte abrupt, als wäre ihm plötzlich bewusst geworden, dass er zu viel gesagt hatte.

Kelsey lauschte eine Weile dem stetigen Klappern der Pferdehufe und beobachtete, wie das Pferd nervös mit den Ohren zuckte, als eine Fliege um seinen Kopf schwirrte, bevor sie vorsichtig sagte: »Ich weiß, dass Sie glauben, nur das zu tun, was für Lizzy am besten ist, aber sie zu einer Ehe zu zwingen, wird sie nur noch rebellischer machen. Offensichtlich ist sie genauso starrköpfig wie Sie. Sie werden sie nie Ihrem eisernen Willen unterwerfen, wenn Sie sie zu etwas zwingen, nur weil Sie es für richtig halten. Ein wenig Freundlichkeit und Verständnis könnten ihr vielleicht helfen, die Dinge mit Ihren Augen zu sehen.«

»Ich habe es versucht; vergeblich«, sagte er scharf.

»Vielleicht haben Sie sich nicht genug bemüht.«

»Ich brauche Ihre ungebetenen Ansichten über meine Schwester nicht. Ich bin ihr Vormund und kann mit ihr machen, was ich will.«

»Das stimmt, aber bis jetzt waren Sie nicht gerade erfolgreich. Sie sind zu sehr damit beschäftigt, in Selbstmitleid zu schwelgen, um zu erkennen, wie Sie mit anderen umzugehen haben.« Im nächsten Moment wurde ihr bewusst, dass er sie wieder einmal aus der Reserve gelockt hatte, obwohl sie sich geschworen hatte, dass es nie wieder vorkommen würde. Ohne Zweifel würde sie bedauern, was sie gerade gesagt hatte, aber es hatte gut getan, es auszusprechen.

Edward sagte kein Wort, bis sie das Schloss erreichten, ein glücklicher Umstand, denn sein Gesicht war gerötet vor Zorn und er sah aus, als würde er ihr am liebsten die Haare ausreißen – oder sich selbst.

Er riss abrupt an den Zügeln und Kelseys Schulter prallte an seine harte Brust. Mit einer einzigen geschmeidigen Bewegung fing er sie auf, schwang sich aus dem Sattel und stieg mit ihr in den Armen ab.

Watkins, der sie bei der Tür erwartete, zeigte seine übliche säuerliche Miene. Nur die Besorgnis in seinen Augen verriet ihn. »Wie geht es Ihnen, Miss Kelsey?«

»Sie behauptet, sie wäre in den Steinbruch gestürzt – zumindest ist das die Geschichte, die sie im Moment erzählt.« Edward starrte sie aus seinem unversehrten Auge argwöhnisch an. Mit seinem spitzen Haaransatz und dem im Nacken gebundenen dunklen Haar sah er wie ein einäugiger Falke aus.

»Ich glaube, Watkins hat mit mir gesprochen«, sagte Kelsey, die sich immer noch über Edward ärgerte, weil er sie provoziert hatte, aber noch mehr über sich selbst, weil sie ihm in die Falle gegangen war. Sie sah zu Watkins. »Es geht mir gut, Watkins. Sie brauchen sich keine Sorgen zu machen.«

»Lassen Sie nach dem Doktor schicken, Watkins.«

»Sofort, Euer Gnaden.« Watkins wandte sich zum Gehen.

»Nein, bitte nicht!« Watkins drehte sich um und sah Kelsey fragend an. Sie lächelte hölzern. »Alles, was ich brauche, ist ein heißes Bad, Watkins.« Sie zappelte in

Edwards Armen. »Lassen Sie mich bitte hinunter. Ich bin durchaus imstande, auf meinen eigenen Beinen zu stehen. Und ich lasse mich nicht von Ihnen so unsanft behandeln!«

Edward lockerte seinen Griff nicht, im Gegenteil, seine Finger bohrten sich noch fester in ihre Seiten.

»Lassen Sie mich sofort los!«

Ohne sie zu beachten, ging Edward durch die Halle und sagte über die Schulter: »Lassen Sie den Arzt kommen, Watkins.«

»Nein, tun Sie das nicht!« Kelsey versuchte, über Edwards breite Schulter zu Watkins zu spähen, konnte ihn aber nicht sehen und sprach deshalb in Edwards Hemd. »Wenn ein Arzt vor meiner Schlafzimmertür steht, lasse ich ihn nicht herein. Haben Sie das verstanden, Watkins?«

»Ja, Miss Kelsey.«

»Sie werden ihn hineinlassen«, knurrte Edward.

»Das werden wir ja sehen!« Kelsey verschränkte die Arme vor der Brust.

»Ich freue mich schon darauf.«

»Tut mir Leid, Ihnen die Vorfreude nehmen zu müssen.« Kelsey war nicht bereit, ihm das letzte Wort zu lassen.

Wie sich herausstellte, behielt er das letzt Wort, denn etwas später, nachdem Edward sie auf ihr Bett geworfen hatte und aus dem Zimmer gestürmt war, traf der Doktor ein. Kelsey hatte ein heißes Bad genommen und ließ sich gerade von Mary in ihre Unterröcke helfen, als es an die Tür klopfte.

»Kelsey, ich bin's, der alte Dr. Jamerson.«

Kelsey erkannte die Stimme ihres Hausarztes. Er war so

ein lieber, netter Mann, dass sie es nicht übers Herz brachte, ihn, nur um Edward zu trotzen, vor der Tür stehen zu lassen. Sie warf schnell einen Morgenmantel über und sagte zu Mary: »Lass ihn bitte herein.«

»Gern, Miss.« Mary machte einen Knicks, öffnete die Tür, knickste noch einmal vor dem Doktor und verließ das Zimmer.

Dr. Jamerson kam hereingeschlendert. Er war ein rundlicher Mann mit einem runden, geröteten Gesicht, das zu seiner behäbigen Figur passte. Er trug eine alte weiße Perücke aus einer vergangenen Epoche und auf der Nase ein rechteckiges Brillengestell.

Mit geschürzten Lippen musterte er sie eingehend durch seine Brille und sagte: »Was hast du denn jetzt wieder angestellt, liebes Kind?«

»Nichts, das Ihre Aufmerksamkeit erfordern würde, Dr. Jamerson.« Kelsey warf erbittert die Hände hoch. »Ich habe versucht, das Lord Salford klarzumachen, aber er blieb unnachgiebig.«

»Nun, unser gegenwärtiger Herzog kann sehr eigensinnig sein. Das bringt der Titel so mit sich, meine Liebe.« Jetzt lächelte Dr. Jamerson sie an. »Wie ich höre, hast du das ganze Schloss auf den Kopf gestellt, seit du hier bist. Stimmt das?«

»Wer erzählt denn so einen Unsinn?«

»Ich bin Arzt.« Er stellte seine kleine schwarze Tasche auf ihr Bett. »Die Menschen vertrauen mir mehr als nur ihre Krankheiten an – manchmal zu viel.«

»Sie haben mit Mr. McGregor Schach gespielt, nicht wahr?«

»Ja.« Der Doktor gluckste in sich hinein, so dass sein

Bauch wie ein Weihnachtspudding wackelte. »Du hast mich ertappt.«

Kelsey seufzte und setzte sich mit hängenden Schultern auf die Bettkante. »Wahrscheinlich weiß schon das ganze Dorf, dass ich mitten in der Nacht aus dem Schloss gerannt bin.«

»Nun, es wird dich freuen zu hören, dass man Salford die Schuld gibt. Es sind ein paar sehr unfreundliche Bemerkungen über ihn gefallen.«

»Wirklich? Also, ich neige zu der Annahme, dass er alles verdient, was über ihn gesagt wird.«

»Ich würde ihn nicht so vorschnell verurteilen, meine Liebe. Er ist ein sehr einsamer Mensch. Man kann ihm seine Verfassung kaum verdenken. Mit diesem Äußeren hat er wirklich keine Aussichten.«

»An seinem Äußeren ist nichts auszusetzen.« Als Kelsey auffiel, dass sie die Worte mit viel zu viel Nachdruck gesprochen hatte, fügte sie beiläufig hinzu: »Ich meine, an sein Gesicht gewöhnt man sich. Es ist sein dunkles Herz, das einen abstoßen muss.«

»Ich erzähle dir jetzt etwas, das dir helfen könnte, seine dunklere Seite besser zu verstehen. Er hat einmal den Versuch gemacht, sich wieder in seinen Kreisen zu bewegen – nach dem Unfall. Ich erinnere mich noch sehr gut. Es war in jeder Hinsicht eine Katastrophe.« Das Bett knarrte unter seinem Gewicht, als er sich neben sie setzte.

»Das hat er getan?« Kelsey spielte mit dem Gürtel ihres Morgenmantels.

»Ja. Traurige Sache.« Er schüttelte so heftig den Kopf, dass die Enden seiner Perücke an seine Pausbacken schlugen.

»Was ist passiert?«

»Er fuhr nach London – wie du weißt, hat er dort ein Stadthaus. Die Saison war gerade auf ihrem Höhepunkt. Er wurde sofort mit Einladungen überschüttet – galt als eine Art Sensation in der Gesellschaft, die Gerüchte über sein Gesicht, du weißt schon. Nun, der erste Ball, den er besuchte, erwies sich als völliges Fiasko. Debütantinnen fielen bei seinem Anblick in Ohnmacht, die Musiker hörten auf zu spielen, um ihn anzustarren, die Kellner ließen Tabletts mit Gläsern fallen. Am nächsten Tag stand ein unschöner Artikel über den Vorfall in der *Gazette*. Er verließ London sofort und zog sich wieder hier aufs Land zurück.« Der Doktor schüttelte den Kopf. »Armer Teufel. Danach hat er Stillmore nie mehr verlassen und sich vor der Gesellschaft oder jedem Kontakt mit anderen Menschen abgeschottet. Er wird sein früheres Leben nie wieder aufnehmen können. Er hat sehr viel verloren. Ich kann nicht anders als ihn bemitleiden. Ich weiß, dass er deinem Vater wehgetan hat, aber ich weiß auch, wie großherzig du sein kannst, meine Liebe.«

»Das wusste ich nicht«, sagte Kelsey leise. Ihre Kehle war wie zugeschnürt.

»Nun, wie solltest du auch, meine Liebe? Du warst damals noch ein Kind.« Ein warmes Lächeln trat auf seine Lippen. »Na, schauen wir dich jetzt einmal an, nur um unserem verdrießlichen Herzog gefällig zu sein? Ich glaube, er ist unten in der Bibliothek und läuft vor Sorge wie ein gefangener Tiger hin und her.«

»Tatsächlich?«

»Ja, meine Liebe.« Er hob den Kopf und betrachtete sie durch seine Brillengläser.

»Na gut, es kann ja wohl nicht schaden«, sagte sie. Ihr war so elend zumute, dass sie sich am liebsten in eine Höhle verkrochen hätte. Sie hatte es verdient. Sie wand sich innerlich, als sie sich an die bissigen Worte erinnerte, mit denen sie Edward vorgeworfen hatte, dass er mehr an seine eigene Entstellung als an Lizzy dachte. Wenn jemand das Recht hatte, selbstsüchtig zu sein, dann Edward, weiß Gott.

Dr. Jamerson berührte eine Stelle an ihrem Rücken. Sie quiekte und machte einen Satz.

»Hm. Wie ich sehe, hast du einen schönen Bluterguss auf deinem Rückgrat.«

»Bestimmt nicht mehr, als ich verdient habe.«

Dr. Jamerson stand auf und musterte sie neugierig aus seinen hellgrauen Augen. »Was hast du angestellt, meine Liebe?«

»Fragen Sie nicht. Es ist besser, wenn Sie es nicht wissen«, sagte Kelsey, um gleich darauf zusammenzuzucken, als Dr. Jamerson ihren Arm berührte. »Mein Temperament bringt mich ständig in Schwierigkeiten. Man sollte meinen, ich hätte mittlerweile gelernt, es im Zaum zu halten.«

»Das Leben wäre langweilig, wenn wir uns nicht hie und da an einem kleinen Feuer die Kehrseite versengen würden. Es unterbricht die Monotonie.« Er zwinkerte ihr zu und lächelte, als hätte er erraten, was sie zu Edward gesagt hatte.

Sie fragte sich, ob seine Heilkunst ihn auch dazu befähigte, Gedanken zu lesen.

11

Edward ging rastlos vor dem Kamin in der Bibliothek auf und ab, bis er Dr. Jamerson hereinkommen sah. Er lief dem Arzt sofort entgegen.

»Und? Wie geht es ihr?«

»Nur ein paar blaue Flecken und Abschürfungen, mehr nicht.« Edward entspannte sich leicht. »Davon erholt sie sich wieder, aber ich würde raten, dass sie sich in den nächsten ein bis zwei Tagen nicht zu sehr anstrengt.«

»Ich kümmere mich darum.«

Dr. Jamerson spähte durch seine Brillengläser zu Edward und schob nachdenklich die Unterlippe vor. »Viel Glück, kann ich da nur sagen. Kelsey war noch nie sehr fügsam – dafür hat ihr Vater schon gesorgt.«

»Das kann ich mir denken.« Edward erinnerte sich an seine Manieren. »Setzen Sie sich doch, bitte«, sagte er. »Darf ich Ihnen etwas zu trinken anbieten?«

»Nein, danke, nicht für mich. Meine Gallenblase macht mir wieder mal zu schaffen. Scheußliche Sache. Ich sollte eigentlich gehen, aber vorher wollte ich Sie noch fragen, ob Sie Kelsey schon von ihrem Erbe erzählt haben.«

»Nein, ich –«

Kelsey rauschte herein. Sie wirkte strahlend und von Kopf bis Fuß wie die Dame vornehmer Herkunft, die sie tatsächlich war. Ihr rabenschwarzes Haar war auf dem Kopf zusammengefasst und fiel in langen Scheitellocken über eine Schulter. Ihr tiefgrünes Kleid schmiegte sich wie angegossen an die Kurven ihres schlanken Körpers, und ihre Augen waren so groß und strahlend grün, dass sie den ganzen Raum zu erhellen schienen. Sie sah ganz und gar nicht so aus, als wäre sie vor kurzem in einen Steinbruch gestürzt.

Sie ging auf die beiden zu. »Entschuldigen Sie die Störung, Euer Gnaden. Ich wollte kurz mit Ihnen sprechen, aber ich kann später wiederkommen.«

»Nein, nein.« Dr. Jamerson erhob sich. »Ich muss jetzt wirklich los. Auf Wiedersehen, meine Liebe.« Er drückte Kelseys Hand, warf Edward einen aufmunternden Blick zu und ging dann hinaus.

Da Edward nicht den Blick von Kelseys Dekolleté wenden konnte, drehte er sich um und schlenderte zur Anrichte, um sich zwei Fingerbreit Whisky einzuschenken. »Sie sollten sich hinlegen.«

»Mir geht es gut. Außerdem muss ich mit Ihnen reden.«

»Falls es um Lizzy geht, können Sie Ihren Atem sparen.«

»Es geht um Lizzy – das heißt, nicht direkt um Lizzy, sondern um die schrecklichen Dinge, die ich zu Ihnen gesagt habe, als wir über Lizzy sprachen.« Sie zögerte und zog die Augenbrauen zusammen. »Tut mir Leid. Ich hatte kein Recht, so etwas zu sagen. Sie müssen mich dafür hassen.«

»Ich könnte Sie niemals hassen.« Edwards Finger schlossen sich krampfhaft um die Karaffe. Er drehte sich zu ihr um. »Welchem Umstand verdanke ich diese unerwartete Entschuldigung? Ach so, Dr. Jamerson hat Sie mit Geschichten über mein elendes Leben versorgt. Er versteht sich sehr gut darauf, Mitgefühl für mich zu wecken.«

»Warum eigentlich? Sie scheinen für sich selbst genug Mitgefühl für ein ganzes Leben zu haben – o nein, jetzt lasse ich mich schon wieder von Ihnen provozieren! Sie sind furchtbar streitlustig!« Grünes Feuer blitzte in ihren Augen, als sie die Hände in die Hüften stemmte. »Können Sie nicht einmal eine einfache Entschuldigung akzeptieren? Nein, vermutlich nicht. Sie glauben, hinter jeder freundlichen Geste, die Ihnen erwiesen wird, müsste Mitleid stecken. Schön, lassen Sie sich eines gesagt sein, falls ich je Mitleid mit Ihnen gehabt haben sollte, haben Sie es zerstört. Sie sind nicht nur streitlustig, sondern noch dazu egozentrisch.«

»Sind Sie fertig mit Ihrer Gardinenpredigt, Madam?«

»Ich glaube, ich habe alles gesagt, was ich auf dem Herzen hatte, danke sehr.«

»Freut mich.« Er sah sie an und stellte zu seiner Überraschung fest, dass er ihr nicht böse war. Keine Frau hatte je mit einem so inbrünstigen Zorn zu ihm gesprochen. Margaret, seine Ehefrau, hatte kaum mehr als zwei Worte hintereinander zu ihm gesagt, und wenn sie wütend gewesen war, überhaupt nichts. Sie hatte in einem Sessel gesessen wie ein bleicher Grabstein, still und unbewegt und ungefähr so anregend wie ein nasses Handtuch. Und seine Mutter, Gott segne sie, war viel zu träge gewesen, um sich je über etwas aufzuregen.

»Jetzt machen Sie mir Sorgen. Sie schlagen ja gar nicht zurück. Es scheint sogar der geisterhafte Schatten eines Lächelns auf Ihrem Gesicht zu sein. Darf ich ›verblüffend‹ der Liste Ihrer unangenehmen Eigenschaften zufügen?«

»Wenn es Ihnen Spaß macht«, sagte er in milderem Ton, als sie bis jetzt von ihm gehört hatte. »Hat Ihnen schon mal jemand gesagt, dass Ihre Augen schwarz werden, wenn Sie wütend sind?«

»Nein. Ich glaube nicht, dass mich schon mal jemand so sehr gereizt hat wie Sie. Mein Vater war nahe dran, aber Sie verstehen sich viel besser darauf als er.«

»Nun, ich nehme an, das spricht zu meinen Gunsten.« Er senkte den Blick, stellte fest, dass er die Karaffe immer noch in der Hand hielt, und fragte: »Darf ich Ihnen etwas zu trinken anbieten?«

»Ich trinke keinen Alkohol.«

»Nie?«

»Nie, und schon gar nicht am Morgen«, sagte sie tadelnd. »Ich habe mir geschworen, das Zeug nie anzurühren. Ich habe erlebt, was der Alkohol aus meinem Vater gemacht hat.«

Edward wand sich innerlich bei dem Wort Vater. Nicht mehr lange und er würde ihr die Wahrheit über ihren Vater sagen müssen. Er schenkte mehr Whisky in sein Glas ein, als er beabsichtigt hatte, bevor er sich zu ihr umdrehte und fragte: »Wie geht es mit Ihrer Arbeit voran? Haben Sie sich schon für ein Motiv entschieden?«

Sie schwieg einen Moment und biss sich auf die Unterlippe, als wäre sie unschlüssig, ob sie darauf antworten sollte. »Ja«, sagte sie schließlich. »Aber da Sie gesagt haben, es wäre Ihnen egal, was ich auf die Wand male, habe ich beschlossen, Sie damit zu überraschen.«

»Ich habe mir nie viel aus Überraschungen gemacht.« Er nahm einen Schluck Whisky und beäugte sie über den Rand des Glases hinweg.

»Schade. Sie könnten ein paar davon in Ihrem Leben brauchen.«

»Schwebt Ihnen etwas Bestimmtes vor?« Sein Blick wanderte von ihren Brüsten über ihre schmale Taille zu der sanften Rundung ihrer Hüften.

»Eigentlich nicht, aber ich bin sicher, wenn Lizzy und ich die Köpfe zusammenstecken, fällt uns schon etwas ein.« Sie lächelte ihn betörend an, während ihre Augen verschmitzt funkelten.

Er fragte sich, ob sie diesen bezaubernden, verführerischen und rätselhaften Blick auch ihrem Liebhaber, dem jungen McGregor, zukommen ließ. Seine Stimme wurde beißend. »Sie brauchen Lizzys Hilfe nicht. Sie sind weit einfallsreicher, als sie es je sein könnte.«

»Ist das ein Kompliment? Ich weiß es wirklich nicht, wenn Sie ein so bitterböses Gesicht machen.« Ihr Lächeln vertiefte sich und ließ ihre geraden weißen Zähne aufblitzen. »Falls es ein Kompliment ist, bin ich erstaunt. Ich hätte nie erwartet, eines von Ihnen zu hören.«

»Ich hätte nicht gedacht, dass ein Kompliment von mir in Ihren Augen viel wert ist.« Die Wärme ihres Lächelns bohrte sich wie ein Pfeil in ihn und er wandte den Blick ab.

»Ich hasse Sie nicht, Edward.«

Etwas in ihrer Stimme ließ Edward aufblicken. Er hätte es nicht tun sollen; jetzt konnte er nicht aufhören, sie anzustarren. Auch sie schien nicht den Blick von ihm wenden zu können. Ihre Augen waren weich vor Bewegung, aber es war kein Mitleid, das aus ihnen sprach, sondern reine Wärme, die sich direkt auf ihn richtete. Am liebsten hätte er sein Glas abgestellt, um zu ihr zu gehen und in dieser Wärme zu ertrinken.

Er wusste nicht, warum ihm etwas daran lag, aber er fragte: »Was empfinden Sie für mich, Kelsey?« Sein ganzer Körper spannte sich an, als er auf ihre Antwort wartete.

»Sie haben Ihre erträglichen Momente, nehme ich an, vor allem, wenn Sie mich küssen – ja, ich glaube, es hat mir sogar gefallen, als Sie mich gestern Abend im Irrgarten geküsst haben.« Sie legte den Kopf zur Seite und schenkte ihm wieder ihr Sirenenlächeln.

»Sie sind sehr launenhaft«, sagte er schroff und stürzte seinen Whisky in einem Zug hinunter, ohne den Blick von ihr zu wenden.

»Nicht mehr als Sie. Einen Moment küssen Sie mich und im nächsten tun Sie so, als würde ich nicht existieren. Ich dachte, gestern Abend im Irrgarten wäre irgendetwas mit uns passiert, aber den Rest der Nacht haben Sie mich bewusst ignoriert. Seit ich diesen Raum betreten habe, starren Sie mich an, als ob Sie mich am liebsten wieder küssen wollten, reizen mich aber nur zum Widerspruch. Mir ist wirklich nicht klar, was Sie von mir wollen.«

»Nicht?« Er sah sie forschend an, starrte auf ihre vollen rosigen Lippen, gequält von der Vision, welche Freuden sie ihm schenken könnten. Am liebsten hätte er sie genommen, hier und jetzt in der Bibliothek.

»Nein, ich weiß nicht, was Sie wollen«, sagte sie und machte dabei ein so unschuldiges Gesicht, dass er sie liebend gern erwürgt hätte.

»Spielen Sie nicht die Naive, verdammt! Ich mag wie ein Monster aussehen, Kelsey, aber ich bin ein Mann, und ich will dasselbe, was Sie dem jungen McGregor so großzügig geben. Sie mögen glauben, es wäre nur ein Spiel, das Sie spielen, aber es ist gefährlich, einen Mann so zu reizen. Ich bin kein dummer Junge wie McGregor und ich mag keine Spiele. Wenn Sie nicht bereit sind, mir Ihren Körper zu geben, dann hören Sie auf, mir mit jedem Ihrer Blicke und Worte zu verstehen zu geben, dass Sie mich wollen. Macht es Ihnen Spaß, bei anderen Männern die Kokette zu spielen und dabei Ihrem Liebhaber McGregor treu zu bleiben? Ist es das? Warten Sie darauf, dass ich Sie berühre, damit Sie mich wieder ohrfeigen können? Na schön, diesmal werde ich mich von einem Schlag ins Gesicht nicht aufhalten lassen.« Er starrte sie vernichtend an, in der Hoffnung, seinen Standpunkt klargemacht zu haben.

Alle Farbe wich aus ihrem Gesicht, als hätte er sie tatsächlich geschlagen. Sie blinzelte und starrte ihn an. In ihren grünen Augen, die wie Spiegel ihrer Seele wirkten, lag tiefer Schmerz.

»Edward, hast du Kelsey gesehen? Ich habe schon überall –« Jeremy kam herein und blieb stehen. Er sah von Kelsey zu Edward, dann wieder zu ihr. »Tut mir Leid, störe ich etwa schon wieder?«

Edward starrte ihn finster an. Er sehnte sich danach, irgendetwas an die Wand zu schleudern – am liebsten Jeremy. Was er wirklich wollte, war ein Stück von McGregor. Was er tun sollte, war, sich bei Kelsey dafür entschuldigen, dass er seine Wut an ihr ausgelassen hatte. Er hatte sie warnen wollen, nicht verletzen. Er machte einen Schritt auf sie zu. »Kelsey, ich –«

»Nein.« Sie wich mit bebender Unterlippe vor ihm zurück und hob eine Hand. »Sie haben mehr als genug gesagt, Euer Gnaden. Wir haben uns nichts mehr zu sagen.« Sie wandte sich zu Jeremy um und lächelte, mit Lippen, die so starr waren, dass sie wie zwei schmale rote

Linien in ihrem Gesicht wirkten. »Ich glaube, Sie sind genau im richtigen Moment gekommen.«

»Ich habe mir Sorgen um Sie gemacht«, sagte Jeremy. »Ich bin in der Halle Lizzy begegnet.« Er wandte sich an Edward. »Sie sah schrecklich aus, tropfnass und ganz zerstochen auf den Händen. Du solltest ihr wirklich nicht alles durchgehen lassen, Eddie.«

»Hatte sie tatsächlich Stiche?«, fragte Kelsey, wobei sich leichte Belustigung in ihre gepresste Stimme stahl.

»Ja, etliche. Sah schlimm aus, als hätte ein ganzer Schwarm Hornissen sie angegriffen.« Er ging zu ihr und nahm ihre Hand. »Sie hat mir erzählt, was Ihnen passiert ist. Geht es Ihnen gut?«

Edward spürte, wie sich sein ganzer Körper verkrampfte, als er den Impuls unterdrückte, Jeremy aus der Bibliothek zu werfen, um Kelsey ganz für sich allein zu haben.

»Bestens. So gut, dass ich jetzt ins Dorf gehen werde, um meinen Vater und dann die McGregors zu besuchen.« Kelsey drehte sich um und warf Edward einen giftigen Blick zu. »Griffin wartet bestimmt schon ungeduldig auf mich. Er will mir ein neues Spiel beibringen.«

Edward erkannte die Bedeutung ihrer Worte. Sie zahlte es ihm mit gleicher Münze zurück. Anscheinend hatte er sie nicht so sehr verletzt, wie er geglaubt hatte. Sie hatte nicht lange gebraucht, ihr unverschämtes Mundwerk wiederzufinden. Er lächelte sie frostig an und sagte: »Ich lasse Ihnen die Kutsche schicken.«

»Nicht nötig«, sagte Jeremy, der Kelsey immer noch verliebt anstarrte. »Ich wollte selbst eine Ausfahrt machen. Ich habe da ein Paar neuer Grauschimmel, deren Gangarten ich gerne ausprobieren möchte.« Mit leiser, verklärter

Stimme fügte er hinzu: »Es wäre mir eine Ehre, Sie ins Dorf zu fahren.«

Kelsey zögerte nur einen Moment, bevor sie sagte: »Gern. Ich freue mich über Ihre Gesellschaft.« Sie sah zu Edward, als wollte sie sagen: »Sie ist meiner momentanen Gesellschaft bei weitem vorzuziehen«, schenkte dann Jeremy ein betörendes Lächeln und hängte sich bei ihm ein.

Edward sah den beiden nach, als sie aus dem Zimmer schlenderten. Sie warf keinen Blick zurück, obwohl er sie allein mit der Kraft seiner Gedanken dazu zwingen wollte. Er hatte Angst sich zu bewegen, Angst, er könnte ihr nachlaufen und sie an sich ziehen, um ihren frechen kleinen Mund zu küssen. Er wartete, bis ihre Schritte verklangen, und marschierte dann zähneknirschend aus der Bibliothek.

Kelsey lauschte dem stetigen Klipp-klapp der Hufe, die auf die Straße schlugen, und starrte auf die Rücken der Grauschimmel, die in der Mittagssonne schimmerten. Jeremy hielt die Zügel straff, um ihr Tempo zu zügeln. Sie wusste, dass er versuchte, ihre Ausfahrt zu verlängern, um mit ihr allein zu sein. Die blauen Flecken auf seinem Gesicht, die er der Rauferei mit Edward verdankte, verblassten allmählich, und er strahlte förmlich vor gutem Aussehen und Liebenswürdigkeit. Ein bisschen zu hübsch und liebenswert für Kelseys momentanen Geschmack. Aus unerfindlichen Gründen kreisten ihre Gedanken um ein entstelltes Gesicht und ein schroffes Wesen.

Wie konnte Edward es wagen, ihr solche Gemeinheiten zu sagen, und wie kam er nur auf die Idee, Griffin wäre ihr Liebhaber? Seine Worte hatten sie zutiefst verletzt, und deshalb hatte sie ihn nicht sofort über seinen Irrtum aufgeklärt. Vielleicht hatte sie mit Edward geflirtet. Irgendwie fühlte sie sich zu ihm hingezogen. Mehr als das, wenn sie ehrlich war. Aber er konnte einen rasend machen! Manchmal wünschte sie, er würde sie in die Arme nehmen und küssen, und manchmal machte er sie so wütend, dass sie ihn am liebsten wieder geohrfeigt hätte.

»Sie sind ja so ernst, Kelsey«, unterbrach Jeremy ihre Überlegungen. »Ich gestehe, es gibt kein größeres Glück auf Erden, als mit einer hübschen jungen Dame an meiner Seite auszufahren, aber es wäre mir lieber, wenn sie so aussähe, als hätte sie ein bisschen Spaß.«

»Tut mir Leid.« Sie zwang sich zu einem Lächeln. »Aber vergessen Sie eines nicht, Sie haben keine vornehme Dame an Ihrer Seite, Jeremy, sondern eine arme Malerin, die so gut wie nichts ihr eigen nennen kann. Mir gehören nicht einmal die Sachen, die ich am Leib habe.« Kelsey seufzte und betrachtete die wilden Primeln, die am Straßengraben wuchsen.

»Aber natürlich sind Sie eine –« Er zögerte und errötete leicht, bevor er fortfuhr: »Ich wollte sagen, Sie sind alles, was eine Dame ausmacht.«

»Warum haben Sie gerade gezögert?« Sie wandte sich zu ihm um. »Was wollten Sie sagen?«

»Ich wollte nur sagen, dass man meiner Meinung nach kein Vermögen haben muss, um eine Dame zu sein. Ich kenne Frauen, die arm wie Kirchenmäuse und trotzdem Damen sind.«

»Ich glaube nicht, dass Sie das sagen wollten.« Kelseys Augen musterten ihn forschend. »Aber da Sie mir die Wahrheit vermutlich nicht sagen werden, muss ich Ihnen für das Kompliment danken.« Sie grinste ihn an.

Er lachte, und die Grübchen in seinen Wangen tauchten auf. »Sie brauchen mir nicht zu danken. Sie haben jedes Kompliment verdient, das ich Ihnen machen kann.« Sein Lächeln verblasste, und er wurde ernst. »Kelsey, ich muss Sie etwas fragen.«

Der feierliche Ton, in dem er sprach, sagte ihr, dass er drauf und dran war, ihr eine Frage zu stellen, die sie lieber nicht hören wollte. Sie schirmte ihre Augen mit einer Hand ab und verrenkte sich den Hals, um nach vorn zu schauen. »Sehen Sie nur!«, rief sie mit gespielter Aufregung und streckte einen Finger aus. »Ist da vorne nicht schon das Dorf? Ich glaube schon. Ja, ich bin ganz sicher. Sie haben wirklich ein gutes Gespann. Es hat uns so schnell hergebracht.«

»Ja, ich habe die Tiere selbst ausgesucht.« Die abrupte Wendung des Gesprächs schien ihn zu enttäuschen.

Sie ermutigte ihn, weiter über Pferde zu sprechen, bis sie das Dorf erreichten. Die Kutsche rollte an den kleinen Läden vorbei, die die Straßen säumten. Auf den Gehsteigen drängten sich die Bewohner. Aller Augen wandten sich in ihre Richtung und starrten sie an, als sie in dem offenen Wagen vorbeiglitten.

Kelsey entdeckte Mrs. Stevens, die Frau des Pfarrers, und Mrs. Morris, die Frau des Metzgers, die gerade vor der Post standen und sich unterhielten. Sie winkte ihnen zu. Den beiden blieben die Münder offen stehen, als sie Kelsey in ihren neuen Sachen und noch dazu in Begleitung eines Gentleman sahen. Sie hätte nicht mehr Aufsehen erregt, wenn sie als Lady Godiva ins Dorf geritten wäre. Nachdem sie sich satt gesehen hatten, drehten sie sich abrupt um und ignorierten sie.

»Das war ein gezielter Affront, Kelsey«, stellte Jeremy fest und starrte auf die Kehrseiten der beiden Damen. »Soll ich umkehren und die beiden überfahren?«

Kelsey lachte, nicht weil das, was er gesagt hatte, so komisch war, sondern weil es völlig ernst geklungen hatte. »Dr. Jamerson hat mir erzählt, dass im Dorf gemunkelt wird, ich würde Lord Salfords Bett teilen. Ich nehme an, das ist der Grund für ihr Verhalten. Die braven Bürger von Jarrow billigen keine Emporkömmlinge oder leichten Mädchen.«

»Aber Sie sind kein leichtes Mädchen.« Jeremys Gesicht wurde rot vor Empörung. »Bei Gott, jemand sollte diesen Leuten beibringen, keine bösartigen Gerüchte in Umlauf zu bringen.

»Sie werden sich nie ändern. Ich habe nie etwas auf ihre gute Meinung gegeben. Außerdem haben sie mich eigentlich von jeher nicht gemocht.«

»Wie das? Das kann ich mir gar nicht vorstellen.«

»Es stimmt aber.« Kelsey zuckte die Achseln. Als sie Jeremys verwirrten Gesichtsausdruck sah, fügte sie hinzu: »Wissen Sie, sie waren nie mit dem anrüchigen Lebensstil meines Vaters einverstanden. Er hat nie einen Hehl aus der Tatsache gemacht, dass er jeden Samstagabend die hiesigen Prostituierten aufsucht – im Gegensatz zu den meisten anderen Männern im Dorf, die es heimlich tun. Und am nächsten Morgen stehen sie auf und gehen in die Kirche.« Kelsey lächelte. »Aber mein Vater tut das nicht. Ich habe ihn immer für seine aufgeschlossenen Ansichten bewundert. Er ist kein Heuchler und wird auch nie einer sein.«

Jeremy starrte auf die Zügel in seiner Hand. Er wirkte

schuldbewusst, als wäre er einer jener Heuchler, die am nächsten Tag zur Kirche gingen.

Kelsey berührte seinen Arm. »Oh, bitte, ich wollte Ihnen nicht zu nahe treten.«

Jeremy errötete leicht. »Schon gut. In Ihrer Gegenwart muss man gut aufpassen, was für ein Gesicht man macht, oder?« Er grinste.

»Nein, wirklich nicht. Ich bin keine Tugendwärterin. Mir ist durchaus bewusst, dass Gentlemen Mätressen haben und Gott weiß was noch treiben.« Kelsey verdrehte die Augen. »Mein Vater hat mir erklärt, dass alle Männer körperliche Bedürfnisse haben, die sich nicht unterdrücken lassen. Ich habe immer gefunden, es ist besser, wenn sie sich auf diese Art zerstreuen statt Krieg zu führen. Finden Sie nicht?«

Er warf den Kopf zurück und lachte, bis ihm die Augen tränten. Er rieb sie sich trocken und sagte: »Sie sind wirklich unbezahlbar. Sie sind ganz anders als jede Dame, die ich kenne.« Jeremys haselnussbraune Augen glänzten vor Verehrung und unverhohlenem Verlangen.

»Sie müssen wissen, dass Sie jemandem wie mir nicht schmeicheln können. In der Hinsicht bin ich abgehärtet.« Sie grinste. Dann fiel ihr auf, dass sie das Ende des Dorfs erreicht hatten und vor ihrem Haus standen.

Jeremy sicherte die Zügel und erhob sich, um ihr aus dem Phaeton zu helfen. Sie legte eine Hand auf seinen Arm. »Machen Sie sich bitte keine Umstände. Ich bin gleich wieder da.«

Es schien Jeremy nicht zu stören, dass sie ihn nicht aufforderte, mit ins Haus zu kommen. Er lächelte sie nur nachsichtig an, während er zusah, wie sie ausstieg, und reichte ihr den Korb mit dem Essen, den sie ihrem Vater mitgebracht hatte. Sie hätte ihn gern hereingebeten, war sich aber nicht sicher, in welcher Verfassung sie ihren Vater antreffen würde.

»Danke. Es dauert nicht lange.« Kelsey eilte durch das Tor in dem weißen Lattenzaun und über den Steinplattenweg zur Haustür. Als sie die Tür öffnen wollte, um direkt hineinzugehen, stellte sie fest, dass sie abgeschlossen war. Ihr Vater sperrte nie ab. Beunruhigt ging sie zur Hintertür und betrat das Haus durch die Küche.

»Papa!« Sie stellte den Korb auf den Küchentisch.

Nur Schweigen antwortete ihr.

»Papa! Wo bist du?« Von bösen Vorahnungen erfüllt, rannte sie durch den kleinen Salon und die Treppe hinauf, die in das Schlafzimmer ihres Vaters führte. Als sie die Tür aufstieß, sah sie, dass das Bett gemacht war und niemand darin geschlafen hatte. Das Zimmer war ordentlich aufgeräumt und nirgends lagen wie sonst leere Rumflaschen oder Kleidungsstücke auf dem Boden verstreut.

»Papa!« Sie drehte sich um und lief ins Atelier. Der Geruch von Öl und Terpentin stieg ihr in die Nase, als sie in der Tür stehen blieb.

Heller Sonnenschein fiel durch die Dachfenster und tauchte den hohen Raum in Nordlicht. Sie sah zum Sofa, in der Erwartung, dass er dort seinen Rausch ausschlief, aber dort war nichts bis auf die weinrote Samtdecke, die er zum Drapieren benutzte. Der Tisch neben der Staffelei, auf dem gewöhnlich seine Ölfarben und Pinsel lagen, war leer. Aus dem Augenwinkel sah sie ein zerknittertes Stück Papier an der Staffelei lehnen.

Mit zitternden Händen griff sie nach dem Zettel und las die breiten, schwungvollen Schriftzüge.

Ma chérie!

Mach dir keine Sorgen um deinen Papa; mir geht es gut. Onkel Bellamy behauptet, dass es mit ihm zu Ende geht, und da ich meinen Bruder seit Jahren nicht gesehen habe, habe ich beschlossen, ihn in Frankreich zu besuchen. Ich weiß, du wirst dich ängstigen, aber dazu besteht kein Grund. Mir wird nichts geschehen. Sei bitte nicht allzu böse wegen meiner überstürzten Abreise. Ich musste unverzüglich aufbrechen. Und ich weiß, dass du bei deinem Herzog gut aufgehoben bist.

Ich bete, dass es dir gelingt, ihm zu verzeihen. Ich weiß, dass du sein Leben ebenso erhellen kannst wie meines. Ich lasse bald von mir hören.

Dein dich liebender Papa

Kelsey starrte benommen auf den Brief. Sie konnte sich ihren Vater beim besten Willen nicht an einem Sterbebett vorstellen. Der Tod war zu unerfreulich für seine sensible Künstlerseele, und er hatte weder der Beerdigung ihrer Mutter noch der von Clarice beigewohnt. Und was meinte er mit *dein Herzog*? Edward war nicht *ihr* Herzog.

Irgendetwas war faul. Ihr Vater hatte England aus einem ganz bestimmten Grund plötzlich verlassen, und zwar mit Sicherheit nicht, um Onkel Bellamy an seinem Totenbett beizustehen. Ihr Vater hatte seinen Bruder früher nicht einmal erwähnt, bis er nach Clarice' Tod eine monatliche Unterstützung von ihm erhielt. Und wenn sie ihren Vater nach Onkel Bellamy fragte, gab er nur vage Antworten. Manchmal hatte sie sich gefragt, ob ihr Vater ihn überhaupt kannte. Wo konnte er bloß sein?

Kelsey stieß einen tiefen Seufzer aus und steckte den Zettel in eine Tasche ihres Unterrocks. Eines wusste sie mit Bestimmtheit: Bei seinem bettlägerigen Bruder war er nicht.

12

Als sie den schmalen Weg erreichten, der zum Hof der McGregors führte, wandte sich Jeremy an Kelsey. »Irgendetwas stimmt nicht. Sie haben kein Wort gesagt, seit Sie aus dem Haus Ihres Vaters gekommen sind, und Sie haben Ihre Haare so fest um Ihren Finger gewickelt, dass es Ihnen das Blut abschnürt.«

Kelsey befreite ihren blassen Finger von ihren Haaren und lächelte Jeremy unsicher an. »Ich mache mir Sorgen um meinen Vater. Er hat mir die Nachricht hinterlassen, dass er zu seinem kranken Bruder nach Frankreich gefahren ist.«

»Ist das so ungewöhnlich?«

»Absolut. Krankenlager und Tod sind nicht sein Revier. Er meidet beides, so gut er nur kann. Ich habe das Gefühl, dass er woanders hingefahren ist und es mir nicht sagen wollte, und ich werde den Verdacht nicht los, dass er Schwierigkeiten hat und vor ihnen wegläuft.«

»Wenn Sie wollen, könnte ich in Ihrem Auftrag einen Bow Street-Büttel, den ich kenne, einstellen.«

»Das würden Sie tun?« Kelsey legte ihre Hand auf seine und drückte sie. »Dafür wäre ich Ihnen sehr dankbar. Es würde mich beruhigen, wenn ich wüsste, wo er ist.«

»Stets zu Diensten, Mylady.« Jeremy schenkte ihr ein galantes Lächeln, das seine ausdrucksvollen Augen funkeln ließ.

»Danke. Sie sind ein echter Freund.« Etwas an der Art, wie er sie anlächelte, bewirkte, dass sie das Wort *Freund* betonte und ihre Hand von seiner nahm.

»Ich hoffe, eines Tages mehr als nur ein Freund für Sie zu sein, Kelsey«, sagte er voller Wärme.

»Jeremy, ich dachte, das hätten wir geklärt. Wirklich –«

»Ich gebe nicht so leicht auf. Wir müssen mehr Zeit miteinander verbringen. Sie werden sehen, wir beide sind füreinander bestimmt.«

Kelsey war froh, als sie beim Haus der McGregors anlangten. Edith McGregor kam mit wogendem Busen herausgelaufen, um sie zu begrüßen. Sie strich die glatten braunen Haarsträhnen zurück, die ihr ins Gesicht gefallen waren, und rief: »Meine Güte, du bist es, Kelsey, mein Schatz. Ich habe dich zuerst gar nicht erkannt, so herausgeputzt, wie du bist.« Als sie Jeremy entdeckte, wirkte sie ein wenig verlegen und machte einen Knicks. »Guten Tag, Sir.«

»Darf ich vorstellen, Lord Lovejoy«, sagte Kelsey. »Und das ist Edith McGregor, meine Adoptivmutter.« Sie lächelte Edith an. Ediths Gesicht strahlte vor Freude, als sie erklärend zu Jeremy sagte: »Kelsey ist wie eines von meinen eigenen. Ist schon immer so gewesen.«

»Das Vergnügen ist ganz meinerseits.« Jeremy lächelte gewinnend und tippte an seinen Biberfellhut.

»Gott steh mir bei.« Edith schwenkte eine mollige Hand durch die Luft. »Hier bei uns geht es nicht so förmlich zu, Mylord. Heben Sie sich Ihre feinen Manieren lieber für meine Mädchen auf. Sie werden Ihnen nicht von der Seite weichen, wenn sie Ihr hübsches Gesicht sehen. Nur herein, nur herein! Ich habe gerade Apfeltörtchen gebacken, die könnt ihr zwei euch schmecken lassen.«

»Gern. Apfeltörtchen sind mein Lieblingsdessert«, sagte Jeremy, während er hinuntersprang und um die Kutsche herumging, um Kelsey beim Aussteigen zu helfen.

Edith führte sie in die Stube und sorgte dafür, dass Jeremy auf dem Sofa Platz nahm. Kelsey setzte sich in den Schaukelstuhl. Ihr fiel auf, dass Mrs. McGregors breites Gesicht stark gerötet war und dass sie nervös wirkte. Da Edith nicht der Typ war, der zu Nervosität neigte, fragte Kelsey: »Ist alles in Ordnung? Sie wirken etwas unruhig.«

»Das bin ich.« Edith wischte sich die Finger an ihrer Schürze ab und rang die Hände.

»Was ist los? Ist Griffin etwas zugestoßen?« Kelsey stand auf.

»Nein, Kind.« Edith legte ihre Hände auf Kelseys Schultern und drückte sie wieder auf den Schaukelstuhl. »Ich mache mir Sorgen um meinen Alroy. Er ist zum Herzog gegangen Es hat hier einen furchtbaren Streit gegeben. Morely war da.« Ediths Stimme wurde hart vor Hass. »Er sagte, Seine Gnaden würde die Pacht erhöhen. Wir kommen jetzt schon kaum mit den Zahlungen nach. Mein Alroy wurde wütend und warf ihn hinaus. Morely drohte, er würde uns vor die Tür setzen lassen. Und jetzt ist Alroy wegen der Pacht zum Herzog gegangen. Ich habe Angst, dass er uns für immer vom Hof jagt. Mein Alroy hat nicht besonders viel Geduld, wenn er in Rage ist. Ich habe ihm die Jungs nachgeschickt, aber Griffin und John sind genauso unbeherrscht wie ihr Vater.«

»Damit wird Morely nicht durchkommen!« Kelsey sprang auf.

»Oh, mein Liebes, ich hätte dir nichts davon sagen sollen.« Edith schüttelte den Kopf. »Ich kann dir an der Nase ansehen, dass du dich einmischen willst. Tu es nicht, bitte! Mein Alroy wird mich furchtbar ausschimpfen, und du arbeitest doch für den Herzog. Nein, nein, ich kann nicht zulassen, dass du deine Arbeit verlierst. Griffin hat mir erzählt, dass du schrecklich viel Geld dafür bekommst. Ich will nicht, dass du es meinetwegen verlierst.«

»Sie wissen, dass mir diese Familie mehr bedeutet als alles Geld der Welt.« Kelsey sah, wie Edith Tränen in die Augen stiegen, und umarmte sie. »Alles wird gut, Sie werden schon sehen.«

Jeremy stand auf. »Ich bin überzeugt, mein Cousin würde nie jemandem aus seinem Heim verjagen.«

»O doch, das würde er, Mylord«, sagte Edith zornig und löste sich aus Kelseys Umarmung. »Er hat schon die Allisters vor die Tür gesetzt, weil sie ihre Pacht nicht zahlen konnten. Weiß der Himmel, wie sie jetzt mit ihren zwölf Kindern durchkommen – wahrscheinlich sind sie inzwischen im Armenhaus. Und dasselbe hat er bei den Jenkins gemacht.«

»Davon kann Seine Gnaden nichts gewusst haben«, verteidigte Jeremy seinen Cousin.

»Davon weiß ich nichts, ich weiß nur, dass Morely für ihn arbeitet und dass es Morely ist, der die Leute rausschmeißt. Für mich heißt das, dass Seine Gnaden darüber Bescheid weiß.«

Die McGregor-Mädchen stürzten herein und riefen aufgeregt: »Wir haben die Kutsche gesehen, Ma!«

Sie entdeckten Jeremy, blieben wie angewurzelt stehen und drängten sich eng aneinander. Hannah, mit ihren vierzehn Jahren die Älteste, starrte Jeremy mit offenem Mund an. Sie war ein hübsches Mädchen, das in den Farben und im Aussehen Griffin ähnelte. Sarah hielt sich an Hannahs Schultern fest und gaffte Jeremy an, als hätte sie noch nie im Leben einen Mann gesehen. Sie war zwölf und zwar nicht ganz so hübsch wie Hannah, aber vielversprechend. Die sechsjährige Johanna, das Nesthäkchen der Familie, schien nur aus großen grauen Augen zu bestehen. Sie hatte einen Kranz aus Gänseblümchen im Haar und sah wie ein kleiner Cherub aus.

»Wo bleiben eure Manieren, Mädchen?«, fuhr Edith sie an.

Die drei knicksten und sagten im Chor: »Sehr erfreut, Ihre Bekanntschaft zu machen, Mylord.«

»Lord Lovejoy, erlauben Sie mir, Ihnen Hannah, Sarah und Johanna McGregor vorzustellen«, sagte Kelsey, die über die staunenden Gesichter der Mädchen grinsen musste. Nicht eine von ihnen konnte den Blick lange genug von Jeremy abwenden, um zu bemerken, dass sie auch im Raum war.

»Meine Damen.« Jeremy machte eine leichte Verbeugung.

»Tut mir Leid, Edith, aber wir können nicht bleiben.«

»Nicht einmal auf ein Apfeltörtchen?« Edith klang enttäuscht.

»Nein. Wir kommen morgen wieder«, sagte Kelsey. »Ich muss zurückfahren und dafür sorgen, dass Lord Salford in dieser Angelegenheit richtig handelt.« Als sie zur Tür ging, fiel ihr auf, wie niedergeschlagen die Mädchen aussahen, und sie tätschelte Hannahs Arm. »Nicht verzagen, morgen bringe ich dir Lord Lovejoy wieder.«

»Versprochen?«, fragte Hannah, deren Augen unverwandt auf Jeremy ruhten.

»Ja, versprochen«, sagte Jeremy und zwinkerte Hannah zu.

Hannah sah aus, als würde sie in Ohnmacht fallen, aber Sarah packte sie am Arm. Kelsey hätte lachen müssen, wenn sie nicht so wütend auf Edward gewesen wäre. Wie konnte er nur so habgierig sein und schon wieder die Pachtzinsen erhöhen?

Edward saß in seiner Bibliothek und versuchte einen Brief zu schreiben. Er starrte auf die leere Seite und knallte seine Feder auf den Schreibtisch. Wie sollte er einen Brief schreiben, verdammt, wenn sich ständig Kelsey in seine Gedanken schlich?

Ein Klopfen an der Tür riss ihn aus seinen Überlegungen. Watkins spähte herein. »Mr. Morely wünscht Sie zu sehen, Euer Gnaden. Soll ich ihn hereinbitten?«

»Ja, unbedingt«, sagte Edward mit einem letzten finsteren Blick auf das unbeschriebene Blatt Papier, das vor ihm lag. Kelseys Bild schien auf dem Papier Form anzunehmen und ihre großen Augen strahlten sie an wie die leibhaftige Versuchung, die sie war. Als er Morelys Schritte den Gang hinunterkommen hörte, verschwand die Vision. Er schüttelte den Kopf, knüllte das leere Blatt zusammen und warf es in den Papierkorb neben dem Schreibtisch.

»Euer Gnaden.« Morely verbeugte sich in der Tür. Er war ein Mann mit einem harten Gesicht, wettergegerbter Haut und Augen so kalt wie Marmor. Unter seinem Arm hielt er die Geschäftsbücher.

»Sie sind mit den Büchern zwei Wochen zu spät dran. Ich dachte, wir hätten vereinbart, dass Sie sie mir an jedem Monatsersten vorlegen.«

»Es tut mir Leid, das ich nicht früher kommen konnte, Euer Gnaden, aber meine Arbeit ist nie beendet. Es gibt immer irgendetwas, das noch getan werden muss.«

»Ersparen Sie mir Ihre Entschuldigungen. Setzen Sie sich.« Edward sah zu, wie sich der andere auf den Stuhl fallen ließ, und nahm einen Brief von dem Stapel Korrespondenz, der auf seinem Schreibtisch lag, um erst ihn und dann wieder Morely anzustarren. »Würden Sie die Güte haben, mir dieses Schreiben zu erklären?«

»N-nun ja, Euer Gnaden ...« Morely rutschte nervös hin und her und wich Edwards unverwandtem Blick aus, indem er auf seine Hände hinuntersah. »Ich dachte, es würde sich von selbst erklären.«

»So ist es, aber ich verstehe nicht, warum Sie mich bitten, zweimal in einem Jahr die Pachtzinsen anzuheben.«

»Wir brauchen das Geld, Euer Gnaden. Stillmore wirft als einziges Ihrer Besitztümer keinen Gewinn ab. Da Sie es ablehnen, das Land zu bewässern, müssen wir die Verluste irgendwie ausgleichen, um die Steuern zahlen zu können.«

Edward musterte Morely scharf. »Es scheint mir ein wenig seltsam, dass Stillmore in den zwei Jahren, die Sie als Verwalter für mich tätig sind, keine Gewinne mehr erwirtschaftet.« Edward lächelte sardonisch und fügte hinzu: »Sie haben einen neuen Schneider, Morely? Sie müssen mich wissen lassen, bei wem Sie arbeiten lassen. Und die Seide Ihrer Weste ... ein recht teurer Stoff, nicht wahr?«

»Äh ... ja, Euer Gnaden.« Morely zupfte nervös an seiner Krawatte, als er die Bücher über den Schreibtisch schob.

Nach einem kurzen Blick auf Morely, unter dem sich

der Mann vor Unbehagen wand, suchte Edward nach dem laufenden Monat Juni und studierte sorgfältig die Seiten.

»Ich muss mit Ihnen über Alroy McGregor sprechen, Euer Gnaden.«

Edward blickte auf. »Was ist mit ihm?«

»Er ist drei Monate mit seiner Pacht in Verzug.«

»Das wundert mich, ehrlich gesagt«, bemerkte Edward und warf ihm einen schrägen Blick zu. »McGregor ist seit dreißig Jahren Pächter auf Stillmore. Er hat seine Pacht immer pünktlich bezahlt.«

»Nun, jetzt ist er im Rückstand. Ich war heute bei ihm. Er weigert sich, die ausständige Pacht zu zahlen. Man wird ihm den Pachtvertrag kündigen müssen –«

»Sie können dort nicht hineingehen!« Watkins scharfer Befehl drang von der Halle zu ihnen.

Die Tür flog unvermittelt auf und krachte an die Wand. Alroy McGregor, dessen breite Brust sich bedrohlich hob und senkte, stand auf der Schwelle.

»Tut mir Leid, Euer Gnaden«, sagte Watkins ausdruckslos hinter McGregors Rücken. »Ich habe versucht, ihn aufzuhalten.«

»Schon gut, Watkins.« Edward erhob sich und stellte sich McGregors Blick. Etwas von dem Zorn auf dem Gesicht seines Pächters verschwand, als er Edwards Narben sah.

»Tut mir Leid, so bei Ihnen reinzuplatzen, Euer Gnaden, aber ich muss mit Ihnen –« McGregor brach ab, als er Morely sah, und brüllte dann: »Du Bastard!«

McGregor stürzte sich auf Morely, packte ihn an der Krawatte und zog daran, bis sich die beiden Nase an Nase gegenüberstanden. McGregor war ein großer Mann und Morely musste auf den Zehenspitzen stehen, um nicht von seinem Halstuch stranguliert zu werden. »Ich nehme an, Sie erzählen mal wieder eine Ihrer Lügengeschichten, stimmt's, Morely?«

»Sie werden vor die Tür gesetzt, McGregor«, sagte Morely mit einem höhnischen Grinsen.

»Na, wenn ich schon gehen muss, dann will ich auch ein bisschen Spaß daran haben ...« McGregor holte mit seiner gewaltigen Faust aus.

»Tun Sie es nicht, McGregor.« Edwards Stimme klang drohend genug, um McGregor innehalten zu lassen. »Ich schlage vor, Sie zügeln Ihr Temperament, und wir sprechen in Ruhe darüber.«

McGregor, der sich offenbar nur mit Müh und Not beherrsche konnte, biss die Zähne zusammen. Nach einem Moment ließ er Morelys Krawatte los. Morely taumelte zurück und prallte an die Schreibtischkante. »Dafür müssen Sie gehen, McGregor, und ich sorge dafür, dass Sie im Umkreis von Meilen keinen anderen Hof pachten können!«

»Noch ein Wort von Ihnen, Morely, und ich könnte mich genötigt sehen, Sie selbst zum Schweigen zu bringen. Verstanden?«, sagte Edward mit gefährlich leiser Stimme. »Und jetzt setzen Sie sich« – er wandte sich zu McGregor um – »beide!«

McGregor wirkte zwar nicht sonderlich begeistert, setzte sich aber in einen Stuhl gegenüber von Morelys Platz.

Edward setzte sich hinter seinen Schreibtisch, lehnte sich zurück und bedachte McGregor mit einem strengen Blick. »Ist es wahr, dass Sie seit drei Monaten Ihre Pacht nicht bezahlt haben?«

»Das ist eine verdammte Lüge!« McGregor sprang auf.

Seine Fäuste waren geballt, und er zitterte vor Empörung am ganzen Leib.

»Hinsetzen!« Edward fixierte ihn scharf und McGregor sank auf seinen Stuhl zurück. Edward fuhr fort: »Nun, Mr. Morely hat mir etwas anderes erzählt.«

»Mr. Morely ist ein Lügner. Ich habe die dreißig Pfund bezahlt, die ich schuldig war, und ich werde sie weiter zahlen!«

»Dreißig Pfund?«, wiederholte Edward. Er klang nicht im Geringsten überrascht.

»So ist es, Euer Gnaden. Dreißig verdammte Pfund. Es fällt mir schwer, aber ich zahle meine Pacht.«

Edward warf einen Blick in die Bücher und dann auf Morely. Mit unheilvoll beherrschter Stimme fragte er: »Würden Sie mir bitte erklären, warum in den Büchern steht, dass Mr. McGregor nur fünfzehn Pfund Pacht bezahlt?«

Schweißtropfen perlten über Morelys Stirn. Er zog ein Taschentuch aus seiner Jacke, schüttelte es aus und betupfte sich die Stirn. »Er lügt, Euer Gnaden.«

»Beim Grab meiner Mutter, er ist der Lügner. Sie können meine Frau fragen. Sie ist immer dabei, wenn ich ihm das Geld gebe.«

Morley sprang auf und versuchte, einen wilden Satz zur Tür zu machen, aber McGregor war schneller. Er packte den anderen, holte mit der Faust aus und hieb sie Morely direkt ins Gesicht. Der Schlag warf ihn um, und er sackte mit einem dumpfen Laut bewusstlos auf den Boden.

»Hat Ihnen schon mal jemand gesagt, dass Sie eine mörderische Rechte haben, McGregor?«, fragte Edward, während er über den Schreibtisch hinweg auf Morelys leblose Gestalt starrte.

»Nein. Ich muss sie nur selten benutzen, Euer Gnaden«, antwortete McGregor mit einem breiten Grinsen.

»Ich stehe tief in Ihrer Schuld, weil Sie einen Lügner und Betrüger bloßgestellt haben. Ich kam vor einem Monat dahinter, dass er mich betrog, und wollte ihn schon hinter Gitter bringen, aber mir fehlten Beweise. Sie haben sie mir gegeben. Was halten Sie von einem Drink, während wir uns über Ihre Pacht unterhalten?«

»Gern, Euer Gnaden. Darf ich noch etwas sagen?«

»Ich bin ganz Ohr.« Edward schenkte jedem ein Glas Brandy ein.

»Ich hoffe, Sie kümmern sich wieder mehr um Ihre Pächter, Euer Gnaden, so wie vor dem Unfall. Sie dürfen Ihre Angelegenheiten nicht Leuten wie Morely anvertrauen.«

»Das ist mir jetzt auch klar«, sagte Edward und sah McGregor nachdenklich an.

Lizzy, die sich umgezogen und Salbe auf ihre Stiche gegeben hatte, wollte gerade zu den Ställen gehen, als sie vom Eingang laute Stimmen hörte. Als sie die Treppe hinunterging, fand sie den dünnen, gebrechlichen Watkins bei dem Versuch vor, drei wahre Hünen von Männern am Eintreten zu hindern. Er war nicht sehr erfolgreich.

Lizzy, die nichts dagegen hatte, sich in das Getümmel zu stürzen, um ihrem Butler beizustehen, lief die Stufen hinunter. »Was geht hier vor?«, fragte sie in ihrem einschüchterndsten Tonfall.

»Diese jungen Männer versuchen ihren Vater zu finden. Ich habe ihnen gesagt, dass sie hier warten müssen«, erklärte Watkins.

»Nun, sie können genauso gut gehen und draußen auf ihn

warten«, bemerkte Lizzy, während sie die drei fraglichen Herren finster musterte und die Reitgerte auf ihre Handfläche sausen ließ.

Sie starrten sie mit offenem Mund einfältig an. Zwei von ihnen, die um die Zwanzig zu sein schienen, waren blond und blauäugig. Der Kleinste mochte ungefähr in ihrem Alter sein und hatte leuchtend rotes Haar und Sommersprossen. Da sie Jungen in ihrem Alter verachtete, wandte sie sich an den, der am ältesten aussah.

»Steh nicht hier herum, du Flegel. Verschwinde!«

»Wir gehen nicht«, sagte er arrogant und verschränkte die Arme vor der Brust. »Wir sind gekommen, um unseren Pa zu suchen, und wir gehen erst, wenn wir ihn gesehen haben.«

»So kannst du nicht mit mir reden«, sagte Lizzy und stemmte die Hände in die Hüften.

»Ach nein? Tja, ich tus aber.«

»Das wird dir noch Leid tun.«

»Schon gut, Fräulein Hosenmatz«, gab er zurück und starrte ungeniert auf ihre Reithosen.

»Weißt du, wer ich bin?«

»Nein, und es interessiert mich auch nicht.«

»Ich werde es dir sagen.« Lizzy hob ihre Gerte und schwenkte sie vor seinem Gesicht. »Ich bin Lady Elizabeth.«

»Wie eine Lady schaut sie aber nicht aus. Findest du, dass sie wie eine Lady aussieht, Ever?«, fragte der Rothaarige und stupste seinen Bruder an.

»Nee, und sie benimmt sich auch nicht so«, meinte der, den er Ever genannt hatte.

»He, ihr zwei, haltet eure großen Klappen. Ihr könntet

ihre zarten Gefühle verletzen.« Dies kam von dem Ältesten.

Die beiden anderen brachen in Gelächter aus.

Kochend vor Wut hob Lizzy ihre Reitgerte, um sie dem Ältesten überzuziehen, aber er packte sie am Handgelenk und nahm ihr die Gerte ab.

»Also wirklich, du . . .« Lizzy ging mit den Fäusten auf ihn los.

Sie zog nicht in Betracht, dass er einen Kopf größer als sie und breit wie ein Scheunentor war, bis er sie bei den Armen nahm und sie über seine Schulter warf. Sie trommelte auf seinen Rücken. »Lass mich los, du Tölpel!«

Lizzy spürte einen Schlag mit ihrer eigenen Reitgerte auf ihrem Hinterteil. »So, Fräulein Hosenmatz, ich schlage vor, Sie beruhigen sich, sonst gibt es noch einen Klaps.«

»Tu das und ich lasse dich hängen und vierteilen, du hirnloser Dorftrottel!«

Ein zweiter Schlag.

Dieser war fester als der erste und trieb ihr die Tränen in die Augen.

»Was ist hier los?«

Als sie Kelseys Stimme hörte, kreischte Lizzy: »Holen Sie den Friedensrichter! Ich will diesen Mann hängen sehen, bevor der Tag vorbei ist! Nein, warten Sie! Holen Sie die Duellpistolen meines Bruders! Ich bringe ihn persönlich um!«

Lizzy spürte, wie es den Mann vor Lachen schüttelte.

»Lass sie sofort runter, Griffin«, sagte Kelsey.

Lizzy wurde unsanft abgesetzt. Sie drehte sich zu Kelsey um und zeigte auf den immer noch grinsenden Hünen. »Sie kennen diesen Schwachkopf?«

»Allerdings. Er ist mein bester Freund. Und das sind seine Brüder Everard und Jacob.«

»Mein Beileid zu solchen Freunden.« Lizzy sah, dass Jeremy neben Kelsey stand; auch er grinste übers ganze Gesicht. »Ein schöner Cousin bist du! Lässt du ihm etwa durchgehen, dass er so mit mir umgesprungen ist?«

»Ich bin sicher, du hattest es verdient, mein Kätzchen.«

»Lizzy, beruhigen Sie sich doch«, sagte Kelsey.

»Ich soll mich beruhigen?« Lizzy war so wütend, dass sie die Augen schließen musste, um nicht von Kopf bis Fuß zu zittern.

»Griffin ist gar nicht so übel, wenn man ihn erst einmal kennt.« Kelsey warf Griffin einen vorwurfsvollen Blick zu.

In diesem Moment kam Edward in die Eingangshalle, gefolgt von einem weiteren Hünen. »Wir haben dich schreien gehört, Lizzy«, sagte Edward. »Was ist los?«

Lizzy sah zu dem jungen Burschen, den Kelsey Griffin genannt hatte, und bedachte ihn mit einem selbstzufriedenen Blick, bevor sie sich zu ihrem Bruder umwandte. »Dieser nichtsnutzige Dummkopf hat mich misshandelt.«

»Sie hat mich damit angegriffen.« Griffin streckte die Reitgerte aus.

»Das stimmt«, sagte Jacob und starrte Edwards Gesicht an.

»Wer hat dich gefragt, Karottenschädel!«, fuhr Lizzy ihn an.

»Lizzy, du entschuldigst dich auf der Stelle.«

»Aber ich habe nichts –«

»Du entschuldigst dich«, sagte Edward in einem Ton, der keinen Widerspruch duldete.

Lizzy, die spürte, dass Kelsey sie beobachtete, sah zu ihr hinüber. Kelseys Augen waren hart und erinnerten Lizzy an ihr Versprechen, etwas netter zu sein. »Tut mir Leid«, brachte Lizzy heraus, obwohl ihr die Worte in der Kehle stecken zu bleiben drohten.

»Ich bedaure das Verhalten meiner Schwester. Sie muss noch lernen, wie man sich unter zivilisierten Menschen benimmt. Ich hoffe, sie lernt es eines Tages.« Edward warf Lizzy einen drohenden Blick zu.

»Schon gut. Wir haben sie geärgert«, sagte Griffin und grinste Lizzy boshaft an. Dann wandte er sich an den Mann, der hinter Edward stand. »Alles in Ordnung, Pa?«

»Ja, mein Junge. Wir gehen jetzt. Sie werden uns doch einmal besuchen kommen, Euer Gnaden?«

»Ja, bald.« Edward nickte.

»Was ist mit der Kündigung? Das dürfen Sie nicht zulassen«, sagte Kelsey aufgeregt zu Edward.

»Ich habe nicht die Absicht, meinem neuen Gutsverwalter zu kündigen.«

»Gutsverwalter?« Kelsey machte ein verdattertes Gesicht.

Edward lächelte kurz. »Ich wusste, dass Morely mich bestiehlt, und da ich einen neuen Verwalter brauche, habe ich Mr. McGregor gefragt, ob er diese Aufgabe übernehmen würde … Da fällt mir ein, Watkins, Morely ist im Arbeitszimmer – gefesselt. Schicken Sie Grayson zum Friedensrichter.«

»Sehr wohl, Euer Gnaden«, sagte Watkins und entfernte sich.

Lizzy fiel auf, dass Kelsey nicht den Blick von Edward und Jeremy nicht den Blick von Kelsey wenden konnte und Edward seinen Cousin böse anstarrte.

»Dann ziehen wir mal los«, sagte Mr. McGregor und scheuchte seine Söhne zur Tür hinaus.

Die vier Hünen gingen. Lizzy, die das Liebesdreieck nachdenklich beäugt hatte, stahl sich unbemerkt aus der Eingangshalle. Das nächste Fenster war in der Bibliothek, und dort lief sie hin. Sie rollte die Bücherleiter unter die Fenster und erklomm mit ihren langen, geschmeidigen Beinen rasch die oberste Stufe. Oben angelangt, stützte sie die Ellbogen auf den Sims des kleinen Fensters, drückte ihre Nase an die Glasscheibe und suchte auf dem vorderen Rasen nach dem, den die anderen Griffin nannten.

Sein strohblondes Haar war leicht auszumachen. Er schlenderte die Auffahrt hinunter, neben sich die beiden Tölpel, die er Brüder nannte, und klopfte einem von ihnen auf den Rücken, als ob er über einen gelungenen Spaß lachte. Sie beobachtete seinen federnden Gang und fragte sich, ob er über sie lachte. Natürlich war es ganz bedeutungslos. Sie hasste ihn. Nachdem sie ihn noch einen Moment betrachtet hatte, stellte sie fest, dass er der bei weitem hübscheste der drei Flegel war. Und er faszinierte sie wie kein anderer.

Am Nachmittag desselben Tags saß Kelsey mit ihrem Skizzenblock auf dem Baugerüst und zeichnete einen Entwurf für den Ballsaal. Die zwei Männer, die Edward angestellt hatte, hatten den restlichen Putz abgeschlagen und den Schutt weggeräumt. Sie war allein im Saal.

Als sie das Echo von Schritten hörte, hob sie den Kopf

und sah Jeremy näher kommen. »Hallo, hallo. Dachte ich mir doch, dass ich Sie hier finden würde«, sagte er. Er blieb unter dem Gerüst stehen und sah zur ihr hinauf.

»Sie treffen mich dabei an, mir meinen Lohn zu verdienen.« Kelsey legte die Feder auf den Block und schaute zu ihm hinunter.

»Dürfen Sie denn nach dem Sturz, den Sie hatten, arbeiten?«

»Zeichnen ist für mich keine Arbeit, sondern ein Vergnügen.«

»Und mir wäre es ein Vergnügen, Ihnen beim Zeichnen zuzuschauen.« Er spreizte die Beine und verschränkte die Arme hinter dem Rücken, um bequemer zu ihr hinaufsehen zu können.

»Bitte nicht! Ich muss Sie leider einen Schwindler und einen glattzüngigen Teufel nennen, Mylord.« Kelsey grinste ihn an.

»Sie treffen mich tief.« Er legte eine Hand auf sein Herz. »Ich ein Schwindler? Sie müssen mir glauben. Ihnen zuzuschauen, wäre für mich die größte Freude auf der Welt.«

»Ich kann mir keinen Mann vorstellen, der es aushält, stundenlang still dazusitzen, schon gar nicht, um jemanden wie mich anzuschauen.« Kelsey musterte ihren fleckigen Kittel und die verschmierten Hosen. »Sogar die Bettler im Dorf zu beobachten, wäre noch amüsanter für Sie.«

Er warf den Kopf in den Nacken und lachte.

»Sehen Sie, Sie lachen, weil ich die Wahrheit sage, und Sie wissen es.«

Sein Gesichtsausdruck wurde ernst. »Sie wissen nicht, wie sehr Sie sich irren, meine Liebe.«

Kelsey griff wieder nach ihrer Feder. »Ich hasse es,

unhöflich zu sein, aber Sie müssen jetzt gehen, damit ich meine Skizze zu Ende bringen kann.«

»Ich gehe ja schon. Ich bin nur gekommen, um Ihnen auf Wiedersehen zu sagen Sie sind mich für ein, zwei Tage los.«

»Oh.« Kelsey versuchte, nicht erfreut zu klingen.

»Wollen Sie gar nicht wissen, wohin ich will?« Es schien ihn zu kränken, dass sie nicht gefragt hatte.

»Natürlich. Wo fahren Sie hin?

»Nach London, um diesen Büttel für Sie einzustellen.«

»Danke.«

»Würde es Ihnen etwas ausmachen, nach unten zu kommen und mich anzusehen, während Sie mir danken? Ich habe nämlich schon einen steifen Hals.«

»Na schön, ich denke, das war unfreundlich und gedankenlos von mir.« Sie legte ihren Block beiseite und richtete sich auf.

»Hier, ich fange Sie auf. Springen Sie.« Er breitete die Arme aus.

Das Gerüst war so hoch, dass er sie nicht einmal erreichte, wenn er die Arme über den Kopf hielt. Sie zögerte und beäugte erst sein hübsches Gesicht und dann seine sorgfältig manikürten Finger.

»Was ist los, vertrauen Sie mir nicht?«

»Ich vertraue Ihnen.« Kelsey beugte sich vor und sprang.

Er fing sie um die Taille ein und ließ sie auf den Boden gleiten, nahm aber nicht seine Hände von ihren Seiten. »Sie sind so zierlich, dass ich Sie kaum in meinen Armen gespürt habe.«

»Ich war dort.« Kelsey versuchte einen Schritt zurückzutreten, aber er zog sie an sich und küsste sie.

Kelsey blieb stehen und ließ sich von Jeremy küssen, wobei sie seinen Kuss insgeheim mit dem von Edward verglich. Sie empfand nichts als den dringenden Wunsch, er möge aufhören.

»Wie ich sehe, störe ich.«

Kelsey und Jeremy fuhren auseinander. Kelsey wandte den Kopf und entdeckte Lizzy, die gerade aus einer verborgenen Tür in der Wandtäfelung trat. So war es ihr also gelungen, im Ballsaal zu spuken.

Als Kelsey den finsteren Vorwurf auf Lizzys Gesicht sah, schoss ihr heiße Röte in die Wangen. Sie trat ein Stück zurück und sagte: »Es ist nicht so, wie Sie denken.«

»Ach nein? Jeder Dummkopf kann erkennen, was hier vorgeht.«

»Es war nichts, Kätzchen«, sagte Jeremy. »Ich habe Kelsey nur einen Abschiedskuss gegeben. Komm her, dann kriegst du auch einen.«

»Komm mir ja nicht in die Nähe, du Wüstling!« Lizzy kreischte laut, als er sie durch den Saal jagte, dann einfing und einen keuschen Kuss auf ihre Wange hauchte.

»Lass mich los!«

»Gern.« Jeremy gab sie frei. »Dann werde ich mich mal auf den Weg machen.«

»Wo willst du hin?«, fragte Lizzy, während sie über die Ärmel ihres tristen schwarzen Kleids strich, als wollte sie Jeremys Berührung abwischen.

»Auf ein paar Tage nach London. Wirst du mich vermissen?«

»Genauso wie Kopfschmerzen«, sagte Lizzy und warf ihm einen gereizten Blick zu.

»Ich fürchte, dann muss ich es Miss Vallarreal überlassen,

mich zu vermissen.« Jeremy drehte sich zu Kelsey um, die immer noch gerötete Wangen hatte.

Sie war zu verlegen, um etwas zu sagen, und schwieg. Sie lächelte auch nicht. Die unverhohlene Missbilligung auf Lizzys Gesicht verstärkte ihr Unbehagen um ein Hundertfaches.

Jeremy brach schließlich die angespannte Stille, indem er sich vor ihr verneigte. Kelseys Schweigen schien ihm auf einmal unangenehm zu sein, aber er überspielte es mit einem Lächeln und sagte noch einmal: »Dann werde ich mich jetzt auf den Weg machen.«

Kelsey knickste vor ihm und beobachtete, wie er durch den Saal ging und durch die Tür verschwand.

Lizzy wartete, bis seine Schritte verklungen waren, bevor sie die Hände in die Hüften stemmte und Kelsey anfuhr: »Was führen Sie eigentlich im Schilde? Erst küssen Sie Edward und jetzt erwische ich Sie mit Jeremy. Sie sollten sich lieber entscheiden, welchen von ihnen Sie wollen, bevor sich die beiden ihretwegen duellieren. Das würde Ihnen gefallen, nicht wahr?«

»Sie irren sich. Es würde mir nicht gefallen«, antwortete Kelsey, verletzt und erbittert wegen dieses Angriffs.

»Natürlich würde es das. Sie sind eine Schlampe, sonst nichts. Warum gehen Sie nicht weg von hier? Ich hasse Sie!« Lizzy drehte sich um und rannte zu der Geheimtür in der Wandtäfelung zurück.

»Warten Sie, Lizzy!« Kelsey, die ihr erklären wollte, dass Jeremy sich diesen Kuss gestohlen hatte, lief ihr nach.

Sie sah, wie Lizzy nach einer Laterne griff und dann hinter einer Ecke verschwand. »Warten Sie, Lizzy! Ich kann es Ihnen erklären!«

Kelsey folgte dem trüben, flackernden Licht, bis eine Tür zugeschlagen wurde und sie in völliger Dunkelheit zurückblieb.

13

Kelsey war gezwungen, sich mit ausgestreckten Händen vorzutasten, um nicht an die Wände zu stoßen.

»Lizzy! Antworten Sie mir!«

In dem völlig Schweigen, das sie umgab, bewegte sich Kelsey weiter vorwärts, bis sie unvermittelt an eine Tür stieß. Als sie sich dagegen lehnte, sprang sie plötzlich auf, und Kelsey fiel in einen klammen Treppenaufgang. Es roch nach Jahrhunderten abgestandener Luft und feuchten Steinen. Über sich hörte sie das Echo von Lizzys Schritten, und als sie den Kopf hob, sah sie eine schmale Wendeltreppe und das schwache Licht von Lizzys Laterne. Lizzy rannte gerade die Stufen hinauf.

»Lizzy! Warten Sie!«

Sie lief Lizzy nach. Die Stufen waren so schief, dass jeder Schritt gefährlich war. Um nicht hinzufallen, musste sie langsamer gehen. Das hier schien einer der Wachtürme der alten Burg zu sein und die Treppe war sicher in früheren Zeiten so angelegt worden, um Eindringlinge daran zu hindern, den Turm mühelos einzunehmen. Eine wirkungsvolle Methode, stellte Kelsey fest, die sich auf jeden einzelnen Schritt konzentrieren musste. Lizzy schien der schräge Neigungswinkel nicht zu behindern. Sie lief die Stufen hinauf, als hätte sie Flügel an den Füßen.

Endlich erreichte Kelsey das Ende der Treppe, außer

Atem, aber bereit, die Sache mit Lizzy auszutragen. Die Stufen mündeten in einen kleinen runden Raum, der denselben Durchmesser wie der Turm hatte. Ein einfaches Bett stand auf einer Seite, ein mitgenommener Schreibtisch auf der anderen. Auf dem Boden lag ein runder Fleckenteppich. Zwei Tauben gurrten auf dem Sims eines schmalen, praktisch nicht vorhandenen Fensters. Lizzy stand vor dem Schreibtisch, beide Hände in die Hüften gestemmt.

»Raus hier!«

»Ich gehe nicht, bevor Sie mich angehört haben. Erwarten Sie etwa, dass ich mir Ihre Beleidigungen bieten und Sie dann einfach laufen lasse? Mit mir nicht! Und damit Sie es wissen, ich habe mich Jeremy nicht an den Hals geworfen. Er hat mir diesen Kuss gestohlen. Ich habe ihn nicht im Geringsten dazu ermutigt. Um genau zu sein, als er mir einen Heiratsantrag machen wollte, habe ich ihm unverblümt mitgeteilt, dass ich nicht an ihm interessiert wäre, aber er hat anscheinend nicht zugehört.«

»Warum sollte ich Ihnen glauben?«

»Weil es die Wahrheit ist. Finden Sie denn, dass ich in diesen Sachen wie eine Verführerin aussehe?« Kelsey zupfte am Saum ihres weiten Kittels.

Sie sah, dass Lizzy versuchte, weiter ein finsteres Gesicht zu machen, es aber nicht ganz schaffte. »Wie ein Flittchen ziehen Sie sich eigentlich nicht an.« Lizzy drehte sich um, schüttete Maiskörner aus einer kleinen Zinndose in einen Becher und streute sie den Tauben aufs Fensterbrett.

»Wie ich sehe, haben Sie sich hier eingerichtet.«

»Ja, ich mag die Abgeschiedenheit hier oben.«

Kelsey entdeckte ein aufgeschlagenes Buch auf dem

Schreibtisch und beugte sich vor, um darin zu lesen. »Sie schreiben Gedichte?«

Lizzy schlug das Buch zu. »Ja, und meine Arbeit ist meine Privatsache.«

»Ich verstehe.« Kelsey drehte sich um und las die Titel der Bücher auf dem Regal. »Shakespeare ... Milton ... Keats ... Scott... Shelley. Sie mögen einige der Autoren, die ich auch mag.«

»Sie brauchen nicht höfliche Konversation zu machen.« Lizzy, die ihren Band mit Gedichten an ihre Brust gedrückt hielt, drehte sich zu ihr um. »Das kann ich nicht ausstehen.«

»Sie sind nicht sehr umgänglich«, bemerkte Kelsey, während sie zum Bett ging und sich auf die Kante setzte.

»Umgänglicher werden Sie mich nicht erleben. Warum sind nicht Sie zur Abwechslung einmal nett und erzählen mir, ob Ihnen etwas an meinem Bruder liegt?«

»Na gut, ich werde ganz aufrichtig zu Ihnen sein. Ich mag ihn sehr.« Kelsey verschränkte die Hände in ihrem Schoß und legte die Fingerspitzen aneinander.

»Wie sehr? Würden Sie sich darauf einlassen, seine Mätresse zu werden?«

»Bestimmt nicht«, sagte Kelsey indigniert.

»Sie müssen wissen, dass er mir gesagt hat, er würde nie wieder heiraten.«

»Ich weiß nicht, warum Sie mir das erzählen. Es berührt mich nicht.« Und selbst wenn, wäre Kelsey nicht bereit gewesen, es zuzugeben. »Ich habe nicht den Wunsch, ihn zu heiraten. Sobald ich mit dem Ballsaal fertig bin, will ich mit dem Geld, das Ihr Bruder mir dafür gibt, nach London gehen und eine Karriere als Malerin beginnen.«

»Sie haben meine Frage nicht beantwortet. Lieben Sie ihn?«

»Sie sind genauso aufreizend wie Ihr Bruder, Lizzy. Auf einige Fragen antworte ich nicht, und das ist eine davon.« Kelsey stand auf. »Aber ich kann Ihnen sagen, dass ich ihm gern helfen würde, seine Selbstachtung wiederzufinden. Ich bin sicher, wenn er aufhören würde, wie ein Einsiedler zu leben, und sich entschließen könnte, unter Menschen zu gehen, würde er sein Leben wieder in den Griff bekommen.«

Lizzy lachte so schallend, dass Kelsey die Stirn runzelte. Lizzy legte das Buch, das sie gehalten hatte, auf den Schreibtisch zurück. »Wenn Sie glauben, Sie könnten die Heldin spielen und versuchen, Edward zu ändern, vergessen Sie es lieber. Ein Jammer, dass Sie ihn lieben.«

»Ich habe nie behauptet, ihn zu lieben.«

»Das müssen Sie gar nicht.« Lizzy verdrehte ihre dunklen Augen. »Ich sehe doch, wie Ihre Augen leuchten, wenn Sie seinen Namen aussprechen, genau wie jetzt. Vorher ist es mir nicht aufgefallen, aber jetzt schon. Sie lieben ihn, trotz Narben und allem anderen.« Ein spöttisches Lächeln trat auf ihr Gesicht. »Geben Sie Acht, dass Sie nicht verletzt werden. Wenn ich Sie wäre, würde ich mich von ihm fern halten.«

Das konnte Kelsey nicht, aber das würde sie Lizzy nicht erzählen. Edward brauchte einen Menschen, der ihm half, seine Selbstachtung wiederzugewinnen, und sie hatte beschlossen, dieser Mensch zu sein. Sie stand auf. »Ich muss gehen.«

»Eines noch, bevor Sie gehen.«

»Ja?«

»Was wissen Sie über Griffin McGregor?«

»Warum fragen Sie?« Kelsey sah sie durchtrieben an.

Lizzy wandte sich ab und strich einer der Tauben über den Kopf. »Na ja, er ist so ein ungehobelter Klotz. Ich würde bloß gern wissen, was in so einem Rüpel vorgeht.«

Kelsey grinste. »Na ja, ich denke, ich weiß, was in Griffin vorgeht. Er ist seit Jahren mein bester Freund.«

»Das erstaunt mich sehr. Wie können Sie mit einem solchen Grobian und Dummkopf befreundet sein?«

»Er ist eigentlich sehr nett, wenn man ihn näher kennt. Wer ihn kennt, findet ihn ganz und gar nicht grob oder dumm – schon gar nicht die Mädchen im Dorf.«

»Er ist also ein Wüstling und Schürzenjäger?« Lizzy drehte sich mit erwartungsvoller Miene um. Ihre dunklen Augen schimmerten wie Onyx.

»Eigentlich nicht.« Kelsey klopfte mit einem Finger auf ihre Wange. »Einen Schürzenjäger würde ich ihn nicht nennen.« Sie sah, dass Lizzy enttäuscht wirkte, und fügte hinzu: »Er hat allerdings so ungefähr jedem hübschen Mädchen im Dorf den Hof gemacht. Vielleicht könnte man ihn doch als Schürzenjäger bezeichnen.«

»Oh.« Lizzys Interesse schien wieder geweckt.

»Ja, Frauen schwärmen für ihn. Sein Problem ist, dass er sich einbildet, jede Frau, um die er sich bemüht, zu lieben, aber in Wirklichkeit ist es nur Mitleid. Er ist viel zu ritterlich, was Frauen angeht, und sie scheinen es zu wissen. Sie appellieren an sein gutes Herz, aber bis jetzt hat ihn noch keine erobert. Er glaubt, dass er dafür viel zu schlau ist.«

»Wirklich?« Lizzy machte ein nachdenkliches Gesicht.

»Wollen Sie nicht mitkommen, wenn ich morgen Vormittag die McGregors besuchen gehe? Ich habe Mrs. McGregor versprochen, wiederzukommen und von ihren Apfeltörtchen zu kosten.«

»Wird Griffin auch dort sein?«

»Wahrscheinlich.«

»Ich glaube nicht, dass ich zu ihm oder seinen grässlichen Brüdern nett sein kann«, sagte Lizzy störrisch.

»Sie können manchmal wirklich lästig sein Ich erwarte von Ihnen nicht, dass Sie nett sind, nur höflich.«

»Ich denke, das lässt sich machen.«

»Daran habe ich nie gezweifelt.« Kelsey lächelte heiter und sagte: »Ich glaube, ich muss jetzt gehen.«

»Warten Sie! Ich bringe Sie zurück.«

»Nicht nötig, ich finde den Weg. Aber es wäre nett wenn Sie mir eine Kerze geben könnten.«

Lizzy zündete eine Kerze an und gab sie ihr. »Geben Sie gut Acht. Unter dem Schloss gibt es ein endloses Labyrinth von Tunneln. Der Zweite Herzog von Salford hat sie anlegen lassen, damit seine Gefangenen nicht aus diesem Turm entfliehen konnten. Manche von ihnen enden in Sackgassen und andere führen zu den abwegigsten Orten wie den Weinkellern und dem Verlies und einer sogar in die Kapelle. Als Stillmore umgebaut wurde, hielt mein Urgroßvater die Anlage für einen guten Witz und ließ überall im neuen Flügel Geheimgänge bauen, die direkt zu den Tunneln führen.«

»So sind Sie also in den Ballsaal gekommen.«

»Ja.«

»Und in mein Zimmer, obwohl die Tür abgesperrt war.«

Lizzy nickte lächelnd.

»Von jetzt an klopfen Sie an die Tür.«

Lizzy lachte. »Mach' ich. Hier.« Sie gab Kelsey den Kerzenhalter. »Seien Sie vorsichtig. Als ich klein war, habe ich mich einmal verlaufen.« Sie grinste. »Edward hat zwei Tage gebraucht, um mich zu finden.«

»Ich passe schon auf. Ich bin sicher, dass ich noch weiß, wie ich zurückkomme.«

Kelsey winkte Lizzy zu, als sie die lange Wendeltreppe hinunterstieg. Hinunterzugehen war viel leichter als heraufzukommen. Sie trat durch die massive Eichentür und schob sich in den schmalen Gang. Auf einmal sah sie Brutus aus dem Schatten springen.

»Hallo, alter Mäusejäger. Warum bist du mir nachgelaufen?« Sie kauerte sich auf den Boden und streckte eine Hand nach ihm aus. Kurz bevor ihre Finger ihn berührten, flitzte er den Tunnel hinunter.

»Brutus! Komm zurück!«

Kelsey hatte Angst, dass er sich verlaufen und nicht mehr zurückfinden würde. »Brutus!«

Mit hoch erhobener Kerze lief sie ihm nach, wobei es ihr kaum gelang, ihn im Lichtkreis zu behalten. Sie rannte in ein Spinnennetz und hätte beinahe die Kerze fallen lassen, als sie es von ihrem Kopf riss.

Wieder hob sie die Kerze, um Brutus zu suchen, aber er war verschwunden. »Brutus! Miez, Miez, Miez! Komm her!«

Sie lief weiter, wobei sie bei ihrer verzweifelten Suche mal links, mal rechts abbog. Als sie das Gefühl hatte, im Kreis zu gehen, blieb sie stehen. Die Stille in dem Gang schien in ihren Ohren zu dröhnen. Kelsey geriet in Panik.

»Lizzy!«, schrie sie aus voller Kehle.

Nach ein paar Minuten, die ihr wie Stunden vorkamen,

gab sie die Hoffnung auf, dass Lizzy zu ihrer Rettung kommen würde. Die Steinmauern waren so massiv, dass Lizzy sie vermutlich nicht hören konnte. Sie versuchte, nicht die Nerven zu verlieren, und rief sich in Erinnerung, dass der Tunnel, in dem sie sich befand, irgendwohin führen musste. Die auffallende Senkung des Bodens sagte ihr, dass sie noch nicht in diese Richtung gegangen war. Kelsey hinterließ beim Gehen eine Spur aus Wachstropfen, nur für den Fall, dass sie umkehren und einen anderen Ausweg suchen musste.

Plötzlich stand sie vor einer Tür. Überall hingen Spinnweben, als wäre sie seit Jahrhunderten nicht geöffnet worden. »Bitte lass es die Kapelle sein«, sagte sie zu sich selbst. Mit zitternden Händen schlug sie die Spinnweben beiseite und zog den eisernen Riegel der Tür zurück. Sie warf sich mit ihrem ganzen Gewicht gegen die Tür, die sich mit einem lauten Knarren öffnete.

Kelsey hielt ihre Kerze höher. Lange Reihen von Regalen mit Weinflaschen füllten den Raum. Die feuchte Kälte drang ihr sofort bis in die Knochen und sie fröstelte, als sie die zwei Stufen zum Weinkeller hinunterging und näher an eines der Regale trat, um Spinnweben und Staub von einer der Flaschen zu kehren. Sie trug die Jahreszahl 1491. Kelsey nahm die Flasche und klemmte sie sich unter den Arm, für den Fall, dass sie nicht schnell herausfand und eine Stärkung brauchte, was im Moment mehr als wahrscheinlich schien.

Aus dem Augenwinkel entdeckte sie einen uralten Korkenzieher, der an einem der Regale hing, und steckte ihn ein. Ihre Ferse stieß an etwas, als sie sich zum Gehen wandte. Sie drehte sich um und sah ein vollständig bekleidetes

Skelett am Ende des Regals lehnen. Eine fleischlose Hand hielt immer noch eine Flasche umklammert.

Kelsey öffnete den Mund, um zu schreien, aber kein Laut kam heraus.

Edward, der das Gefühl hatte, irgendetwas gehört zu haben, blickte von seinem Schreibtisch auf und sah sich in seinem Arbeitszimmer um. Das Klopfen an seiner Tür lenkte ihn ab. »Herein«, sagte er.

Jeremy stand in der Tür, seinen Hut in der einen Hand, seine Kutscherhandschuhe in der anderen. »Ich wollte nur auf Wiedersehen sagen, bevor ich fahre.«

»Wo fährst du hin?«

»Nach London.«

»Ich dachte, du würdest London zur Zeit meiden.«

»Ich bin sicher, dass sich der Skandal mittlerweile gelegt hat. Ich habe etwas Wichtiges zu erledigen.«

»Was kann so wichtig sein, dass du dich dorthin wagst, nachdem du Lord Britterwood angeschossen hast? Man sollte meinen, du würdest dem Mann aus dem Weg gehen.«

»Es ist seine Frau, der ich aus dem Weg gehen will.« Jeremy grinste unbekümmert. »Und ich werde ihr wohl kaum begegnen, es sei denn, sie hätte die Absicht, sich ihr nächstes Opfer in der Bow Street zu suchen.«

»Was hast du in der Bow Street zu tun?«

»Miss Vallarreal hat mich beauftragt, einen Büttel für sie zu engagieren.«

»Aus welchem Grund?« Edward wollte schon aufspringen, aber da er sich vor Jeremy keine Blöße geben mochte, blieb er sitzen und bemühte sich, ein gleichgültiges Gesicht zu machen.

»Ihr Vater ist verschwunden und sie will ihn finden.«

»Ich habe ihn nach Bath geschickt.« Edward lehnte sich in seinem Sessel zurück und verschränkte die Hände hinter dem Kopf.

»Warum denn das?«, fragte Jeremy empört und ließ seine Handschuhe an seinen Schenkel knallen.

»Zum Ausnüchtern. Ich dachte, dort wäre er am besten aufgehoben.«

»Du hast Angst, er könnte ihr die Wahrheit sagen. Aber wenn er es bis jetzt nicht getan hat, wird er es auch nicht tun. Sie macht sich Sorgen um ihn. Du musst ihr sagen, wo er ist.«

»Das werde ich, wenn die Zeit reif ist.«

»Du machst es, Eddie, und zwar in einer Woche, sonst mache ich es für dich.«

»Soll das eine Drohung sein?« Edward erhob sich und ballte die Fäuste.

»Allerdings.« Jeremy streifte zornig die Handschuhe über seine Hände. »Diese Farce ist weit genug gegangen. Ich habe die Absicht, ihr einen Heiratsantrag zu machen, und das kann ich erst, wenn ich weiß, dass du ihr die Wahrheit gesagt hast.« Jeremy machte auf dem Absatz kehrt und ging.

Edward starrte auf die leere Türschwelle. *Heiratsantrag*. Das Wort hallte in seinem Kopf wider. Würde Kelsey ihn annehmen? Sie hatte die Wahl, McGregor oder Jeremy. Die Wände schienen bedrohlich näher zu rücken und seine Rastlosigkeit nahm zu. Er fuhr sich mit den Fingern durch sein Haar, riss es aus dem Band in seinem Nacken und hieb mit der Faust auf den Tisch. *Heiratsantrag* ... Heiratsantrag ... Heiratsantrag. Das Wort ging ihm wie eine endlose Litanei durch den Kopf, als er aufstand und aus dem Zimmer ging.

Eine Weile später war Kelseys Kerze am Ende und sie war es auch. Hungrig, durstig und verfroren warf sie sich auf den Boden eines Tunnels. Der Anblick des Skeletts stand ihr immer noch vor Augen. Sie zog den Korken aus der Weinflasche.

»Ich denke, es spricht nichts dagegen, in einer Notlage wie dieser zu trinken«, murmelte Kelsey, bevor sie die Flasche an die Lippen hob. Vorsichtig machte sie einen kleinen Schluck. Der Wein schmeckte nicht bitter, wie sie erwartet hatte, sondern beinahe süß.

Immer wieder hielt sie die Flasche an ihren Mund, bis sich ihr der Kopf zu drehen begann. Mit einem Seufzer warf sie die leere Flasche weg und hörte zu, wie sie über den Steinboden rollte. Sie wischte Spinnweben aus ihrem Gesicht und lehnte sich an die Mauer. Eisige Kälte kroch ihr über den Rücken.

»So ist es also, wenn man im Kerker sitzt«, sagte sie zu sich selbst.

Plötzlich stieß etwas Kaltes, Haariges an ihre Hand. Kelsey, die sofort an Mäuse oder Ratten dachte, schrie auf. Dann hörte sie ein Maunzen, ein sehr vertrautes Maunzen. Etwas Pelziges schmiegte sich an ihren Arm.

»Brutus! Du elendes Miststück!« Kelsey hob ihn hoch und drückte ihn liebevoll an ihre Brust. Plötzlich fiel ihr auf, dass er sich bereitwillig von ihr halten ließ, und Tränen brannten in ihren Augen, als sie ihr Gesicht in seinem weichen Fell vergrub. »Jetzt lässt du dich von mir streicheln, was? Einen ganz schönen Preis habe ich dafür zahlen müssen. Und dann versteckst du dich die ganze Zeit vor mir und führst mich an der Nase herum! Was meinst du, könntest du mir nicht den Weg nach draußen zeigen? Ich verspreche dir ein ganzes Fass mit warmer Milch, wenn du das machst.« Sie kraulte ihn hinter den Ohren und hörte ihn laut schnurren.

»Es macht dir doch nichts aus, wenn ich dich an die Leine lege, oder? Täte mir schrecklich Leid, aber ohne dich wäre ich jetzt nicht so in der Klemme.« Der alte, verschossene Kordelbesatz ihres Kittels ließ sich leicht abtrennen und sie schlang die Kordel wie eine Leine um Brutus' Hals. Ihre Finger waren unbeholfen und sie brauchte zwei Anläufe, bevor es ihr gelang. »So, und jetzt zeig mir, was für ein ritterlicher Kater du bist und rette mich.«

Als sie sich langsam erhob, merkte sie, wie schwindlig ihr war. Trotzdem gelang es ihr, hinter Brutus her zu taumeln. Aufwärts, aufwärts, aufwärts. Brutus blieb stehen. Kelsey nahm ihm die Leine ab und hob ihn auf. Als sie mit einer Hand über die Steine fuhr, stieß sie auf einen langen Spalt. Ein kühler Luftzug streifte ihre Finger.

»Gut gemacht, Katerchen. Das muss eine Tür sein. Ich muss nur noch . . .« Sie drückte sich gegen den Stein und die Tür ging auf.

Kelsey stolperte an einen Altar und stellte fest, dass sie die Kapelle gefunden hatte. Trotz ihres leicht benebelten Zustands spürte sie die Aura zeitloser Stille und Abgeschiedenheit in diesem Raum. Ihr Herzschlag dröhnte laut in ihren Ohren. Sie starrte auf das Kirchenschiff und die dicken schwarzen Balken, die es überspannten. Durch ein rundes Buntglasfenster über der Tür schimmerte gedämpftes Licht und an dem matten Glanz des

Fensters erkannte sie, dass die Sonne bereits untergegangen war.

Jetzt wanderte ihr Blick zu den Kirchenbänken – insbesondere zu einer, wo sich Edward gerade erhob. Er trug eine schwarze Jacke, schwarze Hosen und kein Halstuch. Der oberste Knopf seines Hemds stand offen und sie starrte unwillkürlich auf sein Brusthaar. Sie fragte sich, wie es sich anfühlen mochte, mit den Fingern darüber zu streichen.

»Was machen Sie hier?«, fragte er wütend. Er sah aus, als würde er ihr am liebsten den Kopf abreißen.

»Dasselbe könnte ich Sie fragen.« Kelsey, die leicht hin und her schwankte, riss den Blick von seiner Brust los und drückte Brutus an sich.

»Ich komme oft her, um zu meditieren. Warum sind Sie so unsicher auf den Beinen? Sind Sie krank?« Er kam näher.

»Nein, nein, ich bin ein bisschen beschwipst.« Sie schenkte ihm ein wackeliges Grinsen.

»Sie erstaunen mich immer wieder.« Drohend baute er sich vor ihr auf. »Was machen Sie da mit Brutus im Arm? Er ist wild. Er wird Sie kratzen.«

»Nein, wir sind Freunde. Das würdest du nicht tun, oder, Brutus?« Kelsey kraulte Brutus hinter den Ohren, nachdem sie seinen Kopf gefunden hatte, wozu zwei Versuche nötig waren. »Müssen Sie mich so finster anschauen, Edward? Ich mag es gar nicht, wenn Sie das tun. Glauben Sie mir nicht?«

»Ich schaue Sie nicht finster an!«

»Jetzt brüllen Sie. Ich mag betrunken sein, aber ich höre immer noch ausgezeichnet und –« Kelsey senkte ihre Stimme zu einem Wispern – »Ihre tiefe Stimme trägt hier drinnen sehr gut. Ich habe einen Grund, Brutus im Arm zu halten und in dieser Verfassung zu sein.«

Er verschränkte die Arme vor der Brust und musterte sie finsterer denn je. »Den würde ich wirklich gern erfahren«, zischte er.

»Ich habe mich in den Tunneln unter dem Schloss verirrt, Wussten Sie, dass in einem der Weinkeller ein Skelett sitzt?«

»Ich bin sicher, es ist nicht das einzige.«

»Ach?«

»Der Zweite Herzog von Salford bestrafte seine Feinde gern, indem er sie in die Tunnel einsperrte. Einige von ihnen wurden gefunden, nachdem sie verhungert waren. Andere, die mehr Glück hatten, fanden den Weinkeller und tranken sich vor dem Ende zu Tode.«

»Wie ich sehe, haben Sie Ihren Gerechtigkeitssinn von Ihren Vorfahren.«

»Mag sein.«

»Der arme Knochenmann da unten hat mich beinahe zu Tode erschreckt. Die Geschichten, die ich im Dorf über Ihren Ahnherrn gehört habe, scheinen wahr zu sein, aber er hätte zumindest den Anstand besitzen können, seine Feinde aufzustöbern und ihnen ein ordentliches Begräbnis zukommen zu lassen.«

»Ich bin sicher, sie haben viel weniger bekommen, als sie verdienten, aber wenn Sie wollen, lasse ich den Leichnam holen und anständig beerdigen.«

»Das wäre vielleicht besser – vor allem, falls sich noch einmal jemand da unten verirrt. Dank meiner Freunde hier ... nein, nein, ich habe nur eine Katze im Arm, aber ich sehe zwei.« Kelsey kicherte und drückte Brutus fester an sich. »Ohne ihn wäre ich immer noch verloren in den Eingeweiden der ersten Vorstufe von Stillmores Hölle.« Sie musste über ihre melodramatischen Worte lachen, und Brutus hüpfte aus ihren Armen. Als sie sich nach ihm bückte, kippte sie vornüber.

Einen Moment fiel sie, im nächsten lag sie in Edwards Armen. Sie grinste ihn an. »Sehen Sie, Sie können nett sein, wenn Sie wollen. So mag ich Sie viel lieber, als wenn Sie ständig mit mir schimpfen.«

»Ich sollte mehr tun, als mit Ihnen schimpfen.« Er ging mit ihr aus der Kapelle.

»Die Frage ist, was würden Sie gern tun?«, fragte sie herausfordernd.

»Für den Anfang würde ich Sie gern knebeln.«

»Na gut, betrachten Sie mich als geknebelt.« Sie biss sich auf die Lippe, um nicht weiterzureden. Kühle Nachtluft strich über ihre Haut, als er sie nach draußen trug. Sie holte tief Luft, spürte, dass ihr Kopf ein wenig klarer wurde, und starrte dann über seine Schulter auf den Mond. Sie betrachtete ihn unverwandt, während Edward weiterging. Ihr Kopf sackte nach hinten, und sie lächelte selig in das gewaltige Himmelszelt.

»Setzen Sie sich auf, bevor Sie sich den Hals brechen.«

»Sie sollten einmal versuchen, den Mond verkehrt herum zu sehen. Ist wirklich wunderschön aus diesem Blickwinkel. Ich glaube nicht, dass ich je –«

Er stieß seinen Arm hoch, und ihr Kopf fiel nach vorn. »Genießen Sie nie etwas?«, fragte sie, leicht benommen von der ruckartigen Kopfbewegung.

»Ruhe und Frieden.«

»Das stimmt nicht. Wenn das wahr wäre, hätten Sie keine Mätresse.«

»Ich habe aus reiner Notwendigkeit eine Mätresse.«

»Notwendigkeit?« Sie starrte ihn einen Moment lang verdutzt an, dann grinste sie. »Ach so, männliche Notwendigkeit. Darüber weiß ich Bescheid. Sind Sie sicher, dass Sie kein Franzose sind? Mein Vater sagt, Franzosen hätten einen großen Fonds an Notwendigkeit.«

»Das sagt er?« Sein Mund verzog sich zu einem Grinsen.

»Sehen Sie! Ich wusste, Ihr Gesicht würde nicht zerfallen, wenn Sie lächeln. Sie haben ein wirklich faszinierendes Gesicht, wenn Sie lächeln. Hat Ihnen das schon mal jemand gesagt?«

Sein Lächeln verblasste. »Nicht in letzter Zeit«, sagte er kurz.

»Es ist ganz anders und mir doch so vertraut. Ob ich Sie wohl einmal malen dürfte?« Wie gebannt betrachtete Kelsey die stolze Linie seines Kinns, die harten Lippen, die markanten Wangenknochen, den hohen, spitzen Haaransatz auf seiner Stirn

»Warum sollte ich ein Porträt von mir wollen, wenn es mich schon krank macht, in den Spiegel zu schauen?«

»Sie können nicht sehen, was ich sehe, denn mich macht es nicht krank. Ganz im Gegenteil. Das ist Ihre beste Seite.« Sie berührte seine von Narben durchzogene Wange und spürte, wie er sich versteifte. Sie lächelte in sich hinein. »Wollen Sie wissen, warum ich diese Seite am liebsten mag?«, fragte sie.

»Nein.«

»Ich sage es Ihnen trotzdem.« Sie strich mit einem Finger über die lange Narbe, die von seiner Wange nach unten verlief. »Ich mag diese Seite wegen der schlichten, entstellten Schönheit, die nichts vor der Welt verbirgt. Aber diese Seite …« Kelsey legte ihre Hand auf seine unversehrte Gesichtshälfte. Als sie mit den Fingern über die leichten Stoppeln auf seinem Kinn rieb, spürte sie seinen Kiefermuskel unter ihren Fingerspitzen zucken. »Diese Seite macht mir mit ihrer gefährlichen Perfektion Angst. Sie gibt nichts preis und verbirgt alles hinter einer strengen, beherrschten Maske.«

»Sie klingen wie eine betrunkene Närrin.«

Kelsey schnitt eine Grimasse und ließ ihre Hand von seinem Gesicht sinken. Sie sackte auf seine Brust. »Vielleicht bin ich betrunken und auch närrisch, aber ich würde trotzdem gern Ihr Gesicht malen.«

»Niemals.«

»Sagen Sie niemals nie. Sie könnten an dem Wort ersticken. Ich brauche Sie nicht vor mir zu sehen, um Ihr Porträt zu malen. Ich habe Ihr Gesicht im Kopf.«

»Sie werden gar nichts tun außer zu Bett gehen.«

Eine dunkle Haarsträhne fiel ihm in die Stirn und weckte ihre Aufmerksamkeit. Spielerisch stupste sie die Strähne mit einem Finger zurück und beobachtete, wie sie ihm wieder in die Stirn fiel.

»Lassen Sie das.«

»Sie sind wirklich zu empfindlich.«

Kelsey fand sich unversehens auf ihrem Bett wieder. Sie sah sich um. »Wie sind wir in mein Schlafzimmer gekommen?«

»Ich habe Sie hierher gebracht.«

Sie fühlte, wie er ihr die Schuhe auszog, sie anhob und

den Kittel über ihren Kopf zog. Dann fing er an, ihr Hemd aufzuknöpfen. Sie grinste ihn an. »Ziehen Sie mich aus?«

»Ja.«

»Ich bin vielleicht betrunken, aber ich weiß, dass ich meine Sachen anlassen sollte.«

»Ich werde Ihnen nicht zu nahe treten.«

»Nicht?« Kelsey konnte die Enttäuschung in ihrer Stimme nicht unterdrücken. »Ich nehme an, Sie treten nur Ihrer Mätresse zu nahe – na ja, zu nahe treten ist nicht der richtige Ausdruck, oder? Man kann einer gefallenen Frau nicht zu nahe treten, nicht wahr?« Sie lachte.

»Nein, kann man nicht.« Sie beobachtete, wie sich seine Lippen zu einem Grinsen verzogen »Ich ziehe Ihnen nur die Sachen aus, damit Sie es bequem haben.«

»Das ist sehr aufmerksam von Ihnen, aber ich habe es auch mit meinen Sachen sehr bequem.«

Er hielt sie unter den Achselhöhlen, während er ihre schlaffen Arme aus dem Hemd zog. Dann ließ er sie los, um das Hemd beiseite zu werfen, und ihr Oberkörper sackte nach hinten. Sie landete auf den Kissen und kicherte, bis sie merkte, dass er ihre Hosen aufknöpfte.

Sie packte die Hosen am Bund. »Also wirklich, mir die Hosen auszuziehen, wird mich nicht ernüchtern.«

Er stieß ihre Hände weg und zog ihr grob die Hosen aus. Jetzt trug sie nur noch Unterwäsche. Er hielt den Blick auf ihr Gesicht gerichtet, während er ihr die Decke bis zum Kinn zog, und sagte: »Schlafen Sie jetzt.«

Er war schon auf dem Weg zur Verbindungstür, als Kelsey sich den Kopf hielt und mit ihrer kläglichsten Stimme fragte: »Sie gehen doch nicht, oder?«

»Doch.«

»Das können Sie nicht.«

»Warum nicht?«

»Weil ich glaube, dass mir gleich schlecht wird.«

»Ich bringe Ihnen den Nachttopf.«

»Nein, reiben Sie mir einfach die Füße. Das hat immer geholfen, als ich noch ein Kind war. Meine Mutter rieb mir die Füße. Es hat mich davon abgelenkt, dass mir übel war.«

»Meinetwegen.« Er klang skeptisch, aber er setzte sich auf die Bettkante. Sie konnte spüren, wie die Matratze unter seinem Gewicht nachgab, als er ihre Füße unter der Decke hervorzog und auf seine harten Oberschenkel legte.

Als seine warmen Hände anfingen, ihren Fuß zu massieren, schloss sie die Augen und stöhnte wohlig. »Oooh! Das ist herrlich! Ich kann es einmal bei Ihnen machen, wenn Sie ein Gläschen zu viel haben und Ihnen schlecht wird.«

»Nein, danke.«

»Sie leiden also gern?«

»Seien Sie still, vielleicht geht es Ihnen dann besser!«

»Na gut, aber nur, wenn Sie mir eine Frage beantworten.«

»Welche?«, fragte er ungeduldig.

»Haben Sie jemals eine Frau geliebt?« Er fing mit dem anderen Fuß an und sie spürte, wie sich die Wärme seiner Finger in ihren Beinen ausbreitete. »Aaah! Das tut wirklich gut.« Als er keine Antwort gab, sagte Kelsey: »Na?«

»Was?«

»Haben Sie je einen Menschen geliebt?«

»Es gab da mal vor langer Zeit ein Mädchen, das ich geliebt habe.«

»Warum haben Sie sie nicht geheiratet?«

»Weil ich von der Wiege an der Frau versprochen war, die ich später geheiratet habe.«

»Die Herzogin, die sich ihretwegen das Leben nahm.«

»Nicht meinetwegen.« Seine Massage wurde schmerzhaft.

»Das tut weh ...« Sie versuchte, ihren Fuß aus seinem Griff zu winden, aber er hielt ihn fest und rieb sanfter weiter. »Schon besser. Tut mir Leid, ich bin immer davon ausgegangen, sie hätte wegen des Skandals mit Clarice Selbstmord begangen.«

»Sie brachte sich eine Woche vor dem Skandal um. Sie liebte einen anderen und war von ihrem Vater gezwungen worden, mich zu heiraten.«

»Wer war ihr Liebster?«

»Der Mann hatte sein Vermögen in Indien gemacht und erst von unserer Heirat erfahren, als es zu spät war. Er erschoss sich einen Monat, bevor Margaret sich das Leben nahm.«

»Wie tragisch.«

»Ja. Leider hat er nicht mit Margaret gesprochen, bevor er sich umbrachte, sonst hätte er erfahren, dass unsere Ehe nie vollzogen worden war.«

»Es tut mir sehr Leid, dass es für Sie beide keine glückliche Ehe war.« Die Trauer und die Reue in seiner Stimme berührten Kelsey, und am liebsten hätte sie ihn in den Arm genommen und getröstet.

»Bis zu unserer Hochzeitsnacht wusste ich nicht, dass sie mich verabscheute. Da ich keine Lust hatte, mich einer unwilligen Braut aufzudrängen, ließ ich sie in Ruhe. Ich spielte sogar mit dem Gedanken, den Skandal in Kauf zu nehmen und die Ehe annullieren zu lassen, damit Margaret ihren Liebsten heiraten konnte, aber als sie von seinem Tod erfuhr, erhängte sie sich.«

»Warum haben Sie sie geheiratet, wenn Sie eine andere liebten?« Eine leise Wehmut erfüllte sie, und ihre Stimme wurde weich.

»Es war der Herzenswunsch meines Vaters, dass ich Lord Pembertons Tochter heirate. Er war der älteste und engste Freund meines Vaters. Sie setzten einen Ehevertrag auf, als Margaret und ich noch in der Wiege lagen. Ich musste ihn anerkennen, als ich volljährig wurde, also tat ich es. Ich war jung und es kümmerte mich nicht, ob ich in sie verliebt war oder nicht. Ich wollte einen Erben von ihr, damit wir dann getrennte Wege gehen konnten.«

Edward wartete darauf, dass Kelsey ihn mit weiteren bohrenden Fragen bestürmte, aber als er nach kurzem Schweigen ihre tiefen, gleichmäßigen Atemzüge hörte, wusste er, dass sie eingeschlafen war. Er beugte sich vor, küsste ihre Füße, bevor er sie wieder unter die Decke schob, und stand auf.

»Schlaf gut, mein Liebes«, flüsterte er, bückte sich dann und küsste sie.

Ihr Atem roch bittersüß nach Wein. Sie stöhnte leise, und ihre Lippen bebten leicht unter seinem Mund. Er kämpfte gegen den unwiderstehlichen Drang, ihren Mund wieder zu schmecken, sie zu wecken und mit ihr zu schlafen, und verließ leise das Zimmer.

Edward hatte die Verbindungstür offen gelassen, für den Fall, dass es Kelsey in der Nacht schlecht wurde. Er lag auf seinem Bett und lauschte, hörte jedes Rascheln der Bettdecke, jedes Knarren des Betts, wenn sie sich bewegte. Noch immer konnte er dort, wo sie ihn berührt hatte, ihre weiche Haut auf seinen Narben spüren. Sie war betrunken gewesen, sicher, aber er sehnte sich trotzdem verzweifelt danach, mit ihr zu schlafen, überall von ihr berührt zu werden, in ihrer Wärme und Süße zu vergehen. O Gott! Er starb vor Verlangen nach ihr ...

»Komm zurück! Verlass mich nicht! Bitte ... komm zurück!«, rief Kelsey im Nebenzimmer.

Ihre Stimme traf ihn wie ein Messerstich. Er sprang vom Bett und rannte in ihr Zimmer. Sie saß aufrecht im Bett, wiegte sich hin und her und schluchzte, das Gesicht in den Händen vergraben wie ein verängstigtes kleines Mädchen.

Er setzte sich neben sie und legte die Arme um sie. »Psst! Was ist denn, Kelsey?«

»Ich konnte den Jungen nicht finden. Er ist weggegangen. Ich konnte ihn nicht finden. Ich will ihn wiederhaben.« Sie schlang die Hände um seinen Nacken, klammerte sich an ihn und legte ihr Gesicht an seine nachte Brust. »Er soll wiederkommen, er soll wiederkommen.«

»Es war ein böser Traum. Jetzt ist alles wieder gut.« Als Edward über ihr Haar strich, spürte er, dass sie am ganzen Leib zitterte. Er zog sie enger an sich und fühlte die warme Nässe ihrer Tränen auf seiner Brust. Dann beugte er sich vor, legte seine Wange auf ihren Scheitel und streichelte ihr weiches Haar, wobei er sanfte, beruhigende Worte murmelte.

Schließlich verebbte ihr Schluchzen, und sie lehnte sich zurück, um ihn anzusehen. Ihre großen grünen Augen, diese sensiblen Fenster zu ihrer Seele, schimmerten in der

Dunkelheit. In diesem Moment hätte er ihr nichts abschlagen können, nicht einmal sein Herz, wenn sie es verlangt hätte.

»Du verlässt mich nicht, nicht wahr, Edward?« Ihre Stimme war leise und flehend und sie klang so verloren.

»Ich verlasse dich nicht«, sagte er gepresst, und dann, bevor er es wusste, tauchte er seine Finger in ihr dichtes Haar und zog ihr Gesicht an seines, um es zu küssen.

14

Als Kelseys Finger auf bloße Haut trafen, wurde ihr bewusst, dass Edward nackt war, und sie schmiegte sich enger an ihn, um den warmen, glatten Schweißfilm auf seiner Haut zu fühlen. Sie ließ ihre Finger über die straffen Sehnen auf seinem Rücken wandern, außerstande, genug von der völlig neuartigen Empfindung zu bekommen, einen Mann zu berühren. Der männliche Körper mit all seiner harten Geschmeidigkeit und unterschwelligen Kraft hatte sie schon immer fasziniert, aber ihn von der Ferne zu bewundern war etwas ganz anderes, als diese Formen und Kanten tatsächlich zu berühren und das Spiel der Muskeln unter ihren Fingerspitzen zu fühlen. Nach dieser Erfahrung würde sie den männlichen Körper nie mehr so darstellen wie bisher.

Sie wollte alles von ihm fühlen und ließ ihre Hände zu seinen Hüften gleiten. Er stöhnte wie ein Mann, der im Sterben lag. Erschrocken zog sie ihre Hände zurück, da sie Angst hatte, ihm wehgetan zu haben.

Er löste seine Lippen von ihrem Mund und lehnte sich zurück, um ihr in die Augen zu schauen. Fahles Mondlicht schien durch das Fenster und sie konnte den verletzten Ausdruck auf seinem Gesicht sehen.

»Wenn es dir so zuwider ist, mich zu berühren, warum lässt du dich dann nicht lieber von McGregor oder Jeremy trösten.« Er ließ seine Hände sinken und stand auf.

»Ich will sie nicht. Geh nicht, bitte!« Kelsey packte ihn an der Hand.

»Ich denke, es ist besser so.« Er riss sich los und ging schnell zur Verbindungstür.

Kelsey sprang aus dem Bett und lief ihm nach. »Du hast es falsch verstanden. Ich dachte, du willst nicht, dass ich dich berühre. Du hast gestöhnt, als würdest du sterben.« Er blieb stehen und drehte sich zu ihr um. Kelsey redete überstürzt weiter. »Ich will Jeremy nicht und Griffin auch nicht. Ich liebe es, dich zu berühren. Du hast einen wundervollen Körper.«

Er stand in der Nähe des Fensters und das Mondlicht verbarg nichts vor ihren Blicken. Ihr Herz schlug schneller, als sie seinen Körper betrachtete – seine breiten Schultern, seine perfekt geformten Armmuskeln, seinen flachen Bauch, seine langen, wie gemeißelten Schenkel – , und ihr blieb der Mund offen stehen, als sie seine Erektion sah.

Er nahm sie in seine Arme und zog sie an sich. »Ist das alles, was ich für dich bin, ein Körper?« Er grinste sie an.

»Einen schöneren kann es nicht geben«, sagte sie zittrig, als sie die harte Ausbuchtung seiner Erektion an ihrem Bauch spürte. Kelsey kannte den technischen Ablauf des Geschlechtsakts, aber allmählich beschlichen sie Zweifel, ob sie tatsächlich alles wusste. Nachdem sie das Ausmaß seines Glieds gesehen hatte, schien es ihr unmöglich. Ihr Herz schlug unruhig in ihrer Brust, und ihre Handflächen wurden feucht.

»Du zitterst ja, Kelsey. Hab keine Angst, ich hoffe, ich bin ein genauso guter Liebhaber wie McGregor, dieser junge Hund …«

Sie wollte ihm sagen, dass Griffin nicht ihr Liebhaber war, aber er beugte sich vor und schnitt ihr das Wort ab, indem er sie küsste. Seine Hände schlossen sich um ihre Brüste und streichelten sie durch ihr dünnes Hemd.

Sie vergaß alles über technische Abläufe und Unmöglichkeiten und Griffin, als sie ihren Rücken durchbog und feurige Wogen durch ihren ganzen Körper strömten. Unter seinen Fingern wurden ihre Brustspitzen zu kleinen, harten Knospen, während er ihren Rücken an die Wand lehnte und mit einem Bein ihre Schenkel spreizte. Er schob seine Hand unter ihr Höschen und legte sie auf ihren flachen Bauch, um seine Finger langsam weiter nach unten bis zur Rundung ihrer Hüften wandern zu lassen. Sie sog scharf den Atem ein und verkrampfte sich, als sich seine Finger durch das dunkle Dreieck von Haaren bewegten, dann noch weiter nach unten glitten und sich auf ihr feuchtes Fleisch legten.

»Oh!« Sie versteifte sich und ihre Schenkel spannten sich unter seiner Hand an

»Nicht, meine Süße, lass dich von mir berühren ...«

Er küsste sie, bis ihr schwindlig war. Ihre Knie wurden weich, und sie schmiegte sich an ihn, als ihre Schenkel dem sanften Druck seiner Hand nachgaben und ihr ganzer Körper danach schrie, von ihm berührt zu werden. Er liebkoste die samtweichen Hautfalten zwischen ihren Schenkeln auf so erregende Weise, dass sie sich in seinen Armen wand und stöhnte.

»Fühlt sich das gut an, meine Süße?«

»Ja ... nein ... ich weiß nicht ...«

»Es wird bald noch besser.« Sein Finger glitt zwischen ihre Schenkel und tauchte in sie ein. Sie schnappte nach

Luft, als sie spürte, wie sich ihr Fleisch um seinen Finger schloss. Er zog den Finger langsam zurück und rief damit ein wachsendes, schmerzhaftes Verlangen nach mehr in ihr hervor.

»Bitte ...« Sie bohrte ihre Nägel in seine Schultern.

»Ja, mein Liebes. Bald. Du bist so eng, so heiß. Ich kann deinen süßen Honig fühlen. Willst du mich, Kelsey?« Wieder tauchte er seinen Finger in sie, diesmal tiefer.

»Ja, ja, ich will dich ... ich brauche dich.« Zitternd klammerte sie sich an seine Schultern.

Wieder zog er seinen Finger quälend langsam heraus. Ihre Hüften rieben sich an seiner Hand, und ein erstickter Schrei kam von ihren Lippen. Sein Atem ging schwer, als er die winzige Knospe ihrer Lust fand. Sein Finger war feucht von ihrem Tau, und er streichelte sie, während er langsam wieder in sie eindrang. Ihr Körper stand in hellen Flammen. Sie stieß einen Schrei aus und presste sich an ihn.

»Ja, mein Liebes, gib mir alles von dir ...«

Mit einem leidenschaftlichen Kuss eroberte er ihre Lippen und steckte seine Zunge tief in ihren Mund, während er seinen Finger vor und zurück zog, in einem Rhythmus mit seiner Zunge. Ihr Atem ging schneller und ihre Hüften kreisten unter seiner Hand. Sie fühlte sich, als würde sie unter dieser köstlichen Folter verbrennen, und sie rief laut seinen Namen, als sie vor Lust verging.

Er zog seine Hand zurück und hob sie in seine Arme.

»Wo bringst du mich hin?« Sie konnte kaum sprechen, so stark war das Pulsieren ihres Körpers. Sie legte ihren Kopf an seine Schulter und sog seinen berauschenden männlichen Duft ein.

»In mein Bett, wo ich mich an deinem Körper erfreuen kann, bevor ich ihn nehme.« Er knabberte zärtlich an ihrem Ohr.

Jetzt wäre der richtige Zeitpunkt gewesen, das zu retten, was ihr an Würde geblieben war, aber sie konnte es nicht. Er brauchte sie ebenso, wie sie ihn brauchte. Wenn er sie gebeten hätte, ihm auf den Mond zu folgen, hätte sie es getan. Und als sie sein Zimmer betraten und er sie so behutsam auf sein Bett legte, als wäre sie aus kostbarem Porzellan, hatte sie das Gefühl, dass er sie bis zum Mond und noch weiter tragen würde.

Er beugte sich über sie und küsste sie, während er die Bänder ihres Hemds löste. Mit einer schnellen, geschickten Bewegung befreite er sie von ihrer Unterwäsche. Als sie nackt war, stand er auf und starrte sie an. Sie empfand plötzlich Scheu unter seinem eindringlichen Blick und errötete. Das Zimmer war nur vom Licht des Mondes erhellt, aber sie wusste, dass er sie auch im Dunkeln deutlich sehen konnte.

»Du bist so schön, mein Liebes . . .«

Er senkte seinen Körper auf ihren und küsste sie, sanft und doch fordernd. Die Hitze seines Körpers versengte sie. Zu fühlen, wie er sie überall berührte, weckte in ihr den Wunsch, mit ihm zu verschmelzen. Er zog einen Pfad aus Küssen über ihren Hals, hauchte einen Kuss auf die pulsierende Stelle in ihrer Halsbeuge, bevor er eine ihrer rosigen Brustspitzen in den Mund nahm und daran sog. Sie war bereits hart, und er kitzelte die kleine Knospe mit seinen Zähnen und strich mit seiner Zunge darüber. Kelsey bog den Rücken durch, als heiße Schauer über ihre Brüste bis zu ihrem Bauch jagten, und vergrub ihre Hände in seinem

Haar, um seinen Mund noch fester auf ihre Brust zu drücken.

Er wandte sich der anderen Brust zu, um ihr dieselbe Aufmerksamkeit zukommen zu lassen, und brachte sie mit den Liebkosungen seines Mundes fast um de Verstand. Dann hob er ihr eines Bein, senkte sich auf die Stelle, die er vorher berührt hatte, und ließ seine Hüften kreisen. Kelsey legte ihre Hände auf seine Pobacken und spürte, wie die steinharten Muskeln unter ihren Fingern zuckten. Sie schlang ihre Beine um seine Schenkel, um seine Hüften näher an sich zu ziehen, und bewegte sich mit ihm zusammen.

»Fass mich an, Kelsey«, flüsterte er schwer atmend.

Sie strich mit ihren Fingern über die Narben auf seiner Wange, spürte die kleinen, unregelmäßigen Erhebungen. Ein Schauer durchlief ihn, und sie staunte über die Macht, die ihre Berührung über ihn hatte. Ihr Puls raste, als sie ihre Hände über die harten Konturen seines Brustkorbs gleiten ließ, dann mit den Fingern über sein Brusthaar strich und seine Brustwarzen knetete, so wie er es bei ihr gemacht hatte. Er senkte den Kopf und nahm ihre Lippen mit einem leidenschaftlichen Kuss. Ihre Hände spielten mit den dichten dunklen Haaren auf seiner Brust, während sie seinen Kuss rückhaltlos erwiderte.

Er stöhnte, hob ihre Hüften und drang in sie ein. Sie schrie auf und klammerte sich an ihn, als sie die massive, fremdartige Härte schmerzhaft in ihrem Inneren spürte. Edward erstarrte und stieß einen Fluch aus, während sich jeder Muskel in seinem Körper anspannte. Er unterbrach den Kuss und starrte sie an. Seine Brust hob und senkte sich und sein Atem kam in schweren, heißen Zügen, die über ihr

Gesicht strichen. Sein Körper lag wie Granit auf ihr, verkrampft von der Anstrengung, die es ihn kostete, sich nicht zu bewegen.

»Verdammt, du bist noch Jungfrau!«

»Du brauchst nicht so überrascht zu klingen.«

»Warum hast du mir das nicht gesagt?«

»Ich habe dir gesagt, dass Griffin nicht mein Liebhaber ist. Du hättest wissen müssen, dass ich eine Jungfrau bin.«

»Ich hätte es wissen müssen?«

»Schrei mich nicht an.«

»Lieber Gott, Kelsey! Wenn ich das geahnt hätte, hätte ich dir nicht wehgetan!«

Das unangenehme Pochen zwischen ihren Schenkeln veranlasste sie, resigniert zu sagen: »Vielleicht ist es besser, wenn wir nicht weitermachen Ich glaube, es ist unmöglich. Du bist so groß und ich bin viel zu eng. Es geht einfach nicht.«

Wieder sah er sie an. Ein wissendes, typisch männliches Lächeln spielte um seine Lippen. »Glaub mir, es geht.«

»Nein, das glaube ich nicht. Lass uns lieber aufhören.«

»Jetzt gibt es kein Zurück mehr. Du fühlst dich einfach zu gut an..« Wieder küsste er sie, bevor er anfing, sich langsam in ihr zu bewegen

Sie vergaß den Schmerz, als seine Stöße schneller und kräftiger wurden. Die Hitze in ihrem Inneren baute sich wieder auf und sie gab sich diesem Gefühl ganz hin, indem sie sich mit ihren Hüften dem Rhythmus seiner Stöße anpasste. Flüssiges Feuer strömte durch ihren Körper und verschlang sie. Als sie zum Höhepunkt fand, fing er ihren leisen Schrei mit seinen Lippen auf. Noch einmal drang er hart und tief in sie ein, dann fühlte sie wie ihn ein heftiger Schauer durchlief. Er küsste sie und brach auf ihr zusammen.

Noch immer durchlief ein Zittern ihren Körper und sie schmiegte sich an ihn, während sie darauf wartete, dass es aufhörte. Sie konnte fühlen, wie sein Herz in einem Takt mit ihrem schlug. Der schwüle Duft ihres Liebesakts kitzelte ihre Sinne. Sie war glücklich. Nichts konnte diesem Gefühl von Erfüllung gleichkommen, dieser Nähe, die sie zu ihm empfand.

Er stützte sich auf seine Ellbogen und starrte auf sie hinunter, als hätte er etwas von größter Bedeutung zu sagen. »Kelsey?«

»Ja …« Sie hielt den Atem an. Bestimmt würde er ihr jetzt seine unsterbliche Liebe erklären.

»Wir sollten das nie wieder tun.«

Sie schlug an seine Brust. »Lass mich sofort raus!«

Er drückte ihre Handgelenke auf das Kissen und grinste sie spöttisch an. »Warum bist du wütend auf mich?«

»Es war gemein, so etwas zu sagen, nachdem ich gerade mit dir geschlafen habe. Du hast nicht eine Unze Feingefühl! Du bist ein Eisklotz und ungefähr so sensibel wie ein brünstiger Bock. Du hast Recht, das Ganze war ein Fehler. Lass mich raus!«

»Ich mag Eis in den Adern haben, meine Süße, aber dein Feuer wärmt mir das Blut. Ich weiß, wo du zu finden bist, wenn ich dich wieder will.« Er grinste. Sie machte den Mund auf, um ihm eine hitzige Entgegnung an den Kopf zu schleudern, aber er küsste sie. Sie lag einfach da und fühlte seine Lippen auf ihren. Es war schwer, an ihrem Zorn festzuhalten, als sie spürte, wie er wieder in ihr hart wurde, und völlig unmöglich, als er anfing, sich mit langsamen, rhythmischen Stößen in ihr zu bewegen. Seine Lust war also alles, was sie bekam. Nein, es musste mehr sein. Jetzt erst begriff sie, dass er gesagt hatte, sie sollten nicht mehr miteinander schlafen, weil er hinter seinem Wall von Ablehnung bleiben wollte. Das würde sie nicht zulassen. Tief im Inneren wusste sie, dass er sie liebte. Noch bevor die Nacht zu Ende war, würde sie es von ihm hören, das schwor sie sich.

Aber es war Kelsey, die etwas später, als er sie voller Leidenschaft nahm, ihre Liebe zu ihm herausschrie. Edward verlor kein einziges Wort zu dem Thema.

Kelsey räkelte sich wie eine zufriedene Katze. Instinktiv tastete sie mit einer Hand nach Edward. Ihre Finger berührten ein kühles Leintuch. Sie öffnete die Augen und stellte fest, dass er sie in ihr Bett zurückgetragen hatte und dass es Morgen war.

Als sie aufstand, spürte sie, dass sie zwischen den Schenkeln ein wenig wund war. Sie dachte an die köstliche Liebesnacht mit Edward und lächelte. Er hatte Worte der Liebe für jeden ihrer Körperteile gemurmelt, aber er hatte nicht ein einziges Mal gesagt, dass er sie liebte. »Er wird es noch«, schwor sie sich feierlich.

Es klopfte an die Tür, dann kam Lizzy hereingerauscht. »Morgen, Kelsey.« Sie klang viel fröhlicher als sonst.

Kelsey sah kurz zu Lizzy, traute ihren Augen nicht und schaute noch einmal hin. Sie wollte sie nicht angaffen, aber die Veränderung, die sich an Lizzy vollzogen hatte, war so erstaunlich, dass sie nicht den Blick von ihr wenden konnte. Lizzys Haar war aus dem Gesicht gekämmt und einige lange Locken fielen auf ihre Schultern, eine Frisur, die sehr gut zu ihrem schmalen Gesicht passte. Das triste schwarze Kleid war verschwunden und durch ein hübsches rosafarbenes ersetzt, das ihrer schmalen Figur schmeichelte.

»Sie können aufhören mich anzustarren, als wäre ich ein zweiköpfiges Monster.« Lizzy schlenderte zu Kelseys Bett und setzte sich auf die Kante. Ihre langen, weit ausholenden Schritte waren unter dem hübschen Kleid nicht zu sehen und sie hatte eine wahrhaft königliche Haltung. »Nun sagen Sie doch schon etwas«, sagte Lizzy und klopfte ungeduldig auf den weiten Faltenwurf ihres Kleids, als könnte sie es kaum ertragen.

»Ich weiß nicht, was ich sagen soll, Lizzy, aber Sie sehen sehr hübsch aus. Welchem Umstand verdanken wir diese Verwandlung?«

»Gehört zum Nettsein. Ich wollte fragen, ob Sie mir beim Frühstück Gesellschaft leisten. Ich habe die Absicht, heute morgen mit Edward zu speisen, aber ich halte es nicht aus, wenn er die ganze Zeit murrt und mault wie üblich.« Lizzy äffte ihren Bruder nach, indem sie eine finstere Miene zog und ein paar Grunzlaute von sich gab.

Kelsey lachte. »Sie sind schrecklich, aber ehrlich gesagt, was Sie da machen, ist noch eine Untertreibung.«

Sie mussten beide lachen.

Lizzy stand auf. »Sie kommen also mit?«

»Ja, gern.«

»Dann also in einer halben Stunde.«

Kelsey lauschte dem Rascheln von Lizzys Kleid, als sie in einer rosa Wolke aus dem Zimmer schwebte. Sie hatte einen bestimmten Verdacht, was diese plötzliche Veränderung betraf, wollte aber noch abwarten, ob sich ihre Vermutungen bestätigten.

Sie fand es später heraus, als sie hinter Lizzy den Speisesaal betrat. Kelsey konnte Edward nicht sehen, weil Lizzy so groß war, aber sie spürte seine Gegenwart. Ihr Herz klopfte vor Aufregung und Freude, ihn wiederzusehen.

Lizzy ging zur Anrichte, wo in dampfenden Schüsseln die Speisen standen, und Kelsey sah Edward am Kopfende der Tafel sitzen.

Ihre Blicke begegneten sich. Er starrte Kelsey freudig überrascht an; dann trat ein träges Lächeln auf seine Lippen. Es war so vielsagend, dass Kelsey an all die Sachen denken musste, die er in der vergangenen Nacht mit ihr angestellt hatte, und vor Verlegenheit rot wurde. Scheu lächelte sie ihn an.

»Ich hoffe, es stört dich nicht, aber ich habe Kelsey eingeladen, mit uns zu essen«, sagte Lizzy beiläufig, während sie sich einen Teller voll packte.

»Es stört mich keineswegs.« Sein Blick glitt über Kelsey, liebkoste ihre Brüste, ihre schmale Taille, die leichte Rundung ihrer Hüften.

Kelsey hatte das verführerischste Kleid aus ihrer Garderobe ausgewählt, ein tiefausgeschnittenes Tageskleid aus cremefarbener Seide mit einem Spitzenbesatz auf dem Mieder, das ihre Brüste üppiger erschienen ließ, als sie waren. Sie wollte immer noch von ihm hören, dass er sie liebte, und wenn sie ihn vor Verlangen um den Verstand bringen musste, um die Worte zu hören, würde sie es tun. Das Kleid wirkte wie Zauberei bei ihm. Verlangen flackerte eine Moment lang in seinem Blick auf, bevor er sich wieder fing und eine ausdruckslose Miene aufsetzte.

Kelsey kämpfte gegen die unwiderstehliche Versuchung, zu ihm zu gehen und seine Gleichgültigkeit wegzuküssen. Später, sagte sie sich. Als sie einen Teller nahm und sich zu Lizzy gesellte, spürte sie, wie sein Blick ihr folgte.

Jetzt musterte Edward Lizzy. »Ich bin überzeugt, dass es heute noch schneien wird«, erklärte er. »Ich habe dich seit einem Monat nicht bei Tisch gesehen und du trägst Rosa. In dieser Farbe habe ich dich nicht mehr gesehen, seit du ein Baby warst.«

Lizzy warf ihm einen säuerlichen Blick zu. »Du kannst dir deine Kommentare sparen.«

Er sah sie prüfend an. »Ich könnte nicht behaupten, dass mir diese Veränderung missfällt, Lizzy. Sie kommt zu einem äußerst günstigen Zeitpunkt. Ich habe erfahren, dass Lady Shellborn heute Nachmittag eintreffen wird.«

»Ach ja?«, sagte Lizzy mit zusammengebissenen Zähnen. Mit finsterer Miene ging sie zum unteren Ende des Tischs und nahm Edward gegenüber Platz.

»Ja, und ich erwarte, dass du dich tadellos benimmst, wenn du sie empfängst.«

Lizzy funkelte ihn an. »Ich werde sie nicht empfangen. Du hast sie eingeladen, also kannst du dich auch um sie kümmern.«

»Du wirst sie empfangen, Lizzy«, sagte er mit leiser, drohender Stimme.

Lizzy starrte auf ihren Teller und machte ein Gesicht, als würde sie ihn am liebsten Edward an den Kopf werfen. Er seinerseits sah aus, als würde er ihn auffangen und zurückwerfen.

Kelsey war gezwungen, sich zwischen die beiden zu setzen. Das Schweigen im Raum wurde so angespannt, dass sie überzeugt war, es müsste jeden Augenblick zu einer Explosion kommen. Sie wusste, dass die beiden aneinander hingen, aber ihre Beziehung war äußerst seltsam. Nach außen hin verhielten sie sich, als könnten sie einander kaum ertragen. Sie fragte sich, ob es so bei allen Geschwistern aus reichen Adelshäusern aussah, und dachte an Griffin und seine Familie. Die McGregors mochten arm sein, aber Liebe gab es bei ihnen in Hülle und Fülle. Nie waren Kinder mehr geliebt worden als Griffin und seine Geschwister. Sie hatte den Eindruck, dass sich weder Lizzy noch Edward je geliebt gefühlt hatten.

Das Schweigen bewog Kelsey, etwas zu sagen. »Was für ein schöner Raum! Man fühlt sich, als wäre man ins Mittelalter zurückversetzt« Sie betrachtete die Banner, die an den Wänden hingen, und gab vor, ihre bunten Muster zu studieren, während sie an einer Scheibe Toast knabberte.

»Das kann man auch. In diesem Speisesaal ist nichts verändert worden, seit das Schloss im Jahre 1392 erbaut worden ist.« Stolz ersetzte den Zorn in Edwards Stimme.

»Es ist eine modrige alte Gruft«, behauptete Lizzy »Ich hasse diesen Raum. Hier ist einem das ganze Jahr über kalt.«

»Da du kaum je hier isst, wundert es mich, dass du eine Meinung dazu hast«, bemerkte Edward mit tadelnder Stimme.

Edwards und Lizzys Blicke prallten aufeinander. Die Spannung zwischen ihnen war jetzt förmlich mit den Händen zu greifen. Lizzy provozierte Edward bewusst. Im Moment war sie nicht unbedingt nett. Kelsey räusperte sich und warf Lizzy einen scharfen Blick zu, um sie an ihr Versprechen zu erinnern.

Ein schmales Lächeln trat auf Lizzys Gesicht, als könnte sie Kelseys Gedanken lesen. Sie schob ein Rosinenbrötchen an den Rand ihres Tellers und sagte: »Tut mir Leid. Ich wollte dich nicht ärgern, Eddie.« Edward schien ihre Entschuldigung völlig zu verblüffen. Lizzy grinste breit. »Ich bin schrecklich gut aufgelegt und ich tue alles, was du willst.« Sie wandte sich an Kelsey. »Wollten wir heute morgen nicht die McGregors besuchen?«

Kelsey, die Lizzy immer noch mit offenem Mund anstarrte, hatte den Verdacht, dass der Gedanke, Griffin wiederzusehen, etwas mit ihrer plötzlichen guten Laune zu tun haben könnte. Sie lächelte insgeheim. »Das hatte ich ganz vergessen. Gut, dass Sie mich erinnern.«

»Fein.« Lizzy sah ihren Bruder an. »Kommst du mit, Eddie?«

»Ich glaube nicht ...«

»Du hast Mr. McGregor versprochen, ihn zu besuchen. Warum kommst du nicht gleich mit uns? Und da er jetzt dein Verwalter bist, hast du sicher viel mit ihm zu besprechen. Du solltest bei ihm vorbeischauen.« Lizzy sah hilfesuchend zu Kelsey. »Er hat es doch versprochen, oder?«

»Ja, ich habe es genau gehört.«

Kelsey, die Edwards Blick auf sich spürte, sah zu ihm. Er starrte sie mit zusammengezogenen Augenbrauen finster an und sein Gesichtsausdruck war noch abweisender als sonst. Ihr fiel auf, dass sich seine Hand um den Griff seiner Gabel krampfte und wieder löste. Trotz seiner düsteren Miene starrte sie ihn unverwandt an und forderte ihn mit ihren Augen heraus, wobei ein keckes Lächeln um ihre Mundwinkel spielte. Sie provozierte ihn bewusst, in der Hoffnung, er würde aufhören, sein Gesicht vor den Menschen zu verbergen, und den ersten Schritt hinaus in die Welt wagen. Wenn er diesen Sprung ins kalte Wasser erst einmal gewagt hatte, würde alles Weitere gar nicht so schwer sein, davon war sie überzeugt. Mit angehaltenem Atem wartete sie auf seine Antwort.

Nachdem er eine Weile überlegt und erst den Schinken auf seinem Teller und dann Kelsey angeschaut hatte, sagte er: »Ich fahre euch hin.«

»Sehr schön«, sagte Lizzy. Sie sah erfreut und beinahe stolz auf ihren Bruder aus.

Kelsey vermied es, in Edwards Richtung zu schauen, aus Angst, er könnte die Freude auf ihrem Gesicht sehen und seine Meinung ändern. Er hatte bereits seinen Teller weggeschoben, als hätte ihm die nervöse Anspannung den Appetit geraubt.

»Warten Sie nur, bis Sie sehen, wie Edward die Zügel hält, Kelsey. Früher fuhr er auf den Zoll genau, aber ich bin nicht sicher, ob er das noch kann. Er hat seit Jahren keinen offenen Wagen mehr gefahren.« Sie warf Edward ein boshaftes Lächeln zu.

»Ich glaube nicht, dass ich vergessen habe, wie man die Zügel in der Hand hält«, sagte Edward tonlos.

»Wir werden sehen.« Lizzy stopfte sich einen Löffel Rührei in den Mund.

»Ich freue mich schon darauf.« Kelsey hoffte, Edward würde sie nicht enttäuschen und seine Meinung ändern. Sie biss ein Stück von ihrem gebutterten Toast ab und spürte, dass wieder sein Blick auf ihr ruhte.

»Wenn ihr mich entschuldigen würdet, ich muss mich umziehen. Ich hoffe, ihr könnt beide in einer halben Stunde fertig sein.«

Kelsey und Lizzy, die beiden den Mund voll hatten, nickten stumm. Edward stand auf. Kelsey beobachtete das Schwingen seiner breiten Schultern und seinen energischen, herrischen Gang, als er durch den Speisesaal ging. Er war so groß und männlich und attraktiv, dass es ihr im Inneren wehtat. Am liebsten wäre sie ihm nachgelaufen, um wieder in seinen Armen zu liegen, seine Lippen auf ihren zu spüren ... Lizzys Stimme holte sie abrupt in die Wirklichkeit zurück.

»Kelsey, Sie hören mir nicht zu und Sie sehen wie ein verliebtes Schaf aus.«

»Tut mir Leid.« Kelsey sah den Tisch hinunter zu Lizzy. »Bin ich so leicht zu durchschauen?«

»Sie sind wie ein offenes Buch. Sie müssen ihn wirklich lieben.«

»Ja, ich fürchte, das tue ich.«

»Dann ziehen Sie in Erwägung, seine Mätresse zu werden?«

»Nein, das habe ich nicht vor.« Kelsey starrte mit gerunzelter Stirn auf ihren Teller und fragte sich, ob sie es nicht schon war.

»Und was ist mit letzter Nacht?«

Kelsey hob den Kopf und sah das vielsagende Grinsen auf Lizzys Gesicht. »Sie haben uns wieder nachspioniert?«

»Hab' ich nicht. Ich wollte gestern spät am Abend noch zu Ihnen und fand Ihr Zimmer leer vor. Die Geräusche aus Edwards Schlafzimmer waren nicht zu überhören.« Sie zog spöttisch eine Augenbraue hoch.

Kelsey errötete bis zu den Haarwurzeln.

»Tun Sie jetzt bloß nicht zimperlich. Edward hat Sie

also in sein Bett geholt. Sie sind nicht die Erste, die es mit ihm teilt, und mir wäre lieber, Sie wären seine Mätresse als diese dumme Kuh Samantha, die er manchmal kommen lässt. Ich glaube, Sie tun ihm gut. Ich versuche schon seit einer Ewigkeit, ihn aus dem Haus zu locken. Ich glaube, er hat nur Ihretwegen eingewilligt, mit uns zu kommen.«

»Ich glaube, dass Sie ihn herausgefordert haben, hat auch etwas damit zu tun.« Kelsey blinzelte Lizzy an. »Und bilden Sie sich nur nicht ein, ich würde als seine Mätresse hier bleiben.« Sie würde nicht zulassen, dass er sie ebenso benutzte wie Clarice oder Samantha. Wenn er ihr keinen Heiratsantrag machte, würde sie wie geplant nach London gehen, an ihrer Karriere arbeiten und nicht mehr an ihn denken.

»Ich glaube, er ist verliebt in Sie«, sagte Lizzy mit einem durchtriebenen Lächeln.

»Davon hat er nichts gesagt.«

»Wird er schon noch.« Lizzys Lächeln vertiefte sich, und sie sah sehr zufrieden aus.

»Sie waren heute Morgen nicht besonders liebenswürdig zu ihm«, bemerkte Kelsey, um das Thema zu wechseln.

»Ich weiß. Das ist eben unsere Art.«

»Ich hoffe, Sie sind etwas netter, wenn wir die McGregors besuchen.«

»Hängt davon ab.«

Kelsey, die das boshafte Funkeln in Lizzys Augen sah, hätte Griffin beinahe bedauert. Aber wenn ein Mann mit Lizzy fertig werden konnte, dann Griffin. Alles, was Lizzy brauchte, war das Gefühl, geliebt zu werden, und alles, was Griffin je getan hatte, war, sich in Frauen zu verlieben, die ihn aus irgendeinem Grund brauchten. Sie war überzeugt, dass keine zwei Menschen besser zueinander passen könnten.

Im oberen Stockwerk pflegte Watkins jeden Morgen das Schlafzimmer Seiner Gnaden zu begutachten, bevor das Mädchen dort sauber machte – insbesondere, seit Miss Kelsey im Nebenzimmer schlief. Auch jetzt war er dort und studierte gerade die Blutflecken auf dem Laken, als ihm etwas auf dem Fußboden ins Auge stach. Er hielt sich den Rücken, bückte sich und hob Kelseys Unterwäsche auf. Ein breites Lächeln zog die Fältchen um seine Mundwinkel glatt.

Das Lächeln verschwand, als die Tür aufflog.

»Ich brauche ein Halstuch, Watkins, einen Hut und meine Kutscherhandschuhe.«

»Kutscherhandschuhe, Euer Gnaden?«

»Ja, ich bringe Miss Vallarreal und Lady Elizabeth zu den McGregors.«

»Sehr gut, Euer Gnaden.«

»Und lassen Sie unverzüglich den Wagen vorfahren.«

»Sehr wohl, Euer Gnaden.«

»Was zum Teufel haben Sie da in der Hand, Watkins?«

Watkins hielt Kelseys Unterwäsche hoch. Obwohl milder Tadel in seiner Stimme lag, zwinkerten seine Augen, als er sagte: »Ich glaube, das gehört Miss Vallarreal. Ich wollte es gerade in ihr Zimmer zurückbringen, Euer Gnaden.«

»Verdammt, Watkins, können Sie sich nicht um Ihre eigenen Angelegenheiten kümmern?« Er riss dem Butler die Sachen aus der Hand.

»Offenbar nicht, Euer Gnaden.« Watkins hob die Bettdecke und starrte betont auf den kleinen Blutfleck auf dem Laken.

»Na und?« Edward, der Kelseys Sachen immer noch in der Hand hielt, fing an, hin und her zu laufen. »Glauben Sie, weil ich ihr die Unschuld geraubt habe, sollte ich sie heiraten? Vergessen Sie es, Watkins. Sie kennen meine Ansichten über die Ehe.«

»Ja, Euer Gnaden, aber wir sollten das Beweisstück entfernen, bevor das Stubenmädchen kommt. Klatsch kann eine sehr hässliche Sache sein.« Watkins zog das Laken vom Bett und rollte es zu einem kleinen Bündel zusammen.

»Glauben Sie nur nicht, Sie könnten an mein Gewissen appellieren.«

»Nein, Euer Gnaden, daran würde ich nicht im Traum denken.«

»Ich kann sie nicht heiraten.«

»Gewiss, Euer Gnaden.« Watkins ging zum Schrank, holte ein gestärktes Halstuch heraus und zitierte: »Nichts ist schwieriger zu bewältigen, nichts gefährlicher durchzuführen oder ungewisser in seinem Erfolg, als die Verantwortung für die Einführung einer Neuordnung der Dinge zu übernehmen.«

»Tut mir Leid, ich kann nicht ganz folgen.«

»Machiavelli, Euer Gnaden.«

»Aha. Sie greifen zu verzweifelten Maßnahmen, wie, Watkins? Nun, hier wird es keine Neuordnung der Dinge geben. Alles bleibt so, wie es war. Ich habe nicht die Absicht, sie zu heiraten.«

»Sehr wohl, Euer Gnaden.«

»Aber eines müssen Sie tun und zwar, mehr Personal einstellen. Sie haben viel zu viel zu tun.«

»Sehr wohl, Euer Gnaden. Ich werde mich sofort darum kümmern. Soll ich die Leute über die Regeln informieren?«

»Zum Teufel mit den Regeln! Schicken Sie die Leute zu mir, bevor Sie sie einstellen. Wenn sie den Anblick meines Gesichts nicht ertragen, wissen wir es jedenfalls gleich. In diesem Haus gibt es keine Regeln mehr. Verstanden?«

»Ja, Euer Gnaden.« Ein Lächeln spielte um Watkins' Mundwinkel, das sofort verblasste, als er Handschuhe und Hut nahm, sich umdrehte und den Herzog vor dem Fenster stehen sah, das Gesicht in Kelseys Unterwäsche vergraben. Watkins schüttelte missbilligend den Kopf. Er legte die Sachen aufs Bett, nahm das Laken und schlüpfte leise hinaus, um seinen Herrn seinen köstlichen Erinnerungen und seinem Gewissen zu überlassen.

Edward hörte nicht, wie Watkins das Zimmer verließ. Er war zu sehr damit beschäftigt, daran zu denken, wie sich Kelsey an ihn geschmiegt und ihm zugeflüstert hatte, dass sie ihn liebe. Er warf den Kopf zurück und starrte an die Decke, während er ihre Unterwäsche in seinen Händen zusammenknüllte. Seine Hände zitterten, so heftig pressten sie den feinen Stoff zusammen. Er holte tief Atem, strich die Erinnerung aus seinem Gedächtnis und schleuderte ihre Sachen aufs Bett, bevor er aus dem Zimmer stürmte.

Edward fuhr die beiden jungen Damen in einem eleganten schwarzen Zweispänner, der von einem pechschwarzen Gespann gezogen wurde. Das Fell der Pferde schimmerte bläulich in der Junisonne, als sie über die Straße trabten. Kelsey fiel auf, dass Edward ein Halstuch umgelegt hatte und graue Kutscherhandschuhe und einen Zylinder trug und von Kopf bis Fuß wie ein Mitglied des Hochadels aussah. Er hatte keine zwei Worte gesprochen, seit er Lizzy und ihr in den Wagen geholfen hatte. Sie vermutete, dass er wegen des Besuchs bei McGregors nervös und deshalb so schweigsam war.

Edward saß zwischen ihr und Lizzy, und Kelsey spürte seinen Schenkel an ihrem. Heiße Schauer liefen an ihrem Bein hinunter. Sie befeuchtete ihre Lippen und starrte auf seine langen Finger, die die Zügel hielten. Sie musste daran denken, wie diese Hände sie berührt und welche Freude sie ihr geschenkt hatten. Verlangen stieg in ihr auf. Ihr Herzschlag wurde unruhig. Sie kniff fest die Augen zusammen, entschlossen, die betörenden Erinnerungen zu verscheuchen.

Der Wagen fuhr langsamer und als Kelsey die Augen aufmachte, stellte sie fest, dass sie gerade auf den schmalen Weg bogen, der zum Hof der McGregors führte. Sie atmete erleichtert auf, froh, dass ihre Folter ein Ende hatte.

Griffin kam als Erster aus dem Haus, gefolgt von seinen Eltern und den drei Mädchen. Die Kittelschürzen der Mädchen waren so weiß und frisch gestärkt, dass sie strahlten. Griffin und Mr. McGregor hatten sich offensichtlich die Hände gewaschen, die sonst von der Arbeit auf den Feldern schmutzig waren. Ihre verschmutzten Ärmel waren gewöhnlich hochgekrempelt und ihre Kragen aufgeknöpft, aber heute trugen sie saubere weiße Hemden mit Krawatten.

»Euer Gnaden.« Alroy McGregor, der von dem Anblick seines neuen Arbeitgebers angenehm überrascht schien, lächelte breit und verbeugte sich.

»McGregor.« Edward nickte.

Kelsey sah den Schock auf den Gesichtern von Edith und den Mädchen, als sie Edward anstarrten. Sie hoffte, Edward würde es nicht bemerken, aber er hielt ihren Blicken trotzig stand. Nach außen wirkte er wie der Inbegriff unerschütterlicher Ruhe, aber ihr fiel auf, dass sich seine Hände um die Zügel krampften und die Muskeln an seinem Hals und seinem Kiefer vor Nervosität anspannten. Sie wusste, wie viel innere Kraft es ihn kostete, diesen Menschen gegenüberzutreten und auf ihre Reaktion zu warten. Unwillkürlich streckte sie eine Hand aus, erinnerte sich dann aber, dass sie nicht allein waren, und ließ die Hand wieder in ihren Schoß sinken.

»Sie kennen meine Frau Edith noch nicht«, sagte Alroy.

Edith schoss das Blut in die Wangen, als sie sich dabei ertappte, den Herzog anzugaffen, und sie lief zu ihrem Mann und machte einen Knicks. »Ich freue mich, Sie kennen zu lernen, Euer Gnaden. Verzeihen Sie, dass ich so unhöflich war, aber wir haben Lord Lovejoy erwartet.«

»Tut mir Leid, Sie zu enttäuschen«, sagte Edward brüsk, während er die Zügel sicherte.

»O nein, wir sind nicht enttäuscht. Wer hätte gedacht, dass Sie uns besuchen kommen würden.« Ediths Wangen wurden feuerrot. »Wenn ich das gewusst hätte, hätte ich mehr gebacken. Und ich muss Ihnen danken, weil Sie meinen Alroy als Verwalter eingestellt haben. Das war sehr freundlich von Ihnen. Er wird seine Sache gut machen, das weiß ich. Kommen Sie doch bitte herein. Sie werden nicht alle von uns vorfinden. Mein Alroy hat Everard und Jacob mit einem Schwein zum Markt geschickt.«

»Ich darf Ihnen meine Schwester, Lady Elizabeth, vorstellen«, sagte Edward. Etwas von der Anspannung wich aus seinem Gesicht, als er hinuntersprang und Lizzy beim Aussteigen half.

»Ich wusste, dass Sie eine Schwester haben, aber wir hatten keine Ahnung, dass Sie bei Ihnen zu Hause ist.«

»Edward wusste es auch erst, als ich von der Schule weglief und vor einem Monat vor seiner Tür stand«, sagte Lizzy stolz, während sie verstohlen Griffin musterte, der sie verzückt anstarrte.

Edward half Kelsey herunter. Als ihre Hände sich berührten, begegneten sich einen Moment lang ihre Blicke. Er hatte einen abweisenden Ausdruck in den Augen, als er sie absetzte, und wandte sich dann ab. Verwirrt von seinem frostigen Benehmen und auch ein wenig verletzt, biss sich Kelsey auf die Unterlippe und starrte seinen breiten Rücken an. Sie hoffte, dass es sein Unbehagen war, das ihn so distanziert scheinen ließ.

»Bitte herein«, sagte Alroy.

Die Mädchen starrten immer noch Edward an, aber auf einen Blick und ein Fingerschnippen ihrer Mutter hin huschten sie ins Haus.

Edward und Lizzy nahmen die ihnen gebührenden Ehrenplätze auf dem Sofa ein. Edith eilte geschäftig hin und her, um Tee und Apfeltörtchen zu servieren, während Edward und Alroy sich über landwirtschaftliche Fragen unterhielten. Edward schien fest entschlossen, Kelsey zu ignorieren; nicht ein einziges Mal sah er in ihre Richtung.

Die anderen anzuschauen, schien ihm allerdings keine Probleme zu machen. Kelsey ertappte ihn mehrmals dabei, böse Blicke auf Griffin zu werfen. Griffin, der damit beschäftigt war, auf Lizzys Dekolleté zu starren, merkte nichts davon. Lizzy gab natürlich vor, ihn mit kühler Missachtung zu strafen, obwohl die roten Flecken auf ihren Wangen der sichtbare Beweis waren, dass ihr sehr wohl bewusst war, von Griffin bewundert zu werden.

Kelsey hatte gehofft, Edward und Griffin würden sich anfreunden, zumal, da Lizzy sich zu Griffin hingezogen fühlte. Aber Edward begegnete ihrem besten Freund kaum mit Höflichkeit. Und Griffin benahm sich auch nicht gerade vorbildlich, indem er so unverwandt auf Lizzys Brüste starrte. Das konnte Edward einfach nicht übersehen. Kelsey räusperte sich betont, um Griffins Aufmerksamkeit zu erregen, aber er sah sie nicht einmal an. Auch Edward ignorierte sie.

Kelsey atmete erleichtert auf, als Johanna mit raschelnden Röcken in die Wohnstube gelaufen kam. Sie blieb vor Edward stehen, knickste und sagte: »Hannah hat gesagt, Sie beißen mir den Kopf ab, wenn ich Sie anspreche. Ich habe gesagt, das tun Sie bestimmt nicht.«

»Normalerweise beiße ich nicht.« Die harten Linien um Edwards Mund lösten sich, als er das Kind anlächelte.

»Mach, dass du weiterkommst, Anna«, sagte Alroy. »Du darfst Seine Gnaden nicht belästigen.«

»Es ist keine Belästigung.« Edward stellte Tasse und Untertasse beiseite.

Johanna trat näher zu ihm und betrachtete voller Staunen und mit offener Unschuld sein Gesicht. »Sie sind nicht so hübsch wie Lord Lovejoy, aber ich mag Sie genauso gern. Sarah sagt, dass Lord Lovejoy nettere Manieren hat, aber das glaube ich nicht.«

»Da könntest du dich täuschen. Mein Cousin versteht

sich darauf, sich bei den Damen beliebt zu machen. Ich fürchte, ich bin aus der Übung.«

»Wollen Sie Shebas Junge sehen?« Johanna nahm ihn an der Hand. »Kommen Sie, ich zeig' sie Ihnen.«

»Oh, Anna, du Frechdachs!«, rief Edith. »Lass Seine Gnaden in Ruhe.«

»Nein, nein, schon gut.« Edward stand auf und ließ sich von Johanna hinausführen.

Kelsey beugte sich vor, zog die Gardine vor dem Fenster zurück und beobachtete die beiden. Edward hatte Johanna hochgehoben und auf seine Schultern gesetzt. Das Kind lachte und er auch. Er wirkte so unbefangen mit ihr. Dieser Mann war und blieb ein Rätsel. Nie hätte sie vermutet, dass er sich etwas aus Kindern machte. Sie spürte einen tiefen Schmerz in ihrer Brust, als sie sich vorstellte, wie er ihre gemeinsame Tochter auf den Schultern trug.

Er wird dich nie heiraten! Willst du seinen Bastard austragen?

Kelsey hatte plötzlich keine Ruhe mehr. Sie sprang auf. »Bitte entschuldigen Sie mich, Lizzy, ich glaube, ich gehe zum Schloss zurück. Ich sollte wirklich arbeiten, und ich möchte Ihren Besuch nicht unterbrechen.«

»Warten Sie, Kelsey, ich komme mit Ihnen«, sagte Lizzy und stand auf.

»Ich komme mit.« Griffin sprang auf.

»Warum sollte sie mit Ihnen gehen wollen, wenn sie mich hat?«, fragte Lizzy und schnitt Griffins Gesicht mit ihren scharfen, funkelnden Augen in kleine Stücke.

»Ich weiß nicht, Fräulein Hosenmatz, vielleicht ist sie lieber mit jemandem zusammen, der sie nicht anfaucht und ihr die Krallen zeigt.« Griffin klang verärgert, aber seine Augen zwinkerten vergnügt.

»Sie sind der unmöglichste –«

»Bitte …!« Kelsey brachte Lizzys zu erwartende Schimpftirade mit einem strengen Blick, der sie an ihr Versprechen erinnern sollte, zum Schweigen.

Lizzy verschränkte die Arme vor der Brust, schnaubte und stampfte mit dem Fuß auf.

»Griffin, warum zeigst du Lizzy nicht die Welpen?« An Lizzy gewandt, sagte sie: »Ich hoffe, Sie sind mir nicht böse, aber ich würde gern eine Weile allein sein.«

Bevor Lizzy etwas antworten konnte, packte Griffin sie am Arm. »Los, kommen Sie.« Er beugte sich näher zu ihr und wisperte: »Sehen wir uns die Welpen an, Fräulein Hosenmatz. Vielleicht hebt das Ihre schlechte Laune.«

»Lassen Sie mich los, Sie … Sie Rohling! Zur Hölle mit Ihnen …« Lizzys Stimme verklang, als Griffin sie hinaus zerrte und die Tür zuschlug.

Alroy stand auf, um seinem Sohn nachzugehen, aber Kelsey stellte sich ihm in den Weg. »Schimpfen Sie ihn nicht. Lizzy ist selbst schuld.«

»Trotzdem sollte er sie nicht wie seine Schwestern behandeln.« Alroy starrte mit gerunzelter Stirn aus dem Fenster.

Kelsey, die seinem Blick folgte, sah, wie Griffin Lizzy über den Hof zur Scheune zog, ohne darauf zu achten, dass sie mit einer Faust auf seinen Arm trommelte. »Ich bin sicher, es macht ihr nichts aus. Ich glaube, Lizzy mag ihn. So, ich gehe jetzt lieber, solange die Luft rein ist.« Kelsey verabschiedete sich und ging.

Edith stellte sich neben ihren Mann und beobachtete,

wie ihr Sohn Lizzy in die Scheune schleppte. »Sieh dir das an! Ich kann nur hoffen, dass Griffin nicht auf dumme Gedanken kommt. An der ist ganz hübsch was dran.«

»Stimmt«, sagte Alroy mit sorgenvoller Miene. »Und sie steht himmelhoch über ihm. Salford würde nie zulassen, dass sie unseren Griffin heiratet.«

»Ich hoffe, du hast Recht. Die wilde Hummel hätte ich nicht gern als Schwiegertochter. Ich hatte immer meine Hoffnungen darauf gesetzt, dass Kelsey und Griffin ein Paar werden, aber daraus scheint nichts zu werden. Hast du die heimlichen Blicke gesehen, die Kelsey und Salford einander zugeworfen haben, wenn sie dachten, dass keiner hinschaut? Und ihre düstere Miene, als sie eben rausging – irgendwas brodelt da zwischen den beiden.«

»Ich fürchte, das stimmt.« Alroy strich sich über die Bartstoppeln auf seinem Kinn.

»Ich hoffe nur, das arme Kind hat sich nicht in ihn verliebt. Ich traue ihm nicht. Du weißt ja, er hat diese Mätresse, und denk dran, was er mit ihrer Stiefmutter gemacht hat.« Edith schüttelte den Kopf.

»Weißt du, was dein Fehler ist, Edith? Du machst dir zu viel Gedanken. Uns gegenüber hat er anständig gehandelt, oder? Und er ist gekommen, um uns zu besuchen. Er ist dabei, sich zu ändern, und man kann einen Mann nicht nach seiner Vergangenheit beurteilen. Wenn Kelsey ihn liebt, wird er nicht anders können, als ihre Liebe zu erwidern, da bin ich ganz sicher. Und dass sie ihm gut tun wird, weiß ich. Alles wird gut, du wirst schon sehen.«

»Ich bin mir nicht so sicher.«

»Ich schon.« Alroys Augen funkelten, als er seine großen, kräftigen Hände um seine Frau legte. »Und weil wir gerade von Liebe reden ...« Er spitzte die Lippen und beugte sich vor, um sie zu küssen.

Sie zappelte in seinen Armen. »Weg mit dir! Es ist helllichter Tag!«

»Und was soll falsch daran sein, wenn ich meine Frau küssen will?«, fragte Alroy, bevor er sie küsste, bis sie aufhörte sich zu wehren und sich in seine Arme schmiegte.

15

Da Kelsey sich Zeit beim Gehen nahm, dauerte es gut vierzig Minuten, bis sie das Ende der Abkürzung erreichte. Die Morgenluft war feucht und schien sich beklemmend auf ihre Lungen zu legen, und ein Schweißtropfen rann über den Spalt zwischen ihren Brüsten. In den Sträuchern am Wegrand sang eine Drossel. Vor sich sah sie am Ende des Pfads den grünen Rasen von Stillmore.

Plötzlich wurde ihr die Sicht von schimmernden schwarzen Stulpenstiefeln und vertrauten kräftigen Oberschenkeln in engen schwarzen Wildlederhosen versperrt. Ihr Blick wanderte weiter nach oben, zu dem flachen Bauch, den breiten Schultern. Edward hatte Jacke und Halstuch abgelegt und sein Hemd aufgeknöpft, so dass der dichte dunkle Flaum auf seiner Brust zu sehen war. Sie sah ihm ins Gesicht.

Mit der dunklen Augenklappe, die Arme vor der Brust verschränkt, ragte er wie ein finsterer Pirat drohend vor ihr auf. Seine Kiefer waren so fest zusammengepresst, dass die Adern an seinem Hals hervortraten.

»Wo bist du gewesen?« Mit steifen Schritten und feindselig blitzenden Augen kam er näher.

Kelsey straffte die Schultern und hob stolz den Kopf. »Es überrascht mich, dass du danach fragst. Seit gestern Nacht hast du keine zwei Worte mit mir gewechselt.«

»Was hast du die ganze Zeit im Wald getrieben?«

»Nachgedacht. Ist das etwa verboten, Euer Gnaden?«

Er blieb vor ihr stehen und packte mit einer Hand grob ihr Kinn. »Bereust du die vergangene Nacht? Ist es das, worüber du nachgedacht hast?«

»Ja«, sagte sie ehrlich. Tränen brannten hinter ihren Lidern. »Gestern Nacht konntest du nicht genug von mir kriegen, aber heute hast du mich behandelt, als wäre ich Luft.«

»Für mich wirst du nie Luft sein, Kelsey ...« Er zog sie an seine Brust und presste seine Lippen auf ihre, in einem wilden, fordernden Kuss, bei dem ihr der Atem stockte und ihre Knie weich wurden.

Sie spürte ein verzweifeltes Verlangen in seinem Kuss. Es verzehrte sie und weckte das gleiche Verlangen in ihr. Er liebkoste ihre Brüste und schob seine Zunge in ihren Mund. Kelsey zerrte so ungestüm an seinem Hemd, dass die Knöpfe absprangen und über den Boden kullerten. Ihre Hände glitten über seine Brust, seinen Rücken, seinen Hals, sehnten sich danach, ihn überall zu berühren.

Er drückte ihren Rücken an den Stamm einer mächtigen Buche und schob ihr die Röcke bis zur Taille hinauf. Sie fühlte, wie seine Hände bebten, als er an ihrem Höschen zerrte.

Sie selbst machte sich unbeholfen an den hartnäckigen Knöpfen seiner Reithose zu schaffen, bis sie seine Erektion endlich befreit hatte. Fieberhaft glitt ihre Hand darüber, schloss sich um das harte Fleisch und berührte die samtig weiche Spitze.

»O Gott, tu das nicht ...«

»Aber ich will es«, brachte sie schwer atmend heraus.

»Du bringst mich um den Verstand, Kelsey. Ich werde nie

genug von dir bekommen …« Er spreizte ihre Schenkel, hob ihre Hüften und drang tief in sie ein.

Kelsey schrie seinen Namen, als sie spürte, wie er sie ausfüllte. Ihr Kopf sank an den Baumstamm, und ihre Fingernägel bohrten sich in die kräftigen Muskeln seiner Schultern. Immer wieder drang er wie besessen in sie ein, als wollte er mit jedem tiefen Stoß ein Stück ihrer Seele nehmen. Kelsey gab ihm alles von sich, auch ihr Herz, bis nichts mehr blieb als Woge auf Woge reiner Ekstase. Keuchend und unkontrolliert zitternd erreichten sie gemeinsam einen erschütternden Höhepunkt.

Kelsey, die sich schwach wie ein Kätzchen fühlte, klammerte sich krampfhaft an ihn und ließ den Kopf an seine nackte Brust sinken. Das dröhnende Hämmern seines Herzschlag hallte in ihre Ohren, während seine heißen, tiefen Atemzüge über ihr Gesicht strichen.

Einen Moment später hob sie den Kopf. Ein sinnliches Lächeln lag auf ihren Lippen. Sie strich eine dunkle Locke weg, die ihm in die Stirn gefallen war, und sagte: »Du hast doch gesagt, wir sollten das nie wieder machen. Allmählich fange ich an zu glauben, dass du doch nicht nur Eis in den Adern hast.«

Ein träges Lächeln spielte um seine Mundwinkel. »Wie kann ich Eis in den Adern haben, wenn du in meiner Nähe bist? Ich kann nicht bei Sinnen gewesen sein, als ich das gesagt habe.«

Neue Hoffnung regte sich in ihr und im Geist sah sie schon vor sich, wie er sich an sie schmiegte und raunte: »Ich liebe dich, Kelsey. Willst du meine Frau werden?«

Er fing an, sie wieder zu küssen, und das Bild verblasste.

Den Rest des Tages verbrachte Kelsey damit, die Männer zu überwachen, die die erste Schicht Putz auf die Wand auftrugen. Da die zweite, die so genannte braune Schicht erst am nächsten Tag aufgetragen werden konnte, schickte sie die Männer nach Hause und arbeitete jetzt allein im Ballsaal, indem sie ihren Entwurf auf große Papierbogen übertrug.

Fresken konnten nur abschnittsweise gearbeitet werden, so dass jedes Stück Papier einen Teil des gesamten Entwurfs darstellte. Wenn der Putz trocken genug war, konnte das Muster durch winzige Perforationen im Papier in die Wand gehämmert und danach die letzte Schicht Putz aufgetragen werden. Dann konnte sie diesen Abschnitt malen und zum nächsten weitergehen. Während die Deckschicht trocknete, verband sich das Pigment mit dem Putz selbst, so dass das Bild Teil der Wand wurde. Ein Fresko zu malen, war harte Arbeit, aber das Medium, das eine Vielzahl an satten Farbtönen und einzigartige Dimensionen schuf, war wie kein anderes. Sorgfältig gearbeitete Fresken überdauerten Jahrhunderte.

Auf diese Art hatte Michelangelo die Decke der Sixtinischen Kapelle bemalt. Niemals würde sie den Anblick seines Werks vergessen. Vor längerer Zeit war eine entfernte Verwandte in Amerika gestorben und hatte Kelseys Mutter ein kleines Erbe hinterlassen, und da ihre Mutter sechs Monate zuvor gestorben war, war das Erbe auf sie übergegangen. Ihr Vater, der Geld nie lange aufhob, wenn er es einmal in die Finger bekam, gab seiner impulsiven Natur nach und schlug vor, eine Reise nach Italien zu machen.

Vier Monate bereisten sie Italien, und in dieser Zeit lebten sie wie die Fürsten, aßen nur in den besten Restaurants und stiegen nur in den feinsten Hotels ab. Es machte Kelsey nicht einmal etwas aus, danach einen Monat lang von Rüben zu leben, als die zweitausend Pfund verbraucht waren und sie und ihr Vater ohne einen Penny nach Hause kamen. Er hatte ihr etwas gegeben, das unbezahlbar war: wunderschöne Erinnerungen und seine Liebe zur Kunst. Sie hatten Neapel, Venedig, Florenz, Genua und Sizilien gesehen und schließlich Rom, den Inbegriff von Romantik, Kultur und zeitloser Pracht. Ihr Vater war mit ihr in den Vatikan gegangen, wo sie die Sixtinische Kapelle besichtigten.

Sie würde nie vergessen, wie sie die Hand ihres Vaters gehalten hatte, als sie zur Decke emporstarrte. Die Szenen aus dem Buch der Genesis beeindruckten sie, aber vor allem bei jener, wo Gott auf Adam und Eva zeigt, schnappte sie vor Staunen nach Luft. Sie drückte die Hand ihres Vaters, zeigte auf das Abbild Gottes und rief: »Schau mal! Michelangelo hat dein Gesicht gemalt, Papa. Gott sieht so aus wie du.«

Das Gesicht ihres Vaters rötete sich leicht, denn ihre Stimme trug gut in der Kapelle, und andere Besucher drehten sich nach ihnen um. Er zuckte lediglich die Achseln, bückte sich und hob sie in seine Arme. Dann zwickte er sie in die Wange. »Gut beobachtet, *ma chère*. Gefällt dir Michelangelos Werk?«

»Ja, sehr, Papa.«

»Dann wirst du eines Tages vielleicht wie er malen.«

»Das würde ich gern tun. Kannst du es mir zeigen?« Sie schlang beide Arme fest um seinen Hals.

»*Oui*.«

»Soll ich ein Bild von dir auf die Decke deines Ateliers malen?«

»Ich wäre sehr gekränkt, wenn du es nicht tätest.«

Von diesem Moment an gab es für sie nichts Wichtigeres, als unter der Anleitung ihres Vaters zu lernen. Er war ein guter Lehrer gewesen. Sie malte nie ein Fresko an die Decke, aber als sie sechzehn war, half sie ihrem Vater, ein Fresko in einer Kapelle in der Nähe von Newgate zu malen, und damals hatte sie das Gesicht ihres Vaters als Vorbild für Adam genommen. Er hatte sich gefreut.

Bei der Erinnerung daran sah sie lächelnd auf das Papier, das vor ihr lag. Als sie Schritte hörte, sah sie Watkins kommen, gefolgt von Griffin.

»Sie haben Besuch, Miss Kelsey.« Watkins presste seine Lippen zusammen und warf Griffin einen missbilligenden Blick zu. »Ich habe ihm mitgeteilt, dass Sie arbeiten, aber er wollte Sie unbedingt sehen.«

»Schon gut, danke, Watkins.« Kelsey stand auf und wischte sich die Hände an ihrem Kittel ab.

»Sehr wohl, Miss Kelsey.« Nach einem weiteren säuerlichen Blick in Griffins Richtung zog Watkins sich zurück.

»Was ist denn mit dem los?« Griffin zeigte zur Tür. »Ich hatte den Eindruck, er würde mir am liebsten den Kopf abreißen, dabei wollte ich doch nur mit dir reden.«

»Er ist ein bisschen überbesorgt, aber ein sehr netter Mann.« Kelsey winkte ihn zu einem der Fenstersitze. »Komm, setzen wir uns da drüben hin. Was führt dich her?«

Griffin streckte seine langen Beine aus und schlug sie übereinander. »Ich bin aus zwei Gründen gekommen. Als Erstes würde ich gern wissen, was zwischen dir und Salford läuft.«

Kelsey zögerte einen Moment und stieß dann einen Seufzer aus, bevor sie sagte: »Ich glaube, ich habe mich in ihn verliebt.«

»So was Ähnliches hab ich befürchtet.« Griffin klang nicht gerade erfreut.

»Ich weiß, was du denkst, du kannst dir deine Predigt also sparen. Er hat sich verändert, Griffin. Er ist nicht der Mann, für den ich ihn gehalten habe. Er kann gütig sein. Denk daran, was er für deinen Vater getan hat. Und ich weiß, dass ich ihm auch etwas bedeute.«

»Bist du mit ihm ins Bett gegangen?«

Kelsey schluckte unter Griffins bohrendem Blick und sagte: »Ja, bin ich.«

»Zum Teufel mit ihm! Er hat dich benutzt! Ich werde den Mistkerl mit einer kräftigen Tracht Prügel zur Vernunft bringen!« Griffin sprang auf.

Kelsey packte ihn am Arm. Sie musste sich mit ihrem ganzen Gewicht an ihn hängen, ehe es ihr gelang, ihn wieder auf den Sitz zu zerren. »Warte, Griffin! Lass es! Es war meine Entscheidung. Ich wollte, dass er mit mir schläft, und ich hätte jederzeit sagen können, dass er aufhören soll. Er hätte es getan. Wenn du auf jemanden wütend sein willst, dann auf mich.«

»Hat er dir die Ehe versprochen?«, fragte Griffin argwöhnisch, während er sich trotz seines Zorns ein wenig entspannte.

»Nein, aber das wird er noch.«

»Dir zuliebe hoffe ich, dass du Recht behältst. Hat er aufgepasst?«

»Was meinst du damit?«

Griffin machte ein gereiztes Gesicht. »Hat er irgendetwas benutzt, um zu verhindern, dass du schwanger wirst?«

»Ich glaube nicht. Gibt es denn so etwas?«

»Ja, aber das ist eine Sache, über die ich mit dir nicht sprechen werde.« Griffin warf einen finsteren Blick auf ihren Bauch. »Ich hoffe für dich, dass er dir keinen Bastard angehängt hat.«

Kelsey legte schützend ihre Arme auf ihren Bauch. »Es wird kein Kind kommen und selbst wenn, hätte ich deswegen keine Schuldgefühle. Ich habe mit ihm geschlafen, weil ich ihn liebe, basta! Nichts was du sagst, wird mir das Gefühl geben, entehrt zu sein, nur weil ich meinem Herzen gefolgt bin. Dass so etwas ausgerechnet von dir kommt, obwohl du mit jedem leicht zu habenden Mädchen im Dorf geschlafen hast, ist ja wohl der Gipfel an Heuchelei. Ich denke, du solltest jetzt gehen.«

»Tut mir Leid, Kell«, sagte Griffin, während ein wenig von dem Zorn aus seinem Gesicht verschwand. Als er die Tränen in ihren Augen sah, legte er seinen Arm um ihre Schultern und zog sie eng an sich. »Sei mir nicht böse. Ich mache mir einfach Sorgen um dich. Es ist dein Leben und du musst es so leben, wie du glaubst, aber falls du irgendetwas brauchst, bin ich immer für dich da, das weißt du.«

»Ja.« Kelsey blinzelte die Tränen aus ihren Augen und nickte. »Das weiß ich und deshalb liebe ich dich.« Sie gab ihm einen freundschaftlichen Kuss auf die Wange. Er ließ den Arm von ihren Schultern gleiten. »Lass uns vergessen, dass wir dieses Gespräch geführt haben. Was ist der andere Grund für dein Kommen?«

»Pa plant eine große Feier. Salford hat ihm gesagt, dass wir in Morelys Haus einziehen sollen. Es ist viel größer als unseres und mit dem Gehalt, das Salford meinem Vater zahlt, können wir uns sogar Dienstboten leisten. Denk nur, Kell, Dienstboten im Haus der McGregors.« Griffin lächelte trocken. »Ma kann es nicht fassen.«

»Ich freue mich ja so!«

»Ja, ich auch. Ich bleibe auf dem Hof und bewirtschafte ihn für Pa, während er Salfords Besitz verwaltet.«

»Das hast du dir doch immer gewünscht, oder?«

»Doch. Schätze, das heißt, dass ich mir jetzt eine Frau suchen muss.«

»Das glaube ich auch.« Kelsey dachte an Lizzy und lächelte in sich hinein.

»Pa will ein Fest geben, um sein Glück zu feiern. Ich bin hier, um dich, Salford und die kleine Hexe einzuladen. Es findet morgen Abend statt.«

»Was mich betrifft, werde ich da sein, aber ich kann nicht für Salford oder die Hexe sprechen.« Kelsey sah zu Griffin und sie mussten beide lächeln. »Sie mag dich, weißt du.«

»So wie sie sich benimmt, würde man nie drauf kommen«, bemerkte Griffin und zog seine goldblonden Augenbrauen zusammen.

»Lizzy ist nicht wie die anderen Frauen, die du kennst. Sie ist viel komplizierter. Sie geht auf dich los, weil sie dich mag und Angst vor ihren Gefühlen hat. Sie hat nie erfahren, was es bedeutet, wirklich geliebt zu werden, und ich glaube, es macht Ihr Angst.«

Griffin musterte sie mit leisem Respekt. »Du hast schon immer unheimlich viel Verständnis für die Menschen gehabt. Ich hab gar nicht darüber nachgedacht, warum sie sich so benimmt, ich weiß nur, dass es mich wahnsinnig irritiert.«

»Magst du sie?«

»Es wäre gelogen, wenn ich sagen würde, dass ich sie nicht bemerkt habe. Hübsch genug ist sie ja. Ich mag es, wie sie mich mit ihren Augen anblitzt. Und eins steht fest, sie würde mich nie langweilen. Sie hat ein Paar ganz nette ...« Griffin verstummte abrupt. »Ich glaube nicht, dass du das hören willst.« Seine Augen funkelten.

»Nein, ich möchte über keinen Teil ihrer Anatomie etwas hören.«

Nachdem er einen Moment lang nachdenklich geschwiegen hatte, sagte er: »Ja, ich denke, sie wäre schon die Richtige, aber sie ist trotzdem nichts für mich, Kell. Sie ist die Tochter eines Herzogs und ich bin ein armer Bauer. Sie könnte einen reichen Adligen heiraten, der ihr alles auf der Welt bieten kann. Was kann ich ihr schon geben außer einem Leben voller Mühsal?«

»Du kannst ihr etwas geben, was sie ihr ganzes Leben gebraucht und nie bekommen hat: Liebe.«

In diesem Moment öffnete sich die Geheimtür in der Wandvertäfelung und Lizzy kam mit einem Welpen im Arm herein. Sie trug schwarze Reithosen und ein weißes Hemd.

»Wenn man vom Teufel spricht«, murmelte Griffin halblaut, unfähig, den Blick von Lizzy zu wenden.

Als sie Griffin entdeckte, wirkte sie einen Moment lang angenehm überrascht, bevor sie eine hochmütige Miene aufsetzte. »Ach, Sie sind's«, sagte sie mürrisch und kam mit ihrem schlaksigen Gang zu ihnen geschlendert.

»Sie brauchen nicht so erfreut zu schauen, mich zu sehen, Fräulein Hosenmatz.«

Lizzy lächelte affektiert. »Da! Sehe ich jetzt erfreut genug für Sie aus?«

»Nicht ganz, aber für den Anfang reicht es.« Griffin musterte sie von oben bis unten.

»Wie ich sehe, hat Griffin Ihnen einen Welpen geschenkt. Darf ich ihn mal anschauen?«, bat Kelsey.

Lizzy legte ihr den kleinen Border-Collie in den Schoß. »Ich wollte Sie fragen, ob Sie nicht mit uns im Garten spazieren gehen wollen, aber wie ich sehe, haben Sie Besuch.« Lizzy richtete ihren Blick auf Griffin.

Kelsey streichelte dem kleinen Hund den Kopf. »Wie haben Sie ihn genannt?«

»Finly.«

»Er sieht genau wie ein Finly aus«, bemerkte Kelsey, die spürte, wie die nadelspitzen Zähne des Welpen an ihrem Finger knabberten.

»Tut mir Leid, Lizzy, aber ich muss meine Skizzen fertig machen. Griffin kann Sie begleiten.«

Lizzy verzog das Gesicht. »Ich gehe lieber allein. Komm, Fin, machen wir einen Spaziergang.« Lizzy hob den Welpen von Kelseys Schoß, drehte sich um und ging zur Tür.

Griffin sprang auf und lief ihr nach.

Kelsey sah den beiden mit einem zufriedenen Lächeln nach. Das Lächeln verblasste, als sie ihren Bauch betrachtete und mit der Hand berührte. Was, wenn sie Edwards Kind trug? Was, wenn er ihr keinen Heiratsantrag machte? Bei dem Gedanken zog sie die Stirn in tiefe Falten.

Sie würde ihn nicht anflehen, sie zu heiraten, niemals. Und genauso wenig würde sie ein Kind zum Vorwand nehmen, um ihn zur Ehe zu zwingen. Wenn er ihr keinen Heiratsantrag machte, würde sie weggehen, das Kind bekommen und es allein großziehen. Er würde es nie erfahren, dafür würde sie schon sorgen.

Griffin folgte Lizzy zum Irrgarten. Sie ging schnell und er musste laufen, um nicht zurückzubleiben. Er starrte auf ihre Hosen, auf ihre langen Beine, auf ihre Hüften, die sie beim Gehen schwang. Unfähig, den Blick von ihrem hübschen kleinen Po zu lösen, leckte er sich die Lippen.

Er wusste, dass sie eine Dame und für jemand wie ihn unerreichbar war. Er durfte ihr nicht zu nahe kommen, aber sie erregte ihn. Die meisten Frauen sanken ihm nach ein paar Schmeicheleien und mit dem entsprechenden Komm-hol-mich-doch-Blick in die Arme. Andere Frauen waren weich und anschmiegsam. Lizzy war wie getrocknetes Sattelleder, und er fragte sich, was sich hinter ihren Stacheln und Krallen verbarg. Wie mochten sich diese Krallen auf seinem Rücken anfühlen?

»Können Sie nicht irgendjemand anderem lästig fallen?«

»Nee, Sie sind die Einzige, der ich im Moment lästig fallen möchte, Fräulein Hosenmatz.«

»Nennen Sie mich nicht so.«

»Ich würde es nicht tun, wenn Sie keine Hosen anhätten.« Er sah, wie sie die Schultern zurückbog und den Rücken straffte.

»Sie sind wirklich unverbesserlich!«

»Stimmt, das ist mein zweiter Vorname.«

Lizzy erreichte den Eingang des Irrgartens und schlüpfte hinein. Griffin beschleunigte seine Schritte und stellte sich ihr in den Weg. »Brennt's irgendwo?«

»Nein, ich versuche nur, Ihnen zu entkommen.« Finly schien das Gras zu riechen, denn er fing an, in ihren Armen zu zappeln. Sie bückte sich und ließ ihn hinunter.

Griffin spähte zu den hohen Büschen und vergewisserte

sich, dass niemand sie sehen konnte. Als Lizzy sich aufrichtete, nahm er sie bei den Armen.

»Lass mich los, du Horn-«

Griffin schnitt ihr das Wort mit einem Kuss ab. Sie packte ihn an den Haaren und riss daran. Er war wild entschlossen, ihr nicht den Sieg zu überlassen, und ließ sie einfach an seinen Haaren reißen, während er sie küsste. Je fester sie an seinen Haaren riss, desto behutsamer presste er seine Lippen auf ihre, während er mit seine großen, kräftigen Hände über ihren Rücken kreisen ließ.

Irgendwann ließ sie los und gab nach, indem sie sich an ihn schmiegte und ihre langen Arme um seinen Hals schlang. Er spürte, wie ihr Körper an seinem erzitterte, und wusste, dass sie noch nie zuvor geküsst worden war. Er küsste sie noch sanfter und spürte, wie ihre Lippen unter seinem Mund samtweich wurden.

Aus Angst, er könnte zu weit gehen, löste er sich von ihr. Als er das Staunen auf ihrem schönen Gesicht sah, grinste er sie an. »Ich habe kein bisschen Gift und Galle geschmeckt, Liebling. Du schmeckst süßer, als ich gedacht habe.«

»Und du schmeckst nicht wie ein Hornochse – nicht, dass ich je einen geküsst hätte, also kann ich es eigentlich nicht beurteilen.« Sie lächelte ihn an.

»Weißt du, du bist sehr hübsch, wenn du lächelst. Du solltest es öfter tun.« Griffin strich mit seinem Finger über ihre Unterlippe.

»Vielleicht täte ich es, wenn ich einen Grund dazu hätte«, murmelte sie unsicher und legte scheu ihre Lippen an seinen Finger.

Griffin schaute ihr in die Augen, die einladend schimmerten, aber er sah auch eine Leere in ihnen, die nach ihm zu rufen schien. Er wusste, dass er verloren war, als er einen Finger unter ihr glattes Kinn legte und ihre Lippen an seine zog.

Lange Zeit verging, ehe er den Kopf hob und in ihre goldbraunen Augen sah. »Lizzy, ich muss jetzt sofort wissen, was du fühlst. Denn wenn du nicht dasselbe fühlst wie ich, gehe ich und lasse dich in Ruhe.«

»Ja, ja, ich fühle dasselbe.« Lizzy schlang ihre Arme so fest um seinen Hals, dass sie ihn beinahe erwürgte.

»Bist du sicher? Wenn wir damit anfangen, gibt es kein Zurück mehr. Ich werde dich nie aufgeben, Lizzy.«

»Das musst du auch nicht.«

»Lizzy!« Edwards Stimme kam vom Gartenweg.

»O nein! Komm heute um Mitternacht in die Kapelle«, sagte Lizzy und blickte ihn aus den flehendsten Augen an, die er je gesehen hatte.

Griffin wusste, dass es ihm nicht zustand, sie zu treffen, aber diesen Augen konnte er nicht widerstehen. Er nickte und schlug die Richtung ein, aus der sie gekommen waren.

Lizzy hielt ihn fest. »Nicht da lang, du Dummkopf, dort entlang! Dreimal nach links, viermal nach rechts, und du bist draußen. Lebwohl!« Lizzy küsste ihn schnell auf den Mund und sah ihm nach, während er den Heckenweg hinunterlief und verschwand.

In diesem Moment tauchte Edward aus der entgegengesetzten Richtung auf. »Lizzy, ich habe dich gerade gesucht. Ich glaubte, ich hätte dich und McGregor hier hereinkommen gesehen.« Er spähte an Lizzys Schulter vorbei.

»Ich bin allein mit Finly hier.« Lizzy sah sich nach dem

jungen Hund um und entdeckte ihn unter einer Hecke, an der er gerade schnüffelte. »Das musst du dir eingebildet haben.«

Er musterte sie scharf. »Du brauchst mich nicht zu beschwindeln, Lizzy. Ich weiß, was ich gesehen habe. Und ich habe gesehen, wie er dich heute morgen begafft hat. Eins sage ich dir, ich habe dir einiges von dem, was du angestellt hast, nachgesehen, aber ich dulde nicht, dass du dich mit McGregor einlässt.«

»Ich habe mich nicht mit ihm eingelassen«, gab Lizzy hitzig zurück. »Und selbst wenn es so wäre, geht es dich nichts an.«

Edward packte sie bei den Schultern. »Ich bin dein Vormund, vergiss das nicht. Du bist gerade erst achtzehn geworden, und du weißt nicht, was du willst. Darum habe ich mit Lady Shellborn vereinbart, dass sie dich in London in die Gesellschaft einführt. Du wirst dir einen Mann von deinem Rang suchen.«

»Verdammt! Ich will nicht nach London und jeden Gecken in der Stadt kennen lernen.« Lizzy befreite sich aus seinem Griff. »Ich lasse nicht mein Leben von dir bestimmen!«

»Du wirst die Saison in London verbringen, Lizzy. Das ist endgültig.«

»Wenn ich gehe, werde ich einen Skandal provozieren, neben dem deiner verblasst.«

»Du wirst tun, was ich sage und dich wie eine Dame benehmen. Und du wirst dich von McGregor fern halten.« Er schwenkte drohend den Zeigefinger.

»Wie kannst du dastehen und mir vorschreiben, was ich mit meinem Leben machen soll, wenn du dein eigenes ruiniert hast? Ich weiß, dass du mit Kelsey geschlafen hast. Hast du die Absicht, sie zu heiraten, oder ist sie nur eine angenehme Abwechslung für dich?«

Edwards Gesicht verzerrte sich vor Zorn, und einen Moment lang schien er drauf und dran zu sein, die Beherrschung zu verlieren. Lizzy, die wusste, wie weit sie bei ihm gehen konnte, fragte sich, ob sie diesmal zu weit gegangen war. Noch nie hatte sie ihn so rasend vor Wut gesehen.

»Geh mir aus den Augen, Lizzy. Und vergiss nicht, dich von McGregor fern zu halten.«

Lizzy schnappte sich Finly. »Du bist nur eifersüchtig auf ihn, weil er Kelseys Freund ist. Wenn du schon eifersüchtig sein musst, dann nimm dir lieber Jeremy vor. Ich habe neulich gesehen, wie er Kelsey geküsst hat.« Sie warf ihm einen letzten vernichtenden Blick zu und ging, ohne sich noch einmal umzudrehen.

Edward biss die Zähne zusammen und marschierte zwischen den Hecken auf und ab. Es dauerte sehr lange, bis er sich wieder genügend im Griff hatte, um ins Schloss zurückzugehen.

Edward trommelte mit den Fingern auf den Tisch und starrte auf die Tür des Speisezimmers. Er zog seine Taschenuhr heraus, sah nach, wie spät es war, und starrte wieder auf die Tür. Wo war Kelsey? Er hatte Watkins mitgeteilt, dass sie ihre Mahlzeiten ab jetzt hier einnehmen würde. Warum war sie nicht da?

Als hätten seine Gedanken sie herbeigerufen, kam Kelsey zur Tür herein, eine Vision in grüner Seide. Die Farbe passte genau zum Grün ihrer Augen. Ihr tiefschwarzes Haar war aus dem schmalen Gesicht gekämmt und fiel in langen Locken über eine Schulter. Sie schaute sich suchend nach ihm um, und als sie ihn durch ihre dichten, dunklen Wimpern ansah und ihr strahlendes Lächeln aufsetzte, stockte ihm der Atem. In seinem ganzen Leben hatte er noch keine Frau so sehr begehrt wie sie. Kein Zweifel, Gott wollte ihn strafen. Ihm blieben nur noch einige wenige Tage mit ihr. Und dann? Jeremy würde zurückkommen und ihr einen Heiratsantrag machen. Die Furchen auf seiner Stirn vertieften sich.

»Tut mir Leid, dass ich zu spät komme.« Die Seide ihres Kleids raschelte leise, als sie weiter in den Raum hineinging. Sie blieb stehen und begrüßte die zwei neuen Lakaien, die Watkins auf Edwards Geheiß eingestellt hatte.

Heiße Eifersucht durchzuckte Edward, als er bemerkte, wie sie bewundernd auf Kelseys Brüste starrten. Mit finsterer Miene erhob er sich. »Das wäre alles. Wir bedienen uns selbst. Und macht die Tür zu, wenn ihr geht.«

Sie verließen das Zimmer, als Kelsey das untere Ende des Tischs erreichte. Sie betrachtete das Gedeck, das für sie aufgelegt war, und sagte mit funkelnden Augen: »Muss ich wirklich so weit von dir entfernt sitzen? Hinter dem Kerzenleuchter kann ich dich gar nicht sehen.«

»Nein, musst du nicht, wenn du nicht willst.« Edward merkte, wie seine Eifersucht ein wenig nachließ. Aber der Gedanke an Jeremy spukte immer noch durch seinen Hinterkopf. Die Vorstellung, dass Jeremy sie geküsst hatte, machte ihn rasend, und obwohl er versuchte, nicht mehr daran zu denken, gelang es ihm nicht.

Sie packte das Besteck und das Glas auf den Teller und ging zu ihm. Das tiefe Dekolleté ihres Kleids gab den Blick auf die cremige weiße Haut ihres Busens frei und Edward, der seine Augen nicht von diesem Anblick losreißen konnte, spürte, wie sein Körper entsprechend darauf reagierte.

»Bist du verärgert? Du hast die beiden Lakaien richtig angefahren. Und ich hatte gehofft, dich gut gelaunt vorzufinden«, bemerkte Kelsey und schenkte ihm ein warmes Lächeln, während sie den Teller auf den Tisch stellte und das Besteck auflegte.

»Mit guter Laune hat meine momentane Verfassung nichts zu tun.« Er stand auf und zog ihren Stuhl zurück.

»Du musst mir nicht gleich den Kopf abbeißen.« Sie zog ihre dunklen Augenbrauen zusammen.

Als er ihren Stuhl zurückschob, fing er einen verführerischen Hauch von Lavendel auf und konnte nicht widerstehen, sich vorzubeugen und ihr ins Ohr zu raunen: »Ich habe nichts dergleichen getan. Wenn ich dich beiße, wirst du es merken.«

Zu seiner großen Genugtuung sah er, wie sie erschauerte, und widerstand dem Impuls, ihre nackte Schulter zu küssen, die nur wenige Zentimeter von seinen Lippen entfernt war. Sie war die personifizierte Versuchung. Er starrte auf die Wölbung ihrer Brüste und stöhnte innerlich.

Wenn er nicht ein wenig Distanz zwischen sie beide brachte, würde er sie ohne Umschweife hier auf den Esstisch werfen und sie genauso hemmungslos nehmen, wie er es vorhin im Wald getan hatte. Er zwang sich, zu seinem Platz zurückzugehen.

»Fangen wir noch einmal von vorn an, ja?«, sagte sie mit leicht gepresster Stimme. »Ich weiß, dass du nett sein kannst, wenn du dir Mühe gibst, und ich bin sicher, es gibt auf diesem Tisch etwas, in das du lieber hineinbeißt als in mich.« Kelsey zwinkerte ihm mit ihren grünen Augen verschmitzt zu.

»Da wäre ich mir nicht so sicher«, sagte er leise. »Wenn du nicht aufhörst, mir so verführerische Blicke zuzuwerfen, wirst du noch herausfinden, wie hungrig ich bin.«

»Nun, es freut mich, dass zumindest dein Appetit nicht von deinen Stimmungsschwankungen beeinträchtigt wird«, sagte sie und nahm die Deckel von den dampfenden Gerichten, ohne ihn anzuschauen. Er konnte das Lächeln auf ihren Lippen trotzdem sehen.

Ihre Augen leuchteten, als sie den Lammbraten betrachtete, der mit Zwiebeln, grünen Erbsen und Aprikosen-Beignets geschmort war. »Riecht köstlich. Alice hat sich selbst übertroffen. Darf ich dir vorlegen?«

Edward schwieg, aber sein Blick sagte: »Vergiss das Essen, ich nehme lieber dich.« Als er sah, dass sie wusste, was er dachte, und leicht errötete, musste er unwillkürlich grinsen, als er ihr seinen Teller reichte. Er starrte auf ihre zarten Hände. Gott, wie er es liebte, diese Hände auf seinem Körper zu spüren. Er unterdrückte den Drang, seine Arme nach ihr auszustrecken.

Er beobachtete, wie anmutig die Bewegungen ihrer Hände waren, als sie ihm vorlegte. Was für einen Anblick häuslichen Glücks sie repräsentierte. Er hatte vergessen, wie es war, weibliche Gesellschaft zu genießen, eine Frau an seiner Seite zu haben, die seine Wünsche erfüllte und darauf bedacht war, ihm Freude zu machen. Margaret hatte ihn verabscheut, weil er sie geheiratet und ihr Lebensglück zerstört hatte. Sie hatte nicht einmal die Mahlzeiten mit ihm einnehmen wollen. Er hatte Geliebte gehabt, aber irgendwie war es nicht dasselbe. Die einzige Frau, die ihm das Gefühl gegeben hatte, etwas Besonderes zu sein, war seine Mutter, und das war schon so lange her, dass die Erinnerung an sie zu verblassen begann. Lächelnd sah er zu, wie Kelsey seinen Teller mit Essen belud und vor ihn stellte. Als ihm einfiel, dass sie kaum jemals seine Frau werden würde, verschwand das Lächeln. Dann erinnerte er sich an Jeremy und seine Miene verfinsterte sich noch mehr.

»Ich habe heute Griffin gesehen«, bemerkte Kelsey beiläufig.

Edward, der gerade einen Schluck Wein gemacht hatte, verschluckte sich, als er den Namen hörte

»Alles in Ordnung?« Sie setzte ihren Teller ab, beugte sich vor und klopfte ihm auf den Rücken.

»Mir geht's gut.«

»Gut – wo war ich gerade? Ach ja, ich habe über Griffin gesprochen. Er hat uns zu einer Party bei den McGregors eingeladen. Sie wollen feiern, dass Mr. McGregor das Glück hatte, dein neuer Verwalter zu werden. Ich hatte gehofft, du würdest mit mir hingehen.« Sie aß einen Bissen Käsesoufflé.

»Du gehst also?« Edward zersäbelte grimmig sein Fleisch und spießte ein Stück mit der Gabel auf. Er stieß so energisch zu, dass das Fleischstück über den Teller rutschte und beinahe auf das Tischtuch fiel, bevor er es mit seinem Messer erwischte.

»Ja, natürlich. Die McGregors sind so etwas wie meine Familie.« Kelsey schnitt ein Stück Fleisch ab und aß es, während sie einen Blick auf sein Fleisch warf, das am Tellerrand hing, fast halbiert von Edwards Messer. »Du scheinst Probleme zu haben. Soll ich es für dich durchschneiden?«

Er ignorierte ihre Frage, schob das Fleisch in die Mitte des Tellers zurück und schnitt es mit dem Messer durch. »Du kannst nicht allein auf diese Party gehen.«

»Wenn du nicht mitkommst, kann Lizzy mich begleiten.«

»Lizzy wird nichts dergleichen tun.« Edward spießte ein Stück Fleisch auf und schob es in seinen Mund

Sie machte einen Schmollmund. »Und warum nicht?«

»Ich mag Griffin McGregor nicht, und ich will nicht, dass er um Lizzy herumscharwenzelt. Ich habe ihn heute Nachmittag mit ihr im Irrgarten erwischt.«

»Das überrascht mich nicht. Lizzy bat mich, mit ihr spazieren zu gehen, und als ich ihr sagte, dass ich zu arbeiten hätte, ging Griffin an meiner Stelle mit ihr. Was hast du gegen Griffin?«, fragte Kelsey herausfordernd.

»Ich traue ihm nicht.«

»Dazu hast du keinen Grund. Griffin ist ein warmherziger, fürsorglicher und liebevoller Mensch. Sollten er und Lizzy je ein Paar werden, wird er einen wundervollen Ehemann abgeben.«

Edward erstickte beinahe an seinem Fleisch, als er es schluckte. Er wollte nicht laut werden, aber da seine Selbstbeherrschung völlig verschwunden war, seit Kelsey in sein Leben getreten war, überraschte es ihn nicht, sich selbst brüllen zu hören: »Ein Paar? Hast du den Verstand verloren? Ich werde ihn nicht in Lizzys Nähe lassen. Sie wird einen Mann ihres Standes heiraten. Ich dulde nicht, dass sie sich an einen Bauern bindet. Es würde ihr Leben ruinieren. Sie wäre gesellschaftlich geächtet und nie wieder imstande, sich in ihren Kreisen zu bewegen. Ich habe gesehen, wie er versucht hat, dich zu verführen, und ich lasse nicht zu, dass er sich an Lizzys Schürze hängt.«

»Griffin ist kein Schürzenjäger. Und er hat nie versucht, mich zu verführen. Was du bei mir und Griffin sehen kannst, ist nichts anderes als freundschaftliche Zuneigung.«

»Kannst du leugnen, dass er dich geküsst hat?«

»Ich habe nicht den Wunsch, es zu leugnen. Seine Küsse waren nie erotisch, sondern brüderlich, und ich wehre mich entschieden dagegen, dass du etwas anderes unterstellst.«

Er stand auf, unfähig, die rasende Eifersucht zu beherrschen, die in ihm tobte. »Und Jeremys Kuss war auch brüderlich, nehme ich an?«

Einen Moment lang schien es sie zu überraschen, dass er davon wusste, dann wich die Überraschung Ärger. »Wenn du denkst, dass mir sein Kuss irgendetwas bedeutet hast, bist du ein Dummkopf, und ich lehne es ab, mit dir zu sprechen, wenn du in dieser Verfassung bist.« Sie knallte ihren Löffel so laut auf den Teller, dass es durch die Stille hallte. Dann sprang sie auf und wandte sich zum Gehen.

Edward packte sie an den Schultern und zwang sie, sich umzudrehen und ihn anzuschauen. »Versuch nicht, Lizzy und McGregor zu verkuppeln. Ich werde nie erlauben, dass Lizzy ihn heiratet. Sie ist erst achtzehn und weiß nicht, was sie will. Sie muss auf jeden Fall Gelegenheit haben, eine Saison in London zu erleben.«

»Wenn du dir einbildest, Lizzy würde irgendeinen adligen Stutzer heiraten, kannst du es besser gleich vergessen. Vielleicht findest du jemanden, der bereit ist, sie zu heiraten, wenn du ihr eine große Mitgift gibst, aber sie wird den armen Kerl bei lebendigem Leib verschlingen und wie altbackenen Toast ausspucken. Griffin kann zumindest mit ihr umgehen, und er würde sie glücklich machen. Und was deine Ansicht betrifft, dass Lizzy nicht weiß, was sie will, lass dir gesagt sein, dass sie kein Kind mehr ist, das du herumkommandieren kannst, sondern eine erwachsene Frau. Ich glaube, sie weiß weit besser, was sie will, als du.« Kelsey stieß seine Hände weg, raffte ihre Röcke und lief aus dem Zimmer.

Edward wäre ihr gern gefolgt, wusste aber, dass er damit alles nur noch schlimmer machen würde. McGregor bedeutete ihr offensichtlich so viel, dass sie sich leidenschaftlich für ihn einsetzte und ihn verteidigte, was ihn bis ins Mark traf. Kelsey hatte nicht mir McGregor geschlafen, wie er anfänglich vermutet hatte, dafür hatte er Beweise. Trotzdem traute er dem Mann mit seinem anziehenden Gesicht und seinem unbeschwerten Lächeln nicht über den Weg und wollte ihn weder in Kelseys noch in Lizzys Nähe sehen. Griffin McGregor war der Inbegriff des Schürzenjägers und hatte sein Talent auf diesem Gebiet bis zur Perfektion entwickelt. Mit Weiberhelden kannte er sich aus; vor seinem Unfall war er selbst einer gewesen. Eins stand fest, er konnte Kelsey, die unerschütterlich zu ihm zu hielt und offenbar sehr an seiner Familie hing, nicht daran hindern, McGregor zu treffen, aber er konnte McGregor davon abhalten, Lizzy den Hof zu machen. Und wenn er den Kerl je wieder dabei ertappte, würde er ihm das unmissverständlich klarmachen.

16

Sie saß an einem Tisch und malte. Kaninchen saß neben ihr und malte mit. Der Junge verschränkte ungeduldig die Arme vor der Brust und sie sah ihn mit gerunzelter Stirn an.

»Wenn du nicht still hältst, können wir dich nicht malen.«

»Ich wünschte, du würdest dich beeilen.«

»Bin fast fertig.«

»Gott sei Dank.«

Sie pinselte den letzten Strich Wasserfarbe auf das Papier und schnitt eine Grimasse, als sie das verwackelte, nicht besonders gelungene Bild betrachtete. Der Junge kam zu ihr, schaute ihr über die Schulter und brach in Gelächter aus.

»Hör auf! Das ist nicht komisch.«

»Doch, ist es.«

»Ist es nicht. Du bist gar nicht nett. Ich glaub, ich mag dich nicht.«

Sie packte Kaninchen und drückte es an sich. Tränen liefen über ihr Gesicht, und sie fing an, auf ihrem Stuhl hin und her zu wippen. Er legte einen Arm um ihre Schultern.

»Tut mir Leid, Kelsey.«

»Stimmt gar nicht. Manchmal bist du gern gemein.«

»Nein, bin ich nicht – jedenfalls nicht zu dir. Sag, dass du nicht böse bist.«

Er schnitt ein komisch betretenes Gesicht und brachte sie zum Lachen. Sie streckte die Arme nach ihm aus. Es gelang ihr nie, lange böse auf ihn zu sein …

Er verschwand direkt vor ihren Augen.

»Komm zurück! Ich verzeihe dir. Komm zurück!«

Kelsey erwachte aus ihrem Traum, setzte sich im Bett auf und wischte sich mit dem Handrücken den Schweiß von der Stirn. Eine leise Melodie auf dem Klavier drang in ihr Bewusstsein. Stirnrunzelnd starrte sie auf die Verbindungstür. Edward war nicht zu ihr gekommen. Sie war entschlossen, nicht zu ihm zu gehen, auch wenn sie sich schmerzlich danach sehnte, in seinen Armen zu liegen. Er würde den ersten Schritt machen müssen. Sie hatte auch ihren Stolz.

Obwohl sie das Fenster offen gelassen hatte, war es im Zimmer unerträglich heiß. Ihr Nachthemd klebte an ihrem verschwitzten Rücken. Kelsey wusste, dass es ihr nicht gelingen würde, in dem stickigen Raum wieder einzuschlafen, vor allem mit dem Wissen, dass Edward wach und so nah war. Sie schlug die Decke zurück, suchte nach ihrem Morgenmantel und schlüpfte leise in den Flur hinaus.

Kurz darauf brach die Musik ab, und Edward kam in ihr Zimmer.

»Kelsey …« Er blieb stehen und starrte auf das leere Bett. War sie so wütend auf ihn gewesen, dass sie ihn verlassen hatte und nach Hause gelaufen war? Oder zu McGregor? Bestimmt war sie bei ihm. Edward verspürte den überwältigenden Drang, zu McGregor zu gehen und ihn mit bloßen Händen zu erwürgen. Andererseits, was kümmerte es ihn, wenn sie ging? Vielleicht war es besser so. Edward wusste, dass er sie aufgeben musste und zwar bald. Wenn nicht McGregor, dann würde es eben Jeremy sein.

Die Leere des Raums schien nach ihm zu greifen und wie ein eiserner Amboss an seine Brust zu stoßen. Da er es hier nicht länger aushielt, drehte er sich um und ging in sein Schlafzimmer zurück. Zerstreut trat er ans Fenster und sah hinaus. Der Mond hing wie eine riesige Scheibe am Himmel, so rund und nah, dass er aussah wie ein Ball, der jeden Moment herunterfallen und die Bäume und das Dorf zerquetschen würde. Plötzlich sah Edward sie. Ihr weißes Nachthemd flatterte um ihre Beine, als sie den Pfad in der Nähe des Gartens hinunterlief. Sie ging weder zum Dorf noch zu den McGregors. Der Druck, der auf seiner Brust lastete, ließ nach. Er drehte sich um und lief hinaus.

Etwas später fand er ihr Nachthemd am Ufer des Sees. Er hob es auf, starrte auf den See hinaus und entdeckte sie. Sie war auf der anderen Seite des Sees und watete zur Insel. Wassertropfen rannen über ihren nackten, feuchten Körper und ließen ihn im Mondlicht bläulich schimmern. Edward beobachtete sie, wie gebannt von ihrem Anblick.

Sie kam an Land und blieb stehen, um ihr nasses Haar mit beiden Händen aus ihrem Gesicht zu streichen. Ihr Rücken bog sich durch und ihre Brüste schoben sich vor. In dieser Haltung blieb sie stehen und starrte zum Mond hinauf, ohne sich bewusst zu sein, welch einen faszinierenden Anblick sie bot. Wie hypnotisiert folgte er mit seinen Augen den sinnlichen Konturen ihrer hoch angesetzten, stolzen Brüste, deren dunkle Spitzen feucht glänzten. Er konnte sie beinahe schmecken und schluckte mühsam.

Sein Blick wanderte weiter nach unten, zu ihrem flachen Bauch, der durch ihre Haltung noch flacher wirkte, dann zu der Rundung ihrer schlanken Hüften. Seine Finger verkrampften sich, als er sich daran erinnerte, was für ein Gefühl es war, seine Hände um diesen Teil ihres Körpers zu legen. Noch nie in seinem Leben hatte er etwas so Erotisches gesehen.

Sie bewegte sich, und die Pose zerbrach. Ihr langes, nasses Haar mit beide Händen einfangend, drückte sie es aus und warf es die Schulter. Langsam ging sie die Uferböschung hinauf und suchte sich einen Platz zum Sitzen.

Edward riss sich die Sachen vom Leib, ohne sie aus den Augen zu lassen, voller Angst, seine nackte Nymphe könnte verschwunden sein, bevor er bei ihr war. Gott! Wenn er jetzt nicht zu ihr kam, würde ihn sein Verlangen umbringen. Noch nie hatte er eine Frau so leidenschaftlich begehrt wie Kelsey. Er tauchte ins Wasser ein. Die nasse Kälte konnte das Feuer, das durch seine Adern strömte, kaum kühlen.

Schwer atmend und mit rasendem Puls erreichte er das andere Ufer. Vor ihren Füßen blieb er stehen und betrachtete sie. Sie lag auf dem Rücken im Gras, den Kopf auf ihre Arme gelegt, die Augen geschlossen. Eins ihrer Beine war angezogen und gab den Blick auf das dunkle Dreieck zwischen ihren Schenkeln frei.

Sie bemerkte ihn erst, als Wasser von seinem Körper auf ihre Füße tropfte. Sie machte die Augen auf. »Edward ...« Ihre Lippen bebten, als sie seinen Namen aussprach.

»Ich habe dich in deinem Zimmer gesucht, aber du warst nicht da.«

»Das hast du getan?« Sie klang ungläubig und entzückt zugleich. »Ich dachte, du schmollst immer noch wegen

Griffin. Du solltest wirklich versuchen, ihn zu mögen. Er ist nicht so schlecht, wie du denkst.«

»Reden wir im Moment lieber nicht über ihn.«

»Na schön, wie du willst.« Ein träges Lächeln breitete sich auf ihrem Gesicht aus, als sie spürte, wie sein Blick über ihren nackten Körper glitt. »Warst du nackt, als du mich gesucht hast?«

»Ich hatte meine Sachen an, aber irgendwie fielen sie von mir ab, als ich dich entdeckte.« Er starrte auf ihren Körper, der im Mondschein glänzte. Sie wollte sich aufsetzen, aber seine Stimme hielt sie zurück

»Bitte nicht. Ich will dich genau so in Erinnerung behalten. Du bist die bezauberndste Nixe, die ich je gesehen habe.«

»Du hast wohl schon viele gesehen?«, neckte sie ihn mit belegter Stimme.

»Nicht eine, die sich mit dir messen könnte, mein Liebes. Keine von ihnen hatte die Macht, die du über mich hast.« Mit einem schiefen Grinsen sah er auf seine pulsierende Erektion hinunter.

»Das hättet du mir sagen können. Wir Sirenen sind uns nicht zu gut dazu, die Schwäche eines Mannes zu unserem Vorteil auszunutzen.« Ihre Augen weiteten sich, als sie seine Erektion bemerkte, und sie fügte hinzu: »Obwohl das, was ich sehe, nicht unbedingt nach Schwäche aussieht.« Sie blinzelte ihn hinter gesenkten Wimpern an und wirkte dabei durch und durch wie eine hinreißende, grünäugige Verführerin.

»Ich lasse dich gern nach meinen schwachen Punkten suchen, wenn du dabei nackt bleibst.«

»Ich glaube nicht, dass ich die Suche anders durchführen könnte.« Sie grinste ihn an.

Er konnte nicht länger widerstehen und fiel neben ihr auf die Knie. Seine Hände wanderten über ihre Beine und strichen über die glatte, feuchte Haut ihrer Waden, ihrer Knie, ihrer Schenkel. Als er seine Hände zwischen ihre Schenkel schob, spürte er, wie sie sich verspannte und erschauerte. Er lächelte über ihre Reaktion, spreizte dann ihre Schenkel und senkte seinen Mund.

»Was machst du da?«, rief sie und zerrte an seinen Schultern.

»Scht! Es gibt viele Arten, einer Frau Freude zu schenken, und das ist eine davon.« Er teilte das weiche, feuchte Fleisch und kostete ihren süßen Tau.

»Ich glaube nicht, dass ...« Die Worte erstarben ihr auf den Lippen und ihr Atem ging schwer, als sie ihre Hüften reckte.

Er fand die winzige Knospe ihrer Lust und liebkoste sie mit seiner Zunge. Kelsey gab ihrem Verlangen nach. Sie wand sich unter ihm und ihre Hüften fingen an sich zu bewegen. Er staunte über ihre rückhaltlose Leidenschaft, als er sie zum Höhepunkt brachte.

Ihr Körper zuckte noch immer unkontrolliert, als er mit seiner Zunge einen Pfad über ihren flachen Bauch bis zu ihren Brüsten zog. Genießerisch sog er an ihrer Brustspitze und spürte, wie sie in seinem Mund hart wurde. Er fühlte ihre Hände auf seinem Nacken, seinem Rücken, seinen Hüften und konnte ein leises Erschauern nicht unterdrücken.

»Edward ...« Sie hauchte seinen Namen, während sie ihre Hände in seinem Haar vergrub und seinen Kopf fester an ihre Brüste drückte.

»Ja, mein Liebes«, murmelte er an ihre Brust und fühlte,

wie sie ein Schauer überlief. Dann richtete er sich auf und küsste sie, tauchte seine Zunge tief in ihren Mund, damit sie den Geschmack ihres süßen Taus kosten konnte.

Kelseys Leidenschaft explodierte. Sie bohrte ihre Nägel in seinen Rücken. Als er spürte, wie sie sich unter ihm wand und leise wimmerte, war es um ihn geschehen. Er hatte sich vorgenommen, sich dieses Mal Zeit zu lassen, aber sein Körper stand in Flammen und ihre hemmungslose Leidenschaft brachte ihn um den letzten Rest Selbstbeherrschung. Er spreizte ihre Beine und drang in sie ein.

Mit einem Stöhnen vergrub er sich tief in ihrer feuchten Wärme. »Komm, mein Liebes, komm mit mir.«

»Ja...« Sie schlang ihre Beine um seine Schenkel und passte sich dem rhythmischen Auf und Ab seiner Hüften an.

Dann erstarrte sie und schrie auf. Gemeinsam erreichten sie einen überwältigenden Höhepunkt. Edward brach zitternd auf ihr zusammen.

»Edward?«

»Ja, mein Liebes?« Er hob den Kopf und sah sie an.

Sie berührte die Narben auf seinem Gesicht und wisperte: »Ich liebe dich.«

»Du darfst mich nicht lieben, Kelsey...« Sie wollte etwas sagen, aber Edward presste stürmisch seine Lippen auf ihre. Sein Kuss wurde wild, besitzergreifend, getrieben von dem Wissen, dass er sie eines Tages aufgeben musste.

Kelsey löste sich von ihm und starrte ihn verwirrt an. »Du hast mir wehgetan«, sagte sie leise und berührte ihre Lippen.

»Das wollte ich nicht.« Er strich mit einem Finger über ihre geschwollenen Lippen, rückte dann ein Stück von ihr ab und ließ sich schwer atmend aufs Gras fallen, voller Hass auf sich selbst und seine Hilflosigkeit, was Kelsey anging. Er hätte ihr nicht folgen und wieder mit ihr schlafen dürfen. Jetzt hatte er sie verletzt.

Sie kuschelte sich an ihn. »Es hat nicht sehr wehgetan, nur ein bisschen. Sollen wir es noch mal versuchen?« Sie beugte sich vor und küsste ihn.

Edward wollte sich ihr entziehen, aber in dem Moment, als ihre Lippen auf seine trafen, verlor er jede Willenskraft.

Einige Stunden später schlenderte Kelsey Arm in Arm mit Edward langsam zum Schloss zurück. Es kümmerte sie nicht, dass Edward ihr nicht gesagt hatte, dass er liebte. Tief in ihrem Herzen wusste sie es, und das musste genügen. Irgendwann würde er ihr seine Liebe gestehen.

Ein Schatten tauchte aus dem Wald auf und huschte über den Rasen. Sie wollte Edward gerade darauf aufmerksam machen, als sie die breiten Schultern und den wiegenden Gang bemerkte und wusste, dass es Griffin war. Aus Angst, Edward könnte sehen, wie Griffin sich ins Schloss stahl, packte sie ihn am Arm und zwang ihn, sie anzuschauen.

»Habe ich dir eigentlich schon gesagt, dass du einen wundervollen Körper hast?« Sie legte ihre Arme um seinen Hals und zog seine Lippen an ihre.

Nach einem Moment hob Edward den Kopf und sagte: »Wenn du nicht damit aufhörst, schaffen wir es nie bis ins Bett.« Ihr unerwarteter Beweis von Zuneigung schien ihn zu freuen und ein schiefes Lächeln lag auf seinen Lippen, als er sie enger an sich zog.

»Vielleicht hast du Recht ...« Sie neigte ein wenig den

Kopf, um an Edwards Arm vorbeizuspähen, und erhaschte einen Blick auf Griffin, der gerade in die Kapelle schlich.

»Ich glaube, ich hätte nichts dagegen, dich noch einmal bei Mondschein zu nehmen.« Er fuhr mit seinen Fingern durch ihr dichtes Haar, bevor er ihr Kinn hob, um sie wieder zu küssen. Es war ein zärtlicher Kuss, voller Verheißungen. Seit er vorhin so grob gewesen war, waren alle seine Küsse sanft und behutsam.

Es dauerte eine ganze Weile, bis sie wieder zu sich kam und ein Stück zurücktrat. »Komm, so sehr ich den Mondschein auch mag, ich glaube, der Komfort eines Betts wäre mir jetzt lieber.«

Er lachte und hob sie schwungvoll in seine Arme. »Nun denn, mein Liebes, ich will nur dein Bestes.«

Eine Stunde später hörte Kelsey Edwards tiefe, regelmäßige Atemzüge. Er lag auf der Seite, ein Bein auf ihrem Oberschenkel, einen Arm auf ihre Schulter gelegt. Ihr Haar war unter seinem Arm eingeklemmt und Kelsey schnitt eine Grimasse, als sie es hervorzog und ein paar Strähnen an ihrer Kopfhaut zerrten. Vorsichtig löste sie sich von ihm und rutschte langsam zur Seite.

»Kelsey ...«, murmelte er und stöhnte leise.

Sie hielt den Atem an und hoffte, dass er nicht aufwachte. Er rollte sich auf den Rücken, und sein Atem ging wieder ruhig. Kelsey schob sich vom Bett, hob ihr Nachthemd und ihren Morgenmantel auf und schlich auf Zehenspitzen in ihr Zimmer. Nachdem sie sich angezogen und eine Kerze angezündet hatte, machte sie sich auf die Suche nach Lizzy und Griffin, denn falls ihre Vermutungen zutrafen, trieb sich Griffin immer noch hier herum. Sie wollte ihm einschärfen, bloß nicht Edward über den Weg zu laufen.

Als sie in der Kapelle nachschaute, fand sie nichts vor als das dumpfe Hallen ihrer eigenen Schritte auf dem Granitboden. Nach einem kurzen Blick auf das ungewöhnliche Buntglasfenster lief sie in den Ballraum, wobei sie sich fest vornahm, die Kapelle am Tag zu besuchen, um das Fenster im Sonnenlicht bewundern zu können. Sie schlüpfte in den Geheimgang und folgte ihm bis zu Lizzys Turmzimmer.

Die Tür stand offen, als sie ankam. Sie verzichtete darauf anzuklopfen, sondern stieß sie weit auf, blieb dann auf der Schwelle stehen und hielt ihre Kerze hoch. Lizzy und Griffin lagen eng umschlungen auf dem Bett und küssten sich. Griffins Hände lagen auf Lizzys Hüften.

»Mein Gott, was machst du da, Griffin?« Kelsey marschierte zum Bett und schüttelte drohend die Faust. »Lizzy ist keins von den Flittchen im Dorf, mit denen du geschlafen hast. Wie kannst du nur!«

»He, warte einen Moment!« Griffin hob abwehrend die Hände. »Es ist nicht so, wie du denkst.«

Lizzy sprang vom Bett und stellte sich schützend vor Griffin. Ihre Lippen waren geschwollen vom Küssen und ihr dunkles Haar hing zerzaust über ihre Schultern. »Ich habe Griffin gebeten mitzukommen«, sagte sie. »Es ist meine Schuld.«

»Du brauchst mich nicht zu beschützen, Liebling. Kelsey versteht das schon.«

»Ich weiß nicht.« Kelsey verschränkte die Arme vor der Brust. »Ich finde, du hast einiges zu erklären.«

»Lizzy ist für mich nicht dasselbe wie die anderen Mädchen. Zum ersten Mal in meinem Leben bin ich wirklich verliebt. Ich hatte keine Ahnung, was für ein Gefühl das ist. Ich dachte, dass ich dich liebe, Kelsey, aber jetzt ist mir klar, dass es nichts ist im Vergleich zu dem, was ich für Lizzy empfinde.« Er drehte Lizzy um, nahm sie in seine Arme und sah ihr in die Augen. »Wenn sie mich haben will, heirate ich sie.«

Kelsey, die ihren Ohren nicht traute, starrte erst Griffin, dann Lizzy an.

Lizzy sah genauso verdattert aus. Mit offenem Mund starrte sie Griffin an und sagte: »Weißt du, was du da sagst?«

»Allerdings, Mädchen. Und jetzt frage ich dich: Willst du mich heiraten?«

»Es ist nicht besonders leicht, mit mir zu leben. Frag Kelsey. Ich wäre eine schreckliche Ehefrau. Ich bin verzogen und mag es nicht, wenn man mir vorschreibt, was ich tun muss.«

»Wir hätten ein ganzes Leben Zeit, um daran zu arbeiten.« Griffin beugte sich zu ihr und küsste sie. »Und wenn du mir nicht das Herz brechen willst, sagst du jetzt Ja.«

»Ja, ja, ja!« Lizzy hüpfte in seinen Armen auf und ab.

Griffin schwenkte sie herum und küsste sie wieder.

Kelsey sprang beiseite, um nicht von Lizzys Füßen getroffen zu werden. Als sie sah, wie die beiden sich küssten, stiegen ihr Tränen in die Augen.

Griffin hörte auf sie im Kreis herumzuwirbeln und ihr Kuss wurde leidenschaftlich. Lizzy vergrub ihre Finger in seinem Haar und er zog sie an sich und strich mit seinen Händen über ihren Rücken.

Plötzlich löste sich Lizzy von ihm und sah ihn erschrocken an. »Und was ist mit Edward? Er wird nie erlauben, dass wir heiraten.«

»Dann nichts wie ab nach Gretna Green!« Griffin schob

sein kantiges Kinn auf eine trotzige Art vor, die Kelsey gut kannte.

»Und wann?«, fragte Kelsey zögernd. Die Idee sagte ihr nicht besonders zu.

»Morgen nach der Feier. Ist das in Ordnung für dich?«, fragte er Lizzy lächelnd.

Sie nickte und hauchte einen Kuss auf seine Lippen.

»Ich werde versuchen, Edward abzulenken. Vielleicht vermisst er dich bis zum Morgen nicht«, sagte Kelsey, der man ihre Skepsis ansah.

»Klingt nach einem guten Plan. Wie können wir dir je danken?« Lizzy umarmte sie.

Kelsey lächelte. Das war der erste Beweis von Zuneigung, den sie bei Lizzy erlebte. Sie drückte sie fest an sich. »Ihr müsst mir nicht danken. Lasst euch bloß nicht von ihm erwischen, bevor ihr verheiratet seid. Ich bin sicher, er gewöhnt sich an die Vorstellung, wenn er vor vollendeten Tatsachen steht. Los, komm jetzt, Griffin, ich bringe dich raus.« Kelsey nahm die Kerze und ging vor, um Griffin noch ein paar Augenblicke mit Lizzy zu geben.

Kurz darauf hörte sie seine Schritte hinter sich und wartete am Fuß der Treppe auf ihn. Er grinste, als hätte er gerade in ein Apfeltörtchen gebissen.

»Ich freue mich für dich, Griffin.«

»Danke. Ich werde nie vergessen, was du für uns tust.« Griffin legte einen Arm um ihre Schulter.

»Du würdest dasselbe für mich tun.«

»Du kommst uns doch besuchen, oder?«

»Versuch nur, mich davon abzuhalten.« Kelsey lächelte ihn an. Dann gingen sie in einträchtigem Schweigen zum Dienstboteneingang.

Als sie bei der Tür waren, wünschte Kelsey ihm Gute Nacht und beobachtete, wie er über den Rasen lief. Sein hellblondes Haar schimmerte im Mondlicht wie Gold. Bei dem Gedanken, was vor Griffin und Lizzy lag, drehte sich ihr der Magen um, und wenn sie an die Rolle dachte, die sie bei diesem Täuschungsmanöver spielen sollte, wurde ihr noch elender zumute. Sie hoffte, Edward würde es ihr nicht allzu übel nehmen, wenn sie ihm erst einmal klar gemacht hatte, wie gut die beiden zueinander passten.

Mit sorgenvoll gefurchter Stirn drehte sie sich um und ging in Edwards Schlafzimmer zurück.

Vor der Tür blieb sie stehen und blies die Kerze aus. Die Tür knarrte beim Öffnen. Kelsey biss sich auf die Lippe, als sie sie schloss, und huschte auf Zehenspitzen zum Bett. Behutsam stellte sie den Kerzenhalter auf den Nachttisch, zog Morgenmantel und Nachthemd aus und schlüpfte unter die Decke.

»Wo warst du?«

Kelsey zuckte zusammen. Sie presste eine Hand an ihr Herz und wartete, dass es nicht mehr so heftig schlug, bevor sie antwortete. »Jag mir bitte nie wieder einen solchen Schrecken ein.«

»Sagst du mir, wo du warst?«, fragte er ungeduldig.

Sie konnte sein Gesicht im Dunkeln nicht erkennen, war aber sicher, dass er sie finster anstarrte. »Ich … ich hatte Hunger und bin in die Küche gegangen, um etwas zu essen zu suchen. Wie du weißt, habe ich nicht besonders viel von meinem Dinner gegessen.«

Sie rutschte näher zu ihm. Als ihre nackten Körper sich berührten, prickelte ihre Haut von oben bis unten und ein vertrautes Verlangen breitete sich in ihrem ganzen Körper aus. Sie legte ihren Kopf an seine Brust und fuhr mit den Fingern über die feinen dunklen Haare. »Wir wollen jetzt doch nicht streiten, oder?«

»Verlass nie wieder mein Bett, ohne mir zu sagen, wo du hingehst.« Er schlang seine Arme um sie und hob sie auf sich.

»Hast du mich vermisst?«

»Ich habe deinen süßen Körper vermisst, als ich die Hände nach dir ausstreckte und du nicht mehr neben mir warst.« Er vergrub seine Finger in ihrem Haar und zog ihre Lippen an seine.

Dann schob er sie auf sein hartes Glied und drang in sie ein. Das Gerede über Essen hatte sie daran erinnert, dass sie tatsächlich hungrig war, und als ihr leerer Magen knurrte, hoffte sie, dass Edward es nicht hörte. Aber alle Gedanken an Essen verschwanden, als er sich langsam in ihr zu bewegen begann.

Am nächsten Tag mischte Kelsey die Farben für die Wand und fing an, einen Abschnitt zu malen. Edward war den ganzen Tag sehr aufmerksam ihr gegenüber. Einige Male kam er in den Ballsaal und setzte sich auf die Fensterbank, um ihr bei der Arbeit zuzuschauen. Einmal ertappte sie ihn dabei, wie er sie mit einem so besitzergreifenden Funkeln in den Augen fixierte, dass sie überzeugt war, er würde ihr gleich einen Heiratsantrag machen. Sie konnte sich in seiner Gegenwart kaum auf ihre Arbeit konzentrieren, da sie wusste, dass sie gegen seinen ausdrücklichen Wunsch handelte, wenn sie Lizzy und Griffin half, nach Gretna Green durchzubrennen. Nachdem ihr ein paar Mal der Pinsel aus der Hand gefallen war, schickte sie Edward weg, um in Ruhe weitermachen zu können.

Eine Stunde später kam Watkins in den Ballsaal gestürmt. Seine sonst so unerschütterliche Fassade schien drauf und dran, aus den Fugen zu geraten. »Miss Kelsey, haben Sie Miss Lizzy gesehen? Ich muss sie unbedingt finden, jetzt gleich.«

»Was ist denn los, Watkins?« Kelsey legte Pinsel und Palette auf das Gerüst.

»Lady Shellborn ist soeben eingetroffen und Seine Gnaden wünscht seine Schwester zu sehen.«

»Lady Shellborn?«, wiederholte Kelsey ratlos.

»Die Dame, die Seiner Gnaden zugesichert hat, Lady Elizabeth während der Saison unter ihre Fittiche zu nehmen.«

»Ach so, ich verstehe.« Kelsey fragte sich, ob Lizzy und Griffin beschlossen hatten, früher als erwartet durchzubrennen. Als sie Watkins' sorgenvolle Miene sah, sagte sie: »Haben Sie im Garten nachgesehen? Vielleicht führt sie Finly aus.«

»Dort haben wir bereits gesucht, Miss Kelsey.«

»Und im Turmzimmer?«

»Ja, Miss. Dort schaue ich immer zuerst nach.«

Kelsey, die Lizzy insgeheim verwünschte, weil sie, ohne ein Wort zu sagen, auf und davon war, zuckte die Achseln. »Dann weiß ich es auch nicht, Watkins. Soll ich Ihnen bei der Suche helfen?«

»Nein, nein, Miss Kelsey, aber vielleicht könnten Sie mit Lady Shellborn sprechen, während ich versuche, Lady Elizabeth zu finden. Der Herzog ist zu böse auf seine Schwester, um sein übliches liebenswürdiges Selbst zu sein.«

»Liebenswürdig?« Kelsey zog ungläubig die Augenbrauen hoch und lächelte dann. »Na schön, dann kümmere ich mich eben um die gute Dame, bis Lizzy gefunden ist.« Kelsey dachte wieder an Lizzy und Griffin und biss sich auf die Unterlippe, während sie ein Bein über das Gerüst schwang und hinunterkletterte.

Edward lief im Salon hin und her. Lady Shellborn, die ihm mit Blicken folgte, betrachtete ihn mit einem belustigten Zwinkern in ihren blassgrauen Augen. Sie strich über ihr stahlgraues Haar, das zu einem festen Knoten geschlungen war, eine Geste, die sie oft machte, wenn sie versuchte, verärgert zu wirken.

Um ein bisschen Öl ins Feuer zu gießen – sie mochte Feuer –, sagte sie: »Ich habe einiges über das Mädchen gehört und ich bin gar nicht erfreut, Edward. Ich bin es nicht gewöhnt, dass man mich warten lässt – schon gar nicht von jungen Dingern – , und es gefällt mir nicht.« Sie schürzte die Lippen, so dass sich ihre dünne, von Falten durchzogene Haut über den markanten Backenknochen spannte. »Ich tue das nur, weil deine Mutter eine besonders gute Freundin von mir war. Ein Segen, dass die arme Frau tot ist. Wenn sie erlebt hätte, was aus ihrer Tochter geworden –«

In diesem Moment betrat eine junge Frau den Salon. Lady Shellborn zuckte zusammen und verstummte. Dann musterte sie den mit Farben beschmierten Kittel und die Hose, den roten Fleck auf ihrer Wange und die riesigen grünen Augen, die ihren Blick unerschrocken erwiderten. »Die Räume der Dienerschaft sind im hinteren Teil des Hauses, Mädchen«, hörte sie sich sagen.

»Ich bin kein Dienstbote, Madam«, sagte Kelsey mit einem verächtlichen Lächeln.

Edward war stehen geblieben. Er betrachtete Kelsey länger, als schicklich war, bevor er sagte: »Das ist Miss Vallarreal. Sie malt den Ballsaal aus. Miss Vallarreal, das ist Lady Shellborn.«

Lady Shellborn beobachtete, wie das Mädchen einen etwas steifen Knicks machte, und sagte: »Nun, wissen Sie, wo Lady Elizabeth ist?«

»Leider nein.« Wieder dieser unverwandte Blick, als ob das Mädchen ihr irgendetwas zu verstehen geben wollte.

Lady Shellborns Interesse war geweckt. »Edward, lass uns bitte einen Moment allein.«

Edward warf Miss Vallarreal einen Blick zu, bevor er ging. »Setzen Sie sich, Kind.« Lady Shellborn winkte sie auf den Sessel, der ihrem gegenüber stand. Sie wollte jede Nuancierung auf dem Gesicht der jungen Frau sehen, wenn sie mit ihr sprach. »Nun, da Sie sitzen, können Sie mir erzählen, was Sie über Lady Elizabeths Verschwinden wissen.«

Kelsey zögerte nur einen Moment. »Ich weiß, dass sie in jemanden verliebt ist«, sagte sie dann.

Lady Shellborn, die mit einer so aufrichtigen Antwort nicht gerechnet hatte, sperrte den Mund auf, um ihn gleich darauf wieder zu schließen.

Kelsey fuhr fort: »Verzeihen Sie, Madam, aber ich halte es für absurd, dass Lord Salford Lizzy nach London schicken will, wenn sie bereits jemanden gefunden hat, der so gut zu ihr passt. Ich habe versucht, ihm das zu erklären, aber er will nicht auf mich hören. Wir können wirklich nichts dafür, in wen wir uns verlieben, nicht wahr? Auch wenn Griffin ein Bauer ist, er hat ein gutes Herz, und er liebt Lizzy. Und Lizzy braucht es, geliebt zu werden ...« Kelsey verstummte.

Lady Shellborn schürzte die Lippen, rückte ihren Turban

zurecht und sagte: »Ich gebe Ihnen Recht, Kind. Ich kenne die Tante, die Lizzy großgezogen hat – eine boshafte Hexe. Ich hatte nie viel für sie übrig, aber trotzdem wäre es Lizzys Ruin, wenn sie diesen Niemand von Landmann heiratet. Es geht einfach nicht.«

»Das hängt davon ab, wie man es sieht, Lady Shellborn. Lizzy ist es gleich, was die gute Gesellschaft von ihr denkt, und sie hat nicht den Wunsch, sich in diesen Kreisen zu bewegen. Warum darf sie nicht glücklich sein? Die so genannte gute Gesellschaft hat meine Mutter verstoßen, als sie meinen Vater heiratete, aber das hat sie nicht daran hindern können. Nein, meine Mutter wusste, dass sie ihn liebt, und sie hat ihn geheiratet. Und ich glaube, sie hat es nie bereut.«

Lady Shellborn wusste alles über Kelseys Mutter. Kelseys bedauernswerte Großmutter hatte hysterische Anfälle bekommen, als sie erfuhr, dass ihre Tochter mit einem Künstler durchgebrannt war, und sie dann enterbt. Sie starrte Kelsey einen Moment lang an, bevor sie sagte: »Ich bin nicht romantisch, aber ich weiß, was für ein Satansbraten Lady Elizabeth sein kann. Daher neige ich dazu, Ihnen zuzustimmen – aber wohlgemerkt, wenn das je bekannt wird, werde ich die Verantwortung voll und ganz Ihnen zuschieben.«

»Oh, ich bin ja so froh, dass Sie so denken!« Kelsey sprang auf. Bevor Lady Shellborn sie daran hindern konnte, fiel sie ihr um den Hals.

Lady Shellborn lächelte leicht und tätschelte Kelseys Rücken, »Na, na, schon gut.« Kelsey trat zurück. Lady Shellborn nahm ihre Hand. »Sie lieben Edward, nicht wahr?«

»Sie sind wirklich sehr scharfsinnig, stimmt's?« Kelsey lächelte sie an.

»Nur weil ich in vorgerücktem Alter bin, Kind, bin ich noch lange nicht blind. Ich habe bemerkt, wie er Sie angesehen hat.« Kelseys Lächeln vertiefte sich. Sie war wirklich ein einnehmendes kleines Ding und noch dazu bildhübsch. »Es wäre das Beste, was Edward passieren könnte. Geben Sie nicht auf, Kind, Sie werden ihn kriegen. Er sieht ganz danach aus, als würde er demnächst die Waffen strecken.«

»Glauben Sie wirklich?« Kelseys Augen leuchteten auf.

»Allerdings. Ich war genauso sicher, dass Napoleon uns angreifen würde, wie ich es in dieser Sache bin.« Lady Shellborn ertappte sich dabei, dass sie grinste, etwas, das sie sich nur selten erlaubte. Dann erhob sie sich mit Hilfe ihres Stocks und Kelseys Arm. »Sie können Lizzy sagen, dass sie aus ihrem Versteck kommen kann. Der Dragoner fährt jetzt nach London zurück. Sagen Sie ihr, dass ich ihr alles Gute wünsche.«

»Danke, Lady Shellborn.« Kelsey beugte sich vor und gab ihr einen Kuss auf die Wange.

Lady Shellborn errötete und sah Kelsey kopfschüttelnd an. »Jammerschade, dass ich nicht Ihr Debüt lancieren kann. Sämtliche Stutzer der Stadt würden Ihnen aus der Hand fressen. Noch etwas: Ich erwarte eine Einladung zur Hochzeit, wenn er die Frage abfeuert, Kind.«

»Die bekommen Sie.« Kelsey begleitete die alte Dame zu ihrer Kutsche, einer behäbigen Berline, die von vier schmucken kastanienbraunen Pferden mit weißen Fesseln gezogen wurde. Zwei der vier Vorreiter sprangen herunter, und Kelsey vertraute ihnen Lady Shellborn an.

Sie halfen der Dame in die Kutsche, aber es schien ihr nicht schnell genug zu gehen, denn sie bohrte einem der Männer ihren Stock in den Rücken. »Feathers, machen Sie die verdammte Tür schneller auf. Ich bin nicht so alt, dass ich mich nicht mehr bewegen kann.«

»Gewiss, Ma'am.« Er warf ihr einen säuerlichen Blick zu und verdrehte die Augen in Kelseys Richtung

Sie unterdrückte ein Lachen.

Lady Shellborn nickte ihr zum Abschied zu, stieß dann mit ihrem Stock an das Dach der Kutsche und blaffte: »Wann geht es endlich los?«

Kelsey sah dem Wagen nach. Sie wollte sich gerade umdrehen, als Edward zu ihr trat. »Was zum Teufel hast du gemacht? Wo fährt Lady Shellborn hin?«

»Zurück nach London.«

»Bilde dir nur nicht ein, dass deine Einmischung irgendetwas bewirken wird, Kelsey. Lizzy wird eine Saison in London verbringen, und wenn ich jemanden dafür bezahlen muss, um sie in die Gesellschaft einzuführen.« Er machte auf dem Absatz kehrt und marschierte mit steifen Schritten wütend zum Haus zurück.

Kelsey sagte nichts. Sie wusste, dass es ihn nur noch mehr verärgern würde. Er würde sich damit abfinden, dass Lizzy und Griffin ein Paar wurden. Er musste es tun. Oder?

Kelsey hörte früh mit der Arbeit auf, um sich für Mr. McGregors Fest fertig zu machen. Sie trug ein cremefarbenes Seidenkleid mit kurzen Puffärmeln und tief ausgeschnittenem Mieder, das mit winzigen aquamarinblauen Rosetten besetzt war. Eine Schärpe in derselben Farbe schlang sich um ihre schmale Taille. Der Saum des Kleids war ebenfalls mit Rosetten besetzt. Ein Kaschmirschal, der farblich auf den Volant des Kleids abgestimmt war, lag auf ihren bloßen Armen. Mary hatte an ihrem Haar wieder wahre Wunder gewirkt, indem sie es zu einem lockeren, duftigen Knoten schlang und einzelne Locken lose um ihr Gesicht und auf ihre Schultern fallen ließ. Kelsey hoffte, verführerisch genug auszusehen, um Edward zu der Feier zu locken. Sie wusste, dass er ihr immer noch wegen Lady Shellborn grollte, hoffte aber, ihr Aussehen würde das ändern.

Sie dachte immer noch an ihn, als sie die Stufen hinunterging, und sah ihn dann am Fuß der Treppe stehen, die Arme vor der Brust gekreuzt, die breite Schulter an das Geländer gelehnt. Anscheinend wartete er auf sie. Als er sie bemerkte, verschlang er sie mit Blicken.

Auf der letzten Stufe blieb sie vor ihm stehen, Auge in Auge mit ihm. Die Höhe gab ihr ein wenig mehr Selbstvertrauen und das klang auch in ihrer Stimme durch. »So ein Gefühl ist es also, groß zu sein.«

»Was glaubst du, wo du in dieser Aufmachung hingehst?«

»Ich sage es dir, wenn du mich nicht mehr so böse anschaust.« Sie legte ihre Arme um seinen Hals, schmiegte sich an seine Brust und küsste ihn. Wenn etwas seine finstere Miene verscheuchen konnte, dann ein Kuss, das wusste sie.

Seine Arme schlangen sich um sie, und er presste sie an sich, während er ihren Kuss leidenschaftlich erwiderte. Sie schmolz dahin, verlor sich in der Stärke seiner Arme und der Süße seines berauschenden Kusses. Nach einem Moment hob er den Kopf und starrte sie hungrig an. »Vielleicht sollte ich dich wieder nach oben bringen.«

»O nein!« Sie stieß ihn an die Brust. »Ich gehe zu Mr. McGregors Party, und ich will nicht zu spät kommen.«

Er ließ die Arme sinken und trat zurück. »Du gehst nicht ohne Begleitung.«

»Aber sicher.« Sie nahm die letzte Stufe und drehte sich noch einmal zu ihm um. Durch seine überlegene Größe war er eindeutig wieder im Vorteil. Aber sie ließ sich davon nicht beirren und sagte: »Es handelt sich nicht um einen Ballsaal in London und ich bin keine Dame, die an die Regeln von Anstand und Etikette gebunden ist. Ich bin nur die Tochter eines einfachen Malers. Für mich ist es völlig in Ordnung, allein auf diese Party zu gehen.« Sie sah, dass Edwards Miene sich noch mehr verfinsterte, und fragte: »Was liegt dir jetzt schon wieder im Magen? Wenn du ständig so ein Gesicht machst, bleibt es irgendwann so.«

»Du liegst mir im Magen! Ich kann dich nicht allein gehen lassen.« Nachdem er sich so heftig mit einer Hand durch die Haare gefahren war, dass er sie beinahe ausgerissen hätte, gab er nach und sagte: »Ich begleite dich.«

»Wenn du darauf bestehst.« Sie reckte sich auf die Zehenspitzen und gab ihm einen schnellen Kuss auf die Wange, aber seine Lippen reagierten seltsamerweise nicht. Er wirkte geistesabwesend.

»Ich bin gleich fertig.« Er nahm zwei Stufen auf einmal, als er nach oben lief.

Stirnrunzelnd sah sie ihm nach. Würde sie ihn jemals verstehen? Einen Moment war er wie Feuer und im nächsten wie Eis. Es war die kalte, abweisende Seite an ihm, die ihr Angst machte.

»Psst!«

Als Kelsey herumfuhr, sah sie Lizzy neben der Treppe stehen. Sie trat aus dem Halbdunkel hervor.

»Lizzy, wo warst du?«, wisperte Kelsey.

»Ich habe mich versteckt, um nicht mit dieser grässlichen Lady Shellborn reden zu müssen.«

»Sie ist gar nicht so schlimm, wie du glaubst. Sie findet, du solltest Griffin heiraten, wenn du ihn liebst.« Lizzy war so entgeistert, dass es ihr einen Moment lang die Sprache verschlug, deshalb fragte Kelsey: »Warum flüstern wir eigentlich?«

»Ich will nicht, dass Edward mich sieht. Ich gehe nicht zu der Party. Das wird ihn misstrauisch machen, und das will ich nicht. Würdest du Griffin bitte diese Nachricht geben?« Lizzy reichte ihr ein zusammengefaltetes Stück Papier.

»Ja, natürlich.« Kelsey steckte den Zettel in ihr Retikül.

Sie hörte Edward die Treppe hinunterkommen und sah rasch zu Lizzy, aber Lizzy war nicht mehr zu sehen. Sie hatte die seltsame Begabung, sich in Luft aufzulösen.

»Gehen wir?« Edward bot ihr seinen Arm.

»Ja.« Sie hängte sich bei ihm ein und schenkte ihm ein zittriges Lächeln.

Die Party war in vollem Gange, als Edward und Kelsey in dem offenen Zweispänner vorfuhren. Der Geruch von gegrilltem Spanferkel lag in der warmen Nachtluft. Leuchtende Laternen schmückten das kleine Haus, und Männer scharten sich um die Grube, wo ein ganzes Schwein am Spieß geröstet wurde. Jemand spielte auf der Fiedel, und Paare tanzten zu der Musik. Das ganze Dorf schien gekommen zu sein. Edward fragte sich, ob es klug gewesen war, sich von Kelsey überreden zu lassen, sie zu begleiten.

Kelsey beugte sich vor und tätschelte seine Hand. »Lass uns gehen, ja? Es wird dir Spaß machen, das verspreche ich dir.«

»Gib keine Versprechen, die du nicht halten kannst«, sagte Edward, während er hinuntersprang und ihr beim Aussteigen half.

Der Jüngste der McGregor-Söhne kam zu ihnen gelaufen. »Euer Gnaden! Sie erinnern sich bestimmt nicht an mich, aber ich bin Jacob.« Jacobs rote Locken hüpften, als er sich kurz verbeugte. Dann klopfte er Kelsey auf die Schulter. »Da bist du ja. Griffin wartet schon den ganzen Abend auf dich.«

Edward spürte, wie sich jeder Muskel in seinem Körper anspannte, als Griffins Name fiel.

»Ich kümmere mich um Ihr Gespann, gut, Euer Gnaden?«

Edward nickte. »Ja.«

»Komm.« Kelsey schob ihren Arm in seinen und zog ihn weiter.

Köpfe wandten sich in ihre Richtung, als sie mitten unter die Leute schlenderten. Die Musik verstummte. Alle starrten ihn an, als wäre er ein Geist, der aus dem Grab gestiegen war. Er spürte, wie sich ihre Augen in sein Gesicht bohrten, und wich unwillkürlich einen Schritt zurück, aber Kelseys Griff um seinen Arm wurde fester.

»Alles in Ordnung«, wisperte sie.

Er starrte in ihre Augen, die so warm, so tröstlich waren, und ließ sich von ihr weiterführen.

Alroy hatte den Spieß gedreht, aber als er sie sah, kam er zu ihnen gelaufen. »Da sind Sie ja, Euer Gnaden. Wir dachten, Sie würden nicht kommen. Schön, Sie zu sehen. Fühlen Sie sich wie zu Hause. Kelsey, Griffin muss irgendwo hier sein. Vielleicht hilft er seiner Ma beim Servieren.«

»Ich finde ihn schon.«

Alroy McGregor drehte sich zu den gaffenden Leuten um. »Was ist los, ist das hier ein Freudenfest oder nicht? Los, Bones, spiel weiter auf deiner Fiedel.«

Der Geigenspieler war ein dünner Mann mit grauen Haaren und langem Bart. Edward warf ihm einen scharfen Blick zu. Bones sah auf sein Instrument hinunter, nahm es auf und spielte weiter. Die Paare, die wie erstarrt gestanden hatten, kamen wieder in Bewegung und tanzten. Aber er konnte ihre Blicke immer noch spüren. Der schreckliche Moment, den er so gefürchtet hatte, war vorüber; sie hatten sein abschreckendes Gesicht gesehen. Trotzdem wäre er am liebsten wieder gegangen.

»Kommen Sie, Euer Gnaden, kommen Sie her, dann können wir uns unterhalten, während ich das Schwein röste. Dauert nicht mehr lang bis zum Essen.«

»Ich werde mal schauen, ob ich Mrs. McGregor in der Küche helfen kann«, sagte Kelsey und zog sanft ihre Hand aus seiner Armbeuge.

Edward versetzte es einen scharfen Stich, als sie ihn verließ. Sehnsüchtig schaute er ihr nach.

»Hierher, Euer Gnaden.« Alroy zeigte mit einer Hand auf den Bratspieß.

Edward folgte seinem Gastgeber.

»Einen schönen Abend haben wir für unsere Feier. Und dafür haben wir Ihnen zu danken, Euer Gnaden. Sie haben so viel für meine Familie und mich getan. Ich glaube nicht, dass wir Ihnen das je vergelten können.« Alroy ging zu einem Fass Ale, zapfte einen Humpen voll und reichte ihn

Edward. »Bitte sehr, Euer Gnaden. Hoffentlich mögen Sie Ale.«

»Ist schon in Ordnung.« Edward nahm den angebotenen Humpen an.

»Ich würde gern mit Ihnen über den Boden reden. Ich will die Steine entfernen lassen und diesen Herbst Getreide ansäen ...«

Edward achtete kaum noch auf McGregors einseitige Konversation, als er sich umdrehte und Griffin durch die Tür kommen sah, durch die Kelsey gerade ins Haus gehen wollte. Sie unterhielten sich kurz. Kelsey drückte ihm ein Stück Papier in die Hand und schlüpfte dann ins Haus.

Letzte Nacht, als er Kelsey dabei ertappt hatte, wie sie heimlich ins Bett zurückkehrte, hatte er sich gefragt, wo sie gewesen sein mochte. Das Märchen, dass sie etwas zu essen gesucht hätte, nahm er ihr nicht ab, denn er hatte gehört, wie ihr der Magen knurrte. Was führte sie im Schilde? Was sie McGregor auch zu sagen haben mochte, konnte sie ihm jetzt sagen. Er überlegte, ob Kelsey vielleicht die Vermittlerin spielte und Lizzys Botschaften an Griffin weitergab.

Er wartete, bis Griffin in die Scheune ging, und wandte sich dann zu Alroy um. »Wenn Sie mich kurz entschuldigen würden.«

»Sicher, Euer ...«

Edward wartete Alroys Antwort nicht ab, sondern marschierte zielstrebig zur Scheune. Drinnen fand er Griffin dabei vor, wie er im Licht einer Laterne einen Brief las. Griffin blickte auf und stopfte den Brief hastig in seine Tasche.

»Ich wusste nicht, dass Sie da sind«, sagte Griffin, ohne den Verdruss in seiner Stimme zu verbergen.

»Ich kann mir denken, dass Sie mich nicht erwartet haben«, sagte Edward mit gesenkter Stimme und blieb stehen. Er wusste, wenn er noch näher zu Griffin ging, würde er die Beherrschung verlieren. »Ich habe gesehen, wie Kelsey Ihnen eine Nachricht übergeben hat. Was steht drin?«

»Nichts, was Sie etwas anginge«, sagte Griffin schroff.

»Ich glaube, ich weiß, was auf dem Zettel steht, und was ich Ihnen jetzt zu sagen habe, sage ich nur einmal. Halten Sie sich von Lizzy fern.«

»Ich denke, diese Entscheidung muss sie treffen.« Griffin spreizte die Beine und verschränkte die Arme vor seinem mächtigen Brustkorb.

»Nein. Als Lizzys Vormund verlange ich von Ihnen, sich von ihr fern zu halten. Ich kenne Ihren Typ, McGregor, und wenn Sie Lizzy auch nur anrühren, werde ich dafür sorgen, dass es Ihnen Leid tut.«

»Na, Sie haben's nötig! Sie kennen meinen Typ überhaupt nicht. Ich bin nicht wie Sie. Ich ruiniere unschuldige Mädchen nicht einfach zum Vergnügen. Ich habe versucht, Kelsey vor Ihnen zu warnen, aber leider kam ich ein bisschen zu spät. Sie hatten sie schon rumgekriegt. Es gibt einen Unterschied zwischen Ihnen und mir: Wenn *ich* Kelseys Unschuld auf dem Gewissen hätte, wäre ich schon mit ihr verheiratet.« Er grinste spöttisch. »Haben Sie vor, sie zu heiraten? Wenn ja, muss Kelsey es geheim halten, weil sie es mit keinem Wort erwähnt hat.«

»Das geht nur Kelsey und mich an.«

»Vielleicht kommt noch eine dritte Partei dazu, falls Sie ihr ein Kind angehängt haben.« Das spöttische Grinsen verblasste und Griffins blonde Augenbrauen zogen sich finster zusammen.

»Ich werde für sie sorgen.« Edward spürte, wie sein dünner Geduldsfaden allmählich riss.

»Sicher, Sie haben viel Geld und Ihr großes Schloss auf dem Hügel. Sie können sie abschieben, wenn ein anderes Vögelchen Ihr Interesse weckt, aber Kelsey hat ihren Stolz. Sie wird weder Ihre Mätresse werden noch Almosen von Ihnen annehmen. Und ich sage Ihnen noch etwas: Machen Sie ihr klar, welche Absichten Sie haben. Sie glaubt nämlich, dass Sie sie lieben – in dem Punkt ist sie eigensinnig. Ich habe versucht, ihr klarzumachen, dass Sie sich kein bisschen verändert haben, seit Sie etwas mit Kelseys Schlampe von Stiefmutter hatten, aber sie wollte nicht auf mich hören. Sie ist felsenfest überzeugt, dass Sie sie heiraten werden.«

»Wie gesagt, das ist unsere Sache.«

»Mag sein, aber ich will nicht, dass Kelsey leidet.«

»Kelsey geht Sie nichts an, und dasselbe gilt für Lizzy. Und ich warne Sie: Lassen Sie die beiden in Ruhe.«

»Das kann ich nicht.« Griffin machte ein überlegenes Gesicht. »Ich habe vor, Lizzy zu heiraten, Schauen Sie nicht so überrascht. Ich bin nicht der Typ Mann, für den Sie mich halten.«

»Dazu gebe ich niemals meine Einwilligung. Lieber schicke ich sie zu ihrem eigenen Besten ins Ausland, bevor ich zulasse, dass Sie Lizzy heiraten.«

»Zu ihrem eigenen Besten! Was zum Teufel wissen Sie schon davon?« Griffin verlor die Beherrschung. Seine Augen sprühten Funken vor Zorn »Sie wird meine Frau!«

»Niemals!«

»Und ob, verdammt! Sie können uns nicht aufhalten!«

Griffin stürzte sich auf ihn.

17

Alroy stürzte in dem Moment in die Scheune, als Griffin auf Edward losging. »He!«, rief er. »Sofort aufhören!«

Dass er größer als die beiden Kampfhähne war, verschaffte ihm einen Vorteil. Mühelos drängte er Griffin mit einem Arm ab und sprang zwischen die beiden.

Er starrte seinen Sohn erzürnt an. »Was machst du denn da, Griffin? Hast du den Verstand verloren?«

»Ich wollte nur etwas mit Seiner Hochwohlgeboren klären.« Griffin wischte sich mit dem Handrücken Blut von seiner Lippe.

»Das ist nicht der richtige Weg.« Alroy schlug einen Ton an, der seinem Sohn wohl bekannt war, und Griffin wandte den Blick ab.

»Ihr Vater hat Recht«, sagte Edward atemlos und ließ die geballten Fäuste sinken.

»Könnte ich vielleicht erfahren, worum es eigentlich geht?«

Als keiner der beiden antwortete, sagte Alroy: »Aha. Das hab ich mir gedacht. Ihr habt Streit wegen Kelsey.«

»Es geht nicht um Kelsey, Pa. Es geht um seine Schwester.«

»Seine Schwester?«, wiederholte Alroy ratlos. Irgendetwas schien er verpasst zu haben. Er hatte den Eindruck gehabt, Lady Elizabeth könnte es kaum ertragen, sich in einem Raum mit Griffin aufzuhalten, aber andererseits hatte er die jungen Leute nie verstanden.

»Ihr Sohn hat Absichten auf meine Schwester. Ich will ihn nicht in ihrer Nähe sehen. Lizzy ist viel zu jung, um zu wissen, was sie will.«

Griffins Gesicht lief knallrot an, so viel Anstrengung kostete es ihn, nicht zu explodieren. Alroy sah seinen Sohn streng an. »Ist das wahr, Griffin? Hast du seine Schwester ohne sein Wissen oder seine Zustimmung gesehen?«

»Ja, Pa, aber –«

»Kein Aber, Griffin! Ich schäme mich für dich, jawohl! Dieser Mann hier gibt mir Arbeit und zahlt mir genug, dass wir uns Dienstboten leisten können. Er gibt mir sogar ein neues Haus, in dem wir leben können, und du dankst es ihm, indem du dich wie ein gewissenloser Lump benimmst. Was habe ich bei deiner Erziehung nur falsch gemacht? Du als der Älteste solltest deinen Brüdern ein Beispiel geben. Geh mir aus den Augen!«

Griffin schlurfte an Alroy vorbei, Schmerz und Wut in seinen tiefblauen Augen. Alroy fühlte, wie die Kluft zwischen ihnen mit jedem Schritt, den sein Sohn machte, größer wurde. Er sah ihm nach, bis er aus der Scheune verschwunden war, und wusste, dass die enge Beziehung, die er und sein ältester Sohn zueinander gehabt hatten, nach diesem Auftritt nie wieder wie früher sein würde. Ein dicker Kloß stieg ihm in die Kehle.

»Das hier fällt nicht im Geringsten auf Sie zurück, und ich mache Sie auch nicht für sein Verhalten verantwortlich. Mein Angebot gilt nach wie vor«, sagte Edward.

»Ich danke Ihnen für Ihre Güte, Euer Gnaden. Ich sorge

dafür, dass der Junge Ihre Schwester nicht mehr sieht, selbst wenn ich ihn an einen Pfahl binden muss.«

Edward nickte und verließ die Scheune. Alroy starrte auf Lord Salfords steifen Rücken und fragte sich, ob er das Versprechen halten konnte, das er gerade gegeben hatte. Er wusste, dass er Griffin nie davon überzeugen würde, dass Lady Elizabeth himmelhoch über ihm stand und dass er ein elendes Leben führen würde, wenn er sich an ein so verzogenes Balg wie sie band. Wenn Griffin sich einmal etwas in den Kopf setzte, musste man wie an einer hartnäckigen Wurzel ziehen, um es wieder herauszubekommen. Er würde mit Griffin reden, aber er wusste, dass Griffin letzten Endes doch tun würde, was er wollte. Warum konnten nicht alle Kinder im Alter von vierzig Jahren auf die Welt kommen? Alroy seufzte und ging hinaus.

Kelsey ging nach draußen, um Edward zu suchen. Sie machte sich Sorgen, ob er damit zurechtkam, sich ganz allein den Dorfbewohnern zu stellen. Sie überflog die Menge, konnte ihn aber nicht entdecken, und sah gerade zur Scheune, als Griffin herauskam. Er marschierte zielstrebig auf ein Fass Ale zu. Sie machte gerade einen Schritt in seine Richtung, um ihn zu fragen, ob er Edward gesehen hätte, als Edward unvermittelt aus der Scheune kam, sein Gesicht eine Maske finsteren, schwelenden Zorns. Dann folgte mit grimmiger Miene Griffins Vater. Edward schien Griffin wegen Lizzy zur Rede gestellt zu haben, und es war nicht gut gelaufen.

Kelsey wollte gerade zu Edward gehen und versuchen, den Bruch zwischen ihm und Griffin zu kitten, als jemand sie am Arm fasste. Sie drehte sich um und sah in das höhnische Gesicht von Veronica Stevens, der Tochter des Vikars. Sie war eine junge Frau mit breitflächigem Gesicht und mausbraunem Haar, einem schmalen, grausamen Mund und flinken, scharfen Augen, denen nichts entging – schon gar nicht, wenn es sich um Männer handelte.

»Also, wenn das nicht die große Künstlerin persönlich ist. Und schau dir nur das feine neue Kleid an. Was hast du gemacht, um es zu kriegen?«

»Ich werde mich nicht auf dein Niveau begeben, indem ich diese Frage beantworte. Warum fliegst du nicht in deinen Käfig zurück?«, sagte Kelsey, bevor sie sich losriss und versuchte, an Veronica vorbeizugehen.

Veronica packte sie wieder und bohrte ihre Fingernägel tief in Kelseys Oberarm. »Man sagt, du wärst Salfords Hure, genauso, wie deine Stiefmutter es war.«

Kelsey biss die Zähne zusammen, fest entschlossen, sich nicht von Veronica provozieren zu lassen. Veronica, die von jeher eifersüchtig auf Kelseys enge Freundschaft mit Griffin gewesen war, hasste sie. Veronica war schon immer in Griffin verliebt gewesen und hatte sogar versucht, ihn mit dem Kind eines anderen in die Falle zu locken. Jetzt saß sie in einer lieblosen Ehe mit dem Kindsvater fest, einem Seemann, der vom Vikar zur Ehe gezwungen worden war. Kelsey fand, dass es eine angemessene Strafe dafür war, wie sie Griffin behandelt hatte.

»Was ist? Ignorierst du mich?

Kelsey schüttelte den Kopf. »Du bist wirklich zu bedauern.«

»Spar dir dein Mitleid, du Schlampe! Du bist es, über die alle lachen. Er hat schon eine Mätresse, musst du wissen.

Sie heißt Samantha. Sie betreibt das Freudenhaus, in das dein Vater so gern geht.«

»Glaubst du, das interessiert mich?« Kelsey versuchte, unbekümmert zu klingen, obwohl es in ihrem Inneren brodelte.

»Es wird dich schon noch interessieren, wenn er dich satt hat und wieder Samantha kommen lässt, obwohl sie mir wirklich Leid tut. Nachdem ich sein schauriges Gesicht gesehen habe, frage ich mich, wie er sie dazu überreden konnte, seine Geliebte zu werden. Sie ist nicht unattraktiv. Wie er dich rumgekriegt hat, ist wohl klar, dein Aussehen war ja nie der Rede wert ...«

Kelsey merkte nicht, dass Edward in der Nähe stand und ihnen zuhörte, bis er Veronica packte und zu sich herumdrehte.

Er schob sein Gesicht dicht vor ihres. »Ich schlage vor, Sie entschuldigen sich dafür, Miss Vallarreals Ehre beleidigt zu haben, oder ich könnte vergessen, dass ich ein Gentleman bin.«

»Ich ... ich ...« Veronica war einen Moment lang so erschrocken, dass sie kein Wort herausbrachte. »Tut mir Leid«, platzte sie schließlich heraus.

Edward ließ ihren Arm los. Veronica raffte ihre Röcke und floh. Er nahm Kelseys Arm und legte ihn auf seinen. »Gehen wir. Ich habe genug.«

»Ärgere dich nicht über ihre Bemerkungen. Sie hat mich schon immer gehasst, und sie hat das über dein Gesicht nur gesagt, um mich wütend zu machen.«

»Ich weiß, wie mein Gesicht aussieht. Hör bitte auf, diese Tatsache zu beschönigen, indem du mich wie ein Kind behandelst.«

Kelsey hätte ihn gern irgendwie getröstet, aber sein düsterer, gequälter Blick brachte sie zum Schweigen. Und Veronicas Worte taten immer noch weh. Was, wenn Edward nur ihren Körper benutzte? Sie wollte es nicht glauben. Sie konnte es nicht glauben.

Er sagte kein Wort mehr, weder auf dem Heimweg noch vor ihrer Schlafzimmertür, wo er sie verließ. Kelsey sah zu, wie er in sein Zimmer ging und die Tür zuknallte.

Tränen liefen über ihr Gesicht. Die kalte, gefühllose Seite in ihm gewann die Oberhand. Sie würde ihn verlieren. Mit ein paar boshaften Worten hatte Veronica ihm all das Selbstvertrauen genommen, dass sie, Kelsey, ihm in mühevoller Arbeit zurückgegeben hatte. Wenn sie nur zu dem Teil in ihm durchdringen könnte, von dem sie wusste, dass er sie liebte. Aber vielleicht liebte er sie ja gar nicht. Sie ging in ihr Zimmer, schloss die Tür und brach schluchzend auf dem Bett zusammen.

Kelsey schreckte aus dem Schlaf, als ihre Schlafzimmertür so heftig aufgestoßen wurde, dass sie mehrmals an die Wand knallte. Als sie die Augen aufriss, sah sie Edward auf sich zulaufen. Er packte sie bei den Schultern und schüttelte sie. »Du hast es gewusst, oder?«

»Gewusst? Was?«, stammelte Kelsey.

»Du hast gestern Abend gewusst, dass Lizzy und dein Freund weglaufen wollten. Darum ging es auch in dieser Nachricht. Wie konnte ich nur so dumm sein?« Er ließ sie abrupt los und wich vom Bett zurück, als bräuchte er die Distanz, um nicht die Beherrschung zu verlieren. Sein Gesicht war eine Maske mühsam beherrschter Wut.

»Bist du sicher, dass sie weg sind?«

»Ganz sicher. Alroy McGregor war heute Morgen hier, um Griffin zu suchen. Er sagte, er hätte nicht in seinem Bett geschlafen, und als ich in Lizzys Zimmer nachsah, stellte ich fest, dass ihre Sachen verschwunden waren. Sie sind irgendwann letzte Nacht aufgebrochen.«

»Ich hoffe, Sie sind inzwischen verheiratet«, sagte Kelsey unbedacht.

»Verdammt, Kelsey! Du hast gewusst, dass ich nicht einverstanden bin. Du hast gewusst, dass ich Lizzy für eine Saison nach London schicken wollte, aber du hast dich hinter meinem Rücken mit ihnen verbündet und sie ermutigt.« Er biss die Zähne zusammen, und seine Lippen wurden zu einem schmalen, zornigen Strich.

»Sie lieben sich.«

»Lizzy wird als Frau eines Bauern nie glücklich werden.«

»Doch. Sie liebt Griffin.«

Etwas von der Anspannung wich aus seiner Stimme »Romantische Fantastereien verblassen schnell, wenn sie mit den Tatsachen des Lebens konfrontiert werden.«

»Wie kannst du nur eine so furchtbare Einstellung haben?«, fragte Kelsey. Tränen stiegen ihr in die Augen. »Die Liebe ist stärker als du denkst.«

»Sie wird nie stark genug sein.« Er fixierte sie einen Moment lang scharf, als wären diese Worte direkt an sie gerichtet, drehte sich dann um und stürmte hinaus.

Ohne lange zu überlegen, schlug Kelsey die Decke zurück und schlüpfte hastig in ihre alten Hosen und ein Hemd. Sie wusste, dass er ihnen folgen und versuchen würde, die Heirat zu verhindern. Falls er auf Griffin traf, würden sie einander bestimmt umbringen, und das durfte sie nicht zulassen. Sie fühlte sich schrecklich, weil sie ihn belogen und Lizzy und Griffin geholfen hatte, aber keine zwei Menschen konnten besser zueinander passen. Das würde Edward irgendwann akzeptieren müssen.

Kelsey rannte zum Stall. Grayson, der Reitknecht, stand am Eingang und kratzte sich sein dunkles, lockiges Haar. Irgendetwas schien ihn zu bedrücken.

»Ist der Herzog da drin?«, erkundigte Kelsey sich nervös.

»Er ist weg, Miss. Losgeprescht wie der Teufel. Und er war übelster Laune. Er hat gesagt, wenn Sie kommen und nach ihm fragen, soll ich dafür sorgen, dass Sie hier bleiben.«

»Wir wissen beide, dass Sie das nicht können«, sagte Kelsey und musterte ihn streng. »Und wenn Sie mir jetzt noch zeigen würden, wie man ein Pferd sattelt, bin ich schon so gut wie weg.« Sie ging in den Stall, wo ihr der Geruch von frischem Heu und Pferd entgegenschlug. Der Gang zwischen den Boxen war breit genug, dass sie hindurchgehen konnte, ohne den Tieren zu nahe zu kommen. Große braune Augen folgten ihr.

»Welches von den Tieren ist sanftmütig?«, wollte sie wissen.

»Ich muss meine Befehle befolgen, Miss«, sagte Grayson entschuldigend, der ihr dicht auf den Fersen war.

Kelsey wirbelte zu ihm herum. »Wenn ich zu Fuß losziehe, wird der Herzog toben, wenn er erfährt, dass Sie mir kein Pferd zur Verfügung gestellt haben. Also, muss ich zu Fuß gehen oder zeigen Sie mir, wie man eine von den sanften Stuten sattelt?«

Grayson wirkte einen Moment lang unschlüssig, sagte dann aber: »Na gut, aber ich komme mit.«

»Sehr gut. Mein Orientierungssinn ist katastrophal. Sie könnten von Nutzen sein.«

»Wo soll's denn hingehen, Miss?«

»Nach Gretna Green.«

»Ganz schön weit, Miss.«

»Ich weiß, aber wir schaffen es schon. Und jetzt zu dem Pferd.« Kelsey musterte die großen Köpfe, die aus den Boxen lugten. Ein auffallend schönes schwarzes Pferd mit einer Blesse auf der Stirn schnaubte und kickte an den Verschlag. Das war schon mal aus dem Rennen.

»Tut mir Leid, wir haben hier keine sanfte Stute. Seine Gnaden hält nur Vollblüter, und zwar nur Hengste und Wallache.«

»Ich bin sicher, eines von ihnen wird gehen.« Kelsey spähte in eine Box und beäugte einen hübschen Braunen mit vier weißen Fesseln. Er starrte aus munteren, hellen Augen zurück. Sie beugte sich vor und tätschelte sein weiches Maul. Es schien ihm zu gefallen. »Wie wäre es mit dem hier?«

»Das ist Royal Reeger. Er ist lebhaft, aber wenn er hart geritten wird, kann man ihn zügeln.«

»Zügeln?« Alle Farbe wich aus Kelseys Gesicht.

»Ja, Miss.« Grayson sah sie neugierig an. »Sie können doch reiten?«

»Ich habe noch nie im Leben ein Pferd geritten – bis heute hat sich nie die Notwendigkeit ergeben.«

Grayson schüttelte den Kopf. »Mal sehen, was ich machen kann, um es Ihnen beizubringen. Sie müssen nur immer daran denken, dass Pferde ziemlich dumm sind und eine feste Hand brauchen.«

»Eine feste Hand...«, echote Kelsey und lächelte ihn

unsicher an, während sich ihr bei der Vorstellung, ein Pferd zu reiten, der Magen umdrehte. Es waren herrliche Geschöpfe, um sie aus der Ferne zu bewundern und zu malen, aber der Gedanke, auf einem zu sitzen, hatte ihr schon immer Angst gemacht. Allmählich fragte sie sich, ob sie nicht doch lieber zu Fuß gehen oder mit der Postkutsche fahren sollte.

Nachdem sie die Zügel öfter verloren hatte, als sie zählen konnte, mehrmals im Graben und zweimal mitten auf der Straße gelandet war, wobei sie beinahe von einer Kutsche überfahren worden wäre, fühlte sich Kelsey endlich auf Reegers Rücken gut aufgehoben. Aber dieses Gefühl war hart errungen. Es hatte zwei Tage ständigen Kampfs erfordert, es zu gewinnen. Ihr tat das Hinterteil weh, und sie fragte sich, ob ihre Zähne, die ständig aufeinander schlugen, noch alle intakt waren. Zu allem Überfluss goss es in Strömen, und sie war bis auf die Knochen durchgefroren. Sie hatte keine Zeit gehabt, für die Reise zu packen, und nur die Sachen bei sich, die sie am Leib trug. Als sie am Rand des Dorfes Brampton einen Gasthof fanden, wäre sie am liebsten auf die Knie gesunken, um die matschige Erde zu küssen, als sie abstieg.

Grayson nahm die Zügel. »Ich kümmere mich um die Pferde, Miss.«

»Ich besorge zwei Zimmer.« Kelsey rieb sich die Kehrseite, als sie sich in das kleine Gasthaus schleppte. Watkins, Gott segne ihn, war aus dem Schloss gerannt gekommen, als er sah, dass sie aufbrach, und hatte ihr für die Reise eine Börse mit Sovereigns in die Hand gedrückt. Ich muss unbedingt etwas Nettes für ihn tun, wenn ich wieder zurück bin, beschloss sie.

Sie betrat den Gasthof, schüttelte das Wasser ab, das von ihren Händen tropfte, und musterte den Eingangsbereich. Rechts von ihr befand sich eine Treppe; vor ihr stand ein kleiner Tisch. Da niemand dahinter saß, steckte Kelsey ihren Kopf in den Schankraum. Er war klein, mit schweren dunklen Balken an der Decke. Es gab nur drei Tische. Zwei von ihnen waren leer, aber Kelsey erstarrte, als ihr Blick auf den dritten fiel. Lizzy und Griffin saßen dort und aßen, mit gesenkten Köpfen und in ein leises Gespräch vertieft. Sie schienen ihren Blick zu spüren, denn beide drehten sich um und sahen zu ihr.

»Oh, hallo, Kelsey.« Griffin winkte sie zu sich, als hätte er sie erwartet. »Du siehst ja aus wie eine nasse Katze.«

»Danke, so wollte ich immer schon aussehen. Was macht ihr hier? Ich dachte, ihr seid in Gretna Green.«

»Wir waren schon dort und haben hier Rast gemacht, um aus dem Regen zu kommen.«

»Oh.« Kelsey ging zum Kamin und stellte sich mit dem Rücken vor das prasselnde Feuer. »Habt ihr ihn gesehen?«

»Nein«, sagte Lizzy. Sie schien für diese Gnadenfrist dankbar zu sein.

Der Wirt kam zur Tür herein und blieb stehen, um sie zu mustern. Er war ein untersetzter Mann mit habgierigen Augen und einem schmalen Mund. Er starrte auf ihre nassen, farbverschmierten Reithosen, kratzte sich dann an dem kahlen Fleck auf seinem Kopf und beäugte ihr langes, nasses Haar, das ihr an Brust und Armen klebte.

Er runzelte die Stirn und sagte verächtlich zu ihr: »Ihre Sorte wird hier nicht bedient.« Der Mann kam mit einer Miene auf sie zu, als hätte er vor, sie hinauszuschmeißen.

Griffin sprang auf und versperrte ihm den Weg. »Sie gehört zu uns. Sie ist meine Schwester.«

Der Mann machte ein ungläubiges Gesicht und starrte Kelsey wieder an.

»Keine Sorge, ich kann zahlen. Und ich habe draußen einen Reitknecht, der auch eine warme Mahlzeit und eine Unterkunft benötigt.« Kelsey zückte einen goldenen Sovereign und warf ihn dem Mann zu, der ihn in der Luft auffing. »Ich hoffe, das reicht?«

»Ja, Ma'am«, sagte der Mann. Er starrte die Goldmünze an und biss dann, da er nicht glauben konnte, dass sie echt war, hinein. Als er sich von ihrem Wert überzeugt hatte, drehte er sich auf dem Absatz um und ging hinaus.

»Ein grässlicher Kerl«, bemerkte Lizzy. »Er hat uns das schlechteste Zimmer im Haus gegeben. Nicht einmal die Bettwäsche war sauber.«

»Ja, grässlich, wie du sagst. Aber auf die schmutzige Bettwäsche kam es nicht an, oder?« Griffin setzte sich neben sie und lächelte sie an. Dann legte er einen Arm um ihre Schultern und küsste sie auf den Mund.

Lizzy errötete leicht, schien die zärtliche Geste aber zu genießen.

Kelsey nahm dem Liebespaar gegenüber Platz. Da sie am Verhungern war, griff sie sich ein Stück Brot und bestrich es mit Butter. »Na, seid ihr bis jetzt glücklich verheiratet?«

»Ja«, sagte Lizzy und strahlte Kelsey an.

»Ihr seht sehr glücklich aus.« Kelsey verschlang das Brot mit drei Bissen.

»Ist Eddie sehr böse?«

Kelsey, der das Brot beinahe in der Kehle stecken blieb,

würgte es mühsam hinunter. Einen Moment lang hatte sie Edward völlig vergessen. Sie schenkte sich aus dem Krug Ale, der auf dem Tisch stand, einen Becher voll und trank einen Schluck, bevor sie antwortete. »Er war sehr aufgebracht, als er entdeckte, dass ihr durchgebrannt seid. Er ritt schnurstracks los, um euch zu suchen. Ich hatte gehofft, ihr hättet genug Vorsprung, um zu heiraten, bevor er euch findet. Wie ich sehe, habt ihr es geschafft.«

»Er hätte uns ohnehin nicht aufhalten können«, sagte Griffin eigensinnig.

»Da wäre ich mir nicht so sicher. Er war sehr wütend. Deshalb bin ich ihm gefolgt. Ich wollte nicht, dass er dir etwas tut, aber ich kann nicht besonders gut reiten.«

»Reiten?« Griffin grinste von einem Ohr zum anderen. »Du hast auf einem Pferd gesessen?«

»Ja.« Kelsey hob herausfordernd das Kinn. »Und lass dir gesagt sein, dass ich es ziemlich gut kann.«

»Wer's glaubt, wird selig.«

»An diesen Worten wirst du ersticken, wenn du mich im Sattel siehst.«

»Bevor das passiert, kriegen wir im Juni Schnee.«

Sie sah ihn erbost an, als der Wirt zurückkam und ein Tablett mit einer dampfenden Teekanne sowie Nierenpastete, Blumenkohl mit Käsesauce, gekochten Rüben und noch mehr frischem Brot brachte.

Kelsey stürzte sich auf das Essen und verschwendete einstweilen keinen Gedanken mehr an Edward. Nach dem Essen borgte Lizzy ihr ein Nachthemd, und Kelsey zog sich auf ihr Zimmer zurück. Sie vermisste die Wärme von Edwards Körper und dachte an ihre Heimfahrt von dem Fest der McGregors. Er hatte so distanziert gewirkt, so kühl. Der Vorfall mit Veronica musste der Auslöser dafür gewesen sein. Ein paar verletzende, bittere Worte von ihr hatten das Selbstvertrauen zerstört, das Edward wiedergefunden hatte. Kelsey blutete das Herz, wenn sie an ihn dachte. Würde er sich wieder hinter seinen Schutzwall verkriechen und vor der Welt verstecken? Und vor ihr? Würde er ihr je verzeihen, dass sie Lizzy und Griffin geholfen hatte? Sie fragte sich, wo er wohl gerade war und ob er genauso an sie dachte wie sie an ihn.

Sie sollte nicht lange im Ungewissen bleiben. Wenig später hörte sie ein lautes Hämmern an Griffins und Lizzys Tür, dann Edwards Stimme. »Los, McGregor, machen Sie die verdammte Tür auf!« Wieder schlug er dagegen.

Kelsey fuhr zusammen, als sie ein dumpfes Dröhnen hörte, gefolgt von einem Krachen, als wäre die Tür eingetreten worden. Sie sprang aus dem Bett und rannte über den Flur zum Nebenzimmer.

Griffin und Edward schlugen aufeinander ein. Griffin, der keine Zeit gehabt hatte, sich anzuziehen, trug nur seine Hosen. Lizzy stand in eine Bettdecke gehüllt neben dem Bett. Sie hielt eine Hand an ihren Mund und war geisterhaft bleich.

»Aufhören!«, schrie Kelsey und rannte zu ihnen.

Edward wählte diesen Moment, um Griffin einen Kinnhaken zu geben. Alles ging blitzschnell, aber vor Kelseys Augen lief die Szene quälend langsam ab. Griffin verlor das Gleichgewicht und Kelsey prallte auf seinen breiten Rücken. Luft entwich zischend aus ihrem Mund, als es ihr den Atem verschlug, dann taumelten sie und Griffin zurück. Griffin erwischte den Türpfosten, aber sie hatte nicht so viel Glück. Ihr Kopf knallte an das Treppengeländer. Sie spürte den Schmerz, hörte es krachen ... Dann wurde ihr schwarz vor Augen.

»Mein Gott«, stieß Edward hervor, als er sah, wie Kelseys Körper schlaff wurde und ihre Augen sich schlossen. Er drängte sich an Griffin vorbei, der sich gerade umdrehte und über die Schulter schaute.

»O nein! Kelsey!« Lizzy lief Edward nach.

Er fiel neben ihr auf die Knie. Sie war furchtbar blass. Ihr rabenschwarzes Haar breitete sich wie ein Fächer um ihr Gesicht aus. Er streckte eine Hand aus und berührte das zarte weiße Fleisch an ihrem schmalen Hals.

Er hielt den Atem an ...

Der leichte, gleichmäßige Schlag ihres Pulses war unter seinen Fingerspitzen zu spüren. Er stieß den Atem aus, den er angehalten. Das würgende Gefühl in seiner Kehle ließ nach. Er bückte sich und hob sie auf. Sie wirkte so zart, so leblos, als sie schlaff in seinen Armen lag.

»Ist sie in Ordnung?«, fragte Lizzy angstvoll.

»Ich glaube schon.«

»Wo ist ihr Zimmer?«, wandte sich Edward an Griffin, der kreidebleich im Flur stand.

»Da, gleich neben unserem.«

»Gehen Sie einen Arzt holen.«

»Gut.«

Edward hörte Griffins Schritte, als er die Treppe hinunterlief, dann leises Stimmengemurmel, als er mit Lizzy sprach. Behutsam legte er Kelsey auf das Bett. Er strich die langen schwarzen Locken aus ihrem Gesicht und sagte leise: »Es tut mir Leid, meine Kleine ... es tut mir Leid.«

Kurz darauf kam Lizzy vollständig bekleidet ins Zimmer. Tränen glänzten in ihren Augen. Edward, der an seiner Schwester noch nie zartere Gefühlsregungen entdeckt hatte, sah sie an und fragte sich, ob Griffin diese Veränderung an ihr bewirkt hatte.

»Wenn du willst, setze ich mich zu ihr«, sagte Lizzy und ließ sich vorsichtig auf der anderen Seite des Betts nieder.

»Nein, ich bleibe bei ihr.«

»Sie wacht doch bald auf, oder?« Lizzy nahm Kelseys Hand. »Ich hatte noch nie eine Freundin. Sie war meine Freundin.«

»Sie ist es noch, Lizzy. Sie wird sich erholen«, sagte Edward mit mehr Überzeugung, als er empfand.

»Das wäre nicht passiert, wenn wir nicht weggelaufen wären, um zu heiraten.« Lizzy warf ihm einen anklagenden Blick zu. »Sie wollte uns davor warnen, dass du wütend bist und uns suchst. Immer denkt sie an andere, nie an sich selbst.«

»Ich weiß.« Edward strich mit einem Finger über Kelseys Wange.

»Wenn sie überlebt, heiratest du sie dann?«

»Nein ...« Edward zog abrupt seine Hand zurück.

»Ich habe mir gedacht, dass du das sagen würdest.« Lizzy starrte ihn aus zornig funkelnden Augen an. »Es war selbstsüchtig von mir, aber ich habe mir gewünscht, dass du dich in sie verliebst, damit sie dir wehtun kann und dir vielleicht zeigt, dass es Dinge im Leben gibt, die sich deiner Kontrolle entziehen ... Aber sie ist es, die sich verliebt hat. Sie tut mir Leid.«

»Mir auch«, sagte Edward und betrachtete Kelsey nachdenklich. Nachdem er sie einen Moment lang angestarrt hatte, wandte er sich seiner Schwester zu und sah sie mit undurchdringlicher Miene an. »Geh packen, Lizzy. Du fährst mit Grayson zurück. Bevor ich hier heraufgekommen bin, habe ich ihn angewiesen, dich nach Hause zu bringen.«

»Ich gehe nicht.« Sie hob das Kinn und sah ihn trotzig an.

»Du wirst auf mich hören. Diese Farce einer Ehe, die du ohne meine Einwilligung eingegangen bist, ist zu Ende.«

»Ist sie nicht. Ich warne dich, ich werde Griffin nicht aufgeben. Er ist mein Ehemann, und ich lasse mich weder von dir noch von sonst jemandem von ihm trennen.«

»Du hast McGregor nur geheiratet, um mir eins auszuwischen.«

»Das ist nicht wahr!«, rief sie.

»Ich bin immer noch dein Vormund. Ich kann die Ehe annullieren lassen und dich ins Ausland schicken, bis du wieder zur Vernunft kommst.«

»Ich werde mich zur Wehr setzen. Wir haben die Ehe vollzogen, und das werde ich vor Gericht beeiden. Es gibt nichts, was du tun kannst, und wenn du versuchst, dich in unser Leben einzumischen, werde ich es dir nie verzeihen. Nie! Du hasst dich selbst, und deshalb bist du so unglücklich. Du willst, dass ich mit dir zusammen unglücklich bin, aber das mache ich nicht mit. Ich lasse nicht zu, dass du mein Glück genauso zerstörst wie deines.« Lizzy stürmte mit geballten Fäusten zur Tür.

In diesem Augenblick sah Edward in Lizzy nicht das verzogene, dickköpfige kleine Mädchen, das ihm ihre ganze Kindheit hindurch nichts als Sorgen gemacht hatte, sondern eine Frau, die entschlossen war, ihren Weg zu gehen. Er kämpfte einen aussichtslosen Kampf, und er wusste es.

Alroy McGregor trat in die Tür. Er sah mitgenommen und gereizt aus. »Wo ist Griffin?«

»Er holt einen Arzt. Kelsey hat sich verletzt«, sagte Lizzy. »Und falls Sie glauben, Sie könnten unsere Heirat verhindern, dafür ist es zu spät. Sie können sich also ruhig an den Gedanken gewöhnen, *Vater.*« Lizzy rannte hochrot vor Zorn an ihm vorbei.

»Stimmt das?« Alroy kam ins Zimmer. Sein Gesicht spiegelte seine Erbitterung und seinen Schmerz wider.

»Ja, es sieht so aus«, sagte Edward tonlos.

»Gott steh mir bei«, murmelte Alroy, blieb dann neben dem Bett stehen und starrte auf Kelsey hinunter. Seine Stirn zog sich in sorgenvolle Falten. »Was ist denn mit unserer Kelsey passiert?«

»Es war ein Unfall. Sie hat sich den Kopf angestoßen.«

»Was kann noch alles passieren, frage ich mich?« Alroy schüttelte niedergeschlagen den Kopf und ließ sich in einen Sessel neben dem Bett sinken.

»Sie könnte nicht mehr zu sich kommen«, sagte Edward und rieb sich mit einer Hand die pochende Stirn.

Der Arzt, ein schroffer kleiner Mann mit fahlem Teint, deckte Kelsey wieder zu. »Sie hat eine Beule am Hinterkopf. Ich glaube, Ihre Frau hat eine Gehirnerschütterung.«

»Sie ist nicht meine Frau«, sagte Edward heftig, der neben dem Bett auf und ab ging.

»Verzeihung, ich dachte –«

»Ich weiß, was Sie dachten.« Edward drehte sich um und

starrte den Doktor einschüchternd an. »Irgendwelche Instruktionen für ihre Pflege?«

Der kleine Mann, der leicht pikiert über Edwards schroffe Erwiderung schien, klappte seine schwarze Tasche gereizt zu. »Nein. Halten Sie sie warm. Vielleicht wacht sie in ein paar Stunden auf, vielleicht erst in ein, zwei Tagen. In diesen Fällen lässt sich so etwas schwer voraussagen. Ich komme morgen wieder. Ich schlage vor, Sie versuchen ein wenig zu schlafen.« Er nahm seine Tasche und verließ ohne weiteres Wort das Zimmer.

Schlafen. Wie sollte er Schlaf finden? Edward lief wieder hin und her, bis er ein leises Geräusch vom Bett zu hören glaubte. Er drehte sich um und sah hoffnungsvoll zu Kelsey. Sie lag immer noch reglos wie eine Porzellanpuppe da. Einen Moment lang war das Gewicht in seiner Brust leichter geworden, aber jetzt schien es ihn wieder zu zermalmen. Er setzte sich auf die Bettkante und beugte sich vor, um einen Kuss auf ihre Lippen zu hauchen.

Ihre Lippen blieben so kalt und teilnahmslos, dass er Kelsey in seine Arme zog und an sich drückte. Ihre Worte »Ich liebe dich« kamen ihm wieder in den Sinn und quälten ihn. Niemals würde er die Nacht am See vergessen, als sie sein Gesicht berührt und ihm so süß ihre Liebe gestanden hatte.

Er wollte Kelseys Liebe nicht. Er brauchte sie nicht. Er war überzeugt, dass ihre Überzeugung, ihn zu lieben, nur auf Mitleid beruhte. Aber wenn er ihr erst einmal die Wahrheit über ihr Vermögen gesagt hatte, würde sie ohne Zweifel in die Welt hinausgehen, sich von attraktiven Männern den Hof machen lassen und die absurde Schwäche, die sie für ihn empfand, vergessen. Und er würde sie sicher nicht in dem Wissen heiraten, dass sie eines Tages aufwachen, sein Gesicht sehen und erkennen würde, dass sie sich an ein Monster gebunden hatte. Er könnte es nicht ertragen, mit ihrer Ablehnung zu leben. Er hasste sich dafür, dass er ihr wehtat, aber sie musste begreifen, dass es reine Lust gewesen war, die ihn immer wieder in ihre Arme getrieben hatte. Reine Lust. Es konnte nichts anderes sein. Sie brauchte einen gesunden, unversehrten Mann. Aber zuerst musste sie gesund werden.

»Ich weiß nicht, ob du mich hören kannst, Kelsey, aber du musst aufwachen, mein Liebes«, brachte er heraus, obwohl seine Kehle wie zugeschnürt war.

18

Der Junge kam ins Zimmer. Er sah traurig aus. Sie mochte es nicht, wenn jemand traurig aussah. Es bedeutete immer etwas Schlechtes.

»Sei nicht traurig.« Sie nahm seine Hand.

Er drückte ihre Finger. »Es hat einen Unfall gegeben, Kelsey. Meine Eltern haben den Ärmelkanal überquert und ihr Schiff ist gekentert. Sie sind beide tot.«

»Was ist tot?«

»Sie sind jetzt im Himmel und kommen nie wieder.«

Das also bedeutete tot. »Das tut mir Leid«, sagte sie, als sie sich nebeneinander auf eine Bank setzten.

»Mir auch. Jetzt wird alles anders.«

»Alles?«

»Ja. Ich gehe auf eine Schule und werde dich nicht mehr sehen.«

»Ich komme mit.«

»Das geht nicht.«

Sie wurde traurig, und Tränen liefen über ihr Gesicht. »Ich will nicht, dass du gehst.«

»Tut mir Leid, ich kann nichts daran ändern.«

Sie streckte beide Arme aus, um den Jungen zu umarmen, aber er löste sich in Luft auf. »Komm zurück! Geh noch nicht!«

Kelsey schlug die Augen auf. Das furchtbare Gefühl, etwas sehr Wichtiges verloren zu haben, nagte an ihr, und Tränen strömten über ihre Wangen. Als sie ihre Hand hob, um sie wegzuwischen, verspürte sie einen stechenden Schmerz im Kopf. Sie wandte sich um und sah Edward auf einem Stuhl neben dem Bett sitzen. Er saß über den Rand der Matratze gebeugt, den Kopf auf die Ellbogen gestützt. Vorsichtig berührte sie sein dunkles, welliges Haar, das ihm ins Gesicht fiel.

Er fuhr zusammen und hob den Kopf. »Kelsey…«, wisperte er. Es klang wie eine Liebkosung.

»Guten Morgen.« Sie lächelte ihn an und bemerkte dabei, wie eingefallen sein Gesicht aussah und dass ein dunkler Anflug von Bart sein Kinn bedeckte.

Er nahm sie in die Arme und drückte sie an sich. Dann hob er den Kopf, als wollte er sie küssen, wich aber zurück, bevor ihre Lippen aufeinander trafen. »Du hast mir Sorgen gemacht. Wie geht es dir?«

»Ich habe Kopfschmerzen, und es tut mir da und dort ein bisschen weh, aber ich denke, ich werde es überleben.«

»Du hast eine Beule am Hinterkopf, daher die Kopfschmerzen. Der Doktor wird heute noch einmal kommen und dich untersuchen.« Er vermied es, ihr in die Augen zu schauen, als er sie auf das Bett zurückgleiten ließ und dann einen Schritt zurücktrat.

Kelsey entging seine plötzliche Distanziertheit nicht. »Bist du mir immer noch wegen Lizzy und Griffin böse?«, fragte sie.

»Ich bin böse, weil du mir gefolgt bist.« Sein sanfter Ton strafte seine Worte Lügen. »Ich sollte dich übers Knie legen, weil du Stillmore zu Pferd verlassen hast, nur von einem Reitknecht begleitet. Was hast du dir dabei gedacht?«

»Ich wollte nicht, dass du Griffin etwas tust. Du warst so wütend, und ich dachte, ich müsste dich davon abhalten, eine Dummheit zu begehen.«

»Hast du nicht bedacht, wie unüberlegt dein Verhalten war?«

»Nein, ich muss zugeben, dass ich nur an dich, Griffin und Lizzy gedacht habe. Apropos, wo sind die beiden? Du hast Griffin doch nichts getan, oder?«, sagte Kelsey ängstlich.

»Nein, aber ich würde es gern.« Edward drehte sich um, lehnte sich an das Fensterbrett und schaute hinaus.

»Aber du wirst es nicht?«, fragte Kelsey hoffnungsvoll.

»Nein. Ich bin zu spät gekommen. Sie haben die Ehe bereits vollzogen. Jetzt ist McGregor für Lizzy verantwortlich«, sagte er müde. »Mir ist inzwischen klargeworden, dass du Recht hattest. Meine Einmischung zu diesem Zeitpunkt ihres Lebens wird sie mir nur noch mehr entfremden. Ich habe versucht, vernünftig mit ihr zu reden, aber sie ist offenbar entschlossen, ihr Leben zu zerstören. Sie war schon immer starrköpfig, springt mit dem Kopf voran und bereut es später. Ich werde warten müssen und für sie da sein, wenn die Reue kommt.«

»Mach dir keine Sorgen, sie wird nie bereuen, Griffin geheiratet zu haben.«

»Freut mich, dass du in diesem Punkt so optimistisch bist«, sagte er frostig.

»Das bin ich.« Kelsey setzte sich auf, lehnte sich an die Kissen und starrte auf seinen breiten Rücken. Sein weißes Hemd war aus dem Bund gerutscht und hing um seine schmalen Hüften. Er trug Reithosen aus schwarzem Wildleder. Ihr fiel auf, dass er nicht einmal seine Stiefel in der Nacht ausgezogen hatte.

»Du bist wirklich naiv, was das Leben angeht.« Er drehte sich um und starrte sie einen Moment lang über die Schulter an. Mit seinem dunklen Haar, das ihm wirr auf die Schultern fiel, sah er auf eine düstere Art so gut aus, dass ihr der Atem stockte. »Ich hatte vergessen, wie jung du bist.«

»Du redest, als wärst du uralt. Du kannst höchstens zehn Jahre älter sein als ich.«

»Ich bin ein ganzes Leben älter als du. Das Schicksal hat es so gewollt.« Unwillkürlich berührte er die Klappe über seinem Auge, bevor er sich abwandte und anfing, am Fuß des Betts hin und her zu gehen.

Kelsey spürte, dass er kurz davor war, ihr etwas zu sagen, das sie nicht hören wollte, und beobachtete seine rastlosen Schritte. Dann legte sie behutsam den Kopf an das Kopfende des Betts und wappnete sich mit klopfendem Herzen für den Schlag.

»Ich kann dich nicht weiter in dem Glauben lassen, dass unsere Beziehung mehr ist, als sie ist.«

»Was meinst du damit?« Sie biss sich auf die Unterlippe und fing an, eine ihrer dunklen Locken den Finger zu wickeln.

»Ich meine, dass du, falls du tiefere Gefühle für mich hegst, sie schleunigst vergessen solltest. Ich verdiene sie nicht.«

»Natürlich tust du das. Eines Tages wirst du das erkennen.«

»Nein. Noch eine deiner romantischen Vorstellungen, die nicht zutrifft. Ich habe deine Zuneigung nie gewollt, Kelsey.«

»Das sagst du nur, um mich von dir zu stoßen. Ich glaube dir nicht – ich will dir nicht glauben.«

»Ich wollte dich nicht verletzen, aber du zwingst mich, dir die Wahrheit zu sagen.« Er machte eine kurze Pause und schien einen Moment lang unschlüssig, bis sich wieder die undurchdringliche Maske auf sein Gesicht legte. »Ich wollte deinen Körper, mehr nicht.«

»Das glaube ich nicht.«

»Das solltest du aber.« Er grinste sie spöttisch an und ließ seinen Blick zu ihren Brüsten wandern. »Du hast einen sehr sinnlichen Körper, und dein leidenschaftliches, ungestümes Wesen hat mich angezogen. Ich habe darauf reagiert. Das Einzige, was ich für dich empfunden habe, war reine, hemmungslose Lust, meine Liebe.«

»Warum erzählst du mir diese Lügen? Ich weiß, dass du mehr für mich empfindest. Ich will nichts mehr hören.« Kelsey hielt sich die Ohren zu.

Er kam zu ihr und zog ihre Hände weg. »Hör mir zu, verdammt! Du irrst dich. Du glaubst nur, was du glauben willst.«

»Nein«, wisperte Kelsey und wich vor ihm zurück, bis sie an das Kopfende stieß.

»Doch.« Er richtete sich auf, verschränkte die Arme vor der Brust und starrte sie an. Mit leicht gelangweilter Stimme sagte er: »Da ich dich entjungfert habe, muss ich dir wohl ein Angebot machen. Wenn du bereit bist, mein Bett mit meiner anderen Mätresse zu teilen, wäre ich meinerseits gern bereit, für dich zu sorgen. Bevor du mir antwortest, möchte ich dich darauf aufmerksam machen, dass ich dich möglicherweise auffordern werde, zu mir und Samantha ins Bett zu kommen. Ich bin ein Mann, der Abwechslung liebt. Und wenn ich dich aushalte, erwarte ich, dass du alles tust, was ich von dir verlange. Ich sehe dir an, dass dir der Gedanke nicht sonderlich behagt, aber ein Trio im Bett kann sehr anregend sein. Vielleicht findest du sogar Gefallen daran.«

Seine Worte trafen sie bis ins Herz. Ihre Kehle war wie zugeschnürt, und sie brachte kein Wort heraus. Sagte er die Wahrheit?

»Nanu? Du starrst mich einfach aus deinen großen grünen Augen an und sagst kein Wort? Ich habe noch nie erlebt, dass es dir die Sprache verschlägt.« Er lächelte geringschätzig. »Ich hoffe, du weißt, wie großzügig mein Angebot ist. Ich habe dasselbe deiner Stiefmutter geboten. Sie hat sich förmlich darauf gestürzt«, sagte er selbstgefällig.

Kelsey schloss die Augen, Jetzt war sie sicher, dass seine Grausamkeit echt war. Niemand konnte so gemein sein. Sie blinzelte die Tränen zurück und griff nach einem Zinnbecher, der auf dem Nachttisch stand.

»Geh mir aus den Augen, du perverses, lüsternes Schwein!« Sie schleuderte den Becher auf ihn.

Er wich zur Seite aus. Der Becher segelte an ihm vorbei, krachte an die Wand und fiel auf den Boden. »Ich nehme an, das war ein Nein«, bemerkte er, wobei er leicht enttäuscht klang.

»Lieber würde ich sterben, als deine Hure zu werden! Ich wollte glauben, dass du dich seit dem Unfall verändert hast. Wie dumm ich doch war! Jetzt macht es mich wirklich krank, dein Gesicht zu sehen. Du bist innen und außen verkommen! Verschwinde aus meinem Zimmer! Ich hasse dich!«

Sie tastete nach einem weiteren Wurfgegenstand und

erwischte einen Wasserkrug. Sie zielte auf seinen Kopf. Edward riss die Tür auf und rettete sich mit einem Sprung dahinter. Der Krug verfehlte ihn nur knapp und knallte an die Tür.

»Und komm mir nie wieder in die Nähe!«, schrie Kelsey. Ihre Stimme hallte durch das leere Zimmer. Sie hielt sich ihren schmerzenden Kopf, sank dann auf die Kissen zurück und fing an zu weinen.

Lizzy, die den Lärm gehört hatte, ließ ihren Mann schlafend im Bett zurück, stand auf und schlüpfte in ihren Morgenmantel. Als sie die Tür öffnete, ging gerade Edward mit einer Miene, so düster umwölkter Miene vorbei. »Warte!« Sie schloss die Tür und stellte sich ihm in den Weg. »War das Kelsey, die ich gerade gehört habe?«

»Ja, sie ist aufgewacht, aber ich würde im Moment nicht zu ihr gehen.«

»Warum nicht?«

»Sie ist böse auf mich.« Er ging an ihr vorbei und lief die Treppe hinunter.

Lizzy hätte ihn gern gefragt, was zwischen ihm und Kelsey vorgefallen war, aber sein Gesichtsausdruck verriet ihr, dass er sie nur anknurren und kein Wort sagen würde. Sie beugte sich über das frisch reparierte Geländer und rief: »Wo willst du hin?«

»Nach Hause«, stieß er zwischen zusammengebissenen Zähnen hervor. »Es gibt für mich keinen Grund, länger hier zu bleiben.«

Lizzy hörte, wie das Geräusch seiner Schritte auf der Treppe allmählich verklang. Sie lief zu Kelseys Tür und klopfte an. »Kann ich reinkommen, Kelsey?«

Keine Antwort.

Als Lizzy ihr Ohr an die Tür hielt und Kelsey schluchzen hörte, machte sie die Tür auf und lief zum Bett. Kelsey lag zusammengerollt da und schlug weinend mit ihren Fäusten auf die Kissen.

Lizzy setzte sich auf die Bettkante. »Es tut mir so Leid, dass du dich in ihn verliebt hast.«

»Du hast versucht, mich zu warnen«, schluchzte Kelsey. »Du hattest völlig Recht, und ich war die Dumme. Du hasst gewusst, wie er ist. Ich dachte, der Unfall hätte ihn verändert, aber er ist immer noch verabscheuungswürdig. Weißt du, dass er mich tatsächlich gefragt hat, ob ich seine Mätresse werden will?« Wieder drosch sie mit der Faust auf ein Kissen, als wäre es Edwards Gesicht.

»Wirklich?« Lizzy klang überrascht.

»Ja, und ich werde dir nicht erzählen, was er sonst noch getan hat. Es ist zu widerwärtig.«

Lizzy, die sich daran erinnerte, wie Edward zu ihr gesagt hatte, er würde Kelsey nicht bitten, seine Mätresse zu werden, lächelte in sich hinein. Vielleicht liebte Edward Kelsey wirklich und versuchte nur, sie dahin zu bringen, dass sie ihn hasste. Vielleicht bestand für die beiden noch Hoffnung.

Zwei Tage vergingen, bevor der Doktor Kelsey für reisefähig erklärte. Edwards schwarz lackierte Barutsche mit dem herzoglichen Wappen traf mit einem Kutscher und zwei Vorreitern beim Gasthof ein, um sie nach Hause zu bringen. Die Leute waren ihr unbekannt, vermutlich waren sie neu eingestellt worden. Da Edward nicht in der Kutsche war, nahm sie die Gelegenheit zur Heimreise gern an. Griffin und Lizzy begleiteten sie, während Alroy voranritt.

Es war eine Qual für Kelsey, Griffin und Lizzy während der Fahrt dabei zusehen zu müssen, wie sie sich küssten und streichelten und sich im Großen und Ganzen wie frisch Verliebte benahmen. Kelsey beneidete sie um ihr Glück, und als sie zwei Tage später in Jarrow ankamen, war sie froh, die beiden loszuwerden. Sie erinnerten sie nur an ihr eigenes Leid und ihre Enttäuschung. Eins stand fest: Sie wusste, dass Edward ihr nichts mehr bedeutete. Nichts.

Dennoch schnürte sich ihr bei der Vorstellung, ihm zu begegnen, der Magen zusammen, als sie aus der Kutsche stieg und zum Dienstboteneingang lief. Watkins schien sie erwartet zu haben, denn die Tür ging auf, bevor Kelsey sie erreicht hatte.

»Hallo, Miss Kelsey. Ich freue mich, dass Sie wieder da sind.«

»Hallo, Watkins.« Sie lächelte ihn trübe an, als sie ins Haus trat. »Ich wünschte, ich könnte sagen, ich wäre froh, hier zu sein, aber das kann ich nicht.«

Seine dichten grauen Augenbrauen zogen sich zusammen. »Tut mir Leid, das zu hören, Miss Kelsey.«

»Das muss es nicht. Es liegt wohl nur daran, dass Stillmore für mich ein unerfreulicher Ort ist.«

»Unerfreulich, Miss Kelsey?«

»Ja, Watkins, sehr unerfreulich.«

»Vielleicht gefällt es Ihnen eines Tages wieder hier«, bemerkte Watkins mit einem Funken Hoffnung in den Augen.

»Nein, Watkins, ich fürchte, das wird nicht passieren. Ich habe sogar mit der Idee gespielt, zu Hause zu wohnen und jeden Morgen vom Dorf hierher zu kommen, damit ich nicht unter diesem Dach bleiben muss, aber das wäre zu umständlich.«

»Äußerst umständlich, Miss Kelsey.«

Sie zuckte die Achseln. Dann fiel ihr etwas ein, und ihre Augen weiteten sich. »Das hätte ich beinahe vergessen …« Sie zog die Börse mit Münzen heraus, die Watkins ihr gegeben hatte, und drückte sie ihm in die Hand. »Danke. Das Geld war ein Geschenk des Himmels. Ich zahle es Ihnen zurück, wenn Lord Salford mich für meine Arbeit bezahlt hat.«

Watkins' knochige Finger schlossen sich um die Börse. »Oh, es ist nicht mein Geld, Miss Kelsey, es gehört dem Herzog.«

»Dann sagen Sie ihm bitte, er soll es von der Summe abziehen, die er mir schuldet.«

»Ja, Miss Kelsey.« Watkins machte eine leichte Verbeugung. »Soll ich Ihnen ein Bad auf Ihr Zimmer bringen lassen?«

»Ja … nein«, stammelte Kelsey. Sie brach ab, als ihr Watkins' verwirrtes Gesicht auffiel, und fing noch einmal von vorn an. »Ich meine, ich werde jetzt arbeiten und danach würde ich gern ein Bad nehmen, aber ich möchte nicht, dass es in das gelbe Zimmer gebracht wird. Ich habe beschlossen, in mein altes Zimmer zurückzuziehen. Könnte man es dorthin bringen?«

»Das gelbe Zimmer entspricht nicht Ihrem Geschmack, Miss Kelsey?« Watkins verschränkte die Arme auf dem Rücken und sah sie aus seinen blasen Augen forschend an.

»Nein, und ich will wieder in meinem alten Zimmer schlafen.«

»Ich fürchte, das ist unmöglich, Miss Kelsey.«

»Warum?« Sie wandte sich zu ihm um. Seine Miene war undurchdringlich wie immer.

»Ich habe die Möbel einem der Arbeiter geschenkt, der hier war, um im Ballsaal zu helfen.«

»Gibt es denn kein anderes Zimmer?« Plötzlich ging ihr ein Licht auf. Er hatte den Kuppler gespielt, als er ihr das gelbe Zimmer gab! Da sie jegliche Hoffnungen seinerseits im Keim ersticken wollte, fügte sie hinzu: »Zur Not schlafe ich auch im Stall. Reeger hat bestimmt nichts dagegen, seine Box mit mir zu teilen.«

Watkins starrte mit nachdenklich gerunzelter Stirn auf seine Hände und sah dann wieder zu ihr. Er zögerte einen Moment, bevor er sagte: »Es gibt ein Zimmer. Es ist neben dem Schulzimmer.«

»Fein. Im Grunde ist es mir egal, wo ich schlafe, solange ich es nicht im gelben Zimmer tun muss. Veranlassen Sie bitte, dass meine Sachen umgeräumt werden. Und ich werde meine Mahlzeiten wieder im Ballsaal einnehmen.«

»Sehr wohl, Miss Kelsey.«

»Falls Sie mich brauchen, ich werde den Rest des Tages arbeiten.«

Watkins verbeugte sich leicht.

Kelsey drehte sich um und ging den Korridor hinunter. Watkins sog gedankenverloren an seiner Unterlippe, währen er ihr nachsah, unschlüssig, ob er das Richtige getan hatte. Er hob eine Hand, ging einen Schritt in ihre Richtung und machte den Mund auf, um ihr etwas zuzurufen, ließ dann aber die Hand sinken und presste die Lippen zusammen. Seine Miene wirkte sorgenvoller denn je, als er sich umdrehte und ging.

Kelsey taten die Schultern weh, als sie an diesem Abend um neun den Ballsaal verließ. Sie hatte stundenlang gemalt, in der Hoffnung, so müde zu werden, dass sie nicht mehr an Edward dachte. Aber er lauerte ständig irgendwo in ihrem Hinterkopf, und seine ekelhaften Worte klangen ihr in den Ohren: *Ein Trio im Bett kann sehr anregend sein. Vielleicht findest du sogar Gefallen daran.*

Ihre Finger schlossen sich krampfhaft um die Kerze in ihrer Hand, und sie hätte sie beinahe fallen gelassen, als sie die Treppen hinaufstapfte. Watkins hatte ihr den Weg zu ihrer neuen Unterkunft erklärt. Sie erreichte das Ende der Treppe und ging den Korridor hinunter. Sie musste an Edwards Schlafzimmer vorbeigehen, um zu dem Treppenaufgang zu gelangen, der in den zweiten Stock führte. Als sie näher kam, vernahm sie eine leise Melodie auf dem Klavier, ein melancholisches Lied, das sie noch nie gehört hatte.

Die Musik brach abrupt ab.

Kelsey hielt den Atem an. Ihr Puls raste, und ihre Hände wurden feucht von Schweiß. Schützend hielt sie eine Hand über die Kerzenflamme, damit sie nicht ausging, und lief an seiner Tür vorbei.

Sie hörte seine Schritte. Sie kamen näher ... noch näher. Seine Tür öffnete sich knarrend. Kelsey riss die Tür am Ende des Ganges auf, die laut Watkins in den zweiten Stock führte, fiel förmlich hindurch und knallte sie hinter sich zu. Die Vorstellung, Edward wiederzusehen, machte ihr Angst. Obwohl sie ihn hasste, konnte sie weder die berauschenden Stunden noch ihre eigene instinktive Reaktion auf ihn vergessen. Ihr Körper lechzte jedes Mal, wenn sie an ihn dachte, nach seiner Berührung, und sie fragte sich, ob ihre Willensstärke groß genug war, um ihm zu widerstehen, falls er wieder versuchen sollte, ihren Körper zu benutzen. Sie rannte die schmale Stiege hinauf und blieb oben stehen.

Die Tür am Fuß der Treppe wurde aufgemacht.

Panisch hetzte sie in den Raum, der ihr am nächsten war, schloss geräuschlos die Tür und ließ sich schwer atmend dagegen sinken. Sie horchte nach seinen Schritten, konnte aber nur ihren eigenen Puls hören, der laut in ihren Ohren dröhnte.

Jetzt erst sah sie sich den Raum näher an und hob die Kerze. Es war tatsächlich ein Schulzimmer, mit einem kleinen Tisch in der Mitte. In einer Ecke lehnte eine Staffelei. Irgendetwas an dem Zimmer kam ihr vage bekannt vor. Sie trat an den Tisch, stellte die Kerze ab und fuhr mit einem Finger über die unbeholfen ausgeführten Initialen K.W., die mit Tinte auf die Tischplatte gekritzelt waren. Darunter standen die Initialen E.S., und ein Herz war um beide Buchstabenpaare gemalt. Sie zog mit einem Finger die unsicheren Linien nach und fragte sich, wer K.W. war. Vermutlich das Mädchen, von dem Edward behauptet hatte, es einmal geliebt zu haben.

Ein Bild an der Wand erregte ihre Aufmerksamkeit, und sie trat näher, um es sich anzuschauen. Das Papier war vom Alter vergilbt und die Wasserfarben waren verblichen, aber noch immer war deutlich das Bildnis eines Jungen zu erkennen. Es musste von einem Kind gemalt worden sein, denn der Körper war ein Strichmännchen, der Kopf zu groß und zu rund, und das Gesicht bestand nur aus Punkten und einem Strich für die Nase. Das Haar war schwarz und stand widerborstig in alle Richtungen. Als sie mit einem Finger über das anrührende Bild strich, spürte sie die raue Oberfläche des Papiers. Ein überwältigendes Gefühl von Vertrautheit befiel sie, als hätte sie das Bild schon einmal gesehen.

Ein dunkler Schatten unter dem Bild fiel ihr ins Auge. Sie schaute hinunter und entdeckte ein Stoffkaninchen, das auf dem Bücherregal saß. Sie hob es auf, hielt es hoch und drückte es an ihre Brust. Es war das Kaninchen aus ihren Träumen. Tränen liefen ihr über die Wangen, als eine Flut von Erinnerungen auf sie einstürzte, vage Erinnerungen, schon in diesem Zimmer gewesen zu sein, gezwungen gewesen zu sein, dieses Haus zu verlassen, von zwei Fremden aufgenommen zu werden – ihrem Vater und ihrer Mutter –, an den Jungen aus ihren Träumen ...

»Edward.« Sie sprach den Namen des Jungen laut aus, als er ihr wieder einfiel.

»Ja.«

Als Edwards tiefe, samtige Stimme hinter ihrem Rücken ertönte, schrak sie zusammen. Sie ließ das Kaninchen fallen und fuhr herum. Das Kerzenlicht, das flackernd auf sein Gesicht fiel, ließ die scharfen Kanten hervortreten und es auf eine düstere Weise sehr anziehend erscheinen.

»Tut mir Leid, ich wollte dich nicht erschrecken.« Er bückte sich und hob das Stofftier auf. »Erinnerst du dich jetzt?«

»Ein wenig.« Sie wich zurück. Der Schock war ihr so in die Glieder gefahren, dass ihre Knie wackelten. Sie lehnte sich an das Bücherregal und biss sich auf die Lippe, wobei sie den salzigen Geschmack ihrer Tränen wahrnahm.

»Ich habe dich hierher geholt, um dich über deine wahre Identität aufzuklären.«

»Du hast das Fresko im Ballsaal also nur zerstört, um einen Vorwand zu haben, mich kommen zu lassen?«

»Ja. Ich wollte es dir früher sagen, aber ich habe wohl noch auf den richtigen Zeitpunkt gewartet.«

Kelsey verlor die Beherrschung. »Auf den richtigen Zeitpunkt?«, schrie sie. »Gibt es einen richtigen Zeitpunkt, um zu erfahren, dass meine Eltern in Wirklichkeit gar nicht meine Eltern sind, wie ich mein Leben lang geglaubt habe? Gibt es einen richtigen Zeitpunkt, um zu erfahren, dass mein ganzes Leben eine Lüge war? Der richtige Zeitpunkt, also wirklich ...« Ihre Worte wurden von Schluchzern erstickt.

»Ich weiß, dass es ein Schock ist ...« Er streckte eine Hand nach ihr aus.

Kelsey zuckte zurück. »Fass mich nicht an! Fass mich nie wieder an! Um Himmels willen, sag mir einfach die Wahrheit! Alles, was ich von dir will, ist die Wahrheit!«

»Na schön, ich werde dir alles erzählen.« Sein Ton wurde kühl und distanziert, als er fortfuhr: »Deine leiblichen Eltern starben während einer Pockenepidemie. Dein Vater war ein enger Freund meines Vaters, und mein Vater wurde zu deinem gesetzlichen Vormund ernannt. Du warst zwei Jahre alt, als deine Eltern starben, und kamst zu uns. Nachdem du zwei Jahre hier warst, kam es zu der Tragödie, bei der meine Eltern bei der Überfahrt von Frankreich ums Leben kamen. Ich war damals erst vierzehn und Lizzy keine sechs Monate alt. Du weißt, was danach passiert ist. Ich wurde aufs Internat geschickt und Lizzy kam zu meiner Tante.«

»Warum hat dein Vater nicht Jeremys Vater zu deinem Vormund ernannt?«, fragte Kelsey. Sie brachte die Worte vor Qual kaum über die Lippen.

Das Kaninchen immer noch in der Hand, lehnte er sich an die Wand und starrte zur Decke. »Das hat er, aber mein Onkel starb zwei Wochen nach meinem Vater an Herzversagen. Der Anwalt meines Vaters übernahm die Rolle des Vormunds.«

Kelsey lehnte sich an das Regal und bohrte ihre Finger in den Rücken eines Buchs. »Und er sorgte dafür, dass meine Mutter und mein Vater mich adoptierten?«

»Ja. Der Anwalt war ein alter Freund der Familie deiner Mutter. Deine Mutter hatte sich mit der Bitte an ihn gewandt, ihr bei der Adoption eines Kindes zu helfen, weil sie keine eigenen bekommen konnte, und er richtete es ein, dass sie dich bekam.«

Kelsey lachte bitter. »Und ich dachte, ich hätte meine guten Zähne von meiner Mutter und meinem Vater geerbt.« Sie schloss die Augen und spürte, wie ihr erneut Tränen übers Gesicht liefen. Nach einer Weile fing sie sich wieder und sagte: »Und mein Talent zum Malen, von wem habe ich das? Sicher nicht von dem Mann, den ich für meinen Vater gehalten habe.«

»Es heißt, deine Mutter wäre eine begabte Malerin gewesen, aber ich habe nie eine ihrer Arbeiten gesehen.«

»Oh ...« Kelsey senkte den Kopf und schüttelte ihn, bevor sie fragte: »Wer waren meine leiblichen Eltern?«

»Ihr Name war Wentworth. Ihnen gehörte eine Schifffahrtslinie und sehr viel Grundbesitz. Wenn du morgen volljährig wirst, bist du eine Erbin, eine der reichsten in England.«

Schweigen senkte sich über sie, während Kelsey diese unglaubliche Neuigkeit verarbeitetet. Sie hätte sich freuen sollen, aber alles, was sie empfand, war ein Gefühl von Verlust und unsäglicher Leere, weil sie ihre wahren Eltern nie gekannt hatte. Das war ein Teil von ihr, den sie für immer verloren hatte. So sehr sie es auch versuchen mochte, sie konnte sich nicht einmal erinnern, wie sie ausgesehen hatten. Sie biss sich auf die Lippen, um nicht wieder in Tränen auszubrechen.

Edward brach das Schweigen. »Ich überließ es den Vallarreals, dir die Wahrheit zu sagen, aber sie taten es nicht. Dein Vater wusste, dass du es erfahren würdest, sobald du volljährig wirst, und bat mich, es dir zu sagen.«

»Das sieht ihm ähnlich«, sagte Kelsey bitter. »Er ist Unannehmlichkeiten immer aus dem Weg gegangen. Es wäre mir lieber gewesen, er hätte es mir selbst gesagt, statt dir diese Aufgabe aufzubürden.«

»Es hat mir nichts ausgemacht. In gewisser Weise habe ich mich für dich verantwortlich gefühlt.« Er sah sie an, und sein Gesichtsausdruck wurde etwas weicher.

»Ich wünschte, du hättest gar nichts für mich empfunden.« Groll und Schmerz schwangen in ihrer Stimme mit.

»Du warst das Mündel meines Vaters. Ich habe viele Stunden damit verbracht, mich mit dir zu beschäftigen. Ich konnte nicht anders, ich musste mich einfach für dein Wohlergehen verantwortlich fühlen.«

»Ja, was für ein unglücklicher Umstand. Wenn du an mir kein Interesse gehabt hättest, wäre mir vielleicht die Demütigung erspart geblieben, mich wie eine deiner billigen Huren zu fühlen.« Sie sah, wie er unter ihren Worten zusammenzuckte, und ihre Lippen verzogen sich zu einem höhnischen Lächeln.

»Ich hatte nie beabsichtigt, dass etwas zwischen uns passiert, aber es ist nun mal geschehen.« Seine Hand schloss sich krampfhaft um Kaninchens Bauch. Der Stoff riss auf einer Seite, und etwas von der Füllung fiel auf den Boden.

»Nun, du hast ja selbst gesagt, du wärst ein Mann, der Abwechslung liebt. Das waren doch deine Worte, oder?« Sie starrte auf die weißen Baumwollfetzen, die auf den Boden fielen, als er das Kaninchen noch fester drückte. Mit einer Gleichgültigkeit, die nichts von dem Aufruhr in ihrem Inneren erahnen ließ, fuhr sie fort: »Ich bin zufällig sehr offen und sehr naiv – das hast du selbst gesagt. Und glaub mir, du warst ein sehr guter Lehrmeister. Nie wieder werde ich so blind sein, schon gar nicht, was Männer angeht. Was mich zu einem weiteren Punkt deines Täuschungsmanövers bringt – das Geld, das du meinem Vater jeden Monat geschickt hast und das angeblich von einem Onkel in Frankreich kam. Sehr klug von dir. Ich habe nie Verdacht geschöpft, bis mein Vater mir die Nachricht hinterließ, dass er nach Frankreich fahren würde, um ihn an seinem Krankenbett zu besuchen. Mein Vater würde niemals einen Kranken besuchen.«

»Zugegebenermaßen ein Schnitzer seitens deines Vaters. Ich habe die Zahlungen bewusst niedrig gehalten, damit du nicht erraten konntest, wer sie schickt. Dein Vater hat das Geld allerdings nie für dich ausgegeben, wie ich es mir gewünscht hatte.«

»Kein Wunder. Mein Vater ist egozentrisch, aber ich war trotzdem glücklich. Ich wusste, dass er mich liebt ... das war genug.« Als sie aufsah, stellte sie fest, dass Edwards Blick auf ihr ruhte.

Ein schwer zu deutender Ausdruck huschte über sein

Gesicht, bevor sich wieder die eisige Fassade davorschob. Edward starrte mit so fest zusammengepresstem Kiefer an die Decke, dass die Adern an seinem Hals hervortraten.

»Weißt du, wo mein Vater ist? Dass er nicht in Frankreich ist, ist mir klar.«

»Ich habe ihn nach Bath geschickt.«

»Ich muss Jeremy verständigen, er will einen Büttel einstellen …«

»Jeremy weiß Bescheid und er stellt keinen Büttel ein. Er hat die ganze Zeit von deiner Vergangenheit gewusst.«

Kelsey holte mit dem Arm aus und ließ ihn durch die Luft sausen. »Natürlich, die ganze Welt hat es gewusst, nur ich nicht!«

»Du –«

»Raus!« Sie schnitt ihm das Wort ab und zeigte auf die Tür. »Ich habe genug gehört! Verschwinde, bevor ich anfange zu schreien!«

Sein düsterer Blick durchbohrte sie einen Moment, dann warf er Kaninchen auf den Tisch und ging widerspruchslos hinaus.

Kelsey starrte auf das ramponierte Stoffkaninchen und hob es auf. Als sie es an sich drückte, fiel noch mehr von der Füllung in ihre Hand. Sie starrte darauf, dann auf das Loch in der Seite des Stofftiers. Tränen stiegen ihr in die Augen und nahmen ihr die Sicht. Schluchzer schüttelten ihren Körper. Weinend brach sie auf dem Boden zusammen, presste das Kaninchen an ihr Gesicht und wiegte sich hin und her.

Als Kelsey innerlich wie taub war und keine Tränen mehr kamen, lief sie mit Kaninchen in den Armen aus dem

Schloss. Sie musste fort von Edward, fort von den Lügen ihrer Vergangenheit. Die Hitze des Tages hing immer noch in der Nachtluft, und als sie im Dorf anlangte, war sie von oben bis unten mit Schweiß bedeckt. Zum Glück lagen alle Bewohner des Dorfs im Bett, und alles war ruhig bis auf den Hund des Fleischers, der beim Laden stand und sie anbellte, als sie vorbeilief. Das Haus ihres Vaters war am anderen Ende des Dorfs, und sie war außer Atem, als sie dort ankam. Sie ging durch die Hintertür hinein und schlug sie hinter sich zu.

Sie wollte gerade nach ihrem Vater rufen, als ihr einfiel, dass er nicht zu Hause war. Er war nicht einmal ihr Vater. Ihre Schritte hallten laut durch die Leere, als sie in der Küche eine Kerze anzündete und die Treppe zu ihrer Schlafkammer hinaufstieg. Das kleine Cottage war kein Zuhause mehr für sie. Aber wo war ihr Zuhause? Sie fühlte sich so verloren, als würde sie nirgendwo hingehören.

Sie hielt das Kaninchen fest umklammert und ging in ihr Zimmer, blieb stehen und sah sich um. Die Wände waren unverputzt, die Wand- und Deckenbalken roh und unbehandelt. In einer Ecke türmten sich in unordentlichen Stapeln ihre Kunstbände. Die Bilder, die sie in Momenten voller Leidenschaft gemalt hatte, lehnten an einer Wand. Sie hatte sie nie jemandem gezeigt, nicht einmal ihrem Vater, der ein Vertreter der alten Schule war und Bilder *alla prima*, ohne Lasur, lediglich als Skizzen auf Leinwand ansah. Vielleicht waren es wirklich nur Skizzen ihrer Ausdruckskraft, aber sie brachte es nicht übers Herz, sie wegzuwerfen.

Kelsey stellte die Kerze auf den Tisch neben ihrem Bett und legte das Kaninchen auf ihr Kissen. Sie zog ihre Sachen aus und löste ihren Zopf, während sie zum Waschtisch ging.

Dort beugte sie sich über die Schüssel, griff nach dem Wasserkrug und übergoss Kopf, Hals und Brust mit kaltem Wasser. Es lief über ihre erhitzte Haut, und sie seufzte wohlig, als sie die kühle Nässe spürte. Es war ein beruhigendes Gefühl. Sie war am Leben. Sie konnte immer noch etwas empfinden, obwohl sie sich innerlich wie tot fühlte.

Sie wusch sich von oben bis unten mit einem Schwamm ab und warf den Kopf zurück, um ihr Haar über ihre Schultern und auf den Rücken zu werfen. Dann nahm sie ein Handtuch, trocknete ihr Gesicht ab und legte es um ihre Schultern, während sie zum Fenster ging und die Läden aufstieß.

Das Fenster war klein und der Sims reichte ihr kaum bis zum Bauch. Sie stützte die Hände auf das Brett und lehnte sich hinaus, wie sie es schon in so vielen Sommernächten getan hatte. Heute Abend war die Luft schwer vom Duft des Lavendels, der im Kräutergarten unter dem Fenster blühte. Jeder Stern am Himmel schien hinter einem hauchdünnen Schleier zu strahlen, als hätten auch sie Geheimnisse vor ihr. Das Leben war voller Geheimnisse und Lügen und Doppelbödigkeiten. Wieder musste sie an ihre richtigen Eltern denken. War sie erwünscht gewesen? Hatten ihre Eltern sie geliebt, als sie zur Welt gekommen war? Oder war sie nur ein Belastung gewesen, die man ins Kinderzimmer und an die Nanny abschob?

Ein Geräusch von unten riss sie aus ihren Überlegungen. Sie starrte in den vom Mondlicht spärlich erleuchteten Garten und zu dem weißen Lattenzaun, der ihn umgab. Irgendetwas bewegte sich in der Nähe des Zauns …

Edward! Er saß auf seinem Pferd und starrte zu ihr hinauf.

19

Gebannt beobachtete Edward, wie sie am Fenster stand. Das flackernde Kerzenlicht hinter ihrem Rücken ließ ihre nackte Haut golden schimmern. Er betrachtete die cremige weiße Haut ihres schlanken Halses und weiter unten auf dem entblößten Fleisch zwischen ihren hoch angesetzten Brüsten. Das Handtuch, das über ihre Schultern hing, bedeckte gerade eben ihre Brustspitzen, und er konnte die Unterseiten ihrer Brüste sehen.

Sie schien ihn gesehen zu haben. Ihre Hände flogen in die Höhe, um ihre Brüste zu bedecken, dann trat sie abrupt zurück. Die Vision war verschwunden, der Bann gebrochen. Er hatte nicht gewollt, dass sie ihn sah, aber als er hörte, dass sie das Schloss verließ, war er ihr gefolgt, um sicherzugehen, dass sie ihr Ziel unbehelligt erreichte. Wie hatte er ahnen können, dass sie ans Fenster kommen und ihn mit ihrem Anblick foltern würde?

Mit zusammengebissenen Zähnen riss er Dagger herum und ritt nach Hause zurück. Erdklumpen flogen in die Höhe, als er dem Pferd die Zügel schießen ließ. Der warme Wind, der ihm ins Gesicht wehte, erinnerte ihn an die zarte Berührung von Kelseys Fingern. Er dachte daran, wie sich ihre Lippen unter seinen angefühlt hatten, an das Gefühl, ihre Brüste mit seinen Händen zu umfassen, an ihr verzücktes Gesicht, wenn er sie zum Höhepunkt brachte, an den Klang ihrer belegten Stimme, als sie »Ich liebe dich« rief.

Das Verlangen, sich in ihr heißes, enges Fleisch zu versenken, grub sich tief in seine Lenden, bis er am liebsten vor Qual geschrien hätte. Er dachte daran, zu ihr zurückzureiten und wieder mit ihr zu schlafen ... Aber das konnte er nicht. Er hatte dafür gesorgt, dass Kelsey ihn hasste. Zu ihrem und zu seinem eigenen Wohl musste er sie loslassen.

In der Nähe des Sees zog er die Zügel an, sprang von Daggers Rücken und rannte zum Ufer. Wie rasend streifte er seine Stiefel ab und stieß sich vollständig bekleidet von der Böschung ab. Das kühle Wasser war ein kläglicher Ersatz für Kelseys warme, weiche Haut und es half nicht im Geringsten, das Verlangen seines Körpers oder die quälende Ruhelosigkeit, die an ihm fraß, zu dämpfen.

Am nächsten Morgen saß Kelsey in der Küche und knabberte an einem Zwieback, um etwas gegen das flaue Gefühl in ihrem Magen zu tun. Die leichte Übelkeit war in der letzten Nacht aufgetreten, als sie Edward sah. Sie konnte nicht fassen, dass er ihr gefolgt war und sie nackt am Fenster gesehen hatte. Zorn und das Gefühl von Demütigung ließen sie den größten Teil der Nacht nicht los, aber was sie bis in die frühen Morgenstunden wachgehalten hatte, waren die Erinnerungen an Edwards Küsse, an seinen muskulösen Körper, an seine wundervollen Hände und die Freuden, die sie zu schenken vermochten. Wann würde sie es je schaffen, ihn hinter sich zu lassen? Sie hasste ihn!

Sie seufzte und kaute auf ihrem Stück Zwieback herum. Es schmeckte wie getrockneter Schlamm und blieb ihr am

Gaumen kleben, als sie es hinunterschlucken wollte. Plötzlich klopfte es an die Tür, und Kelsey zuckte zusammen. Beinahe hätte sie den Zwieback fallen lassen, fing ihn aber noch auf, bevor er auf den Tisch fiel. Nachdem sie ihn auf den Teller gelegt hatte, lief sie zur Tür, um aufzumachen.

»Guten Morgen, Madam.« Ein schlanker Herr mit langem Gesicht und klugen, durchdringenden Augen lüpfte seinen Hut und verbeugte sich leicht. Dann richtete er sich auf, fuhr mit einer Hand über den Rand seines gestärkten Halstuchs und sagte: »Ist Miss Vallarreal zu Hause?«

»Ich bin Miss Vallarreal«, sagte Kelsey ungeduldig, die fühlte, dass sich ihre Übelkeit verstärkte.

Sein Blick wanderte über ihre Gestalt und erfasste ihre Malerkluft und ihr Haar, eine wirre Masse dunkler Locken, die offen bis zu ihrer Taille hingen. Er runzelte die Stirn. »Hier muss ein Irrtum vorliegen. Ich suche Kelsey Wentworth Vallarreal.«

»Die bin ich, Sir. Und ich habe keine Lust, hier in der Tür zu stehen und meine Herkunft vor Ihnen zu rechtfertigen. Entweder Sie sagen mir, worum es geht, oder Sie gehen Ihrer Wege.« Kelsey machte Anstalten, die Tür zu schließen.

»Warten Sie! Ich bin Mr. Bernard Breckeridge, von der Anwaltskanzlei Jenkins und Jenkins. Ich bin eigens aus London gekommen, um mit Ihnen die Einzelheiten des Treuhandfonds zu besprechen, den Ihr Vater Ihnen hinterlassen hat. Wie Sie wissen, ist heute Ihr Geburtstag und Sie sind volljährig geworden.«

Ihre dunklen Augenbrauen zogen sich zusammen, als er ihren Geburtstag erwähnte. Sie war in Gedanken so sehr mit Edward beschäftigt gewesen, dass sie es völlig vergessen hatte. Als sie jetzt an ihn dachte, krampfte sich ihr Magen zusammen, und ihr wurde noch schlechter. Sie legte einen Hand auf ihren Magen und bat den Mann mit einer Handbewegung ins Haus. »Treten Sie bitte ein. Entschuldigen Sie mein unhöfliches Benehmen, aber ich habe eine leichte Magenverstimmung.«

»Kann ich etwas für Sie tun?«

»Nein«, sagte Kelsey, während sie in die Küche voranging. Nach dem Tod ihrer Mutter hatte ihr Vater bald auf den unnötigen Luxus eines Salons verzichtet. Jetzt wurden dort Malutensilien aufbewahrt.

»Darf ich Ihnen einen Tee anbieten?«, fragte Kelsey und drehte sich zum Herd um.

»Es würde mir nicht im Traum einfallen, Ihnen Umstände zu machen, wenn Sie sich nicht wohl fühlen, Miss Vallarreal.«

»Es macht keine Umstände«, sagte Kelsey. Sie nahm eine Tasse von einem Haken und schenkte Tee ein. »Jedenfalls habe ich dann etwas anderes zu tun, als an meine Magenschmerzen zu denken.«

»Nehmen Sie doch bitte Platz«, sagte er und schob einen Stuhl zurück, als sie den Tee brachte. »Ich werde Ihre Zeit nur kurz in Anspruch nehmen.«

Mr. Breckeridge wurde im Verlauf der nächsten Viertelstunde, in der er ihr den Umfang ihres Erbes erklärte, wesentlich umgänglicher. Kelsey gehörte eine Schifffahrtslinie in London mit Niederlassungen in der ganzen Welt, ein Besitz in Yorkshire, eine Burg im schottischen Hochland, ein Stadthaus in London, eine Plantage in Brasilien und eine Villa in Südfrankreich.

»Ihr Einkommen wird sich auf hunderttausend Pfund im

Jahr belaufen, Miss Vallarreal. Wie fühlen Sie sich mit Ihrem frisch erworbenem Reichtum?« Mr. Breckeridge nippte an seinem Tee und spähte über den Rand der Tasse zu ihr.

»Ich weiß wirklich nicht, was ich sagen soll, Sir.«

»Es ist ein wenig gewöhnungsbedürftig. Ihr Leben wird nie wieder dasselbe sein.« Er sah sich in der kleinen Küche um, als wäre alles besser als das Leben, das sie im Moment führte. »Hier ist für den Anfang ein Wechsel über zehntausend Pfund. Falls Sie einen Rat brauchen oder ich Ihnen in irgendeiner Weise behilflich sein kann, stehe ich stets zu Ihren Diensten, Madam.« Er drückte ihr mit dem Wechsel eine Visitenkarte in die Hand, stand auf und verbeugte sich. Sein gertenschlanker Körper machte den Eindruck, als ob er entzweibrechen würde, wenn er sich noch tiefer verneigte.

Kelsey starrte den Wechsel ehrfürchtig an und brachte den Anwalt zur Tür. Plötzlich fiel ihr etwas ein. »Sie könnten tatsächlich etwas für mich tun, Mr. Breckeridge. Würden Sie dafür sorgen, dass eine entsprechende Anzahl von Dienstboten eingestellt wird, um das Stadthaus in London zu führen? Ich habe vor, es morgen zu beziehen.«

»Es wird mir ein Vergnügen sein.« Mr. Breckeridge, den es zu beglücken schien, ihr von Nutzen sein zu können, verbeugte sich noch einmal.

Sie lächelte ihn an. »Guten Tag, Mr. Breckeridge.«

»Guten Tag.« Er tippte an seinen Hut und stolzierte auf seinen dünnen Storchenbeinen über den Steinplattenweg zum Tor. Dann stieg er in ein kleines Gig und winkte ihr im Fahren noch einmal zu.

Kelsey, die wieder auf den Wechsel starrte, wusste nicht,

ob sie vor Freude Luftsprünge machen oder mit ihren Magenschmerzen zu Bett gehen sollte. Sie steckte den Wechsel ein und wollte sich gerade für das Bett entscheiden, als das Rumpeln von Kutschenrädern ihren Blick wieder zum Tor lenkte. Jeremy fuhr soeben mit seinem Phaeton vor. Seine haselnussbraunen Augen begegneten ihren, und ein unwiderstehliches Lächeln breitete sich auf seinem Gesicht aus.

»Hallo, hallo!«, rief er und sprang vom Kutschbock. In seiner tiefblauen Jacke mit dazu passenden Kniehosen und der blauweiß gestreiften Weste sah er wie ein schöner Märchenprinz aus. In seiner Hand schwankte ein Strauß aus roten und rosa Rosen.

»Hallo, Jeremy«, sagte sie, unfähig, die Gereiztheit in ihrer Stimme zu unterdrücken.

Er kam zu ihr, hauchte einen zärtlichen Kuss auf ihre Hand und musterte dann prüfend ihr Gesicht. Seine goldbraunen Augenbrauen zogen sich besorgt zusammen. »Sie sind so blass wie die Farbe auf Ihren Zaunlatten. Eddie hat mir gesagt, dass Sie hier sind, aber er hat mir nicht erzählt, dass er Ihnen erlaubt hat, Stillmore zu verlassen, obwohl Sie krank sind. Ich glaube, ich muss ein Wörtchen mit ihm reden und –«

»Nein, nein, bitte nicht! Ich war nicht krank, als ich gestern Abend ging. Es hat heute morgen angefangen. Ich bin sicher, es wird bald vorbei sein«, sagte Kelsey, während sie sich den Magen hielt.

»Das hoffe ich. Ich glaube, ich könnte es nicht mit meinem Gewissen vereinbaren, mir einen Geburtstagskuss von einer Kranken zu stehlen.« Er grinste sie verwegen an.

»Bitte nicht ...« Kelsey hob abwehrend eine Hand. »Ich

bin nicht in der Stimmung für Ihre Avancen. Außerdem bin ich Ihnen böse, weil Sie mir nicht die Wahrheit gesagt haben.«

»Eddie hat es Ihnen also gesagt?« Jeremy lehnte sich mit einer Schulter an den Torpfosten und starrte auf die Blumen in seiner Hand.

»Ja, endlich«, sagte sie verärgert.

»Könnten diese Blumen Sie ein wenig milder stimmen?« In seinen schimmernden Augen lag ein flehender Blick, dem man schwer widerstehen konnte, schon gar nicht, wenn ihr noch dazu ein Strauß Rosen überreicht wurde.

»Wie kann ich Ihnen böse sein, wenn Sie mich wie ein junger Hund anschauen, der Angst hat, er könnte Schläge bekommen? Sie beherrschen Ihre erbarmungswürdigen Blicke wirklich meisterhaft.« Sie musste unwillkürlich grinsen, als sie die Blumen nahm.

»Warum lassen Sie mich nicht herein, damit ich Ihnen mein ganzes Repertoire vorführen kann?«

»Kommen Sie herein, aber wenn Sie wieder versuchen, mich zu küssen wie letztes Mal, als wir uns gesehen haben, könnte ich gezwungen sein, mich zu verteidigen, und ich glaube nicht, dass Ihnen das gefallen würde.« Kelsey warf ihm einen strengen Blick zu, und er brach in schallendes Gelächter aus. »Das ist nicht zum Lachen, Jeremy«, sagte sie schroff, bevor sie sich auf dem Absatz umdrehte und in die Küche ging. »Ich mag Sie, aber nur als Freund. Und so wird es immer bleiben.«

»Ich werde die Hoffnung nicht aufgeben. Ich weiß, dass Sie etwas für Edward empfinden, aber –«

»Tu ich nicht!«, platzte Kelsey viel zu stürmisch heraus.

Jeremy lächelte. »Ich bin nicht blind, Kelsey. Ich weiß, dass Sie ihn mir vorgezogen haben, aber Edward ist nicht der Richtige für Sie.« Seine Stimme wurde ernst. »Ich denke, dass ist Ihnen klargeworden.«

»Ja«, sagte sie ehrlich. Sie wusste, dass sie es nicht länger leugnen konnte. »Aber das heißt nicht, dass ich mich nach einem anderen umsehe.«

Kelsey bemerkte, dass er eine kleine weinrote Samtschachtel aus seiner Jackentasche zog. Hatte er einen Ring für sie gekauft? Sie drehte sich abrupt um, ging zum Küchenschrank und holte einen Krug für die Blumen. Sie goss Wasser hinein und arrangierte die Blumen, in der Hoffnung, er würde ihr den Ring nicht überreichen.

»Vielleicht werden Sie es später einmal tun«, sagte er hoffnungsvoll. Sie hörte, wie der Stuhl knarrte, als er sich setzte.

»Nein. Niemals«, sagte Kelsey schroff und wechselte das Thema. »Möchten Sie einen Tee?«

»Ja.«

Einen Moment lang herrschte befangenes Schweigen. Als Kelsey sich umdrehte, um die Tasse zum Tisch zu tragen, sah sie, wie er die kleine Schachtel wieder einsteckte. Sie atmete innerlich vor Erleichterung auf, bis sie den Schmerz auf seinem anziehenden Gesicht sah.

Sie stellte die Tasse vor ihn und berührte leicht seine Hand. »Tut mir Leid, ich habe Ihnen wehgetan. Es war nicht sehr diplomatisch von mir, meine Gefühle so unverblümt auszusprechen, aber finden Sie nicht, es ist besser, wenn ich ehrlich bin, statt Sie an etwas glauben zu lassen, das nie passieren wird? Ich verdiene Ihre Beachtung nicht. Sie sehen gut aus und haben sehr viel Charme und sind noch dazu ein wirklich guter Mensch. Eines Tages werden Sie die Frau finden, die Sie wirklich liebt – aber das werde nicht ich sein.«

»Sie haben Recht.« Er lächelte, aber das Lächeln erreichte seine Augen nicht.

Kelsey zog ihre Hand zurück und sah ihn an, während er auf die Hand starrte, die sie gerade berührt hatte. Sie fand es schrecklich, ihm wehzutun, aber es gab keine andere Möglichkeit, ihn zur Vernunft zu bringen.

Wieder klopfte es an die Tür.

Sie seufzte. »Wer mag das wieder sein?«

»Lassen Sie mich an die Tür gehen.«

»Nein, es geht mir besser, wenn ich mich bewege. Bleiben Sie sitzen, ich bin gleich wieder da.«

Als Kelsey die Tür öffnete, stand ihr Mary mit einem kleinen Portmanteau in der Hand gegenüber. Ihr Gesicht war leicht gerötet und sie wirkte nervös, als sie einen Knicks machte. »Verzeihung, Miss, Seine Gnaden schickt mich. Er hat gesagt, dass Sie jetzt eine Zofe brauchen. Ich weiß, es ist furchtbar von mir, einfach mit Sack und Pack hier aufzutauchen, aber er hat mich richtiggehend gefeuert. Hat gesagt, ich soll zu Ihnen gehen, wenn ich eine ›Stellung‹ brauche. Wirklich, das hat er gesagt, eine ›Stellung‹ …«

»Nun, Mary, ich brauche tatsächlich eine Zofe. Wie würde es dir gefallen, in London zu leben?«

Marys Augen leuchteten. »Oh, das würde ich schrecklich gern, Miss. Ich wollte schon immer eine große Stadt sehen. Das Land ist ja sehr schön, aber es ist nicht wie die Stadt. Nichts ist wie die Stadt –«

Kelsey unterbrach sie, da sie wusste, dass sie noch eine Stunde hier stehen würde, wenn sie es nicht tat. »Komm,

Mary, du kannst für heute Nacht das Zimmer meines Vaters haben. Ich zeige dir, wo es ist. Morgen packe ich meine Sachen und dann ab nach London!«

»Ach, Miss, ich kann es kaum erwarten! Oh ... das hab ich ganz vergessen. Seine Gnaden hat gesagt, dass es ein Geburtstagsgeschenk für Sie ist.« Mary zog eine kleine, flache Schachtel aus ihrem Retikül und gab sie Kelsey.

Kelsey strich mit den Fingern über die schwarze Samtschachtel und klappte sie zögernd auf.

»Oh, so was Schönes hab ich noch nie gesehen, Miss!«

»Ja«, sagte Kelsey und starrte auf das Kollier. Einundzwanzig tränenförmige Smaragde in einer Fassung von winzigen Brillanten hingen an einer eleganten Goldkette. Sie fragte sich, in welchem Geist diese Gabe gemacht worden war. War das Kollier ein Geburtstagsgeschenk oder eine Art Entlohnung für geleistete Dienste?

Wieder stieg Übelkeit in ihr auf. Sie drückte Mary die Schachtel in die Hand, presste eine Hand auf den Mund und rannte auf den Rasen hinaus, bevor sie sich vorbeugte und sich übergab.

»Oh, Miss, ich hab noch nie erlebt, dass einem bei einem so schönen Geschenk schlecht wird. Was ist los, gefällt Ihnen die Kette nicht?«

Kelsey hätte lachen müssen, wenn sie ihr nicht so nach Weinen zumute gewesen wäre. Tränen brannten in ihren Augen, als sie sich aufrichtete und wartete, dass sich ihr Magen beruhigte.

»Ist alles in Ordnung, Kelsey?«, sagte Jeremy und eilte an ihre Seite. »Hier.« Er reichte ihr sein Taschentuch.

»Danke«, sagte sie und wischte sich den Mund ab. »Tut mir Leid, dass Sie das mit ansehen mussten.«

»Ich hoffe nur, Sie erholen sich bald. Lassen Sie mich Ihnen ins Bett helfen.«

»Das mache ich, Mylord«, sagte Mary und nahm Kelseys Arm.

»Es geht mir schon viel besser«, sagte Kelsey und zog ihren Arm zurück. »Ich bin sicher, es ist nur vorübergehend.«

Zwei Monate später war Kelsey in ihrem Londoner Atelier, einem großen Gebäude, das sie in Covent Garden gekauft hatte. Wenn sie aus dem Vorderfenster sah, konnte sie Evans Grand Hotel und ein Stück weiter unten die Kathedrale von St. Paul's sehen. In dieser Gegend herrschte zu jeder Tageszeit reges Leben und Treiben. Wenn sie genug vom Malen hatte, konnte sie sich ans Fenster stellen und das Menschengewimmel auf den Straßen beobachten. Sie hatte statt der Decke eine gewölbte Glaskuppel in ihr Atelier einbauen lassen und so den ganzen Tag Nordlicht im Raum. Mit dem Atelier auf der Rückseite und einer Kunstgalerie auf der Vorderseite des Gebäudes war es ein sehr schöner Arbeitsplatz.

Sie trat von dem Bild zurück, an dem sie gerade arbeitete, schürzte die Lippen und tupfte noch etwas Ockergelb auf die Leinwand. Dann betrachtete sie das Gesicht, ein verbissenes, düsteres Abbild, das sich ihrem Gedächtnis unauslöschlich eingeprägt hatte. Edwards Gesicht.

Es wirkte befreiend auf ihre Seele, ihn zu malen. Irgendwie half es ihr, den Abgrund von Einsamkeit auszufüllen, den er in ihrem Inneren hinterlassen hatte. So sehr sie auch versuchte, ihn zu hassen, sie konnte nicht vergessen, dass sie ihn und den Jungen, der er gewesen war, einmal geliebt hatte. Es war der Junge, der sie am meisten verfolgte. Sie träumte immer noch von ihm.

Die Türglocke läutete, ein Zeichen, dass jemand die Galerie betreten hatte. Sie warf rasch ein Tuch über die Leinwand und wischte sich die Hände an ihrem Kittel ab.

»Kelsey, bist du da?« Es war Lizzys Stimme.

»Ja, komme schon!« Sie eilte in die Galerie hinaus, vorbei an den kreativeren ihrer Bilder, die sie bis vor kurzem noch vor der Welt versteckt hatte. Ihr Reichtum gab ihr das Selbstvertrauen, sie auszustellen, und die gute Gesellschaft riss sich förmlich um ihre Arbeiten. Sie konnte ihre Bilder gar nicht schnell genug verkaufen.

Lizzy kam auf sie zu. Das weinrote Reitkleid, das sich um ihre langen Beine bauschte, verlieh ihrem stürmischen Gang etwas Majestätisches. Ihr dunkles Haar war unter einem hohen Hut zusammengefasst, der keck auf einer Seite ihres Kopfs balancierte und ihr eine unabhängige, selbstbewusste Note gab. Ihr Gesicht strahlte, wie Kelsey es noch nie an ihr erlebt hatte.

»Schön, dich zu sehen. Der Ehestand scheint dir zu bekommen. Ich habe dich noch nie so hübsch gesehen.« Sie breitete die Arme aus.

»Bitte nicht!« Lizzy wich einen Schritt zurück. »Als du mich das letzte Mal umarmt hast, hast du eins meiner besten Kleider ruiniert.« Lizzy lächelte und drückte ihr die Hand.

»Ich habe dir ein anderes gekauft, oder?«, zog Kelsey sie auf.

»Ja, aber das war mir schrecklich unangenehm. Du hast schon so viel für Griffin und mich getan.«

»Bist du ganz allein von Westmoreland hierher geritten?«

»Aber ja, es sind doch kaum dreißig Meilen.« Lizzy streifte ihre Reithandschuhe ab. »Griffin hat darauf bestanden, dass ich einen Reitknecht mitnehme. Der arme Kerl passt auf die Pferde auf. Ich glaube, mein halsbrecherisches Tempo hat ihm gar nicht gefallen.« Lizzy grinste durchtrieben.

»Ich hoffe, du bringst keine schlechten Neuigkeiten von meinen Besitztümern.«

»Nein, nein. Ich habe Griffin in Westmoreland dabei zurückgelassen, über den Büchern zu sitzen und sich die Haare zu raufen.«

»Er wird sich daran gewöhnen.«

»Ich glaube, dieser Aufgabenbereich eines Verwalters sagt ihm nicht besonders zu.«

»Nein, er hatte nie einen Kopf für Zahlen. Sag ihm, wenn er einen Buchhalter braucht, soll er einen einstellen. Ich kann nicht zulassen, dass mein Besitz nur wegen seiner Sturheit vor die Hunde geht.« Sie mussten beide lachen.

»Er wird sich schon durchmogeln, wie immer.« Lizzys dunkle Augen leuchteten auf und ihre Stimme klang freudig erregt, als sie sagte: »Ich bin nicht aus geschäftlichen Gründen hier. Ich habe eine wundervolle Neuigkeit.«

»Das freut mich. Was ist es?« Kelsey setzte sich auf eine Bank und bedeutete Lizzy, sich zu ihr zu setzen.

Lizzy nahm Platz und arrangierte den weiten Faltenwurf ihres Rocks so, dass er nicht Kelseys schmutzigen Kittel streifte. »Du wirst Patentante.«

»Das ist wirklich eine gute Neuigkeit.« Kelsey nahm Lizzys Hand und drückte sie. »Griffin ist bestimmt außer sich.«

»Er lässt mir keine Ruhe«, sagte Lizzy verstimmt, aber das Lächeln auf ihrem Gesicht strafte ihren Ton Lügen.

»Er wird ein großartiger Vater sein.« Kelsey legte unwillkürlich die Hände auf ihren Bauch. Ihre Kehle schnürte sich zusammen, als sie an ihr eigenes Kind dachte und daran, dass es nie einen Vater haben würde.

Die Aufregung verschwand aus Lizzys Stimme, als sie sagte: »Ich denke, wir könnten sie gemeinsam taufen lassen.«

Kelsey ließ ihre Hände rasch in den Schoß sinken und versuchte möglichst beiläufig zu klingen, als sie fragte: »Gemeinsam taufen? Wen? Hast du eine Freundin, die ein Kind erwartet?«

»Du weißt ganz genau, dass du die einzige Freundin bist, die ich verkraften kann.« Lizzy legte eine Hand auf Kelseys Schulter.

Kelsey spürte, wie ihr Tränen in die Augen traten, und blinzelte sie weg. »Wie lange weißt du es schon?«

»Seit dieser morgendlichen Übelkeit, die du mehrere Wochen hattest, als du nach London gezogen bist. Jeder Narr konnte sehen, dass du schwanger warst und es verheimlichen wolltest.«

»Weiß Griffin es?«

»Ich habe ihm nichts gesagt. Das wollte ich dir überlassen. Was ich wissen möchte, ist, wann du beabsichtigst, es Edward zu sagen.«

»Gar nicht.« Kelsey legte schützend eine Hand auf ihren Bauch.

»Du musst es tun, Kelsey. So etwas kannst du ihm nicht verschweigen.«

»Ich kann es und ich werde es. Du weißt nicht, was

für furchtbare Dinge er zu mir gesagt hat, bevor wir auseinander gingen.« Kelsey versagte einen Moment lang die Stimme, dann fuhr sie fort: »Ihm liegt weder etwas an mir noch an seinem Kind. Versprich mir, ihm nichts zu sagen.«

Lizzy zögerte kurz. Dann nickte sie. »Na gut, ich verspreche es, aber wie willst du das vor ihm und dem Rest der Welt geheim halten? Du bist im Moment der Liebling der Gesellschaft. Jeder Stutzer in der Stadt hat es auf dich und dein Vermögen abgesehen. Alle beobachten dich mit Adleraugen. Du bist die Einzige, über die ich in den Klatschspalten lese. Und Jeremy, hast du an ihn gedacht? Ich weiß, dass er dich überallhin begleitet.«

»Ich habe vor, mich für zwei Jahre in meine Villa in Frankreich zurückzuziehen. Ich werde allen erzählen, dass ich geheiratet habe und mein Mann gestorben ist. Und wenn ich zurückkomme, sind alle genauso klug wie zuvor.«

Lizzy schüttelte den Kopf. »Ich hoffe, du weißt, was du tust.«

»Ganz bestimmt.«

Jeremy war zur Hintertür hereingeschlüpft, wie er es immer tat, wenn Kelsey gerade arbeitete. Er hatte zufällig aufgeschnappt, wie sie mit Lizzy über ihre Schwangerschaft sprach, und war stehen geblieben, um zu lauschen. Jetzt zog er sich lautlos ins Atelier zurück, wobei er insgeheim Edward verfluchte. Wie hatte er ihr das nur antun können? Der Mistkerl würde sich wie ein Ehrenmann verhalten, sonst würde er, Jeremy, dafür sorgen, dass sie sich bei Morgengrauen trafen. Er stahl sich leise hinaus und lief die Straße hinunter zu seinem Wagen.

Stillmore wirkte einsam und verlassen, als Jeremy aus seiner Kutsche stieg. Kein Vorhang war aufgezogen. Der Ort sah aus, als wäre er in Trauer. Jeremy zögerte einen Moment, um gegen die Trostlosigkeit anzukämpfen, die auf dem Schloss zu lasten schien, und pochte dann mit seinem Stock an die Tür.

Watkins, der noch verdrießlicher als sonst wirkte, machte die Tür auf. In seinen Augen lag ein verlorener Ausdruck, der ihn uralt erscheinen ließ. Als er Jeremy sah, schürzte er die Lippen und verbeugte sich. »Mylord, ich freue mich, Sie zu sehen.«

»Ist er zu Hause?« Jeremy reichte Watkins Handschuhe, Hut und Stock und trat in die Eingangshalle.

»Er ist hier, Mylord, aber er hat sich in die Bibliothek eingeschlossen. Er war seit Wochen nicht mehr draußen. Er weigert sich, etwas zu essen. Ich mache mir Sorgen um ihn.«

»Ich glaube nicht, dass der Bastard Ihre Sorge verdient hat, Watkins. Sie brauchen mich nicht anzumelden, ich kenne den Weg.«

Jeremy ließ Watkins stehen, der ihm verwirrt und zutiefst besorgt nachsah. Als Jeremy vor der Bibliothek stand, war er darauf vorbereitet, Edward entweder zur Vernunft zu bringen oder ihn gefesselt und geknebelt vor den Altar zu schleppen.

Er stieß die Tür auf. Tiefe Dunkelheit und der Geruch von schalem Alkohol schlugen ihm entgegen. Er schloss die Tür. »Wieder einmal im Dunkeln, Eddie? Kannst du nicht eine Kerze anzünden? Ich würde gern dein Gesicht sehen, wenn ich dir sage, was ich zu sagen habe.«

»Verschwinde. Ich will es nicht wissen.« Die Worte wurden geknurrt, aber sie klangen schwach, als wäre kein Leben in ihnen.

Noch nie hatte er Edward so mutlos gehört. Mit wachsender Sorge sagte er: »Ich gehe nirgendwo hin. Zünde endlich eine Kerze an, verdammt, sonst hole ich Watkins und lasse es ihn machen.«

Er hörte das Leder des Sessels knarren, dann leise Geräusche, bis schließlich ein matter Lichtschein den Raum erhellte. Jeremy erschrak, als er Edward an seinem Schreibtisch sitzen sah. Seine Kleidung war zerknittert und beschmutzt. Dunkle Ringe lagen unter seinen Augen, und sein Gesicht wirkte eingefallen, so stark war er abgemagert. Ein ungepflegter Bart bedeckte sein Gesicht. Auf dem Schreibtisch stand eine leere Karaffe, in der Whisky gewesen war, und er hielt ein Glas in der Hand.

»Schau nur gut hin«, bemerkte Edward verächtlich und salutierte Jeremy mit seinem Glas, bevor er es an seinen Mund hielt.

»Gehst du nicht ein bisschen weit mit deinem Selbstmitleid?« Jeremy versuchte den Schock über Edwards Anblick zu überwinden und nahm ihm gegenüber am Schreibtisch Platz.

»Erspare mir deine Moralpredigten. Davon habe ich von Watkins reichlich zu hören bekommen.«

»Offensichtlich nicht genug.«

»Was willst du?«

»Was ich will?« Jeremy zog die Augenbrauen hoch. »Was ich will, hast du bereits.«

»Ich habe nichts, du Dummkopf.« Edward heftete seine blutunterlaufenen Augen auf das Glas und starrte es versonnen an.

»Du hast mehr, als du ahnst.« Jeremy spürte, dass allmählich sein Temperament mit ihm durchging. »Dafür sollte ich dich fordern.«

»Du würdest mir einen Gefallen tun.« Edward lehnte seinen Kopf an den Sessel und schloss die Augen.

»Nichts wäre mir lieber, aber ich habe ein Gewissen. Weißt du, ich kann dich nicht töten und deinen Erben ohne Vater zurücklassen.« Edward sah ihn an, als hätte Jeremy tatsächlich auf ihn geschossen, und Jeremy empfand ein kurzes Aufflackern von Genugtuung.

Nach dem ersten Schock beugte Edward sich vor, das Gesicht verzerrt vor Qual. »Kelsey erwartet ein Kind?«

»Ja. Ich dachte, du solltest es wissen.«

Edward lehnte sich wieder zurück. Seine Miene war wieder unbewegt und er starrte unverwandt an die Decke. »Was zum Teufel kümmert's mich? Es ist nicht von mir.«

»Es ist von dir.« Jeremys Stimme bebte vor unterdrücktem Zorn.

»Sie war die ganze Zeit in London. Ich bin sicher, sie hat einen ganzen Schwarm von Verehrern gefunden.«

»Sie trifft keinen von ihnen. Sie ist seit zwei Monaten fort. Das Kind ist von dir.«

»Sie hätte es mir sagen sollen. Ich werde für das Kind sorgen«, sagte Edward mit aufreizendem Desinteresse und hob sein Glas, um noch einen Schluck zu machen.

Jeremy verlor die Beherrschung und schlug Edward das Glas aus der Hand. Es flog quer durch den Raum, krachte an die Wand und zerbarst in unzählige kleine Splitter. Jeremy musste sich an der Tischkante festhalten, um nicht auf Edward loszugehen.

»Du lässt zu, dass sie lächerlich gemacht, verhöhnt und

als Hure gebrandmarkt wird, nur weil du dein Selbstmitleid nicht überwinden kannst? Ich war heute bereit, dir einen Tritt in den Hintern zu geben und dich mit Gewalt in die Kirche zu bringen, damit du sie heiratest, aber den Teufel werde ich tun! Du hast sie nicht verdient. Dieser Art Hölle will ich sie nicht aussetzen. Das Kind ist besser dran ohne dich als Vater.« Jeremy wandte sich zum Gehen, aber Edwards Worte ließen ihn abrupt innehalten.

»Du bist doch schon die ganze Zeit hinter ihr her. Warum gibst du nicht meinem Bastard einen Namen?«

Jeremy riss der Geduldsfaden. Er stürzte sich auf Edward, packte ihn und schlug ihm ins Gesicht ... in den Magen ... in die Rippen. Als ihm bewusst wurde, dass Edward sich nicht wehrte, ließ er ihn los und stieß ihn in den Sessel zurück.

Jeremy ging, ohne einen Blick zurückzuwerfen, und knallte die Tür hinter sich zu. In der Halle wartete Watkins voller Ungeduld auf ihn. Jeremy sah den erwartungsvollen Ausdruck auf dem Gesicht des Butlers und schüttelte den Kopf. »Tut mir Leid, ich kann nichts machen.«

Watkins Gesicht verfiel. »Ich verstehe, Mylord. Sie haben es versucht.« Watkins' Adamsapfel hüpfte auf und ab, als müsste er einen Kloß hinunterwürgen. »Bitte, Mylord.« Er reichte Jeremy Hut, Handschuhe und Stock.

»Danke, Watkins.« Immer noch außer sich vor Zorn, stürmte Jeremy hinaus, überzeugt, Stillmore zum letzten Mal gesehen zu haben. Edward war nicht länger sein Cousin und Freund.

In der Bibliothek schlug Edward die Augen auf. Sein Schädel hämmerte, als würde er gleich platzen. Ständig sah er Kelsey mit seinem Kind im Arm vor sich. Ein ziehender

Schmerz bohrte sich in seine Brust, bis er kaum noch Luft bekam.

Er hörte sich brüllen: »Watkins! Watkins!«

Die Tür flog sofort auf, als hätte Watkins dahinter gelauert. »Ja, Euer Gnaden?«

»Wir fahren nach London.« Als Edward aufstand, spürte er, wie ihm das Kinn an der Stelle wehtat, wo Jeremy ihn getroffen hatte.

»Sehr wohl, Euer Gnaden.« Zum ersten Mal in seinem Leben sah Edward, wie sein Butler die Contenance verlor und lächelte.

»Wie ich sehe, tue ich endlich etwas, das Ihren Gefallen findet.«

»Ja, Euer Gnaden.« Das Lächeln verschwand.

»Gut. Und jetzt müssen wir uns beeilen. Ich will in einer Stunde unterwegs sein. Ich brauche eine Kanne starken Kaffee.«

Er beobachtete, wie Watkins mit mehr Vitalität als ein Mann, der halb so alt war wie er, hinauseilte. Der Gedanke, Kelsey zu heiraten und mit ihr zu schlafen, wann immer er wollte, zauberte ein Lächeln um seine Mundwinkel. Dann fragte er sich, ob Kelsey ihn überhaupt heiraten würde. Immerhin war er sehr grausam zu ihr gewesen und hatte Dinge gesagt, für die sie ihn hassen musste. Aber bestimmt würde sie ihn heiraten, wenn er ihr erklärt hatte, warum er so gehandelt hatte. Sie war die verständnisvollste und großzügigste Frau, die er je gekannt hatte.

Die Morgensonne kroch über die weiße Fassade von Kelseys dreistöckigem Haus in der Upper Brook Street. Die glänzenden schwarzen Schmiedeeisenleisten unter den Fenstern hoben sich krass von dem strahlend weißen Anstrich ab. Kelsey saß in ihrem Arbeitszimmer im ersten Stock, starrte aus dem Fenster und versuchte, den Berg von Einladungen auf ihrem Schreibtisch zu ignorieren, die sie öffnen musste. Seit ihrer Ankunft in London hatte ihre Korrespondenz so zugenommen, dass sie mit dem Gedanken spielte, einen Sekretär einzustellen.

Mit einem Seufzer lehnte sie sich in den Sessel zurück und sog den abgestanden Geruch von Zigarrenrauch ein, den Morris Wentworth in diesem Zimmer zurückgelassen hatte. Sie hatte das ganze Stadthaus neu einrichten lassen, bis auf diesen Raum hier. Ihr leiblicher Vater schien nicht ganz für sie verloren zu sein, wenn sie hier war. Die Lederpolster des Sessels hatten sich seinem Körper angepasst, und wenn sie darin saß wie jetzt, hatte sie das Gefühl, dass er ihr irgendwie nahe war, nicht ein gesichtsloser Geist aus ihrer Vergangenheit. Sie sehnte sich immer noch nach irgendeiner Erinnerung an ihn und ihre Mutter, aber sie konnte sich an nichts erinnern. Für eine einzige Erinnerung hätte sie alles, was sie besaß, gegeben. Alles, was ihr von den beiden geblieben war, war ihr Reichtum.

Reichtum konnte ein Segen und ein Fluch zugleich sein, hatte sie festgestellt. Obwohl ihr Vermögen ihr sofort die Türen zu den höchsten Kreisen geöffnet hatte, hatte sie nie das Gefühl, wirklich dazuzugehören. Sie hatte zu lange auf dem Land gelebt. Gesellschaftliche Verpflichtungen in großen Mengen verloren schnell an Reiz. Die Mitgiftjäger, die nach reichen Frauen Ausschau hielten, waren so leicht zu durchschauen, dass sie Kelsey amüsierten und verärgerten. Sie traute keinem von ihnen und ließ sich ausschließlich von Jeremy begleiten. Durch Edward hatte sie gelernt, keinem

Mann zu vertrauen. Nie wieder würde sie ihre Zuneigung so leichtfertig verschenken. Sie war geheilt. Und es gefiel ihr so.

Es klopfte an die Tür.

Kelsey schrak aus ihren Gedanken und blickte auf. »Ja?«

Fenton, der Butler, steckte seinen kahlen Kopf zur Tür herein. Er war ein kleiner Mann, der sie an einen nervösen Chihuahua erinnerte. Er musste sich noch an seine neue Stellung und an sie gewöhnen. Kelsey vermisste Watkins' tiefschürfende Zitate und unerschütterliche Ruhe.

»J-ja, Miss. Verzeihen Sie bitte die Störung, aber im Salon wartet ein Herr auf Sie.«

»Wer ist es?«

»Der Herzog von Salford.«

20

Kelsey sprang auf. »Sagen Sie ihm, ich sei nicht zu Hause«, sagte sie. Als ihr auffiel, dass sie stand, sank sie wieder in den Sessel und klammerte sich an die Armlehnen. »Und sagen Sie ihm, dass er nie Zutritt zu diesem Haus bekommen wird und er sich die Mühe sparen kann, es noch einmal zu versuchen.«

»J-ja, Madam.« Fenton zog sich zurück und schloss die Tür.

Kelsey versuchte sich auf ihre Post zu konzentrieren. Mit zitternden Händen hob sie eine Einladung zum Ball der Swensons auf. Sie fuhr zusammen, als sie Edwards tiefe Stimme über den Flur dröhnen hörte.

»Ich weiß, dass sie hier ist. Ich gehe erst, wenn ich sie gesehen habe. Wo ist sie?« Türen wurden auf- und zugeschlagen.

»B-bitte tun Sie das nicht, Euer Gnaden«, stammelte Fenton in einem weinerlichen Ton, mit dem er nicht einmal eine Ratte verschreckt hätte.

»Ich gehe erst, wenn ich sie gesehen habe.«

Als sie Edwards Stimme näher kommen hörte, schoss sie aus dem Sessel, raste zur Tür und sperrte sie ab. Mit angehaltenem Atem lehnte sie sich an das flache Holz. Ihr Herz klopfte, als wollte es in ihrer Brust zerspringen.

Bäng! Bäng! Bäng!

Seine Faust schlug an die Tür. Sie fühlte unter ihrem Rücken, wie das Holz unter seinen Schlägen erbebte.

»Mach die Tür auf, Kelsey. Ich weiß, dass du da drin bist.«

»Geh weg! Ich will dich nicht sehen!«

»Du wirst mich sehen.«

»Werde ich nicht! Und jetzt tu uns bitte beiden den Gefallen und geh. Was du mir auch zu sagen hast, ich will es nicht hören.« Kelsey hielt den Atem an und betete, dass er gehen möge.

»Irgendwann wirst du mit mir sprechen müssen. Ich weiß von dem Kind.«

»Es ist nicht deins. Wer immer es dir erzählt hat, ist ein Lügner.« Kelsey hätte Lizzy ohrfeigen können.

»Du bist die Lügnerin. Und jetzt mach endlich die verdammte Tür auf.«

»Nein. Ich hasse dich, verstehst du? Ich will dich nicht sehen. Und ich werde nicht zulassen, dass du mein Kind mit deiner Roheit und Grausamkeit vergiftest. Du bist nicht fähig, einen von uns zu lieben. Ich weiß nicht, warum du wegen des Kindes gekommen bist, aber ich weiß, dass es dir egal ist, und ich werde dich nicht in seine Nähe lassen. Wenn du versuchst, es auf gesetzlichem Weg zu beanspruchen, werde ich beschwören, dass ich mit jedem Schürzenjäger der Stadt ins Bett gegangen bin, und ganz England wird über dich lachen. Und jetzt verschwinde und lass mich in Ruhe!«

»Wie ich sehe, ist es sinnlos, aber du wirst mich nicht so leicht aus deinem Leben drängen, Kelsey. Ich komme wieder.«

Seine Schritte entfernten sich. Kelsey, die vor Empörung

am ganzen Körper zitterte, blinzelte Tränen des Zorns weg. Sie ging zu ihrem Schreibtisch zurück, blieb aber am Fenster stehen, um den Vorhang zurückzuziehen und verstohlen auf die Straße zu spähen. Edwards Wagen stand vor dem Haus. Grayson und vier Vorreiter lungerten mit gelangweilten Mienen um die Pferde herum.

Edward rannte die Stufen zum Wagen hinunter. Bei seinem Anblick schnürte sich ihre Kehle zusammen und sie schluckte mühsam. Er sah größer aus, als sie ihn in Erinnerung hatte, und war ganz in elegantes Schwarz gekleidet. Sie sah nur sein Profil, seine unversehrte Seite. Ihr fiel auf, dass er sein Haar geschnitten hatte und einen Vollbart trug. Dadurch wirkte sein Gesicht hagerer, die Backenknochen traten noch markanter hervor als vorher. Seine Sachen schienen lose an ihm herunterzuhängen. Offenbar hatte er stark abgenommen.

Die Vorreiter nahmen Haltung an, als sie ihn sahen. Einer von ihnen flitzte los, um das Trittbrett der Kutsche herunterzuklappen. Edward setzte seinen Fuß auf die erste Stufe und hielt inne. Er schien ihren Blick zu spüren, denn er drehte sich um und sah über die Schulter direkt zu ihr.

Einen Moment lang trafen sich ihre Blicke.

Kelsey schnappte nach Luft, ließ hastig den Vorhang los und fuhr zurück. Als sie wieder durchatmen konnte und ihr Herz ruhiger schlug, nagte sie kurz an ihrer Unterlippe und riss am Glockenzug.

»J-ja, Madam?«, sagte Fenton. Seine Stimme war hinter der verschlossenen Tür kaum zu hören.

»Stellen Sie sechs kräftige Lakaien ein, Fenton, und postieren Sie sie an der Treppe. Ich wünsche keine Wiederholung des Auftritts, den der Herzog heute Nachmittag geliefert hat.«

»Ja, Madam.«

Sie legte ihre Hände schützend auf ihren Bauch, setzte sich an ihren Schreibtisch, griff nach einem weiteren Umschlag und erbrach das Siegel, aber ihre Hand zitterte so sehr, dass sie den Aufdruck nicht lesen konnte. Das Bild von Edwards eisigem, düsteren Blick schob sich vor das Papier. Sie warf die Einladung auf den Tisch und rieb sich die Augen.

Warum war er gekommen? Sie hätte nicht gedacht, dass er den Mut hatte, sich den Blicken der Gesellschaft zu stellen. Laut Dr. Jamerson war sein letzter Auftritt in diesen erlauchten Kreisen eine katastrophale Demütigung gewesen. Höchstwahrscheinlich konnte er keinen dritten Partner für seine abstoßenden Freuden des Betts finden und war ihr in dem Glauben in die Stadt gefolgt, er könnte das Kind als Druckmittel benutzen und sie dazu bringen, seine Mätresse zu werden.

Nun, sie war nicht bereit, auf seine körperlichen Vorlieben einzugehen. Der Himmel mochte wissen, welche Art abartiger Spiele er sich mit ihr und seinem gegenwärtigen Flittchen erträumte. Je eher er begriff, dass sie nie wieder mit ihm sprechen würde, desto besser. Vielleicht würde ihn die Angst vor seinen Mitmenschen bewegen, nach Stillmore zurückzukehren und dort zu bleiben. Sie hoffte es.

Edwards hoch gewachsene, schlanke Gestalt bewegte sich hinter den spiegelblanken Scheiben eines frisch geputzten Fensters hin und her. Watkins, der mit verschränkten

Armen auf dem Bürgersteig stand, beobachtete den Herzog, während er gleichzeitig die Reinigungsarbeiten an der Außenfassade des Stadthauses überwachte. Es war ein massiver Ziegelbau im georgianischen Stil mit breiten Palladio-Fenstern. Während der letzten zehn Jahre, in denen das Haus am Grosvenor Square leer gestanden hatte, war die Pflege der Fassade stark vernachlässigt worden. Nun, da der Herzog wieder in der Stadt war, beabsichtigte Watkins, alles wieder auf Hochglanz zu bringen.

Watkins warf einen Blick auf den Diener, der auf einer Leiter stand und mit einem feuchten Lappen die Fensterscheiben abrieb. Er hob einen Finger. »Wenn du damit fertig bist, muss das Messing auf der Laterne und dem Türklopfer poliert werden. Und die Fensterläden könnten einen Anstrich vertragen.«

»Jawohl, Sir«, brummte der Diener.

Als Watkins das Rollen von Kutschenrädern hörte, wandte er den Kopf und sah Lord Lovejoy vorfahren, sehr schick in einem grauen Anzug mit heller Nadelstreifenweste.

Er schenkte Watkins ein strahlendes Lächeln. »Hallo, Watkins! Wie ich sehe, lassen Sie das Stadthaus wieder im Glanz der guten, alten Zeit erstehen.«

»Ja, Mylord«, sagte Watkins stolz. »Es ist schön, wieder in der Stadt zu sein.«

»Ist er zu Hause?« Er sah zum Fenster und fügte hinzu: »Schon gut, wie ich sehe, ist er da. Ich finde selbst hinein.«

»Er ist nicht besonders guter Laune, Mylord«, warnte Watkins ihn mit gesenkter Stimme, als Lord Lovejoy an ihm vorbeiging.

»Ich bin sicher, das Stadtleben wird ihn schon aufmuntern.« Lord Lovejoy klopfte Watkins freundschaftlich auf die Schulter und rannte die Treppe hinauf, wobei er immer zwei Stufen auf einmal nahm. Ein Lakai öffnete die Tür und Jeremy stürmte hinein.

Watkins beobachtete, wie Lord Lovejoy hinter der Tür verschwand, und unterdrückte ein hoffnungsvolles Grinsen. Dann starrte er missbilligend auf den Rücken des Dieners und sagte: »Du hast in der Ecke einen Fleck übersehen. An seiner Arbeit erkennt man den Arbeiter.«

Der Diener verdrehte die Augen, als wollte er sagen »Nicht schon wieder!«, legte aber deutlich mehr Eifer an den Tag, als er in seiner Arbeit fortfuhr.

Im Salon blickte Edward auf, als Jeremy hereinkam, hörte aber nicht auf, hin und her zu laufen.

»Wie ich sehe, bist du endlich zur Vernunft gekommen«, bemerkte Jeremy, während er zur Anrichte schlenderte und sich drei Fingerbreit Brandy einschenkte.

»Falls du hier bist, um zu triumphieren, kannst du gleich wieder gehen.«

»Warum sollte ich?« Jeremy, der verwirrt und erheitert zugleich wirkte, nippte an seinem Brandy.

»Sie will mich nicht sehen.«

»Kannst du es ihr verübeln?« Jeremy salutierte ihm mit seinem Glas und machte noch einen Schluck. »Du hast mit ihr geschlafen und sie dann weggeworfen wie die Zeitung vom Vortag.«

Edward blieb stehen, lehnte sich an den Kaminsims und verschränkte die Arme vor der Brust. Düster starrte er aus dem Fenster und sah zu, wie der Diener ein Oberlicht putzte. »Ich dachte, sie würde mich zumindest empfangen.«

»Hast du es mit den üblichen Sachen versucht?«

»Als da wären?«

»Du weißt schon ... Blumen ... Schmuck ... Parfum.«

»Daran hatte ich nicht gedacht.« Edward rieb sich den Bart.

»Du warst zu lange auf dem Land. Du hast vergessen, wie man das schwache Geschlecht umschmeichelt.«

»Das habe ich wohl«, gab Edward tonlos zu.

»Es sollte nicht allzu schwer sein. Zufällig weiß ich, dass sie dich noch liebt.«

»Und wie kommst du darauf?« Jetzt schenkte Edward seinem Cousin seine ungeteilte Aufmerksamkeit.

Jeremy runzelte die Stirn. »Nun, dafür gibt es viele Gründe. Einer davon ist vielleicht, dass sie nicht dem Charme anderer Männer erlegen ist – einschließlich mir selbst.« Edward sah ihn aus schmalen Augen an, aber Jeremy fuhr unbeeindruckt fort: »Sie verlässt jede Party, die wir besuchen, sehr früh. Die männliche Bevölkerung ist unzufrieden mit ihr. Sie hat den Spitznamen Eisprinzessin bekommen.«

Bei dieser Neuigkeit erhellte sich Edwards Miene.

»Und ich weiß außerdem, dass sie in ihrem Atelier ein Porträt von dir malt. Vielleicht nur, um es als Zielscheibe zu benutzen.« Jeremy grinste über seine witzige Bemerkung. »Friss mich nicht, Eddie, ich habe bloß einen Witz gemacht.«

»Wie schön, dass jemand die komische Seite dieser Situation zu würdigen weiß. Mittlerweile läuft Kelsey mit meinem Erben im Bauch herum und lässt mich nicht in ihre Nähe.«

»Vielleicht braucht sie Beweise für deine Aufrichtigkeit. Hast du dich erklärt?«

»Wie denn, wenn sie nicht einmal mit mir spricht?«

»Samstagabend begleite ich sie zum Ball der Jenkins. Dort könntest du sie ansprechen.«

»Kann ich nicht«, sagte Edward entschieden. »Ich gehe nicht mehr in Gesellschaft, und ich werde nie mehr einen Ballsaal betreten.«

Jeremy stellte sein leeres Glas energisch auf den Mahagonitisch und stand auf. »Das wirst du müssen, wenn du sie zurückhaben willst.«

»Ich muss mir etwas anderes einfallen lassen.«

»Es gibt keine andere Möglichkeit. Du hast selbst gesagt, dass sie dich nicht sehen will.«

Edward schüttelte den Kopf. »Diese Demütigung ertrage ich kein zweites Mal.«

»Deine Demütigung kann nicht schlimmer sein als das, was sie unter deiner Behandlung erlitten hat«, sagte Jeremy schroff. »Denk einmal darüber nach. Ich gehe jetzt. Guten Tag.« Er marschierte zielstrebig zur Tür.

Edward sah Jeremy nach, setzte sich dann hinter seinen Schreibtisch und schlug mit den Fäusten auf die Tischplatte. Zum Teufel mit Kelsey! Warum ließ sie ihn nicht an sich heran? Und zum Teufel mit der Unsicherheit und Rastlosigkeit, die an ihm nagten. Er konnte keinen Ballsaal mehr betreten. Die spöttischen Bemerkungen. Die entsetzten Blicke. Er konnte es nicht!

Kelsey saß im blauen Salon, einem von drei Salons in ihrem Haus, und starrte auf die Rosensträuße, die jeden verfügbaren Platz im Raum beanspruchten. Täglich trafen mehrere von ihnen ein. Keine Nachricht, keine Entschuldigung, nur die Rosen. Rote, weiße, rosa und gelbe Rosen. Allmählich war ihr der Duft von Rosen verhasst.

In den letzten Tagen war Edward zwei-, dreimal am Tag vorbeigekommen, um sie zu sehen. Jedes Mal hatte sie sich geweigert, ihn zu empfangen. Dann kamen die Rosen. Sie konnte nicht einmal mehr in ihr Atelier gehen, aus Angst, ihm über den Weg zu laufen. Sie hatte bei Madame Tulane ein neues Ballkleid bestellt, wagte aber nicht, zu einer letzten Anprobe in ihren Salon zu gehen. Sie wusste, dass er ihr Haus von seinen Leuten beobachten ließ, da sie merkwürdige Gestalten auf der Straße hatte herumlungern sehen.

Sie schlug die *Times* auf und studierte die Gesellschaftskolumne in der Hoffnung, ihre Gedanken von Edward abzulenken. Mit offenem Mund starrte sie auf die gedruckten Buchstaben und las:

Der geheimnisvolle Mr. S. ist nach zehn Jahren Abwesenheit nach London zurückgekehrt. Es heißt, er wäre in der Stadt, um einen Heiratsantrag zu machen. Die hiesigen Gerüchteküchen können beschwören, dass sein Interesse der reichen Miss V. gilt. Rosen sind zur Zeit sehr knapp in England, können aber in Hülle und Fülle in Miss V.'s Stadthaus gefunden werden …

»Oooh!« Kelsey schlug die Zeitung zu, knüllte sie zusammen und schleuderte sie quer durch das Zimmer. Sie streifte eine der schlanken Vasen und stieß sie um. Und wie Dominosteine in einer Reihe kippten die sechs weiteren Blumenarrangements daneben um. Einige krachten auf den Boden und ließen Glassplitter durch den Raum fliegen.

Fenton klopfte an die Tür und machte sie auf.

»Ja, was gibt's?« Kelsey, die vor Wut kochte, fuhr herum.

Ihr schroffer Tonfall ließ Fenton zusammenzucken. »B-bitte verzeihen Sie die Störung, aber auf der Treppe ist ein Herr, der Sie zu sehen wünscht.«

»Wer ist es, Fenton?« Kelsey ging zu den Vasen und richtete sie wieder auf. »Falls es schon wieder Lord Salford ist –«

»Er behauptet, er wäre Ihr Vater.«

»Papa?« Kelsey blieb mit zwei Dutzend Rosen in den Händen stehen. »Führen Sie ihn herein und bringen Sie uns Tee. Und lassen Sie diese Sauerei aufräumen.«

»S-sofort, Madam.« Er schob sich rückwärts aus dem Salon, als hätte er Angst, sie aus den Augen zu lassen.

Kelsey stopfte gerade die Rosen aufs Geratewohl in die Vasen zurück, als ihr Vater in der Tür erschien, mit einem so strahlenden Lächeln, dass es ganz England hätte erhellen können.

»Oh, Papa!« Sie fiel ihm um den Hals und umarmte ihn so stürmisch, dass sie ihn beinahe umgeworfen hätte.

Er lachte, küsste sie auf beide Wangen und trat einen Schritt zurück, um sie anzuschauen. »Mein liebes Kind, du strahlst vor Schönheit! Freust du dich, deinen Papa zu sehen?«

»Ja, natürlich, was dachtest du denn?«

»Ich war mir nicht sicher. Ich dachte, du wärst vielleicht böse auf mich, weil ich dir nicht die Wahrheit gesagt habe. Und ich konnte den Gedanken nicht ertragen, dass du dich von mir abwenden könntest, nachdem du jetzt weißt, dass ich nicht dein richtiger Vater bin.«

»Ich war böse, aber jetzt bin ich es nicht mehr. Oh, Papa, ich könnte mich nie von dir abwenden!«

Er gab ihr einen Kuss auf die Stirn. »Du weißt gar nicht,

wie glücklich mich das macht. Seit dem Moment, als du auf meinen Schoß gekrabbelt bist, hatte ich das Gefühl, dass du mein eigenes kleines Mädchen bist. Ich wollte es dir sagen, als du älter wurdest, aber deine Mutter wollte nichts davon wissen. Und als sie starb, hatte ich nicht den Mut, es dir zu sagen. Alles, was ich je gewollt habe, war dein Glück, *ma chère*.«

»Ich bin so froh, dass du gekommen bist.« Kelsey zog ihn zu einem Chippendale-Sofa.

Er musterte die Rosen im Zimmer. »Du hast wohl viele Verehrer?«

»Zur Zeit plagt mich nur einer. Er hat alle anderen überholt«, sagte Kelsey ausdruckslos.

Ihr Vater gluckste und drohte ihr scherzhaft mit dem Finger. »Du kannst es einem Mann nicht verübeln, wenn er hartnäckig ist. Auf diese Art habe ich deine Mutter bekommen.«

»Ja, aber ich weiß, dass du dich nie vor lauter Besessenheit lächerlich machen würdest.«

»Du würdest dich wundern.« Er zog eine Augenbraue hoch und grinste sie frech an, bis sein Blick auf den Rubens und den Rembrandt fiel, die hinter dem Sofa an der Wand hingen. »Sehr schön«, bemerkte er. »Wahre Meister.«

»Ja, meine neueste Errungenschaft. Ich muss dich nachher durchs ganze Haus führen und dir meine Sammlung zeigen. Ich glaube, du wirst genauso stolz darauf sein, wie ich es bin.«

»Nicht stolzer, als ich auf dich bin.« Er berührte sanft ihr Kinn »Ich habe in der Zeitung gelesen, wie berühmt du geworden bist. Stimmt es, dass dich der Prinzregent persönlich gebeten hat, ein Porträt von ihm zu malen?«

Kelsey nickte stolz. »Ich habe ihn vor einem Monat gemalt, Papa. Er hat die ganze Zeit mit mir geflirtet.«

Ihr Vater lächelte sie wissend an. »Und warum auch nicht? Du bist einfach viel zu hübsch.«

Kelsey errötete.

»Es ist wahr. Ich hatte gehofft, du würdest es mittlerweile wissen.« Seine Miene wurde ernst. »Ich denke, Lord Salford weiß es.«

Kelsey wurde still. Sie legte unwillkürlich ihre Hände auf ihren Bauch, als sie sagte: »Er ist ein abscheulicher Mensch, Papa.«

Ihr Vater betrachtete einen Moment ihre Hände, die auf ihrem Bauch ruhten, und sagte: »Nicht zu abscheulich, wie ich sehe.«

Sie bemerkte seinen Blick und ließ ihre Hände abrupt sinken. »Du weißt es?«

»Ich habe mir so etwas gedacht, als ich hereinkam und den madonnenhaften Ausdruck auf deinem Gesicht sah.«

»Oh, Papa!« Kelsey lachte ihn an und nahm seine Hand. »Ich habe dich schrecklich vermisst.«

»Ich dich auch, *ma chère*. Und jetzt erzähl deinem Papa, warum du Lord Salford nicht heiraten willst. Soweit ich weiß, hat er das Opfer gebracht, in die Stadt zu kommen, um dich zu sehen.«

»Ich will ihn nicht«, sagte Kelsey scharf.

»Du willst einen Mann nicht, der sich seiner größten Angst stellt, um dich zu sehen?«

»Nein. Er will mich nur als Mätresse.«

»Hat er das gesagt?«

»Na ja ...«

»Mein liebes Kind.« Wieder legte er eine Hand an ihre

Wange und hob ihr Gesicht, so dass sie ihm in die Augen schauen musste. »Ich war im Dorf, bevor ich herkam, und ich kann dir sagen, dass er seine Beziehung zu Samantha beendet hat. Er hat sie seit zwei Monaten nicht mehr gesehen. Sie war gar nicht glücklich darüber, als ich sie sah.«

»Oh.« Kelsey nagte an ihrer Unterlippe und starrte auf die gestickten blauen Blümchen auf ihrem Kleid. »Nun, vielleicht ist er ihrer müde geworden. Er hat mir selbst gesagt, dass er Abwechslung liebt. Er ist wie du, Papa.«

»*Non*, wenn man dem Dorfklatsch glauben darf, hat er eher wie ein Mönch gelebt. Es heißt, er wäre verrückt geworden und hätte sich in seiner Bibliothek eingesperrt.«

»Er scheint sich wieder erholt zu haben.«

»*Oui*, aber nur deinetwegen.«

»Nein, nicht meinetwegen. Ich bedeute ihm nichts.«

»All die Jahre habe ich dir etwas verschwiegen, aber jetzt muss ich es dir sagen. Weißt du, dass er dich liebt, seit du klein warst? Er konnte nicht mit dir sprechen, aber er kam immer wieder an unserem Haus vorbei, um einen Blick auf dich zu erhaschen. Dadurch hat er Clarice kennen gelernt.«

»Die kleine Eskapade mit Clarice beweist, wie verkommen er ist.«

»*Non*, sie hat sich ihm an den Hals geworfen. Er war noch jung, aber ein Mann mit den Leidenschaften eines Mannes« – er zuckte die Achseln – »aber ich weiß, dass er sie nie in sein Bett geholt hat. Sie war rasend verliebt in ihn. An dem Tag des Unfalls brach er die Beziehung ab. Sie schwor, mich trotzdem zu verlassen. Ich ging zu Salford und bat ihn, mit ihr zu sprechen. Ich dachte, er könnte sie vielleicht umstimmen. Er war einverstanden.«

»Aber ich habe gesehen, wie er sie mit seinem Wagen abgeholt hat.«

»*Oui*, aber er tat es nur, weil ich ihn darum gebeten hatte.« Leise und mit schmerzerfüllter Stimme fuhr er fort: »Ich wusste, dass sie mich irgendwann verlassen würde. Sie wurde der Männer schnell überdrüssig. Sie war zu schön, um von irgendeinem Mann gezähmt oder gehalten werden zu können. Er wollte nur versuchen, ihr zuzureden, bei mir zu bleiben, aber du weißt ja, wie wild sie war. Als er den Wagen wendete, um sie nach Hause zu bringen, griff sie ihm in die Zügel und verursachte den Unfall.« Die Augen ihres Vaters wurden trübe. »Wie du siehst, bin ich für seine Entstellung verantwortlich. Es war alles meine Schuld. Wenn ich ihn nicht gebeten hätte, mit ihr zu sprechen, wäre er heil und unversehrt. Ich habe dir nie davon erzählt, weil ich mich schämte. Meine Schwäche, was Clarice anging, wird mich bis an den Rest meiner Tage verfolgen. Ein Mann sollte eine Frau nie so sehr lieben.«

Einen Moment lang konnte Kelsey nicht sprechen. Als sie sah, wie ein Schauer ihren Vater überlief und er zu weinen anfing, legte sie die Arme um ihn und weinte mit ihm. In diesen wenigen Augenblicken wünschte sie, Edward wäre fähig, sie nur halb so sehr zu lieben, wie ihr Vater Clarice geliebt hatte. Bei dem Gedanken musste sie noch mehr weinen.

Samstag Abend um acht Uhr steckte Mary einen mit Diamanten besetzten Kamm in Kelseys Haar und trat zurück, um ihr Werk zu bewundern. »Sie sehen bezaubernd aus, Miss Kelsey.«

Kelsey stand auf und betrachtete ihr Bild im Spiegel. Das Ballkleid, das sie zu diesem Anlass trug, war aus smaragdgrüner Seide mit Samtbesatz. Es war tief ausgeschnitten und zeigte mehr von ihrem Busen, als ihr lieb war, aber das Kleid war neu und das einzige, in dem sie noch nicht gesehen worden war. Ihr üppiges Haar, das von vier brillantbesetzten Kämmchen gehalten wurde, wallte in dunklen Locken über ihren Rücken.

Kelsey blinzelte in den Spiegel und fragte: »Findest du nicht, dass ich in dem Kleid wie ein glotzäugiges Kalb aussehe?«

»O nein, Miss Kelsey! Jede Frau würde einen Mord begehen, um Ihre Augen zu haben. Sie sind hübscher als die Meisten von ihnen.« Mary nahm Kelseys Hände und trat einen Schritt zurück, um sie zu begutachten. »Aber etwas fehlt noch ... eine Halskette.«

Mary ließ ihre Hände los und ging zur Schmuckschatulle. Sie hielt ein Brillantkollier hoch. »Wie wäre es damit?«

»Nein, das mit den Smaragden.«

Mary griff nach der Kette, die Edward Kelsey geschenkt hatte, und musterte sie stirnrunzelnd. »Ich dachte, Sie hätten gesagt, dass Sie die nie tragen wollen. Als Sie sie zum letzten Mal gesehen haben, ist Ihnen schlecht geworden ...«

»Ich habe meine Meinung geändert, und heute Abend wird mir nicht schlecht werden.« Kelsey hob ihr Haar, um sich von Mary die Kette umlegen zu lassen.

Es klopfte an die Tür. Maurice Vallarreal steckte seinen Kopf ins Zimmer. »Jeremy wird allmählich unruhig. Ich habe versucht, ihn zu unterhalten, aber wenn keine Dame anwesend ist, geht einem Mann schnell der Gesprächsstoff aus.« Er zuckte die Achseln und lächelte sie an. »Sieh mal an! Du wirst alle anderen jungen Damen auf dem Ball ausstechen.«

»Du trägst ja gar nicht einen deiner neuen Anzüge? Kommst du nicht mit, Papa?«

»Vielleicht komme ich später. Ich werde dir doch nicht deinen großen Auftritt verderben.«

»Oh, Papa, du weißt genau, dass ich mich keinen Deut darum schere!«

»Du vielleicht nicht, aber ich.« Er warf ihr eine Kusshand zu. »Bis später, *ma chère*!«

»Na gut«, sagte Kelsey, bemüht, nicht allzu enttäuscht zu klingen.

Mary griff nach dem Schal und dem Retikül, die zu dem Abendkleid gehörten, und reichte beides Kelsey. »Bitte sehr, Miss Kelsey.«

»Du brauchst nicht auf mich zu warten, Mary.«

»Oh, es würde mir nicht im Traum einfallen, dass Sie sich ohne Hilfe ausziehen müssen, schon gar nicht in Ihrem Zustand.« Sie starrte betont auf Kelseys Bauch. »O nein, das könnte ich nicht. Ich wäre krank vor Sorge. Und es gefällt mir gar nicht, dass wir nach Frankreich gehen und dort das Baby bekommen. Diese ausländischen Ärzte sind einfach nicht das Wahre. Wirklich nicht. Und das Kleine sollte in seinem eigenen Land zur Welt kommen. Es läuft mir kalt über den Rücken, wenn ich nur dran denke.«

Mary warf Kelsey einen vorwurfsvollen Blick zu. Es hatte nur einer Woche Morgenübelkeit bedurft, um Mary über Kelseys Zustand aufzuklären, und sie hatte keine Hemmungen, ihre unerschöpflichen Ansichten zu diesem Thema zum Besten zu geben.

»Und dann noch sein Pa und all das«, fuhr Mary fort. »Das arme kleine Ding wird nicht mal seinen Pa kennen. Haben Sie beschlossen, den Herzog zu empfangen?«

»Nicht unbedingt, Mary«, sagte Kelsey, die allmählich die Geduld verlor, »aber wenn es so weit ist, bist du die Erste, die es erfährt.« Mit diesen Worten verließ sie das Zimmer.

Jeremy, der am Fuß der Treppe auf sie wartete, sah in seinem schwarzen Abendanzug wie immer blendend aus. Als er sie sah, verschlug es ihm einen Moment lang die Sprache. Er hatte ihr gegenüber nie wieder erwähnt, was er für sie empfand, aber in Augenblicken wie diesem war zu erkennen, dass er sich immer noch sehr zu ihr hingezogen fühlte.

»Hallo! Sie sind früh dran«, sagte Kelsey, während ihr leichte Röte in die Wangen stieg.

»Sie sehen heute Abend hinreißend aus.«

»Das sagen Sie jedes Mal, wenn Sie mich zu einer dieser lästigen Gesellschaften begleiten. Glauben Sie, wir können vor Mitternacht von dort verschwinden?«

»Man könnte meinen, Sie hätten keine Freude an meiner Gesellschaft.«

»Es liegt nicht an Ihnen, das wissen Sie.« Kelsey nahm lächelnd seinen Arm und ließ sich zu seinem Wagen führen.

Sie sagten nichts mehr, bis sie in der Kutsche saßen. Kelsey beobachtete den stetigen Strom von Fahrzeugen, der an ihnen vorbeizog. Abends nahm der Verkehr auf den Straßen stets zu. London schien nie zu schlafen.

Jeremy berührte ihre Hand. »Ich muss Ihnen etwas gestehen.«

»Ich habe fast Angst zu fragen.«

»Ich weiß, dass Sie ein Kind erwarten.«

Kelsey verschränkte ihre Hände auf ihrem Bauch und sah ihn stirnrunzelnd an. »Seit wann wissen Sie es?«

»Seit ich zufällig vor einer Woche das Gespräch zwischen Ihnen und Lizzy belauscht habe. Ich habe Edward davon erzählt.«

»Sie waren es also? Wie konnten Sie nur!«

»Er hat ein Recht, es zu erfahren, Kelsey.«

»Er hat keinerlei Rechte, was mein Kind angeht.«

»Er ist der Vater. Sie erwarten den einzigen Erben, den er vielleicht je haben wird. Er möchte Sie heiraten.«

»Ich will ihn nicht heiraten, weil er plötzlich wegen des Kindes so etwas wie ein Gewissen entwickelt. Er liebt mich nicht und ich werde ihn nicht heiraten, nur um dem Kind seinen Namen zu geben. Sprechen wir bitte nicht länger darüber«, sagte Kelsey schroff.

Sie wandte das Gesicht ab und starrte aus dem Fenster. Die Gaslaternen und vorbeifahrenden Kutschen verschmolzen zu dunklen Schatten, als ihr Tränen in die Augen stiegen. Sie blinzelte sie zurück und war froh, als die Kutsche endlich stehen blieb. Jeremy stieg als Erster aus und half ihr hinaus. Sie gingen an einer langen Reihe von Kutschen vorbei, die den Gehsteig säumten. Das Schweigen zwischen ihnen wurde immer angespannter, bis Jeremy es schließlich brach.

»Verzeihen Sie bitte, ich wollte sie nicht verärgern«, sagte er leise, als sie an einem älteren Paar vorbeigingen.

»Schon vergessen.« Kelsey bemühte sich um ein Lächeln, brachte aber nur ein schiefes Grinsen zustande, und senkte hastig den Kopf, als ein weiteres Paar näher kam.

Kelsey und Jeremy näherten sich ihrem Ziel. Heller Lichterglanz strahlte aus den Fenstern des Ballsaals. Legionen namenloser Gesichter wirbelten hinter den Glasscheiben in einem ländlichen Tanz vorbei. Die Musik verschmolz mit dem Stimmengewirr und wehte nach draußen. Eine vertraute Unruhe machte sich bei Kelsey bemerkbar. Große Gesellschaften bereiteten ihr immer Unbehagen, aber entweder sie ging aus und versuchte sich zu amüsieren, oder sie brütete über Edward, wie so oft, seit ihr Vater ihr die Wahrheit über Clarice und den Unfall erzählt hatte.

Sie gingen die Treppe hinauf, wurden angekündigt und begrüßten ihre Gastgeber, Lord und Lady Jenkins. Lord Jenkins, ein beleibter Mann mit gerötetem Gesicht, hatte seine Frau an seiner Seite, eine dünne Person mit Adlernase und einem lila Turban, der ihre Nase noch mehr zu betonen schien.

»Freut mich, Sie zu sehen, Miss Vallarreal – Lovejoy«, begrüßte Lord Jenkins sie. Ein Lächeln breitete sich auf seinen Pausbacken aus, als er sich zu Kelsey vorbeugte und ihr zuraunte: »Ich glaube, heute Abend kommt jemand, der Sie unbedingt sehen will.«

»Wirklich? Wer mag das wohl sein?« Kelsey lächelte höflich.

Lady Jenkins stieß ihren Mann in die Seite. »Nun hör schon auf damit. Er hat nur so dahingeredet, Miss Vallarreal. Verzeihen Sie ihm, er macht manchmal recht einfältige Scherze.«

Die nächsten Gäste wurden angekündigt, und Kelsey und Jeremy mussten weitergehen. Kelsey drehte sich um und starrte Lord Jenkins verwirrt an. Er zwinkerte ihr zu.

Was hatte das zu bedeuten? Ihr blieb keine Zeit, darüber nachzudenken, da sie jetzt in die lärmende Enge und Hitze des Ballsaals gezogen wurden.

Kelsey entdeckte Lady Shellborn, die ihr mit einem Schwenken ihres Stocks bedeutete, zu ihr zu kommen. Sie saß inmitten einer Schar ältlicher Matronen, die mit nickenden Turbanen klatschten, vermutlich über Kelsey.

»Nun, Kind, freut mich, Sie heute Abend hier zu sehen«, sagte Lady Shellborn, als Kelsey zu ihr trat.

»Das Vergnügen, Sie zu sehen, konnte ich mir nicht versagen, Lady Shellborn.« Kelsey schenkte ihr ein strahlendes Lächeln, knickste und gab ihr einen Kuss auf die Wange. Sie wusste, dass diese Geste Lady Shellborn verlegen machen würde, aber sie wusste auch, dass sich die ältere Dame unter ihrer herben Fassade nach Zuwendung sehnte. Sie war für Kelsey so etwas wie eine Großmutter geworden. Einmal in der Woche aß sie mit ihr zu Mittag.

Lady Shellborn schwenkte ihren Stock in Richtung der alten Dame, die neben ihr saß. »Nun machen Sie schon Platz, damit Miss Vallarreal neben mir sitzen kann.«

Jeder, der mit Lady Shellborn bekannt war, wusste über ihre abrupte Art und ihren – in mehr als einer Hinsicht – rücksichtslosen Gebrauch des Stocks Bescheid. Lady Shellborn, die früher einmal Hofdame bei der bedauernswerten Königin gewesen war, bevor König George den Verstand verlor und gezwungen war, die Herrschaft an seinen Sohn, den Prinzregenten, abzutreten, konnte glänzende Partien mit nicht mehr als einem Heben der Augenbraue herbeiführen oder zerstören. Die Matrone neben ihr schien das zu wissen, denn die mausgesichtige Frau lächelte Kelsey mit frostiger Höflichkeit an, bevor sie ein Stück zur Seite rückte und ihr auf dem Sofa Platz machte.

»Na also. Setzen Sie sich, Kind.« Lady Shellborn klopfte mit ihrem Stock auf den Platz an ihrer Seite.

Kelsey setzte sich. Lady Shellborn lehnte sich zu ihr und wisperte: »Sind Sie schon etwas versöhnlicher gestimmt, was Salford angeht?«

»Sie wissen, dass ich nicht über ihn sprechen möchte.« Kelsey starrte auf Lady Shellborns knotige, arthritische Hände, die auf dem Knauf ihres Stocks ruhten.

»Nun, Kind, irgendwann werden Sie mit ihm reden müssen.« Lady Shellborn heftete ihre verblassten grauen Augen auf Kelsey. »Sie können ihm nicht ewig aus dem Weg gehen. Ihnen ist sicher bekannt, dass er nur in die Stadt gekommen ist, um Sie zu sehen.«

Kelsey konnte der guten Lady unmöglich erzählen, was Edward alles zu ihr gesagt hatte. Sie wusste nur, dass die beiden gestritten hatten. Und das Kind durfte sie schon gar nicht erwähnen.

»Verderben wir uns nicht den Abend, indem wir von ihm sprechen«, sagte Kelsey. Als ihr auffiel, dass Lady Shellborn ein eigensinniges Gesicht machte, fügte sie hinzu: »Bitte!«

»Nun, wir werden sehen«, antwortete sie mit einem durchtriebenen Blick in ihren Augen.

Kelsey wollte sie gerade fragen, was dieser Blick zu bedeuten hatte, als Lord Stevenson vor sie trat und sich vor ihr verbeugte. Seine blonden Locken hüpften, als er sich schwungvoll wieder aufrichtete, und ein eifriges Lächeln trat auf sein hübsches Gesicht. »Wollen Sie mir die Ehre dieses Tanzes erweisen, Miss Vallarreal?«, fragte er.

Kelsey wollte ablehnen, aber Lady Shellborn ließ ihr keine Gelegenheit dazu. »Natürlich will sie.« Sie stupste Kelsey an. »Amüsieren Sie sich jetzt lieber noch ein wenig, Kind.«

Kelsey blickte noch einmal zu Lady Shellborn zurück, als Lord Stevenson sie auf die Tanzfläche führte. Die alte Dame beobachtete sie mit hochgezogenen Augenbrauen und vielsagend funkelnden Augen. Kelsey starrte sie verwirrt an und fragte sie, warum sie auf einmal so zufrieden aussah. Und was hatte sie mit »jetzt« gemeint? Erst hatte sich Lord Jenkins so sonderbar verhalten und nun Lady Shellborn. Wussten sie etwas, das sie wissen sollte?

Zwei Stunden später war Kelsey völlig erschöpft vom Tanzen und den Fluchtversuchen vor zudringlichen Verehrern. Als sie Lord Stevensons gelbe Jacke und rosa gestreifte Weste entdeckte, während er gerade um die Tanzfläche herumging, duckte sie sich hinter ein paar Fächerpalmen und hielt sich dort versteckt. Nach ihrem dritten Tanz hatte er ihr angeboten, ihr ein Glas Bowle zu holen, und sie hatte freudig zugestimmt, um ihm endlich zu entkommen. Er war einer der hartnäckigsten unter den Mitgiftjägern, die es auf ihr Vermögen abgesehen hatten. Sie hatte gehört, dass er bis über beide Ohren in Schulden steckte und vor dem Ruin stand.

Er ging an ihr vorbei. Sie schob die Palmblätter auseinander und hielt nach Jeremy Ausschau. Er tanzte gerade mit Lady Fulton, einer üppigen blonden Witwe, die, wenn man den Gerüchten Glauben schenken durfte, Männer verspeiste wie Bonbons. Und im Augenblick sah sie aus, als hätte sie gern ein Häppchen von Jeremy.

Die Musik verklang. Kelsey trat hinter den Palmen vor

und wollte gerade Jeremy aus Lady Fultons Fängen befreien, um ihm mitzuteilen, dass sie bereit wäre, nach Hause zu fahren, als sie über das Stimmengemurmel hinweg die Ankündigung eines Lakaien hörte: »Der Herzog von Salford.«

21

Kelsey blickte wie alle anderen im Ballsaal sofort auf. Es war so still, dass sie das Flattern ihrer Wimpern hören konnte, als sie blinzelnd zu Edward sah.

Er ging ein paar Schritte die Treppe hinunter, starrte die Menschenmenge an und gefror. Sein Gesicht wurde so bleich wie die Marmorfliesen der Tanzfläche, und seine Hand krampfte sich um das Treppengeländer. Die Sehnen waren so angespannt, als würden sie jeden Moment reißen.

Der Mut, den es ihn gekostet hatte, den Ball zu besuchen, war unglaublich. Kelseys Herz flog ihm entgegen. Sie machte einen Schritt auf ihn zu, blieb aber stehen, als wieder die Stimme des Lakaien ertönte. »Mr. Vallarreal.«

Ihr Vater tauchte hinter Edward auf. Er betrachtete den Ballsaal, in dem gebanntes Schweigen herrschte, und bemerkte dann, dass Edward vor Schreck wie gelähmt schien. Kelseys Vater lächelte, ein hinreißendes Lächeln, das bis in den letzten Winkel des Saals reichte und alle Blicke auf ihn lenkte.

Nonchalant schwenkte er eine Hand durch die Luft und sagte zu niemandem im Besonderen: *»Bon soir, bon soir.«* Dann warf er der Menge eine Kusshand zu, als wäre er ein Schauspieler, der vor den Vorhang gerufen worden war. »Mir war nicht bewusst, dass ich so bekannt bin, aber wie ich sehe, sind die meisten von Ihnen mit meinem Werk vertraut. Sie beglücken und beschämen mich ...« Er machte eine tiefe Verbeugung, schlenderte die Stufen hinunter und nahm Edwards Arm.

Er beugte sich vor und raunte Edward etwas zu. Edward starrte ihn an, als hätte er ihn eben erst bemerkt, und ließ zu, dass Maurice seinen Arm nahm und mit ihm die Treppe hinunterging.

Kelsey, die die beiden nicht aus den Augen ließ, fand, dass sie von allen anwesenden Männern am besten aussahen. Beide trugen schlichtes Schwarz und schienen einander zu ergänzen. Ihr fiel auf, dass Edward seinen Bart nicht abrasiert, sondern nur gestutzt hatte. Er verbarg einiges von den Narben in seiner unteren Gesichtshälfte, aber die eine, die quer über sein verletztes Auge mit der Klappe verlief, war immer noch zu sehen und ließ ihn düster und gefährlich und ausgesprochen attraktiv erscheinen.

Der Bann war gebrochen. Kelsey hörte leises Tuscheln in der Menge. Das Orchester fing wieder an zu spielen. Die Paare strömten auf die Tanzfläche zurück, und etliche Leute scharten sich um ihren Vater und Edward, um den beiden vorgestellt zu werden.

Zwei Debütantinnen gingen an Kelsey vorbei, um näher an Edward heranzukommen und ihn besser in Augenschein nehmen zu können. Eine von ihnen sagte: »Schau dir sein Gesicht an! Geradezu dämonisch, nicht wahr? Genauso stelle ich mir Graf Udolpho vor.«

»Ich finde, dass er eher wie Blackbeard, der Pirat, aussieht. Komm schon, vielleicht stellt man uns vor. Ich habe gehört, dass mit den Narben in seinem Gesicht ein Skandal verbunden ist. Ich kann kaum erwarten zu erfahren, worum es ging. Bestimmt war es etwas ganz Grauenvolles.«

Kelsey verdrehte die Augen. Die Londoner Aristokratie stürzte sich auf alles, was entsetzlich und skandalös war. Sie sah zu ihrem Vater und stellte fest, dass er ganz in seinem Element war. Er küsste jeder Dame, die ihm in die Nähe kam, die Hand und strahlte die Herren an, als würde er sie ein Leben lang kennen. Seine Ausstrahlung ließ den ganzen Saal heller erscheinen.

Auch Lady Shellborn fiel seinem Charme zum Opfer. Als Maurice Vallarreal ihr die Hand küsste, sah sie über seine Schulter zu Kelsey und zwinkerte ihr zu, bevor sie mit ihren Augenbrauen in Edwards Richtung deutete, ein selbstgefälliges Lächeln auf ihrem zerfurchten Gesicht. Jetzt wusste Kelsey, was Lady Shellborn und Lord Jenkins ihr verheimlicht hatten. Sie hatten beide gewusst, dass Edward kommen würde.

Lady Fulton drängte sich an Edwards Seite und verwickelte ihn in ein Gespräch, wobei sie vertraulich eine Hand auf seinen Arm legte, als wäre sie intim mit ihm befreundet. Kelsey, die die beiden mit scheelen Blicken beäugte, kreuzte die Arme über der Brust und klopfte mit dem Fuß auf den Boden.

Jeremy trat an ihre Seite. »Ich hätte nicht gedacht, dass Edward kommen würde. Er hat mich überrascht.«

»Auch ich kann es kaum glauben«, sagte Kelsey, die immer noch gegen eine Anwandlung von Eifersucht zu kämpfen hatte. »Ich frage mich, was ihn dazu bewogen haben mag.«

»Sehen Sie nur . . . da haben Sie Ihre Antwort.«

Edward, der einen Kopf größer war als die Menschen,

die ihn umringten, sah sich im Ballsaal suchend nach ihr um.

»Ich glaube, ich gehe lieber hin und rette ihn vor Lady Fulton, bevor sie wieder ihre Fänge in ihn schlägt.«

»Was meinen Sie mit ›wieder‹?« Kelsey versuchte gleichgültig zu klingen, aber die Eifersucht in ihrer Stimme war nicht zu überhören.

»Zwischen den beiden lief etwas, als er noch in Oxford war.«

»Zu schade, dass sie nicht zusammengeblieben sind. Sie verdienen einander.«

Jeremy warf den Kopf zurück und lachte schallend.

Edward sah über Lady Fultons Kopf hinweg in ihre Richtung und entdeckte Kelsey sofort. Sein Blick ruhte kurz auf ihrem Gesicht, bevor er träge über ihren Körper glitt und schließlich zu ihrem Gesicht zurückkehrte.

Heiße Röte stieg Kelsey in die Wangen. Sie wusste nicht, ob sie wegen des unverhohlenen Verlangens, das in seinen Augen brannte, errötete oder wegen der Tatsache, dass ihr ganzer Körper mit einer Hitzewoge auf ihn reagierte.

Er entschuldigte sich und bahnte sich einen Weg durch die Menge, ohne den Blick von ihr zu wenden. Kelsey bekam Herzflattern. Stille senkte sich über den Saal, als alle die Köpfe wandten und sie beobachteten. Kelsey wäre am liebsten im Erdboden versunken.

Mit ein paar langen Schritten war Edward an ihrer Seite. Er sah sie mit einem besitzergreifenden Funkeln in den Augen an. »Hallo, meine Liebste.«

Seine tiefe, samtige Stimme traf Kelsey bis ins Innere und es dauerte einen Moment, bevor sie ihre Fassung wiederfand und ihm antworten konnte: »Ich bin nicht deine Liebste.«

»Bist du doch.« Edward nahm ihren Arm und zog sie auf die Tanzfläche. Er drückte sie enger an sich, als es schicklich war, und wirbelte sie zu den Klängen eines Walzers herum.

»Ich möchte wirklich nicht mit dir tanzen.« Kelsey versuchte sich aus seinem Griff zu winden, aber sein Arm lag wie ein stählerner Balken auf ihrem Rücken.

»Das ist kein sehr guter Anfang. Du solltest ein wenig lächeln, damit die anderen Gäste denken, dass du dich in meiner Nähe zumindest halbwegs wohl fühlst.«

»Wenn du eine unterwürfige Partnerin willst, solltest du lieber mit Lady Fulton tanzen ... oder mit Samantha.«

»Entdecke ich eine Spur Eifersucht in deiner Stimme?« Er grinste und sah dabei sehr erfreut und atemberaubend attraktiv aus.

»Ganz gewiss nicht.« Kelsey hob hochmütig ihr Kinn.

»Ich werde dir nie einen Grund zur Eifersucht geben, wenn du meine Frau wirst.«

»Deine Frau!« Kelsey hatte es laut gerufen und die Paare, die in ihrer Nähe tanzten, drehten sich nach ihr um. Sie senkte die Stimme und zischte: »Ich werde aber nicht deine Frau!«

»Entschuldige bitte, aber da bin ich anderer Meinung. Du bist bereits in mehr als einer Hinsicht meine Frau.« Er betrachtete ihren fast entblößten Busen, bevor sein Blick zu ihrem schlanken Hals wanderte. »Ich glaube, ich habe dir noch nicht gesagt, wie bezaubernd du mit den Smaragden aussiehst, aber ich würde sie noch viel lieber an dir sehen, wenn du nichts anderes trägst. Weißt du, wie sehr ich mich danach gesehnt habe, deine weiche Haut unter meinen Lippen zu spüren und wie sehr ich mir gewünscht habe, deine Wärme zu fühlen und dein schönes Gesicht zu sehen, wenn du voller Leidenschaft meinen Namen rufst?«

»Hör auf!«, brachte Kelsey heraus und schmiegte sich enger an ihn. Ihre Brüste prickelten an der Stelle, wo sie seine Brust berührten, und ihre Spitzen wurden hart. Flüssige Hitze strömte durch ihren Körper und breitete sich in ihrem Unterleib aus. Sie spürte seine Nähe so intensiv, dass die Haut an ihrer Hand und ihrem Rücken, wo er sie hielt, brannte.

Immer wieder wirbelte er sie im Kreis herum, bis ihr schwindelte. Plötzlich hörte die Welt auf sich vor ihren Augen zu drehen. Frische Nachtluft strich über ihre Haut und Kelsey schaute sich um. Er hatte sie auf die Terrasse geführt.

»Wir sollten nicht hier draußen sein.« Ihr fiel auf, dass ihre Stimme nicht sehr überzeugend klang.

Er grinste sie an. »Glaub mir, es ist besser so. Ich möchte uns beide nicht in Verlegenheit bringen. Wenn ich nur noch eine Minute mit dir da drinnen geblieben wäre, hätte ich eine Dummheit gemacht, zum Beispiel das . . .«

Er hob sie in seine Arme.

»Was machst du da? Lass mich sofort runter! Ich will das nicht!« Er trug sie die Stufen hinunter in den Garten. »Wenn du glaubst, du brauchst mich nur zu verführen, damit ich meine Meinung ändere, irrst du dich!«, rief sie. »Ich heirate dich nicht, nur weil du dir plötzlich einen Erben wünschst. Ich heirate keinen Mann, der mich nicht liebt – nein, das nehme ich zurück, der mich nicht lieben kann. Du bist nicht fähig, einen Menschen zu lieben. Du lässt dich nur von deinen primitiven Gelüsten leiten.«

Er legte den Kopf zurück und lachte sie aus. Kelsey holte aus, um ihm eine Ohrfeige zu geben, aber er fing ihr Handgelenk ab und stellte sie auf den Boden.

»Du solltest wirklich etwas gegen diesen Zwang tun, mich zu ohrfeigen. Ich möchte viel lieber deine Lippen auf meinem Gesicht spüren als das Brennen von deiner Handfläche.« Er zog sie eng an sich und legte beide Arme so fest um sie, dass sie sich nicht mehr rühren konnte.

»Du wirst mehr als das zu spüren bekommen, wenn du mich nicht loslässt.« Sie wandte den Kopf und stellte fest, dass sie im dunklen Schatten eines abgeschiedenen Gartenpavillons standen.

»Hör mir zu, Kelsey.« Seine Stimme wurde plötzlich rau. »Ich will dich heiraten, und zwar nicht nur des Kindes wegen.«

»Nein.« Sie schüttelte den Kopf. »Du willst mich nicht heiraten, weil du mich liebst, sondern weil du einen Erben brauchst. Du hast mir selbst gesagt, dass dir nichts an mir liegt.« Ihre Stimme brach, und sie blinzelte Tränen aus ihren Augen. »Du hast mich nur benutzt ... wie ... wie eine –«

»Es tut mir Leid, dass ich dir wehgetan habe, bitte glaube mir.« Er legte seine Hände an ihr Gesicht. »Ich habe all das nur gesagt, weil ich dich nicht für den Rest deines Lebens an mich binden wollte. Du bist so schön, und ich wollte, dass du einen Mann bekommst, der sich nicht vor dem Rest der Welt verstecken muss, aber ich kann es nicht ertragen, dich gehen zu lassen. Das Wissen, dass du ein Kind erwartest, hat mir nur bewusst gemacht, dass ich ohne dich nicht leben kann. Ich liebe dich ...«

Kelsey schwieg lange Zeit. Dann wischte sie sich die Tränen vom Gesicht und sah ihn stirnrunzelnd an. »Meinst du das ernst?«

»Ja, natürlich. Ich sage dir die Wahrheit. Was kann ich tun, um es dir zu beweisen?«

»Du kannst mich küssen.« Sie lächelte ihn an.

Er beugte sich vor und küsste sie, zuerst sanft, dann leidenschaftlich. Sie schlang ihre Hände um seinen Nacken und gab sich seinem Kuss rückhaltlos hin.

Er fuhr mit den Händen durch ihr Haar. Die Kämme in ihrem Haar lösten sich und fielen auf den Boden des Pavillons. Er schüttelte ihr Haar, bis es offen über ihren Rücken fiel.

»O Gott, ich habe mich so sehr danach gesehnt, dein Haar in meinen Händen zu fühlen«, murmelte er an ihre Lippen, während er seine Finger in den seidigen Locken vergrub. Dann zog er ihr Gesicht ganz nah an seines und küsste sie wieder.

Diesmal war sein Kuss so heftig und fordernd, dass Kelsey der Atem stockte und ihre Knie weich wurden. Als sie sich enger an ihn schmiegte, spürte sie, wie sich seine Hände um ihre Brüste schlossen. Sie wimmerte leise, als seine Finger ihre Brustspitzen liebkosten.

»Miss Vallarreal!«

Kelsey stöhnte leise, als sie Lord Stevensons Stimme erkannte.

»Wer zum Teufel ist das?«, knurrte Edward und trat ein Stück von Kelsey zurück.

»Ein Verehrer, fürchte ich.«

Lord Stevenson, dessen gelbe Jacke im Mondlicht schimmerte, betrat den Pavillon. »Sind Sie das, Miss Vallarreal?«

Er blinzelte mit zusammengekniffenen Augen in die Dunkelheit. Als er Edward sah, weiteten sich seine Augen. »Oh, Verzeihung! Ich wusste nicht, dass Sie nicht allein sind.«

Edward trat vor Lord Stevenson und verstellte ihm den Blick auf Kelsey. Drohend ragte er vor dem jungen Mann auf. »Wir sind gerade dabei, unsere Verlobung zu feiern«, sagte Edward in einem Ton, der eher nach einem Knurren klang. »Ich schlage vor, Sie gehen, bevor ich ärgerlich werde.«

»Oh.« Lord Stevenson klang leicht indigniert, als er sich rückwärts aus dem Pavillon schob, eine steife Verbeugung machte und hastig verschwand.

Als seine Schritte verklungen waren, sagte Kelsey: »Das war nicht sehr nett von dir.«

»Mir ist im Moment nicht danach, nett zu sein.«

»Du solltest wirklich etwas gegen deine mürrische Art tun.« Kelsey trat zu ihm und legte die Arme um ihn.

»Ich fürchte, daran wird sich erst etwas ändern, wenn wir verheiratet sind. Und auch dann nur, wenn ich dich endlich für mich habe.«

»Ich hatte gehofft, dass du das sagen würdest. Können wir auf dem Land leben? Ich mag die Stadt nicht sehr.«

»Wir können am Nordpol leben, wenn du das gern möchtest. Mit dir bin ich überall glücklich. So, wo waren wir gerade?« Wieder küsste er sie.

Viel, viel später verließen sie den Pavillon, glücklich, zufrieden und verloren für den Rest der Welt.

Epilog

Zwei Jahre später kauerte Edward auf allen vieren auf dem Fußboden seines Salons und spielte Kuckuck mit seinem Sohn und Erben, Edward James Huntington Noble II. Als er Schritte hörte, nahm er Edward junior hastig auf den Arm und setzte sich auf das Sofa, wo er sofort eine würdevolle Haltung einnahm.

Kelsey kam herein. Sie warf einen Blick auf den Boden und dann auf Edwards zerzaustes Haar und die Fusseln vom Teppich, die an den Knien seiner schwarzen Hose hingen. Sie lachte und sagte: »Streich dir lieber dein Haar glatt. Griffin und Lizzy kommen gleich.«

Edward grinste sie an und strich mit beiden Händen sein Haar zurück. Dann setzte er Edward junior auf den Boden, stellte sich hinter Kelsey und legte seine Hände um ihre Taille. »Sie kommen reichlich ungelegen. Wie geht es dir?« Seine Lippen strichen über ihren Nacken, während sich seine Hände auf ihren gewölbten Bauch legten.

»So gut, wie es einer Frau im achten Monat gehen kann. Ich finde deine Frage reichlich unfair.«

Er drehte Kelsey zu sich herum und küsste ihren bezaubernden Schmollmund. Sie schmiegte sich an ihn.

So trafen Lizzy und Griffin die beiden an.

»Lässt du ihr eigentlich nie Ruhe, Salford?«, bemerkte

Griffin, als er mit seiner Tochter Megan im Arm hereingeschlendert kam.

Lizzy und Kelsey lachten. Edward trat einen Schritt zurück und sagte: »Dasselbe könnte ich dich fragen.« Er starrte auf Lizzys runden Bauch und sah Griffin an.

Griffin brach in Gelächter aus. »Da hast du Recht.«

Edward juniors dunkle Augen fielen auf Megan. Er krähte vor Freude und wackelte auf unsicheren Beinen zu ihr.

Megan rief: »E-ddiie!« und versuchte sich aus den Armen ihres Vaters zu winden. Griffin setzte sie ab. Megan und Edward trafen sich in der Mitte des Raums und starrten einander an, bis Edward ihr die Decke gab, die er in der Hand hielt.

»Die beiden sind unzertrennlich«, stellte Lizzy fest, als sie zu ihrem Bruder ging und ihm einen Kuss auf die Wange gab.

Edward umarmte sie. »Ja, das finde ich auch.«

Kelsey, die ein Stück entfernt stand, lächelte in sich hinein. Lizzy und Edward hatten zueinander gefunden, und es machte Kelsey glücklich zu sehen, dass sie miteinander umgingen, wie es unter Geschwistern sein sollte.

Sie betrachtete Edwards Porträt über dem Kamin, das sie gemalt hatte, dann ihren Mann selbst. Edward, der ihren Blick spürte, sah auf und zwinkerte ihr zu. Die Liebe in seinem Blick ließ sein Gesicht warm leuchten. Das Eis war für immer geschmolzen.